Fritz Wöss

Hunde, wollt ihr ewig leben?

Roman

ein Ullstein Buch

Mit Ausnahme der unter ihren tatsächlichen Namen erscheinenden Personen sind alle Figuren dieses Romans mit völliger dichterischer Freiheit gestaltet; eine etwaige Ähnlichkeit mit damals lebenden Personen ist daher rein zufällig und wurde vom Verfasser nicht beabsichtigt.

VORWORT

Mit diesem Roman löse ich ein Versprechen ein, das ich meinen Kameraden gab, auszusagen, was in Stalingrad wirklich geschah.

Es lag mir nicht daran, eine bloße Aneinanderreihung von Kriegsgreueln und Kriegserlebnissen, wie sie zu Dutzenden als Ersatz für Abenteuerromane abgedruckt werden, zu schildern.

Nicht die Siege waren es, der Angriffsgeist oder gar die Husarenstückchen.

Was der Soldat ertragen mußte und was er zu ertragen vermochte, machte seine Größe aus!

Das nicht vergessen zu lassen und meine Stimme warnend zu erheben, damit eine nachfolgende Generation nicht in ein neues Stalingrad marschiere, ist der Sinn all dessen, was ich zu berichten habe.

Es ist der 3. Februar 1943 im Raum von Stalingrad. Ein russischer Lkw in rascher Fahrt von Karpowka nach Gorodischtsche.

Der Fahrer ist bester Laune und tritt auf die Tube, daß die Lager scheppern. Eigentlich müßte er anhalten und den Ölstand prüfen. Der Karren braucht gut seine fünf Liter Öl auf 100 Kilometer. Bis Gorodischtsche wird er's schon noch machen.

Es ist sowieso die letzte Fahrt des alten Zis.

In Gorodischtsche liegt der Urlaubsschein fertig ausgestellt; und wenn Nikolai zurückkommt, wird er auf einen der neuen amerikanischen Studebaker umsteigen.

Was ist das für ein Vergnügen, über eine Rollbahn zu fahren, die wieder russisch ist, nicht mehr eingesehen wird und nicht mehr unter Beschuß liegt!

Die Deutschen sind zwar alle noch da, die ganze Rollbahn entlang; nur liegen sie jetzt unter dem Schnee. Tote sehen keine Rollbahn mehr ein; die wollen ihre Ruhe haben.

Nur besseres Zigarettenpapier sollten sie haben. Der Beifahrer reißt die deutschen Overstolz auf; der Tabak ist gut, und darum dreht er mit dickem, holzigem Zeitungspapier Papyrossy aus den Overstolz – für den russischen Gaumen.

Der Rotarmist, auf der offenen Ladefläche des Wagens, breitbeinig mit dem Rücken an das Führerhaus gelehnt, ist weniger gut gelaunt.

Er hat Befehl, mit der MPi im Anschlag auf die Ladung aufzupassen.

In schmutzige zerrissene Decken sind fünf Bündel gewickelt und wie halbleere Säcke an die rechte Bordwand gelehnt.

Im gleichmäßigen Rütteln des Wagens schaukeln sie hin und her. Hosenbeine mit Stiefel dran strecken sich aus den Jammerbündeln.

»Nikolai, der Hund, fährt wie ein Verrückter!«

Wenn er scharf bremst, über eine der vielen verschneiten Bodenwellen aus hartgefrorenen Leichen poltert oder durch ein Loch rumpelt, kollern die fünf Bündel auf dem Wagen durcheinander.

Gespannt beobachtet sie dann der Rotarmist.

Bleiben sie durcheinandergepurzelt wie gefrorene Kegel liegen, kann er sie gleich im Fahren über die Bordwand abladen – zu ihren Kameraden – und sich auch nach vorn ins Führerhaus klemmen, wo es gemütlicher ist. Es ist dem guten Dimitrij etwas unheimlich, wie es sich unter den Decken immer wieder regt, bewegt und langsam aufrichtet; daß noch Leben drin ist, verborgen und zugedeckt.

Sie tun nichts, reden keinen Ton und lassen nicht eine Nasenspitze von sich sehen, die fünf deutschen Gefangenen. – Ein Major, ein Hauptmann, ein Oberwachtmeister, ein Unteroffizier und ein Gefreiter waren sie in Richtung Don geflüchtet, um die eigenen Linien wieder zu erreichen.

Vom Iwan doch noch geschnappt, haben sich die fünf, halb verhungert und steif gefroren, stumpf in ihr Schicksal ergeben. Die Decken über die Köpfe gezogen, hocken sie eng aneinandergepreßt, um die beißende Kälte und den Wind etwas von sich abzuhalten.

Bei einem Ruck des Wagens purzelt der Oberwachtmeister dem Rotarmisten vor die Füße. Dmitrij flucht. Der Oberwachtmeister tastet nach der Bordwand, zieht sich hoch und rutscht wieder neben den Major.

Fällt ihm doch gar nicht ein, die Decke vor dem Gesicht auch nur einen Spalt breit zu öffnen, um den Rotarmisten zu beachten oder gar einen Blick auf die Fahrbahn oder in die Gegend zu werfen.

Beim Barras ausgelernt, ist er stur wie ein Panzer und zerbricht sich nicht schon vorher den Kopf darüber, was alles kommen und mit ihm geschehen wird. Seinem Bewußtsein genügt es, daß er die Bewegung der Fahrt spürt, und es ist ihm piepegal, wohin es geht, wenn er nur nicht marschieren muß. Er läßt sich von der Bewegung des Fahrzeugs mitschaukeln, und sein einziges Trachten ist: Wie werde ich mich vor der Kälte verkriechen und wo was zum Essen ergattern?

Keine Kraftfahrer, diese Iwans! Wenn der Bursche ruhiger fahren würde, könnte er vielleicht etwas einschlafen und träumen, er säße in einem gutgeheizten Urlauberzug.

Der Rotarmist schimpft immer noch vor sich hin und stößt mit dem Fuß nach dem Oberwachtmeister, der ihm am nächsten sitzt.

»Leck mich doch am Arsch, du dummes Schwein!« brummt der Oberwachtmeister und kriecht noch mehr in sich zusammen.

Der Rotarmist redet aber weiter, klaubt einige Brocken Deutsch zusammen. »Woina – Krieg – nix gutt! – Du doma, bei math, das charascho, gutt, da? – Du chaben Kinder?« – Er möchte sich unterhalten, spüren und zeigen, daß sie nach dem Grauen alle noch Menschen sind und daß sie das miteinander verbindet.

Der Oberwachtmeister will nichts, als in Ruhe gelassen werden.

Nur das Gehirn läßt sich nicht abschalten. Dieser Iwan mit seinen blöden Fragen rührt den ganzen Gedankeneintopf wieder auf. Natürlich hat er Kinder. – Urlauberzug! – In Lemberg ist Entlausung – und dann Heimatbahnhof Bochum.

Tilde weiß nichts davon, daß ich komme. Die Kinder sind in der Schule. – Ob sie gut lernen? – Mal wieder breitbeinig daheim in der Küche sitzen und die Hefte durchsehen.

In der Küche? – Der Ami hat ganz schön abgeladen über Bochum, doch dem letzten Brief nach steht sein Häuschen noch.

Einheizen muß Tilde, daß der Ofen platzt, und Kaffee, echten natürlich, und Sandkuchen muß es geben. Ja, seine Tilde, das ist schon ein leckeres Frauenzimmer. Müssen mächtig gewachsen sein, die Bengel, seit dem letzten Urlaub – und von dem jüngsten, dem Mädchen, weiß er nur aus Briefen, daß es da ist. – Verdammt, ob er die Göre auch selbst angebaut hat? – Wieviel tausendmal hat er an seinen zehn Fingern gerechnet, und es ging sich nicht und nicht mit der Zeit aus. Er kommt immer auf sechs Monate. – Ob es auch Sechsmonatskinder gibt? – Er schrieb Tilde nie darüber. – Das wollte er mit ihr persönlich ausmachen. –

Es war ihr eigentlich nicht zuzutrauen. – Oder doch? – Wer kennt schon den anderen? – Es ist Krieg! – Krieg auch in der Liebe, und Männer sind für die Weiber nur in Urlaubsrationen zu haben. Manchen, vielen ist das ebenso zuwenig wie die Zucker-, Fett- und Brotzuteilung – und Gehrke, der Krämer, ist gefällig in jeder Hinsicht. Er gibt ab und zu was ohne, auch an Tilde.

Er soll da schon an eine Verkehrte gekommen sein, die ihm eine geklebt hat, als er sie nach Ladenschluß bestellte und ihr unter die Bluse greifen wollte, für ein Stück Mettwurst.

Auf Tilde war er immer schon scharf. Ist mir zu gefällig, der Bursche. Ich habe hier in Stalingrad die ganze Scheiße mitgemacht, und das Schwein hat unterdessen mit Tilde in unseren Ehebetten gelegen.

Ich fahre hier auf diesem Dreckskarren wahrscheinlich ins Verrecken, und das Schwein liegt mit Tilde in unseren Ehebetten! – Ob sie die Reizwäsche trägt und sich mit Chanel einparfümiert, das ich ihr aus Frankreich geschickt habe? – Und dem mit meinem Benediktiner aufwartet? –

Aus die Gedanken! – Besser nicht überraschend heimkommen. Komm' sowieso nicht wieder. Auch egal! – Sie soll mit den Kindern keinen Hunger, keine Kälte leiden und durchkommen. Es ist so weit, daß ein jeder für sich schauen muß, wie er zurechtkommt.

Der Gefreite kämpft verbissen um seine Decke, hält sie fest; zieht sie immer wieder allmählich an sich und stemmt seine Ellbogen dem Major in die Seite, der neben ihm sitzt und des Gefreiten Decke selbstverständlich für sich haben möchte.

Er war Putzer des Majors. War! – Ein widerlicher und arroganter Hund, der Major. Der Gefreite haßt ihn. Zu ihm hat er sich etwas besser benommen, aber nur, weil er auf ihn angewiesen war, zu ungeschickt, sich selbst auch nur seine Stiefel anzuziehen. Selbst auf der Flucht noch verpaßte er dem Gefreiten einen Anschiß, weil der nicht auch das Seidenpapier zum Hinternauswischen mitgenommen hatte.

Es bereitet dem Gefreiten einen solchen Triumph, sich auszumalen, was den Major in russischer Gefangenschaft erwartet, daß er nicht dazu kommt, an sich selbst zu denken.

Er hat genug mitgemacht, und das wenigstens ist vorbei. Es ist ihm eine Beruhigung und Genugtuung, daß diesmal auch die höheren und höchsten Dienstgrade sein Schicksal teilen. An die Herren von den Stäben mag sich der Russe halten und nicht an den einfachen Landser.

Das den Russen auch zu sagen, nimmt er sich vor.

Der Major, den Kopf entblößt, da ihm der Gefreite endgültig die Decke halb weggezogen hat, ist über diesen Treuebruch zutiefst erschüttert, weil er spürt, daß er nicht mehr die Macht hat, sich mittels Befehls widerspruchslos durchzusetzen. Die Augen weit aufgerissen, starrt er vor sich hin, gegen eine Wand des Grauens.

Er ist bis ins Innerste gepeinigt von der Vorstellung, beschimpft, gedemütigt, gequält, gefoltert, vielleicht sogar geprügelt zu werden und dabei das Gesicht zu verlieren.

Er weiß, er ist zu schwach, um standhalten zu können. Er wird lieber reden, den Russen alles sagen, was sie von ihm wissen wollen; alle seine Kameraden und sich selbst verraten und die Schmach schlucken, wenn er sich dadurch eine erträgliche Behandlung erkaufen kann.

Wie dann weiterleben und den Verratenen ins Gesicht schauen können, wenn es an den Tag kommt?

Seine ganze Erbitterung gilt Hauptmann Wisse, der ihn davon abgehalten hat, sich zu erschießen und sich einen guten Abgang zu verschaffen. Er weiß, daß er den Zeitpunkt versäumt hat, wo er den Mut dazu hatte, Hand an sich zu legen.

Von Schuld fühlt er sich frei. Wenn es eine gibt, so tragen sie die anderen über ihm, die ihm ihre Befehle erteilten.

Er hat nichts als blind gehorcht und ist bereit, diese Haltung als untadelig und unanfechtbar zu vertreten.

Schuld daran, daß er in dieser fatalen Lage sitzt, ist wieder nur dieser verdammte Wisse.

Der Hauptmann hat, in der Ecke am Wagenende hockend, den ungünstigsten Platz erwischt – besser gesagt, sich selbst ausgesucht.

Er ist der jüngste unter den fünfen – aber weitaus am längsten im direkten Kampfeinsatz an allen Fronten, von Dünkirchen bis an die Wolga.

Nach dem Selbstmord des Obersten hatte der Hauptmann die verbliebenen Männer, den Major, den Oberwachtmeister, den Unteroffizier, den Gefreiten und den Hiwi Iwan, nochmals zu einer Einheit zusammengefaßt und eine Gruppe, eine Fluchtgruppe, aus ihnen gebildet, sich an die Spitze gesetzt und versucht, sich 200 Kilometer weit durch Feindland zu den eigenen Linien durchzuschlagen.

Das Unternehmen war gescheitert. Aber solange sie ihm nicht genommen wird, fühlt der Hauptmann noch Verantwortung für seine Kameraden.

Auch er hatte sich eine Zeitlang gegen die 30 Grad Kälte, den Fahrtwind und den Schneesturm in seine Decke eingeigelt und dabei versucht, sein Inneres auf stur zu schalten.

In seinem Hirn beginnen Erinnerungen zu kreisen, seltsamerweise aus den untersten Schubladen; Nichtigkeiten, Episoden, Menschen, die er für immer vergessen geglaubt.

Es beschäftigte ihn etwa intensiv die Frage, zu welchem Geschäft die Schilder gehörten, in deren Aufschriften er Rechtschreibfehler entdeckt hatte – und welcher Art die Rechtschreibfehler gewesen waren.

Er versucht zu ergründen, welche Absicht damals jene große, elegante, parfümierte, sehr hübsche und reife Frau gehabt hatte, als sie während eines heftigen Platzregens ihn, den sechzehnjährigen Gymnasiasten, einlud, doch mit unter ihren Regenschirm zu kommen, und er fragt sich, ob, wenn er es geschickt und weniger zurückhaltend angestellt hätte, nicht sein erstes Abenteuer daraus entsprungen wäre.

Es quält ihn, sich das Gesicht der Frau in Erinnerung zu rufen, die er in der Schönbrunner Allee vor einem fahrenden Autobus, in den sie gerannt wäre, zurückgerissen hatte.

Er verscheucht unwillig die kindischen Erinnerungen, und es schießen die wirrsten Gedanken kreuz und quer durch seinen Kopf, etwa, wie sich die Quadratur des Kreises lösen ließe.

Er unterdrückt die Gedanken, und Vorstellungen nehmen ihn gefangen.

Er sieht sich im Extraanzug und Stahlhelm, mit weißen Handschuhen, den Säbel in Paradehaltung zur ganzen Größe aufgerichtet, die Stufen zur Reichskanzlei hinaufsteigen.

Und auf dem Platz davor im Schneetreiben stehen Kopf an Kopf dicht gedrängt die Gefallenen, die Verhungerten, Erfrorenen und die Gefangenen von Stalingrad. Die Verratenen und die wie ein vom Winde verwehter Hut Abgeschriebenen haben ihn, den Hauptmann Wisse, zu ihrem Fürsprecher gemacht und zum Führer geschickt.

»Du hast mit uns bis zur letzten Patrone gekämpft, Hunger, Kälte, Todesangst, Heimweh und unfaßbare Entbehrungen mit uns geteilt, dir wurden gleichfalls Hoffnung und Glaube brutal zertreten – und dieser ungeheuerliche, feige, heimtückische, ehrlose Verrat, er kann nicht wahr sein! – Du mußt zum Führer und ihm alles erzählen!«

Endlos schreitet, wandert, marschiert, schleppt er sich durch leere Säle, und kleine Fische von Generalen, lumpige Generalmajore und Generalleutnante stehen grinsend herum, narren ihn und lassen ihn rennen, ohne daß er je ans Ziel kommt.

Verzweifelt, mit letzter Kraft, brüllt er los: »Ich will zum Führer! Ich komme aus Stalingrad!« Und sein Herz zieht sich zusammen, als ob es abgeschnürt würde.

Der Reichsmarschall vertritt ihm den Weg. »Wir wissen es, mein lieber Hauptmann, und haben Sie erwartet!« Er geht auf den Hauptmann zu, schüttelt ihm die Hand und klopft ihm anerkennend auf die Schulter.

»Ich will zum Führer!« haucht Wisse.

»Er will zum Führer!« sagt der Reichsmarschall betont.

»Er will zum Führer«, wiederholen höhnisch wiehernd die Generalobersten und Feldmarschälle.

»Lacht nicht so doof!« weist Göring seine Komplicen zurecht. »Wenn er doch zum Führer will!?«

»Tja, der Führer«, fährt Göring fort, »ich glaube nicht, daß der jetzt zu sprechen ist – und außerdem ist er über alles, was Sie ihm erzählen wollen, schon genau unterrichtet. Traurige Sache das mit Stalingrad, aber im großen Kriegsgeschehen und auf unserem Vormarsch doch nichts weiter als eine allerdings peinliche Panne, die aber jedem passieren kann. – Und außerdem habe ich die volle Verantwortung für Stalingrad auf mich genommen! – Ich habe eine große Rede gehalten, dazu sogar in einem Geschichtsbuch nachlesen müssen; euch vor aller Welt den Helden um Leonidas gleichgestellt und seinen Kampf in den Thermopylen mit dem euren verglichen!

Ihr habt ein Begräbnis erster Klasse bekommen, und ich garantiere euch, daß ihr in der Geschichte der Menschheit auf dem Ruhmesblatt unvergänglicher Heldentaten verzeichnet sein werdet!«

Bin ich schon durchgedreht oder bin ich auf dem Wege dazu? fragt sich Wisse, reißt die Decke weg und streckt den Kopf wieder an die eisige Luft, um sich zu ernüchtern. Er weiß, was er braucht ist, der Gegenwart ins Gesicht zu schauen, um mit ihr fertig zu werden, wenn er durchkommen will.

Viele Kameraden bestätigen ihm später, daß auch sie oft die unsinnigsten Gedanken und Vorstellungen hatten, und der katholische Divisionspfarrer Kaiser meint, das sei eine natürliche Reaktion und manchmal die lebensrettende Hilfe des Gehirns.

Die seelischen Erschütterungen, die körperlichen Entbehrungen, der Hunger, die Entkräftung und vor allem die furchtbare Kälte und der Schneesturm seien imstande, den Körper so zu peinigen, daß er das einfach nicht aushalten könne; da springt das Gehirn ein und holt eiligst aus allen Winkeln Gedanken, Erinnerungen und Vorstellungen, um den Menschen von der Qual abzulenken, an der er sonst zugrunde ginge.

Das Gesicht des Rotarmisten ist an Brauen, Wimpern und Bart eisverkrustet. Er ist ein wuchtiger, robuster Bursche, und doch friert er durch seine Pelzmütze, den zottigen Halbpelz, die wattierten Hosen und die Filzstiefel, als ob er halbnackt wäre.

Auch seine MPi ist dicht mit Eis beschlagen.

Nach zwei Minuten schlägt auch der Hauptmann die Decke über den Kopf, den Mund und die Nase, und nur die Augen läßt er frei.

Er will alles noch einmal sehen.

Mit entzündeten, schmerzenden Augen, aus denen der eisige Wind unaufhörlich die Tränen preßt, schaut er über die rückwärtige Planke in das Weiße des unter dem Wagen zurückflitzenden Schnees.

Wo sie durch tiefer gelegenes Gelände fahren, ist die von Autos und Panzern glattgewalzte Straße mit haushohen Schneewehen gesäumt.

Er kennt hier jeden Handbreit Boden, ist an vielen Stellen in verzweifeltem, aussichtslosem Kampf gegen den übermächtigen Gegner gestanden.

Eine geschlossene deutsche Front hat es nicht mehr gegeben.

Schon in aussichtsloser Lage, die letzte Chance des Ausbruchs aus der vernichtenden Umklammerung verpaßt, von der eigenen höchsten Führung preisgegeben, hatten es die Befehlshaber von Stalingrad abgelehnt, auf das russische Kapitulationsangebot einzugehen und die Reste der Armee zum Sterben antreten lassen.

In den kurzen Abschnitt einer Balka verschanzt, oft ohne ein Pakgeschütz gegen Panzerrudel und von diesen überrollt...

Um jede Lehmhütte, um jedes Straßenstück, manchmal kaum eine Handvoll Männer, gegen Hunderte und Tausende Feinde, an jede Höhe geklammert, mit ein paar ausgeleierten Geschützen bis zur letzten Granate feuernd und vom Geschoßhagel zerschlagen, kämpfte und starb der deutsche Soldat um Stalingrad.

Es war nur mehr ein Abschlachten, und den Russen war das Töten schon zuviel. Sie hatten Befehl, wo es ging, auszuweichen, zwischen den Stützpunkten durchzustoßen, und wenn es sich vermeiden ließ, nicht mehr auf deutsche Soldaten zu schießen.

Aber der deutsche Soldat wollte nicht in Gefangenschaft. Ihm war der Wahnsinnskampf bis zum letzten Mann befohlen worden.

An die Stelle der Gefallenen wankten, ausgemergelt, entkräftet und halb verhungert, die noch lebten und eine Waffe führen konnten. Sie besetzten die Stützpunkte wieder, verteidigten sie, bis sie vernichtet wurden, warfen sich immer wieder dem Feind entgegen, krallten sich verzweifelt in die Steppe, fügten dem Gegner immer wieder schwere Verluste zu, hielten ihn auf, verzögerten das Ende und starben, wenn die letzte Patrone, die sie sich oft selbst durch den Schädel jagten, verschossen war.

Und mehr als im Kampfe fielen, verhungerten, erfroren oder brachen vor Erschöpfung zusammen.

Vor Tagen noch hatte hier jede Anhöhe, jedes Haus, jede Balka und Straße ihre Bezeichnung und strategische Bedeutung gehabt.

Die Generalstäbler setzten ihre Fähnchen, zeichneten die HKL in ihre Karten und hielten die Front auf dem Papier.

Sie warfen dem Gegner Divisionen entgegen, die noch Bataillonsstärke hatten, aber nicht einmal mehr deren Kampfkraft, Regimenter, die kaum noch eine Kompanie waren, zusammengewürfelt aus allem, was noch lebte, und sie bildeten Kampfgruppen aus Toten, Sterbenden und Verwundeten.

Wie ein riesiges Leichentuch hat sich eine dünne Schneedecke über das Land gebreitet.

Die Schlacht ist vorüber.

Die Landschaft hat ihr Bild verändert. Sie ist, so weit der Blick reicht, kreuz und quer mit winzigen, länglichen, verschneiten Erhebungen übersät. Es sind unter dem Schnee die gefrorenen Leichen von Hunderttausenden Toten, Deutschen und Russen, die nun friedlich nebeneinanderliegen. In jedem Bunker Tote.

Die Wegstangen mit den Strohbündeln, die die Fahrwege durch die Steppe kennzeichneten, sind vom Sturm umgebrochen; dafür markieren jetzt gefrorene Leichen, mehr als je Stangen am Straßenrand steckten, aus allen Himmelsrichtungen den Weg nach Stalingrad.

Die Hügel sind noch armiert mit Geschützen, die MGs stehen in den Stellungen, Panzer sind aufgefahren, aber sie sind zerschlagen, zermalmt, zerfetzt und in den Steppenboden gewalzt. Waffen und Wehr einer deutschen Armee liegen in Scherben zertrümmert über das Land verstreut, sind zu Schrott geworden, und der erste Rost hat sich angesetzt. Der Kampflärm ist erloschen. Aus keinem Lauf mehr Mündungsfeuer und Mündungsknall.

Es herrscht Totenstille, wie es sich geziemt. Denn die Bedienungsmannschaften, die um ihre Geschütze, MGs und in den zerschossenen Panzern hocken, die Infanteristen, manchmal noch den Karabiner im Anschlag, vom Sterben überrascht, sind in ewige Ruhestellung gegangen. Nur ab und zu kreisen ein paar Raben krächzend im grauen Schneehimmel über dem Totenfeld.

Heulend schleudert der Sturm Fahnen von Pulverschnee über die Höhen, verweht an einer Stelle die Spuren der Verwüstung, um zornig anderswo das Leichentuch wegzureißen und das Grauen nochmals aufzudecken.

Eine deutsche Wagenkolonne, die zerschlagen wurde. Ladung, Räder, Planken, Achsen, Motoren sind zu einem wirren Haufen durcheinandergewürfelt und mit abgerissenen Armen und Beinen, Uniform und gefrorenen Fleischfetzen ineinandergewühlt.

Das Dach eines Sankras ist abgerissen, und zwei der Insassen liegen hochgeschleudert mit blutigen Verbänden auf der Motorhaube des Funkwagens, der dahinter steht.

Der Fahrer eines Lkws, in der geöffneten Tür des Führerhauses hängend; die Beine, darunter weggerissen, hocken selbständig am Trittbrett, die Füße auf dem Boden aufgesetzt. Und jetzt fahren sie am Flugplatz von Pitomnik entlang, der zum Grab einer deutschen Luftflotte wurde. Hunderte von Flugzeugen, am Boden zerstört und ausgebrannt, recken kalt und gespenstig wie versinkende Schiffe ihre zerbeulten, zerschossenen Bugkanzeln und die Gerippe der Leitwerke in die Luft. Geknickte Flugzeugleiber, abgerissene Tragflächen, zerfranste Propeller, als wäre dies alles aus Pappendeckel und hätte eine Riesenfaust dreingeschlagen.

Keine 100 Meter seitlich der Straße liegt eine viermotorige Heinkel, den Rumpf aufgerissen und das Blech an den Rißstellen eingedreht. Und aus dem aufgerissenen Rumpf, wie Eingeweide herausquellend, kreuz und quer durcheinander, Gliedmaßen, Köpfe, Leiber, steifgefrorene Leichen in schaurig grotesken Stellungen.

Daneben steht noch eine Zugmaschine mit Verwundeten, die zum Abflug in ein Heimatlazarett hergefahren wurden, eben als russische Panzer und Rotarmisten von allen Seiten den Flugplatz stürmten und in einem Inferno aus Flammen und Granaten, was Leben hatte und Form besaß, vernichtet wurde.

Die links und rechts der zum Flugplatz führenden Straße sich hinstreckenden dammartigen Erhebungen sind eine Barriere aus über 10000 Toten, die meist verwundet, vielfach nur mehr kriechend, auf Bretter, Stöcke oder einen Kameraden gestützt, zusammenbrachen, da sie hundertmal zuviel waren, um in einer Maschine für den rettenden Heimflug Platz zu finden.

Wieder einmal rüttelt es den Wagen, und es hebt ihn zuerst links und dann rechts seitlich etwas hoch, da der Fahrer scharf, aber zu spät bremst, als die Räder über eine Unebenheit hinwegrollen.

Ein wildes Aufkreischen grausamen Vergnügens, das der Fahrer ausstößt, und sein Ruf »wot Friitz!« lassen alle hochfahren und hinter sich auf die Straßenkreuzung zurückschauen.

Dort liegt, was sie eben überfahren haben und was ehemals zwei deutsche Soldaten gewesen sein mußten. Raupenketten und die Räder unzähliger Fahrzeugkolonnen haben die durch 30 und mehr Grad Kälte zusammengefrorenen Körper, den Rumpf und die ausgespreizten Gliedmaßen, auf die drei- bis vierfache Ausdehnung auf die Straße gewalzt. Des einen mit dem Gesicht nach oben gerichteter Kopf ist eine große, ovale, plattgewalkte Scheibe, aus der noch Ohren, zerquetschte Nase, Mund und verglaste Augen, zu einer gräßlichen Fratze verzerrt, den Betrachter anstarren.

Da ziehen die Gefangenen wieder die Decken über die Köpfe, kriechen in sich zusammen und rückten noch enger aneinander.

Erfüllt von Entsetzen, denken sie zu gleicher Zeit daran, daß diese grotesken, gewalkten, gefrorenen Riesenkuchenmännchen aus Fleisch und Knochen einmal lebendige Menschen waren wie sie selbst, die atmeten, lebten, liebten – von einem Schicksal aus Hoffnung und Enttäuschung begleitet gewesen waren – und daß sie Mütter, Väter, Frauen und Kinder hatten, die nach ihnen bangten und auf ihre Heimkehr warteten.

Über den Hügeln von Gorodischtsche glüht noch die Hälfte einer riesigen, blutigen Sonnenscheibe.

Dort, hinter diesen Hügeln, muß das Ende der Welt liegen, das ich als kleiner Junge direkt hinter dem Gartenzaun unseres Hauses in Hietzing vermutete, denkt Wisse.

Auf einer dieser Hügelkuppen stehend, knapp am steilen, zerklüfteten Abbruch und Ende unseres Planeten, muß man hinaussehen können in den Weltenraum und darin zum Greifen nahe, in ganz furchtbarer Größe, die rotglühende Abendsonne vor Augen haben.

Darauf zufahrend, biegt der Lkw scharf links ab – hinein nach Gorodischtsche.

Der Hauptmann reckt sich hoch, und über die Bordwand hinaus greift er mit ausgestreckter Hand noch einmal nach der Sonne.

»Stoj!« knurrt der Rotarmist auf dem Wagen und schwenkt seine MPi mit Zielrichtung auf Wisses leeren Magen.

Violett sein Licht färbend, versickert der Tag über der verschneiten Steppe in der russischen Erde. Sie fahren durch den Ort. Er kennt ihn, war oft dagewesen. Vor zwei Wochen noch war hier geographisch wohl Rußland – aber mit Wegweisern, Aufschriften, Wagen, Waffen, Uniformen, Menschen, Stimmen und Getriebe eine deutsche Insel – die im roten Sturm, der über die Steppe heranbrauste, wieder abbröckelnd versank.

Drei Tage und Nächte waren sie in Richtung Don geflohen, und in 2 Stunden hat sie der russische Lkw zurückgebracht.

Das war noch ein Abenteuer gewesen. Vielleicht das letzte. Erst als Wisse vor dem russischen Armeestab vom Lkw gezerrt wird, ist es für ihn Tatsache geworden, in russischer Gefangenschaft zu sein.

Totzdem schaut er sich neugierig um. Es interessierte ihn schon immer, wie es im Laden hinter den Linien des Gegners aussehen mochte. Nun hat er Gelegenheit dazu.

Gefangen – das heißt der Laune, der Tücke, der Vergeltungssucht und Willkür eines unheimlichen Feindes, auf den man geschossen hatte und den man vernichten wollte –, wehrlos preisgegeben zu sein. Recht? Hier scheint es verwirkt, und nur auf Gnade noch ist Hoffnung.

Was werden sie mit mir tun? fragt sich der Hauptmann.

In Verhören foltern, demütigen und zu Tode quälen?

Unter Panzerketten in den Schnee stampfen?

Mit Genickschuß erledigen?

Zu Tode prügeln und den Kadaver auf den Abfallhaufen werfen – oder langsam in Sibirien verrecken lassen?

Die eigenen Propagandaposaunen hatten den Soldaten jahrelang mit schaurigen Berichten darüber die Ohren vollgeblasen.

Es wäre vielleicht doch besser gewesen, sich eine Kugel durch den Kopf zu jagen oder sich mit einer geballten Ladung in die Luft zu sprengen.

Und wenn nun ein Rotarmist seinen Karabiner hochschwingt, um mir mit dem Kolben das Schädeldach einzuschlagen?

Was werde ich tun? – Werde ich mich wehren?

Auf jeden Fall, das weiß ich, werde ich schauen, wie er das macht, und wenn ich verrecke, werde ich noch zusehen dabei, nur um zu wissen, wie das ist.

»Charascho budit!« ruft ihnen der Rotarmist, der sie herbrachte, noch ermunternd zu, ehe er wieder auf den Lkw springt und damit abrollt.

Der Oberwachtmeister, der Unteroffizier und der Bursche des Kommandeurs werden von Hauptmann Wisse und Major Goltz abgesondert.

Eine niedrige Bauernkate aus Lehm. Unter der Tür muß sich der Hauptmann bücken. Erster Eindruck, ein geheiztes Zimmer. Nach Tagen Wärme, die in flutenden, zitternden Wellen von einem rotglühenden Ofen ausströmt und die Wisse gierig in die durchfrorenen Lungen saugt.

In einer halben Stunde würde sogar der zu Blech gefrorene Kampfanzug auftauen und zehn Zehen, die irgendwo noch in den Stiefeln stecken müssen, würden wieder lebendig werden.

Die beiden deutschen Offiziere werden dem russischen Major einer sowjetischen Propagandakompanie übergeben, die sich hier installiert hat.

Die Wände des Zimmers sind austapeziert mit Propagandaplakaten, Flugzetteln, Frontberichten und roten Spruchbändern. An der Wand über dem Tisch, von einer roten Fahne schwungvoll drapiert, hängen die Bilder Lenins und Stalins.

Zu knallig, aufdringlich – scheint es dem Hauptmann, und unsäglich primitiv die ganze Aufmachung. Sieht aus wie auf einem Gschnasfest! – Wisse kann ein Lächeln nicht unterdrücken. Der russische Major erhebt sich, folgt Wisses Blick, und etwas wie ein Lächeln zuckt um seine Mundwinkel.

Der Russe ist hochgewachsen, schlank, blond, gepflegt und weltmännisch.

Neben ihm in einen Stuhl gewuchtet hockt ein russischer Kapitän, breit, untersetzt, mit einem Stiernacken.

Auch er hat Wisses Betrachtung der Raumausschmückung mitverfolgt und scheint böse darüber zu sein, daß der Wandschmuck nicht des deutschen Offiziers ernsthafte Beachtung findet.

Unter einem schwarzen, ungepflegten Haarpelz ein feistes, gebräuntes Gesicht. Unter dichten Brauen, aus fanatischen, funkelnden Augen mißt der russische Kapitän die beiden deutschen Offiziere haßerfüllt.

Scheint es nicht gut mit uns zu meinen! – denkt Wisse. Bekannte Sorte, von der haben wir bei uns auch genug.

»Wie heißen Sie?«

»Wie ist Ihres Vaters Name?«

»Wo sind Sie geboren?«

Diese Fragen wurden dem Hauptmann bei vielen Einvernahmen schon so oft gestellt, daß er dem ihn vernehmenden Kommissar die zuerst russisch gestellten Fragen – Familia? – Imia? – Otschestwo? – ohne Übersetzung gleich auf deutsch beantwortet.

»Gehörten Sie der Nationalsozialistischen Partei an?«

»Warum sind Sie zur Wehrmacht gegangen?«

»Wo haben Sie gekämpft?«

»Welche Funktionen hatten Sie im Kessel?«

»Warum haben Sie bis zuletzt gekämpft und nicht das sowjetische Übergabeangebot angenommen?«

Der blonde Major stellt diese Fragen freundlich mit angenehmer Stimme, er nickt Wisse immer wieder ermunternd zu, ihm zu antworten, daß es schon nicht den Kopf koste, und in seinen Augen und um seinen Mund ist ein Hauch Güte und Mitgefühl. Ein Mensch! – Er spricht fließend Deutsch, und Wisse schließt daraus, daß er Jude sei.

Der sowjetische Kapitän folgt der Vernehmung, ohne selbst ein Wort dazu zu sagen.

Plötzlich springt er auf, strafft seinen Uniformrock, und schnell redend läßt er einen Wortschwall in russischer Sprache auf Major Goltz und Hauptmann Wisse los.

Dem Tonfall entnimmt Wisse, daß es sich um Fragen handelt.

Wieder Schweigen. – Der Russe wartet eine Weile, mißt die deutschen Offiziere prüfend und fragt mit gespielter Verwunderung:

»Nje ponemai? – nicht verstehen?!« – Er winkt dem blonden Major ab, der übersetzen will. Die Deutschen vermuten eine Falle und schweigen.

»Wenn Sie nicht verstehen Russisch«, fragt der Kapitän in mühsamem Deutsch mit hartem Akzent, »was wollen Sie hier an der Wolga?«

Er ballt dabei die Fäuste, stößt sie von sich, und in seiner Stimme und seinem Blick ist Vorwurf, Erbitterung und der ganze Schmerz der russischen Seele.

Ein Posten, die MPi um den Hals gehängt, führt Goltz und Wisse ab. Klein, massig, verdrossen und unzugänglich stapft er hinter den Gefangenen her und führt sie auf eine freie Fläche hinter den Häusern des Dorfes. Der Schnee dort ist schmutzig vom Ruß aus den Schornsteinen und von Radspuren und Fußstapfen durchackert.

»Stoi!« brüllt der Posten, und die Gefangenen bleiben ruckartig stehen. Ob jetzt eine Garbe in meinen Rücken peitscht und mich auf die Nase hinwirft? – Wisse ist darauf gefaßt, und es kommt ihm gar nicht so arg vor. Er fühlt sich leicht und schwebend. Ein Gebet ist auf seinen Lippen. Gott ist so nahe! – Ein Gedanke an zu Hause und ein Ruf an die 200000 Toten – Kameraden, ich komme zu euch!

Der Iwan hat sich nur eine Papyrosa gedreht und stößt die Offiziere weiter vor sich her zu einem Erdloch, das, durch eine grüne Zeltplane abgedeckt, der Zugang zu einem Bunker ist.

Sie müssen auf allen vieren durch das Loch kriechen.

»Dawai, dawai!« schreit der Posten und tritt den Offizieren in den Hintern, um sie zu beschleunigen.

Mein Führer. Zwei preußische Offiziere auf allen vieren sich in einem Loch verkriechend und dabei von einem gewöhnlichen bolschewistischen Soldaten kräftig in den Arsch getreten!... Wäre das nicht ein Propagandabild, das die Moral der Truppe heben könnte – und das unaufhaltsame Vordringen der siegreichen deutschen Wehrmacht auch an dieser Front treffend illustrieren würde?

In dem Loch ist Finsternis, Erdfeuchte – und kalter Mief.

Wisse spürt unter seinen Knien Arme, Beine Leiber – greift, die Hand vorsichtig tastend, ausstreckend, mitten in ein fremdes Gesicht.

»Doofer Hund – kannste nicht achtgeben? –«

»Mensch, mein erfrorenes Been, du kniest druff!« jault es.

»O weh, o weh, o weh!« wimmert es aus einem Leib, an den Wisse stößt. Püffe nach ihm, Flüche auf ihn. Keine Handbreit Platz. Der Bunker ist mit Soldatenleibern so vollgepfropft, daß der Hauptmann über sie hinwegkriechen müßte.

Aus dem lichtlosen Hintergrund tönend, breitschwingend, bezwingend und tröstlich, eine ruhige, tiefe Stimme.

»Kameraden, wir müssen noch mehr zusammenrücken! – Jupp, du kannst dein krankes Bein in meinen Schoß legen. Wartet, ich mache euch Licht!«

Im Schwefellicht des aufflammenden Streichholzes sieht Wisse die grauenhafte Enge dieses Pferchs. Am Boden ein Knäuel Gliedmaßen und Leiber, stoffüberzogen, in Hosen und Mänteln, deuten sie noch auf Menschenkörper. Ihr Gesicht?

Die tröstliche Stimme hält ein Lichtstümpfchen hoch, und im zuckenden Flämmchen mit der dünnen Rauchfahne, Kopf an Kopf, wie Bilder an der Wand, Ikone in einer russischen Kirche, die Leiberknäuel im wohltätigen Dunkel – durch Bartstoppeln, Dreck, Furchen der Verwüstung, Hunger, Verzweiflung, Schmerz und Elegie leuchtet das Menschenantlitz.

In eine Decke gewickelt ein Riese, der sich, am Boden hockend, vorbeugt. Ein mächtiger Schädel, ein breites, offenes Bauerngesicht und Augen, deren Blick fest und vertrauensvoll ist.

»Ich bin der katholische Divisionspfarrer von der 76. I. D.«

Auch Wisse stellt sich vor und ist froh darüber, sich zwischen den Pfarrer und einen vom Fieber geschüttelten Zahlmeister einklemmen zu können.

Major Goltz lehnt sich an die Lehmwand des Bunkers.

Der Pfarrer bläst das Licht wieder aus.

»Das Kerzenstümpfchen und fünf Streichhölzer hat mir eine barmherzige russische Bauersfrau geschenkt! – Es bewahrt uns davor, daß wir in diesem Loch zu Molchen werden!«

Selbst durch die Finsternis ist die beruhigende Kraft des westfälischen Pfarrers zu spüren. Bei ihm ist Schutz und Zuflucht, und was sich um ihn schart, ist nicht verlassen, von Gott und dem Menschen.

Es sind mit Major Goltz und Hauptmann Wisse zwanzig Soldaten aller Dienstgrade durcheinandergewürfelt in dem Loch.

»Wir sollten schon heute abtransportiert werden! – Es wurde wieder verschoben! – Zeit seines Lebens wartet der Soldat vergebens! – Das wißt ihr ja!«

Der Pfarrer erzählt Wisse flüsternd weiter. »Fünf Männer haben so schwere Erfrierungen, daß sie zurückbleiben müssen. Wir erhalten täglich eine Schnitte Brot, und heute abend soll es Fischsuppe mit Erbsen geben. Wer da Glück hat und viel Dickes kriegt – hat vielleicht genug im Bauch, daß er bis zum großen Endlager durchhält.

Wenn wir nur nicht wieder marschieren müssen! – Die Kerle sind schon so schwach, daß sie sich zu Fuß keine zwei Kilometer weit mehr schleppen.«

»Major Goltz!« ruft eine weibliche Stimme vor dem Eingang.

»Die Kommissarin holt ihn ab zum Verhör! – Mich haben sie bis jetzt zwölfmal verhört!« erzählt ein Unteroffizier von der 100. Jäger. Er war auch aus dem Kessel ausgebrochen und hatte sich durchschlagen wollen.

Er durchsuchte die gefrorenen Leichen, die mit Toten vollgepfropften Fahrzeuge, jeden einzeln, konnte kein Krümchen Brot finden und gab sich gefangen, um nicht zu verhungern.

Goltz kommt zurück, er raucht dem Gestank nach eine Papyrosa, und die weibliche Stimme ruft nach Hauptmann Wisse.

Wisse vertraut seine beiden Decken dem Pfarrer an.

Ächzend richtet er sich im Freien auf.

»Komm, Soldat!« Neben ihm steht eine mittelgroße Russin – schlank – in ihrer Offiziersuniform.

Die Nacht ist sternklar und klirrend kalt.

Das russische Mädchen marschiert neben dem Hauptmann. Ihre kräftigen, recht wohlgeformten Beine stecken in Stiefeln aus weichem Saffianleder, die wie Strümpfe an den Waden anliegen.

Der Schnee knirscht unter jedem Tritt. Heimlich studiert Wisse das Gesicht des Mädchens. Es ist weich, mit vollen Wangen unter stark gezeichneten Brauen, großen, etwas schräg gestellten Augen. Die Lippen hat es trotzig vorgewölbt. Volles dunkles Haar, das im Nacken zu einem Knoten geflochten ist.

Es ist ein fremdartiges, ein russisches Mädchen.

Unter dem unendlichen Himmel, mitten in der unübersehbaren Weite der bleichen Schneewüste, drängen sich schattenhaft die Lehmhütten des Dorfes vor einer tiefen Schlucht.

Ein Hund heult. Wie von weither Stimmen in russischer Sprache. Posten, die sich ablösen. Auf einer Anhöhe, 100 Schritte links von ihnen, ein Soldat. Er ist besoffen, tanzt, grölt laut und feuert aus seiner Pistole in kurzen Abständen Schüsse gegen den Himmel.

Als er Wisse und das Mädchen sieht, wirft er freudetrunken die Arme in die Luft. Eine Wodkaflasche schwingend und sein Magazin leerschießend, in verzückten Sprüngen, kommt er lallend auf die beiden zugelaufen.

Scharf ruft ihn die Kommissarin an: Befehle, Zurechtweisung, Scheltworte. Er fällt vor Schreck auf die Nase, rappelt sich auf, wirft die Wodkaflasche weg, steckt die Pistole ein, und Unverständliches vor sich hinmurmelnd, gekränkt, mit hängendem Kopf, stolpert er auf das Dorf zu.

Die Lippen des Mädchens sind schmal zusammengepreßt. Über der Nasenwurzel steht eine steile Falte aus Ärger, und plötzlich lacht es.

»Dummer Armeez!« sagt es kopfschüttelnd, »aber er freut sich so!«

Es ist dasselbe Haus, derselbe Raum, in dem er vorhin vernommen wurde. Durch das erleuchtete Fenster sieht Wisse einen Mann, der, die Hände am Rücken verschränkt, im Zimmer ruhelos auf- und abwandert.

Ein Posten reißt vor der Kommissarin die Tür auf.

Erst im Licht des Zimmers bemerkt Wisse, daß das Mädchen in der rechten

Hand einen riesigen russischen Armeetrommelrevolver hat, den es nun auf den Tisch legt. Er muß darüber lächeln.

Er hat sich noch lange nicht mit seinem Schicksal abgefunden und denkt immer noch an Flucht. Irgendwann, irgendwie wird es schon glücken.

Er trägt einen noch guten und sauberen Kampfanzug über der Uniform. Über die Stiefel hat er Wollstrümpfe gezogen, daß sie von den beutehungrigen Russen nicht gesehen werden – und damit er auf dem eisigen Boden nicht rutscht.

Seit zwei Tagen keinen Bissen im Magen, nichts als Kälte in sich, bis in die Knochen, ist er körperlich ziemlich entkräftet – seelisch angenagt, aber nicht zerbrochen. Noch spürt er genug Trotz zu widerstehen in sich.

Er reißt sich zu einer straffen Haltung zusammen.

Was sagte doch General v. Hartmann zu ihm, als er dem Hauptmann das Infanteriesturmabzeichen an die Brust heftete:

»Ich bin stolz auf Sie – ein wenig auch, weil Sie durch meine Schule gegangen sind. Soldat ist man...!«

»Oder man ist es nie gewesen, Herr General!«

Die Wärme im Raum wird ihn wieder auftauen – das macht das Haltungbewahren leichter.

Und die hübsche Frau! – Er muß darüber in sich hineingrinsen. Schon aus Eitelkeit wird er sich vor einer Frau nicht jämmerlich und schwach zeigen.

Er weiß sich beobachtet. Gerade deshalb schenkt er dem Mann, den er von draußen sah und der sich inzwischen hinter den Tisch gesetzt hat, vorläufig keinerlei Beachtung.

Durch die letzten Wochen im Kessel, bei einer Schnitte Brot und Wassersuppe täglich, hat er für Freßbares Witterung wie ein hungriger Wolf.

Da steigt der Duft von Wurst und Brot in seine Nase, und heißen Tee riecht er.

Gemeine Kreaturen, rast es in seinem Hirn. Vor ihm auf dem Tisch lockt ein Teller und darauf mit dicken Wurstscheiben belegte Brote. Aus einem zerbeulten kupfernen Samowar strömt heißer Dampf.

Die durchfrorenen Gedärme krampfen sich schmerzend zusammen – der Schlund schluckt – und die Augen?...

Die Hunde müssen sehen, daß er seine Augen nicht mehr in der Gewalt hat, daß sie wie Wolfslichter funkelnd, gierig, den schäbigen Fraß verschlingen.

Er reißt den Blick los – heftet ihn auf das Mädchen und den Mann, um sich abzulenken.

Die beiden beobachten ihn gespannt. Erwarten sie ein Schauspiel? Er wippt mit der rechten Fußspitze, kräuselt die Lippen, zeigt sich enttäuscht und gelangweilt über so viel Einfalt und besieht sich die beiden.

Ihm ist eher danach, den zweien an die Gurgel zu springen. Noch ahnt er nicht die Unermeßlichkeit des Leidens, das auf sie alle wartet.

Würde Christus wieder auf die Erde kommen – er müßte von Stalingrad aus mit uns den Marsch in die russische Gefangenschaft antreten, um das Maß allen Leidens vollzumachen und die Welt noch einmal zu erlösen!

Der Mann trägt eine russische Offiziersuniform, ohne Distinktionen. Er mag etwa fünfzig Jahre alt sein. Ein fleischiges, etwas schwammiges, ungesund blasses

Gesicht, im Bemühen, sich zu straffen. Müde und schlaff hängt ihm die Unterlippe herab. Er ist schlecht rasiert und kratzt sich mit einem Bleistift gedankenverloren hinter dem Ohr, als verarbeite er den Eindruck, den der Hauptmann auf ihn macht.

Eine hohe Stirn – trübe übernächtigte Augen hinter Brillengläsern, die den Hauptmann scheinbar gleichgültig ansehen – und ins Wesen zu dringen versuchen.

An dem Mann ist etwas. Er hat zweifellos Format.

Er bedeutet Wisse, sich zu setzen. Der Stuhl steht genau vor dem Teller mit den Wurstbroten.

Wisse bleibt stehen, sieht auf den Mann herab, der sich eine Schale Tee einschenkt, trinkt, sich eine Zigarette anzündet und die Schachtel offen neben den Teller schiebt.

Noch ist es nicht so weit, daß man sich einen Hauptmann Wisse so billig kauft – oder, was er noch mehr fürchtet, ihm eine läppische Falle stellt.

Der Mann erhebt sich gleichfalls, er ist ärgerlich, vielleicht, weil er annimmt, daß ihm dieser junge arrogante Schnösel falsche Absichten unterschiebt. Er kommt hinter dem Tisch hervor, geht um Wisse herum.

»Sie sind doch Österreicher?«

»Ich bin deutscher Offizier. Ich fühle mit meinen Kameraden – und ich fühle mich ihnen zugehörig!«

»Das sind doch Phrasen! – Ich bin Plievier! – Sagt Ihnen das etwas? – Nein?« – Er lächelt. »Sie mißverstehen mich, Herr Hauptmann.«

Er schätzt Wisse ab. Mit wieviel solcher Phrasen ist der Bursche noch vollgepumpt, daß er darüber den Hunger vergißt?

»Warum wurden Sie Soldat?« fragt er scharf.

Wisse ist plötzlich müde und ausgelaugt. Die Frage macht seinem Hirn Beschwerden, und so ist sein Ausdruck gequält.

Plievier mißdeutet das anscheinend und schießt den Hauptmann an.

»Was bewog Sie, sich dem Verbrecher Hitler dienstbar zu machen und seiner Räuber- und Mörderarmee beizutreten?« – Die Muttersprache dieses russischen Offiziers ist Deutsch – das hört Wisse aus dem ersten längeren Satz heraus –, offenbar ein Emigrant.

Wisse hat in den letzten Wochen genug mit Kameraden über die Fehler der militärischen Führung gestritten. Nach dem furchtbaren Verrat, den keine militärische Notwendigkeit rechtfertigen kann, ist eine Welt, an die er glaubte, in ihm zusammengebrochen. Er würde sich nicht scheuen, den Verantwortlichen seine Meinung ins Gesicht zu sagen, aber von dieser Seite aus die Armee beleidigt zu hören, versteift seinen Widerstand nur. Da sie angegriffen wird, fühlt er sich ihr zugehörig und zu ihrer Verteidigung bereit. – Und er schweigt.

Plievier hat seinen Fehler eingesehen und überlegt. Dieser junge Hauptmann interessiert ihn. Er könnte ihm etwas anbieten: gute Verpflegung, Trinken, eine warme Unterkunft. Würde der Hauptmann darauf eingehen, so wird er sich den Wanst vollschlagen; sich aufwärmen – und ihm dafür irgendeine Schauergeschichte erzählen, die er sich hinter dem Ofen ausgedacht hat.

Er wählt einen anderen Weg, den Hauptmann, der elend genug ist, zu zermürben, aufzureißen, bloßzulegen und im Wesen zu erfassen.

»Was für ein Mensch waren Sie vor Ihrer Militärzeit?«

Die Kommissarin erhält einen Anruf und verläßt das Zimmer.

Plievier läßt den Hauptmann mit sich allein, stellt sich abseits zum Ofen, wo er sich wärmt.

Wisse hat sich vorgenommen, die Fragen dieses Plievier zu überhören.

1940 verließ er als frischlackierter Leutnant die Kriegsschule... In Stalingrad ist der Glanz zuerst stumpf geworden, und dann ist auch noch die schützende Lackschicht abgesprungen, denn als ob er porös wäre wie ein Zivilist, sickern die Fragen in ihn ein – und fordern Antwort.

Soldaten sehen, marschieren und denken nur nach vorwärts. Ein Kommando – rückwärts marsch – gibt es nicht.

Es ist quälend, sich zurückzuerinnern – Anfang 1938 in Wien. Der Gymnasiast Wisse im letzten Semester. Er ist ein hochaufgeschossener, aufgeweckter Bursche, unkompliziert und heiter. Das Leben ist schön.

Von der Mutter wird er abgöttisch geliebt, und dank liebenswürdiger Gaben hat er es leicht, Sympathie und Zuneigung zu finden.

Was an tieferen Gefühlen und Regungen in ihm verankert ist, verbirgt er vor der gaffenden Neugier.

Plievier merkt, daß er den jungen Menschen zumindest zum Nachdenken angeregt hat, das möchte er vorwärtstreiben und zum Denken steigern.

»Aus welchem Milieu, aus welchen Lebensumständen kommen Sie?«

Aus dem Milieu des gehobenen Beamtenstandes. – Lebensaufwand und Standesbewußtsein streng vorgeschrieben. –

Generationen, die dem Staate dienen, ohne Spekulationen oder große Rosinen, in Selbstbeschränkung, den sicheren vorgeschriebenen Weg und die Höhe vor Augen, die erreichbar ist.

Plievier gegenüber schweigt der junge Hauptmann.

»Waren Sie Nationalsozialist?«

Wisse bleibt weiter stumm, aber schüttelt verneinend den Kopf.

Wie sagte der Onkel, dessen Anschauungen kompetent für den Familienkreis waren:

»Der Nationalsozialismus ist etwas für Entwurzelte – noch ist die Tradition der Familie Wisse wie eine feste Burg – er ist etwas für Entgleiste – die Mitglieder seiner Familie haben alle ihren vorgezeichneten Weg. – Er ist etwas für Abenteurer und Phantasten – für Entmachtete und Parvenüs, die sich um jeden Preis Geltung verschaffen wollen.«

Er sei etwas für Schwärmer, wenn der Schöngeist nicht so sehr getrübt würde.

Der Nationalsozialismus ist zu laut und aufdringlich, er ist nicht akzeptabel und nicht gesellschaftsfähig – er ist nichts für reife Menschen – er ist eine Bewegung für Halbwüchsige, die sich mit Begeisterung austoben wollen!

Damit war es entschieden. Die Familie des jungen Wisse, und damit auch er, stand im Lager, das nicht für Hitler war.

Plievier hat dem jungen Hauptmann Zeit gelassen.

Seine folgenden Fragen sind scharf im Ton und in der Formulierung.

»Was ließ Sie den Widerstand und die Ablehnung überwinden, Hitlersoldat zu werden?«

Ich meldete mich 1938 als Offiziersanwärter zur deutschen Wehrmacht – und nicht zur SA oder SS.

Parteibuch und parteipolitisches Auftreten waren keine Empfehlung zum Eintritt in die deutsche Wehrmacht...

»Waren es die guten Berufs- und Aufstiegsmöglichkeiten, die Sie verlockten?«

Es war ein Weg, durch Fähigkeit und Leistung Daseinsberechtigung und Anerkennung zu finden.

»Wurde Ihr Widerstand gegen die Nazis durch rein äußerliche Einflüsse hervorgerufen – oder auch durch innere Gefühle und Instinktmomente?«

Wo sie sich über Menschenrechte, Menschenwürde und Anstand hinwegsetzten, empfand ich Abneigung gegen sie!

»Erlagen Sie, ein junger und begeisterungsfähiger Mensch, der Phraseologie?«

Phraseologie? – Jugend ist gläubig und braucht höhere Werte und Vorbilder!

»War es die Erfüllung des großdeutschen Traumes, eine schwärmerisch deutsche Gesinnung, die Ihnen von Ihren Lehrern eingeflößt worden war und eine Wandlung vorbereitet hatte?«

Bei den meisten meiner Mitschüler war es so. Viele Professoren dachten und fühlten großdeutsch und erzogen die ihnen anvertraute Jugend in diesem Sinne.

Ich wurde sogar von ihnen bedroht und verhaftet, weil ich nicht schon mit Haut und Haar Hitler verfallen war.

»Anerkannten Sie trotz Ablehnung und gewisser Vorbehalte die Ziele Hitlers und dessen moralische Berechtigung zu seinen Taten – dem deutschen Volk zugefügtes Unrecht wiedergutzumachen und für eine im Grunde gerechte Sache zu stehen?«

Das anerkannten sogar die Engländer, Franzosen und Amerikaner. Der Nationalsozialismus wurde von den Alliierten in Versailles aus der Taufe gehoben, und sein Begründer ist Clemenceau und nicht Hitler!

»Wendeten Sie sich einfach dem Beruf des Soldaten zu – oder wollten Sie deutscher Offizier werden?«

Da ich in die deutsche Armee eintrat, wurde ich deutscher Offizier.

Plievier wartet eine Weile, merkt, wie es in dem jungen Hauptmann arbeitet.

»Meine Fragen und Ihre Antworten werden weder dienstlich registriert, noch kann Ihnen Schaden daraus erwachsen!

Ich weiß, die Tatsache, daß ich deutsch rede, manifestiert für Sie nicht, daß ich auch deutsch fühle.

Ich habe Stalingrad von der anderen Seite miterlebt... Ich will ein Buch darüber schreiben... in deutscher Sprache, auch für deutsche Menschen!«

Für den jungen Hauptmann ist Plievier ein Verräter, und verächtlich lächelnd – die Anbiederung abweisend – mißt er ihn vom Kopf bis zu den Füßen.

Plievier geht müde an seinen Tisch zurück, nimmt einige Blätter unbeschriebenen Papiers, schiebt sie dem Hauptmann hin und legt einen Bleistift darauf.

»Vielleicht fällt es Ihnen leichter, darüber zu schreiben. Sie brauchen es mich nicht lesen zu lassen... Schade!«

Und Wisse erkennt in dem Augenblick, was an dem Mann ist. –

Ob von Liebe oder Haß bewegt – er ist ein Mensch, der viel gelitten hat.

Es sollten fünfzehn Jahre darüber vergehen, ehe dieses Buch geschrieben wurde.

Nicht die Siege waren es – der Angriffsgeist – oder gar die Husarenstückchen...

Was der Soldat ertragen mußte und was er zu ertragen vermochte, machte seine Größe aus – und das nicht vergessen zu lassen, ist der höchste und letzte Sinn all dessen, was hier berichtet wird.

Die Charkower Oper, das Gebäude noch aus der Zarenzeit, liegt in der Sumskaja ulica. Nicht die aus der Stadt flüchtenden Sowjettruppen, sondern wie überall die Hyänen unter der Zivilbevölkerung haben in der Pause nach den Kampfhandlungen, was der Krieg nicht zerstörte, geplündert, vieles sinnlos verwüstet und dem Theater übel mitgespielt.

Die Deutschen haben es kurz nach den Kämpfen wieder instand gesetzt und das ukrainische Künstlerkollektiv, das in der Stadt zurückgeblieben war, übernommen.

Die Barocktapeten sind verschossen, teilweise heruntergerissen und wahrscheinlich zu Kleidern und Hemden verarbeitet. Der Plüsch auf den Sesseln, soweit nicht schon russische Hosenböden damit ausgeflickt wurden, ist verschlissen, schwungvolle Stuckornamente sind zerschlagen, abgebröckelt, und die Vergoldung blättert ab.

Doch die Traurigkeit des Zustandes ist nur Gefäß für überschäumende, heißhungrige Lebensgier.

Zahlmeister, höhere und hohe Beamte der Wehrmacht, der Post, der Eisenbahn und der vielfältigen Organisationen der rückwärtigen Dienste bis zur Elite der Goldfasane füllen das Haus bis zum Bersten.

Zwischen der darbenden Heimat und der blutenden Front sitzen sie hier als Besatzer und genießen den Krieg in vollen Zügen, denn schon ahnen sie, daß der Friede schrecklich sein wird.

Sie saugen unbarmherzig an den wunden Zitzen die letzte Milch aus dem schlaffen Euter der russischen Melkkuh – und sind musterhaft organisiert.

An der Quelle sitzend, mit flink erworbener Kennerschaft, prüft ihr Gaumen, ob es auch das Beste sei, was für den deutschen Soldaten gerade gut genug ist. Daß es bei so vielen um die kämpfende Truppe Besorgten oft nur zur Kostprobe für die Betreuten reicht, ist nicht ihre Schuld.

Sie sind alle wichtig und unersetzlich, eine Armee für sich, die für Zahnpulver, Schuhcreme und geistige Erbauung zu sorgen hat, so daß auf jeden Mann mit der Waffe in der Faust und am Feind zumindest zehn da sind, die in seinem Rücken still und unauffällig für den Endsieg wirken. Ein bißchen Nahrhaftes und etwas zum Eintauschen abzuzweigen und den Lieben nach Hause zu senden, ist nur recht und natürlich.

Etliche, die weitschauend genug sind, raffen und stehlen sich die Grundlage für eine bessere Existenz nach diesem Krieg zusammen, ganz gleich, wie er ausgeht.

Und so mancher junge Kerl, strotzend gesund, mit rosigen Backen, wie ein gemästetes Schweinchen – ein blendender Schütze, der auf dem Schießstand oft in das Zentrum, aber nie weniger als die 10 trifft –, muß entsagungsvoll darauf verzichten, am Feind unsterblichen Heldenruhm zu erringen und mit nackter Brust, nichts als den Gefrierfleischorden daran geheftet, durch die Gegend laufen.

Und wie anstrengend das ist; zu Hause nur Ladenschwengel oder kleiner Schreiber gewesen, nun zum neuen Herrenmenschen erhoben. Diesen erhabenen Typ mit standesgemäßem Zeitvertreib, wie Jagden und Segeln, im beschlagnahmten Privatquartier, von einheimischen, dienstbaren Geistern umgeben, auch würdig genug zu repräsentieren...

...Oder schon leicht bemoost, mit Schmerbauch, ausgebreiteter Glatze, knieweich und falschem Gebiß – daheim die harrende Gattin und einen Haufen Kinder, sich hier eine junge Geliebte aus den Töchtern des Landes halten zu müssen; und von Haus aus friedliebend, harmlos, am liebsten in Pantoffeln und meist unter dem Pantoffel, ist es gar nicht immer leicht, das bißchen Menschsein zu unterdrücken und genug brutale Instinkte zu wecken und auszutoben, um den wehrlosen Jammerfiguren gebührend den Herrn zu zeigen und sich als solcher zu fühlen.

Doch es geht, ist immer noch besser, als dorthin zu müssen, wo in pausenlos rollendem Einsatz die Bomben fallen...

Man nimmt auch hier in Charkow heftigen Anteil am Krieg; im Wehrpaß steht doch Donezfront 1941 und Schlacht um Charkow 1942.

Das Heulen der Granaten, das Tacken der MGs, das Inferno der Schlacht, wenn die Artillerie mit donnerndem Einschlag und Erdfontänen Waffen und Leiber zerfetzt, hochwirbelt, den Boden umackert und tief zerwühlt, daß man meint, alles Lebende sei zerfleischt; wie sich dann in den Trichtern oft nur ein Häuflein Männer sammelt und sich der Welle eines vielfach überlegenen, furchtbaren Gegners, der in breiter Front anstürmt, entgegenwirft und erbittert standhält. Man kennt das nur zu gut aus den Wochenschauen und kann sich bezähmen, sich dorthin zu melden. – Urrä! – Das Kampfgebrüll des unheimlichen Feindes war im Lautsprecher hinter der Leinwand so entnervend, daß man nachher noch in ein Café gehen muß oder sonst wohin, wo es Musik und Liebe zu kaufen gibt, um sich abzulenken.

So kraß sehen es nur Männer wie dieser Oberleutnant Wisse, der nichts kennt als Dreck, Entbehrung und vorderste Stellung, Tod und als Himmel auf Erden ein Spitalbett, aus dem, rasch zusammengeflickt, immer wieder dieselben nach vorn müssen, und solange noch einer von ihnen übrig ist, dauert der Krieg. Will sich so ein Bursche drücken, wird er beim Ersatzhaufen schon so knapp gehalten und schikaniert, daß er sich gern wieder zu seiner Einheit im Kampfraum meldet, weil ihm speiübel geworden ist.

Natürlich muß es auch rückwärtige Dienste in ausreichender Zahl geben, und es sind auch weiße Raben darunter.

Der Frontoffizier empfindet es nur anders. Seine Gedanken sind in den Städten zu Hause; er sieht die Frauen, verschmiert, in dreckigen öligen Kitteln in den Fabriken schwerste Männerarbeit leisten; die Gesichter der Mütter grau vor Sorge und Bangen um ihre Söhne; und Todesangst in den Augen von Kindern, Frauen und Alten, die in die Keller flüchten, während über ihnen Städte, Straße um Straße und Haus um Haus, im Bombenhagel zerbersten; und er sieht nach Osten an die Wolga und denkt – Stalingrad! – Zu einem Begriff geworden, viel betuschelt und geflüstert, wird Stalingrad hier lieber nicht zu oft in den Mund genommen; es berührt unangenehm und macht leicht nervös.

General von Österreich hatte dem Oberleutnant die Möglichkeit geboten, hier in Charkow zu bleiben und den Krieg wenigstens noch für eine Weile zu genießen.

»Nicht, daß ich durch meinen Namen eventuell eine zu große Schwäche für euch Österreicher habe; aber ich brauche Kerle wie Sie zur Ausbildung meiner Kalmücken, Tataren, Ukrainer und Russen. Richtig geführt und behandelt, können sie für uns eine wertvolle Hilfe sein. Und vielleicht ist es auch für die Heimat wichtig, daß Männer, die sich bewährten, den Krieg überleben.«

Aber in dieser Heimat und an der Front wird gestorben! – Im Theater sitzen die Patrioten, schieben eine ruhige Kugel, halten die Fahne hoch, eisern die Stellung, halten durch bis zum letzten Infanteristen und sind Sieg-Heil hochgestimmt, solange aus den Lautsprechern die Fanfaren von Liszt ertönen und künden, daß wir unaufhaltsam weitermarschieren.

Zu langsam nur geht es ihnen vorwärts. – Sie sollten nicht so schlapp und längst über den Ural sein, Herr Oberleutnant Wisse!

Und wenn es einmal in verkehrter Richtung losgehen sollte? Sie haben dann rechtzeitig genug die Koffer gepackt vor der Tür stehen.

Die Patrioten müssen ihr Leben bewahren und möglichst uralt werden, um vor künftigen Generationen mit ihren Heldentaten zu prahlen und zu bezeugen, daß der Krieg im Grunde erhebend, herrlich und gar nicht so schlimm war. Sie müssen Stimmung machen und dafür sorgen, daß es wieder Krieg gibt und ein neues Stalingrad; und sie werden die ersten sein, die wieder zu den Fahnen eilen, als Zahlmeister oder ähnliches, weil es wirklich schön war.

Und in den Logen sitzen hohe Offiziere aus den Stäben der Heeresgruppe Süd, vielfach in zarter Begleitung. Es ist nicht der übliche Damenflor aus weiblichem Wehrmachtsgefolge, mit dem sie sich für gewöhnlich umgeben. An den Frisuren, Gesichtern und betont weiblichen Attributen sind die Frauen als Einheimische zu erkennen, wenn sie es auch schamhaft zu verbergen suchen.

Die Herren der Stäbe kennen ihr Handwerk und wissen, was los ist. Wenn gesiegt wird, werden ihnen die Häupter mit Lorbeer umwunden, die Dienstgrade erhöht und die Taschen gefüllt. Recht geschieht ihnen damit, denn sie sind die anerkannt besten Kriegsfachleute der Welt und leisten Maßarbeit.

Wenn sie aber eine totale Niederlage erleiden und sich als Hasardeure oder elende Pfuscher entlarven – Millionen Tote und eine zertrümmerte Welt auf ihrem Schuldkonto haben?

Steht einer von ihnen auf und bekennt seine Schuld? – Sie bedauern, verkriechen sich für eine Weile, warten gut Wetter ab und sind wieder da, frisch rasiert und gebügelt, die Orden geglänzt. – Es ist alles vergessen, über die Toten ist Gras gewachsen, und man ist bereit zu neuen Taten.

Ihre Jahreszeit ist der Krieg. – Auch sie werden ihn überleben; sehen beruhigend gut aus, werden aus verlorenen Schlachten in neuer Legende glänzende Siege münzen und schon dafür sorgen und säen, daß wieder blutige Ernte reift.

Damit das Milieu echt wirkt, ist auch ein Häuflein Verwundeter in Begleitung von Krankenschwestern über Parkett und Ränge verteilt. – Und um das Lokalkolorit zu wahren und spüren zu lassen, daß man diese Aida nicht in irgendeinem deutschen Opernhaus, sondern fern der Heimat in Charkow hört, sind hoch unter dem Dach auf der rechten Seite der Galerie abgesondert Plätze für die russische Bevölkerung reserviert.

Es sind meist Angestellte der verschiedenen Wehrmachtsdienststellen und einer wiedereingesetzten ukrainischen Stadtverwaltung. Sie haben sich uns dienstbar gemacht aus bitterer Not, gutem Willen und eitler Hoffnung.

Der Blick auf den Vorhang, das Stimmen der Instrumente und das die Sitzreihen entlang wogende Summen lebhafter Unterhaltung versetzen auch den Oberleutnant in eine gehobene, festliche Stimmung.

Nur die Russen da oben haben in ihren Augen und Kummerfalten alle Betrübnis und Hoffnungslosigkeit ihrer Seele, darüber, daß die Welt immer noch so schlecht ist. Die Russinnen dagegen, wie heitere Vögel, lachen und kreischen vergnügt, spähen umher und haben sich unendlich viel zu erzählen.

Als das erste Klingelzeichen ertönt, wirft der Oberleutnant noch einen raschen Blick auf die Russinnen; und der Blick bleibt hängen an einem Mädchen, das sich aufgerichtet auf die Brüstung der Galerie stützt.

Vor allem darauf eingestellt, Aida zu erleben und zu sehen, sollte das umherschweifende, geübte und erfahrene Auge nur feststellen, daß dieses russische Mädchen mit seinen ausgeprägten Formen und verlockenden Rundungen mit zu den freundlichen Bildern dieses Abends gehört. – Aber sie löst Alarm aus wie das plötzlich unvermutete Pfeifen einer Bombe.

Blitzschnell ist er in voller Deckung gegen seine Umgebung. Er hört nicht mehr das Stimmen der Geigen und Bratschen, sieht nichts mehr als einen Busen in der Höhe über sich, der derart imposant und aufreizend in die Augen springt, daß er alle anderen Eindrücke ringsum auslöscht.

Er bemerkt, daß viele Augenpaare hingerissen sind vom Anblick dieser lieblichen Landschaft; daß die Vorstellung auf der Galerie oben stattfindet und daß er die Hoffnung auf nähere Tuchfühlung mit diesem Mädchen mit vielen Bewerbern zu teilen hat.

Die mit nackter Begierde unverhüllt starrenden und von heißem Verlangen schmachtenden Blicke müssen dem Mädchen die aufreizende Wirkung seines Leibes zum Bewußtsein bringen.

Da sie den Kopf zur Seite gewandt hält und ihrer Nachbarin eifrigst auch ihre Beobachtungen mitteilt, sieht er von ihr nur dunkles Haar, das nach russischer Art zu Zöpfen geflochten um die Stirn aufgesteckt und im Nacken verknotet ist, und die volle Rundung einer Wange.

Endlich wendet sie ihm das Gesicht zu. Es ist fremdartig reizvoll – und sein Blick ist heiter gelassen.

Alte verdorrte Knaben prangen mit Mädchen an ihrer Seite, deren Väter und Großväter sie sein könnten, und er, ein junger Kerl, groß, schlank, schneidig und gut aussehend, daß er oft mit Vergnügen bemerkt, wie die Augen der Mädchen und Frauen hängenbleiben. Er führt ein Leben nach dem Dienstplan, in dem die Liebe nicht berücksichtigt ist.

Er spürt ein heftiges Verlangen nach der schönen Frau, das sich steigert, je mehr und eingehender er, soweit dies von seinem Platz aus möglich ist, diese ganze Leibespracht in Augenschein nimmt.

Er gäbe viel darum, sich wenigstens einen Abend lang, bevor er wieder an die Front geht, eingehender mit ihr zu befassen.

Um nicht aufzufallen, sieht und hört er sich auch an, was auf der Bühne geschieht.

Auch in den Pausen ist er heimlich auf üppige Augenweide bei Katja, wie er sie für sich getauft hat.

Er sieht ihre Augen voll auf sich gerichtet, aber auch auf alle anderen Köpfe und Gesichter. Ihr Blick streift über alle hinweg und hat ihn, keine Sekunde verweilend, gar nicht bemerkt.

Schlußakkord, Fallen des Vorhangs, Applaus, erstrahlendes Licht und Knarren von Stühlen, aus denen das Publikum sich wieder erhebt.

Ein Blick noch nach Katja, ein Gedanke dazu – schön wär's gewesen, nitschewo! – Sie beugt sich über die Brüstung und erwidert seinen Blick mit einem spitzbübischen Lächeln voll Freude darüber, daß sie ihn genarrt, seine Anbetung längst bemerkt und geduldet hat. – Fast, daß sie ihm mit den Fingerspitzen heimlich zuwinkt, als sie sich die Handschuhe überstreift.

Stoßtrupp! – Sich nach allen Seiten hin entschuldigend, drängt sich der junge Offizier so ungestüm vorbei an den Applaudierenden in seiner Reihe, daß er am Eckplatz den monokelbehafteten, mokant grinsenden, ausgetrockneten Lebegreis von Major, der ihm nicht Platz machen will, fast über den Haufen rennt.

Er stürzt hinaus in die Sumskaja, um vor ihr beim Ausgang zu sein, mustert jeden, der aus dem Theater kommt. Katja ist nicht darunter.

Es ist hier eine Wagenauffahrt wie an glänzenden Abenden Unter den Linden. Ein gesellschaftliches Ereignis! Verbindliche Worte, Verbeugungen, etwas süßsauer auch vor den russischen Damen, die zu Geliebten avanciert sind, Salutieren, Hackenklappen, Türenschlagen, Aufflammen der Scheinwerfer, Anspringen der Motoren... Hautevolee, die sich erhaben und zufrieden in den Fond zurücklehnt.

Wie schön, daß Krieg ist!

Mit dem Benzin, das hier verpulvert wird, könnte eine Panzerkompanie einen Angriff fahren. – Wie viele 100000 Liter mögen jeden Abend aus Übermut und Vergnügungssucht in den Etappen von Narvik bis Tobruk, Paris und Charkow vergeudet werden – und an der Front fehlt uns jeder Tropfen.

Vor lauter Schauen hat Wisse nicht bemerkt, daß die russischen Zivilisten durch den rechten Seitenausgang das Theater verlassen.

In schäbige Mäntel gehüllt, mit zerrissenen ausgetretenen Schuhen, versickern sie wie ein trübes Rinnsal unter dem Streifen Licht aus dem Vestibül in der Nacht.

Und er sieht auch Katja wieder, mitten in einer Schar junger Mädchen. Sie trägt einen Astrachanmantel, hat einen Seidenschal um den Kopf geschlungen, und ihre Füße stecken in hochhackigen französischen Schuhen.

Fünfzehn Schritte von ihr entfernt, sieht er sie erwartungsvoll an. Nicht mit einer halben Kopfwendung schaut sie sich nach ihm um. Angeregt mit den Mädchen plaudernd, geht sie davon.

Er eilt ihnen nach. Wie ein aufgerissener Rachen hat die stockdunkle Nacht die Mädchen verschluckt. Sich entfernend, hört er, an den Hauswänden widerhallend, ihre Reden, ihr Lachen und das lustige Geklapper ihrer Absätze auf dem Pflaster des Gehsteigs.

War im Gegensatz zu den anderen russischen Mädchen verdammt elegant, diese Katja. Wo wird sie das schon herhaben? – Von einem Galan natürlich. Die Männer müßten ja blind sein, wenn sie an so einem Prachtweib vorübergingen. Natürlich ist sie mit Beschlag belegt und wahrscheinlich die Geliebte eines so hohen Tieres, daß der es nicht mehr riskieren kann, sich öffentlich mit ihr zu zeigen.

Aber ihr Liebhaber erwartet sie, sie geht zu ihm, und ein kleiner Oberleutnant hat wieder einmal zu üppig gustiert und sich Schwachheiten eingebildet. Er strolcht die ulica hinauf, so in ungefährer Richtung auf sein Quartier zu, und hat Heimweh.

Da, vor ihm plötzlich wieder das Klappern von Stöckelschuhen und gedämpfte Frauenstimmen. Das beflügelt sofort seinen Schritt. Nun schon an die Dunkelheit gewöhnt, pirscht er sich auf Sichtweite heran. Zwei Mädchen, untergehakt, überqueren eben die Straße beim Tiergarten.

Ohne sich zu verlangsamen, zu beschleunigen oder sich umzudrehen, setzen sie unbekümmert ihren Weg fort.

In Charkow aber bleibt man nachts stehen und dreht sich um, oder man geht schleunigst weiter und sucht irgendwo Deckung, wenn man jemand auf dem Weg hinter sich hört oder spürt.

Sollten ihn die Mädchen nicht bemerkt haben?

Es ist doch Katja! – Ihr Gang ist Klasse! – Wie sie die Füße bei jedem Schritt hebt und setzt, da ist Musik drin.

An der Ecke, nun schon durch die Straßenbreite von den Schönen getrennt, bleibt er stehen, sieht sich um, was geraten erscheint, und jetzt oder nie...

Die Mütze schneidig, noch etwas tiefer gesetzt, die Pistole nach rückwärts geschoben, eine Zigarette am Handrücken festgeklopft, aber dann mit Schwung weggeworfen, startet er los – plötzlich blendend gelaunt. »Unternehmen Griesbart – Zweck? – Alles zu unternehmen, um einem hohen Vieh für diese Nacht sein Turteltäubchen auszuspannen! – Ran an den Speck – und ohne Sentiments! – Unter dem Busenhalter hat jede die gleiche Regung!« – Da ist er schon neben ihr und beugt sich grüßend, Hand an der Mütze, zu ihr hinab, da sie ihm nicht über die Schulter reicht.

»Guten Abend, meine Damen!«

»Gutten Abend!« antworten beide zugleich und deutsch.

»Haben Sie gar nicht bemerkt, daß jemand hinter Ihnen her ist?« Die Mädchen lachen beide schallend, und das Lachen Katjas klingt hell wie ein Glöckchen an einem Schlitten.

»Und haben Sie gar keine Angst – so allein mitten in der Nacht?«

»Doch, Herr Oberleitnant! Wirr firchten uns sehrr!« – Das sagte die Größere, anscheinend eine Freundin Katjas, und die Mädchen lachen wieder, diesmal etwas verlegen.

»Dann darf ich mir vielleicht gestatten, Ihnen meine Begleitung anzutragen?«

Katja hat, während er sprach, auf seinen Mund geschaut, als ob sie ihm die Worte ablesen wollte. Eine kleine Faust machend, mit gerunzelter Stirn, mit lautlosen Lippen spricht sie sich noch einmal vor, was der deutsche Offizier sagte. Er sprach so schnell mit einem anderen, weicheren Akzent, als ihn sonst die Deutschen haben, und es war so ein langer, schwieriger Satz. Sie macht eine kleine Pause, denkt angestrengt nach, wie sie ihm gleich kunstvoll gewählt antworten könnte, leckt sich die Lippen mit der Zunge, schöpft tief Atem, nimmt ihn beim Arm, damit er ihr ins Gesicht schaut, das vor Vergnügen strahlt, und hebt feierlich an:

»Und wirr, Herr Oberleitnant, fir uns Mädchen wäre es eine hoche Ehre und ein großes Vergnigen, wenn Sie wirden uns ein Stück begleiten! – Pfu«, schnaubt sie über die Anstrengung, und die Mädchen lachen wieder schallend.

»Reizend haben Sie das gesagt!«

Wisse möchte die Freundin nicht zurücksetzen und retiriert einen Schritt, um sich zwischen die beiden Mädchen zu schieben: da nimmt Katja seinen Arm, hakt sich ein, drückt einen Augenblick lang seinen Ellbogen heftig gegen ihre Brust, blickt strahlend zu ihm auf und fragt:

»Gutt so, ja?« – »Charascho!« antwortet er.

»Cha-roscho!« singt Katja. Sie ist dabei heiter, unbefangen.

Lebhaft plaudernd erzählt sie, daß sie bei einem deutschen Stab Dolmetscherin sei, sehr gern in die Oper gehe, und sie freut sich ohne die geringste Ziererei darüber, an der Seite des Oberleutnants zu sein. Deutsch hat sie in der Schule und an der Universität gelernt.

Und dann unterhalten sie sich über Musik. Wisse ist Wagnerianer, und er fragt, ob sie die konzertante Aufführung des Lohengrin gehört habe. Auch die russischen, italienischen und französischen Meister hat er gern. Über dem Roten Platz ist ein verschleierter Mond im Aufgehen und übergießt silbrig, gespensterhaft Häuser und Straßen. Keine Menschenseele weit und breit. – Es ist gar nicht ungefährlich, als Deutscher nachts mit zwei Russinnen auf der Straße zu gehen, die er noch dazu gar nicht kennt. Im Norden von Charkow halten sich immer noch Partisanenverbände, die nachts oft in die Stadt eindringen, Überfälle verüben und sich tagsüber in die Wälder zurückziehen. Die Schüsse, die in Abständen durch die Nacht peitschen, werden jedoch meist von überängstlichen italienischen Wachtposten abgefeuert.

Katja, die mit ihrem richtigen Namen Soja heißt, wohnt mit ihrer Freundin in einem der an den Roten Platz anschließenden noch unverputzten Großbauten, wohin sie von der deutschen Wehrmacht eingewiesen wurde.

Das Mädchen hat sich ausgehakt, steht vor dem Oberleutnant, um sich mit Dank von ihm zu verabschieden. Die Freundin hat das völlig im Dunkel liegende Haustor aufgesperrt und wartet, das Tor schon halb geöffnet.

Wisse kennt die Arten der Liebesbetätigung, wie sie als inoffizielles Fach beim Militär mitgelernt und als Thema I behandelt werden. Durch den Aufenthalt der Soldaten in fremden Ländern ist diese Liebe um einige Spielarten bereichert worden.

Er hat öfters mit Kameraden an solchen Unternehmungen teilgenommen, sich auch mitbeteiligt an dem vorbereitenden, kontaktfördernden amüsanten Geplänkel, die Schönen sturmreif gemacht – sich aber stets im entscheidenden Augenblick empfohlen.

Zu harmlos und schwesterlich heiter freute sich diese Katja darüber, daß er sie heimbegleitete. – Wie soll sich daraus noch etwas entwickeln?

Wie ein Bruder darf ich sie nicht enttäuschen, denkt er mit bitterem Selbstspott.

Sie hat unter seinen Blicken den Kopf gesenkt. Ihre Stirn ist nicht hoch, aber rein und klar, die Brauen sind schön geschwungen und stark gezeichnet; ihr Gesicht ist blasser als das lebhafter getönte blonder Frauen, und mit den hochangesetzten Backenknochen, den schräggestellten Augen und dem platten Näschen hat es etwas schwermütig Fremdes und Reizvolles.

Sie hat die Lider über die Augen gesenkt.

Sie war so heiter und lachte mit dem ganzen Gesicht. Nun ist ein herber, abweisender Zug um ihren vollen Mund. So, viel älter aussehend, ist es ein mütterlich strenges Gesicht. Sie spürt seine Begierde und empfindet sie als Frevel.

Sie ist ruhig, atmet kaum, und ihre Hand liegt weich und schlaff wie ein toter Vogel in der seinen.

Als er ihre Hand loslassen will, spürt er ihre Finger sich regen, wie sie mit leichtem Druck seine Hand festhalten. Sie hebt ihr Gesicht zu ihm auf, öffnet langsam ihre Augen und schenkt ihm ein tröstliches, verzeihendes Lächeln.

Sie redet Abschiedsworte, und als er wirklich gehen will, zieht ihre Hand ihn näher zu sich heran, und in ihrem Gesicht steht ein rätselvolles, ungläubiges Lächeln.

Donnerwetter, da ist noch alles drin und gar nichts verbaut!

»Mein größter Wunsch wäre es jetzt, daß Sie mich noch auf eine Tasse Tee einladen. – Ich käme mir vor, wie vom Weihnachtsmann beschenkt!«

Sie sieht ihn an, schüttelt verneinend den Kopf und zwinkert ihm dabei spitzbübisch zu.

»Es ist ja noch gar nicht so spät. Die Oper war doch schon um acht Uhr aus!« bettelt er artig.

»Also, bitte!«

Sie faßt energisch seine Hand und führt ihn in den Hausflur.

»Wir können Ihnen sogar etwas Sißes anbieten dazu!«

»Etwas Süßeres, als Sie es sind, gibt es nicht!« Er stolpert dabei.

»Gebben Sie lieber acht, daß Sie nicht fallen auf die Nase!« warnt sie ihn herb, und mit sicherem Schritt, jeden Tritt findend, zieht sie ihn hinter sich her über die Stufen einer Stiege. Die Freundin hören sie schon ein Stockwerk über sich vorangehen.

Tolle Sache, von so einer hinreißend verlockenden Frau an der Hand zu ihrer Wohnung geführt zu werden.

Buhlerisch umhüllt sie das Dunkel der Nacht. – Jetzt schon muß ich sie in meine Arme reißen, sie spüren und küssen.

Er streckt die freie Hand, mit der er vergeblich das Treppengeländer suchte, nach ihr aus, greift wieder ins Leere, tritt daneben – und verdammt, er wäre abgestürzt und hätte sich zumindest etliche Knochen gebrochen, wenn sie ihn nicht gehalten hätte.

Das ernüchtert ihn etwas und auch, wenn er daran denkt, daß die Freundin mit in der Wohnung anwesend sein wird. Das ist ja ein tolles Ding, das ich da drehe, einem wildfremden russischen Mädchen in ein stockdunkles Russenhaus zu folgen. Wenn das Blut erhitzt ist, steht der Verstand still. Ist das nicht alles nur raffiniert eingefädelt und eine Falle? – Ich bin bei der Dienststelle, die Russen als Hilfskräfte für die Deutschen ausbildet, vertrete sogar den Major, wäre ein ganz guter Bissen, und Katja mit ihrem Busen ist gerade der richtige Lockvogel. – Ich Narr, wie an einer Schnur gezogen, renne ich hinter ihr her in mein Verderben. Etlichen meiner Herren Kameraden hat so ein Abenteuer schon den Kragen gekostet. Immer wieder wird bei Besprechungen darauf hingewiesen und vor dem Umgang mit russischen Frauen gewarnt.

Wieso war sie plötzlich verschwunden, tauchte in der ulica vor mir wieder auf und wußte, ohne sich umzudrehen, daß ich hinter ihr herging? –

Plötzlich spürt Wisse den heißen Atem des Mädchens und prallt gegen dessen üppige Brust, da sie unversehens stehengeblieben ist.

Er nimmt sie an den Schultern, doch sie entwindet sich ihm und dreht den Kopf zur Seite.

»Warten, du hier, ich laufen voraus und machen Licht – holen dich dann!« –

Flink läuft sie die Stufen noch höher hinauf, macht sich aus dem Staube und läßt ihn hier zurück, wo es so finster ist, daß man nicht die eigene Nase im Gesicht findet.

Wisse zieht vorsichtig seine Pistole aus der Tasche, entsichert sie, hält sie in der Hosentasche umklammert und tastet sich mit dem Rücken zur Wand. Er versucht vergeblich, um sich starrend, das Dunkel zu durchdringen; verwünscht es, keine Taschenlampe bei sich zu haben – und ist entschlossen, sich wie ein Berserker zu wehren und seine Haut teuer zu verkaufen.

Wenn ich jetzt zum Teufel gehe, dann, Brüderchen – ein paar von euch begleiten mich dahin!

Und vor seiner Nase, ein paar Stufen höher, öffnet sich eine Tür, Licht fällt heraus, Katja tritt in ihren Rahmen und leuchtet ihm mit einer Petroleumlampe.

»Pst!« mahnt sie ihn, leise zu sein.

Er folgt ihr durch ein völlig kahles Vorzimmer, in das links und rechts je zwei Türen münden.

»Da, die zweite Tire links – und biette leise!«

Auch die Wände ihres Zimmers sind kahl, nur geweißt, und es riecht noch nach Mörtel und feuchtem Mauerwerk.

Mitten im Zimmer steht ein alter Tisch mit gedrechselten Beinen, über den eine kunstvoll gestickte Leinendecke gebreitet ist. Davor zwei verschiedene Stühle, und an der Wand ein altväterischer Diwan mit Rollen an beiden Enden und einem hohen Aufsatz, der mit Fransen und Spitzenbändern verziert ist.

In der linken Ecke ist ein Eisenbett, vermutlich aus einer Kaserne, mit einer deutschen Militärdecke zugedeckt, und darüber in verglastem Rahmen ein Familienfoto. Ein alter Kasten, die Furnierung gesprungen, und ein halbblinder Spiegel vervollständigen die Einrichtung.

Es wäre trostlos.

Aber da hängen vor den Fenstern Leintücher als Vorhänge, bunt und phantasievoll gestickt, und überall, wo sich Platz dafür bietet, liegen gehäkelte Decken und Deckchen, und eine große runde ist auch über die Militärdecke auf dem Bett gebreitet. Selbst unter die Gartengeschirre sind Deckchen gelegt und geben dem Raum eine Atmosphäre, wie sie Frauen um sich verbreiten.

Aus dem obersten Fach des Kastens holt Katja einen kupfernen Samowar und heizt ihn an. Auf die Armseligkeit ringsumher weisend, lächelt sie schmal.

»Diese Wohnung nicht unsere! – Durch die deutsche Kommandantur hierr eingewiesen! Wohnen nur Wehrmachtsangestellte in diese Haus! – Meine Wohnung war scheener, viel aber...« Sie läßt die Arme herabfallen. »...Krieg, zerschossen, verbrannt, alles kapuutt. – Ich hatte sogar ein Klavier, fehlt mir sehr!« –

Wisse hat sich von ihr abgewendet, starrt auf das Familienfoto und betrachtet es. Es wirkt ein wenig lächerlich und gestellt.

Sie tritt neben ihn, sieht ihn prüfend an, ob er verlange, daß sie ihm die Personen auf dem Bild erkläre. Er kann sich beherrschen, aber sie zeigt auf das Bild.

»Ja, das mein Vaterr, warr Professor in Kiew, Muutter, Brider, da, Alexei und Dimitrij – tot, gefallen, bei Briansk, am Wolchow.«

Sie sagt es laut, gedehnt und anklagend. ...»Sergej auch Soldat, weit in Sibirien.« Und plötzlich packt sie ihn an der Schulter, und ihr Gesicht verzerrt sich. – »Vaterr – Muutter, ich nicht wiissen wo – ob leben oder tot, ich ganz allein!«

Tränen fließen über ihr Gesicht, und sie kann den Strom nicht bändigen. Es sieht aus, als ob sie gleich aus Verzweiflung zu schreien beginnen würde. Da ruft ihre Freundin Marija scharf mahnend: »Soja!«

Wisse ist das alles sehr peinlich. Er möchte sie an sich ziehen und streicheln, aber sie wehrt sich.

»Nicht, biite!«

Und sie lächelt schon wieder, während sie sich noch die Tränen aus den Augen wischt, und erzählt lebhaft: »Meine Vaterr hat in Deitschland studiert, er liebte Ihr Land sehr!«

Und ihn freundlich anlachend, eilt sie zum Kasten, holt einen Stoß Bücher heraus und legt sie auf den Tisch neben den summenden Samowar. »Ich haben viele deitsche Bicher!«

Stolz zeigt sie ihm die gesammelten Werke Heines, einen Band Goethe, die Buddenbrooks, die Psychoanalyse von Freud.

»Hier nebenan in die andere zwei Zimmer wohnen noch anderes Familie, schlafen schon! – Frau machen unsere Zimmer sauber, wenn wir sind bei Arrbeit!« –

Als Ehrengast erhält Wisse einen Sitzplatz auf dem Sofa. Katjas Freundin Marija scheint mit seiner Anwesenheit nicht ganz einverstanden zu sein. Er bemerkt, wie sie Katja immer wieder beschwörende Zeichen macht.

»Wie spät biitte, Herr Oberleitnant«, fragt Marija.

»9 Uhr und 10 Minuten!«

Schnell sprudelnd folgt ein Sturzbach heftiger russischer Worte Marijas an Katja, aus denen Vorwurf klingt.

Mit beiden Händen abwehrend, temperamentvoll, antwortet Katja, packt Marija an der Hand, zieht sie zum Fenster, und die beiden Mädchen tuscheln erregt miteinander.

Der Oberleutnant rutscht unbehaglich auf seinem Sitz hin und her. Katja, scheint es, hat Oberhand behalten, und sie wendet sich wieder Wisse zu.

»Es ist nur – es kommen gleich ein deutscher Major auf Besuch von der Kommandantur, bringen uns immer was zu essen – Zuteilung zu wenig!« – Sie streckt die leeren Handflächen nach oben und sieht Wisse bittend an, sie nicht gleich in Grund und Boden zu verdammen.

Der Tee ist fertig. Mit zwei Stückchen Zucker gesüßt, reicht Katja dem Oberleutnant eine Tasse, setzt sich an seine Seite, schlürft in kleinen Stückchen ihren Tee und sieht ihn immer wieder verliebt von der Seite an.

Flüchtig, zaghaft streichelt sie über seine Hand, nimmt aus einer Blechdose Keks, die aus Cleve am Niederrhein stammen, und schiebt ihm ein Stück davon in den Mund.

Sachte, da sie so zutraulich ist, legt Wisse seinen linken Arm um ihre Schulter. Da klopft es energisch an die Tür.

Soja sagt etwas zu Marija, und diese öffnet dem Major.

»Nanu!« Der Major ist ein ziemlich dicker Mann mittlerer Größe, und er ist nicht eben erbaut, einen anderen in seinem Gehege vorzufinden.

Wisse will sich erheben.

»Bleib sitzen!« winkt der Major ab, verstaut eine große Stabblendlaterne in seinem Mantel und knallt ein ziemlich umfangreiches und schweres Paket auf den Tisch.

»Major Steinkopf! – Ja, ja, schon gut! – Bleib hocken! – Wirfst noch den Tisch um«, winkt er Wisse ab, der tatsächlich eingeklemmt sitzt, und reicht ihm über den Tisch die Hand.

Er zögert, den Mantel auszuziehen.

»Na, Sojamädchen?« – fragt er vorwurfsvoll.

»Gutten Tag, Rudi!«, und heftig sprudelnd mit schlechtem Gewissen, lügt sie.

»Der Herr Oberleitnant gutter, alter Bekannter! – Haben ihn heute in der Oper getroffen und auf eine Tasse Tee geführt.«

»Dann will ich weiter nicht stören!« – Der Major knöpft seinen Mantel wieder zu und mißt Wisse von unten nach oben.

»Ich räume selbstverständlich das Feld, Herr Major! – Ich bitte um Entschuldigung! – Aber ich wußte nicht...«

Katja hält unter dem Tisch Wisse an der Hand fest und sieht den Major herausfordernd an.

»Du mussen dich heite mit Marija beschäftigen«, sagt sie betont. Ohne Widerrede fügt er sich ihrem Gebot, schnürt das Paket auf und packt eine Stange Wurst, eine Fleischdose, Kompott, Zucker, Bonbons und Cola-Schokolade aus, Sonderverpflegung für die kämpfende Truppe.

»Kümmere mich ein bißchen um die Mädchen, damit sie nicht verhungern!« Dieser Oberleutnant mit dem E. K. I. und dem Verwundetenabzeichen schaut reichlich doof drein wegen so ein bißchen Fresserei aus Wehrmachtsbestand. Hat wahrscheinlich noch Halsschmerzen nach dem Ritterkreuz.

Marija nimmt die Sachen mit gewohnter Hand in Empfang und trägt sie mit dem Major, der sie um die Mitte faßt, ins Nebenzimmer.

Wisse ist mit Katja eine Weile allein. Er sieht sie abschätzend an. Ihr schwarzes, schon etwas abgetragenes Kleid spannt sich straff über aufreizende Formen. Er umfängt sie.

Sie legt die Arme um seinen Hals, er fühlt ihren Körper heiß, ihr Blut sieden, und sie drängen sich aneinander in besinnungsloser Leidenschaft und wühlen ihre Lippen ineinander.

»Liebst du mich?« – fragt sie mitten hinein, fast sachlich. »Ja, natürlich!« – schnauft er, nicht gewillt, sich ablenken zu lassen. Warum soll er nichts haben für die Wurst, das Fleisch, den Zucker und die Schokolade des Herrn Majors.

»Gar nicht natirrlich!« – Sie macht sich mit einem Ruck frei, schiebt ihn von sich und weist auf das Verpackungspapier, das der Major auf dem Tisch liegen ließ.

»Krieg, dieser verfluchte Krieg! – Alles aus Not – wir mussen auch leben!« – Sie nimmt seine eine Hand, preßt sie fest gegen ihre Brust. Er soll ihr Herz klopfen hören, und ihm wird es gleich noch heißer.

»Hierr drin...!«, sie runzelt die Stirn und sieht ihn fest an, damit er ihr glauben soll. »...iich bin niicht schlecht!« – Und der Oberleutnant glaubt es ihr sogar. Warum auch nicht?

Aus der Manteltasche angelt sich der Major eine Schnapsflasche und entkorkt sie mit dem Taschenmesser. Hier wie zu Hause holt er aus dem Kasten Wassergläser, schenkt ihnen allen ein und zündet sich eine dicke holländische Zigarre an.

Sich gegenüber auf das Bett wuchtend, zieht er Marija neben sich halb auf seinen Schoß.

»Prost! – Genießt den Krieg, denn der Friede wird schrecklich sein!« – Er trinkt sein Glas mit einem Zug leer, schenkt sich gleich wieder ein und füllt auch die Gläser der anderen nach. Auch Katja hat einen ganz schönen Zug.

Mit der einen Hand seine Zigarre haltend und paffend, beschäftigt sich die andere des Majors mit Marija, als ob sie ein Instrument sei, dessen er sich bedient.

Er faßt sie um die Mitte, seine Hand rutscht hoch. Während er den Mädchen und Wisse erzählt, daß er in einigen Tagen ein Koffergrammophon und Platten mitbringen werde, und während er, um eine Hand freizukriegen, die Zigarre ablegt und sich sein Glas schon wieder vollgießt, faßt er ungeniert nach Marijas Busen, drückt ihn, spielt damit und lacht dazu.

Wisse wundert sich ein wenig über die Abgebrühtheit des Mädchens, aber auch er ist angeregt; durch den Alkohol noch mehr animiert, kehrt er dem Major den Rücken und schenkt dem großzügigen Dekolleté Katjas seine Aufmerksamkeit. Gerade noch, daß Katja den Docht der Petroleumlampe, die stinkt und raucht, etwas herabdreht, bevor sie das Gesicht des Oberleutnants zwischen ihre Brüste preßt.

Aber ihre Leidenschaft bekämpfend, richtet sie sich hoch, sieht ihn an, streichelt mit zitternden Fingern sein Gesicht und sein Haar, und in ihrer Stimme ist Angst und Hoffnung.

»Bleiben du lange hier? – Werrden du wiederkommen – oder mussen du wieder an die Front?« –

Wisse verrät ihr, daß er bald wegkomme, und ihm fällt sofort ein, daß er das gar nicht hätte sagen dürfen.

Während die anderen vor jedem russischen Küchenmädchen brühwarm mit ihren besonderen Informationen prahlen, hält er sich streng an die Vorschrift und fest den Mund.

Immer wieder hat sie ihn gefragt, ob er sie auch ein wenig lieb habe. Er hat gemurmelt, genickt und ist der Bestätigung halb ausgewichen.

Sie fragt nicht mehr danach.

»Daß auch immer die liebsten Offiziere an die Front müssen? Die jungen, hübschen – dort sterben – und alte, häßliche dableiben. Brr!« – jammert sie und schüttelt sich.

»Du glauben ja doch nicht – daß ich um dich firchten, daß du gesund heimkommen, und für mein Bruder Sergej – für eich alle – warum auch, du sollen glauben russische Mädchen? – Ach was, heite rot, morgen tot! – Komm, kiss mich!« –

Sie umarmt ihn mit einer Hand, nimmt mit der anderen das volle Schnapsglas, trinkt es halb leer und hält ihm den Rest an die Lippen. Ihn zärtlich verliebt und verlangend mit den Augen umfangend, gesteht Soja offen:

»Du gefallen mir! – Du sein jung, schlank, sympathischer Mann. Du haben so was, was Frau gefällt und sie... erregt! – Komm, kiss mich, vergessen wir Krieg!«

Und er verrät ihr nun, wie er sie schon in der Oper bewunderte, von ihr hingerissen war, wie er alles unternommen habe, um sie zu erobern – und es gefällt ihr, was er ihr erzählt.

»Ich konnte mich von deinem Anblick nicht mehr losreißen!« – und er schaut dabei, etwas spöttisch lächelnd, auf ihre Busenpracht.

Sie dreht sein Gesicht weg, kann sogar erröten, gibt ihm mit zwei Fingern einen Backenstreich.

Sie sind so sehr miteinander beschäftigt, daß sie auf das andere Paar gar nicht achten. Nur ab und zu wirft Wisse einen Blick hinüber, um festzustellen, ob sie selbst, er und Katja, beobachtet werden.

Die aber kümmern sich gar nicht um sie.

Der Major hat mit dem Mädchen die Lage bereits zur Horizontalen vertauscht, und besoffen ist er auch schon.

Da erhebt sich Soja, nimmt Wisse an der Hand und zieht ihn in das Nebenzimmer. Die Tür einen Spaltbreit geöffnet, lauscht sie, ob der Major und Marija es bemerken, wenn sie mit dem Oberleutnant verschwindet. Vor der Eifersucht des Majors hat sie etwas Angst. Doch die beiden scheinen froh, allein gelassen zu werden.

Mit vorsichtigem Druck schließt sie die Tür, so daß sie beide in völliger Dunkelheit sind. Er hört an den Schritten des Mädchens, daß sie im Zimmer auf etwas zugeht, und tastet sich an Ecken und Mauern entlang, um sie zu suchen.

Endlich kriegt er das Mädchen zu fassen und gerade an der dem Busen entgegengesetzten Rundung. Sie lacht, ist vornübergebeugt über ein Bett, wie er es an dem eisernen Vorderteil spürt, und breitet da etwas aus. Er fährt fühlend darüber – es ist Fell, Astrachan –, ihr kostbarstes Stück, der Pelzmantel, auf den sie ihrer beider Liebe zärtlich sorgsam bettet über einen alten ausgeronnenen Strohsack.

Der General kommt noch einmal darauf zurück.

»Um die Aufgabe richtig durchzuführen und meine Russen, Ukrainer, Mongolen auszubilden, brauche ich ein paar junge, frische Kerle, damit Schwung in den Laden kommt, und nicht alte, griesgrämige Opas von den Landesschützen!

Und ich garantiere Ihnen, ich kriege Sie, wenn ich Sie von der Führerreserve anfordere! –

Sie wollen nicht? – Ah, ist auch recht so! – Hätte was draus werden können, aber die haben die ganze Wlassowbewegung auf ein totes Gleis geschoben. Macht mir verdammt wenig Spaß, aus Russen Troßbuben zu machen!

Auch das mit der Verpflegung will ich geregelt wissen. Treten Sie dem Oberzahlmeister nur in den Hintern!

Die Hiwis haben Anrecht auf volle Mannschaftsverpflegung! – Wenn das nicht klappt, werde ich persönlich dem Herrn etwas flüstern, daß die Fensterscheiben springen!« –

Es ist ein kühler Novembermorgen. Reif liegt auf den Dächern. Die Häuser sind kalte und verlassene Steinhaufen, viele mit zerstörten Fronten und leeren Fensterhöhlen. Trolleybusse sind auf einen Haufen zusammengeschoben, wie sie bei den Kämpfen im Juli stehengelassen wurden.

Niemand, der sie wieder in Betrieb setzt.

Straßenbahnwagen auf der Linie nach Dergatschi stehen still. Die Traktorenwerke und Fabriken im Osten der Stadt sind ein Wirrsal zerbombter Mauerreste, eingestürzter Hallendächer und verbogener Traversen.

Allein das E-Werk arbeitet mit geringer Kapazität, hauptsächlich für den Wehrmachtsbedarf.

An den Straßenrändern zerschossene, umgekippte und ausgebrannte Autowracks.

Daheim in den Städten erwacht jetzt pulsierend das Leben.

Vor einigen Monaten muß das auch hier so gewesen sein. Etwas anders zwar, als wir es gewohnt sind, aber mit demselben Zweck – zu leben.

Zwei Frauen, in ihre Fufaikas gehüllt, vielleicht Mutter und Tochter, suchen in einem Abfallhaufen.

Einzelne Jammergestalten, zerlumpt und abgehärmt, ab und zu in den Straßen auftauchend und verschwindend, das ist der Rest der Bevölkerung, die zu sehen, aber nicht zu spüren ist.

Und darüber sind wir jetzt Herren – über einen Haufen Ziegelsteine und Betonklötze, über ausgebrannte Ruinen und Schrottplätze – über das, was da unheimlich noch lebt und zerlumpt und verhungert aus Kellerlöchern kriecht, aus Angst einen Bogen um uns macht und eilig um die nächste Ecke verschwindet.

Dafür machen wir Betrieb hier.

Ist das das viele junge Blut und die Opfer wert?

Über die windschiefen Holzhäuser am Nordausgang der Stadt ragen, ein Viertel für sich, die riesigen Kasernenblöcke. In Rußland gibt es mehr Kasernen und Soldaten als sonstwo auf der Welt.

Über jeder Abfalltonne, jedem Müllhaufen eine Menschentraube. Erbittertes Balgen und Streiten um jedes Kapustablatt und jede Kartoffelschale aus den Küchenabfällen. Im Vorteil sind die Frauen und Kinder aus der nächsten Umgebung. Sie lauern sprungbereit und schleppen, was sie finden, eiligst denen vor der Nase weg, die aus allen Richtungen oft stundenlang und vergeblich herpilgern.

Alte Frauen und Männer, schwach und beiseite gestoßen, stehen hilflos weinend herum.

Vielleicht, daß der alte Russe in der Ölmühle, wo die Sonnenblumenkerne ausgepreßt werden, ein Stück Ölkuchen für sie hat. Er ist gutmütig, teilt aus, was er kann – und doch gehen täglich Hunderte wieder mit leeren Händen weg.

Wenn er sich nicht kontrolliert weiß, gibt er für ein Stück Seife oder Tabak sogar etwas Öl her.

Auf dem weiten von Kasernenblöcken der ehemaligen sowjetischen Kriegsschule umgebenen Platz, der von tiefen Schützengräben umzogen ist, die noch an die erbitterten Kämpfe erinnern, werden Kosakenhundertschaften und über 1000 russische Hilfswillige auf deutsche Kommandos gedrillt. Kalmücken und Kirgisen in graugrünen Uniformen klopfen Achtungsmarsch.

Deutsche und russische Unteroffiziere, friedlich vereint, toben gemeinsam brüllend herum – und wie auf einem deutschen Kasernenhof klingt es – »Hinlegen, auf, marsch, marsch – hinlegen!«

Eine der Hiwikompanien formiert sich zur Marschkolonne. Die deutschen und russischen Unteroffiziere reihen sich vorn ein, und der Oberleutnant schaut gespannt nach einer Regung in den zweihundert Mongolengesichtern. Sie haben sich aus den Gefangenenlagern, hauptsächlich um dem Hunger zu entgehen, freiwillig gemeldet. Nach einigen Wochen kommen sie als Wächter für Munitions-

und Verpflegungslager oder als Troßfahrer meist zu Ersatzeinheiten, wo sie endlich genug zu essen kriegen – und das ist das wichtigste für sie.

Sie sind brav, anhänglich und zuverlässig. Versuche, Armeen aus ihnen zu bilden, wie General Wlassow es vorschlug, um den Kommunisten einen slawisch-antibolschewistischen Block entgegenzuwerfen, sind in den Anfängen steckengeblieben – und schließlich von der deutschen Heeresführung abgelehnt worden.

Zuwenig Vertrauen, Mangel an nötigem Kriegsmaterial und vor allem fehlendes Verständnis für andere Völker!

Ein Lied! – Und wirklich, vor Vergnügen grinsend, kreischen die Kirgisen und Kalmücken etwas, das mit einiger Phantasie wie der »Wildbretschütz« klingt.

Leutnant Noßberger, der die Kompanie führt und nun einrücken läßt, ist stolz.

Zackig baut er sein Männchen vor Wisse – strahlt.

»Na, was sagst du –?«

»Phänomenal!«

»Zwei Dolmetscher habe ich dazu gebraucht, um den Leuten auch den Text begreiflich zu machen – –!« Und er schwärmt weiter.

»Wenn man diese Mongolen ansieht, ohne sie näher zu kennen, muß man sich immer an den Rücken greifen, ob nicht schon ein Dolch drinsteckt, aber sie sind tatsächlich antibolschewistisch und so zuverlässig, daß ich mit ihnen sofort an die Front ginge!«

»Macht dir also Spaß?» – fragt Wisse lächelnd.

»Na ja! – Ich hab' den Laden hier satt und wäre am liebsten wieder bei meinem westfälischen Haufen, von dem ich vorige Weihnachten nach meiner Verwundung am Wolchow weggekommen bin! – Was wollte übrigens der General von dir?« – will Noßberger wissen.

»Prima Bursche, der alte Herr. Pour-le-mérite-Träger. – Elastisch, lebendig und schwungvoll. Könnte mit seinen siebzig Jahren noch ohne weiteres eine Division erfolgreich führen. Er ist mit dem Ausbildungsstand der Hiwis sehr zufrieden, lobte besonders uns von der Führerreserve, will gern einen ständigen Regimentsstab und darin junge, tüchtige Offiziere. Er möchte uns unbedingt hierbehalten, aber mir genügen die zwei Monate Etappe und die Balgerei mit den Versorgungsoffizieren um jeden Schmarren! – Allerhand faul bei diesen Etappenhengsten!«

»Laut Führerbefehl sollen jetzt verwundete und invalide Frontoffiziere, die nur mehr G.v.H. sind, in den höheren Stäben Verwendung finden und dort etwas Wind machen! Ob daraus was wird?« – zweifelt Noßberger.

»Typischer Fall von denkste!« –

»Na, und wie ich die Schnauze hier voll habe!« jammert der Leutnant. »Wenn du hier wegkommst, hab' ich hier niemand mehr...! – Und ich hab' mich lange genug als Kurier herumgedrückt. Will endlich eine Einheit führen und mir wenigstens das E.K.I. verdienen. Man muß sich ja als Offizier schämen, mit nichts als dem Sportabzeichen herumzulaufen.«

Als Vertreter des Kommandeurs hat Wisse einen ziemlichen Arbeitsanfall zu bewältigen.

Major Rebhahn war vor drei Tagen nach Dnjepropetrowsk gefahren.

Er wollte den dort liegenden Troß und das Nachkommando inspizieren, die dort unbeaufsichtigt ein ruhiges Leben führten, sein früheres Quartier, in dem er den letzten Winter verbracht hatte, wieder aufsuchen und vor allem allerlei für seine Leute organisieren. Er war Ortskommandant in einem Nest bei Dnjepropetrosk gewesen, wußte, wo was zu holen war, und hatte für alle Fälle einen 5-Tonnen-Lkw mitgenommen.

Am Djepr war schon ein ganzes Erntejahr lang Ruhe, und es mußte dort allerlei zu holen sein.

Hülsenfrüchte, Fleisch und Fisch für die ewig hungrigen Hiwis, die unvorstellbare Mengen vertilgen können.

Vor allem Mehl, zu Brot gebacken, ist ein wichtiger Austauschartikel. Damit kann man sich auf dem Basar die Wasserhähne, Metallbeschläge, Türklinken und Werkzeuge wieder zurückholen, die die Russen in den Kasernen abmontiert und geplündert hatten.

Aber auch die deutschen Kommandostellen, die für die Zuteilung von Glas, Leder und Uniformen usw. zuständig sind, geben nichts auf bloße Anforderung.

Wenn man ein Kraftfahrzeug noch vor Kriegsende repariert haben will, dann muß diesem Vorhaben schon mit einer Flasche Schnaps und Zigaretten nachgeholfen werden.

Major Rebhahn versteht sich darauf. Gut leben, aber auch leben lassen, ist sein Leitspruch.

Mit nachsichtiger, kopfschüttelnder Bewunderung, die mehr eine Verwunderung ist, betrachtet er seinen Adjutanten, der gläubig und voll Idealismus allen Zauber für bare Münze nimmt. Dieser junge Kerl will mit dem Kopf durch die Wand und entrüstet sich über die sogenannte Korruption, die ja doch nur ein Kompromiß ist, sich das Leben leichter zu machen. Daß eine Hand die andere wäscht, begreift er nicht und läuft Sturm dagegen. Er ist so absolut vertrauensvoll und gehorsam, daß er sich strikt an jeden Befehl hält.

Mit solchen Burschen ist noch eine Runde zu gewinnen, wenn die Führung nicht versagt.

Der Major war selbst einmal als Freiwilliger des ersten Weltkrieges so gewesen, hatte in französischer Kriegsgefangenschaft fürchterliche Strapazen erduldet und war einigemal zur Truppe zurückgeflohen, um jedesmal wieder gefangen zu werden.

Wisse schätzt seinen Kommandeur wegen seiner Sachlichkeit, Energie und humanen Einstellung, wundert sich jedoch über seine Ansichten.

Der Major bezweifelte sogar das überlegene Können der deutschen militärischen Führung und zweifelte sehr am Endsieg.

Wie die meisten anderen seiner jungen Kameraden, ist Wisse durchdrungen von der Idee des Enderfolges. Er kann sich ein besiegtes Deutschland gar nicht vorstellen und will es auch nicht.

Der Major hatte erzählt, daß er schon einmal mit der Invasionsarmee des ersten Weltkrieges in Charkow gewesen sei und wie sie damals vor den Bolschewisten fliehen mußten – zuerst nach Kiew und dann heim nach Deutschland.

»Dieses Mal wird es für uns keine Höhle des Löwen mehr geben, in die wir uns zurückziehen können. Die Alliierten werden ganz Deutschland besetzen und in Stücke reißen.«

Am Beispiel, das der Kommandeur und seine Stammoffiziere, alles Reservisten und größtenteils Weltkrieg-1-Diener, geben, sieht Wisse, daß diese alten Deutschen bei weitem nicht den Schwung der Jungen haben.

Sie sind, mit Ausnahme vernagelter Fanatiker, Nörgler, Besserwisser und Meckerer.

Sie sind Biertischstrategen. Jeder von ihnen hat seinen eigenen Schlieffenplan. Sie weisen mit Genuß auf haarsträubende Fehler der obersten deutschen Führung hin, die sie nie machen würden.

Um noch Soldaten zu sein, dazu sind sie zuwenig einfach und gerade; alte krumme Bäume, viel zu breit und nach allen Richtungen hin verästelt. Da sie einmal reingerochen haben, sind sie kritisierende Fachsimpler und verkleidete Zivilisten, die freiwillig oder dazu einberufen, die Bäuche schnaufend eingezogen, sich wieder in die Uniform zwängen. Sie spielen halt auch noch mal mit. Schon gesetztere, ruhebedürftige, gemächliche Herren, hopsen sie herum, kehren das Rauhbein heraus – geben sich als Eisenfresser – stöhnen heimlich, dozieren Dilettantismus – und ihre Haltung ist eine knieweiche Grätschstellung.

Bei manchem läßt diese Stellung den Verdacht aufkommen, daß er die Hosen voll hat, sobald er außer Etappengeräuschen echten Gefechtslärm zu hören kriegt. – Warum auch nicht? Wer schon einmal mitgemacht hat und davongekommen ist, Aussicht hat, noch lange Jahre gut zu leben und an Altersschwäche zu sterben, der wird vorsichtig, weicht dem Heldentod aus – auf den seine Söhne Anrecht haben – und läßt ihnen den Vortritt.

Sie stehen mit Hühneraugen und Frostballen in zu engen Stiefeln, mit einem Bein im Krieg – und mit dem anderen in Zivilpositionen. Sie sind Lehrer, Beamte, Geschäftsleute, Fabrikanten, Gutsbesitzer und Staubsaugervertreter in Uniform.

Sie sind zu lebenserfahren und gewitzt, Familienväter, wenn es um das Vorrecht auf Urlaub geht.

Die einzigen Fesseln, von denen sie sich wirklich frei machen können, sind die der ehelichen Treue. – An einem jungen Busen nochmals knospenden Frühling zu pflücken – in der Attacke auf Unterröcke sind sie bedeutend zäher und eifriger als die jungen Kerle.

In Charkow findet der Krieg im Saale statt.

Wisse und die sieben anderen jungen Offiziere der Führerreserve, die vorübergehend zur Ausbildung der Hiwis abkommandiert sind – und sich täglich zu den Mahlzeiten mit den Landesschützen in einem provisorisch zum Kasino eingerichteten Saal zusammenfinden –, benamsen dieses Kasino »Quatschmühle« und ihre Kameraden von der älteren Generation als Eintopfstrategen.

Hier wird über die Frontberichte diskutiert und die militärische Lage zerfasert und zerredet, hohltönend Preußens Gloria gepriesen und zur »Minna« gemacht.

Heute ist die Stimmung flau.

Der Erbseneintopf ist zuwenig speckig, um herunterzurutschen. Das von den

Ordonnanzen zugeteilte Knäckebrot wird nachdenklich zwischen den Zähnen zerbrasselt.

Oberarzt Dr. Kiesewetter, der Heiterste der Runde – sonst Witzbold vom Dienst –, hat aus dem Lazarett, wo er Abführtabletten abholte, einen dort einlaufenden Verwundetentransport miterlebt und schlechte Nachrichten von der Stalingradfront mitgebracht. Stalingrad ist noch lange nicht in unserer Hand, und die Verwundeten erzählen Furchtbares.

»Was machen wir hier in Rußland?« wird gemeckert. 1940, nach dem Spaziergang durch Polen und Frankreich, hatten sie die Welt noch mit einer Hand in die Tasche gesteckt.

»Des Führers Ziel war die Vereinigung aller Deutschen in einem Reich. Großdeutschland haben wir, was sollen wir in Wladiwostok, Nairobi, Hammerfest und auf der Akropolis? Wo ist da die Grenze? Sollen wir unsere Füße noch im Ganges baden oder in Peking mit Stäbchen Reis essen lernen? Niemals mehr in die alten Fehler verfallen und unsere Kräfte in einem Zweifrontenkrieg zersplittern lassen, hatte der Führer vorgehabt, und jetzt wird bald jeder Division ein Land als Kriegsschauplatz zugeteilt. Wenn das man gut geht!«

»Das ist ja zum Kotzen!« – ärgert sich Noßberger laut genug, daß es alle hören, und wirft seine Serviette auf den Tisch. – Und mit ihm gehen auch die anderen jungen Offiziere, deren Abberufung an die Front unmittelbar bevorsteht.

Sogar Harro, der englische Setter Wisses, läßt Ohren und Schwanz über so viel Hurrastimmung hängen!

Wisse denkt an seinen letzten Urlaub zurück. Er hatte vor dem Wegfahren absichtlich einen Streit vom Zaun gebrochen – und war allein zum Bahnhof gefahren, um dem tränenreichen Abschied am Waggonfenster zu entgehen. Seine Mutter, die ihren Sohn verstand, war darauf eingegangen. Es ist schwer genug, sich von zu Hause wieder loszureißen, und wenn dann noch die letzte Stunde stückweise von jeder Sekunde wie von Wolfszähnen zerfleischt wird, so ist das grausam – und lächerlich vor den Kameraden.

Waren das eigentlich noch die Onkel, Tanten, Bekannten und Kusinen, denen man herumgereicht und von denen man verwöhnt, verzärtelt und angestaunt wurde? – Waren das Frauen und Kinder, Mütter und Väter, die zum Abschied auf dem Bahnsteig standen?

Sobald man nur wieder im Abteil beisammensitzt – eine eigene Gattung wieder unter sich –, dann sind das da draußen am Waggonfenster nur mehr Zivilisten und von uns Soldaten so verschieden wie Marsbewohner.

Geht heim, laßt uns in Ruhe. Viel wichtiger und besser als euer Gejammer ist es für uns, gleich einen Kumpel zu finden, der bis Kiew im Abteil mitfährt, von der Nachbardivision ist, auch nach Leningrad hineingeschaut hat, gleichfalls einen Splitter hat, der eingewachsen ist, und eine gute Flasche Schnaps.

Es ist gut, wenn sich gleich ein paar zusammenfinden, die Skat klopfen oder Tarock spielen können – sonst tut es auch 17 und 4. – Laßt uns schon am Bahnhof wieder in den Graben hineinspringen und angriffs- und abwehrbereit sein – damit wir nicht, den Kopf dorthin zurückgewandt, wo ihr uns winkt, davon abgelenkt über unsere eigenen Beine mitten in ein russisches Bajonett oder eine feindliche MG-Garbe stolpern.

Infiziert uns nicht mit eurer Furcht, damit wir sie draußen nicht auch kriegen, wo uns nur Blei und Eisenpillen dagegen verabreicht werden.

Wir verbergen unsere Schwächen und panzern uns. Ihr aber wollt unbedingt eine verwundbare Stelle für euch offenhalten, durch die ihr mit jedem Brief eindringen könnt. – Macht noch ein Kreuz darauf, damit es der Feind ja deutlich genug sieht und uns leichter trifft.

Die beiden Lkws, mit denen der Major zurückkehrt, sind vollgestopft mit dem Gepäck des Nachkommandos, einer kompletten Wohnungseinrichtung, und sogar ein Paddelboot hat er sich mitgebracht.

Aber sonst war es Essig. Die Fleischtöpfe am Dnjepr waren nicht mehr so üppig. Auf den Kolchosen sitzen Landwirtschaftsführer, und die haben gründlich bis zur letzten Kartoffel abgeerntet.

Etwas Wodka, schlechtes Bier, zwei eingepökelte Schafe, Salzfische vom Dnjepr und einige Sack Erbsen und Weizenmehl sind die ganze Ausbeute.

Trotzdem ist der Major beeindruckt von den Leistungen wirtschaftlicher Natur.

Es sind Straßen gebaut, Schienen gelegt worden, Züge voll mit neuen landwirtschaftlichen Maschinen aus Deutschland gekommen – und trotz angespannter Kriegslage wurden Riesenleistungen vollbracht. Selbst ein Russe, früher eine Kolchose führend, hatte zugegeben, daß niemals vorher derartige Ernteerträge erzielt worden seien, und er bestaunt die rasche Verarbeitung und Konservierung, Lagerung und den Abtransport der erwirtschafteten Güter sowie die mustergültige Ordnung und Organisation.

»Diese Deutschen sollten arbeiten und nicht Kriege führen, dann wären sie das reichste Volk der Erde!« meinte der Russe.

Wisse zieht seine Abkommandierung aus der Tasche, und der Major bedauert es ehrlich, in ihm einen tüchtigen Helfer und vor allem einen Menschen zu verlieren, mit dem man reden konnte.

Der Oberleutnant ist für 14 Uhr auf den Roten Platz befohlen. Dort, im ehemaligen Intouristhotel, wo sich die Führerreserve einquartiert hat, warten etwa zwanzig Offiziere, vom Leutnant bis zum Hauptmann, auf ihre Vorstellung bei Oberst Wutte.

Die Räume hier sind groß, repräsentativ und sauber instand gehalten. Der Fußboden ist mit roten Läufern belegt.

Punkt 14 Uhr – eine Szene, die klappt – öffnet sich die Tür, und Oberst Wutte erscheint. Meldung und Gruß des ältesten Hauptmanns der Gruppe erwidert er zackig.

Forschend mustert er die jungen Offiziere. Zwanzig Schicksale, deren jedes in einer Mappe unter seinem Arm bereits fix und fertig beschlossen ist.

Oberst Wutte ist als Heldenklau nicht übermäßig beliebt.

Wisse jedoch imponiert der große, etwa fünzigjährige, hagere Oberst mit dem wie aus Holz geschnitzten Nußknackergesicht, mit der vorspringenden Hakennase und dem grimmigen Mund.

Der Oberleutnant ist es gewohnt, wegen seines Anfangsbuchstabens immer als einer der letzten im Alphabet aufgerufen zu werden.

Er ist daher überrascht, als erster dranzukommen.

Der Oberst mustert ihn scharf, sieht abwechselnd in seine Mappe, was darin über Wisse entschieden steht – und prüfend auf den zweiundzwanzigjährigen Oberleutnant.

Will er mich auf den Arm nehmen? – Wisse steht wie eingemauert, aber über sein Gesicht ist ein Lächeln gebreitet, das sich vertieft, als der Oberst noch grimmiger dreinschaut.

Dem Oberst imponiert es, daß sich dieser junge Kerl nicht wie ein Schaf scheren läßt! Im Bemühen, das ins rechte Auge geklemmte Monokel festzuhalten, verzerrt sich sein Gesicht zu einer Grimasse.

Der Kerl wagt es, über mich zu lachen – und es so schlecht zu verbeißen. –

Der Oberst grinst schließlich zurück. – Ja, mein Junge, alles nur Theater! – Man spielt eben seine Rolle.

»Oberleutnant Wisse! Sie wurden mir als besonders befähigt im Umgang mit unseren Verbündeten empfohlen. Sie werden auf einen exponierten Posten gestellt. Diplomatisches Geschick, Fingerspitzengefühl und Takt sind erforderlich, um sich durchzusetzen und zu behaupten, ohne dabei jemand vor den Kopf zu stoßen.

Sie werden mit Wirkung vom 10. November zur 20. rumänischen Division, die südlich von Stalingrad liegt, kommandiert. Sie haben dort das deutsche Verbindungskommando 118 zur 20. rumänischen Division zu übernehmen!

Ich hoffe, daß wir uns in Ihnen nicht getäuscht haben – und Sie Ihre Aufgabe gewissenhaft und einsatzfreudig erfüllen!« knurrt der Oberst streng und verbirgt die Freude darüber, auch angenehme Überraschungen bereiten zu können.

Es ist gerade die Zeit, wo im Soldatenheim Kunsthonigbrote und Tee oder das grüne ukrainische Bier ausgegeben werden, und das will Wisse nicht versäumen.

Ein großer Saal, von mächtigen roten Marmorsäulen getragen.

Die geleimten Figuren sind gesprungen, die russischen Marmorsäulen sind bepinselte Sperrholzattrappen.

Steinerne Monumente sind aus Gips und mit Zeitungspapier ausgestopft. Rußland ist das Reich der Potemkinschen Dörfer geblieben.

Freude am Spiel. Großes Welttheater, schmunzelnd vor Pappendeckeldekorationen geboten. Wehe, wer sich davon täuschen läßt. Das Land ist unermeßlich reich, stark und fast unbezwingbar. Die T 34 sind aus Stahl und walzen nieder, was sich ihnen in den Weg stellt.

Zum letztenmal geht Wisse über den riesigen, von Hochhäusern eingefaßten Roten Platz. Die weite asphaltierte Fläche ist bis auf ein paar Fahrzeuge, die sich vor dem Soldatenheim zusammendrängen, leer und unbelebt.

Hinter der Kulisse der Wolkenkratzer beginnt unmittelbar die Wirklichkeit der russischen Holzhütten und buckligen Straßen.

Der Tag ist feuchtkalt und neblig. Die Bäume recken sich kahl und dürr. – Der Wind hat das welke Laub in die Rinnsale geweht. – Der zweite russische Winter steht vor der Tür.

Noßberger beneidet Wisse und ärgert sich, weil er hier nicht wegkommt.

Er ist Sudentendeutscher aus Krumau in Böhmen. – Was wissen denn die Brüder, die im Schoß des Reiches geboren sind, was es heißt, ein Deutscher sein zu dürfen. Deutscher zu sein, ist für Noßberger Lebensquell! – In Lust und Schmerz seinem Deutschtum hingegeben – lebt er dafür und verschwendet er sich daran.

Er hatte seine nationalökonomischen Studien an der Prager deutschen Universität abgebrochen und war freiwillig eingerückt. Den Wunsch seines Vaters, dessen florierendes und bedeutendes Außenhandelsgeschäft einmal zu übernehmen, hatte er abgelehnt, weil er deutscher Offizier werden wollte.

Er ist niedergeschlagen, da er immer noch keine Frontverwendung findet. Er brennt darauf, in den Kaukasus oder nach Stalingrad abkommandiert zu werden und dort eine Einheit zu führen, meldet sich immer wieder freiwillig und wird übergangen, weil er wegen seiner slawischen Sprachkenntnisse hier angeblich unentbehrlich ist.

»Wie mir diese müden Defaitisten hier auf die Nieren gehen!« jammert er. »Entweder meine Galle platzt, oder ich mache mein Geschäft mit ihnen, schließe Lebensversicherungen für sie ab – verkaufe ihnen kugelsichere Westen, und mich lasse ich wegen Maservernverdacht G. v. H. schreiben!«

Am Abend wird Wisse zu Ehren ein Abschiedsessen gegeben.

Ihm ist nicht nach Feiern zumute. Er hätte sich gern zurückgezogen, um Briefe an seine Mutter und an Gwen zu schreiben.

Seit er an der Ostfront ist, schreibt er seine Briefe an die Engländerin in deutscher Sprache und schickt sie an seine Schwester, die sie an Gwen weiterleitet. Er schlägt dadurch den deutschen Zenzurstellen ein Schnippchen.

Seit dem Morgen schon ist Harro unruhig, springt an Wisse hoch, winselt, leckt ihm die Hand und stößt ihn mit der Schnauze, um sich besser bemerkbar zu machen, als spüre er, daß er von seinem Herrn für lange Zeit, vielleicht für immer, getrennt werde.

Der Major hat sich bereit erklärt, Harro zu übernehmen – und versprochen, wenn Wisse nicht zurückkomme, um den Hund wieder abzuholen, das Tier im nächsten Urlaub zu seiner Mutter nach Wien zu bringen.

Du dummer, treuer Hund, bester Freund – als ob das so einfach wäre, sich von dir zu trennen, wo du seit Dünkirchen alles mitgemacht hast!

Du winziges Stückchen heulendes Hundelend! Vielleicht acht Wochen alt, nichts als viel zu große Ohren, einen zu schweren, wackeligen Kopf und tapsige, stolpernde Pfoten, an einem winzigen Hundeleib, der von Schluchzen geschüttelt war, hatte dich dein Herr, ein Engländer, der aus Dünkirchen fliehen mußte, in der Ecke des großen Humberwagens vergessen oder zurückgelassen.

Zitternd bist du mir zwischen Uniform und Hemd an die Brust gekrochen, wolltest nimmer weg – hattest mich einfach zu deinem Herrn gemacht. Abends saßest du in der Ecke meines Zimmers, warst schon zu Hause und belltest mit deiner winzigen Hundestimme ganz frech, als es außen an die Tür klopfte.

Am 22. Juni um 5 Uhr früh hast du mit uns aus den Wäldern von Tauroggen heraus den ersten Angriff auf die russischen Stellungen mitgemacht.

Bald kanntest du jeden Angehörigen der Batterie und gehörtest mit dazu wie die Geschützführer, Fernsprecher und Troßleute.

Wir waren mit dir eine 171 Mann starke Familie, und du standest sogar scherzhalber auf den Stärkemeldungen für die Truppenverpflegung.

Ungestüm marschierten wir vorwärts durch Litauen, Lettland und Estland und merkten vor Eifer gar nicht, wie wir immer weniger wurden.

Beim Durchbruch durch die Jagodalinie hast du unsere ersten Gefallenen beklagt, daß wir glaubten, es bräche dein Hundeherz. Warst du doch mit allen gut Freund. Sprangst auf die Protze eines Geschützes oder lagst einem Fernsprecher im Schoß, um ein Stück Wurst oder Zucker bettelnd. Und alle mochten und verwöhnten dich, obgleich du ein waschechter Engländer warst. Ich glaube, du belltest sogar englisch.

Oder kannst du dich erinnern – vor Reval? – Russische Kriegsschiffe griffen in den Kampf ein.

Ich war vorgeschobener Beobachter. – Du warst natürlich mit. Als die ersten großen Kaliber heranorgelten, lerntest du robben und in der flachsten Mulde in Deckung gehen. War der Einschlag vorbei – waren die Splitter verzirpt, kamst du gekrochen, lecktest mir mitten ins Gesicht, du Hundevieh, wedeltest freudig. – Gut gegangen – nichts passiert!

Über die Narva – Peterhof – Oranienbaum – immer weiter vorwärts – ging es mitten hinein in den russischen Winter. Südlich des Ladogasees in den Urwäldern gruben wir uns tief ein und hielten einen Stützpunkt. Es waren über 40 Grad Kälte. – Alles erstarrte. Die Pferde erfroren im mörderischen Eiswind. Ich hatte dir eine Winterbekleidung schneidern lassen – und du hast sie wütend zerfetzt. Es war dir unter dem Zottelpelz dichte Winterwolle gewachsen, und du warst der einzige, der sich vor Vergnügen im Schnee kugelte. Wir wurden herausgezogen, träumten von geheizten Ruhestellungen und wurden in unsäglich hartem Wintermarsch durch Eis und Schnee über Wolchowstroi zum Angriff auf Tichwin angesetzt. 29 Mann von 170 waren wir noch, als ich Befehl erhielt, mich mit dem Rest der Leute, den Pferden und Fahrzeugen durch die überall eingesickerten Russen durchzuschlagen. Daß dieses fast aussichtslose Unternehmen gelang und wir lebend durchkamen, verdanken wir nicht zum geringsten deiner tiefen Abneigung gegen alles, was nach Russen roch, und deinem wütenden warnenden Knurren.

Warst du mir nicht ein Schutzengel in Hundegestalt?

Vor Weihnachten erwischte es mich während eines Russenüberfalles, als wir zum Schutz eines Divisionsstabes als Infanteristen eingesetzt wurden.

Am Heiligen Abend 1941 lagen wir beide im Verwundetentransportzug nach Ostpreußen. Du hattest so einen Spektakel gemacht, daß man dich mitfahren ließ. Zu Silvester 1941/42 warst du bei Mutter und Schwester in Wien und kamst zu Besuch zu mir ins Lazarett.

Nach Holland zum Ersatzhaufen und nach Frankreich zum Truppenführerlehrgang durftest du nicht mit, hast darum immer noch keinen Dienstgrad, du dummer Hund, und wärst in Wien fast zur Wehrmacht eingezogen worden.

Auf einen Sprung kam ich heim, und du fuhrst verrückt vor Freude wieder mit an die Front.

War ja auch das reinste Hundeleben. Ein reinrassiger Jäger – und nichts zu erleben als ein paar magere Katzen zu scheuchen.

Und jetzt? Es wäre vielleicht für dich das beste, wenn ich es nur fertigbrächte, dich zu erschießen.

So übel sind sie gar nicht, diese alten deutschen Landesschützenoffiziere, die wir Jungen so von oben herab ansehen und belächeln. Was wir noch vor uns haben, liegt hinter ihnen, in Langemarck und Verdun.

Die Tische sind mit Leintüchern gedeckt. Die Ordonnanzen prangen im weißen Drillich. Papierservietten hat ein alter Hauptmann organisiert. – Die Leute sind alle frisch geschneuzt und gekämmt, wie aus dem Ei gepellt, und haben Festgesichter.

Erst am nächsten Tag erfährt Wisse, daß sie sich für ihn bis auf den letzten Tropfen Wein, Schnaps und Likör ausgeplündert hatten.

Sie waren stolz auf ihn und in Sorge um ihn. Sie vertrieben gewaltsam seine trübe Laune, bis er mitlachte. Sie bevaterten ihn – da die Mütter so unerreichbar weit waren –, und er glaubte es ihnen gern, daß sie als junge Kerle ebensoviel Schneid und Tapferkeit gehabt hatten. Und sie machten ihn, damit er auf andere Gedanken käme, besoffen.

Trotzdem, es stand noch jeder, als der Kommandeur einer Flasche Henkell Trocken den Hals brach und die Gläser vollschenkte. Glas bis an den zweiten Uniformknopf gehoben – und dann runter damit. – Es lebe Deutschland!

Eine Weile ging es noch so weiter. Ein Glas Bier, ein Glas Schnaps, ein Glas Bier, ein Glas Schnaps und dazu Gesang. Dr. Kiesewetter begleitete auf dem Klavier, bis er mit der Nase auf die Tasten fiel und neben dem Klavierhocker in Stellung ging.

Es war schon, obgleich noch stockdunkel, bald gegen Morgen, als Wisse mit Harro an der frischen Luft ein paar Runden um die Kaserne drehte.

»Fritz, du bist besoffen!« – seufzte er selig.

Die Kälte und die frische Nachtluft vertrieben die Alkoholgeister und ernüchterten ihn etwas.

Es war sein Plan gewesen, vor Mitternacht zu verschwinden und Katja nochmals zu besuchen, und nun war es halb 5 Uhr früh, und sie würde natürlich fest schlafen – vielleicht mit dem Major – nitschewo!

Aber dickköpfig redete er sich ein: Sie kennt Harro noch nicht!

»Sie muß dich kennenlernen – und wenn sie dich nicht ebenso mag wie mich – dann hat sie bei mir verspielt!« Harro war gar nicht so erpicht darauf – aber fast im Laufschritt machte der Oberleutnant den eselslangen Weg, und Harro trottete mißmutig und verschlafen hinterdrein.

Und dann stehen sie beide vor dem Haustor .Es ist alles so fremd und Katja so unerreichbar weit.

Was sollte sie auch mit einem deutschen Oberleutnant – der ihr Feind war. Sie ist ein russisches Mädchen und träumt einen russischen Traum!

Leb wohl, Katja, russisches Mädchen! –

Ein paar alte Ukrainer, die schon zeitig unterwegs sind, grüßen ihn freundlich, lächeln ihm zu – und stehlen seine Seele.

Eine Alte, die er zuerst grüßte – dobroje utro math! –, bleibt stehen, machte in der Luft ein Kreuz vor seinem Gesicht und sagt:

»Gott beschütze dich, mein Sohn!«

»Na, Pjotr, willst du nicht mitkommen an die Front?«

Pjotr zuckt zusammen. Er legt sorgfältig die Wäsche zusammen und schaut den Oberleutnant nicht an.

»Krieg lange nicht zu Ende! – Russen in Sibirien sehr stark. Deutsche Wehrmacht zu klein. Ich nicht gern Soldat, aber mit Oberleitnant ich gehen mit zur Front!«

»Keine Angst, Pjotr – ich kann dich ja gar nicht mitnehmen!«

»Pjotr nix Angst!«

»Ich gebe dir meine Adresse – und nach dem Krieg, dann schreibst du mir, wenn du etwas brauchst!«

Pjotr bedankt sich nicht und macht eine wegwerfende Handbewegung, um auszudrücken, wie sinnlos das alles sei. Er weiß es besser. Lebt er doch in einem Land, wo der Mensch eine Nummer ist – ein Stück, das man hinschiebt, wo man es braucht. Da kommt ein Prikas und sejtschaß – muß alles liegen- und stehengelassen werden...

Den kleinen Sack über die Schulter geworfen und dorthin verfrachtet, wo Stalin es fordert.

Babuschka, math und die rebiata bleiben in dem Holzhaus mit den winzigen Fenstern und dem großen gemauerten Ofen – inmitten der Stube – zurück. Man geht und kommt nicht wieder. Vielleicht, daß noch einmal ein Brief kommt aus Archangelsk oder Uralsk. Rußland ist groß.

Pjotr ist zufrieden. Der Oberleutnant hat es durchgesetzt, daß der Ukrainer von nun an in der Küche helfen wird.

Vor dem Stabsgebäude hat sich der Kommandeur mit einigen Offizieren zum Abschied eingefunden.

Noßberger hat sich kurz vom Dienst frei gemacht. – Er läßt die Hand Wisses nicht los. Sie hatten sich die zwei Monate gut verstanden, und einer wußte vom andern alles.

Noßberger freut sich aber auch. Er hat unvermutet seine Abberufung bekommen und soll eine Panzerabwehrkompanie bei der 71. I. D. in Stalingrad übernehmen.

»Gib acht, wir sehen uns bestimmt wieder!« sagt er hoffnungsfroh. Alles geht gut, und plötzlich – Ohren, Rücken und Rute, ein wehender Pfeil – kommt Harro angesaust. Wisse hatte das Tier eingesperrt. Er sieht Noßberger an. Natürlich, Noßberger steckt dahinter. »Nimm Harro mit – du kannst doch nicht ohne ihn sein!« bettelt er für den Hund. »Vielleicht lasse ich ihn mir nachkommen!« – Nichts als weg.

Pjotr muß den Hund halten, und dieser sieht seinem Herrn nach – unbeweglich, ohne einen Laut. – Wenn es doch heulen oder winseln würde, das Hundsvieh. – Der Hund springt seitlich am fahrenden Wagen hoch. – Pjotr liegt auf der Nase auf dem Boden.

»Harro, marsch zurück!« – Der Hund läuft Gefahr, unter die Räder zu kommen. Der Fahrer gibt Gas. Die Zunge weit aus dem Hals gestreckt – ein letzter verzweifelter Sprung, das Tier klammert sich einen Augenblick lang an der herabgekurbelten Fensterscheibe fest – möchte die Schnauze ins Wageninnere stecken und rutscht kraftlos ab.

Wisse hat mit einem schnellen Griff Harro noch am Halsband erwischt und zieht ihn zum Fenster herein. Der Setter liegt keuchend, total erschöpft neben Wisse auf dem Sitz, zu schwach, sich zu freuen, leckt er dessen Hand und blinzelt zufrieden.

Auf dem Bahnhof mächtiger Betrieb.

Von hier aus wird die Kaukasus- und Stalingradfront mit Ersatz versorgt.

Pünktlich, wie auf einer Strecke im Reich, läuft der Fronturlauberzug, aus Kiew kommend, in Richtung Rostow ein.

Im Abteil sitzen drei Offiziere und ein Goldfasan. Harro sorgt gleich für Kontakt. Nachdem er den Oberstleutnant, den Major und den mageren Leutnant beschnuppert hat, schenkt er seine besondere Aufmerksamkeit der Tasche des Goldfasans, in die er durchaus seine Nase stecken möchte.

»Der hat gleich heraus, wo noch was zu holen ist!« spöttelt der Oberstleutnant.

Die Sonne drückt den Herbstnebel herab. – Als der Zug in einer Schleife nach Süden fährt, taucht noch einmal nebelumflossen, die Hochhäuser sonnenumglänzt, die ukrainische Hauptstadt wie eine Fata Morgana in der Ferne auf.

Wie hatte Wisse sich gewünscht, aus Charkow wegzukommen – und jetzt gibt es ihm einen Stich ins Herz, und er fühlt einen Faden von der Stadt zu seiner Seele gesponnen.

Nesselbart«, brummt der Oberstleutnant bei der Vorstellung. Er kommt vom Heimaturlaub zurück.

Eine Sturmgeschützabteilung führend, hatte er im Sommer den Angriff über den Don zur Wolga mitgemacht und seine Sturmgeschütze fast ohne Ausfälle bis an den Stadtrand von Stalingrad gebracht.

»Diese Schnapsidee, meine Sturmgeschütze in der Stadt einsetzen zu müssen. In zwei Tagen waren zwei Drittel meiner Wagen kaputtgeschossen. Zwei Divisionen mehr, wir hätten Stalingrad in Stunden genommen und würden heute über die Wolga weiter ostwärts marschieren.«

»Diese verfluchten Nachschubheinis!« –

»Mitten in der Steppe kein Tropfen Sprit – und wir liegen fest – und lassen dem Iwan Zeit, damit er uns ja einen heißen Empfang bereiten – und sich festsetzen kann.

»Diese verdammten Idioten können sich auf dem kleinsten Käsezettel von jedem Schulbuben ausrechnen lassen, wenn sie so und so viele Fahrzeuge über so und so viele Kilometer in Marsch setzen, wieviel Sprit dazu gebraucht wird...!«

»Und wenn die nötige Spritmenge nicht verfügbar ist?« fragt der Goldfasan. »Oder nicht genügend Transportraum?«

»Wenn die entsprechende Spritmenge nicht schon vorher gesichert ist – und der Nachschub für ein so genau geplantes Unternehmen, wie es der Vorstoß auf Stalingrad darstellt, in der Planung nicht entsprechend berücksichtigt und organisiert wird, ist es ein Verbrechen, ein solches Unternehmen überhaupt zu starten!« Das Gesicht des Oberstleutnants ist kantig, jeder Muskel gespannt, und er nimmt kein Wort zurück. Betreten sehen ihn die Offiziere und erschrocken der Parteimann an.

»Sie haben vergessen, uns die neuerfundenen Tabletten schlucken zu lassen, damit wir Benzin pissen!« Der Oberstleutnant ist erbittert: »Jetzt haben wir in Stalingrad glücklich unser Verdun dieses Krieges!« –

»Der Nachschub ist hier in Rußland der schwierigste Teil des Feldzuges!« ereifert sich der Goldfasan. »Riesige Entfernungen, wenige und unbefahrene Straßen und ein viel zu dünnes Eisenbahnnetz, das noch dazu erst umgespurt werden muß, ausgebaut, erweitert und verbessert...!«

»Ach, und da kommt man erst jetzt drauf? – Uns aber schickt man los – und denkt sich, es wird schon schiefgehen...!«

»Vielleicht bedenken Sie, was Ihnen so selbstverständlich erscheint, daß Sie hier in einem Leipziger Waggon fast bis an die Wolga fahren. Was bedeutet es, die Eisenbahnstränge oft unmittelbar bis hinter die Front umzuspuren!«

Nesselbart lächelt schmal und sieht still zum Fenster hinaus – vor dem endlos und eintönig Obstplantagen vorüberziehen. Ukrainische Lehmhütten, ein russischer Bauer mit einem Panjewägelchen, russische Frauen und Kinder – die Weite, der unendliche Himmel darüber. –

Während die anderen hinter ihren Mänteln eingenickt sind, blättert Wisse in Goebbels' »Das Reich«.

Daß Sewastopol eine Gotenstadt war, liest er – und weiß wieder mehr –, und die letzten Wehrmachtsberichte, die er, kundig genug, zu deuten versteht.

Die Offensive durch den Kaukasus ist zum Stillstand gekommen und hat sich in Kämpfen örtlichen Charakters festgefahren. Hitlers Griff nach dem Erdöl von Baku blieb in der Luft hängen – und er wird seine Hand zurückziehen müssen. Die Deutschen stehen bei Alagir mit einem dort von den Russen eingeschlossenen Panzerverband.

Englische Offensive bei El Alamein gegen Rommels wankende zurückweichende Front.

Landung der Amerikaner in Nordafrika – die kamen, um den Laden auszuräumen.

Einziger Trost – außerordentliche U-Boot-Erfolge!

Rückschläge, wie sie voriges Jahr im Winter in Rußland eingetreten waren, zeichnen sich vor diesem zweiten Winterbeginn wieder ab. Alle Fronten und Dämme von Afrika bis Leningrad sind bedroht.

Voriges Jahr, am Heiligen Abend, hatte er als Verwundeter der Front den Rücken gekehrt. Diesmal aber geht es mitten hinein ins russische Wintervergnügen. –

Der Zug hat eine Nacht unter russischem Himmel durchgerattert, und wachgerüttelt wischt Wisse verschlafen das beschlagene Waggonfenster an seiner Seite blank. Steht auf, öffnet es vorsichtig, um frische Luft in die Lungen zu kriegen. Im kalten Novembermorgen streichen endlos abgeerntete Felder vorbei, Obstplantagen tagelang weit, und plötzlich auftauchend eine in den Horizont ragende Fläche, Taganrog und das Asowsche Meer, spiegelglatt, mit der noch grünlich schillernden Küste verschwimmend. Wie ein riesiger Dorfteich begleitet nun dieses Binnenmeer den Zug viele Kilometer.

Der Waggon ist von der Reichsbahndirektion in Hannover – im Abteil ist Deutschland und draußen rings herum ist überall Rußland, durch das dieser graue Wurm von einem deutschen Zug kriecht.

Vorn der Don – und rechts das Asowsche Meer.

Eindringlinge sind wir – kommt es Wisse in den Sinn –, und es würde ihn nicht verwundern, wenn ein Riesenstiefel sich höbe, um diesen Wurm von einem deutschen Eisenbahnzug mitten in Rußland zu zertreten. Wie klein und schwach ist der Mensch, vermessen und kühn, wagt er sich in Unendlichkeiten unfaßbarer Dimensionen, um sie zu erobern.

Und mit einem Male glaubt es der Oberleutnant zu wissen, warum es die Deutschen hierhergezogen hat.

Sie sind gekommen, um die ungegliederte, drohende, sich wälzende Masse dieses Kolosses mit Straßen und Bahnen zu durchschneiden, in Grenzen einzuschnüren, in faßbare Stücke aufzuteilen, in die Fesseln westlicher Zivilisation zu legen, zu zähmen, zu besiedeln und zu organisieren – mit dichtem Leben zu erfüllen und über alle Flüsse Brücken nach Europa zu schlagen.

Im dämmernden Abend läuft der Zug in Rostow am Don ein. Der Oberstleutnant hängt im offenen Fenster und schaut in die Landschaft. Vor einem Jahr ist er hier mit seinen Panzern unter Kleist über Sokol, Dubno, Kirowograd und Dnjepropetrowsk nach blitzschnellem Durchstoß in Rostow stürmend eingedrungen.

Wenn das so weitergegangen wäre – so stünden die Deutschen heute am Ural – und der Krieg wäre vielleicht schon aus – Nesselbart wäre Ortskommandant im deutschbesetzten Uralsk – und Stalin stünde als Wachsfigur im Panoptikum. Ein paar tausend Pkw weniger und ein paar tausend Panzer und Flugzeuge mehr...

Aber die deutschen Kräfte waren zu schwach, um den über den Don zurückweichenden Gegner noch einzuholen und zu vernichten.

Nicht einmal aus einem ruhigen Winterquartier in Rostow wurde etwas. Der Russe sammelte sich, stieß vor und eroberte im Frühjahr die Stadt zurück. Der

Feind ist geschlagen, hat das Rückgrat gebrochen und wird sich nie wieder vom Boden erheben – hatte der Führer erklärt –, aber Deutschland war schwächer als Hitlers starke Worte – und der Russe zäher als des Führers Wünsche.

Und nun ist Rostow wieder in unserer Hand – tiefstes Hinterland mit deutscher Barackenlandschaft – und den Suppen- und Teeanstalten des Roten Kreuzes.

Wisse erfährt, daß sein Zug nach Salsk erst am nächsten Tag fährt. Er läßt seinen Koffer am Bahnhof, und mit Harro an der Leine wandert er die große breite Straße bergauf in die Stadtmitte.

»Kommst ganz schön mit herum, Harro, was?« – Das einzig Interessante in diesem Krieg – wie käme man sonst je dazu, einen herbstlichen Abendspaziergang durch die alte Kosakenstadt am Don zu machen?

Remontnaia, 14. November 1942 – für uns die letzte Bahnstation.

Bis hierher gemeistertes Schicksal – und voraus im Osten die Front und Ungewißheit. Städtchen am Ufer der Kalmückensteppe – die wie eine flache Schale zwischen Don und Wolgahöhen, den Ergenyi-Hügeln, liegt –, drüben am anderen Ufer ist Stalingrad. – Im Sommer sind hier unsere Panzer durch üppiges Steppengras gebraust – und an den Klippen von Stalingrad zerschellt und gestrandet.

Herab auf die gelbgraue Steppe, die vertrockneten Wermutstengel rieselt dünn der erste Schnee dieses Schicksalswinters.

Schule, Kaserne und Spital sind Ziegelbauten, und ringsherum gibt es nur Holz- und Lehmhütten der Kalmücken. Am Rande der Stadt sind noch die Spuren der Sommerkämpfe. Nicht nur abgeschossene T 34, auch ausgebrannte und zerfetzte deutsche Panzer. – Siegfried ist nicht mehr unverwundbar!

Wisse und ein Leutnant Scholz suchen die Kalmückenhütte, die ihnen für die Nacht zugewiesen wurde. Das Häuschen, nur aus einem Zimmer und aus einem Nebenraum bestehend, ist sauber und nett.

Eine Kalmückin mittleren Alters, dick und prall, ihr greisenhafter Vater mit spärlich weißem Ziegenbart und eine Schar Kinder umtanzen mit vielen höflichen Bücklingen Wisse und den Leutnant zum Empfang – lächeln unergründlich aus ihren geschlitzten Augen über den vorstehenden Backenknochen, erklären, daß es ihnen eine hohe Ehre sei, die Herren deutschen Offiziere in ihrer Hütte zu beherbergen. Sie erzählen, daß der Vater der Kinder im Kriege sei, und räumen den Feinden ihres Landes das einzige Bett im Zimmer und heizen den Ofen mit getrockneten Kuhfladen...

Der Alte ist selig über eine Handvoll deutscher Zigaretten. Er läßt sie Stück für Stück durch die Finger gleiten, und sich am Vorgenuß entzückend, zieht er sie unter seiner Nase vorbei und atmet mit Wonne den Tabaksgeruch ein.

Wisse war sparsam, und so besitzt er noch eine Gulasch- und eine Rindfleischdose.

»Wenn ich Ihnen als kleine Aufmerksamkeit eine Dose anbieten dürfte?« Der Oberleutnant hält der Kalmückin die Rindfleischdose hin. Sie sieht ihn aus ihren geschlitzten Augen in dem flachen breiten Mongolengesicht an. Er gibt sich so oft Mühe, gut zu sein – und so selten gelingt es! Er verbeugt sich, lächelt ihr ermunternd zu – und mit seltsamer Grazie, mit geschlossenen Augen, mit beiden Händen, wie eine Kostbarkeit nimmt diese mongolische Bäuerin seine Gabe in Empfang – knickst dankend mit fast mädchenhafter Anmut – lächelt jung – wendet sich an die Familie und erklärt ihnen offenbar das Geschenk. Die Kinder und der Alte erheben sich, stellen sich im Halbkreis um Wisse auf und verneigen sich, ernst und würdevoll dankend.

Und die Kalmückenfrau wendet sich wieder an den Oberleutnant. Auf die vier Kinder weisend, erklärt sie ihm mit Händen und in ihrer mongolischen Sprache, daß das Fleisch nur für die Kinder sein solle und sie und der Alte ihnen nichts davon wegessen würden.

»Math!« sagt Wisse hilflos.

»Da, da, Math!« wiederholt sie glücklich und tippt sich auf die Brust. Ihre Haltung, ihr Gesicht sind mütterlich, und ihre Augen sind die einer Mutter – und sie hat den sorgenden, zärtlichen und liebevollen Blick, wie ihn alle Mütter dieser Erde haben.

Und sie streckt die Hand nach ihm aus – als wolle sie ihn an sich ziehen, und zaghaft durch die Luft streichelt sie – weil sie es nicht wagt, mit ihren Fingern die Haut seiner Wange zu berühren –, und sie tut kund, daß sie fühle, als ob er auch ihr Sohn wäre – und es ist in ihr nicht weniger Anmut und Würde als in jener hohen, einsamen Frau, bei der er gestern in Rostow zu Gast gewesen war.

Sie hat ihren Mann und ihre drei Söhne im Rußlandfeldzug verloren, leitet nun die Rote-Kreuz-Stelle in Rostow, und jedem, dem sie begegnet, schenkt sie ein Stück Güte, Mut und Mütterlichkeit.

Sogar eine Tafel Kolaschokolade hat Wisse noch für die Kinder, die ihn scheu aus der Ecke des Zimmers heraus heimlich ansehen. Sie haben noch nie in ihrem Leben Schokolade gegessen – mit Anstand, ohne sich zu balgen oder zu streiten, teilen sie sie unter sich auf.

Und das Mädchen, mit schwarzen Zöpfen und großen dunklen Augen, wagt sich als erste an Harro, um ihn vorsichtig zu streicheln. Bald spielen die Kinder mit dem Hund, und er läßt es sich gefallen.

»Wie duldsam, gutherzig und gastfreundlich dieses Volk ist!« meint Wisse.

»Und dieser natürliche Anstand!« findet Scholz. »Man müßte als Freund und Reisender hier wirklich zu Gast sein können und nicht als Feind!«

»Die erhoffen sich von uns, daß wir ihnen ein besseres und schöneres Leben bringen werden. – Das müßte auch der Sinn unseres Krieges sein, wenn wir ihn schon führen.«

Die früheste Bahnverbindung ist ein rumänischer Transportzug, der über Abganerowo nach Tinguta, der letzten Bahnstation vor Stalingrad, fährt.

Der Zug ist eingehüllt in Fetzen von Dampfwolken und Pulverschnee. – In das Heulen des Orkans zischt wütend der hochdruckgespannte Dampf aus den Zylindern der Maschine. Gestänge, Türen, Fenster, Trittbretter und Griffstangen der Wagen sind pulverschneeangeweht und dick eisverkrustet, wo der Dampf den Schnee schmilzt und die Kälte ihn sofort wieder gefrieren läßt.

Brüllend, da der Wind jedes Wort vom Mund abreißt, meldet sich Wisse beim

Einheitsführer der rumänischen Kavallerieschwadron, einem Major Malbacescu, der den Transport befehligt.

Er lädt die Offiziere ein, im Postwagen Platz zu nehmen, der von den rumänischen Offizieren und ihren Burschen belegt ist. Der Major teilt Wisse und Leutnant Scholz einen rumänischen Soldaten als Ordonnanz zu.

Der Postwagen ist zum Ersticken überhitzt. Ein rumänischer Soldat beschäftigt sich mit nichts anderem, als den dicken rotglühenden Ofen mitten im Waggon, über dem die Luft heiß flimmert, aus einer großen Kiste, die daneben steht, mit Koks zu füttern und zum Weißglühen zu bringen.

Im vorderen Teil des Wagens führt eine Treppe zum Aussichtsturm des Postwagens, die mit gestapelten Koffern und Rucksäcken verlegt ist. Ganz oben auf eine noch freie Stufe hockt sich Wisse und schaut in das Wageninnere. Er wird ja nun bei den Rumänen sein, und so nimmt er interessiert ersten Kontakt.

Berge von Gepäck für persönliche Bedürfnisse, sogar Radioapparate, Betten, Matratzen und Steppdecken. Auf einem Lattenverschlag eine rußende Petroleumlaterne, die spärliches Licht um sich verbreitet.

Und in den Verschlag, ab und zu eines davon aus dem Schlaf geschreckt, gackernd, sind zwanzig Hühner gepreßt. Mitten aus dem schattenhaften Umriß des Kofferberges quiekt ein lebendes Schwein – und kein Stück Waffe, Munition oder sonstiges Kriegsgerät, dafür auf einer Kiste Bratpfannen, Kochtöpfe, Teller und in einer Schachtel Eßbestecke.

Recht weltmännisch und mit ausgesuchter Höflichkeit unterhält sich der rumänische Major mit den deutschen Offizieren und erklärt ihnen:

Alle Straßen und Eisenbahnlinien werden wegen der heftigen Nordoststürme, die meterhoch jede Vertiefung im Sommer mit Sand und im Winter vor allem mit Pulverschnee verwehen, über die höher liegenden Teile der Steppe oder Dämme geführt, um sie passierbar zu halten.

Der Sturm weht den Schnee von jeder Schaufel, die bemüht würde, und der Einsatz von Schneepflügen ist illusorisch.

Wisse bemerkt, daß die spärlichen Ansiedlungen, ab und zu ein paar Häuser, sich zum Schutz gegen den Nordost auf einen Haufen in einer Schlucht oder an einen Hügelhang drängen.

Über die Steppe ist das Netz eines Sturmwarndienstes gezogen, zu dem alle Einwohner, auch Frauen und Kinder, verpflichtet sind.

Weil er es auf der oberen Stufe der Treppe wie in einem Schwitzbad vor Hitze nicht mehr aushält, setzt sich Wisse etwas tiefer.

Der Bursche des Majors, eine weiße Schürze umgebunden, greift sich die laut gackernden Hühner aus dem Lattenkäfig, packt sie am Flügel, säbelt ihnen mit einem richtigen Kavalleriesäbel am Kistenrand die Köpfe ab – die er sofort in die aufzischenden Flammen des Ofens wirft –, und mit allen Schikanen und Gewürzen brät er neun Hühner kunstgerecht.

Anblick und Duft dieser Leckerbissen, Jahre zurückliegend, lassen Wisse das Wasser im Munde zusammenlaufen.

Sich durch den Orkan kämpfend, hat der rumänische Transportzug einen vor ihm laufenden eingeholt – und auf Sichtweite im Konvoi fahren nun die beiden Züge. – Der russische Lokführer bremst – um nicht auf den Schlußwagen des voranfahrenden Zuges aufzufahren – alle Augenblicke derart scharf, daß alles ruckartig durcheinanderkollert und an Schlafen nicht zu denken ist.

Im Morgengrauen hält der Zug ruckartig – rollt noch einige hundert Meter aus und bleibt mit quietschenden Bremsen stehen.

Wisse sieht zur Tür hinaus. Der Zug steht mitten in der Steppe. Soldaten in Übermänteln stapfen durch Schneewehen über den Bahndamm und verschwinden in einem Bunkerloch jenseits des Dammes.

Es liegen mehrere Erdbunker nebeneinander, und über dem Eingang des einen steht auf einer Tafel »Bahnhofsoffizier Tinguta«.

Von hier geht kein Zug mehr weiter.

Wisse sieht sich um. Es ist wieder einmal soweit. So fern und abgeschieden von zu Hause wie nie zuvor, dünkt es ihm.

Einen Augenblick lang hat er das Gefühl, wenn ich diesen Schienenstrang verlasse, reißt die Verbindung nach Wien ab, und ich komme nie mehr oder recht lange nicht nach Hause.

Es geht wieder hinein in die Knochenmühle, und es erheben sich jedesmal die gleichen Fragen.

Wo werde ich hinkommen? Wie wird es dort sein? Wie weit ist es bis zur Front? Wie sieht die Lage aus?

Wisse sucht eine Fahrgelegenheit. Er wendet sich an den Fahrer einer Zugmaschine, in deren Anhänger aus einem Waggon Verpflegung geladen wird.

Der Fahrer sieht den Oberleutnant auf sich zukommen und dreht ihm den Rücken zu. – Wenn er von mir was will, soll er herkommen, denkt er sich. Als er Wisse auf halbem Wege weiß – macht er kehrt – nimmt Haltung ein und schaut den Oberleutnant fragend an. Leicht verärgert bleibt auch Wisse stehen.

»Kann ich mit Ihnen mitfahren?« ruft er über zwanzig Schritte Distanz. Der Kerl von einem Fahrer kratzt sich hinter dem Ohr und setzt sich langsam auf Wisse zu in Bewegung. Mit jenem schwingenden Schritt, wie ihn sich Kraftfahrer angewöhnen, die schwere Züge steuern, um damit auszudrücken, daß auch sie schwere und wuchtige Brocken sind.

Er trägt die betonte Gemächlichkeit der Kraftfahrer zur Schau, die sich als Einzelwesen fühlen, weitgehend selbständig und auch ein wenig selbstherrlich zu handeln vermögen, es nicht notwendig haben, vor jemandem zu wetzen – die eben Kraftfahrer – nur zufällig in Uniform sind. Als Herren auf ihrem Karren wollen sie keinesfalls mit Soldaten verwechselt werden, die im Haufen marschieren, Lieder singen, aufs Wort spritzen und nichts als Befehle ausführen müssen.

Sie sind die Primadonnen unter den Soldaten. Es geht ihnen besser. Sie werden angefeindet und umworben, sind Einzelgänger, herausgelöst aus dem Mannschaftspferch. In der Mehrzahl auftretend, sind sie ein widerspenstiger, hoffnungsloser Sauhaufen. Sie legen wenig Wert auf Beförderungen und Auszeichnungen, haben vor nichts mehr Angst, als von ihrer Tätigkeit abgelöst zu werden, sind fast alle mit Hingabe Kraftfahrer, und manch einer von ihnen hat bedeutende Leistungen vollbracht.

Wisse ist einigermaßen überrascht, wie zackig der Fahrer die Hacken zusammenschlägt. Der Gruß fällt schon lässiger aus. So etwa wie ein Generaloberst führt er den Arm gemächlich, aber mit richtiger Handstellung an die Mütze. Er hat sogar vorher seine Zigarette weggeworfen und ausgetreten, dafür rührt er von selbst.

»Wohin wollen S' denn, Herr Oberleutnant?«

»Sie sind Wiener?«

»Sie aber auch, Herr Oberleutnant! – Ich bin aus Meidling.«

Sosehr er sich freut, einen Landsmann getroffen zu haben, geht er auf dessen Rede nicht ein. Er ist Offizier und peinlich darauf bedacht, jeden gleich zu behandeln, ob er aus Wien, Berlin oder Dresden sei.

»Ich muß zur 20. rumänischen Division!«

»Ich g'hör zur 29. I. D. mot. – Da können S' bis zum Stab mitfahren. Von dort kriegen S' täglich Fahrzeuge nach allen Richtungen.«

Der Fahrer lädt Wisse ein, im Führerhaus mit Platz zu nehmen.

Es geht quer durch die Steppe. Eine Straße ist nicht zu erkennen. Fahrspuren laufen über Bodenwellen in alle Richtungen auseinander. Das Land ist hügelig. Es geht eine Mulde hinunter, einen Gegenhang hinauf – wie auf Wellenbergen. In Tälern ohne Sicht und dann wieder hügelauf fahrend, wie von einer Woge hochgeschleudert – der Blick wieder frei werdend, bis an den Steppenhorizont –, tanzt der Wagen wie ein Schiff. In der Eile der Abfahrt hatte Wisse die vielen Richtungspfeile in Tinguta übersehen, und sie fahren mitten hinein in die Unendlichkeit der gefrorenen Steppe. Weit und breit kein Baum – und kein Laut – außer dem Brummen des schweren Diesels.

Alle paar hundert Meter steckt als Wegweiser ein Stock im Boden, oben mit einem Strohwisch dran.

Der Fahrer hält sich links davon. Ohne die Stangen wäre eine Orientierung nicht möglich.

Das Land ist von tiefen Wasserrinnen und Erosionsschluchten, sogenannten Balkas, durchzogen. Oft genug, wie der Fahrer erzählt, rutschen Wagen ab oder geraten, besonders nachts, in eine Schlucht – aus der es mühselig und vielfach nur mit Vorspann und Seilwinden möglich ist, wieder herauszukommen.

»Kommen S' aus der Heimat, aus Wien, Herr Oberleutnant? – Ich war schon eineinhalb Jahre nicht mehr z'Haus! – Jetzt steh' ich auf der Urlaubsliste, und wenn nichts dazwischenkommt – fahre ich nächste Woche. Nur, ich glaub' noch nicht daran. Unsere Division sollte auch nach Deutschland verlegt werden, zur Auffüllung, und jetzt müssen wir dableiben, weil der Iwan um Stalingrad immer mehr Truppen konzentriert!«

»Na, es wird schon nicht so arg sein!« Wisse kennt die Latrinengerüchte der Landser.

»Net so arg?« mischt sich der Beifahrer, ein Obergefreiter, ins Gespräch. – »Wenn S' einmal an die Wolga kommen, können S' drüben am anderen Ufer Tag und Nacht die Panzer rollen hören. Ein Bekannter von mir, der ist beim Abhorchdienst, die haben allein in ihrem Bereich sieben neue russische Divisionen festgestellt.

Ein anderer Spezi von mir, der ist Fahrer im Korpsstab, beim Jänecke, der hat g'hört, wie die Offiziere vom Ic erzählt haben, daß der Russenaufmarsch auf über eine Million Mann geschätzt wird!«

»Dem Fahrer persönlich hat der Ic das erzählt?« fährt Wisse dem Obergefreiten spöttisch über den Mund.

»Das ist gar nicht notwendig, denn wir Fahrer hören sowieso alles, worüber sich die Herren unterhalten, und wissen dadurch oft mehr. Die Fernsprecher und Fernschreiber kennt er auch – die direkt mit dem Führerhauptquartier in Verbindung stehen. Es ist tatsächlich so, daß er einen Funkspruch aus dem Führerhauptquartier oft früher weiß als der Armeeführer.«

»Ihr seid's vielleicht alles alte Tratschweiber miteinander! – Macht's ihr euch nie Gedanken darüber, wie gefährlich das ist?« fragt der Oberleutnant.

»Soviel tratscht und ausplaudert wie bei der deutschen Wehrmacht wird nirgends mehr auf der Welt!« meint der Fahrer.

»Weil sich jeder wichtig machen will, daß er auch was weiß!« stellt Wisse unmutig fest.

»Jedenfalls sind die Offiziere von der Abwehr ganz schön aus dem Häusel – und haben nicht schlecht über die im Führerhauptquartier geschimpft, weil die dort nicht glauben wollen, daß der Russe einen Angriff vorbereitet!«

»Und ausgerechnet im Auto haben sie sich das erzählt?«

»Wo können sie es sonst besser und ungestörter, Herr Oberleutnant, als wenn s' miteinander fahren!«

»Na, und ich glaube auch nicht daran, daß der Russe eine Winteroffensive plant. – Und im übrigen brauchen wir uns nicht den Kopf darüber zu zerbrechen. Dazu sind andere da!«

»Jedenfalls schaut's ganz beschissen aus, Herr Oberleutnant! – Wenn der Iwan bei uns im Süden und im Norden durchbricht, nimmt er uns in die Zange, und wir sitzen in der Mausefalle. – Wir jedenfalls rechnen damit, daß es losgeht und sogar bald!«

»Und mit mein' Urlaub ist's wieder Essig! – Bei uns da im Süden sind die Rumänen – aber wie weit? – Bis Astrachan ist Wüste, und da fahren die Russen spazieren. Unlängst erst ist ein motorisierter Stoßtrupp bis zum Stab in Abganerowo durchgestoßen. Da haben die Stabsoffiziere, wie s' aus die Betten g'sprungen sind, im Pyjama und Nachthemd auf Autos und Motorräder in alle Richtungen Reißaus genommen. Erst wie s' g'merkt haben, daß das noch nicht der große Angriff ist – haben sie sich wieder zurückgetraut in ihre Quartiere! – Da sitzen schon ein paar Helden beieinander!«

»Und wie steht's in Stalingrad, direkt in der Stadt?« – wollte Wisse noch erfahren – aber diese Auskunft will er sich lieber von kompetenter Seite einholen. Kraftfahrer scheinen ihm doch nicht die geeigneten Auskunftspersonen zu sein, obwohl er weiß, daß sie überall herumkommen, überall Bekannte haben und viel erfahren.

»Der Führer wird das wohl auch alles wissen?« – beendet Wisse spöttisch diese Landserfeldherrnbesprechung . . . »und er weiß schon, was er tut!«

»Hoffentlich!« brummt der Fahrer zweifelnd und leise beleidigt.

Diese erste Lageschilderung ist nicht eben beruhigend. Auch wenn sie von Landsern kommt, ist wahrscheinlich etwas dran – und aus einem ruhigen Winter – und einer Frühjahrsoffensive bis zum Ural wird es nichts werden.

»So, Herr Oberleutnant, da gleich rechts hinter der großen Balka ist unser Nachrichtenbunker, da können S' eine Verbindung mit Ihrer Einheit kriegen. Wir fahren noch ein Stück weiter zum Verpflegungslager! – Und alles Gute und Hals- und Beinbruch! Auf Wiedersehen in Wien!«

Deutsches Verbindungskommando zur 20. rumänischen Division.« An der Strippe ist ein Sonderführer Böse, Dolmetsch des D.V.Ks. »Ich heiße Sie herzlich willkommen, Herr Oberleutnant! – Herr Hauptmann Scherer sitzt schon wie auf Kohlen. – Er möchte Ihnen raschest hier alles übergeben und dann nichts mehr als weg!«

»Haben Sie eine Fahrgelegenheit für mich?« unterbricht Wisse den Sonderführer. Der Kerl spricht scharf akzentuiert mit tirolerischem Einschlag.

»Selbstverständlich, Herr Oberleutnant! – Ich werde sofort veranlassen, daß unser Pkw Sie abholt!«

Der Nachrichtenbunker ist so voll Zigaretten- und Ofenqualm, daß Wisse lieber an der frischen Luft auf den Pkw wartet. Der Tag draußen ist neblig und feuchtkalt.

Nun erst kann er die ganze Schlucht ausnehmen, in der sich Bunker an Bunker neben- und übereinander reihen. In dieser Balka mit 500 Meter Länge und einigen kleinen Seitenschluchten verbirgt sich eine komplette Division mit allen Mannschaften, Dienststellen, Stäben, Geräten, Verpflegungs-, Munilager, Autopark, Panzern und Geschützen in der Erde. Es ist unheimlich still, wie ausgestorben.

Nur einzelne Posten in Übermänteln und Pelzmützen stapfen durch den Nebel. Soldaten tauchen aus der Erde auf und verschwinden wieder.

Für Wisse, der die Nordfront, die Urwälder und Sümpfe des Ladogasees noch in lebendiger Erinnerung hat, ist das neu.

»Herr Oberleutnant Wisse?«

»Jawohl, das bin ich!«

»Gefreiter Krämer mit Pkw zur Stelle!« Er reißt die Hacken zusammen, und seine Hand fährt an die Mütze. Die Haltung ist zackig wie auf dem Kasernenhof. Der Oberleutnant wundert sich darüber. Ist der Mann so ehrgeizig und diensteifrig? Es ist Routine, Beherrschung, jede Bewegung in Fleisch und Blut. – Ich kann's noch – drückt er damit aus, und es macht ihm Spaß.

Er ist mittelgroß, sehr kräftig, hat ein frisches, breites Gesicht, eine gesunde Farbe und einen gemütlich lächelnden Zug um den Mund und scheint verläßlich zu sein.

Wie er Wisse erzählt, ist er im Zivil Mechanikermeister in Cleve. Seine Hantierungen beim Fahren haben auch etwas Sachkundiges, Gewissenhaftes und Präzises. Mit Tatzen, groß wie Abortdeckel, steuert er den kleinen Opel-Olympia gefühlvoll, fährt schonend und dabei rasant.

»Der Russe hat sich da drüben versammelt!« – er weist in Richtung Wolga. – »Jeden Tag kann der Tanz losgehen – und dann – aus der Traum!« – Wisse hält das nur für Gerüchte, was er zu hören kriegt. – Es nagt aber an seiner Zuversicht.

Aus der Traum? – Ist Stalingrad der Punkt – an dem eine Welt aus den Angeln gehoben wird?

Der Oberst mit dem Nußknackergesicht, mit den klugen, unergründlichen Augen und der sachlichen Darstellungsweise ohne eigene Stellungnahme, hatte den jungen Offizieren in Charkow Unterricht in Strategie und Taktik erteilt.

Über die ganze Wand hing eine Rußlandkarte, die Fronten mit bunten Fähnchen abgesteckt.

Den Anweisungen des Obersts folgend, hatte Wisse mit dem dicken Graphitstift an zwei Stellen die Wolga überschritten, die deutschen Heere nach Norden abschwenken lassen, Moskau im Rücken von Osten her umfaßt, abgeschnitten und mit blitzschnellem Weststoß erobert.

Dieser Plan des OKHs war durch einen Stabsoffizier, der eine Teilplanung zu ausführlich gestaltet hatte, so daß man daraus auf das ganze Vorhaben schließen konnte, den Russen in die Hände gefallen. Befehlswidrig hatte der deutsche Generalstäbler den Plan für eine Erkundung in einer Aufklärungsmaschine mitgenommen, war abgeschossen und von den Russen gefangengenommen worden.

Bezogen auf die Riesenräume der deutschen Operationsgebiete, waren die bisherigen Rückschläge gering und nur örtlichen Charakters. – Die Gesamtheit der Erfolge war berauschend und jeden Zweifel betäubend, auch wenn sie gegen das Abc der Strategie – von der entscheidenden Kraft, am entscheidenden Ort und im entscheidenden Augenblick – oftmals verstoßend, errungen wurden.

Das Kriegsglück wendet sich oft gegen jede Berechnung und Planung, spottet der nüchternen Überlegung, und die Ausnützung einer sich manchmal zufällig ergebenden Lage hat schon gänzlich unerwartete Entscheidungen herbeigeführt.

Wisse sitzt wie ein zusammengeklapptes Taschenmesser in dem kleinen Opel-Olympia. Auf der Scheitelhöhe eines langgezogenen Hügels macht der Fahrer den Oberleutnant mit der näheren Umgebung vertraut.

»Rechter Hand, das ist das Tscherwlenajatal. Vor uns geradeaus die paar Holzhütten, links davon eine Rinderherde – das ist Narriman. Dahinter, durch die Höhe halbverdeckt, an dem vorbeifließenden Bach erkennbar, Gawrilowka. Über die Höhen am Horizont, halb rechts, verläuft die Front – dort liegen unsere Stellungen, bei Iwanowka!«

Über einen steilen Hügel hinunter, durch einen Seitenweg, landet der Wagen in einer etwa 200 Meter langen und 50 Meter breiten Balka, in der Bunker an Bunker, der Stab der 20. rumänischen Division liegt.

»Dort drüben ist der Generalsbunker.«

Keine zwanzig Schritte daneben befindet sich das deutsche Verbindungskommando.

Auch hier ist es wie ausgestorben. Die Dämmerung ist hereingebrochen – alles hat sich in die warmen Bunker verkrochen.

Aus den Kaminen kräuselt blauer Rauch. Er steigt gerade hoch. Es wird morgen klar und kalt sein.

Der Fahrer meldet Wisse an. Der Oberleutnant hört jemand hinter der Bunkertür rumoren und aufspringen.

»Achtung! – Sonderführer Böse, Fernsprecher Gefreiter Tünnes und Fernsprecher Obergefreiter Sellner beim Durchgeben der Abendmeldung!«

Der Sonderführer beäugt sie scharf, ob sie auch in strammer Haltung den Handschlag des Oberleutnants entgegennehmen.

Er ist ein kleines, dürres Männchen. Die Uniform sitzt straff, die Stiefel glänzen, die Brust mit dem Narvikschild wölbt er vor und reckt sich vor dem Oberleutnant, klein, aber oho! – Der Hals ist braun, faltig. Eine Nase wie ein Geierschnabel, in tiefen Höhlen scharf durchdringende Augen. Sein Alter ist schwer zu schätzen.

Der Griff der sehnigen Hände ist zupackend und hart; und das ganze Kerlchen ein Wichtigtuer.

Der Bunker mißt zirka 2 mal 3 Meter. Rechts von der Tür ein durch ein Fenster abgeschlossener Lichtschacht, davor zwei übereinanderliegende Pritschen. Aus dem Schacht, entlang der Wand führend, die Fernsprechleitung. Feldfernsprecher auf einem Regal in Schulterhöhe.

Darunter ein grobgezimmerter Tisch mit zwei Feldklappstühlen. In der gegenüberliegenden dunklen Ecke noch ein zweistöckiges Bettgestell.

»Das ist unser Hauptbunker, zehn Schritte weiter haben wir noch einen, in dem die Funker, Fernsprecher und der Fahrer schlafen!«

Warm ist es hier, der Ofen glüht, und es sind ganz angenehme Menschen, bis auf den Sonderführer, der plötzlich hochspringt, da ihm Harro, der sich während der ganzen Fahrt bis hierher kaum bemerkbar machte, in die Beine fährt.

Böse lacht den Oberleutnant an, als ob ihm das nichts ausmache, und der Hund jault und knurrt. Wahrscheinlich hat sich der Sonderführer schon mit einem heimlichen Tritt entschädigt.

Der Bunker ist Geschäftszimmer des D.V.Ks., Fernsprechvermittlung und zugleich Schlafstelle für vier Mann.

Der Raum ist durch eine Petroleumlampe nur notdürftig erhellt. Lichtaggregat ist keines vorhanden.

Draußen fährt ein Auto vorbei, und Wisse spürt es auf seinen Kopf regnen. Er fährt sich durch die Haare.

Sand, millimeterhoch, auf den Papieren auf dem Tisch, auf dem Regal, den Stühlen, wohin er sieht und faßt, Sand – den es zwischen den Deckenbalken herabregnet.

Die Fernsprecher blasen, wischen, schütteln ihn ununterbrochen von den Papieren.

»Kann man nichts dagegen tun?« fragt Wisse.

»Wir haben alle Fugen zwischen den Holzknüppeln und Brettern mit Steppengras verstopft – es nützt nichts!« –

Dann erzählt der Sonderführer, daß er schon über ein Jahr dem D.V.K. angehöre, von den schönen Tagen in Bukarest, vom Einmarsch in Bessarabien und von den Judendeportationen in Odessa, die er miterlebt hat.

Wie der Tisch, die Fernsprecher und der Funkwagen gehört er als Dolmetscher zum festen Inventar des D.V.Ks. »Dreimal hat das D.V.K. seinen Führer während dieser Zeit gewechselt – ich bin geblieben!«

Er deutet damit seine Wichtigkeit an, daß eigentlich er es sei, der mit seinen Leuten den Laden hier schmeißt – und der Oberleutnant gut daran tue, ihn nur machen zu lassen –, daß er, wenn es darauf ankäme, auch Wisses Stellung hier überdauern würde.

Und er erzählt weiter. – Der erste Führer des D.V.Ks. war ein achtundvierzigjähriger Major d. Res. aus Königsberg gewesen. Er war den Strapazen des üppigen Kasinolebens und den amourösen Anstrengungen in Bukarest nicht gewachsen.

Gleich zu Beginn des Rußlandfeldzuges erkannte er als erfahrener Soldat des ersten Weltkrieges, daß das kein Spaziergang werden würde. Sein Rheumatismus verschlimmerte sich rapid, und mit einem der ersten Verwundetentransporte ging er ab – in Richtung G.v.H.

Vorübergehend übernahm ein Major des Korpsstabes die Führung, bis er Ende August von Hauptmann Scherer abgelöst wurde.

Hauptmann Scherer war verwundet gewesen und nach seiner Wiederherstellung, wie nun Wisse, über die Führerreserve der Heeresgruppe B zum D.V.K. versetzt worden. –

Die Bunkertür kreischt in den Angeln – daß es bis in die Zähne wehtut. – Öl darauf! –, schreit es in Wisse.

Sich unter der niedrigen Tür bückend, den Kopf gesenkt, mit mürrischem Gesicht, kommt ein Hauptmann der Infanterie herein.

Er erblickt den Oberleutnant, wirft ruckartig den Kopf hoch – und sofort wandelt sich seine Laune. Seine Augen leuchten auf, und er streckt Wisse schwungvoll die Hand hin.

»Meine Ablösung?« – Er atmet auf. Wisse stellt sich vor. –

»Hauptmann Scherer – begrüße Sie herzlichst. – Leider haben Sie kaum Aussicht auf eine ruhige, gemütliche Überwinterung an der Wolga!«

Mit einer jähen Kopfbewegung weist er Böse und die beiden Fernsprecher an, den Raum zu verlassen. Ebenso wortlos, aber unwillig schieben sich die Fernsprecher um den Tisch herum und gehen hinaus. Böse stelzt hinterher, er ist wütend, daß er mit muß, und fühlt sich herabgesetzt.

In der kurzen Zeit ihres Beisammenseins hat der Hauptmann dreimal die Stimmung gewechselt. – Mit den Nerven total herunter! – Gehört nach Hause auf Urlaub und Erholung, denkt Wisse und nimmt den Hauptmann näher in Augenschein.

Äußerlich verkörpert dieser den aktiven Offizier der alten preußischen Schule. Groß, schlank, ein gut geschnittenes, markantes Gesicht, in dem es trotz allem Bemühen zur Selbstbeherrschung ununterbrochen zuckt. – Eine Folge der Nervenüberlastung!

Obwohl an der Front, trägt er eine Uniform, der man es ansieht, daß sie von einem erstklassigen Schneider gebaut ist. – Ungewöhnlich ist auch die gerade ins Gesicht gezogene Kordelmütze, die er nicht absetzt . . . Parbleu – auch an der Front – jede Sekunde und Zoll ein Chevalier und gesellschaftsfähig. Schneid genug, daß er auch den Krieg mit Glacéhandschuhen führt. – Es ist die Potsdam-rolle – hier in Rußland kostet sie Nerven.

Der Hauptmann erinnert Wisse an seinen Regimentskameraden, einen Bataillonsadjutanten, der mit ihm zugleich als Leutnant ausgemustert wurde. Er marschierte mit durch Frankreich. In vorderster Linie ließ er sich Splitter und Geschosse um die Ohren sausen, stand aufrecht und lächelte verächtlich über alles, was in der Deckung herumkroch; die Feldmütze, den Draht heraus, weich mit Knick über dem rechten Ohr, im ständig blütenweißen Hemdkragen und – in Maßuniform, demonstrierte er die Haltung eines preußischen Offiziers, der verächtlich dem Feind und dem Tode ins Auge sah. –

Er war intelligent genug, Angst zu spüren – hatte aber auch Haltung genug, sie zu bezwingen.

Arrogant war er, nicht zum Ausstehen, selbstspöttisch und witzig, ein Schalk, den man gern haben mußte. Auch in heller Wut hatte er perlende Einfälle. Einen Dialog, prägnant und spritzig, zum Zerkugeln. Vor der Mannschaft ein Maul, ärger als drei Spieße.

Perfekt auch in der Schinderei – trieb er es genau bis zum Siedepunkt, der den Effekt zeitigte, und nie über ein unerträgliches Maß hinaus.

Er streichelte und züchtigte seine Leute. In beidem war heiße Liebe zu ihnen zu spüren. Er war ihnen treu und ließ sich für sie zerfetzen. Verlangte viel von ihnen, gab alles – und lebte für sie. War ein blendendes junges Herrchen. Jedes Wort zu Kameraden, auch ein unbedachtes oder in Weinlaune hingeworfenes, hatte die Bedeutung eines Ehrenwortes. – Er stand zum tollsten Einfall und dem unsinnigsten Versprechen.

Er verstand sein Handwerk. – Für ihn war es Kriegskunst. Beurteilte Lagen blitzschnell, traf richtige Gegenmaßnahmen, schonte seine Leute, schickte sie in Deckung. Nur für sich verschmähte er es, sich vor dem Gegner zu ducken. Auf alles gefaßt, erwartete er es, der Übermacht zu begegnen – und war bereit, aufrecht zu sterben.

Dabei war er gut und weichherzig. Seine Mutter starb. Er gestattete sich keine Träne, kein Zucken der Mundwinkel, steckte das Telegramm ein und setzte den Dienst fort – aber jedes Haar an ihm, jedes Stückchen Haut weinte durch seine Beherrschung.

In Rußland setzte er sein ritterliches Spiel fort – und fiel bald mit Kopfschuß. Er lächelte noch im Tode verächtlich und fühlte sich schmählich hintergangen, ein Opfer verletzter Spielregel.

In Rußland gilt sie nicht. – Aus die Legende! – Der Krieg ist gemein, brutal und hinterhältig geworden, wie der Existenzkampf ziviler Krämerseelen – kompromißlos und unbeherrscht wie eine Revolte von Volksmassen, die von gewissenlosen Schuften aufgehetzt und angeführt werden.

Der Gegner ist unerschöpflich, aus dem Boden quellende, erdbraune Masse, stumpf im Sterben, maßlos im Dulden und im Zorn ein Elementarereignis.

Für jeden, der fällt, erheben sich drei und mehr, um zu töten und zu sterben.

Der Gegner ist verbissen und schlau, in jeder Bodenfalte und hinter jedem Busch meisterhaft getarnt. In Rußland werden dem deutschen Soldaten die Kampfbedingungen von der Natur, dem Klima, vom Gegner unerbittlich diktiert . . .

Daran scheitern die preußischen Offiziere. – In Stalingrad starben die letzten Ritter von Potsdam – entleibten sich, bevor sie sich dem Gegner ergaben – und sich herabließen, eine neue verächtliche Welt verstehen zu lernen und sich ihr anzupassen.

Generale, die es vielfach deshalb geworden waren, weil sie die Gesinnung, die sie predigten, längst verschachert hatten, waren schlauer – und erkannten für sich die unwiderrufliche Einmaligkeit ihres Erdensaseins.

Besser schäbig weiterleben als vorzusterben und für immer tot zu sein, war ihre Parole. –

Hauptmann Scherer bemüht sich, bevor er nicht genug Kontakt hat, trocken zu bleiben.

»Die 20. rumänische Division gehört wie die 1., 2. und 3. I.D. zum VI. rumänischen Armeekorps. – Das D.V.K. 118 zur 20. rumänischen Division untersteht dem D.V.-Stab zum VI. Armeekorps. – Dieses selbst gehört mit dem VII. rumänischen Armeekorps zur 4. rumänischen Armee!«

Er bläst den Sand von der 1 : 100000-Karte auf dem Tisch und tippt mit dem Finger auf den Standort der Division: »Wir liegen hier zirka 800 Meter westlich Narriman.

Hier an der Bahnlinie, in Abganerowo, liegt unser Armeekorps und der D.V.-Stab zum VI. rumänischen Armeekorps. –

In einem Bogen, 8 bis 10 Kilometer ostwärts von unserem Standpunkt, im Raume gegenüber dem russischen Brückenkopf Beketowka, verläuft unsere Front. – Nördlich an uns schließt die 297. deutsche I.D. an, südlich die erste rumänische I.D. – Zappenduster, aber nicht hoffnungslos, konnten wir voriges Jahr bei Wintereinbruch an der Ostfront sagen! – Wenn nicht ein Wunder der Erleuchtung unserer oberen Köpfe geschieht – steht es hoffnungslos für unsere Front hier! Erlauben Sie mir das festzustellen?«

Der Hauptmann sieht Wisse prüfend an, fährt nüchtern fort.

»Seit Oktober in ununterbrochenem Anmarsche – südöstlich und nordöstlich von Stalingrad, am anderen Wolgaufer, versammelt der Russe uns um ein Vielfaches überlegene Truppenmassen.

Hier bei uns haben wir ihm nichts entgegenzusetzen als diese paar schlecht ausgerüsteten rumänischen Divisionen. Jeder Landser weiß, daß in allernächster Zeit, vielleicht schon in Tagen, mit einem russischen Großangriff von unvorstellbarem Ausmaß zu rechnen ist.

In dieser Situation beneide ich Sie nicht um die sonst sehr angenehme Stelle beim D.V.K. Ich werde Sie heute noch General Tataranu vorstellen und in Ihren Aufgabenbereich einweisen!

Morgen fahren wir zum D.V.-Stab und zum rumänischen Korpsstab nach

Abganerowo, wo ich mich ab- und Sie sich anzumelden haben. Wenn alles glatt geht, hau ich morgen abends noch zu meinem alten Regiment ab!«

»Hoffentlich in eine angenehmere Gegend?«

»Nördlich von Woronesh, soll dort ein Bataillon übernehmen! – Aber nun kurz zu Ihrem Aufgabenbereich! – Ist was draus zu machen. – Wenn Sie sich richtig durchsetzen, sind Sie ein zweiter Divisionskommandeur, nur mit dem Unterschied, daß Sie dem gesamten Stab Ihre Persönlichkeit entgegenstellen müssen! – Sie haben nur den Funk, den Fernsprechtrupp und den Sonderführer als Dolmetsch zur Verfügung. Geben Sie dem Burschen ab und zu einen Dämpfer, sonst wird er zu üppig. – Als Einmannbetrieb haben Sie mit den Agenden eines Ia, Ib, Ic, IIa usw. fertig zu werden! – Ihre Aufgabe ist interessant und verantwortungsvoll!

Mein Verhältnis zu den rumänischen Offizieren war herzlich. Es ist prima mit ihnen auszukommen. Sie schätzen und ertragen uns Deutsche, solange wir selbstbewußt, aber nicht überheblich sind. – Wenn ich Ihnen einen Rat geben darf: Beurteilen Sie diese Rumänen nicht nach deutschen Maßstäben. Versuchen Sie sie zu verstehen! –Was bei ihnen anders ist, als wir es gewohnt sind, heißt noch lange nicht, daß es deswegen schlechter sein muß. – Es ergeben sich schon Schwierigkeiten in militärischen Auffassungen. – Die Rumänen, früher ganz unter dem Einfluß Frankreichs, haben ihre Armee nach französischem Muster aufgebaut. Ihre Instruktoren waren Franzosen, und viele rumänische Offiziere sind Absolventen französischer Militärakademien. Sie weisen eine langjährige und sorgfältige Ausbildung auf. Sind ausgezeichnete Theoretiker. Daß sie als Krieger gegen den Russen nicht unsere Erfolge aufweisen, hat einige Ursachen.

Der Einsatz einer Division nach französischem Muster erfordert bedeutend mehr Sicherheiten, Rückendeckung und Reserven, als es bei uns üblich ist. Sie haben es so gelernt. – Mit unserem rücksichtslosen Einsatz bis zum letzten Mann, dieser Erfindung Hitlers, können sie sich nicht befreunden. Der größte Jammer ist, sie sind nicht mangelhaft – sie sind erbärmlich ausgerüstet. Die ganze Division hat kein Rohr schwerer Artillerie. Außer der bespannten 3,7-Zentimeter-Pak, deren Einsatz gegen den T 34 ein schlechter Witz ist, haben sie keine Panzerabwehr. Panzerbrechende Mittel, wie Haftminen, sind nicht vorhanden. Sie sind auch im Panzerknacken nicht ausgebildet.

Ich habe natürlich eine ruhige Kugel hier geschoben, die Rumänen Rumänen sein lassen und es verschlafen, bei unserer obersten Führung darauf hinzuweisen und die nötigen Waffen anzufordern.«

Er nimmt vom Regal drei Aktenordner – klappt sie vor Wisse auf, blättert erregt darin und reicht sie Wisse. »Da – bitte!«

Wisse durchblättert flüchtig einen Ordner – liest einige Meldungen und überfliegt die anderen. – In jeder wird mit prägnanter Kürze und schonungsloser Offenheit auf die mangelhafte Ausrüstung der 20. rumänischen Division hingewiesen, ebenso auf die Wichtigkeit des Frontabschnittes, den sie besetzt hält – daß sie im Ernstfall massivstem Feinddruck ausgesetzt ist. Energisch wird auf die Ausstattung mit schwerer Artillerie und wirksamer Panzerabwehr gedrängt. –

». . . Und der Erfolg? – Anschiß von unserer Seite. – Ich habe so fähig zu sein, dafür zu sorgen, daß mit den vorhandenen Mitteln der von unserer Führung angestrebte Erfolg erreicht wird. – Der deutsche Soldat knackt russische Panzer wie Läuse mit den Daumennägeln. Die Rumänen haben es ebenso zu machen! Ich hätte bei den Rumänen die deutschen Forderungen durchzusetzen, schmackhaft oder rücksichtslos – sie hinzuhalten und zu beschwichtigen. Dazu wäre ich da! –

Die Rumänen sehen mich bald scheel an. Denken, daß ich ihre berechtigten Wünsche bagatellisiere! –

Sie fühlen sich verraten, als Kanonenfutter preisgegeben. – Soll ich sie dauernd anlügen?«

Er schüttelt heftig den Kopf. »Ich habe es satt bis daher! – Ich schätze diese Leute, die auf mich vertraut und von mir viel erwartet haben. – Ich muß mich für gewisse maßgebende Herren unserer Führung schämen! – Darum gehe ich. Ich habe nur meine Nerven hier kaputt gemacht. – Vielleicht haben Sie mehr Glück als ich!«

Wisse sieht recht belämmert drein. Der Hauptmann lächelt und schwenkt um.

»Erfreulich gut ist die Ausstattung des D.V.Ks. Sie haben einen Lkw, auf dem Sie bei Stellungswechsel leicht allen Kram verladen können. Er ist dauernd startbereit. Außerdem haben Sie zwei Pkw für sich. Den kleinen Opel und einen Geländewagen für die Front. Gefreiter Krämer, Ihr Fahrer, macht auch den Putzer, wartet die Fahrzeuge und ist sehr zuverlässig, ein braver Kerl.

Zu Mittag und zu Abend speisen Sie mit General Tataranu und dessen Adjutanten. Der Koch des Generals ist einer der besten Hotelköche von Bukarest!« Scherer leckt sich grinsend die Lippen. »Das Frühstück wird Ihnen vom Koch – auch ans Bett serviert. Das Abendessen beginnt jeden Tag Punkt 20 Uhr. Für heute habe ich Sie schon angemeldet, um Sie den Herren vorzustellen.

Die rumänischen Offiziere stammen zum Großteil wie bei den alten Preußen aus ersten Kreisen und privilegierten Familien. – Erst die ›Eiserne Garde‹ Codreanus hat die Basis der militärischen Führerschicht verbreitert. – Sind fabelhafte Burschen darunter, Draufgänger, die sich mehr nach unserer Geisteshaltung orientieren.

Major Binder, der Adjutant des Generals, ist Siebenbürger Schwabe und dolmetscht zwischen uns und dem General, der nur wenig deutsch spricht.

Sie sind dadurch nicht so sehr auf Böse angewiesen!«

»Ist der Bursche so schlimm?«

»I wo! – Nimmt sich nur penetrant wichtig – wo er jetzt in seinem Metier sitzt. – Denkt, es wäre alles von seinen Sprachkenntnissen abhängig! – Eine sogenannte Nase!

Ach, du meine Güte, Sie müssen vielmals entschuldigen – ich habe noch gar nicht daran gedacht, wo Sie Ihr müdes Haupt hinlegen werden! – Paßt Ihnen das Unterbett des einen Fernsprechers? – Nur für diese eine Nacht – da ich noch hier schlafe?«

»Selbstverständlich – und der Mann?«

»Kann im Funkwagen liegen, hat dort sogar Radio, elektrisches Licht und elektrische Heizung, ohne Sand in den Nasenlöchern und zwischen den Zähnen!

Diese Bunker sind uns alle vom Russen freundlichst überlassen worden. Zum Bau ordentlicher Unterkünfte sind wir noch nicht gekommen, und da es mit der Überwinterung sowieso nichts wird...? Bis Mitte September gehörten wir zur 4. deutschen Panzerarmee. Taktisch unterstellt wurden wir dem IV. deutschen Armeekorps des Generals Jänecke.

Die südlich von uns operierenden rumänischen Divisionen gehören auch taktisch zum VI. rumänischen Armeekorps.

An eine Befestigung hier hat kein Mensch gedacht, weil wir annahmen, daß der russische Brückenkopf Beketowka von rumänischen und deutschen Kräften ausgeräumt werden würde.

Die 20. rumänische Division ist im Verlauf der Offensive mit der 24. deutschen Panzerdivision über die Bahnlinie bei Bassargino vorgestoßen und hat die Verbindung zur 6. Armee hergestellt. Das XXXXVIII. Panzerkorps hat dann bei Jelschanka die Wolga erreicht. Leider war das Panzerkorps zu schwach, Beketowka zu nehmen, und schwenkte ab.

Gerade bei Beketowka ist die wichtigste Höhe! – Wer da sitzt, beherrscht Stalingrad und die Wolga bis ans andere Ufer. – Es ist die günstigste Position für einen feindlichen Angriff auf unseren schwachen Südflügel. Da liegen wir nun direkt gegenüber.

Unsere Führung weiß das natürlich, sie weiß alles, jeder Landser kennt die Lage.

Die 4. Panzerarmee sollte ja auch Beketowka nehmen, und die 20. rumänische Division sollte mithelfen.

Alles Pläne. – ›Herbstlaub‹ benamst, bis man darauf kam, daß das der Deckname für Gasabwehr ist – also ›Herbstreise‹ – fiel ins Wasser, blieb Plan, wie viele Pläne. – Man kann sich nur an den Kopf greifen, Spezialtruppen, Pioniere, Sturmbataillone wurden eingeflogen, Divisionen sinnlos verheizt, um Ruinen, in denen der Iwan sitzt, zu stürmen, bloß weil sie den Namen Stalingrad tragen. Politische Mätzchen. Für ›Herbstreise‹ waren keine Kräfte frei.

Was nützt es, daß in Stalingrad tausend Gegner erledigt werden, wenn durch das Loch über die Wolga und auch vom Norden her zehntausend nachstürmen.

Es müßte versucht werden, alles was Hände und Füße hat und schießen kann, gegen den Iwan auf unserem Ufer anzusetzen und rein mit ihm in die Wolga – oder zurück an den Don, und das besser heute als morgen.

Meiner bescheidenen Ansicht nach war es überhaupt eine Schnapsidee, Stalingrad-Stadt anzugreifen. –

Südlich und nördlich der Stadt an die Wolga durchstoßen, sie von jeder Verbindung abschneiden, und sie wäre von selbst gefallen.

Krasnoarmejsk wäre für uns wichtiger als Stalingrad.« Der Hauptmann weist auf die Karte. »Hier verflacht das bis zu 150 Meter steil ansteigende Bergufer der Wolga, die Höhenzüge verlassen den Strom und gehen südwärts in die Ergenyhügel über. Es ist die letzte Erhebung bis Astrachan. Direkt davor, beherrscht man von hier aus das Wolgaknie mit der Sarpinskiinsel mitten im Strom. – Sitzt natürlich der Iwan drauf! – Stalingrad und der feindliche Aufmarschraum am östlichen Wolgaufer könnte von uns kontrolliert und bekämpft werden. Als südlichster Eckpfeiler der russischen Verteidigung Stalingrads ist es zugleich Ausgangspunkt der einzigen Landverbindung westlich der Wolga nach Astrachan.

Mit Beketowka und Krasnoarmejsk in unserer Hand hätten wir uns die irrsinnigen Verluste in Stalingrad-Mitte ersparen können – und unser Ziel erreicht, die Wolga zu sperren.

Unser Führer will schöne Reden halten, der Welt künden können, daß er die Stadt erobert hat, die Stalins Namen trägt. Und Paulus? – der überlegt, zögert – wartet auf Anweisungen, und der Russe handelt, hat Beketowka zum Versammlungsraum und Sprungbrett für seine Gegenaktion ausgebaut.

Und so sitzen wir hier und warten auf den Iwan!«

Der Hauptmann redet sich in Erbitterung.

»Daß eine verantwortungsbewußte Heeresführung derartige Entscheidungen trifft, geht über mein Begriffsvermögen.

Ich möchte bloß wissen, warum die bei uns überhaupt so scharf auf Stalingrad sind? –

Astrachan, die Wolga- und Uralmündung müßten wir haben, wenn wir Rußland von seinem Erdöl und Weizen abschneiden wollen.

Schon der Start der Offensive war ein Fehler. Niemals hätte die südliche Heeresgruppe gespalten und mit zwei zu schwachen Stoßkräften zugleich auf den Kaukasus und Stalingrad angesetzt werden dürfen.

Die ganze Heeresgruppe ungeteilt auf Stalingrad angesetzt – und es wäre in längstens 24 Stunden ohne stärkere Verluste auf unserer Seite gefallen. Wir hätten uns dann entscheiden können, entweder südlich über Astrachan auf Baku durchzustoßen oder, was militärisch vernünftiger gewesen wäre, über die Wolga – und im günstigsten Zeitpunkt und am günstigsten Ort Umfassung der Hauptmacht des Gegners. – Vorstoß auch aus der Frontmitte bei Woronesh – und solange wir noch stark genug dazu sind – die Entscheidung suchen und herbeiführen.

Es hätten sich für uns verschiedene günstige Möglichkeiten ergeben. – Unsere Führung hat sich für Unmöglichkeiten entschieden!«

An der ablehnenden Haltung des Oberleutnants erkennt Hauptmann Scherer, daß er in seiner Kritik zu weit gegangen ist.

Wohl gibt Wisse dem Hauptmann als älterem und sicher erfahrenem Offizier innerlich recht, wo dieser Fehler aufzeigt, die auch er erkennen kann – keinesfalls jedoch billigt er dessen krasse Ausfälle. – Er hält den Mund, weil er auf die zerrütteten Nerven des Hauptmanns Rücksicht nimmt und noch an eine höhere Sendung glaubt, die der deutsche Soldat im Osten zu erfüllen hat.

»Wenn Sie gestatten, Herr Hauptmann, daß ich mich hier etwas einrichte?« Wisse wendet sich von Scherer ab und seinem Koffer zu, den er auf das zugewiesene Unterbett hebt und auspackt.

Das kleine Holzkreuz, das ihm seine Mutter mitgegeben hat, hängt er in Kopfhöhe über seinem Bett an die Wand.

Der Hauptmann nickt beifällig dazu. Es gefällt ihm, daß Wisse nicht verleugnet, Christ zu sein.

Scheint ein anständiger Kerl zu sein, der junge Oberleutnant – und es ist dem

Hauptmann peinlich, daß er seine Erregung und Zerrissenheit so offenbart hat – und mehr als Meckerer denn als Soldat dasteht, obwohl er verdammt recht hat, wie er sich sagt.

»Und was ist der Effekt – der gespaltenen Kräfte? – Die Heeresgruppe kommt im Kaukasus nicht weiter, wird Baku nie erreichen, verzettelt ihre Kräfte, muß zurück, und wir haben uns in Stalingrad festgerannt!«

Damit zieht sich Scherer zurück.

Der Gefreite Krämer, ein Hundefreund, nimmt auch Harro mit in seine Behausung. Willig folgt der Hund dem bedächtigen Krämer zur Verpflegungsstelle, um Futter zu empfangen, und schließt rasch Freundschaft mit ihm.

Wisse hat sich inzwischen zum Essen beim rumänischen General fertig gemacht und legt sich zurecht, wie er ihm begegnen wird. Er hat Illusionen, was er aus seiner Stellung alles machen wird. Panzer, Artillerie, schwere Flak und Pak müssen her – und der Hauptstoß der Russen wird gerade hier, dank seiner Initiative, zerbrechen.

Es ist noch nicht 20 Uhr und stockfinster, als Hauptmann Scherer Wisse zum Abendessen abholt.

Der Eßbunker des rumänischen Stabes liegt ungefähr dreißig Schritte entfernt gegenüber dem D.V.K.

In der Vorderfront ist ein etwa quadratmetergroßer Fenster, das durch einen rumänischen Soldaten eben und nicht gerade gut verdunkelt wird. Durch Ritzen leuchtet grell das Licht in die dunkle Nacht.

Hinter der Eingangstür hängt als Verdunkelung und Schutz gegen Zugluft eine graue Pferdedecke.

Scherer schlägt sie zur Seite und schiebt Wisse vor sich her in den Bunker. Lautes Schwatzen, das sofort verstummt.

Die Ordonnanzen, eben dabei, auf einem mit einem Leintuch überdeckten Tisch fünf Gedecke aufzulegen, schlagen die Hacken zusammen und wagen kein Wort mehr zu sprechen. Ihre Haltung ist devot.

Wisse sieht sich interessiert um. Das Innere des Bunkers, ungefähr 4 mal 2 Meter im Geviert, ist wie ein Kellerloch. Die Decke aus Balken mit Sandgeriesel, Wände und Fußboden aus sandigem Lehm. Im grellen Licht der Petrolgaslampe glänzt die rückwärtige Wand klitschnaß vom Schneewasser, das durchsickert und in Bächlein herabrinnt.

Gelaß neben Gelaß ist in die steil abfallenden Wände der Balka würfelig hineingeschachtet, oben mit Balken und Rundhölzern abgestützt und vorn mit Brettern verschalt. Die Russen müssen das Holz aus den Wäldern östlich der Wolga über den Strom in die baumlose Steppe gebracht haben.

Von Deutschen und Rumänen sind die Bunker mit Balken, Brettern, Türen, Fenstern und Einrichtungsgegenständen aus meist beschädigten oder verlassenen russischen Bauernhäusern weiter ausgebaut und ausgestattet worden.

Die Pferdedecke zur Seite schlagend, tritt der rumänische Major schwungvoll ein. Ein großer, robuster Mann. Das Gesicht vor Gesundheit strotzend, lebhafte Augen. Die hohe Pelzmütze, wie sie die Hirten auf dem Balkan tragen und mit denen die rumänischen Truppen ausgestattet sind, läßt ihn noch größer erscheinen.

Die klobigen braunen Stiefel vervollständigen den Eindruck von wuchtiger Derbheit.

»N'en guten Abend, Herr Scherer!«

»Darf ich Ihnen meinen Nachfolger vorstellen, Herr Major?«

»Da wolle Sie uns also verlasse und wenn möglich Ihr Fell rette?« Der Major spricht laut mit breitem schwäbischem Akzent, wirft seinen Schafpelz einem der beiden Ordonnanzen schwungvoll zu, daß es den kleinen Rumänen auf die Bank hinsetzt.

»Herr Major Binder ist Adjutant des Herrn Generals, Siebenbürger Schwabe, und Sie können mit ihm reden...!«

»Wie Ihnen der Schnabel gewachse ist...!« vollendet der Major Scherers Erläuterung, und Wisse zieht seine Hand leicht gequetscht aus der Pfote des Majors zurück.

Der Händedruck des Generals, der eine Minute später hinterherkommt, ist konventionell, kaum spürbar, nur streifend. – Es fällt Wisse auf, daß er Scherer zwar herzlich jovial mit Handwinken, aber nicht mit Handschlag begrüßt. Scheint hier nicht üblich zu sein. Oder unterstreicht der General damit, daß vor allem er der Herr hier und der Ranghöchste ist?

Die Uniform sowie die rotgestreifte, flache Tellerkappe des Generals Tataranu ist nach englischem Schnitt aus feinem Tuch.

Das ist doch ein Alliierter, ist Wisses erster Eindruck – und nun unser Verbündeter? – Ist das nicht Widersinn?!

Vielleicht sollten jetzt alle Alliierten nicht Hitlers, aber Deutschlands Verbündete an der Wolga sein, statt uns in den Rücken zu fallen, während wir hier auch ihr sattes Leben und ihre Positionen in der Welt verteidigen.

Er hat Achtung vor dem rumänischen General.

Die Haltung des Generals ist etwas gebeugt – er scheint überarbeitet und erschöpft.

Das Gesicht ist verlebt, von Sorgen durchfurcht und läßt ihn, er mag etwa fünfzig Jahre alt sein, älter erscheinen.

Der Schädel ist mächtig. In eine Toga gehüllt, könnte er ein römischer Kaiser sein.

Die gebückte Haltung, die lauernden, durchdringenden Augen geben dem General etwas Raubtierhaftes.

Er ist faszinierend. Ein Mann, dem es angeboren ist, zu herrschen und zu genießen.

Seine linke Hand, die gelähmt ist, hängt im Gelenk herab und muß ihm bei jeder Bewegung des Armes, dem gequälten Gesichtsausdruck nach, heftige Schmerzen verursachen.

Als Jüngster wartet Wisse, bis alle Platz genommen haben, um sich als letzter auf die kleine Holzbank zu setzen, die ihm und Hauptmann Scherer zugewiesen wird.

Während die dampfende Suppe auf den Tisch kommt, liegt der Blick des Generals auf Wisse. – Der junge Oberleutnant scheint ihm zu gefallen. In seinen Augen ist Wohlwollen und in seiner Stimme freundliches und wirkliches Interesse. Er läßt durch seinen Adjutanten Major Binder wohl übersetzen, aber mit dem Klang seiner Stimme wendet er sich direkt an den Oberleutnant und spricht ihn an.

»Der Herr General möchte gern etwas über Ihre militärische Laufbahn erfahren!«

Gespannt folgt der General Wisses Erzählung. Besonders interessiert ihn die Schlacht um Dünkirchen, an der Wisse teilgenommen hat.

»Was meinen Sie, wenn die Deutschen mitten unter den flüchtenden Engländern gleich mitgefahren wären! Der Einsatz ihrer Kriegsmarine hätte sich gelohnt. – Glatte Landung in Old England, sage ich Ihnen!« ärgert sich der rumänische General über die seiner Meinung nach versäumte einmalige Chance.

»Als dann ein Landungsmanöver geplant wurde, war es natürlich zu spät dazu!« wirft Scherer ein.

Dem pflichtet auch der General bei. Seine Ansicht ist, daß der Russe auf der Lauer lag und bei Eröffnung einer zweiten Front sofort angegriffen hätte, daß Hitler am 22. Juni 1941 dem russischen Angriff nur zuvorgekommen sei.

»Es ist natürlich ein Präventivkrieg Deutschlands gegen den Bolschewismus! – Er ist gerechtfertigt, wenn... Deutschland stark genug ist, ihn zu gewinnen.«

Russische Hetzpropaganda – Plakate z.B., auf denen ein riesiger Rotarmist die zwergenhafte Karikatur Hitlers zertrat – ließen erkennen, daß Rußland das deutsch-sowjetische Abkommen nicht ernst nahm.

Zu den Esten und Letten sagten russische Offiziere: »Bis jetzt haben wir das deutsche Schwein gemästet – nun kommen wir es abstechen!«

An irgendwelche Etikette, wie sie in den deutschen Kasions streng vorgeschrieben ist, halten sich die Rumänen nicht. – Der Wisse gegenübersitzende rundliche Oberst beugt sich tief über seinen Teller, und laut schmatzend lobt er die ausgezeichnete Küche des Generals.

An der Front war den ganzen Tag über Ruhe. Nur nachts, wie in jeder der letzten Nächte, war in den vordersten Gräben deutlich das Klirren der Gleisketten von Panzern hörbar.

Der General gibt bekannt: »Meinen dringenden Vorstellungen, den Aufmarsch der Russen durch Tiefflieger und Bombenangriffe zu stören, wurde entsprochen. Leider in zu geringem Ausmaß. Es wurde zugesagt, daß nun auch Nachtbomber den gegnerischen Truppentransport über die Wolga stören würden.

Was allein an Bombenlasten auf Stalingrad abgeworfen wurde, in mindestens diesen Ausmaßen müßten jetzt Tag und Nacht die russischen Truppenkonzentrationen bombardiert werden!«

»Mögen Herr General bedenken, daß der Russe seinen Aufmarsch in großen Räumen, die von Bombern nicht wirkungsvoll bekämpft werden können – und außerdem im Schutz der ungeheuren Wälder östlich der Wolga vollzieht!« – gibt Scherer zu bedenken.

»Ich kann mir vorstellen«, entgegnet der General, »daß die deutsche Führung der zu erwartenden Großoffensive des Feindes mit einem wuchtigen Gegenschlag antworten wird.«

Tataranu wendet sich an den Oberleutnant. »Wissen Sie, daß die Bolschewiken bei Krasnoarmejsk eine Brücke, ein Viertel Meter unter dem Wasserspiegel, über den Fluß geschlagen haben?«

»Durch Überläufer kennen wir ihre ungefähre Lage – jede Nacht bringt der Feind Truppen, Panzer und Artillerie in Massen zu uns herüber. – Es spricht alles für die Annahme, daß der Russe sogar mehrere solcher Brücken gebaut hat! – Sie müßten durch Stukas zerschlagen werden.«

»Wenn sie unter dem Wasser liegen, Herr General, können sie von unseren Aufklärungsfliegern nicht ausgemacht werden!«

Tataranu läßt diesen Einwand nicht gelten.

»Entsprechender Einsatz der Luftwaffe müßte jeden Schiffs- und Fährverkehr auf der Wolga unterbinden!«

»Ich habe«, fährt der General fort, »schwere 8,8 cm Flak zur Panzerbekämpfung angefordert. – Man hat mein Ansuchen bis jetzt einfach ignoriert! – Unsere vordersten Gräben sind weder mit Stacheldraht abgeschirmt –, noch konnten Tretminen verlegt werden –, weil die südliche Eisenbahnlinie den Nachschub nicht bewältigen kann. Das Allerdringendste fehlt!« – Der General wendet sich an Oberst Popescu.

»Bei meiner letzten Frontbesichtigung habe ich befohlen, daß die Stellungen verstärkt werden. Die Schützengräben müssen um mindestens einen halben Meter vertieft werden. Die Mannschaftsunterkünfte sind äußerst mangelhaft.

Es ist zuwenig Brennmaterial aus den zerstörten Gehöften von Narriman und Tundutowo herangebracht worden!«

»Mehr war nicht aufzutreiben, Herr General!«

»Sie müssen sich mehr bemühen, Herr Popescu!«

Er wendet sich wieder an Wisse. Seine Vorstellung ist eindringlich.

»Es muß Ihnen gelingen, Herr Oberleutnant, auf genügend Unterlagen gestützt, die deutsche Führung davon zu überzeugen, daß meine Division einer russischen Schwerpunktbildung gegenüberliegt – und daß meine Forderung nach panzerbrechenden Waffen – und Ausstattung meines Artillerieregiments mit schweren Geschützen nur zu berechtigt ist – sogar von ausschlaggebender Bedeutung für den ganzen Frontabschnitt.

Ich gestatte mir darauf hinzuweisen, daß dieser Krieg gegen die Sowjetunion von uns Rumänen als heiliger Krieg für die abendländische Kultur geführt wird.

Der Russe ist unser Erbfeind! – Ich wage zu behaupten, daß unter allen Verbündeten Deutschlands die Rumänen die treuesten und zuverlässigsten sein dürften!«

Der General kann seine zur Schau gestellte Ruhe nicht mehr bewahren, seine Stimme überschlägt sich kreischend vor Erregung.

»Uns ist der Kampf gegen den Bolschewismus Herzenssache!« – Erschöpft fügt er hinzu: »Ich fürchte den Russen nicht – auch wenn er uns mehrfach überlegen ist. – Aber ich kann nicht mit leeren Händen kämpfen!«

Der General wendet sich mit seinen Herren zum Gehen.

»Darf ich Herrn General darum bitten, daß mein Nachfolger, Herr Oberleutnant Wisse, Herrn Major Codreanu vorgestellt und mit der Frontlage vertraut gemacht wird!«

Der General nickt zustimmend.

»Major Codreanu ist der Leiter der operativen Abteilung!« erläutert Scherer dem Oberleutnant.

»Wann wollen Sie uns verlassen, Herr Hauptmann?« fragt der General.

»Möglichst bald, Herr General. – Ich möchte auf dem schnellsten Weg über Kalatsch nach Woronesh zu meinem alten Regiment – soll dort ein Bataillon übernehmen!«

»Es ist jeder zu beneiden, der hier noch fortkommen kann, ehe es zu spät ist!« – Der General blinzelt und sieht dabei Wisse an.

»Wir bleiben trotzdem hier, nicht wahr?«

Der Stabsbunker ist nur einige Schritte weiter. In Größe und Aussehen gleicht er dem Speiseraum. Als Sitzgelegenheit dient das mit einer Pferdedecke überdeckte Feldbett. – In der Mitte des Raumes steht ein Zeichentisch, auf dem ein Planquadrat 1 : 25 000 aufgespannt ist.

In der Mitte gegenüber dem Eingang glüht ein Bunkerofen, der mit zerhackten Stiefelknechten, die daneben aufgeschichtet sind, geheizt wird.

Ringsum in Schulterhöhe sind Wandbretter. Darauf liegen in Stößen und Rollen Lagepläne und Krokis.

Der Major ist über den Kartentisch gebeugt – macht mit seinem spitzen Rotstift Eintragungen in das aufgespannte Kartenblatt.

Neben ihm steht ein rumänischer Hauptmann, schlank, mittelgroß, mit schmalem Gesicht, vollem schwarzem Haar, zwei Augen, die wie Kohle funkeln. Durch eine große Lupe betrachtet er eingehend Luftaufnahmen und schüttelt dabei den Kopf, als könne er nicht glauben, was er sieht. Die beiden Offiziere sind in ihre Arbeit so vertieft, daß sie den Eintritt Scherers und Wisses nicht sofort bemerken.

Die Begrüßung ist herzlich.

Der Major, mit durchfurchtem, sorgenvollem Gesicht, hat den Kopf eines Gelehrten und ist von würdevoller, gemessener Art.

Eine Reihe scharfgespitzter Blei- und Farbstifte sind mit ihrem Ende in genau gleicher Höhe nebeneinander geschichtet.

Einige Fernsprechapparate stehen auf dem mittleren Regal nebeneinander. Es klingelt, und der Hauptmann geht ran, redet zuerst laut, heftig – eine metallische Stimme –, und er endet beschwichtigend.

»Gegenüber unserem Artillerieregiment wurde gehörweise eine Bewegung von 50 bis 60 Russenpanzern festgestellt.« – Sie glauben mir wohl nicht recht, fragt sein Blick, da die Meldung nicht die gewünschte Alarmstimmung bei den deutschen Offizieren auslöst. – »Mit diesen Apparaten stehen wir in Direktverbindung an der Front, den Reserven und unseren Versorgungsstellen in Abganerowo!«

Die beiden Generalstäbler waren eben dabei, die eingelaufenen Meldungen, Lageberichte und Feindbeobachtungen auszuwerten und die Ergebnisse auf Planquadraten einzuzeichnen.

Interessant ist für Wisse ein etwa meterlanger und 20 Zentimeter breiter Papierstreifen, auf dem in gesamter Frontlänge das Feindgelände zu sehen ist, wie es sich dem Beschauer aus den vorderen Stellungen bietet.

Es hat jedes Regiment für seinen Abschnitt eine Geländezeichnung angefertigt, und diese wurden zusammenpassend aneinandergeklebt. – Das Diagramm ergibt einen guten Überblick über den gesamten 19 Kilometer langen Gefechtsstreifen der Division. Das Gelände ist gleichmäßig, sanft, hügelig, sieht aus wie eine Wasserfläche mit hohem Wellengang. Völlig baumlos – und ohne ein Haus, sind mit einiger Phantasie markante Punkte gekennzeichnet.

Ein Blick auf die Lagekarte vermittelt Wisse einen erschreckenden Eindruck.

Die taktischen Zeichen für die eigenen Stellungen sind blau, die der Feindkräfte rot eingezeichnet. Die Übermacht der Russen ist um ein Vielfaches größer und erdrückend.

An Hand dieser Karte gibt Hauptmann Stancescu eine ausführliche Schilderung der Kräfteverteilung.

»Wir verwenden dieselben taktischen Zeichen wie der deutsche Generalstab!« schickt er voraus.

»Uns gegenüber liegt, auf engstem Raum massiert, die 57. russische Armee. Diese Armee und die ihr angeschlossenen Panzerbrigaden und Spezialverbände sind unser voraussichtlicher Gegner! Südlich ist die 51. Armee, und im Raum Astrachan liegt die 28. russische Armee.

In Stalingrad-Stadt, der deutschen 6. Armee gegenüber, liegt die 62. russische Armee.

Diese Armee ist schon schwer angeschlagen und hält vor allem den Tennisschläger und Stellungen am Wolgaufer.«

Er legt auch eine Karte 1 : 100000 auf.

»Die Lage nördlich von Stalingrad und am Don habe ich, gestützt auf die uns zugegangenen Berichte der deutschen Armeeführung, eingezeichnet. Ob der Frontverlauf und die Verteilung der Kräfteverhältnisse mit der tatsächlichen augenblicklichen Lage noch übereinstimmen, entzieht sich meiner Kenntnis...!« Der Hauptmann macht eine Pause, überlegt... will etwas sagen, denkt es sich lieber nur, und fügt hinzu, »... da der letzte Lagebericht drei Tage alt ist!

Was die unserem Divisionsabschnitt gegenüberliegenden gegnerischen Kräfte betrifft, wurde ihre Stärke und Lage nach unseren eigenen Erkundungen so genau – und zuverlässig – festgestellt, daß das Feindbild bis auf Regiments- und Bataillonsstärke des Gegners lückenlos ist – und der jeweiligen Lage tatsächlich entspricht! –

Die Befürchtung«, Hauptmann Stancescu betont das Wort und wiederholt es, »die Befürchtung, daß der Russe unserer Division eine ganze Armee entgegenwirft und darüber hinaus, wie Sie hier genau eingezeichnet sehen, Panzerbrigaden, Stalinorgelverbände, Pionierbataillone und Artillerieregimenter, ist nicht unbegründet.

Er hält unseren Abschnitt für einen schwachen Frontteil, an dem er mühelos durchstoßen kann.

Der Gegner ist über uns ebenso gut unterrichtet wie wir über ihn und weiß natürlich, daß wir keinerlei panzerbrechende Waffen besitzen und auch keine schwere Artillerie, von Panzern ganz zu schweigen – sonst ließen wir ihn nicht vor unserer Nase ungestört spazierenfahren.

Die Schwerpunktbildung des Gegners läßt erwarten, daß der Russe gerade gegen unseren Abschnitt aus Beketowka heraus seinen südlichen Angriffsstoß führen wird. Wenn die deutsche Führung das in ihrer Planung berücksichtigt, uns entsprechend mit schweren Waffen ausstattet und für unsere Rückendeckung sorgt, könnten auch derart überlegene Feindkräfte aufgehalten und zurückgeworfen werden.

Da der Russe auch an der Donfront enorme Truppenmassen konzentriert und den Informationen nach, soweit es unseren Abschnitt betrifft, seinen Aufmarsch abgeschlossen hat und in Bereitstellung gegangen ist, müssen wir schon in den nächsten Tagen mit dem Beginn einer russischen Offensive rechnen.

Bei Betrachtung der Lage ergibt sich klar die Absicht des Feindes, mit erdrückender Übermacht südlich und nördlich von Stalingrad durchzubrechen, die zwischen Don und Wolga liegenden deutschen und rumänischen Kräfte in die Zange zu nehmen, sie einfach niederzuwalzen oder, wenn das nicht auf Anhieb gelingt, einzuschließen.

Währenddessen reiben sich wertvolle deutsche Verbände im Straßen- und Häuserkampf der Stadt nutzlos auf.

Die Absicht des Gegners, glaube ich, zielt gar nicht darauf ab, in voraussichtlich sehr verlustreichen Kämpfen Stalingrad zurückzuerobern. Er hat sein Ziel weiter gesteckt.

Wenn sein Plan gelingt, sind nicht nur die 6. deutsche Armee in Stalingrad und die ihr angeschlossenen Kräfte von der Vernichtung bedroht. In Kenntnis des unterschiedlichen Kampfwertes der rumänischen, italienischen und deutschen Truppen wird der Russe seine Hauptangriffe gegen die 3. rumänische Armee und gegen die 8. italienische am Don und südlich Stalingrads gegen die 4. rumänische Armee führen.

Diesen Armeen wurden weite Teile der Front als selbständige Operationsbasen zugeteilt.

Die deutsche Heeresführung dürfte dabei von der Annahme ausgegangen sein, daß uns ein ruhiger Winter bevorsteht und nicht viel passieren kann. Anders kann ich es mir nicht erklären, obwohl ich diese Ansicht nicht teile und eine russische Winteroffensive erwarte. Hoffentlich haben diese Armeen genügend deutsche Rückendeckung und Abstützung!«

Wisse hat auf der Fahrt von Charkow hierher von verschiedenen Seiten erfahren, daß dies nicht der Fall ist, und auch selbst nichts von deutschen Bereitstellungen oder dem Anmarsch von Kampfverbänden bemerkt.

»Wenn es dem Russen gelingt, die Rumänen und Italiener zu überrennen, könnte durch die breiten Einbrüche und die offene Südflanke die gesamt deutsche Südfront zum Einsturz kommen!« –

Diese Vorstellung ist so beklemmend, daß Wisse der Atem wegbleibt. – Nimmt sich ja zu wichtig, dieser kleine Divisionsstratege.

»Es ist anzunehmen, daß das O.K.H. die Lage überblickt, richtig beurteilt und notwendige sowie wirksame Gegenmaßnahmen trifft, falls sie erforderlich sind!« stellt Wisse fest.

»Sicherlich!« – Hauptmann Stancescu schränkt seine Betrachtungen wieder auf den ihm zustehenden Operationsbereich ein.

»Hinzufügen möchte ich noch«, erklärt Stancescu, »daß unsere 20. Division die einzige im Verband der im Süden operierenden rumänischen Armee ist, die einen geschlossenen Frontabschnitt hält.

Die südlich von uns gelegenen rumänischen Divisionen, zum Teil erst im Anmarsch, haben nur stützpunktartig eine Linie aufgebaut, da sie zu geschlossener Frontbildung zu schwach sind.

Unsere Südflanke hängt in der Luft und hat keine Verbindung zur Heeresgruppe A im Kaukasus.

Wenn unsere Annahme zutrifft, wird die 51. sowjetische Armee, verstärkt durch zahlreiche Sonderverbände, aus dem Raum Krassnoarmejsk–Beketowka antreten, und ihr Stoß wird durch das Tscherwlenajatal auf den Don bei Kalatsch gerichtet sein! –

Nicht ganz zwei rumänische Divisionen stehen dieser vielfachen Übermacht gegenüber, um den Russen aufzuhalten. Über die Mängel unserer Bewaffnung sind Sie ja schon unterrichtet!«

Wisse kommt es bei dem Vortrag des rumänischen Hauptmanns vor, als säße er in einer Klasse der Kriegsschule und höre die historische Lageschilderung der Schlacht bei Cannae.

»Was auch immer kommen mag, Herr Hauptmann, wir dürfen die Hoffnung nicht aufgeben, daß unsere gerechte Sache siegen wird und wir auch diese Prüfung bestehen werden!« – deklamiert Wisse und stellt sich damit auf ein Podest – auch wenn Scherer spöttisch dazu lächelt.

Noch zuwenig mit der Sachlage vertraut, hütet er sich, sich voreilig festzulegen. Er will möglichst viel erfahren.

»Wie sind Sie denn zu diesen erstaunlichen Informationen über die Russen gekommen?« fragt er die rumänischen Offiziere.

Geschmeichelt über die Beachtung, schnappt Hauptmann Stancescu sofort darauf ein.

»In erster Linie vermittelt uns der Abhorchdienst, den wir beim Ic eingerichtet haben, den Funkverkehr des Feindes – und wir erhalten daraus wichtige und zuverlässige Aufklärung über den Gegner.

Wir setzen dazu rumänische Offiziere aus der wieder zurückgegliederten Bukowina ein. Diese verstehen nicht nur perfekt Russisch; als ehemalige Nachrichtenoffiziere der Roten Armee kennen sie das System der russischen Verschlüsselung – und entschlüsseln binnen kürzester Zeit die russischen Geheimkodes.

Sie wissen genau, ob die abgehörten Feindgespräche echt sind oder nur durchgegeben werden, um uns zu bluffen.

Die deutschen Funkmeßtrupps sind in der Lage – bei Durchgabe der Frequenz, den genauen Standort der feindlichen Sendestelle und damit des russischen Truppenverbandes, der funkt, festzustellen.

Die aus dem feindlichen Funkverkehr vermittelten Standorte werden mit den Meßwerten der deutschen Funkstellen sofort verglichen – und daraus erkennt man, ob es sich um echte Ergebnisse oder Täuschungsmanöver des Russen handelt.

Auch mit tatsächlich durchgeführten Truppenverschiebungen versucht uns der Gegner irrezuführen – und Schwerpunktbildungen zu verbergen. Durch Beobachtung weiterer Umgruppierungen wird die Täuschungsabsicht erkannt.

Vorgestern zum Beispiel: ...eine Panzerbrigade, die südwestlich Krasnoarmejsk bei Kirowa lag – wurde einige Kilometer nördlich nach Staraja Otrada verlegt, um die 371. I.D. daran zu hindern, Kräfte für die Verteidigung nach dem Süden frei zu machen.«

Da der General Hauptmann Stancescu noch zu sprechen wünscht, muß dieser die Unterhaltung mit Wisse und Scherer abbrechen.

In einem gelben Kälteschleier kommt der Mond über die Hügel. Die Landschaft in seinem Licht ist frosterstarrt, jeder dünne Halm erfroren.

Im Osten über der Front ist Totenstille.

An der Balkawand das Schattenungeheuer einer Zugmaschine mit steifgefrorener Plane überdeckt.

Mitten im Weg, breitbeinig im zottigen Pelz wie ein aufgerichteter Bär, laut brüllend, treibt ein rumänischer Offizier Soldaten an, die im Laufschritt, winzig im Hintergrund gegen ihn erscheinend, einen Anhänger mit Verpflegung entladen.

»Dieser Hauptmann Stancescu...?« fragt Wisse. »Ist ein feiner Kerl als Soldat und als Mensch, halten Sie sich an ihn!« antwortet Scherer.

»Aber seine Feindinformationen – ob die nicht doch etwas von Zweckpessimismus gefärbt sind?«

Wisse entgeht das ironische Lächeln des Hauptmannes.

»Ich bin überzeugt, daß sie ein richtiges Feindbild widerspiegeln. Als noch General Schwedtler Führer des IV. Armeekorps war, besuchte er gern General Tataranu, und nicht nur wegen dessen guter Küche. In seiner Begleitung war ein Hauptmann Möglich. Sie werden noch selbst mit ihm zu tun haben. Dieser Abwehroffizier war sehr scharf auf unsere Erfahrungsberichte. Er verglich sie mit seinen, und es ergab sich, daß die Rumänen über den Iwan besser informiert waren als die Deutschen samt ihrer Luftaufklärung und ihren Agentenberichten.

Und General Schwedtler nahm kein Blatt vor den Mund, bezeichnete einmal sogar vor mir die Herren im OKH als Speichellecker und prangerte schonungslos ihre Fehler an.

Seine Offenheit und seine mutige Sprache vertrugen die Herren im OKH nicht.«

Wisse ist unmutig, Scherers Reden mit anhören zu müssen.

»Die gegen Hitler sind, tun immer noch für das Vaterland ihre Pflicht! – Wenn ein Brand ausbricht, wird man zuerst löschen – und nicht nach dem Brandstifter forschen!« entgegnete er schroff.

»Und mich wird man eines Tages hängen – und nicht wie General Schwedtler aus Gesundheitsrücksichten ablösen. Bin nur ein kleiner Hauptmann!

Sein IV. Armeekorps mußte er an General Jänecke abgeben. Der kommt aus dem diplomatischen Dienst, war Militärattaché, ist stinkvornehm, glatt, muß sich erst aufrauhen lassen – um den Frontführer glaubhaft zu markieren! Ihm sind Sie nun als D.V.K.-Führer unterstellt – Herr Oberleutnant Wisse!«

Die Dienstgrad- und Namensnennung ist warnender Spott – kameradschaftliche Aufforderung, den Hirnkasten aufzumachen und doch nicht den Pferden allein das Denken zu überlassen.

»Ein tolles Kabarett, unser ›tausendjähriges Reich!‹ – Wenn der Laden pleite geht, haben wir zumindest falsch spekuliert, dann ist ganz Deutschland mit Hab und Gut, Frau und Kind Konkursmasse. – Und wir ...?«

Nachtdienst am Klappenschrank hat der Gefreite Tünnes.

Er springt auf, als die Offiziere zurückkommen, erstattet Meldung – und quatscht los, ohne gefragt zu werden. Er erkundigt sich, wie es Herrn Oberleutnant hier gefalle, ob er sich schon umgesehen habe – verspricht, daß sie es ihm hier angenehm machen werden, und er will vom Hauptmann Scherer bescheinigt haben, daß dieser es hier gut hatte.

Seine Zunge ist in vergeblichem Wettlauf mit seinen Einfällen. – Ein unakzentuierter, verschwommener Wortschwall, bei dem man genau hinhören muß, um ihn zu verstehen. – »Zunge wie meine Schwiegermutter, Blick wie ein Stockfisch – und ein Ferkel!« klassifiziert ihn Scherer.

Er ist hellblond, mit tollem Haarschnitt, von Frisur keine Rede, und hat ein weiches, rundes Gesicht mit großen hellblauen Augen. Dünn und über 1,90 Meter lang, schlenkert alles an ihm. Seine Uniform ist eine Speisekarte. Er ist von der Mütze bis zu den Knobelbechern, die, vertreten und ungeputzt, mit zu kurzen Röhren von seinen langen Beinen abstehen – total verknautscht. – Scherer sagt deshalb, anstatt Hungerturm, Knautsch zu ihm.

Harro hat neben dem aus Lehm und Ziegeln gebauten Bunkerofen, aus Steppengras, mit einer alten Decke darüber, sein Lager.

In sich zusammengerollt, schlägt seine Rute schweifwedelnd den Boden. – Leise winselnd begrüßt er Wisse und sieht bittend zu ihm auf. –

Der Oberleutnant streichelt ihn, der Hund ist zufrieden, reibt seine Schnauze an Wisses Stiefel und leckt ihm die Hand.

Der zweite Fernsprecher liegt schon auf der Pritsche und schläft ruhig.

Dieser Obergefreite Sellner, etwa dreißigjährig, das dichte, dunkle Haar wohlgescheitelt, hat ein in guten Proportionen ausgewogenes, herbes Gesicht. Über der Nasenwurzel eine Furche des Brillensteges. Er ist frisch rasiert und macht einen peinlich sauberen Eindruck.

»Scheint ein ruhiger, netter Mensch zu sein?« fragt Wisse den Hauptmann.

»Ist er! – Seine Uniform sitzt, die Stiefel glänzen. Er ist abgezirkelt. – Irgendwo aus der Umgebung von Frankfurt zu Hause, macht bunte Kirchenfenster und ist hinter einer wohlhabenden Apothekerstochter her. – Mir ein zu stiller Heiliger!« –

»Gute Nacht!« – Scherer legt sich um, das Bettgestell knarrt, und er schläft.

Es ist gemütlich hier im Schein der Petroleumlampe. Der Boden ist sauber gefegt, der Strohsack prall, das Bettlaken rein, und die Decke steckt in einem Überzug. – Es wäre hier zum Aushalten. – 800 Meter westlich Narriman, nahe der Wolga.

Sogar gut gelüftet ist der Bunker. Von Zeit zu Zeit öffnet Knautsch die Tür und läßt frische eisige Nachtluft herein, steckt die Nase in den Mondhimmel, bis ihm der Rotz darin gefriert. Sogar das hat etwas Anheimelndes an sich, wenn Knautsch klingelnd die Fernsprecherkurbel dreht und mit verhaltener Stimme die Nachtmeldungen empfängt und durchgibt.

Wisse räkelt sich, ist wohlig müde und vergißt die trüben Vorstellungen. – Wird schon nicht so arg werden. – Es ist gut hier sein schon am ersten Tag. Es wäre höchste Zeit, wieder einmal an Mutter und Gwen zu schreiben. – Ach, verzeiht, ihr Lieben, morgen tu ich es bestimmt. – Sein letzter Gedanke vor dem Einschlafen ist – sich verbissen zu wehren, wenn der Iwan wirklich kommen sollte. Kämpfen, um diesen warmen Bunker nicht zu verlieren.

So ist der Soldat.

Sie haben den Oberleutnant schlafen lassen. Er bleibt noch 5 Minuten blinzelnd liegen, um voll wach zu werden.

Knautsch fegt wild mit dem Besen durch den Bunker und schimpft auf den Obergefreiten Sellner, der vor der offenen Tür mit präzisen, gleichmäßigen Schlägen Holz hackt. – Der Hauptmann schüttet draußen mit hörbarem Geräusch seine Waschschüssel aus, bringt sie mit Wasser frisch gefüllt herein und stellt sie zum Wärmen auf den Bunkerofen.

Es ist schon heller Tag. Mit einem Satz springt Wisse vom Oberbett. Harro tanzt herum, rauft mit Knautsch um den Besen.

Der Oberleutnant tritt vor die Tür. Die Sonne, Nebel durchleuchtend, schmilzt den Schnee, der dünn wie Reif liegt.

Eine Stimmung wie an einem Sonntagmorgen.

8 bis 10 Kilometer von hier liegt die Front – und auch darüber lichter Himmel und ungestörte Ruhe. – Kein Schuß zu hören, nicht eine Spur von Kampflärm. – Es kann nicht so arg sein – und wird vielleicht doch ein ruhiger Winter.

Beim Frühstück sitzen alle um den einzigen Tisch bei heißem Tee, geröstetem Brot –, einem winzigen Stück Butter, Marmelade und zwei Feigen dazu. – Wisse wendet sich an Scherer. – »Der Nebel hebt sich und gibt klare Fernsicht. – Wenn ich für ein paar Stunden entbehrlich bin, solange Sie noch hier sind, Herr Hauptmann, möchte ich als erstes eine Frontbesichtigung vornehmen!«

»Wird leider nichts daraus!« – Scherer hat einen unruhigen Tag. Seine Hände, seine Augen flattern, sosehr er sich auch bezwingt. Er scheint dem Frieden nicht zu trauen und hat es eilig, wegzukommen.

»Machen Sie sich bitte sofort fertig. Krämer holt schon den Wagen! – Wir müssen unverzüglich nach dem Frühstück zum deutschen Verbindungsstab des VI. rumänischen Armeekorps, damit ich Sie dort anmelde und Ihre Übernahme des D.V.Ks. 118 durch die vorgesetzte Befehlsstelle bestätigt wird. Dann schmeißen Sie den Laden, und ich kann abhauen!«

Es ist ungefähr 40 Kilometer nach Abganerowo. Die Fahrt geht nach Süden, hügelauf, hügelab. – Auf Höhen ab und zu ein ausgebranntes oder zerschossenes Panzerwrack – mit totem, in die Luft ragendem Geschützrohr – als ob der Krieg lange vorbei sei. –

Weit und breit keine Menschenseele.

Durch die Aussicht wegzukommen ist Scherer aufgeräumt und pfeift sich eins.

Die Hügel verebben, und die Schluchten versickern in der Steppe, die von den Höhen gesäumt wie ein flacher Pfannenboden vor ihnen liegt, von der schnurgeraden Bahnlinie Tinguta–Salsk durchschnitten, der sie folgen.

Der Wind spielt Harfe in den Drähten der Telegraphenleitungen neben den Gleisen.

Unter dem unendlichen, hohen, winterklaren, blauen Himmel ist die Steppensiedlung mit niedrigen Lehmhütten ein Haufen winziger, zerstreuter Würfel, die sich kaum von der braunen, schneegefleckten Steppe abheben.

In vorsichtigen Redewendungen schildert auch Oberstleutnant Bischoff, der Führer des deutschen Verbindungsstabes zum VI. rumänischen Armeekorps, die Frontlage als nicht befriedigend – und deutet an, daß Wisse es vielleicht nicht ganz leicht haben werde.

Er ersucht Scherer, nochmals den Oberleutnant in die Dienstobliegenheiten des D.V.Ks. 118 einzuführen.

Er wünscht ein präzises Funktionieren.

»Das wichtigste ist gute Tuchfühlung zur rumänischen Truppe. Jedem Leutnant der 20. Division müssen Sie ein Begriff sein als Vertreter der deutschen Heeresführung. – Was Sie sagen, muß für ihn Gültigkeit haben, als käme es direkt aus dem OKH.

Nur so sind wir in der Lage, den Weisungen unserer oberen Führung zu folgen und den bestmöglichen Einsatz der nicht so gut ausgebildeten und kampferprobten Rumänen zu gewährleisten!«

Der Oberstleutnant gibt Wisse eine Anweisung auf Marketenderwaren für das D.V.K. Wodka, Wein, Cola-Schokolade, Feuerzeuge, Taschenlampenbatterien und Läusepulver.

»Der will Sie mit einer Tüte Läusepulver kaufen und gefügig machen!«

Krämer, der die Sachen holt, hat ausgespäht, daß auch für die Division Schokolade angekommen ist.

Wisse saust an den Fernsprecher, verlangt dringend den Ib, einen Major Baltatescu.

»Einen Lkw, Herr Major, und nichts als los damit. Wir müssen rasch zupacken – solange was da ist!« – Wisse huldigt diesem Landsergrundsatz.

»Was man hat – das hat man!« meint er zu Scherer. – »Wenn schon keine Pak, dann wenigstens Schokolade – das schmeckt gut, stopft, und die Rumänen kacken weniger in die Hose, wenn die Russenpanzer kommen und sie keine Abwehrmittel haben!«

Scherer nickt. – »Recht so, vor dem In-die-Hose-Machen ist keiner gefeit!«

Um noch unerfahren in seiner neuen Verwendung von sich möglicherweise überstürzenden Ereignissen nicht hilflos überwältigt zu werden, versucht Wisse, auf der Rückfahrt von Scherer alles Wissenswerte aus der Erfahrung des Hauptmanns mit dem D.V.K. herauszubekommen. – Scherer ist hilfsbereit und kameradschaftlich, verrät ihm jeden Kniff und sagt ihm auch, was er selbst falsch machte.

Die 1 : 100000-Karte auf den Knien, verfolgt er den Weg, den sie zurückfahren, vergleicht das Landschafts- mit dem Kartenbild, zeichnet sich markante Punkte ein, die er in der Einförmigkeit mit einiger Phantasie feststellt.

Er steigt mit Scherer eine kleine kegelförmige Anhöhe hinauf.

Die Fernsicht ist gut. Hügel an Hügel, einer wie der andere schneegefleckt, braun, mit vertrockneten Stengeln dürren Steppengrases bedeckt. In Wellen, Buckel an Buckel, die nach Osten verflachend im lichten, sonnendurchglänzten Nebel über der Steppe untertauchen.

Hinter Höhe 124 ist nur die kurze Windung des Weges zu sehen, der über Tundutowo und von dort entlang der Bahnlinie nach Iwanowka führt, wo die Stellungen der 20. rumänischen Division in flachem Bogen verlaufen.

Scherer lächelt über so viel Eifer und weist mit ausgestrecktem Arm in die Gegend. – »Dort, 15 Kilometer westlich, ist Werchne Zarizynskij, da sitzt das A.O.K. der 4. Panzerarmee drinnen, und dort«, der Hauptmann beschreibt mit dem Arm einen Bogen, »sind die Ortschaften, die sich entlang der Donskaja Zariza bis zum Don hinziehen!« – Wisse sieht keine Spur einer Ortschaft. Sie liegen sturmgeschützt in den tiefen Talschluchten des Baches.

»Hier brauchen Sie Röntgenaugen – oder Sie als Artillerist den indirekten Blick!«

Die Stimmung der rumänischen Offiziere während des Mittagessens im Divisionsgefechtsstand ist wie dünnes Glas, bevor es zerspringt.

Tataranu legt seine Serviette beiseite und umfaßt Wisse mit seinem Blick.

Er spricht, seine Erregung kaum meisternd, langsam, jedes Wort betont – und Major Binder übersetzt. –

»Heute morgen sind bei unserem Pionierbataillon eine größere Anzahl Russen übergelaufen!«

Der Oberleutnant weiß aus Fronterfahrung, das ist ein Zeichen, daß es mulmig ist. Leute, die die Nerven verlieren, laufen aus Angst vor dem zu erwartenden Kampf über, um ihre Haut in die Gefangenschaft zu retten.

»Die Überläufer sagen aus, sie hätten erfahren, daß morgen der russische Großangriff beginnt. Ihre Kompanien liegen bei Schtschetinje. Hinter dem Abschnitt ihres Bataillons, uns Rumänen gegenüber, ist eine komplette Panzerbrigade in Stellung gegangen. Die schweren Tanks haben sich in dem zur Wolga abfallenden Steilufer eingegraben.

Obwohl sie dicht versammelt sind, haben sie weder durch einzelne deutsche Fliegerbombenangriffe noch durch den recht spärlichen Artilleriebeschuß Ausfälle.

Es wurde bei den sowjetischen Kompanien den Rotarmisten ein geheimer Befehl Stalins verlesen – daß nunmehr die unbesiegbare Rote Armee zum Großangriff antreten werde, um die faschistische Bestie in ihre Ausgangsstellungen zurückzutreiben.

Bei Stalingrad wird sich das Schicksal der deutschen Landräuber und ihrer verbündeten Spießgesellen erfüllen.

So wie 1918 die Weißgardisten unter Denikin, auf dessen Seite damals auch Deutsche kämpften, von der ruhmreichen Revolutionsarmee des Helden der

Sowjetunion Marschall Budjenni vernichtet wurden, wird Stalin an derselben Stelle bei der Stadt, die seinen Namen trägt, den Feind zerschmettern.«

»Die Sowjets sind mit pathetischen Aufrufen nicht sparsam. Es ist nicht das erstemal, Herr General, daß die deutsche Wehrmacht überlegenen russischen Kräften gegenübertritt!« – Wisse erwidert den Blick des Generals.

»Wir wollen darüber auch gar nicht polemisieren. Über die Absichten, Ziele, den Umfang der zu erwartenden Offensive sowie deren Bedeutung für die gesamte Front – will ich mir keine Mutmaßungen erlauben, da mir der Überblick des O.K.H. fehlt.«

Der General, die Arme ausgebreitet – eine weite Strecke andeutend, schiebt seine Hand auf einen kurzen Abschnitt zusammen – um damit auch optisch die Beschränkung seiner Gedanken, die Konzentration seines Willens und die Übernahme der Verantwortung auf den ihm zukommenden Teil einzuengen.

»Ich bin Divisionsgeneral. Was von mir aus getan werden konnte, ist geschehen. Meine H.K.L. nützt das Gelände zur Verteidigung bestens aus. Die Stellungen sind gut ausgebaut und wurden noch verstärkt.

Meine Leute sind, an unseren Maßstäben gemessen, sehr gut ausgebildet. Ich verlange eiserne Disziplin.

Waffen und Geräte, über die wir verfügen, sind in tadellosem Zustand. – Für den momentanen Bedarf meiner Division reicht die Munition für mehrere Kampftage. Die Verpflegung in vorderster Linie gleichfalls.«

»Unsere 20. Division ist eine der besten und kampfstärksten der rumänischen Armee!« fügt Major Binder aus eigenem hinzu.

»Im Raum Beketowka steht uns zahlenmäßig ein zumindest zwanzigfach überlegener Gegner gegenüber. An Bewaffnung ist seine Überlegenheit in Zahlen nicht auszudrücken. Er wird stärkste Kräfte gerade bei uns ansetzen, um den Durchbruch leichter zu erzwingen, weil er die rumänischen Truppen für weniger kampfstark hält als die deutschen und über unsere mangelhafte Ausrüstung sicher ebenso gut informiert ist wie die deutsche Heeresleitung!«

Der General lächelt bitter. Er erhebt sich. – Alles steht auf.

»Ich richte an die dafür verantwortliche deutsche Armeeführung nochmals den dringenden Appell, unverzüglich Tanks und Tankabwehrwaffen zur Verstärkung unseres Frontabschnitts einzusetzen.

Wenn meine Soldaten wissen, daß in ihrem Rücken panzerbrechende Waffen bereitstehen, werden sie sich von den russischen Tanks überrollen lassen, und ich werde meinen Frontabschnitt auch gegen eine russische Übermacht halten.

Merken meine Soldaten, daß sie den Panzerattacken schutzlos preisgegeben sind, könnte eine Panik unter ihnen ausbrechen und in kurzer Zeit die Front in Auflösung sein.

Verstärkung durch schwere Artillerie ist erforderlich. Bomben- und Kampffliegerangriffe auf die Bereitstellungen des Gegners wären vor allem auf die Geschützstellungen wünschenswert, um das zu erwartende Trommelfeuer weitgehend zu unterbinden.

Welche moralische Stärkung der Truppe eine Unterstützung durch Kampf-

und Tiefflieger bedeutet, darauf brauche ich Sie als erfahrenen Frontsoldaten nicht hinzuweisen.

Ich ersuche Sie deshalb, meine Herren!«, der General wendet sich sowohl an Wisse als auch Scherer, »in letzter Stunde meinen Appell an Ihre Führung weiterzugeben! – Erreichen Sie bitte etwas, ehe es zu spät ist!«

Wisse sieht Scherer fragend an. Der Hauptmann schüttelt abweisend den Kopf und wendet sich an den General. »Wollen Herr General mir gehorsamst gestatten, mich abzumelden und zu verabschieden!?« – Er knallt die Hacken zusammen. »Ich wünsche Ihnen alles Gute mit auf den Weg! – Leben Sie wohl, Herr Hauptmann!« – Auch der Händedruck des Generals ist matt, und da der General sich nicht weiter rührt, wendet sich Scherer sofort an Wisse: »Ich hoffe, Sie werden so freundlich sein, Herr Wisse, und mir Ihren Opel bis Werchne Zarizynskij zur Verfügung stellen? – Von dort komme ich dann schon weiter nach Kalatsch und Woronesh!«

»Sehr gern! – Nur bitte ich Sie, Herr Scherer, mir den Fahrer raschest zurückzuschicken, da ich heute unseren Gefechtsabschnitt besichtigen und mir die Stellungen und das Gelände genauestens ansehen möchte!«

Knapp und förmlich will sich Scherer auch vom Adjutanten Major Binder verabschieden.

Dieser jedoch nickt ihm verstehend zu und schüttelt ihm lange die Hand.

»Ich danke Ihnen im Namen der Division. Sie haben Ihr Bestes getan und alles versucht...!« Scherer winkt ab, wendet sich fast brüsk um, verläßt zu hastig den Bunker und läßt den Oberleutnant mit den Rumänen allein zurück.

Tataranu hebt ruckartig den Kopf und sieht Hauptmann Scherer nach. Es ist seinem Gesicht nicht abzulesen, was er denkt.

In diesem Augenblick kommt der Bursche des Generals in den Bunker und meldet dem Adjutanten Major Binder etwas auf rumänisch.

»Hauptmann Stancescu hat eine wichtige Nachricht, Herr General!« Major Binder übersetzt Wisse, was gesprochen wird. – Gleich darauf steht der drahtige rumänische Generalstabsoffizier im Bunker.

Er ist stramm, beherrscht, von kaltem Feuer erfüllt.

»Herr General – morgen um 6 Uhr früh Moskauer Zeit erfolgt südlich Stalingrad der russische Angriff. – Wir haben diesbezügliche russische Funkmeldungen aufgefangen und entschlüsselt. Überläufer, die seit heute früh mit erhobenen Händen dauernd in unsere vordersten Stellungen kommen, berichten dasselbe!«

Die Anwesenden können ihre Erregung nicht verbergen. Der General faßt sich rasch.

»Wenigstens sind das Rätselraten und die peinigende Ungewißheit vorüber!« Er atmet auf. »Es ist wieder Krieg, meine Herren. Wir sind Soldaten und werden kämpfen. Wir werden auch einem zermalmenden Angriff die Stirn bieten!« – Der General versteht es, mit einem Satz seine Leute zum opferbereiten Einsatz mitzureißen – den nüchternen, abwägenden Verstand, die Angst zu überblenden – und den Ur-, den Kampfinstinkt zu wecken.

»Hier an der Wolga verteidigen wir an der Seite des heldenhaften deutschen Volkes die christliche, abendländische Kultur gegen die Bolschewiken, wehren einen nochmaligen Überfall der Sowjets auf Rumänien ab!« – ist die Kampfparole.

Das Gesicht des Generals, das seiner Offiziere ist wutverzerrt. – »Bolschewiken« – ist die Bezeichnung für den verhaßten Todfeind, ist das aufstachelnde Stichwort zu gnadenloser gegenseitiger Vernichtung und Ausrottung.

Der Russe wird zu jedem Kampf mit Haßparolen aufgeputscht, vielleicht, weil er von Natur aus friedliebend ist.

Die gelernten Kriegshandwerker hüben und drüben brauchen die Aufpulverung nicht.

Die Theoretiker betrachten die Kriegsereignisse kühl, geschult, als gewollte Eruption, deren Vernichtungskraft für sie das vorausgesehene Ergebnis ihrer Kalkulation ist. – Wer über mehr und modernere Mittel verfügt, sie besser steuert und am richtigen Ort und zum richtigen Zeitpunkt zum Einsatz bringt, ist Sieger. Für sie ist der Krieg ein Rechenexempel.

Ja, wenn das so einfach wäre! Seit eine Individuenart das Denken lernte – ist die Erde mit Menschen bevölkert. Im Spinnennetz seiner Gedanken wird der Mensch ewig vergeblich versuchen, mit wieder neuen Gedanken, die ihn noch enger einschnüren, sich frei machen, um den Kern seines Wesens zu ergründen.

Vielleicht ist der Krieg nur der immer wieder verzweifelte Kampf des lebendigen Individuums um Befreiung aus dem Gedankennetz und den Begriffsfesseln, um sie zu zerreißen oder wenigstens zu lockern.

Auch das ist ein Gedanke und soll einer bleiben.

Wisse ist für konkrete Maßnahmen.

»Herr General, es würde zu lange dauern, bis über den deutschen Verbindungsstab Ihre Forderungen zu den maßgebenden Stellen durchdringen. Ich werde mich deshalb mit dem IV. Armeekorps in Verbindung setzen und auf direktem Weg Ihren Forderungen Gehör verschaffen!«

Noch im Speiseraum gibt der General seine ersten Befehle.

Im Fernsprechbunker trifft Wisse auf Hauptmann Scherer, der seinen Koffer packt. Scherer ist schwer verbittert. – »Ich habe mich mit General Tataranu sehr gut verstanden, und nun dieser Abschied? – War nicht eben herzlich, wie? – Dabei kann ich ihm gar nichts verübeln! – In einer solchen Lage? – Es kann jeden Augenblick losgehen! – Und was tut man? – Anstatt, wie es bei den anderen D.V.Ks. auch ist, den Posten mit zwei Offizieren zu besetzen, wird der, der sich eingearbeitet, Erfahrungen gesammelt und mühsam Vertrauen erworben hat, von einem Neuling abgelöst. – Das soll kein Vorwurf gegen Sie sein, Herr Wisse, oder gar für mich sprechen! – Ich bin froh, hier wegzukommen! – Ich meine damit nur – es ist typisch dafür, wie gedanken- und verantwortungslos von oben her gehandelt wird. – Bitte, vielleicht wollen die jetzt sogar jemand auf diesen Posten, der keine Ahnung davon hat, was gespielt wird, damit sie einen Sündenbock haben, wenn es schiefgeht!« – Scherer nickt dem Oberleutnant ermunternd zu. – »Nichts gegen Sie. – Ganz im Gegenteil! – Ich glaube, daß Sie es trotzdem schaffen und denen kein Opferlamm abgeben werden! – Sie werden es wahrscheinlich sogar besser machen, zupacken, Entscheidungen treffen und handeln, ohne viel zu überlegen.«

Er mustert Wisse. Sieht verdammt gut aus – und noch ein richtiger Junge. – Sicher überschlägt sich seine helle Trompetenstimme, wenn er Befehle brüllt.

Diese Burschen fühlen sich von älteren Leuten, die ihnen unterstellt sind, oft nicht für voll genommen, werden hysterisch, um sich durchzusetzen, damit auch alles ihren Willen spürt. – Sie sind wie junge Hähne! –

Scherer erhebt sich.

»Die Schlacht braucht einen Helden – der Fahne ist – Fanfare –, einen Jungen, der mit Heil Hitler auf den Lippen stirbt!« Scherer zuckt die Schultern. »Klingt lächerlich, aber es ist so!

Vergessen Sie ab jetzt nicht, vor den Rumänen die Russen nur mehr als Bolschewiken zu bezeichnen – der Haß muß ihre Angst erwürgen!«

»Herr Hauptmann, darf ich Sie noch bitten, mich beim IV. Armeekorps bekannt zu machen, damit ich die eben erhaltene Information zur Meldung bringen kann!«

Die Verbindung klappt binnen fünf Minuten. Hell schrillt die Klingel. Scherer hebt langsam ab. Wisse hört durch die Muschel den Fernsprecher am anderen Ende. – »Ich übergebe Herrn General!«

Summen in der Leitung. Scherer verdeckt die Muschel mit der linken Hand.

»Die scheinen auch schon zu wissen, was los ist, daß sich General Jänecke selbst an den Draht hängt, um mit mir zu sprechen!« – Scherer strafft sich, ist gespannt.

»Hier D.V.K. 118 – Hauptmann Scherer. Melde mich gehorsamst, Herr General!« – Wisse tritt neben den Hauptmann, bereit, nachdem Scherer ihn angemeldet hat, die Muschel zu übernehmen und seine erste Meldung als Führer des D.V.Ks. durchzugeben.

Scherer übersieht Wisse, ist erregt, umklammert die Hörmuschel, nicht bereit, sie abzugeben.

»Vor etwa einer halben Stunde, Herr General, wurde bei uns die Nachricht aufgefangen, daß der Russe morgen um 6 Uhr früh Moskauer Zeit zum Großangriff antritt. Seit heute verstärktes Überlaufen russischer Soldaten, die unsere Nachricht bestätigen!«

Er sieht Wisse an – der sich zurückgezogen hat – und beeilt sich nun, den Oberleutnant anzumelden.

»Gestatten, Herr General, daß ich meinen Nachfolger vorstelle? – Er hat bereits seit heute mittag die Führung des D.V.Ks. übernommen!«

Scherer hält die Muschel etwas vom Ohr ab – in der die Stimme des Generals unmutig schnarrt. Der Hauptmann klappt mehrmals die Hacken zusammen. »Jawohl, jawohl, Herr General, jawohl – jawohl, ich gestatte mich abzumelden, Herr General – gehorsamsten Dank, Herr General!« – schleudert er in die Sprechmuschel und übergibt an Wisse.

Die Stimme des Generals klingt angenehm sonor, verbindlich. – Mit einigen sicher formulierten, ansprechenden Sätzen, gewählt, freundlich, weist er Wisse auf die Verantwortung hin, die der Oberleutnant mit seiner Stellung übernommen hat.

Der General kann den Diplomaten und langjährigen Militärattaché nicht verleugnen. Er läßt den kleinen Oberleutnant wachsen, gibt ihm Geltung, Vollmachten – und macht ihm zugleich klar, daß er diese Erhöhung aus seiner wohlwollenden Hand empfängt, daß er dafür dem General, der ihn mit seinem Vertrauen auszeichnet, zu besonderem Eifer und zu Willfährigkeit verpflichtet sei.

So also kauft man sich seine Leute? – Wisse merkt sich die Lektion zum Gebrauch, wenn er auch einmal General werden sollte.

»Ich bin mir der Verantwortung, die ich als D.V.K.-Führer habe, bewußt, Herr General – und hoffe, die mir gestellten Aufträge zur Zufriedenheit meiner Vorgesetzten auszuführen!«

Der General, sich auf den rauhen Krieger besinnend, grunzt wohlgefällig.

Gleich zum Angriff übergehend, mit hellster Stimme trompetet Wisse in die Sprechmuschel.

»Gestatten Herr General mir, als erste Maßnahme in meiner Stellung, folgendes Ersuchen zu stellen:

Die 20. rumänische Division verfügt über keine Panzerabwehrgeschütze, die wirksam gegen den T 34 eingesetzt werden könnten.

Auch die französischen 7,5-cm- und 10,5-cm-Geschütze des Artillerieregiments nützen nichts gegen die Panzerung der russischen Kampfwagen, da wir keine Hohlraumgeschosse haben. Südlich des Tscherwlenajatales liegt ein schmaler Minengürtel, der aber bei zu erwartendem schwerem Artilleriefeuer in die Luft fliegen wird und somit auch keinen Panzerschutz darstellt. Die Ausbildung der rumänischen Soldaten in der Panzerabwehrbekämpfung ist äußerst mangelhaft. Es sollen erst Leute zu den Ausbildungslehrgängen auf die Pionierschule nach Kalatsch geschickt werden!«

Daß der sich das so lange und geduldig anhört, als ob er es nicht wüßte, wundert sich Scherer.

»Ich habe die Ic-Meldung des rumänischen Divisionsstabes studiert – und bin überzeugt davon, daß der seit langem erwartete Angriff tatsächlich morgen früh um 6 Uhr gestartet werden wird!«

Scherer wackelt nur mit dem Kopf. –

»General Tataranu ersucht deshalb das A.K. nochmals und dringendst um zeitgerechte Zuführung von Panzern und schweren Flakgeschützen. General Tataranu hält es für die Moral seiner Truppe erforderlich, daß noch heute nacht Sturmgeschütze oder Panzer im Rücken seiner Front in Bereitstellung gefahren werden...!«

»Sonst nichts – nicht einmal Bomber und Tiefflieger?« unterbricht unmutig der General. Er ist wohl noch zugänglich, aber kühler – zurechtweisend –, lockt trotzdem noch mit Vertrauen.

»Das IV. A.K.«, er gebraucht keinen Tarnnamen dafür, »ist sowohl über die Gesamtlage wie über die Lage bis in jedes Regiment hinein bestens orientiert und informiert. Glauben Sie mir, wir wissen, was sich tut!« – Dies sagt er zu Wisse persönlich und dann gehoben:

»Teilen Sie Herrn General Tataranu mit, daß er, wenn es losgeht, mit unserer Unterstützung wird... rechnen... können!« – Der General unterbricht, spricht mit jemanden neben sich und wendet sich wieder an Wisse. »Ich werde eine Flakabteilung und eine Sturmgeschützabteilung frei machen und zu euch losschicken! –

Behalten Sie über den Ihnen vorgesetzten D.V.St. laufend engste Fühlung mit uns. – Nur in äußerst dringenden Fällen oder wenn der D.V.St. nicht erreichbar ist oder ausfällt, haben Sie sich direkt an das A.K. zu wenden! Alle Vorgänge taktischer Natur, bei den zu erwartenden Ereignissen, haben Sie laufend zu melden! Unsere Maßnahmen leiten Sie unverzüglich an die rumänische Führung weiter, sehen darauf, daß unseren Weisungen Geltung verschafft wird. – Sie sind mir als fähiger und zuverlässiger Offizier von Oberst v. Bredow empfohlen worden. –

Ich erwarte von Ihnen, über alles, was Sie erfahren, ausführlich und präzise unterrichtet zu werden!«

»Jawohl, Herr General!« – Ehe Wisse noch eifrig versichern kann, wie er sich voll einsetzen und bemühen werde – hat der General schon aufgelegt.

Wisse sieht Scherer fragend an. Dieser nickt beruhigend, beifällig, mit einem Hauch von Spott.

»Wenn ich meine Klappe so aufgemacht hätte, hätte ich nächsten Tag meinen Marschbefehl gehabt. – Na, Sie werden's ja noch erleben, wie diese Clique arrogant und selbstherrlich ist. Es tut mir auch für Sie leid, daß Sie eine Enttäuschung erleben werden und nichts erreichen. – Momentan brennt denen der Arsch, da brauchen sie Leute, die was unternehmen und ausrichten. – Aber nachher, da sitzen sie wieder auf dem hohen Roß und spucken Ihnen auf die Frisur! Drum geh' ich lieber wieder an die Front und mach' dort meine Schnauze auf, wie ich will. Da kann mir keiner mit der Versetzung zur Kampftruppe drohen, wenn ich schon in der Scheiße mitten drin hocke! –

Es war leider zuwenig Zeit, um Sie besser in Ihre Agenden einzuführen!« Der Hauptmann stellt seinen Koffer neben die Tür. Wisse hilft ihm in den schweren gefütterten grauen Ledermantel.

»Ich habe mir erlaubt, Krämer mit dem Wagen für 14 Uhr zu bestellen!«

»Das ist doch selbstverständlich, Herr Hauptmann!«

»Ah – ich habe hier nichts mehr zu melden. Schicke Ihnen die Karre von Werchne Zarizynskij sofort zurück. Werde schon eine Fuhre weiter auftreiben. Wenn ich noch was raten darf: Sie wollten heute noch die Front besichtigen? – Dazu ist es zu spät. In einer Stunde wird es dunkel. – Ich glaube auch, daß Sie hier jetzt wichtiger sind – denn es wird sich allerhand tun –, wenn es morgen früh wirklich losgeht!«

Der Hauptmann nimmt die Mütze nochmals ab – beugt sich, schon reisefertig, über die Karte auf dem Tisch – tippt auf einen Punkt des blau südlich des Tscherwlenajatales eingezeichneten Frontverlaufes.

»Da, das Regiment 90, unter Oberst Popescu, ist unsere schwächste Stelle.

Hier, nördlich der Tscherwlenaja, das Regiment des Obersten Mangesius, ist das beste. Mangesius ist Volksdeutscher, Gutsbesitzer in der Batschka. Der beste Offizier der Division, auch für unsere Maßstäbe ausgezeichnet. – Schwer in Ordnung der Mann. – Bei seinen Leuten sehr beliebt, was bei rumänischen Offizieren selten der Fall ist. Hat auch eine Portion persönlichen Schneid. –

Hier kommen die Russen schon deshalb nicht so leicht durch, weil nördlich an Mangesius die 297. I.D. anschließt. Wir arbeiten seit dem Sommer mit ihr zusammen. Ist eine der besten und schlagkräftigsten deutschen Divisionen. Die ist es schon gewohnt, für uns die Feuerwehr zu spielen.

Nehmen Sie gleich mit dem General Pfeffer die Verbindung auf – ist zwar der älteste deutsche Divisionär der Armee, aber ein feiner Kerl, Landsknecht ohne Dünkel, Freikorpskämpfer. – Es läßt sich auch als subalterner Offizier mit ihm reden wie mit einem Menschen.

Südlich an Popescu schließt Major Moraro an mit seinem Pionierbataillon. Schaut aus wie ein Abruzzenräuber, ein verwegener Bursche. Hat seine Leute in Schwung. Das Bataillon hat seine Stellungen so gut ausgebaut, daß es auch schwerem Feuerzauber standhält. Moraro ist der einzige Einheitsführer, der sich ständig in vorderster Linie aufhält und auch vorn kampiert.

Hinter Popescu liegen zwei Abteilungen des Artillerieregiments.

Die I. Abteilung ist eine schwere – hat aber kein einziges schweres Geschütz – nur französische 10,5-cm-Kanonen. Trotzdem, die rumänische Artillerie wird auch von den Deutschen anerkannt und hat sich im Einsatz sehr bewährt.«

Wisse will die Leute des D.V.Ks. zum Abschied von ihrem scheidenden Chef antreten lassen. Scherer wehrt ab.

»Kein Trara, bitte! – Sie wären von selber drauf gekommen, wenn sie mich so heiß geliebt hätten. Ich lasse sie schön grüßen, mich entschuldigen, war oft häßlich zu ihnen. – Bin sonst nicht so – mit normalen Nerven. – Auch bei Böse. – Er wird aufatmen!«

Wisse steht mit dem Hauptmann vor dem Bunker – ohne Mantel. Ein kalter Wind bläst – es ist mindestens 10 Grad unter Null. Scherer ist nervös. – Es ist alles gesagt – dieses letzte Warten, das nichts mehr ergibt, ist quälend.

Der Wagen taucht aus einer Seitenschlucht um die Ecke fahrend auf. – Als die Bremsen knirschen – die beiden Offiziere schon die Hände zum Abschied ineinander haben –, fragt Scherer etwas scheu:

»Sie sind aus Wien?« – »Ja!« – »Ich bin aus Magdeburg. – Schwer verheiratet natürlich – sogar glücklich, zwei Rangen!«

Das war es, ein kurzer persönlicher Kontakt von Mensch zu Mensch, Scherer sieht Wisse voll an, lächelt – springt in den Wagen. Ein kurzes Winken. Scherer treibt den Fahrer an, und rasch fährt der Wagen in Westrichtung und verschwindet hinter dem nächsten Hügel.

Major Binder klingelt an und bestellt Wisse zu einer für 18 Uhr angesetzten Lagebesprechung, zu der sämtliche Regiments- und Abschnittskommandeure befohlen sind. Das Läuten der Feldtelefone, das Melden des Fernsprechers: »Ich übergebe an Fuhre Katzensteg!« – dies ist der Tarnname des D.V.Ks. – reißt nicht mehr ab. Einige Male spricht Wisse abwechselnd in zwei Muscheln, durchfliegt hastig das Verzeichnis mit den Tarnbezeichnungen, um überhaupt zu wissen, mit wem er spricht.

Der Ic der 297. I.D. will wissen, ob bei den Rumänen auch schon bekannt ist, wann es beim Iwan losgeht.

Ein Regimentskommandeur der südlich anschließenden 1. rumänischen I.D. will erfahren, ob im Abschnitt der 20. I.D. das Klirren der russischen Kettenfahrzeuge auch schon so nahe und laut zu hören sei. – Er erklärt erregt, daß er jeden Moment den russischen Angriff erwarte.

Unter Umgehung ihres Generals rufen einige Abschnittskommandeure der Division direkt beim D.V.K. an, teilen mehr oder weniger gefaßt mit, daß kaum einige hundert Meter vor ihren Stellungen, hinter Hügeln gedeckt, laut hörbar und teilweise auftauchend, eine große Anzahl russischer Panzer in Bereitstellung rollen.

Erregt verlangen sie, da sie keine Panzerabwehr haben, daß die russischen Bereitstellungen von deutschen Flugzeugen mit Bomben belegt würden. – Das Artillerieregiment verlangt die unverzügliche Zuführung von Panzergranaten, als ob welche da wären, noch dazu für französische Geschütze.

Stalinorgeln fahren auf! – Und so geht das fort.

Schon 5 nach 18 Uhr. – Der Oberleutnant schnallt um, und ohne Mantel saust er zum Stabsbunker.

Die Regiments-, Abschnittskommandeure, Adjutanten sind um den General und die beiden Generalstäbler versammelt.

Der bereits auf Wisse wartende Sonderführer Böse übersetzt Wisses Entschuldigung, macht ihn mit den Offizieren bekannt. – Wisse läßt bei der Begrüßung, die diplomatisch fein abgestuft ist, um Kränkungen zu vermeiden, auch keinen der Adjutanten und Ordonnanzoffiziere aus, gibt jedem das Gefühl militärischer und herzlicher kameradschaftlicher Beachtung.

Entgegen ihrer sonst lauten, temperamentvollen Art sind die Rumänen ruhig und ernst.

Den mächtigen Cäsarenschädel erhoben, alle mit seinem Blick bannend, in romanischer, etwas theatralischer, aber wirkungsvoller Pose, spricht der General.

Die Hand vor den Mund haltend, übersetzt Böse dem Oberleutnant die ernste Lageschilderung des Generals.

»Die von uns seit langem erwartete Feindoffensive wird morgen beginnen. Um 6 Uhr früh werden die Bolschewiken mit großer Übermacht gegen uns anstürmen. – Wir Rumänen werden die Hauptlast des ersten feindlichen Ansturms auszuhalten haben.

Einer der russischen Angriffskeile richtet sich direkt gegen den Abschnitt unserer 20. Division. Die Division hat seit Odessa im Kampf gestanden und hat in siegreichem Vormarsch immer wieder bewiesen, daß auch überlegene Kräfte des Feindes geschlagen werden können.

Ich erwarte von Ihnen, meine Herren, daß Sie vor dem Feind neben unseren tapferen deutschen Verbündeten, vor Ihrem Lande, vor Ihrem König, vor Marschall Antonescu – vor der Geschichte dereinst als die Verteidiger christlicher Kultur bestehen werden.

Verteidigen Sie die Freiheit unseres Landes – die Ehre unserer Armee, und die Ehre unserer Division, der Sie angehören, wenn erforderlich, mit Ihrem Leben.

Es gibt für uns nur eine Parole: Sieg oder Untergang!«

Der General erörtert anschließend noch mit den einzelnen Truppenführern Details ihrer Kampfaufträge und taktische Maßnahmen.

Er hört sich die Berichte und Meldungen der Abschnittskommandanten an und hebt kurz und fast unvermittelt die Besprechung auf.

Wisse bleibt mit dem General und Major Binder noch eine Weile im Stabsbunker zurück.

Die Luft im Bunker ist voll Tabakqualm, dick zum Schneiden. – Die Offiziere haben kettengeraucht.

Zigarettenkippen liegen auf dem Boden, die Decke des Kartentischs ist mit Aschenhäufchen und Flecken übersät. – Wisse ekelt es: der kalte Gestank reizt zum Erbrechen. Der General hat die Tür aufgerissen.

Eisig strömt die Nachtluft herein. Der Türrahmen und die Pferdedecke davor beschlagen sich mit Reif.

Wisse friert von außen und von innen. Der General ist noch gelber im Gesicht als sonst, hat unter müden Augen, über die die Lider leicht verschwollen herabfallen, schwere Tränensäcke. Das Gesicht, nun welk, tief durchfurcht, ist wie zerstört.

Tataranu, Binder und Wisse sehen einander an, schauen aneinander vorbei. – Jeder wartet, daß der andere etwas sagt, und keiner spricht. Sie brauchen sich nichts vorzumachen, wissen, was los ist – und schweigen. – Wisse stellt sich den kommenden Angriff sichtbar vor. – Totenstille nach dem Trommelfeuer, das Auftauchen der Russenpanzer, der erdbraunen Rotarmisten – der Tod, wie er grauenhaft, tausendfach über die Hügel auf die Stellungen zukommt, und in seinem Hals steigt würgend die Angst hoch. – Er hat es hundertmal mitgemacht, erlitten, und es ist ein Wunder, daß er noch lebt.

Was mögen der Major und der General für Vorstellungen haben?

Tataranu leidet sichtlich starke Schmerzen in seinem gelähmten Handgelenk – sein Gesicht verzerrt sich –, die zur Schau getragene Ruhe muß ihn viel Selbstüberwindung kosten.

»Hoffentlich treffen die Panzer und die Flakgeschütze rechtzeitig ein?« – unterbricht der General die peinliche Stille. – Man sieht es ihm an, er möchte allein sein.

»Darf ich mich empfehlen, Herr General!? – Ich werde heute nacht wahrscheinlich kein Auge zumachen und Herrn General jederzeit zur Verfügung stehen!« – Der General winkt dankend ab und reicht Wisse eine schlaffe Hand – ohne Druck.

Der gefrorene Schnee knirscht unter den Stiefelsohlen. Es ist so stockdunkel, daß Wisse eine Weile herumirrt, ehe er die Bunkertür zum D.V.K. findet.

Der Oberleutnant geht zum Ofen, hält die klammen Finger zum Aufwärmen darüber, versucht sich zu sammeln und die nächsten Entschlüsse zu fassen.

Die Leute sehen ihn erwartungsvoll an, haben lange Gesichter, warten, daß er ihnen Weisungen und Sicherheit gibt. – Böse ist in seinem Element.

In voller Kriegsausrüstung hat er in dem petroleumbeleuchteten Bunker, mitten in der Nacht, sogar das Doppelglas um den Hals gehängt.

Wisse kann nicht ernst bleiben, und auch seine Leute lachen befreit auf – als er fragt:

»Sie wollen scheinbar einen Spähtrupp unternehmen?» – Krämer grinst unverschämt.

Böse bleibt ernst. »Wäre gar nicht so schlecht. Ich wäre sofort dabei, nachzuschauen, was beim Iwan wirklich los ischt!«

»Wie weit haben Sie Herrn Hauptmann Scherer gebracht?« fragt der Oberleutnant den Kraftfahrer.

»Bis Werchne Zarizynskij. Hat aber dort keinen Wagen weiter gekriegt. Ich wollte ihn rasch bis Kalatsch fahren. – Er ist aber unterwegs auf einen Lkw umgestiegen und hat mich zurückgeschickt. – Herr Hauptmann lassen Herrn Oberleutnant nochmals Hals- und Beinbruch wünschen – und auch den anderen D.V.K.-Angehörigen, Herrn Sonderführer Böse mit eingeschlossen!«

»Ich dank' schön dafür!« – knurrt Böse.

»Sind Vorbereitungen zum Absetzen oder zur eventuellen Verteidigung des D.V.Ks. getroffen?« erkundigt sich Wisse.

Ohne sich helfen zu lassen, zerrt Böse, verbissen rüttelnd, eine Kiste unter dem Bett hervor.

Sie ist mit Handgranaten und Gewehrmunition angefüllt – obenauf liegen eine MPi und zwei Taschen mit Magazinen dazu.

Nette Schlafstelle, die Handgranaten unter meinem Hintern! – Wortlos reicht Böse die MPi dem Oberleutnant, der sie an den Haken über seinem Bett zu seinem Stahlhelm hängt.

»Stahlhelm ab – Waffen ablegen!« – befiehlt er, und die Leute atmen auf. »Sind der Funkwagen und der Fernsprechwagen marschbereit, der Opel und der Geländewagen fahrbereit – alles aufgetankt?« –

Böse hat dafür gesorgt.

»Die Kraftfahrer könnten, wenn sie ihre Waffen, ihr Marschgepäck und die eiserne Ration in Ordnung haben, abtreten. – Haut ab, ihr Hübschen!« – befiehlt er Krämer und Knautsch, der auch Kraftfahrer ist. »Ihr legt euch bis 4 Uhr früh in die Klappe und schlaft euch ordentlich aus. Ihr werdet in der nächsten Zeit viel zu leisten haben!

Die beiden Funker müssen ihre Geräte betriebsbereit halten, dürfen bis 24 Uhr schlafen und lösen dann die Fernsprecher ab. Der Schreibstubengefreite hat sämtliche Unterlagen, Meldungen, das Tagebuch und vor allem die geheimen Kommandosachen für den Ernstfall zur Vernichtung bereitzulegen!«

»Ist bereits von mir angeordnet, Herr Oberleutnant!« – ereifert sich Böse, »weiter lasse ich die Verpflegung, alles persönliche Gepäck, die Ausrüstung, kurz allen Kram auf den Lkw verladen. – Wenn's sein muß, können wir binnen einer Minute abhauen.«

Jetzt ist Wisse dankbar dafür, daß ihm Böse den Kleinkram abnimmt und er sich voll der kommenden Aufgabe widmen kann.

Böse schwitzt, flucht schauerlich auf tirolerisch, reißt üble Witze, ist in Fahrt und beschäftigt die Leute unausgesetzt, daß sie gar nicht zum Nachdenken und Grübeln kommen.

Wisse studiert nochmals genau die Karte, prägt sich jeden Weg, jeden Wasserlauf, die kleinste Ansiedlung im Umkreis von 30 Kilometern ein. –

Und dann reißt das Rasseln der beiden Fernsprechapparate nicht mehr ab. –

Der Fernsprecher kommt mit der Niederschrift der Befehle und Nachrichten nicht nach. Er wiederholt laut, was er hört, Wisse hilft mit und stenografiert.

Später streckt sich Wisse für eine Weile auf seinem Bett aus. Er will sich dazu zwingen, zwei Stunden zu schlafen – um morgen allen Anforderungen gewachsen zu sein.

Der Körper ist wie zerschlagen – aber im Hirn arbeitet es auf vollen Touren –, und die Nerven sind so überspannt, daß er nicht einschlafen kann. – Daß er schlafen will und es nicht kann, erbittert ihn und zerrt noch mehr an seinen Nerven. – Alle Viertelstunden, wenn er endlich spürt, daß er einschlafen könnte, hat er die Blase voll und muß hinaus. – Wütend springt er auf, rennt vor den Bunker in die eiskalte Nacht. – Verflucht, wo das viele Wasser nur herkommt?

Und ab 23 Uhr ist es sowieso aus. Nach einer Stunde weiß er schon gar nicht mehr, wer ihn alles angeläutet hat, und was die Burschen alles von ihm wollten, von der Selbstfahrlafette bis zum schweren Bomber. Es wäre zum Lachen, wenn es nicht so ernst wäre. Als ob er zumindest der O.B. der Heeresgruppe wäre, wollen sie alles von ihm. General Pfeffer, der Kommandeur der 297. I.D., hängt sich selbst an die Strippe. »Sagen Sie mal, macht sich der Iwan bei Ihnen bemerkbar? Bei mir tut sich nämlich gar nichts! Gerade, daß einige MG blöken – sonst ist hier allgemeine Hüttenruhe beim Iwan!«

»Bei uns tut sich einiges, Herr General! – Ich habe einen Apparat mit dem Anschluß an unseren Stabsbunker gekoppelt und höre so mit ihm gleichzeitig, was die Regimenter und auch die kleineren Abschnitte in kurzen Abständen laufend durchgeben!«

»Und was hören Sie – Herr Wisse, das ist doch Ihr Name?« –

»Jawohl, Herr General. – Vom Abschnitt des Pionierbataillons meldet Major Moraro...!«

»Der alte Räuber!« – »Jawohl, Herr General... Er meldet, daß die Russen ihre Angriffsvorbereitungen ohne jede Vorsichtsmaßregel durchführen!«

»Scheint besser zu wissen, der Iwan, was bei uns los ist als wir selber!« – »Jawohl, Herr General. Der Major gibt durch, daß vor seiner Stellung die Luft von dröhnendem Motorengeräusch der Zugmaschinen und dem Klirren der Panzerketten erfüllt ist...!«

»Donnerwetter, ist der aber poetisch!« – »In den vorderen Gräben sind sogar deutlich die Kommandorufe der Kommissare und Offiziere zu hören!« –

»Die große Schnauze allein macht's nicht, das erleben wir bei uns!«

»Hinter den Höhen fahren die Russen ihre Fahrzeuge mit aufgeblendeten Scheinwerfern. Einzelne Motfahrzeuge fahren so knapp an unseren Stellungen vorbei, daß sie, zwischen den Hügeln auftauchend, mit den Scheinwerfern bis in die Unterstände hineinleuchten!« –

»Is ja doll – da werden etliche Herren schon die Hosen voll haben, falls sie vorn sind!« –

»Vor unserem Artillerieregiment geht es beim Russen zu wie auf einer langen Baustelle, auf der im Akkord durchgearbeitet wird. Es fährt und läuft alles unbehindert hin und her – die Offiziere brüllen herum, Stalinorgeln fahren auf, und die Nacht ist hell von den Scheinwerfern!«

»Und ihr könnt ruhig dahocken und euch das ansehen?«

»Ich bin selbst Artillerist, Herr General, und weiß, daß anhaltende Feuerüberfälle stark konzentrierter Artillerie solche Bereitstellungen zerschlagen, unmöglich machen oder zumindest empfindlich stören können!«

»Verdammt, warum funkt ihr dann nicht drein?«

»Die drei Abteilungen unserer Artillerie liegen weit auseinander. Wir haben nur leichte Geschütze und dafür so wenig Munition, daß wir sie für den Angriff aufsparen müssen!« –

»Ja, ja, verdammt traurig sieht das aus – zusehen zu müssen, wie der Gegner in aller Ruhe das Messer wetzt, um uns die Gurgel abzuschneiden! – Und was macht unsere glorreiche Luftwaffe?«

»Es ist Nebeleinfall vorausgesagt!« –

»Ein Dreck, momentan ist es ganz klar!«

»Einzelne Flugzeuge sind in der Luft, Herr General!«

»Ja, da krebsen so ein paar alte Mühlen herum und lassen alle halbe Stunde ein Ei fallen! – Vor ein paar Tagen haben sie im pausenlosen Einsatz jeden Stein in Stalingrad zum siebten Male umgedreht – und jetzt, wo sie da sein sollten? – Es ist zum Kotzen. – Ja, also danke schön und jetzt gute Nacht, tratsche gern ein bißchen bei Nacht, wenn ich nicht schlafen kann!«

»Herr General, Herr General«, schreit Wisse in die Muschel, da der General aufzulegen im Begriff ist.

»Ja, was denn, junger Mann?«

»Darf ich Herrn General nochmals bitten, wenn die Lage es erfordern sollte...!«

»Euch auszuhelfen und Feuerwehr zu spielen. Mach' ich, mein Junge – sei beruhigt – der Iwan soll spüren, daß der alte Pfeffer noch ein scharfes Gewürz ist! – Gute Nacht und Gott befohlen!«

»Herr Oberleutnant!« – »Was ist los?« – murrt Wisse. Eben hätte er einnicken können. »Falls Sie noch auf sind, Herr Oberleutnant, läßt Sie der Herr General ersuchen, in den Stabsbunker hinüberzukommen!« – »Sagen Sie, daß ich sofort komme!« – Sellner hat Dienst am Fernsprecher. – Er zeichnet Männchen, Häuser und nackte Weiber auf einen Meldeblock, den er vor Wisse rasch verbirgt.

»Einlangende Gespräche legen Sie für mich auf den Stabsbunker um!« – »Jawohl, Herr Oberleutnant!«

Codreanu und Stancescu arbeiten mit Hochdruck.

Der General liegt auf dem mit einer grauen Decke überzogenen Feldbett lang ausgestreckt und raucht.

Als Wisse eintritt, richtet er den Kopf hoch. – Er hat tiefe Schatten unter den Augen. Ächzend erhebt er sich und lehnt den schweren Oberkörper gegen den Tisch. Er redet auf den Oberleutnant in rumänischer Sprache ein, obwohl er weiß, daß dieser die Sprache nicht beherrscht, und scheint unzufrieden darüber zu sein, daß er nicht verstanden wird.

Der General wirkt imponierend auf den jungen Oberleutnant. In seiner Stimme ist Grollen. Er hebt die gelähmte rechte Hand etwas und muß dabei starke Schmerzen spüren. – Ein verhaltenes Stöhnen. – Zornig zwingt er die erbärmliche Schwäche des Körpers nieder. Ein ungebrochener Geist, der aus einer morschen Hülle flammt.

Sichtlich bemüht, die Anrede des Generals abzuschwächen und sich davon zu distanzieren, bietet Major Binder dem deutschen Oberleutnant eine Regale mit Goldmundstück an, ehe er übersetzt.

»Der Herr General läßt Sie fragen, Herr Wisse, ob Ihnen bekannt ist, daß gewisse Herren, darunter auch höhere deutsche Offiziere, es belieben, ihre rumänischen Verbündeten als Schweinstreiber und Sauhirten zu bezeichnen?« – Der Oberleutnant ist nur einen Augenblick lang verdutzt.

»Sagen Sie bitte Herrn General, mir ist davon nichts bekannt!« – Im Ton schroffer Zurückweisung hat Wisse die Antwort auf der Zunge. Tataranu kommt ihm zuvor, spricht deutsch.

»Offiziere meiner Division wurden hinter ihrem Rücken – von ihren deutschen Kameraden so beschimpft. – Ich habe Zeugen dafür!« – schneidet er jeden Einwand des Oberleutnants ab. – Sie messen einander. –

Seine elegante Uniform ist verdrückt und unachtsam mit Flecken von Zigarettenasche beschmutzt. – Mitgefühl, das ihn im Hals würgt, erstickt in Wisse jede Erwiderung.

»Gestatten, Herr General?« – Wisse nimmt sein Taschentuch und stäubt die Zigarettenasche von der Uniformbrust des Generals. – Zum Teufel, was tu' ich denn, fällt es ihm zu spät ein. – Ich habe mich eben als Offizier unmöglich gemacht. »Ich bitte vielmals um Entschuldigung, Herr General!« – stottert er heraus.

Der General lächelt. –»Ich danke Ihnen!« – Er wischt sich über den Mund, zieht die Uniform glatt und strafft sich. – Er nickt Wisse zu.

Nicht durch Zurschaustellung penetranter Überheblichkeit, sondern durch diese kleine Ungeschicklichkeit eines jungen Menschen, in der sich Anerkennung und Ehrerbietung gegenüber dem älteren Manne und hohen Offizier ausdrückten, hat er sich die Achtung, Zuneigung und das Vertrauen des Generals erworben, und sichtbar auch das der anwesenden rumänischen Offiziere.

»Die Sturmgeschütz- und Flakabteilung sind noch nicht eingetroffen!« – Major Binder übersetzt wieder.

»Ich werde nochmals nachfragen, Herr General!« – »Schon gut! – Sie müßten längst hier sein!« – Der General sieht auf die Taschenuhr Codreanus, die auf dem Tisch liegt und laut tickt.

»Es ist bereits 4 Uhr und 47 Minuten!« – Tataranu senkt den Kopf, um sich zu sammeln, ehe er aufschaut und loslegt. –

»Ich finde, es ist jetzt an der Zeit, sich klar darüber zu werden, was geschehen wird, weil nichts geschieht, und einige Feststellungen zu treffen!« – Er sieht Wisse an.

»Ich bin ein Freund und Bewunderer Deutschlands! – Man hat sich schon daran gewöhnt, mitzuerleben, wie die deutsche Wehrmacht im Osten gegen den weit überlegenen Gegner überraschende blitzschnelle Schläge führt und glänzende Siege erringt.

Wjasma, Briansk und im Frühjahr bei Charkow, das waren großartige Vernichtungsschlachten.

Wenn die Sowjets auch acht Armeen um Stalingrad für ihre Offensive versammelt haben, so kann ihnen die deutsche Heeresführung immerhin vier Armeen zwei rumänische und mit der 4. Panzerarmee und der 6. Armee sogar zwei deutsche Elitearmeen gegenüberstellen.

Also durchaus kein beunruhigendes Kräfteverhältnis, wenn man bedenkt, daß Generalfeldmarschall von Manstein sich auf Kertsch mit sechs deutschen und rumänischen Divisionen nicht nur gegen zwanzig russische behauptete, sondern gegen den dreifach überlegenen Feind offensiv wurde und die Halbinsel eroberte. Er verstand es auch, die Rumänen richtig und erfolgreich einzusetzen.

Nun zu unserer Lage hier, Herr Oberleutnant! – In zweieinviertel Stunden treten acht russische Armeen gegen uns an. In Stalingrad liegt ihnen die 6. Armee des Generalobersten Paulus gegenüber. – Den rechten Flügel bilden wir.

Ich frage mich nun, was geschieht?

Es ist allgemein und dem O.K.H. ausführlichst bekannt, daß der Feind nicht daran denkt, Stalingrad anzugreifen, sondern die Absicht hat, nördlich und südlich daran vorbeizustoßen. Die deutschen und rumänischen Kräfte zwischen Don und Wolga sind von der Einkesselung bedroht! – Was geschieht dagegen? –

Das O.K.H., Generaloberst Weichs, Oberbefehlshaber der Heeresgruppe, und Generaloberst Paulus als Oberbefehlshaber der bedrohten 6. Armee erfassen sicher die ganze Tragweite des feindlichen Vorhabens und haben ebenso sicher dementsprechende Abwehrpläne entwickelt und konkrete Maßnahmen im Auge! – Ich muß mich das fragen, denn bisher ist nichts davon zu merken!

In und vor Stalingrad allein sind stärkste Kräfte der 6. Armee konzentriert. Allein acht Infanteriedivisionen. Eine Masse schneller mechanischer Truppen, wie Mot-, Panzer-, Sturmgeschütz-, Flak- und Nebelwerferverbände von durchschlagender Kampfkraft, und außerdem zusätzlich etwa zwölf Artillerieabteilungen der Heeresreserve aller Kaliber.

Da die 62. russische Armee, die im Tennisschläger dieser Kräfteballung gegenüberliegt, schwer angeschlagen ist – und nicht offensiv werden kann, ist ein Angriff schon wegen des für eine Offensive ungeeigneten Operationsraumes gegen den Kern der 6. Armee nicht zu befürchten.

Das 4. Armeekorps der 4. Panzerarmee, dem wir auch taktisch unterstellt sind, bildet den mehr als schwachen rechten Flügel zur 6. Armee.

Es bietet sich zur Abwehr als beste Lösung an, daß mit Teilen der in Stalingrad brachliegenden Kräfte die Südflanke, an der wir stehen, verstärkt wird.

Ein Drittel dieser ungeheuren Feuerkraft in unserem Rücken würde genügen, um jeden russischen Durchbruchsversuch zu vereiteln und die Offensive des Gegners schon in ihren Ausgangspositionen zum Scheitern zu bringen.

Maßnahmen dieser Art müßten sich längs bemerkbar machen und Kräfte zu unserer Verstärkung und Abstützung bereits in Stellung sein, wenn es schon versäumt wurde, den Aufmarsch des Gegners, uns unmittelbar gegenüber, zu verhindern oder wenigstens zu stören.

Ich bin nur ein Divisionsgeneral. Da ich mit meinem Verband jedoch an der exponiertesten Stelle des Südflügels stehe, wäre es angebracht gewesen, mich zumindest mit dem Teil des Abwehrplanes vertraut zu machen, der meinen

Abschnitt betrifft. – Das ist nicht geschehen! – Man läßt mich Rätsel raten und Befehle ausführen, deren Sinn mir unbegreiflich ist.

Ich habe mich bis zu dieser Stunde mit einer weiteren Möglichkeit getröstet. – Das O.K.H. hält die Kräfte der 6. Armee für stark genug, um sie offensiv werden zu lassen. – Es ist ein unerwarteter Schlag gegen den Russen geplant, der bis zu seiner Ausführung geheim bleiben muß, um das Überraschungsmoment zu wahren. –

Den Feind kommen, durchbrechen lassen, ihn dann von seinen rückwärtigen Verbindungen abschneiden, einkesseln und vernichten. – Auch Vorbereitungen dazu müßten sich abzeichnen!

Und was geschieht nun wirklich? – Nichts! – Nichts, sage ich Ihnen, mein Herr, nichts geschieht! –

Was ich mich so wichtig nehme mit meiner Division, nicht wahr?« – Der General blickt Wisse spöttisch an und schiebt Codreanu, der vor der Karte steht, zur Seite.

»Die deutschen Kräfte im Südflügel sind im Sommer entlang der Bahnlinie Salsk-Tinguta und durch das breite Tal der Tscherwlenaja auf Stalingrad durchgestoßen. – Auch unter umgekehrten Verhältnissen bietet sich nur dieser Weg nun für den Gegner, zum Don und zu dem wichtigen Flußübergang bei Kalatsch zu gelangen. – Ein Aus- oder Abweichen davon, noch dazu im Winter, verbietet das Gelände, das mit tiefen, bereits vereisten Schluchten durchzogen ist.

Die Stoßrichtung des Gegners ist somit festgelegt und bekannt. Und wissen Sie, mit welchen Kräften man den Russen auf diesem Wege abriegelt? – Mit nichts als meiner Division! –

Einer schwachen Division der so gering geachteten Rumänen überläßt man es, auf 19 Kilometer Breite einem etwa zwanzigfach überlegenen Feinddruck standzuhalten und den Durchbruch von zumindest einer russischen Armee und zahlreichen Panzerverbänden abzuwehren.

Hilfe durch eine Sturmgeschütz- und Flakabteilung genehmigt man mir – und die rücken nicht an.

In Stalingrad stehen Hunderte Rohre Artillerie nutzlos herum, und mir gegenüber läßt man in aller Gemütsruhe die Russen ihre Geschütze auffahren, die uns in zwei Stunden mit einem Trommelfeuer zudecken werden, daß von meiner Division vielleicht nicht mehr viel übrigbleiben wird, wenn der Feind mit seinen Panzern ankommt.

Unsere südliche Nachbardivision, die 1. rumänische I.D., ist noch mehr auseinandergezogen und hält nur stützpunktartig ihren Abschnitt.

Es ist unfaßbar! – Man kennt die Gefahr für die gesamte Südfront und weiß, daß der Gegner bei mir durchbrechen will! – Und was geschieht dagegen? – Nichts!

Werden in letzter Stunde noch Kräfte in Stalingrad alarmiert und herangezogen, um das Ärgste zu verhüten? – Keine Spur davon!

Ein Divisionsgeneral im Brennpunkt kommenden Unheils wird allein gelassen und muß verzweifelt und vergebens wenigstens um Panzerabwehrmittel bitten.

Einem jungen Oberleutnant, den man mir gestern hergeschickt hat, überläßt man es, um etwas Hilfe zu betteln und mit mir die Lage zu meistern.

Das O.K.H. hat keine fühlbaren Abwehrmaßnahmen getroffen! Ich sehe nichts davon, daß die Heeresgruppe etwas unternimmt. – Die 6. Armee sitzt auf ihren Kanonen.

Gut, man opfert uns. Aber man sägt damit den Ast ab, auf dem man sitzt.

Ich weiß nicht, was das O.K.H. plant, auch nicht, wie weit die Handlungsfreiheit der Heeresgruppe und der Armee reicht. Es kann aber doch nicht sein, daß sie nicht genügend Machtbefugnisse besitzen, um bei Gefahr im Verzug aus eigenem unbedingt notwendige und ausreichende Abwehrmaßnahmen zu treffen.

Ich kann mir auch nicht vorstellen, daß zwischen der 4. Panzerarmee, der wir unterstellt sind, und der 6. Armee, die über die nötigen Kräfte verfügt, anstatt Zusammenwirken, derartige Kompetenzschwierigkeiten bestehen, daß wir von der 6. Armee keine Verstärkung erhalten können?

Ich weiß nur eines, daß eine unübersehbare Katastrophe eintritt, wenn nichts dagegen unternommen wird.

Es hätte schon etwas unternommen werden müssen!« – Der General sieht Wisse voll an.

»Das wäre alles! – Ich hoffe und wünsche, es wäre so, daß ich mich täusche! – Sie sollen auch wissen, wo Sie hier mit uns stehen und woran Sie sind! – Ich werde tun, was in meiner Kraft steht!« –

»Erlauben Sie mir, Herr General, dabei mitzuwirken?«

»Ich danke Ihnen, Herr Oberleutnant! – Legen Sie sich für eine Weile ruhig noch aufs Ohr!« – Er reicht Wisse die Hand und nickt ihm zu.

Wisse ist wie betäubt. – Sich ruhig aufs Ohr hinlegen? – Der General hat leicht reden! Es ist zum Haare-Ausraufen.

Es kann doch nicht sein, daß die Befehlshaber mit den Händen im Schoß dasitzen und auf Befehle des Führers warten, die nicht eintreffen – aus eigener Initiative nicht den Mut zum Handeln haben, weil es dem Führer vielleicht nicht gefallen würde, was sie unternehmen. Daß sie aus feigem Kadavergehorsam, gelähmt – nichts unternehmen, nur um es nicht verantworten zu müssen. Dazu brauche ich doch keine Generale! – Weisungen von oben weiterzugeben, dazu genügen Fernsprecher – und die trauen sich mehr, wenn Gefahr droht.

Das O.K.H. rührt nicht an die 6. Armee und begreift nicht, daß das Gesetz des Handelns aus der Hand gegeben und dem Gegner überlassen wird. Angst und Unsicherheit herrschen vor.

Der so gerühmte deutsche Generalstab versagt, tut nichts – nicht einmal etwas Falsches, wie es die Preußen jedem Landser empfehlen – besser was Verkehrtes, als gar nichts tun!

Wir sind aufgeschmissen! –

Es klingelt ununterbrochen. Wisse kennt die alarmierenden Hilferufe schon auswendig.

Es bleibt noch Zeit, den zuletzt erhaltenen Korpsbefehl an alle Kommandeure durchzugeben: – Die Truppe hat in ihren Stellungen zu bleiben. Durchbrechende Panzer berechtigen nicht zur Annahme, daß ein Erfolg gelungen ist. Die den Panzern nachfolgende russische Infanterie ist mit zusammengefaßter Feuerkraft zurückzuschlagen.

Vorübergehend eingeschlossene eigene Kräfte haben durchzuhalten. Sie werden entsetzt . . .! –

Böse hat wieder Wodka inhaliert – eine Schnapsfahne weht Wisse an, daß ihm übel wird. – Der Sonderführer ist aber nicht besoffen, nur sehr unternehmungslustig.

»Um den Iwan scher ich mich einen Dreck!« erklärt er.

»6 Uhr Moskauer Zeit, das ist 7 Uhr eine Minute, Herr Oberleutnant!« Er weiß es natürlich und tut sich wichtig damit.

»Es wird zur mitteleuropäischen Zeit eine Stunde und eine Minute dazugezählt . . .!« Er möchte erläutern, wieso.

Wisse stellt seine Uhr auf Moskauer Zeit.

10 Minuten vor 6 Uhr, nach unzähligen, wütenden, verzweifelten und von panischer Angst erfüllten Anfragen, gibt Wisse noch durch, daß bis jetzt weder ein Flakgeschütz noch ein Sturmgeschütz beim Divisions-Gefechtsstand, wohin sie beordert werden sollten, aufgetaucht sei.

»Haben Sie wirklich daran geglaubt – daß sie kommen?« – Böse lacht meckernd.

»Man läßt uns also einfach im Stich?« –

21.A
65.A
24A
66.A
62
57A.
51
XI.AK
VIII AK
XIV.P.K.
LI.AK
IV.AK
6A
4.PzA
4.RumA
VI RumAK
29.ID mot.
STALINGRAD
(Zarizyn)
Maßstab 1:1.000.000
Jendowskij
Werchneje Lessnoje
Kleisko-Potschkowskij
Simowskij
Kremenskaja
Kamenskij
Logowskij
Bf. Lipki
Nishnije Lipki
Pissarewka
Ssolodtscha
Stefanidowka
Alexandrowka
Schirjajewskij
Ssemenowka
Ust Pog
Bolschaja Iwanowka
Kondraschi
Borowkoff
Awitoff
Malaja Iwanowka
Dawydowka
Losnoje
Medwedew
Ssadki
Prjamaja
Podpeschinskij
Perekopskaja
Nowaja Grigorewskaja
Staraja Grigorewskaja
Staryj Donskoj
Ilowlinskaja
Bf. Ilowlja
Blishnjaja Perekopka
Sirotinskaja
Orechowskij
Wenzy
Ostrowskij
Kisljakoff
Panschino
Schischikin
Bf. Katschalino
Katschalinskaja
Bf. Kotluban
Swch. Kotluban
Werchnjaja Businowka
Werijatschij
Peskowatka
Ssamofalowka
Jersewka
Golubinskaja
Kamenskije
Ssokarewskij
Kamino-Krassnojarskij
Bolschaja Rassoschka
Gorodischtsche
Traktorenwerk
Skworjn
Dmitrijewka
Kamyschi
Karpowka
Marinowka
Karatsch
Nowo Rogatschik
Worobnowo
Krassnaja
Njemka
Kriwomusginskaja
Kalmatschi
Pjatisbojanskij
Beketowka
Zybenko
Gawrilowka
Bolschoi Ossinowskij
Barssoff
Bf. Tschir
Bf. Rytschkow
Bf. Lipitschew
Businowka
Nariman
Bf. Sarepta
Krassnoarmeisk
Bf. Tundulowo
Bf. Loshki
Logowskij
Werchne Zarizynskij
Bratskij
Jermochin
Nishne Tschirskaja
Ilmen-Tschirskij
Jerlko-Krepinskij
Kamenskij
Bf. Tingata
Schabalin
Werchnij Rubeshnyj
Nishnij Kumskij
Gromoslawka
Swch. Jurkino
Bf. Abganerowo
Plodowitoje
Abganerowo
Wassiljewka
Don
Klykoff

Der Sonderführer steht mitten im Bunker, weist auf die Fensterscheiben hin, die heftig geschüttelt klirren, und schaut den Oberleutnant wortlos an. Sie beide wissen, was los ist. – Ein Grollen ist draußen in der Luft – das sich in dumpfen Schallwellen an den Bunkerwänden bricht. – Ein Brodeln, als ob ein Topf kochenden Wassers auf dem Ofen stehen würde. – Ein Zischen erhebt sich wie aus den Druckventilen von hundert Dampfmaschinen, steigt hoch und steigert sich zu einem alles erfüllenden, fauchenden, grauenhaften Pfeifen. – Leicht vibrierend schwanken die Bunkerwände und rollt eine Bebenwelle unter den Sohlen spürbar über den Fußboden.

Böse ist vor gespannter Erwartung erstarrt wie ein Stück Stein. – Das Fauchen schwillt an und setzt am Höhepunkt für den Bruchteil einer Sekunde aus. – Jetzt kommt es. – Böse duckt sich vor dem unvorstellbar niedersausenden Schlag, der folgen muß.

Selbst Wisse, in vielen Gefahren erfahrener Artillerist, fährt zusammen. – Ähnliches hat auch er noch nicht erlebt. – Zu gleicher Sekunde abgefeuert, müssen Hunderte schwere und schwerster Kaliber in ihrer Geschoßbahn auf ein Ziel zusausen. – Wisse sieht mit geschlossenen Augen vor sich die Einschläge nebeneinander wie an eine Kette gereiht – ein brüllender Donnerschlag, der die Besinnung raubt.

Das Blut in den Adern stockt, und das Herz setzt aus.

Die Wut und niederschmetternde Kraft dieses Feuerschlages ist über menschliches Erfassen gewaltig und die Erde in Stücke reißend. Die Zerstörung erscheint überdimensional und der Mensch darin staubkornwinzig herumgewirbelt.

Die nachfolgende Druckwelle, unter der der Bunker bebt, schwankt und eine Scheibe klirrend bricht – führt den Oberleutnant und den Sonderführer wieder ins Bewußtsein zurück.

Keine zehn Sekunden hat die Ewigkeit gedauert. – Der Bunker ist erfüllt von pausenlosem Zischen und Pfeifen und zittert unter den donnernden Einschlägen an der Front.

»Die armen Teufel da vorne!« Wisse hat die Soldaten vor Augen, die dieser furchtbare erste Schlag traf, die, in ihre Gräben gekauert – mitten in einer Feuerhölle hocken müssen.

Er kennt das – tritt vor den Bunker, in dem es Erde und Sand aus der Überdeckung herabregnet.

An den heftig zitternden dürren Stengeln der Steppengräser sieht er, wie die Erde weithin bebt. Mit einem Anlauf rennt er die steile Balkawand hoch und stellt sich auf die Erdüberdachung des Bunkers.

Von seinem Standpunkt aus sieht er die 6 bis 8 Kilometer Luftlinie weit entfernten, in einem Bogen verlaufenden Höhenzüge bei Tundutowo, die von den Rumänen besetzt sind, aus dem Nebel ragen und brennen.

Ein Vorhang aus Rauch, Feuer und gelb durchleuchteten Nebelfetzen, die zu brennen scheinen, hängt vom Himmel auf die Front nieder.

Aus Hunderten Rohren das Fauchen und Pfeifen der niedersausenden Geschosse. Einschlag neben Einschlag – den Himmel zerfetzendes, tobendes Brüllen. Druckwelle auf Druckwelle über die Hügel laufend. Aus der zerreißenden, explodierenden Wut in den dämmernden Morgen hochgeschleuderte Feuerpilze, die schwarze Pulverwolken auspuffen.

Das liegt, genau gezielt, über den vorderen Gräben.

Auf allen vieren kommt Böse nachgeklettert und stellt sich neben Wisse. – Wortlos richten beide ihre Doppelgläser auf die Front und setzen sie wieder ab, da in der Flammenhölle nichts zu erkennen ist.

Wisse schüttelt den Kopf. »Ist es faßbar, daß Zerstörung von so elementarer Wut und Kraft von Menschenhand entfesselt wird?«

»Ich glaub' auch nicht dran. – Wir Menschen sind nur Werkzeug, das gepackt wird von einem höheren Willen. Was ist der Krieg anderes als das Ausschwingen von Weltraumkatastrophen in unserem Hirn. – Wir sind nur ein Teil, hängen mit dran!« philosophiert Böse.

»Ja, ich glaub's fast auch. Je weiter der Mensch in den Weltenraum denkt, desto furchtbarere Katastrophen wird er entfesseln!« – denkt Wisse laut.

Böse bietet Wisse eine Zigarette an. – Dieser nimmt sie. Die erste Brücke zwischen ihnen war gedanklich.

Die Zigarette führt sie in die Gegenwart zurück.

Gespannt und fachkundig betrachten sie das Kriegsschauspiel und ermessen seine Wirkung.

»Allerhand Feuerzauber! – Daß da nicht schon alles in heller Flucht und Auflösung ist?« – wundert sich Böse.

»Ist momentan unmöglich, kommt ja keiner lebendig über den Grabenrand. Die armen Kerle hocken wie gelähmt in Deckung oder liegen auf dem Boden, die Schnauze im Dreck – und müssen den Feuerhagel über sich ergehen lassen. Kritisch wird's erst, wenn die Artillerievorbereitung vorbei ist und die Panzer kommen. Dann haben sie hinter sich einen feuerfreien Raum und können in ihrer Angst losrennen!« –

»Der Iwan verlegt vor!« – Böse deutet mit ausgestreckter Hand auf die Feuerwand, die sich über die Höhen in die Talschluchten hinabwälzt. »Jetzt liegen schon die Bataillonsgefechtsstände unter Beschuß!« – Böse kennt die Stellungen genau.

Hochaufspritzend Erdfontänen, mächtige Erdbrocken, die aus dem Boden gerissen, hochgeschleudert in der Luft, taumelnd auseinanderfallen.

Halbe Unterstände hebt es hoch, sie schweben eine Weile – bevor sie auseinanderbersten. Balken, drehend hochgewirbelt, stehen auf dem Scheitelpunkt einen Augenblick in der Luft still, bevor sie auf den Boden zurückfallen.

Sie schauen, da es heller wird, wieder durch ihre Doppelgläser.

Gewehre fliegen wie dünne schwarze Nadeln durch die Luft. Vom Einschlag eines schweren Kalibers wird ein Gelände-Pkw hochgerissen. Er steht, durch den Luftdruck gehalten, eine Sekunde waagerecht hoch in der Luft, als ob er über die Erde hinfahren wollte, bevor er mitten auseinanderbricht und die Trümmer zurückfallen, von der Explosion der nächsten Granate nochmals hochgewirbelt werden.

In rasender Feuerfolge ratscht es pausenlos heran, krepieren die Raketen aus den Stalinorgeln. – Ein Entkommen scheint unmöglich. –

Eine schwarze Rauchwand, von hochspritzenden Feuerpilzen durchblitzt, wälzt sich träge die ganze Frontlänge der Division entlang über die Hügel.

Die stärkste Feuerkraft mit den schwersten Brocken konzentriert sich auf den Gefechtsstreifen vor ihnen, den sie einsehen können. Seit über eine Stunde trommelt die russische Artillerie auf diesen Abschnitt von 3 bis 4 Kilometern Länge.

Tausende Geschosse zerpflügen die Erde, reißen sie tief auf – kein Fleckchen das nicht von den Stichflammen des Pulvers aus den explodierenden Granaten versengt wäre.

Auch der Obergefreite Sellner sieht sich das infernalische Schauspiel eine Weile mit an.

Angewidert reicht er dem Sonderführer das Doppelglas zurück. Ekel, Abscheu und schmerzliche Verachtung breiten sich über sein Gesicht.

Er blickt gegen den Himmel, denkt an seine hohen, bunten Kirchenfenster – durch die Strahlenbündel des Lichtes in das ehrwürdige Dunkel der Kirchen, auf die Häupter der Andächtigen fallen. Sie preisen mit feierlichem Choral Gott den Herrn! – Die mit hellen jubelnden, machtvoll brausenden Kinder-, Frauen- und Männerstimmen ihr »Ehre sei Gott in der Höhe und Friede den Menschen auf Erden« singen, deren Gefühle in taumelnder Himmelslust hochschwingen – sind das dieselben Menschen Gottes – wie jene dort –, die von satanischer Wut befallen, ihre gottgefälligen Werke zerstören? Was sie erbaut, zertrümmern, was sie geschaffen, verbrennen, was sie gepflanzt, ausreißen, und was sie gezeugt, in einer Orgie millionenfachen Totentanzes, den sie entfesseln, ermorden?

Sellner rutscht die steile Balkawand hinunter. Seine Brille sorgsam putzend, geht er langsam zurück in den Bunker zu seinem Feldfernsprecher.

Züge, ganze Kompanien werden gegen den Himmel geschleudert! – das lebendige Menschenantlitz zerstört, die Wohlgestalt des Leibes in formlose Fleischklumpen zerrissen und die Knochen zermalmt – in die Erde gewühlt.

Mitten aus dem Inferno, kaum faßbar, bellen einige der leichten Geschütze der Rumänen, die sich wahrhaft todesmutig und erbittert gegen die Riesenfaust des russischen Feuerschlages wehren und noch Lebenszeichen von sich geben.

Ebenso plötzlich, wie sie sich gegen den Himmel getürmt hat, fällt die Feuerwand in sich zusammen. Sekunden der Totenstille. Hochzüngelnd einzelne Brände. Rauch und Qualm, der sich über die Stellungen hinzieht und zerflattert. Der Oberleutnant und Böse nicken einander zu. Der Russe legte einen Feuerzauber hin, der die Rumänenfront erbarmungslos zerreißen, zerstückeln und in die Luft jagen sollte.

Als die ersten Geschosse heranheulten – war die Spannung von Wisse abgefallen.

Er beobachtet sachkundig und erfahren die Entwicklung der Kampfereignisse – und wartet kalt und gelassen den Zeitpunkt ab, um handelnd einzugreifen. Vereinzelt sind Meldungen von den Regimentsstäben eingelangt.

Viel ist nicht zu erfahren. Die weiter zurückliegenden Regimentsgefechtsstände, deren Leitungen zur Division intakt sind, melden nur, daß die Kompanien und Bataillonsgefechtsstände in schwerstem russischem Artilleriefeuer liegen – und dem Anschein nach große Verluste erleiden.

Die Verbindung zu ihnen ist abgerissen. Einzelne Melder sind durchgekommen und berichteten dasselbe. –

Einige Soldaten einer Kompanie – die in den Sekunden Feuerpause aus ihren Gräben zu ihrem Regimentsgefechtsstand zurückgeflüchtet sind – werden dort aufgefangen und melden verstört, daß von ihrer Kompanie nichts mehr da sei und sie die letzten fünf Überlebenden seien.

Sanitäter, die man nach vorn geschickt hatte, waren, ehe sie die Gräben erreichen konnten, selbst verwundet worden, gefallen oder umgekehrt. Konkretes, wie es um die vorderen Linien steht –, was von ihnen übriggeblieben ist, kann der Oberleutnant nicht erfahren. – Deshalb klettert er immer wieder auf die Bunkerüberdachung, um sich aus eigener Anschauung soweit als möglich ein Bild zu machen.

»Die Panzer kommen!« – schreit Böse. Wisse winkt ab. Er hat schon selbst durch den zerflatterten Nebel die nun wildzerrissene Mondlandschaft mit dem Doppelglas abgestreift und die langsam aus den Mulden die Hügel hochkriechenden stählernen Ungetüme der russischen Panzer entdeckt.

»Jetzt wird's brenzlich, Herr Oberleutnant – und wir wissen einen Schmarren, ob die Rumänen den Iwan aufhalten können oder ob er durchbricht.«

Wisse zuckt die Achseln. – Er darf seinen Posten nicht verlassen, da jede Sekunde von höheren Befehlsstellen Anfragen und wichtige Anweisungen zu erwarten sind.

Böse macht sich anbötig, mit dem Geländewagen nach vorn zu fahren und sich anzusehen, was los ist. Krämer als Fahrer wäre auch mit dabei.

Der Oberleutnant verbietet es. – Böse ist Dolmetscher und kann jeden Augenblick gebraucht werden. –

»Wir müssen warten, bis nähere Meldungen durchkommen!«

»Da brauchen wir gar nicht drauf warten, denn da werden die russischen Panzer früher da sein!« – meckert Böse, weil er nicht auf Erkundung darf.

Gespannt verfolgt Wisse die Entwicklung des russischen Panzerangriffs. Sie fahren auf wie auf einem Truppenübungsplatz, formieren sich zu Stoßkeilen und – greifen in breiter Front an.

Aus ihren Rohren züngeln die Mündungsfeuer als kleine Flämmchen, und feiner Rauch zieht über die lehmgrünen Rümpfe, die sich deutlich von der weißen Schneedecke abheben.

Wie Weihnachtslichter – mit den verschneiten Hügeln im Hintergrund.

Dumpfer, wuchtiger Abschußknall, sofort darauf folgend die Detonationen der ersten Einschläge. – Ein Augenblick stimmungsvoller Selbsttäuschung ist vorbei. – Der Russe schießt auf kurze Distanzen.

An den Umrissen erkennt Wisse – auf den Panzern hängen Trauben russischer Soldaten. Hinter den T 34 laufen Rudel von Rotarmisten her.

Rattern aus den MGs der Panzer, aus russischen Maschinenpistolen. – Der Oberleutnant weiß, die Panzer haben die vordersten rumänischen Stellungen erreicht.

Jetzt müßte mit gesamter Feuerkraft die eigene Abwehr einsetzen, den Infanterieschutz der Panzer vernichten und dann die Panzer bekämpfen. Es fallen nur vereinzelt Schüsse, von denen er annimmt, daß sie aus den rumänischen Gräben abgefeuert werden.

Die eigene Artillerie müßte längst eingeschossen sein – mit genau gezieltem Feuer schon etliche T 34 aus den Panzerrudeln herausschießen.

Der General ist nicht erreichbar. – Kein Lagebericht zu kriegen. – Wisse überlegt, ob er nicht doch nach vorn soll? – Da kommt Major Binder mit dem Geländewagen des Generals zurück. Er war vorn.

Der Wagen, dem eine Panzergranate das Heck zerfetzt hat, weist Einschläge von Maschinengewehrfeuer auf. Der Fahrer ist glücklicherweise nur durch einen Streifschuß an der Schulter leicht verletzt.

Der Major sieht schwer mitgenommen aus. Sein Gesicht ist grau, zerfurcht von Schrecken und Erschütterung. –

»Warum schießt unsere Artillerie nicht?« – Wisse weist auf den Frontabschnitt hin, den er einsieht – wo die Feindpanzer unangefochten auf die Stellungen zufahren und sie unter Beschuß nehmen.

»Weil es doch keine Artillerie mehr gibt! – Jedes Geschütz zerschlagen, die Bedienung fast zur Gänze ausgefallen, die Munition explodiert.« –

Die Geschütze der Division waren über den ganzen Frontabschnitt verteilt. – Im schweren russischen Artilleriefeuer sind mindestens 50 Prozent davon vernichtet worden und ausgefallen. Die an den Flügeln verbliebenen Reste feuern, was die Rohre hergeben – aber sie sind zu schwach –, ihr Feuer wirkungsvoll auf einen feststellbaren russischen Durchbruchsversuch zu konzentrieren. – Der Russe greift auf ganzer Frontbreite gleich heftig an.

»Haben sich wenigstens Panzerabwehrtrupps gebildet?« Wisse fragt aus seiner Erfahrung heraus. – Wenn die Panzer durchbrechen, löst sich der Kampf in Einzelaktionen auf. Es ist der Augenblick, wo einige Männer die Panzer angehen, wo der Einzelkämpfer mit kaltblütiger Entschlossenheit, dem hundertfachen Tode trotzend, die Stahlungeheuer anspringt, die Haftmine anbringt – oder auf den fahrenden Panzer aufspringend, seine Handgranate abzieht und in die Turmluke wirft.

Es ist die höchste Bewährung von Mannesmut – und die dabei fallen, im vollen Bewußtsein der Gefahr, der sie begegnen, sind die Helden der Schlacht.

Der Major schüttelt verneinend den Kopf. – »Die brauchen sich nicht mehr gegen die Panzer zu wehren. – Es gibt keine vorderste Linie mehr, nur mehr in die Erde gewühlte Fleischfetzen und zersplitterte Waffenreste! – Kein einziges Pakgeschütz, das den Iwan empfangen und den Leuten Mut gemacht hätte!« – Das ist ein bitterer Vorwurf an die deutsche Führung, die die Rumänen im Stich gelassen hat. – Binder versucht nun den Vorwurf selbst zu entkräften, da er weiß, daß der Oberleutnant sich wirklich um Unterstützung bemüht hat.

»So ein Pakgeschütz, das hinter den Leuten gut getarnt in Stellung liegt –, steift ihnen halt den Rücken – wenn die nur wissen, daß es da ist! – Es sind vielfach noch unerfahrene Leute und keine kampferprobten deutschen Soldaten, die genau den richtigen Augenblick abschätzen, ihre Gewehre anlegen, die MGs hochreißen und den Feind niedermähen!«

Der Major hebt die Hand und läßt sie herabfallen.

»Die das Artilleriefeuer überlebten, fühlten sich wehrlos und verlassen. Sie blieben stumpf in ihren Gräben hocken – waren so schreckerstarrt, als sie die Panzer vor sich auftauchen sahen, daß sie vielfach die Hände aus Angst vor das Gesicht hielten. Sie waren nicht einmal dazu fähig, den Panzern auszuweichen. – Die Raupenketten gingen über sie hinweg und zermahlten sie mit den Erdbrocken zu einem Lehm, Blut und Fleischbrei! Es war grauenhaft. – Ich habe noch nie ein so widerstandsloses Sterben gesehen. – Viele duckten sich vor den Rotarmisten, die die Panzer begleiteten, und ließen sich mit dem Gewehrkolben die Schädel einschlagen. –

Was natürlich ein richtiger Truppenführer ausmacht, habe ich beim Pionierbataillon gesehen. Der Major hat die festesten Stellungen. Überall gut gesicherte MG-Nester eingebaut. – Als bei ihm die Panzer kamen, war er als erster am MG, schwenkte es und schoß wie ein Verrückter auf die Infanteriebedeckung der T 34. – Er riß seine Leute mit, und als es brenzlig wurde, robbte er vor und machte selbst den Vorgeschobenen Beobachter, lenkte das Feuer, und seine Leute schossen so verbissen, daß fast die gesamten russischen Panzerbedeckungen vor seinen Gräben vernichtet wurden. Bündelweise fielen die Rußkis von ihren Tanks.

Es sah so aus, als wären die Menschenknäuel auf den Panzern eine dicke Lehmschicht und die MG-Garben wie ein scharfer Wasserstrahl, der sie herunterspritzte.

Unsere Pioniere unter Major Moraro haben ihre Stellungen gegen einen weit überlegenen Feind gehalten und ihn abgewehrt.« – Major Binder ist stolz, steht, während er dies sagt, stramm – und auch Wisse nimmt Haltung ein.

Für Wisse ist vor allem der Lagebericht interessant, den ihm der Major gibt.

An Hand der durchkommenden Meldungen kann er sich ein ziemlich genaues Bild machen. –

»Herr Oberleutnant! – Sie werden von der 297. I.D. verlangt!«

An der tiefen und ruhigen Stimme erkennt Wisse sofort General Pfeffer, der selbst am Apparat ist. Er ist besorgt.

»Na, wie geht's euch denn, Kinder?«

»Danke, nicht rosig, Herr General!« –

»Kann ich mir lebhaft denken. – Daß ich mit Ihnen sprechen kann, ist wenigstens ein Zeichen dafür, daß der Iwan nicht schon in eurem Wigwam hockt. – Also, wie steht's?«

»Seit zehn Minuten haben wir keine Verbindung mehr zu unserer Infanterie. Herr Major Binder war mit dem Kübelwagen vorn und berichtete, daß unsere vorderen Linien am mittleren Frontabschnitt durch das Artilleriefeuer zerschlagen sind. Den Rest besorgen die Panzer, die durchbrechen. Die Artillerieabteilung südlich der Tscherwlenaja meldete starke russische Panzerangriffe. Das Pionierbataillon hat sich hervorragend bewährt und bis jetzt alle Angriffe abgeschlagen. – Die letzte Meldung, vor fünf Minuten eingelangt, ist von Major Moraro persönlich und lautet: Panzer sind bereits hinter uns! – Haben uns überrollen lassen! – Zwei Feindpanzer vernichtet! – Haben schwere Verluste, halten aber die Stellung gegen nachrückende, massenhaft anstürmende rote Infanterie.

Zu unserem rechten Nachbar, der 1. rumänischen I.D., haben wir seit einer Stunde keine Verbindung mehr. Aufnahme des Funkverkehrs wurde verfügt – ist aber bis jetzt noch keine Positionsmeldung durchgekommen!«

»Sauerei – ah, ich meine nicht Sie! – Genau wie wir's den Herren vorausgesagt haben, programmgemäß kommt der Iwan, greift natürlich bei uns im Süden die Rumänen an – und spaziert auch beim VI. rumänischen Armeekorps durch, dessen Divisionen in dem Riesenraum ja gar keine geschlossene Front aufbauen konnten. Und was haben die Oberstöbersten dagegen unternommen? – einen Dreck!«

»Wir haben die uns versprochene Flak- und Sturmgeschützabteilung auch nicht bekommen, Herr General!«

»Rufen Sie doch alle fünf Minuten direkt bei der Armee an, bis es denen zu dumm wird! – Bei mir ist's momentan wieder ruhig. – War überhaupt nicht viel los. – Uns mag der Iwan scheinbar nicht. Nur an meinem rechten Flügel, an der Nahtstelle zu euch, wollte er durch. – Wurde abgeschmiert. – Was ist mit eurem Regiment dort los? – Es ist abgerissen, wir haben keine Verbindung. Sind die getürmt?«

»Nein, Herr General! – Unter Oberstleutnant Mangesius steht dort unser bestes Regiment. Oberstleutnant Mangesius ist dem starken Feinddruck ausgewichen, hat das Regiment etwas zurückgenommen und bereitet von den Artilleriestellungen aus einen Gegenangriff vor, um wieder Anschluß an Ihren rechten Flügel zu finden, Herr General!«

»Das hat er gut gemacht!«

»Ich werde Herrn Oberstleutnant Mangesius anweisen lassen, daß er Verbindung mit Ihnen aufnimmt, Herr General, und ich werde die Kampfberichte laufend an Sie durchgeben, Herr General.«

»Ja, tun Sie das! – Hallo – hallo – welcher Arschwisch setzt sich denn da in die Leitung?«

Das Gespräch wird unterbrochen, und Wisse legt auf.

Der Oberleutnant ist schon in der Tür, will in den Stabsbunker zu General Tataranu hinüber. – In der Balka ist die Hölle los. Soldaten, Offiziere rennen kopflos durcheinander. – Wisse hört sie laut schreien und rufen. – »Tanks!« – das versteht er daraus.

Ein rumänischer Leutnant erkennt ihn, ruft auf deutsch:

»Sowjetpanzer! – weg – schnell weg!«

»Herr Oberleutnant – Befehlshaber 4. Armeekorps General Jänecke ist am Apparat!« ruft ihn Knautsch zurück.

Wisse nickt Knautsch zu. – »Schön schaun wir aus, was? – Draußen schreien die Rumänen – »Tanks!« – und der General möchte mit uns reden.« – Knautsch lächelt zurück. »Ich bleibe bei Ihnen, Herr Oberleutnant!«

Wisse schöpft tief Atem, um besser die Ruhe bewahren zu können. »Hier Fuhre Katzensteg – Oberleutnant Wisse!«

»Ja – und wie schaut's bei Ihnen aus?« – Aus der Stimme hört Wisse Besorgnis und Interesse, aber auch Gelassenheit heraus, wie sie jemand äußert, der sich im Trockenen weiß.

»Im Süden der Tscherwlenaja, Herr General, ist die Lage kritisch! – Die russischen Panzer sind überall durchgebrochen. Die erste und zweite Abteilung des Artilleriegerimentes melden starken Panzerbeschuß.

Herr General, wir brauchen dringendst Unterstützung. Herrn General Pfeffer von der 297. I.D. habe ich bereits über unsere Lage orientiert.

Einzig unser Pionierbataillon scheint seine Stellung zu halten!« – Böse reißt die Bunkertür auf und schreit: »Russische Panzer!«

Der Oberleutnant winkt unwillig ab. Sellner und einer der Funker rennen Böse über den Haufen und stürzen aus dem Bunker.

Knautsch zittert auf seinem Stuhl. Er sieht den Oberleutnant an, der seinen Bericht an den General fortsetzt – klammert sich mit beiden Händen am Stuhl fest und bleibt. – Er will reden, um sich Mut zu machen. – Wisse bedeutet ihm still zu sein, da der Lärm groß genug ist und die Verbindung schlecht.

»Was ist das für ein Spektakel?« – fragt der General.

»Es werden russische Panzer vor dem Divisionsgefechtsstand gemeldet, Herr General. – Darf ich deshalb Herrn General bitten, das Gespräch abbrechen zu dürfen, um hier den Ausbruch einer Panik verhindern zu können!«

»Sie bleiben am Apparat! – Herr Oberleutnant, ich verlange jetzt von Ihnen den Einsatz Ihrer ganzen Persönlichkeit! – Ich erteile Ihnen den Befehl, Ihre Stellung zu halten. Das D.V.K. bleibt, wo es ist!« – »Jawohl, Herr General!«

»Mir werd'n die Panzer mit Lauspulver bekämpfen! – Der damische General, der damische!« – schimpft Böse.

»Wer quatscht da dazwischen!« – Der General kann leicht die Ruhe weghaben und sich Zeit lassen mit dem Reden.

»Ohne meinen Befehl«, schnarrt er, »hat auch der Divisionsstab seinen Gefechtsstand nicht zu verlegen!«

»Jawohl, Herr General!« – Wisse zwingt sich, noch gelassener zu reden als der General. – Alles egal, denkt er.

»Die 29. I.D. mot. ist bereits mit einer Panzerabteilung im Angriff und wird Sie etwas entlasten. – Hören Sie...?«

Tsch, bum – es heult, schlägt ein, und das Gespräch ist unterbrochen.

Zum erstenmal ist Harro feige, springt von seinem Lager auf, klemmt den Schwanz zwischen die Beine und jagt jaulend aus dem Bunker, dem Sonderführer gerade zwischen den Beinen durch, daß dieser hinpurzelt und so grausig flucht, daß sogar Knautsch laut lachen muß, obwohl ihm nicht danach zumute ist.

»Obergefreiter Sellner!« brüllt Wisse. – Etwas widerspenstig kommt dieser wieder zur Bunkertür herein. »Sie bleiben mit dem Gefreiten Tünnes am Fernsprecher!« – »Jawohl, Herr Oberleutnant!« beeilt sich Knautsch zu versichern. »Gerade jetzt seid ihr wichtig auf eurem Platz – und ihr seid hier im Bunker auch am sichersten! – Böse, Sie sorgen dafür, daß die Leitung, wenn sie kaputt geht, sofort wieder geflickt wird. – Währenddessen haben die Funker mit dem Armeekorps Verbindung aufzunehmen. – Die Kraftfahrer haben sich bereitzuhalten, aber die Wagen nicht zu starten. Bewahrt Ruhe und gebt den Rumänen ein Beispiel. Jeder Mann des D.V.K. hat auf seinem Posten zu bleiben!«

»Jawohl, Herr Oberleutnant!« – Böse knallt die Hacken zusammen. Ganz wohl ist ihm nicht. – Mit Panzern hat er noch nicht viel Kampferfahrung.

In der Balka draußen ist der Teufel los. Die Rumänen rennen teils in voller Ausrüstung, teils sogar ohne Mützen und Mäntel, kopflos durcheinander, zerren Kisten durch den Schnee, schleppen Rucksäcke, Pakete.

Die Fahrer hocken hinter den Steuerrädern und geben den laufenden Motoren Vollgas.

Auf einer Seite wird auf die Lkws aller Kram hinaufgeworfen, auf der anderen Seite fliegt alles wieder herunter. Die Rumänen erklettern die Wagen, hängen wie Trauben auf Kotflügeln, Motorhauben und raufen um jeden Platz.

Offiziere rennen, laut Befehle brüllend und ihre Sachen zusammenraffend, hin und her. Rein in die Bunker, raus aus den Bunkern.

Es ist sich überschlagene Hast und Angst. Panzergranaten zischen über die Balka, Abschuß und Aufschlag kurz hintereinander, in einer Detonation zusammenfallend.

Die Luft zittert vom Dröhnen und unheimlichen Klirren der Panzerketten.

Nur weil sie nicht wissen, von welcher Seite die russischen Panzer in die Balka eindringen werden, ist es noch nicht eine Flucht Hals über Kopf.

Das ist typisch Stab – hier wie überall. – Wisse schüttelt nur den Kopf. – Er hat Befehl, den Feind aufzuhalten und die Stellung zu halten. – Wenn nicht ein paar beherzte Männer eingreifen, kann jede Sekunde eine Panik ausbrechen – und er ist allein.

Böse muß die eigenen Leute, die gleichfalls keine Kampferfahrung haben, zusammenhalten.

Der Oberleutnant horcht nach allen Seiten.

Die in unmittelbarer Nähe parallel zur Balka rollenden Feindpanzer scheinen den Divisionsgefechtsstand nicht entdeckt zu haben und südwestlich in Richtung Gefechtsstand der 1. rumänischen I.D. abzudrehen.

Ein junger rumänischer Leutnant, beide Arme voll mit einem Haufen seines Zeugs, rennt Wisse an und will weiter. – Wisse packt ihn am Arm und brüllt ihn auf deutsch so laut zusammen, daß die Rumänen ringsherum aufhorchen.

»Wenn Sie mich schon umrennen, so entschuldigen Sie sich gefälligst, Herr Leutnant. – Was ist das hier überhaupt für ein verdammter Jahrmarkt? – Schaffen Sie gefälligst Ruhe! – Man kann nicht einmal telefonieren bei dem Krach!« – Er nimmt dem Leutnant den Packen aus der Hand und legt ihn auf den Boden. Es sind hauptsächlich Hemden, Unterhosen, Strümpfe. »Hängen Sie Ihre Wäsche später zum Trocknen auf!«

Der Leutnant wird feuerrot, reißt die Hacken zusammen, springt auf die zunächst umstehenden Rumänen zu, und mit ausgebreiteten Armen, wie wenn er Hühner scheuchte, laut schimpfend, versucht er es, die Leute auseinanderzutreiben.

Wisse erklettert wieder den Balkarand über dem Bunker und ersteigt den Hügel dahinter, der einen weiten Ausblick bietet.

Der Leutnant und die Rumänen stehen unten, sind still und sehen zu Wisse hinauf. Er zwingt sich, ruhig und ohne Hast den Hügel hinaufzugehen, bleibt oben kerzengerade stehen.

Das ganze Tscherwlenajatal ist zu übersehen. –

Über die Hügel, auf die Balka zukriechend, sind die Russenpanzer auf 800 Meter Entfernung herangekommen.

Sie feuern ununterbrochen aus allen Rohren.

Drunten stehen die Rumänen und beobachten ihn scharf. –

Da gibt es nichts, als die Ohren steifhalten.

Er spannt die Muskeln, läßt es neben sich vorbeizischen, einschlagen, und weicht keinen Schritt, als die MG-Garben schon 20 Meter vor ihm liegen.

Er denkt an seine Ausbildung zum Offizier – beißt die Zähne zusammen. – Mutprobe! – Der Geist muß stärker sein als die Gefahr des Todes.

Kalt bleiben. Diese paar Drecksgranaten – das bißchen MG-Feuer – alles ungezielt. – Jede Kugel trifft nicht – und wenn, gibt es Lazarett und Heimaturlaub – oder wenigstens Ruhe für immer.

Er setzt das Doppelglas an und betrachtet nach allen Seiten das Kampfgelände.

Als ob es ihn stören würde, nimmt er den Stahlhelm ab, legt ihn ruhig auf den Boden, beobachtet weiter den Kampfraum. Er zählt zwanzig T 34, in ungefähr noch 500 Meter Entfernung. Sie rollen ganz langsam, bleiben immer wieder stehen und feuern. – In heller Flucht und Auflösung, über alle Hügel, zu Hunderten, teilweise ohne Waffen – Ausrüstung und alles Gerät zurücklassend, rennen die Rumänen. –

Die den Russenansturm überstanden haben, hetzen ums nackte Leben. –

Die T 34 fahren mitten drin, halten fest hinein in die flüchtenden Haufen, und viele der armen Kerle purzeln hin, verwundet oder tot.

Wofür das alles? – Was ist vom Menschen, von seiner Persönlichkeit geblieben? – Ärger und unbarmherziger als ein Hase auf einer Treibjagd wird er gehetzt und zusammengeschossen.

Das Gros der Feindkräfte scheint es eilig zu haben, ohne Abschweifen eine Umklammerung der Stalingradfront durchzuführen.

Wisse fährt herum. Panzer aus West stoßen von der anderen Seite der Balka vor! – Wie kommen von dort Rußkis her? – Schattenhaft tauchen plötzlich die Panzer aus dem Nebel. – Die haben ja das Balkenkreuz weiß aufgemalt. – Deutsche Panzer!! – Wisse saust den Hügel hinunter, ruft den Rumänen zu: »Deutsche Panzer kommen!«

Die Rumänen halten inne. Die anrollenden Panzer aus der Gegenrichtung haben sie in eine neue Panik versetzt, und sie glauben sich schon eingekreist.

Über die Hügel in die Schlucht kommen die aus den Stellungen geflüchteten Rumänen, außer sich und rasend vor Angst. – Gut, daß Böse auftaucht. – Der Oberleutnant ersucht die nächst erreichbaren Offiziere, die Zurückflutenden aufzuhalten. Böse übersetzt recht drastisch.

»Die Leute müssen aufgehalten werden und zurück in ihre Stellungen. Die Panzer sind durch. Die russische Infanterie muß abgeschlagen werden! – Wir müssen die Front halten! – Zurück mit euch!« schreit Wisse.

Er zieht seine Pistole, entsichert sie, repetiert, um seinen Worten Nachdruck zu geben – und seinem Willen Ausdruck, sich mit allen Mitteln durchzusetzen.

Einige beherzte rumänische Offiziere stellen sich dem Chaos gleichfalls entgegen. – Ruhe und Vernunft gewinnen etwas Oberhand.

»Deutsche Panzer kommen!« – hallt es durch die Balka. – Major Binder steht schon vor dem Stabsbunker, erwartet Wisse und herrscht den Fahrer des Generalswagens an, den Motor abzustellen.

Auf der Höhe westlich der Balka tauchen die deutschen Panzer auf. Sie schwenken auf das Südende der Balka zu und werden sichtbar. Es sind deutsche Sturmgeschütze.

Der General, die gesunde Hand aufgestützt, starrt auf das Kartenblatt, auf eine darauf eingezeichnete Front, die es nicht mehr gibt. Er hat die Pistole umgeschnallt.

»Deutsche Panzer, Herr General, zu unserer Verstärkung, soeben eingetroffen!« – zu spät eingetroffen – das denkt Wisse.

In den Augen des Generals leuchtet es kurz auf. Er ist erleichtert, findet sogar einen scherzenden Ton. – »Eben wollte ich Sie damit empfangen: Ich wünschte, es wäre Nacht, und die Preußen kämen. – Wäre es darüber Nacht geworden, so eine ewige!« – Er klopft auf seine Pistolentasche. »Ich war schon reisefertig!« – Den Preußenspruch spricht Tataranu deutsch – das übrige übersetzt Böse.

»Oberstleutnant Nesselbart von der 243. Sturmgeschützabteilung!« Er meldet sich zackig bei General Tataranu. Man sieht, es macht ihm Spaß, stramm zu sein. Er ist mittelgroß, schlank, drahtig. – Während er dem General die Hand reicht – ist ein zuversichtliches Lächeln über sein ruhiges, sympathisches Gesicht gebreitet. – Der General sieht ihn ernst an. – Gute Augen, lebhafte Augen hat der Mann. – Er vermittelt den Eindruck, wo er ist, kann nichts schiefgehen.

»Spät kommen Sie, aber Sie kommen!« begrüßt ihn Major Binder. – Auch er fühlt sich erleichtert.

»Na, wir kennen uns ja!« – Nesselbart freut sich, seinen Reisegefährten Wisse wiederzusehen. »Da sind Sie also gelandet? – Also, wie schaut's aus im Laden, meine Herren?«

Major Binder gibt eine kurze Lageschilderung, während wieder russische Granaten über die Balka heulen.

»Unsere Front südlich der Tscherwlenaja ist total zerrissen und in völliger Auflösung. Wo sich noch Reste unserer Kompanien verteidigen, ist uns unbekannt. –

Die letzte Meldung gab unsere II. Artillerieabteilung durch. Sie ist von russischen Panzern umstellt und wird zusammengeschossen. – Die meisten Geschütze sind vernichtet. – Der größte Teil der Offiziere und Mannschaften ist gefallen. Sie werden bis zum letzten Schuß die Stellung halten, obwohl sie kein einziges Geschütz haben, mit dem ein T 34 abzuschießen ist!«

Nesselbart ist ernst geworden. Er wechselt einen kurzen Blick des Einverständnisses mit Wisse. – Das ist ja die verdammte Sauerei, sagt er damit. –

»Was ist mit Entsatz? – Mit der versprochenen 8,8-cm-Flakabteilung, Herr Oberstleutnant?« – will Major Binder wissen.

Wieder ein kurzer Blickwechsel zwischen Wisse und Nesselbart. – »Ja, dafür bin ich leider nicht zuständig, meine Herren! – Vielleicht ist sie unterwegs? – das weiß ich nicht!«

»Es ist höchste Eile geboten, wenn wir noch irgend etwas retten wollen!« – beschwört der General den Kommandeur der Sturmgeschütze.

»Deswegen bin ich ja hier, Herr General!« – Er wendet sich wieder an Wisse. – »Sie erinnern sich doch? – Leider habe ich immer noch meine alten Wagen mit den kurzen Geschützen. – Die 7,5-cm-Langrohr, die mir versprochen wurden, sind irgendwo unterwegs hierher!« – Der Oberstleutnant kommt der Enttäuschung des Generals und des Adjutanten zuvor. »Hab' mir etliches aber an Hohlraumgeschossen organisiert und mitgenommen, die schweißen den T 34 auf. – Nur, ohne Infanterie kann ich meine Sturmgeschütze nicht einsetzen. – Ich habe keine mitbekommen! – Ich brauche 2 bis 3 Kompanien!«

Er schaut auf seine Uhr. »Sie können sofort aufsitzen, und von mir aus kann es gleich losgehen!« Daraufhin betretenes Schweigen, während Nesselbart von einem zum anderen schaut.

»Ich habe meine letzten Reserven eingesetzt! – Außer Troß- und Nachschubleuten, die ich eben zusammenfassen lasse, habe ich nichts mehr!« Der General hebt verzweifelt die Hand.

»Die haben vielleicht noch nicht viel schießen gehört?«

Binder zuckt die Schultern, unterhandelt kurz mit dem General, wendet sich an Nesselbart.

»Die 3,7-cm-Flakbatterie des Oberleutnant Stoica, die wir zu unserer Verteidigung hier haben, gebe ich Ihnen auch mit. – Wir können doch unsere Leute da vorn nicht im Stich lassen!«

»Dann kratzen Sie alles zusammen und los!« – Nesselbart ist federnd vor Ungeduld – reißt die Bunkertür auf – Wisse kann ihm kaum folgen.

»Die palavern mir zu lange herum!« – In Sprüngen setzt er die steilen Hügel am Südausgang der Balka hinauf, wo inzwischen zwei Sturmgeschützbatterien mit zwölf Panzern aufgefahren sind. Die Arme schwenkend, telegraphiert er zu seinen Geschützen. Er hat seine Leute auf Draht. Ein Oberleutnant und ein Hauptmann schwingen sich von den vordersten zwei Sturmgeschützen und kommen im Laufschritt an.

Ungeduldig wartet Nesselbart, bis der General und Major Binder nachkommen. Nesselbart hat nur einen kurzen Blick in die Runde geworfen und schenkt den in einigen hundert Metern Entfernung vorbeiziehenden Russenpanzern überhaupt keine Beachtung mehr, obwohl es ganz schön über ihre Köpfe pfeift. – Als ob er in einem Betonbunker säße, hält er auf dem Hügel oben, gelassen, eine kurze Einsatzbesprechung. – Es ist eine genaue, furchtlose, handwerkliche Abschätzung und Verachtung des Gefahrenmomentes. – Als es ziemlich knapp neben ihm einschlägt, stellt er befriedigt fest: »Die Burschen haben scheinbar auch schon ihr Pulver verschossen. Die ballern nur mehr mit Panzergranaten!« – Nach Angaben Major Binders zeichnen Nesselbart und seine Offiziere die vermutlichen Standorte der noch kämpfenden Divisionsreste in ihre Karten. –

Nesselbart läßt die Motoren der Sturmgeschütze weiterlaufen, während in der Balka etwas über zweihundert Mann versammelt werden. – Viele werfen sich immer wieder zu Boden oder laufen in Deckung, wenn die Panzergranaten über ihnen jaulend in den Himmel prellen.

Es sind unter den zweihundert Mann zahlreiche Offiziere der rückwärtigen Dienste. – Sie nehmen sich zusammen. – Ihre Unerfahrenheit im Infanterieeinsatz steigert ihre berechtigte Angst, da die Gefahren für sie ungleich größer sind als für den kampfgewohnten Soldaten. –

Nesselbart wiegt bedenklich den Kopf. »Ich könnte den Einsatz dieser Männer nicht verantworten. Ihre Kampfkraft ist mehr als fragwürdig! – Ob sie uns viel nützen werden?«

»Wir müssen die Leute zusammenfassen, wie wir sie erwischen!« Es werden jedem ein Gewehr und einige Handgranaten in die Hand gedrückt. – Manche haben noch nie eine Handgranate abgezogen.

»Aufsitzen!« – befiehlt Nesselbart. Einige rumänische Offiziere treiben die Leute, von denen viele zögern, auf die Sturmgeschütze. Nesselbart steht in der Luke des Befehlswagens und fährt voran. Im Bogen rollen die Panzer, durch die Hügel gedeckt, auf die Stellungen zu. – Hinterher folgt die 3,7-cm-Flakbatterie mit ihren vier Geschützen.

Wisse sieht den Panzern nach. –

»Böse, Sie vertreten mich, bis ich zurückkomme!« – ist sein plötzlicher Entschluß. Der Oberleutnant packt seine MPi und schwingt sich auf den anfahrenden rumänischen Geländewagen, in dem Major Codranu, nur mit seinem Fahrer, den Panzern vorausfahren will. – Der ruhige, ernste Mann mit dem Gelehrtenkopf streckt Wisse impulsiv, dankbar, die Hand hin.

Er hat verdammt Mut. Den Panzern bald weit voran, lehnt er sich in den Sitz zurück, als ob er auf einer Spazierfahrt sei. – Er denkt keinen Pfifferling an sein Leben, sucht mit dem Doppelglas das Gelände ab. – Sein Gesicht ist gezeichnet von Überanstrengung, Sorge und Erschütterung über den Zusammenbruch der Division.

Mit Vollgas, fast so rasend wie seine Angst, jagt der Fahrer den Wagen durch das Gelände, über die vom Feind eingesehenen Hügel und durch Schluchten, daß die Karre einige Male umzukippen droht.

Der Major läßt den Wagen halten, weist den Fahrer auf den Rücksitz und setzt sich selbst ans Steuer. – »Kommen Sie mit nach vorn!« lädt er Wisse ein.

Wohin sie schauen, flüchtende Rumänen. – Der Major fährt quer zu ihrer Fluchtrichtung, schneidet ihnen den Weg ab, bleibt immer wieder stehen, faßt sie zusammen und schickt sie mit einem Offizier oder Feldwebel zu den Sturmgeschützen Nesselbarts. – Er hat Ansehen und genießt Respekt. – Ohne zu schreien, befiehlt er – und ohne zu mucken, gehorchen die vor Angst toll gewordenen Leute. – Die deutschen Panzer tragen viel zu ihrer Beruhigung bei. –

»Es ist eigentlich unbegreiflich, warum der Russe nicht auch bei unserem Divisionsgefechtsstand durchgebrochen ist. Er ist keine 200 Meter von uns südlich abgeschwenkt. Unsere Sturmgeschütze, die in Deckung anrollten, kann er nicht gesehen haben…«, meint Wisse.

»Da haben wir eben noch mal Schwein gehabt! – Wahrscheinlich hat er doch einige der Sturmgeschütze gesichtet, in der Balka eine Falle vermutet und sich sicherheitshalber auf nichts eingelassen!« –

Codreanu blickt sich um. »Wollen sehen, wohin der Iwan marschiert!«

Sie haben vor sich heftiges MG- und Geschützfeuer – ohne daß sich die Distanz schätzen läßt.

»In dieser verfluchten Mondlandschaft kann man sich nicht nach dem Kampflärm orientieren! – Man glaubt, der Feind ist noch einen Kilometer weit, und ist plötzlich mitten drin im schönsten Rummel!« Wisse ist es nicht gerade gemütlich auf seinem Platz, und er rutscht hin und her. – Sie fahren durch eine Talsohle, wo sie gut gedeckt sind und das Feuer über sie hinwegstreicht. – »Ich werde aussteigen und mich etwas umsehen!« bietet sich Wisse an.

Es ist weit und breit kein Feind zu sehen.

Immer wieder halten sie die flüchtenden Rumänen auf und schicken sie zu Nesselbart.

»Wo sind die Russen, wo sind die T 34?« – wollen sie wissen.

Die Soldaten deuten, irr vor Angst, sinnlos nach allen Richtungen. »Überall sind sie!«

Über die nächsten Höhen lenkt Codreanu in eine weithin verlaufende Talmulde ein. Hier waren die Artilleriestellungen, und hier hat der Krieg mit allen Schrecken gewütet und gehaust.

In der Mulde liegt zermalmt, was noch vor einer Stunde eine Abteilung des Artillerieregiments war. – Vor einer Stunde noch hatte Wisse den letzten Hilferuf der Abteilung aufgefangen – und nun hat sie ihren letzten Atemzug getan.

Die Spuren erzählen eindringlicher, als irgendein Überlebender es schildern könnte, wenn es ihn gäbe, von dem aussichtslosen Kampf der rumänischen Artilleristen.

Gleisspuren der Panzerketten im Schnee.

In breiter Front waren die russischen Panzer, keinen ernsthaften Widerstand mehr erwartend, nach Westen marschierend, auf die rumänische Artillerieabteilung gestoßen – und hatten heftiges Feuer empfangen. Hunderte Rotarmisten, die die Panzer begleiteten, liegen gefallen am Gegenhang, der umgepflügt und aufgerissen ist von den Granaten der rumänischen Geschütze. – Die T 34 mußten sich zurückziehen. Die Rumänen lagen für sie als Sperriegel vor dem Tscherwlenajatal. – Die Russen führten Angriff auf Angriff und wurden abgeschlagen.

Ihre Durchbruchsversuche scheiterten unter schweren Verlusten. – Sie erhielten Verstärkung aus Nordost, und auch zahlreiche Panzer, die nördlich und südlich der Abteilung durchgebrochen waren, machten kehrt und kamen zu Hilfe.

Aus allen Himmelsrichtungen ist der Schnee und lehmige Boden, soweit Wisse sehen kann, von Gleisketten zerpflügt, die, einkreisend, rund um die Abteilung führen.

Den Spuren nach wurde die Abteilung von einer erdrückenden Übermacht russischer Panzer ringsum eingeschlossen.

Die Tanks müssen um die Abteilung Karussell gefahren sein und aus allen Rohren auf die Rumänen in der Mulde geschossen haben. Ein stundenlanger Kampf, an dessen Ende die Abteilung, die sich verschossen hatte, von dem wütenden Feind überrollt und in den Boden gewalzt wurde. Berge von leeren Kartuschen. Die Rumänen haben bis zum letzten Schuß gekämpft.

Leichen von Freund und Feind, einzeln und in dichten Haufen. Zerstückelte Leiber, aus deren Wunden das noch warme Blut dampft.

Fünf T 34, die Nachhut des russischen Panzerrudels, ziehen in etwa eineinhalb Kilometer Entfernung nach Südwesten.

Sie halten ihre Kuppeln quergestellt und die Geschützrohre immer noch mit Zielrichtung auf die Mulde.

Kurz hintereinander zwei Einschläge, die knapp neben dem Geländewagen liegen. – Codreanu und Wisse werfen sich blitzschnell in den Sand und warten eine Weile ab, ehe Codreanu den Wagen in Deckung fährt und den Motor weiterlaufen läßt.

Mit dem Doppelglas streicht Wisse das Gelände ab und entdeckt noch ein Rudel von neun T 34, die es sehr eilig haben. Auch die fünf Nachhutpanzer machen plötzlich volle Fahrt.

Links von Wisse kommen die Sturmgeschütze Nesselbarts über die Höhe, drehen, aus ihrer Richtung auf die Artilleriestellung fahrend, scharf links ab und jagen mit heulenden Motoren nach Süden, in deutlich erkennbarer Absicht, den flüchtenden Russenpanzern den Weg abzuschneiden.

Codreanu kommt vom Wagen zurück und stellt sich neben Wisse. Sie überschauen das Kampfgelände.

»Wir sind zu spät gekommen!« – Codreanu nickt nur.

»Sie haben wahrhaft heldenhaft gekämpft!« Codreanu schaut Wisse an, die Spur eines schmalen Lächelns huscht über sein Gesicht. – Er nickt nur und wendet sich erschüttert ab. Wisse schämt sich der Phrase. Es ist unaussprechlich.– Keine Sprache hat Worte für das Sterben dieser Männer.

Zertrümmerte Räder, verbogene Lafetten, zusammengebrochene Geschütze und in den Boden gedrückte Eisentrümmer, was vordem Geschütze waren.

Zwei KWI inmitten des Trümmerfeldes, die noch brennen. Aus den Turmluken steigt fettiger Qualm von den Leichen der Panzerbesatzung, die darin verbrennen. Aus der Kuppel geschleudert, liegt die verkohlte Leiche eines Rotarmisten.

Einen Meter weit von Wisse krümmt sich zuckend der zusammengerolle Körper eines rumänischen Artilleristen, der in einer Pfütze brennenden Benzins schmort. Die Uniform verkohlt, das zischende, rotbraun gebrannte Fleisch bloßgelegt.

Die Reste eines von einem Panzer niedergewalzten Geschützes. Der Richtschütze muß bis zum Augenblick seines Todes gefeuert haben. Radreifen, zerbrochene Speichen, die verbogene Lafette, das Geschützrohr, der Verschluß blutverschmiert bilden mit der Uniform und den Fleischfetzen des in viele Stücke zerrissenen Soldaten einen Klumpen.

Grauen, unfaßbares Grauen, wohin man blickt.

Codreanu schlägt ein Kreuz, erhebt sich schwerfällig, kommt zu Wisse, scheint entrückt. – Er nimmt den Oberleutnant an der Hand und zieht ihn durch die Mulde auf die brennenden Panzer zu, zwischen denen, auf dem Rücken, ein toter rumänischer Offizier liegt. Neben sich hat er noch zwei Handgranaten liegen. Seine Faust umkrampft die schwere Dienstpistole. – In seiner rechten Schläfe ist ein kleines Einschußloch, aus dem ein dünnes, schon gefrorenes Blutrinnsal über die Wange läuft.

Der rumänische Offizier hatte sich den beiden mitten in die Abteilung eingebrochenen und alles überrollenden und zermalmenden Panzern entgegengeworfen, sie durch Handgranatenwurf in die Turmluke vernichtet und sich, um den anstürmenden Rotarmisten nicht in die Hände zu fallen, selbst erschossen.

Codreanu starrt den rumänischen Oberleutnant eine Sekunde fassungslos an, wendet sich um und weint. »Er war mein Freund!« schluchzt er. – Wisse faßt den Major unter dem Arm und zieht ihn mit sich fort.

Sie suchen vergeblich nach Verwundeten, um sie zu bergen und einige davon auf dem Wagen zurückzubringen. – Die Kälte hat die verblutenden Körper rasch erfrieren lassen.

Stille liegt nun wieder – Totenstille – über dieser Balka. Um zu erkunden, was von dem Nordflügel der Division geblieben ist, schwenken sie ab und fahren über das Eis des Tscherwlenajabaches in Richtung Höhe 89.

Granatfeuer aus Panzerkanonen.

In der flachen Steppe hat Nesselbart die Russenpanzer gestellt, ist ihnen, aus den Hügeln kommend, in die Flanke gestoßen und hat sie unter Beschuß genommen.

Durch das Glas zählt Wisse sechs brennende Panzer – ein brennendes deutsches Sturmgeschütz – eines bewegungsunfähig, mit herabhängender, gerissener Raupenkette. Doch er entdeckt keinen Mann der aufgesessenen rumänischen Infanterie.

In der Schlucht, wo die Infanteriebedeckung versammelt ist, treffen sie Oberst Dimitriu, der eben vom Divisionsgefechtsstand angefahren kommt. – Er bringt Nachricht, daß die eigenen Stellungen beim Pionierbataillon noch gehalten werden und die Russen Welle auf Welle dagegen anrennen, um sie zu erstürmen.

Während sich Oberst Dimitriu und Hauptmann Stancescu sofort auf den Weg zum Bataillon Moraro machen, sollen Major Codreanu, der als Leiter der Operationsabteilung vom General dringend zurückbefohlen ist, und Oberleutnant Wisse, auf den ein Offizier des IV. Armeekorps wartet, auf der Rückfahrt alle zurückflutenden Rumänen abfangen und sie unter Führung von Dienstgraden in die verlassenen Stellungen zurückschicken. – Wo der Russe drinsitzt, haben sich die Soldaten zu Gegenangriffen zu sammeln. Einzeln und in Gruppen kommen die rumänischen Soldaten zurück. Dazwischen Offiziere, die sich, ohne etwas zu unternehmen, gleichfalls absetzen.

Immer wieder hält Codreanu an. Er und Wisse winken die Leute zusammen. Sie sind folgsam wie Schafe und froh, endlich jemand zu haben, der sich ihrer annimmt.

Zuerst ruhig fragend, schließlich erregt, herrscht Codreanu die Offiziere an, warum sie zurückgehen und nichts unternehmen. Immer wieder hört er die gleiche Antwort. – Wir wissen nicht, was wir tun sollen, erhalten seit Stunden keine Befehle.

Die Kommandeure hatten sich bei Aufkommen des schweren Artilleriefeuers auf ihre Wagen gesetzt und waren irgendwohin außer Schußbereich zurückgefahren. Die Führung der zu Gruppen zusammenschmelzenden Kompanien und Bataillone hatten sie jungen, zum Teil unerfahrenen Offizieren überlassen. Diese waren, wie ihnen befohlen wurde, mit ihren Leuten in den Gräben liegengeblieben – auch als die Panzer kamen. Sie wurden überfahren und zusammengeschossen.

Wo es ihnen gelang, die Begleitinfanterie der Panzer zu vernichten, wurden sie von den durchstoßenden Tanks zum Teil gar nicht beachtet und bekämpft. Sie gehen nun zurück, um ihre Kommandeure zu suchen und neue Befehle entgegenzunehmen.

Unter dem Scheitelkamm eines Höhenrückens, in den Steilabfall einer Schlucht, in einer Linie nebeneinander kniend, versuchen sich Leute, ungefähr in Zugstärke, einzubuddeln.

Trotz der Kälte schwitzen sie im Bemühen, den hartgefrorenen Boden aufzubrechen.

Sie tragen deutsche Uniformen. Als Wisse herankommt, legen sie den Spaten beiseite und geben Auskunft.

Sie sind von einer Beobachtungsabteilung.

Was Wisse wundert, ist ihre gute Laune und Sorglosigkeit, während sie in Stellung gehen und den Feind erwarten. Sie zeigen keine Spur von Angst, Bangigkeit oder gar gespannter Kampferwartung. – Beobachtungsposten haben sie keinen aufgestellt, und sie sind überrascht, als der Geländewagen mit Wisse und Codreanu plötzlich vor ihnen auftaucht. – Viel schießen scheinen sie noch nicht gehört zu haben.

»Was wollt ihr denn hier?« fragt Wisse einen Unteroffizier.

»Ja, wir sollen hier die Front der Rumänen abstützen!«

»Ihr alle miteinander? – Ein ganzer Zug?« – Wisse kann nur den Kopf schütteln. Bewaffnet sind sie mit Karabinern und 3 leichten MGs. Der Oberleutnant hat nicht den Eindruck, daß sie mit diesen Waffen auch im Ernstfall entsprechend umgehen können. Sie tun so, als ob das kleine Fische wären, die auf sie warten.

»Wir sollen doch nur zurückgehende Rumänen auffangen, und wenn ein paar Russen durchsickern, so sollen wir sie entwaffnen und gefangennehmen!«

Daß von einer Front vor ihnen keine Rede ist, wissen sie nicht. Sie haben keine Ahnung davon, daß seit heute morgen Hunderte russischer Panzer, nach Süden abschwenkend, hier durchgerollt sind.

»Ihr sperrt hier den Zugang ins Tscherwlenajatal, das ist die Marschrichtung der russischen Panzer. – Wenn der Iwan mit seinen T 34 ankommt und ihr nicht schleunigst abhaut – dorthin«, er weist nordöstlich in die Hügel der Steppe – »so macht er aus euch Konservenfleisch!«

Einen Kilometer weiter über die Hügelbarriere aus Nordost kommt Gefechtslärm. Hoch in der Luft heulen Granaten. – Verirrte Geschosse und Geller schlagen dumpf zischend gegen den gefrorenen Boden und streuen summend Stahlsplitter.

Sogar Codreanu, der die Gegend schon wie seine Tasche kennt, braucht die Karte zur Unterstützung, so unübersichtlich ist das Gelände. Er weist in Nordrichtung.

Gewehrschüsse, MG-, leichtes Flakfeuer – winzige Männchen, die in der Ferne über die Hügel laufen. Im Hintergrund einige Spielzeugtanks. – Es sieht sich an wie eine Schlacht von Zinnsoldaten.

»Dort greift jetzt das Regiment Mangesius mit Unterstützung der 297. I.D. an und versucht Höhe 108 zurückzugewinnen!«

Wisse schaut durch das Doppelglas, und die possierlichen Zinnsoldaten mit den hohen Pelzmützen sind wieder lebendige arme Teufel, die rennen, schießen, töten, Bestien und zu Tode verängstigt sein müssen, verwundet werden und fallen.

In der Balka beim Divisionsstab herrscht wieder Ruhe und Ordnung. Im D.V.K. ist sie sogar mustergültig. Böse hat dafür gesorgt. Alles schwere Gepäck ist auf dem Lkw verladen. Die Leute haben ihre Waffen in Greifweite, sind jederzeit alarmbereit und machen ihren normalen Dienst. – Böse verdient eigentlich ein Sonderlob.

Während Wisses Abwesenheit hat er außerdem noch eine Fleißaufgabe erledigt und alle einlaufenden Meldungen so sortiert und notiert, daß sich daraus ein übersichtlicher Lagebericht ergibt, den er – mit eigenen Kommentaren versehen – Wisse triumphierend unter die Nase reibt.

Er stolziert im D.V.K.-Bunker hinter Wisse auf und ab, während dieser den Bericht studiert.

Nördlich der Tscherwlenaja ist es gelungen, den Feindeinbruch mit Unterstützung der 297. I.D. zum Stehen zu bringen und abzuriegeln. Durch den heldenhaften Einsatz des Pionierbataillons des Majors Moraro konnten die Russen trotz ungeheurer Mensch- und Materialüberlegenheit auch am Südflügel keinen durchgreifenden Erfolg erzielen. – Das Bataillon wurde zwar stark angeschlagen – fügte aber dem Feind schwerste Verluste zu.

In der Mitte, und zwar südlich der Tscherwlenaja, hat der Feind die H.K.L. eingedrückt und ist durchgebrochen. Die Aufopferung der II. Abteilung des Artillerieregiments bis zum letzten Mann zwang den Russen, nach Süden in den Bereich der 1. rumänischen I.D. abzuschwenken. Hier scheint die gesamte Front aufgerissen und in Auflösung zu sein.

Wisse läßt sich von Krämer rasch einige Butterbrote in die Manteltasche stecken, verbrennt sich die Zunge, da er rasch einen Schluck heißen Tee nimmt, lehnt Böses Wodkaflasche ab und eilt in den Stabsbunker, wo seit einer Stunde ein Hauptmann Möglich auf ihn wartet.

»Ich wurde vom * Armeekorps zur 20. Division geschickt – um sozusagen eine unmittelbare Verbindung zum Armeekorps herzustellen, damit das Korps in dieser ernsten Situation dauernd über alle Vorfälle unterrichtet ist!«

»Welche Vorfälle?« fragt Wisse ziemlich scharf.

»Pardon – ich habe mich falsch ausgedrückt, ich meine über die Frontlage – da die Division den entscheidendsten und schwierigsten Kampfabschnitt besetzt hält!« –

»Selbstverständlich« – der Hauptmann hebt abwehrend die Hände – »bedeutet das nicht die geringste Einschränkung Ihrer Befugnisse als D.V.K.-Führer. – Ich habe deshalb in Ihrer Abwesenheit auch nicht Ihre Dienststelle betreten und hier auf Sie gewartet – um ja nicht in den Geruch zu kommen, mich einmischen zu wollen!«

Zu gewunden, der Bursche. Er ist etwa dreißigjährig, dieser Hauptmann Möglich, so groß wie Wisse, nur ausgezehrt, hat ein kleines Spitzmausgesicht, farblose Lippen, einen nervösen unsteten Blick und macht einen kränklichen Eindruck. Die Haltung, die er gegenüber Wisse einnimmt, ist abwartend. – Er stammelt noch etwas von guter Zusammenarbeit, ehe der General mit Major Binder eintritt.

Tataranu und Binder begrüßen Wisse recht herzlich, während sie von der Anwesenheit des Hauptmanns Möglich und dessen Aufgabe sichtlich nicht entzückt sind.

Als Offizier im Stab des Armeekorps ist er Tataranu bekannt, war oft bei der Division und hat deren Feindermittlung als sehr brauchbar befunden.

»Sie waren mit Major Codreanu draußen. Er hat mir berichtet! – Ich danke Ihnen, Herr Oberleutnant!« Der General streckt Wisse die Hand hin. »Das Regiment Popescu hat versagt!« Der General sieht Wisse forschend an, möchte dessen Beurteilung, die ja an das Armeekorps weitergeht, erfahren.

»Die Division, Herr General, hat sich bewährt. Wenn man in Betracht zieht, daß sie ohne Panzerabwehr und schwere Artillerie Hauptangriffsziel fast einer ganzen russischen Armee war, die mit allen Mitteln, stärkster Artillerievorbereitung und Hunderten von Panzern den Durchbruch erzwingen wollte – so kann man nur sagen, daß sich die Division ganz hervorragend und tapfer geschlagen hat. Im großen und ganzen hat der Feind, trotz erdrückender Übermacht, seine Absicht, entlang des Tscherwlenajatales durchzustoßen und die ganze Stalingradfront im Rücken zum Einsturz zu bringen, nicht verwirklichen können.

Die besten und stärksten Kräfte haben als Sperriegel vor den richtig erkannten Durchbruchstellen stützpunktartig ihre Stellung gehalten und den Feind abgewiesen. Die schwächeren Kräfte dazwischen haben in elastischem Ausweichen – bis auf Teile des Regiments Popescu – die Verbindung aufrechterhalten. –

Durch diese richtigen taktischen Maßnahmen…«

»…An deren Entwicklung Sie noch in letzter Stunde maßgeblichen Anteil hatten, Herr Oberleutnant!« – unterbricht der General Wisse. Dieser nickt dankend und setzt fort: »…wurde das Gefüge der Division erhalten und der Feind zum Abschwenken nach Süden gezwungen!« – Der General nickt, ist zufrieden und stolz über die Anerkennung, die er sich ehrlich verdient hat, da Wisse Hauptmann Möglich ersucht, diese Beurteilung gleich als Bericht an das Armeekorps weiterzugeben.

»Augenblicklich hat der Feinddruck erheblich nachgelassen, und es besteht keine unmittelbare Gefahr, daß wir überrannt werden!« erklärt der General.

»Aber am Nachmittag, bis gegen Abend, muß mit schweren weiteren Angriffen gerechnet werden!« fügt er besorgt hinzu.

»Die Division hat zumindest die Hälfte an Menschen und Material eingebüßt. Nicht nur für die Versorgungslage ist es beunruhigend, daß wir keinerlei Verbindung mehr zu unserer Nachschubkompanie in Businowka haben. Es bedeutet, daß der Feind südlich von uns durchgebrochen ist und in unserem Rücken steht! – Auch die Verbindung zum VI. rumänischen Armeekorps ist unterbrochen!« – Hauptmann Möglich ist derart beunruhigt, daß er damit den ganzen rumänischen Stab ansteckt.

Auch beherzte Männer, wie der General, Major Codreanu und Hauptmann Stancescu, sind vorher noch nicht in die Lage versetzt worden, solche anscheinend aussichtslose Kampflagen wie die heutige zu meistern. Sie haben mit viel Geschick, viel Glück und anerkennenswertem Mut ihre mangelhafte Erfahrung auszugleichen versucht. – Wisse befürchtet, daß die Rumänen, wenn sie auf sich selbst angewiesen sind, ihre Stellung als hoffnungslos aufgeben. – Er spürt, wie sie ihn beobachten. Ihre Ratlosigkeit und vor allem ihr Glaube an die Unbesiegbarkeit der deutschen Armee läßt sie weiter bei der Stange bleiben.

»Wir müssen zunächst feststellen, wie es rechts von uns aussieht!« wendet sich Wisse schwungvoll an Hauptmann Möglich.

»Ihr Armeekorps scheint über die Lage südlich unserer Division nicht unterrichtet zu sein? – Wie es aussieht, hängt unsere rechte Flanke in der Luft. – Das ist für uns alle hier eine recht brenzlige Situation!« – Auch für dich, mein Freund, sagt Wisses Blick.

»Als ich vor etwa eineinhalb Stunden vom Korpsstab wegfuhr, wurde dort eben bekannt, daß die Russen im Raum der 1. rumänischen Division tiefe Einbrüche erzielt haben. Ob sie schon durchgebrochen und wie weit sie mit ihren Stoßkeilen in Westrichtung vorgedrungen sind, konnte aus den Meldungen des Armeestabes nicht entnommen werden.

Soviel ich weiß, soll die 29. I.D. mot. zur Abstützung eingesetzt werden. Sie ist frisch aufgefüllt und voll kampfkräftig!« –

Sein Blick mahnt Wisse, klug zu sein. »Wir hier«, er deutet auf Wisse und sich, »haben zu warten, bis uns weitere Befehle erreichen! Leider erlaubt das Wetter augenblicklich nicht den Einsatz von Aufklärungsflugzeugen!« – verredet er geschickt den miserablen Eindruck seiner Weigerung, etwas zu unternehmen.

Auf dem Wege zum Essensbunker redet er Wisse zu:

»Lassen Sie sich ja nicht zu viel Verantwortung in die Schuhe schieben. – Dafür sind die Herren mit den goldenen Schulterstücken zuständig und nicht ein kleiner Hauptmann und ein Oberleutnant, wie wir es sind. – Die haben gar einen feinen Riecher und nicht die Absicht, sich die Finger zu verbrennen. – Das überlassen die ganz Ihnen. Unternehmen Sie nur ja nichts auf eigene Kappe. Es ist keine goldene Uhr dabei zu gewinnen! Gelingt es gegen Erwarten, war es Ihnen sowieso befohlen worden und kam von oben. Geht es schief, was ja fast sicher ist – dann haben Sie eigenmächtig gehandelt und kommen noch vor das Kriegsgericht. – Wir werden die Gesamtlage nicht ändern – drum schön – stur heil und nur das weitergeben, was Ihnen befohlen wird! – Das ist derzeit überhaupt kein beneidenswerter Posten...!« streckt er die Fühler aus und sucht Wisse für seine Art Zusammenarbeit zu gewinnen.

Das Essen ist auch an diesem Tag vorzüglich.

»Ohne Furage, keine Courage!« ist die Devise des rumänischen Soldaten. – Gutes Essen – gute Stimmung – die sich noch bedeutend bessert, als Major Binder hereinkommt und mitteilt, daß, den letzten Meldungen zufolge, dem Regiment Mangesius die Wiedereroberung der Höhenstellungen am Nordflügel gelungen ist. Die 297. I.D. des Generals Pfeffer hält aushilfsweise einen Teil des

Nordflügels der Division besetzt, wodurch Mangesius Kräfte frei hat, um die südöstlich der Höhe 89 bestehende Frontlücke zu schließen, die das Regiment Popescu verursacht hat.

Eine Batterie von Nesselbarts Sturmgeschützen wird den Angriff unterstützen. Die III. Artillerieabteilung ist zwar von russischen Panzern und Infanterie umschlossen, wehrt sich aber noch sehr tapfer und erwartet baldigst Entsatz.

Mit dem Pionierbataillon des Majors Moraro konnte vorübergehend Fernsprechverbindung hergestellt werden. Er meldet 50 Prozent Ausfälle, hält aber die Stellung noch immer, obwohl er links und rechts völlig abgeschnitten ist und nun auch im Rücken des Bataillons angegriffen wird.

Südlich von ihm ziehen die Russen, ohne den geringsten Widerstand zu finden, in Reih und Glied zu Marschkolonnen formiert, gegen Westen. – Fehlt nur, daß sie Marschlieder anstimmen. – Die deutschen Sturmgeschütze sind noch nicht zu ihm durchgestoßen, und er wartet weitere Befehle ab.

Wisse hat erst einige Löffel der vorzüglichen, aber brennend heißen Suppe hinabgeschluckt – als dem General gemeldet wird, daß die Russen mit starker Panzerunterstützung – es wurden fünfundzwanzig T 34 gezählt –, mit weit überlegenen Kräften einen neuen Angriff auf den Abschnitt des Regiments Mangesius unternehmen.

Einige deutsche Flakgeschütze haben zwar in den Kampf eingegriffen, sind aber zu schwach, um dem Regiment wirksame Panzerabwehr zu geben.

Hauptmann Stancescu, der noch vorn ist, meldet, daß der III. Artillerieabteilung anscheinend die Munition ausgegangen sei, da nur mehr vereinzelt Geschütze feuern. – Wie lange sich die Abteilung noch halten kann, ist ungewiß. Sicher ist, daß die III. Abteilung, genau wie die II., bis zum letzten Mann vernichtet wird, wenn sie nicht vor Einbruch der Nacht herausgehauen werden kann, denn nachts wird der Russe den Einschließungsring verstärken, Panzer und Reserven zuführen und die Stellung in den Boden stampfen.

Deutsche Sturmgeschütze, vermutlich die Abteilung Nesselbart, wurden in Marschrichtung auf die III. Artillerieabteilung zu beobachtet.

Wisse wischt sich den Mund ab, legt seinen Löffel weg und erhebt sich. »Darf ich Herrn General um Beiordnung eines Herrn Ihres Stabes bitten?«

Wortlos läßt Codreanu seine Suppe stehen, steht auf und lächelt Wisse zu – bereit, mit ihm zu gehen. – Seit heute morgen sind sie Kameraden.

Sie fahren wieder über die Tscherwlenajabrücke bei Narriman, und von dort rast Krämer mit dem Geländekübel des D.V.K. in knapp fünf Minuten bis zur Höhe 89.

Die Dämmerung bricht an. Von dem Zug der B-Abteilung ist weit und breit nichts zu sehen, nur vier Leute entdeckt Codreanu: »Die sind wohl verrückt geworden, als lebende Zielscheiben in einer Gruppe da oben beisammenzustehen.« – Einer von ihnen zeigt auf einen gegenüberliegenden Hügel, der schon im Dämmerschatten liegt. Vor ihm blitzen in rascher Folge weiße Flämmchen auf, und Leuchtspurgeschosse zischen verdammt nahe vorbei. In Sprüngen rennt Wisse auf die Höhe, um die Narren in Deckung zu jagen.

»Ihr seid wohl ganz von Gott verlassen und lebensüberdrüssig!« ruft Wisse der Gruppe, den Berg hinaufhetzend, keuchend zu.

Es ist Oberstleutnant Nesselbart mit dreien seiner Offiziere und Oberstleutnant Mangesius bei einer Einsatzbesprechung.

»Ich bitte vielmals um Entschuldigung, aber ich dachte, Sie gehörten zu dem Zug der B-Abteilung, der bereits vormittag hier lag!« Nesselbart feixt kurz, sein Gesicht sieht aus, als ob es einen Schlag erhalten hätte, dessen Schmerz er verbeißt.

»Den Zug habe ich heimgeschickt. Der hat Gewehrreinigen, Putz- und Flickstunde und anschließend Ausgang bis zum Wecken für tapferes Verhalten vor dem Feind! – Hör' ich doch ballern – fahre näher und sehe die Burschen, es ist nicht zu glauben, auf Papierfetzen, die sie auf Spaten gespießt haben, Zielübungen machen. – Das müssen besoffene Russen bei der Siegesfeier sein, sage ich mir, fahre dicht ran, da knallen die aus allen Läufen auf meine aufgesessenen Leute und rennen davon. – Bevor ich eine Breitseite hinterherschicke, entdecke ich – das sind doch, verdammt, deutsche Landser! – Ihr Glück, daß sie nichts getroffen haben!«

Hauptmann Rucker, der älteste und erfolgreichste Batterieführer Nesselbarts und dessen persönlicher Freund, ist heute vormittag im Abwehrkampf gefallen, und ein junger, etwa mit Wisse gleichaltriger Oberleutnant van der Hocke hat die Batterie übernommen.

»Dort haben Sie meine enorme Streitmacht, die ich befehlige!« – Van der Hocke weist auf die übriggebliebenen drei Sturmgeschütze, die er in einer Mulde in Deckung gefahren hat.

Aus etwa einem Kilometer Entfernung, in Nordrichtung, hinter einer Anhöhe, werden Leuchtspurgranaten abgeschossen und ist Gefechtslärm hörbar, der mit der rasch einbrechenden Nacht verebbt.

Aus den Geschützen der eingeschlossenen III. Artillerieabteilung ist kein Abschuß mehr zu hören. – Teilt sie das Schicksal der II., und ist sie wie diese restlos vernichtet? –

Das hieße, daß der Feind, die Lücke des Regimentes Popescu ausnützend, einen breiten und tiefen Fronteinbruch erzielt hat und die Division neuerdings von der Zerreißung und Vernichtung bedroht ist.

»Ich habe eine durch SMG und Granatwerfer verstärkte Kompanie bereitgestellt, um sofort bei Nachtanbruch die III. Artillerieabteilung herauszuhauen. – Ich ersuche Sie dringend, Herr Oberstleutnant, dieses Unternehmen durch Ihre Sturmgeschütze zu unterstützen!« fordert Mangesius Nesselbart auf. – Er spricht den schwäbischen Dialekt der Banater Volksdeutschen, ist hochgewachsen, mit silbergrauen Schläfen, eine elegante, imponierende Erscheinung. Etwa fünfundvierzig- bis sechsundvierzigjährig, ist er der beste Regimentsführer der Division, Absolvent der Wiener-Neustädter Militärakademie und war im 1. Weltkrieg von 1916 bis 1918 blutjunger Offizier der alten österreichisch-ungarischen Armee.

»Ich habe leider keine Nachtzielgeräte – und bin in der Dunkelheit mit meinen Sturmgeschützen völlig hilflos«, gibt Nesselbart zu bedenken. »Ich könnte Ihnen höchstens die recht fragwürdige Unterstützung durch ungezieltes Geschützfeuer geben. – Ich habe heute schon genug Ausfälle gehabt. – Morgen bei Tagesanbruch bin ich gern bereit . . .!«

»Morgen bei Tagesanbruch ist die Abteilung verloren und die Front zerrissen!« unterbricht Mangesius Oberstleutnant Nesselbart leidenschaftlich. Spannung ist zwischen den zwei Offizieren, die sich vom ersten Augenblick an bestens verstanden. »Morgen früh hat der Russe so starke Kräfte in die Einbruchstelle geworfen, daß die Division, aus eigener Kraft, nicht mehr imstande ist, seinen Angriff abzuwehren. Selbst wenn uns die benachbarte 297. I.D. unterstützt, ist der Erfolg fraglich! – Sicher sind schwerste Verluste an Menschen und Material! – Ich kenne den Russen! – Was ich mir im Nachtangriff mit einer Kompanie zutraue und wahrscheinlich erreiche, daran würden morgen Regimenter verbluten und scheitern!«

»Ich habe Sie bereits darauf hingewiesen, Herr Oberstleutnant, daß ich für Nachtangriffe nicht ausgerüstet bin!« erklärt Nesselbart unmutig. – »Ich kann mir, sinnlos eingesetzt, weitere Ausfälle nicht leisten! – Schon im ersten Morgengrauen werde ich Ihnen die gewünschte und vor allem wirksame Unterstützung geben!« – versteift er sich.

Mangesius liest die Zeit vom Leuchtzifferblatt seiner Armbanduhr ab. »Der Angriff der Kompanie zum Entsatz der III. Artillerieabteilung wird durchgeführt und startet in . . . 21 Minuten!« – In rumänischer Sprache gibt er, dem Ton nach, dem ihm begleitenden Hauptmann den Befehl zum Antreten der Kompanie, da dieser sich kurz von den Offizieren verabschiedet und eilig in die Dunkelheit verschwindet.

»Ich danke Ihnen und Ihren Herren, Herr Oberstleutnant!« – Mangesius salutiert knapp und streckt Nesselbart die Hand hin – der einen Augenblick zögert, diese zu ergreifen.

Diesen Augenblick benützt Wisse und wendet sich an Oberleutnant van der Hocke.

»Verfügen die Russen über Nachtzielgeräte?«

»Meinen Erfahrungen nach nicht!« erklärt van der Hocke. Nesselbart wirft seinem Batterieführer einen warnenden Seitenblick zu.

»Sie sind technisch viel schlechter ausgerüstet als wir!« – ergänzt van der Hocke aufrührerisch. – »Ist demnach überhaupt mit feindlicher Panzerberührung zu rechnen?« – fragt Wisse schnell. – »Die Artillerieabteilung wurde durch einige Flakgeschütze unterstützt und dürfte etliche Russenpanzer abgeknallt haben!«

»Dem Geräusch nach dürften sich die Iwans zurückgezogen haben. – Entweder die Abteilung ist schon futsch – oder der Russe hält sie über Nacht nur mit schwächeren Kräften umschlossen!« unterstützt van der Hocke Oberleutnant Wisse.

»Was wollt ihr beiden jungen Dachse?« fragt Nesselbart scharf.

»Ich möchte Herrn Oberstleutnant bitten, mir Ihre drei Panzer zur Verfügung zu stellen!«

»Wenn Sie noch einmal Panzer zu meinen Sturmgeschützen sagen, zahlen Sie eine Flasche Schnaps!«

»Bin freiwillig zu drei Flaschen der besten Marke bereit, Herr Oberstleutnant . . . Ich möchte mit Erlaubnis des Herrn Oberstleutnant Mangesius das Unternehmen selbst führen!« –

»Ich bin damit einverstanden, Herr Oberleutnant!« – gibt Mangesius seine Genehmigung.

»Auch über Nacht wird der Russe zumindest in Bataillonsstärke die Artilleriestellung umklammert halten!« befürchtet Nesselbart.

»Aus eigener Erfahrung, Herr Oberstleutnant, weiß ich, daß der Nachtangriff unsere einzige Chance ist – die armen Teufel herauszuschlagen!« Bittend schaut Wisse van der Hocke an, ihm bei Nesselbart Schützenhilfe zu leisten.

»Wenn Herr Oberstleutnant mit gestatten wollen, mit meiner Batterie das Unternehmen mitzumachen? – Es sind nur einige hundert Meter bis zur Stellung, und ein Überraschungsangriff müßte gelingen!«

»Haut ja ab, ihr beiden! – Wehe, wenn ich euch herausholen muß – und ihr mich die dritte Nacht um meinen Schlaf bringt! – Und wenn Sie mir die Batterie zum Teufel gehen lassen, van der Hocke . . .?«

»Dann komm ich erst gar nicht zurück – und hänge mich gleich hinten bei einem Leichenwagen an, Herr Oberstleutnant!« –

»Halt!« – ruft er Wisse und van der Hocke nach und fragt Mangesius: »Ist dort nicht eine gut ausgebaute Bunkerstellung?«

»Allerdings – in die Höhe rings um die Mulde sind etwas über zwanzig Bunker eingebaut. – Es waren dort mehrfach Stäbe einquartiert!«

»Da ist es durchaus möglich, daß der Russe sich schon mit stärkeren Kräften drin eingenistet hat!«

»Wenn, dann nur provisorisch, und da wäre es jetzt die beste Gelegenheit, ihn zu überraschen und hinauszuwerfen . . .!«

». . . bevor er sich dort fest eingerichtet hat!« – sekundiert van der Hocke dem Oberleutnant.

»Ihr seid ja immer noch hier?«

»Unser Alter ist sonst nicht so. – Der holt mit dem letzten Schuß den Teufel aus der Hölle!« – verteidigt van der Hocke seinen Kommandeur.

»Ich habe ihn schon auf der Fahrt hierher kennengelernt. Hat einen ganz tollen Eindruck auf mich gemacht!« – erwidert Wisse.

»Hauptmann Rucker, der heute gefallen ist, war sein bester Freund. Das hat ihn schwer mitgenommen.«

Kaum sichtbar, aber mit dröhnenden Motoren, kriechen die drei Sturmgeschütze aus der Mulde. Wie dunkle Klumpen hocken die rumänischen Infanteristen, durchfroren und stumpf wartend, beisammen.

Wisse hält noch rasch mit dem rumänischen Hauptmann und van der Hocke eine kurze Einsatzbesprechung ab.

Gegen das Mondlicht, das bläulich auf den Schneefeldern liegt, hebt sich aus dem Höhenzug um die Mulde die Kuppe eines etwa 100 Meter hohen Hügels als Silhouette ab, an dessen Steilabfall angelehnt die Artilleriestellung liegt.

Die verstärkte, aus vier Zügen bestehende Kompanie wird in drei Kampfgruppen geteilt. Der rumänische Hauptmann soll die drei stärksten Züge mit den zwei SMGs und den drei leichten Granatwerfern in einem Nordostbogen an die flachere Hügelbarriere heranführen.

Fünf Minuten später will Wisse mit den drei Sturmgeschützen, auf denen je eine Gruppe Infanterie aufzusitzen hat, auf geradem Weg an den vermuteten Taleinschnitt zwischen der Kuppe und dem niedrigen Hügelkranz heranfahren.

Der 4. Zug, der den kürzesten Weg hat, soll unter dem Kommando eines rumänischen Leutnants, unmittelbar hinter den Sturmgeschützen marschierend, diese 200 Meter weit begleiten, dann links abschwenken, der Stellung nach Westen ausweichen, sie umgehen und sich gegenüber der Bergkuppe angriffsbereit halten.

Mangesius hat seine besten Leute ausgesucht.

Sogar die Gruppenführer der auf die Sturmgeschütze kletternden Soldaten sind junge rumänische Offiziere. Die Gruppe, die auf dem Befehlswagen van der Hockes aufgesessen ist, steht unter dem Befehl eines kaum zwanzigjährigen rumänischen Leutnants.

Der rumänische Hauptmann ist mit seinen beiden Zügen losmarschiert und von der Dunkelheit verschluckt. –

Es ist so stockfinster, daß er die Leute an den Schultern abtasten muß, um den dritten Zug hinter den Sturmgeschützen anzureihen.

Er sieht nichts, ehe er seine Taschenlampe aufblitzen läßt, hört nur schallende Ohrfeigen. Im Lichtkegel der Taschenlampe ohrfeigt ein rumänischer Feldwebel zwei Leute, die er am Kragen hat, mit den Köpfen zusammenstößt und vor sich hertreibt.

Arme Hunde! – Sie haben Angst, denkt Wisse. Zornig fährt der junge Leutnant, der den Zug führt, dazwischen.

Scheltend läßt der Feldwebel von den Soldaten ab – stößt sie ins Glied. – »Sie wollten zurückbleiben und sich drücken!« erklärt der rumänische Leutnant Wisse. »Aber schlagen, das gibt es nicht mehr. – Auch die Rumänen sollen selbstbewußt, tapfer, aufrechte Soldaten werden und nicht weiter stumpfes Vieh sein, das zum Gehorsam geohrfeigt und mit Prügel in die Schlacht getrieben wird!« – Der Leutnant ist Volksdeutscher.

Von einem rumänischen Offizier hat sich der Oberleutnant die Leuchtpistole und Patronen dazu geliehen.

Den Deckel des oben abgeflachten Sturmgeschützes aufgeklappt, steht van der Hocke abwartend mit freiem Oberkörper in der Luke.

»Auf geht's!« – Zuerst durchrutschend, bis sie packen, beginnen sich die auf dem Boden bereits angefrorenen Gleisketten hell klirrend zu drehen, während Motoren aufheulen.

Wisse tritt zurück und überzeugt sich, ob sich auch die ganze Kolonne in Bewegung setzt.

Die außerordentliche Verantwortung, die er übernommen hat, gibt ihm derart gespannte Tatkraft, daß er keine Spur Bangigkeit für sich selbst fühlt.

Die Kolonne nach vorn ablaufend, springt er mit einem Satz von hinten auf den Führungspanzer van der Hockes. Hände packen ihn und ziehen ihn hinauf.

Aus dem rotglühenden Auspuff schießen immer wieder Stichflammen von Fehlzündungen des noch kalten Motors.

Eng hocken sich einige Rumänen auf die Motordeckplatten, durch deren Lüftungsschlitze warmer Öldunst hochsteigt.

Wisse setzt sich neben van der Hocke auf den Lukenrand oberhalb des kurzen, dicken Geschützrohres.

Auf der anderen Seite hat ein rumänischer Soldat ein MG über einen flach nach vorn liegenden Kameraden in Stellung gebracht.

Was Wisse nicht berechnete, der aufsteigende Mond wandert hinter die Bergkuppe, und sie rollen gegen eine Wand aus drohender Finsternis.

Van der Hocke steckt zwei Zigaretten zugleich in den Mund, entzündet sie, reicht eine davon Wisse, und, die leuchtende Glut in der hohlen Hand verdeckend, rauchen sie, starren gespannt in das Dunkel.

»Halt doch dein verdammtes Maul – glaubst, ich sehr mehr!« – schimpft van der Hocke zu dem Fahrer hinab, der laut flucht, da er trotz offener Sehklappe keine 5 Meter Fahrweg vor sich sehen kann.

»Himmelkreuz kruzisakra! – wegen die Dreckpreißen brich ich mir noch den Kragen!« – Der Fahrer schaltet kurz die Abblendscheinwerfer ein.

»Licht aus! – Dich hat's wohl, du bayrischer Saubalg!« befiehlt van der Hocke und lacht, als der Fahrer prompt zurückschimpft: »Aber oa Bayer zählt immer mindestens no soviel als drei so preißische Imitationssoldaten!« –

Meter um Meter, langsam rollt das Sturmgeschütz vorwärts.

Sie alle wissen, nur einige hundert Meter vor ihnen ist die Nacht voll vom Feind.

Die Leute sind gespannt, unruhig und haben Angst. Immer wieder fingert der rumänische Soldat neben Wisse am Abzug des MGs.

»Geschossen wird auf meinen Befehl – und keine Sekunde früher!« – Der als Auflage unter dem MG hingestreckte Soldat kann deutsch und dolmetscht. Er hebt den Kopf, sieht zu Wisse auf, sagt in seinem breiten Siebenbürger-Schwäbisch: »Ich bin aus Klausenburg!« –

»Dann sagen Sie den Leuten« – Wisse beruhigt sich auch selbst damit –, »ebensowenig, wie wir den Iwan sehen, kann er uns sehen – die Russen haben bei Nacht eine heillose Angst!«

»Aber hören können sie uns, Herr Oberleutnant!« – Verdammt ja, denkt Wisse. Kilometerweit ist das Klirren der Panzerketten zu hören, das tiefe Brummen der Motoren. – Wenn Russen in der Stellung liegen, müssen sie längst wissen, daß wir kommen. Sie können, ohne selbst gesehen zu werden, schon 5 Meter neben uns oder 10 Meter vor uns liegen – und kein Schuß ist noch gefallen. Sie müssen doch Posten aufgestellt haben? – Vielleicht sind sie längst alarmiert und erwarten uns? – Wisse bereut es, die Sturmgeschütze mitgenommen zu haben. Mit den Leuten allein hätte er unentdeckt in die Stellung eindringen können. – Er sieht van der Hocke von der Seite prüfend an. Der starrt wohl angestrengt in das Dunkel, aber nur nach dem Fahrweg – ist sonst gelassen und fühlt sich so sicher auf seinem Stahlkoloß, als ob es keine russische Pak und Panzer gäbe. – Dieser van der Hocke ist so stur wie seine Panzer, ärgert sich Wisse, hat er eine Elefantenhaut und kein Hirn? – Da entdeckt Wisse, daß auch van der Hocke ihn von der Seite heimlich ansieht. – Wisse kräuselt verächtlich die Lippen. »Ach

Scheiß!« knurrt er – und sein Empfinden gegen alle Gefahr ist Trotz. Sie lachen beide leise in sich hinein. – Wenn der Iwan plötzlich auftaucht, dann knallt es eben. –

Hinter der Hügelkuppe, deren Spitze in einem Strahlenkranz aufleuchtet, schiebt sich langsam wieder die Mondscheibe hoch und taucht das Gelände in kaltes fahles Licht. –

Schwarz gähnend haben sie plötzlich quer über den Weg, in 50 Meter Entfernung, einen tiefen Schatten vor sich. – Es kann eine flache Mulde, die durchfahrbar ist, aber auch eine tiefe Schlucht sein.

»Wir fahren nicht gut, Herr Oberleutnant!« – sagt der Schwabe unter dem MG. »Ich bin Melder und kenne das Gelände genau. War sogar heute hier, während der Iwan durchgestoßen ist. Vor uns, der dunkle Streifen, ist eine Schlucht. Da links im Schatten, dicht neben dem Berg, ischt die Einfahrt. Wir müsse durch, und dort auf dem Berg drübe huckt der Iwan – und dort drübe, wo die Schlucht durch den flachen Hügel angeschlossen ist – huckt er auch – und vor uns über der Schlucht gleichfalls, rundherum, überall. Bevor die Schlucht da drübe durch den Hang abgeschlosse wird, mündet nach Osten, die Höhe entlangführend, eine Balka.

Heute vormittag sind da die russischen Panzer durchgestoße. Genau wie der Iwan müsse wir die Balka überquere und über die Höhe dahinter durchstoße. – Da komme wir direkt in die Mulde, wo unsere Aristellung liegt.

Die vorderste Geschützstellung war heute vormittag, wie ich da war, vorübergehend in russischer Hand, wie's jetzt dort ischt, weiß ich nicht. In der Balka sind eine Menge Bunker, wo unsre Stäbe drin gelege sind – da wird jetzt der Iwan drin hucke!«

Der Schilderung nach kann Wisse jetzt das zum Teil mondbeschienene Gelände sowie dessen Schattenrisse ausnehmen und sich orientieren.

»Mensch, das ist ja ganz prima, daß Sie so gut Bescheid hier wissen. Durch Ihre Angaben haben wir schon halb gewonnen!«

Wisse schaut die Kolonne zurück. Die mit je 20 Meter Abstand folgenden Sturmgeschütze wirken wie Panzerschiffe, die den mondbeschienenen Flächen, die wie Ufer wirken, ausweichend, durch die Dunkelheit schwimmend, in Kiellinie folgen.

Hinterher, in aufgelöster Marschordnung, aber Schritt haltend, keuchen vornübergebeugt die rumänischen Soldaten. Schwer hängen in ihren Händen die Munitionskästen, da sie außer ihren Karabinern auch noch MGs und Granatwerfer mitschleppen müssen.

Das helle Klirren der zusammenschlagenden Waffen, die sie tragen – ist durch das Dröhnen der rollenden Panzer zu hören.

»Halten!« – befiehlt Wisse als Führer des Unternehmens und springt vom Sturmgeschütz.

»4. Zug, links abschwenken! – Sie umgehen die Stellung, gewinnen den Abhang der Bergkuppe und bleiben links von uns, während die beiden anderen Züge rechts von uns halten!« – gibt Wisse dem jungen Leutnant, der den Zug führt, Anweisung. »Auf rotes Leuchtzeichen, zugleich mit den Zügen rechts von den Sturmgeschützen, eröffnen Sie das Feuer aus allen Waffen. – Sobald ich weiß schieße und das Gelände ausleuchte, lassen Sie stürmen! – Alle drei Kampfgruppen greifen wir frontal an, und ich stoße dann mit den Sturmgeschützen aus der Mitte in die Artilleriestellung durch!«

Der junge rumänische Leutnant verbeißt seine Bangigkeit. Die MPi schußbereit, setzt er seinen Zug in Bewegung.

Keine 50 Meter rechts von den Sturmgeschützen, das sieht Wisse erst jetzt, da sich die Augen an die Dunkelheit gewöhnt haben, halten die zwei anderen rumänischen Züge. – Ohne auf den Sturmgeschützen bemerkt zu werden, waren sie die ganze Zeit parallel zu deren Fahrtrichtung marschiert.

Auf Wisse zukommend, mit einigen Sprüngen, überquert der rumänische Hauptmann, der die beiden Züge führt, eine mondbeschienene Fläche. Er ist um einen halben Kopf kleiner als Wisse. Breitschultrig, stiernackig und untersetzt, bewegt er sich kraftvoll, geschmeidig.

Trotz der beißenden Kälte trägt er weder Mantel noch Handschuhe. – Statt der hohen Pelzkappe hat er die Schirmmütze, schräg, über den mächtigen, kantigen Schädel gesetzt.

Ähnlich wie Tataranu, hat er ein römisches Gesicht, nur lang, knochig, von kühnem, klassischem Schnitt. – Vor fast zwei Jahrtausenden, dünkt es Wisse, muß einer seiner Vorfahren Hauptmann in einer jener römischen Legionen gewesen sein, die auf ihren kühnen, weiten Feldzügen eine Welt eroberten, sich auf kleinen Stützpunkten gegen barbarische Völker behaupteten – mit einem Netz von Straßen die Länder durchschnitten, auf denen Kaufleute, Künstler und Gelehrte nachfolgten, Kultur und Zivilisation brachten und Europa schufen.

Der Hauptmann winkt einen rumänischen Soldaten herbei, der dolmetschen soll. – Wisse wundert sich über die vielen Volksdeutschen in der rumänischen Armee.

»Ich bin knapp neben euch hermarschiert, damit wir uns im Falle eines plötzlichen Angriffs gegenseitig zu Hilfe kommen können!«

Ruhig, erfahren, von entschlossener Tatkraft, nichts an sich, was sich vordrängt, und zuverlässiger Kamerad, ist der Hauptmann der richtige Kampfgefährte für das Unternehmen.

Der Boden zittert, und in weitem Umkreis ist die Nacht erfüllt vom Dröhnen der Panzermotoren, das sich aufheulend steigert, wenn die Fahrer in kurzen Intervallen Gas geben, damit die Motoren nicht absterben.

»Und immer noch ist kein Schuß gefallen!« – Der Hauptmann nickt bestätigend, daß auch er sich wundert.

Verdammt, wenn man die Dinger abstellen könnte, die man doch weit und breit hören muß, denkt Wisse. – Als ob er es laut ausgesprochen hätte, meint der rumänische Offizier:

»Ich glaube, wir sind so nahe am Russen, daß wir die Leute schnarchen hören müßten.«

»Ja, das müßte man!« – Wisse sieht die Russen da drüben vor sich, nach der unmenschlichen Anstrengung des Tages, durchfroren in einem Loch beieinander hockend, in die Zeltplanen und Decken gewickelt – oder in die Bunker gekrochen.

Diese Ruhe des Gegners ist unheimlich.

»Es ist doch undenkbar, daß die Russen, ohne sich entsprechend zu sichern, hier über Nacht in Ruhestellung gegangen sind?«

»Das ist ausgeschlossen!«

»Und daß ihre Posten keinen Alarm geben. – Sie müssen unsere Sturmgeschütze für eigene Panzer halten. – Anders kann ich mir ihr Verhalten nicht erklären. –«

»Sie wissen, daß wir Rumänen keine Panzer haben . . .!«

»Halten es für ausgeschlossen, daß andere als ihre eigenen T 34 hier in der Nacht herumkrebsen?«

»Es kann nur so sein. – Einen feindlichen Panzerangriff bei Nacht halten sie für unmöglich – und das Heranfahren und jetzt das Motorengebrumm beruhigt sie so sehr und wiegt sie so in Sicherheit, daß auch die Posten nicht achtgeben und mit offenen Augen schlafen. Ohne den Panzerlärm wären wir mit unserer Infanterie gar nicht unentdeckt an sie herangekommen!«

»Und die Artilleriestellung, die sie umklammert halten?«

»Da werden sie auch vor ihren Waffen dahindösen – und den Morgen abwarten, in der Meinung, daß ohnedies ihre Panzer herumfahren und auf der Wacht sind. – Unsere eigenen Leute, wenn noch welche leben, werden sich in ihrer Mausefalle hüten, sich zu rühren! – Und wenn es eine Falle ist . . .?« erwägt der rumänische Hauptmann auch diese Möglichkeit.

»Das werden wir früh genug merken, Herr Hauptmann. – Ist aber kaum anzunehmen, müßte vorbereitet sein und erscheint mir in der kurzen Zeit, seit uns der Iwan anmarschieren hört, unmöglich! – Es wäre denn . . .? – Ach was!« – schneidet sich Wisse selbst jedes weitere Bedenken ab.

»Wir werden durch die Schlucht fahren, das macht einen Heidenspektakel, und ich schlage Ihnen vor, Herr Hauptmann, daß Sie währenddessen versuchen, möglichst unentdeckt den Höhenkamm dort rechter Hand zu erreichen.

Sobald Sie die Höhe gewonnen haben, schießen Sie rot als Angriffszeichen. – Der links von uns liegende Zug eröffnet darauf mit Ihnen gleichzeitig das Feuer. Wenn wir Ihren Gefechtslärm hören, stoßen wir durch die Balka in die Artilleriestellung durch. – Sobald wir durchstoßen, stürmen Sie. – Lassen Sie uns aber die Spitze, damit Sie nicht in unseren Feuerbereich geraten.

Die Russen werden unseren Angriff nicht erwarten, da wir uns in der Balka, in ihre eigene Front eingeschoben haben!«

Von Mann zu Mann im Flüsterton werden die Befehle des Hauptmanns weitergegeben.

»Also dann – Hals- und Beinbruch!« –

Die Sturmgeschütze sind inzwischen nebeneinander im Schatten des Bergkegels am Eingang zur Schlucht aufgefahren.

Wisse muß den Kampfwagen- und Gruppenführern ins Ohr brüllen, um sich im Motorenlärm verständlich zu machen.

»Halten Sie sich hinter uns, und verlieren Sie nicht den Anschluß. – Wir fahren hier die Schlucht lang. Zirka 80 Meter zur linken Hand mündet eine Balka.

Wenn rot geschossen wird, ist das das Angriffssignal. Falls uns Zeit bleibt, halten wir vor der Balka.

Sie bleiben hinter uns, fahren auf kürzestem Abstand auf, aber nur so weit, daß Sie durch die Schlucht noch in Deckung sind, falls wir voran Feuer erhalten sollten. Sie warten, bis ich weiß schieße und die Balka ausleuchte. Dann stoßen Sie sofort, aus allen Knopflöchern feuernd, hinter uns nach, überqueren schräg die Balka und brechen mit uns über die dahinterliegende Anhöhe in die Mulde zur Artilleriestellung durch! Die Leute bleiben möglichst aufgesessen. Wenn wir Feuer bekommen und sie abspringen, haben sie sich unbedingt bei den Sturmgeschützen zu halten und mit diesen vorzugehen! Alles klar? – nun denn, man los!« – Wisse steht wieder neben van der Hocke am Befehlspanzer, klappt den Lauf der Leuchtpistole herunter und ladet sie. Er zählt nochmals die Leuchtpatronen in der Tasche. Sieben Stück, das muß reichen für die paar Minuten.

Die Schlucht ist stockdunkel. – Langsam, Meter für Meter schieben sich die Sturmgeschütze vorwärts. – Die Nerven der Männer sind zum Zerreißen gespannt. – Jede Sekunde kann der Gegner vor ihnen aus dem Boden wachsen.

Unheimlich, daß der Feind immer noch kein Zeichen von sich gibt. – Es geschieht nichts, das die unerträgliche Spannung zerreißen – und den Kampf eröffnen würde.

Wie mag es den rumänischen Zügen links und rechts an den Flanken ergehen? Werden sie ihre Positionen unentdeckt erreichen?

Van der Hocke packt Wisse am Arm, deutet nach oben. – Am rechten Schluchtrand über ihnen, als Silhouette, gegen das Mondlicht deutlich erkennbar, gehen zwei russische Wachtposten.

Das heißt, daß sie schon in der russischen Stellung fahren. – Jetzt bleiben die russischen Posten stehen. Es ist, als ob sie etwas in die Schlucht hinabrufen würden.

»Die halten uns auch für T 34!« – »No klar, Mensch – werden früh genug draufkommen, was los ist! – Idiot!« – brüllt van der Hocke. Einer der rumänischen Soldaten hat die Nerven verloren und auf die Russen über ihnen geschossen, die sich blitzschnell fallen lassen und verschwunden sind.

»Nun, aber man dalli! – Scheinwerfer auf!« – kommandiert van der Hocke. Die Scheinwerfer reißen die Nacht auf, die Motoren heulen, und es wirft Wisse fast vom Sturmgeschütz, wie plötzlich die Raupen schneller anpacken. –

Van der Hocke, auf dem Lukenrand aufgestützt, brüllt seine Befehle in das Kehlkopfmikrofon und nach unten in den Panzer, dem Fahrer, dem Richt- und Ladeschützen zu.

Die rote Leuchtkugel des Hauptmanns steigt von der Höhe in steiler Flugbahn als Angriffszeichen in den Nachthimmel und explodiert zu einem riesigen roten Flammenschein am Himmel. Während sie auseinanderspritzend wie Feuerregen vom Himmel zurückfällt, bellen schon die MGs los, ratschen in kurzen Feuerstößen die MPis, krachen mit dumpfem Plock-Plock die Granatwerfer.

Auch hinter den Sturmgeschützen und unmittelbar neben ihnen wird rot geschossen.

Der Hauptmann hat sich somit in einem Bogen nach Osten über den Hügel mit der linken Flanke direkt hinter den Sturmgeschützen gehalten. – Einige Sekunden später setzt auch von der linken Kampfgruppe das Feuer ein.

Mit der linken Raupe, ruckartig, jäh bremsend, läßt der Fahrer das Sturmgeschütz im rechten Winkel schleudernd in scharfer Fahrt in die Balka einschwenken.

Hinter den Raupen weg spritzt eine Fontäne aus Schnee und gefrorenen Erdbrocken, die krachend gegen die Vorderfront des dichtauf folgenden Geschützes prallen.

»Alles hört auf mein Kommando!« – kommandiert Wisse, reißt die Leuchtpistole hoch und schießt steil in den Himmel.

Alle Augen folgen der zischenden Leuchtspur der Patrone, die am Scheitelpunkt, schon die Flugbahn senkend, erst platzt und als Lichtschirm herabsinkt.

»Feuer frei!« – Wisse erhält durch den Rückstoß des Geschützes neben sich von der Kante des Lukendeckels einen derben Puff und wirft sich, vom Mündungsfeuer der ersten Granate, die aus dem Rohr saust, geblendet, rasch etwas zurück. Links und rechts knapp neben dem Kampfwagen van der Hockes tauchen die anderen zwei Sturmgeschütze feuernd auf.

Heftig wie ein Platzregen rast das Feuer aus den Flanken der rumänischen Infanterie auf die Bodenwelle hinter der Balka. – Das Feuer der beiden Züge des rumänischen Hauptmanns liegt ausgezeichnet, bestreicht ringsum die Mulde, jeden Meter, und setzt genau ab – wo die Panzer durchstoßen müssen.

Der Leutnant verlegt mit seinem Feuer den Panzern den Weg, streut auch die Balka ab, bis Wisse eine zweite Leuchtkugel schießt – und der Zug von links das Feuer zurücknimmt.

Van der Hocke läßt die Sturmgeschütze halten, schießen, was sie hergeben – und orientiert sich. Sie müssen doch durch die Balka durch, da sie seitlich rechts, wo die Mulde liegt, zu steil ansteigt und Bunker neben Bunker liegt.

Bis in den letzten Winkel, so daß nicht einmal eine Maus entkommen kann – ist sie hell von dem grellen, weißen Magnesiumlicht ausgeleuchtet.

Rotarmisten, die durch den Feuerüberfall aus dem Schlaf gerissen, erst im letzten Augenblick die Gefahr erkennend, in irrsinniger Angst, kopflos, kreuz und quer – um ihr Leben rennen.

Sie haben vor sich, den Weg versperrend, anrollend und alles niederwalzend, die Stahlungeheuer der Sturmgeschütze, die explodierende Granaten speien, MG- und Gewehrfeuerhagel der aufgesessenen Infanterie überschüttet sie, und es bleibt den Rotarmisten keine Zeit auch nur zu kürzester Überlegung und Besinnung, was dagegen zu tun sei. Sie kommen nicht dazu, gegen den aus der Nacht herausstoßenden Feind eine Waffe einzusetzen, und da jeder Winkel in grelles Licht getaucht ist, haben sie keine Chance, irgendwo Deckung zu finden und dem Tode zu entrinnen.

Mit unfaßbarer Grausamkeit setzt der Nahkampf ein. Zu vernichtungswütigen, reißenden Bestien gereizt, springen die ersten Soldaten von den Sturmgeschützen.

»Alles auf den Geschützen bleiben!« – brüllt Wisse ununterbrochen, aber kein Befehl hält die Leute mehr. Ein Soldat hinter ihm, den er am Arm packend zurückhalten möchte, reißt sich tobend los, läßt sich neben das Sturmgeschütz in den Schnee fallen, kugelt zur Seite und aufspringend, rasend, sticht er mit dem aufgepflanzten Seitengewehr auf zwei flüchtende Russen ein.

Der Todesschrecken, mit dem die Rumänen heute vormittag pausenloser Vernichtung durch den Feuerorkan der russischen Artillerie ausgesetzt waren, die Ohnmacht, da sie sofort darauf wehrlos den alles zermalmenden Panzersturm über sich ergehen lassen mußten, und die Wucht der Schläge, die sie ertrugen – brechen nun als Vergeltungswut aus ihnen, in zügellosem Haß, der sich zum Blutrausch steigert.

»Die Leute sind nicht zu halten!« – schreit Wisse dem Kampfwagenführer zu.

»Feuer einstellen!« – gibt van der Hocke den Kanonieren seiner Sturmgeschütze Befehl, denn auch rechts über die Hänge und von links herunter stürmen die beiden Infanteriekampfgruppen, stürzen sich auf die flüchtenden Russen und würden mitten in das Granatfeuer der Sturmgeschütze rennen.

Mit unartikuliertem Kampfgeschrei, brüllend, hauen sie den Gegner zusammen. – Andere wieder töten verbissen, ohne einen Laut von sich zu geben, in kalter Mordwut. Sie erschießen, erstechen, erschlagen; die Gewehre umgedreht, beim Lauf packend und hochschwingend, mit dem Kolben, was ihnen in den Weg kommt.

Sie jagen ihre MG- und MPi-Garben in die beiden Laufgräben, werfen Handgranaten hinein, daß die Fleischfetzen hoch aufwirbeln, springen in die Gräben, waten durch Blut und trampeln in Gesichter zerfetzter Leiber, hauen, erstechen, schlagen nieder, was sich noch regt.

Sie reißen die Bunker auf, schleudern geballte Ladungen hinein, setzen sie in Brand und schießen in aufgestapelte Benzinkanister. Sie zerstören die Unterkünfte, zerdreschen die Gewehre und MGs, sprengen die Pakrohre, machen alle gegnerischen Waffen, die sie nicht vernichten können, unbrauchbar und suchen jeden Winkel ab, ob es nicht noch einem Rotarmisten gelungen ist, sich lebend zu verbergen.

»Verfluchte Saubande!« tobt van der Hocke, denn außer dem MG-Schützen auf seinem Wagen sind alle abgesprungen, und ohne Infanterie rollen die Panzer gegen die Anhöhe, hinter der die Mulde liegt.

Automatisch, eine nach der anderen, hat Wisse seine Leuchtpatronen bis auf zwei verschossen. Dazwischen schießen auch die rumänischen Offiziere weiße, rote und grüne Leuchtkugeln hoch – so daß die Balka in Orangetöne wechselnden Lichts getaucht ist. Flammen, die vom Boden hochschlagen, Feuerzungen, Lichtregen, der aus dem Himmel fällt, durchleuchtete Rauchschwaden. Nur so kann man sich die Hölle vorstellen, und durch sie als dunkle Schatten mit ihren hohen Pelzmützen rennen die Rumänen kreuz und quer auf der Suche, ob sich nicht noch wo ein Hauch Leben regt – um ihn zu zerstören.

Wie, das weiß der Oberleutnant selbst nicht, hat er, in allen Taschen suchend, plötzlich seine Trillerpfeife im Munde. Schrill gellt ihr Pfiff. Einige Leute fahren zusammen. Sich umblickend und vergewissernd, daß in der Balka alles Leben vernichtet ist und der Rest des Materials durch das Feuer zerstört wird – kommen sie in langsamem Trott wieder auf die Sturmgeschütze zu, und andere folgen ihnen.

»Elender, hundsverdammter Bockmist!« – flucht van der Hocke – und der Fahrer von unten herauf schimpft noch mehr. – Zum drittenmal rutscht das Sturmgeschütz auf dem vereisten Hang, den der Fahrer mit Vollgas nehmen will, zurück.

Das grauenvolle Abschlachten hat van der Hockes Nerven schwach werden lassen. – Er flucht hauptsächlich aus Wut über sich selbst. – Ähnlich wie der rumänische Hauptmann, den er im Lichtschein auf einer Bunkerüberdachung, über der Balka ganz deutlich, an einer Zigarette ziehend, hinab in das Wüten starren sah, ohne einer Regung fähig zu sein, alle Sinne hell wach, mit kalter Faszination durch Augen und Ohren, durch den Geruch, in jede Pore der Haut – das Grauen in sich hineinschlingend – als unverlierbares Erlebnis – von entsetzlichen Einzelheiten das Herz umklammert, hat Wisse die Todesbalka durchfahren.

»Ruhe, nur mit der Ruhe! – Rückwärtsgang, Anlauf nehmen und drüber!« – hört Wisse sich sagen. – Ob er Nerven, Blut, Fleisch und Knochen in sich hat – ein körperliches Wesen ist? – Er spürt es nicht.

Das Sturmgeschütz rollt zurück, und mit Anlauf die Höhe hinaufschießend, ein Stück über dem Boden, durch die Luft weiterfahrend, eine Sekunde mit dem vom Boden hochragenden Vorderteil stillstehend und balancierend, kippt es vornüber und rutscht über den Schnee, der unter den stählernen Raupengliedern quietscht, den Hang auf der Gegenseite steil hinab. Wisse klammert sich am Lukenrand fest, um nicht hinuntergeschleudert zu werden. Und – vom Mondlicht halb beschienen, verbarrikadierend, als Sperr-Riegel schräg zueinander, dreimal so große wie die eigenen Sturmgeschütze, stockhoch, die langen Rohre waagerecht, verstellen zwei russische Riesenpanzer den Eingang zur Mulde.

Es sind zwei der überschweren, langsamen russischen Monstertanks, mit weittragenden 12- oder 15-cm-Geschützen.

Im Aufflammen einer Leuchtkugel sieht Wisse drei russische Soldaten in Eile, ohne Mützen und Schuhe, in den Socken auf ihren Tank zulaufen. Im Panzer selbst scheint ein Mann als Posten zu sitzen, der offensichtlich verzweifelt an der Geschützeinrichtung dreht, denn das Rohr senkt sich, aber in die entgegengesetzte Richtung der deutschen Sturmgeschütze, nach unten.

Wisse stößt den MG-Schützen an, und mit der MPi zuerst die Richtung weisend, jagt er dem zu vorderst laufenden Soldaten, der eben die Einsteigluke des einen Riesentanks erreicht, ein halbes Magazin in den Leib. Der sackt zusammen und bleibt mit dem Oberkörper, die Beine herabschlenkernd und mit den Füßen wild zuckend und im Todeskampf strampelnd, an der riesigen Gleiskette hängen.

In der MG-Garbe, beide mit grausig grotesk gleicher Bewegung, die Arme hochwerfend und in der Luft nach Halt greifend, fallen die zwei anderen Soldaten nebeneinander vornüber auf das Gesicht in den Schnee.

Einige der Rumänen, die, während die Sturmgeschütze den Hang anfuhren, wieder aufgesessen sind, springen ab – klettern auf die Riesentanks und suchen Öffnungen, um ihre Eierhandgranaten hineinzuwerfen. Sie verstopfen die Sehschlitze und Gucklöcher mit Schnee und Lehm. Wisse wirft den ratlos herumspringenden Rumänen, die mit dem Koloß nicht fertig werden, einen Benzinkanister zu. – Glucksend wird der eine Panzer und die Erde ringsum mit Benzin überschüttet.

»Alles zurück, in Deckung hinter die Sturmgeschütze!« – kommandiert Wisse. Der Schwabe neben ihm übersetzt brüllend den Befehl – und schon während die Leute die ersten Schritte zurücklaufen – schießt er die letzte Leuchtpatrone in die schimmernde Benzinpfütze neben dem einen Panzer.

Zerplatzend spritzt sie weiße Lichtstrahlenbündel hoch; die Flammen laufen leckend über die Raupe und den Panzer – erfassen den zweiten, die Treibstofftanks. In knatternden Ketten explodiert die MG-Munition im Innern der Tanks – und mit dumpfem Knall detonieren die Granaten hinter den dicken Stahlwänden.

In wilder Flucht nach Osten über die Hügel rennen die Russen aus ihren Stellungen, die sie rings um die Artillerieabteilung gelegt haben. – Viele von ihnen werden Opfer der Leuchtspurgarben aus den MGs – die das Gelände abstreunen.

Einen Patronengurt nach dem anderen läßt der MG-Schütze durch sein Gewehr laufen und bestreicht das vor ihm liegende Gelände.

Aufgescheucht durch die herandröhnenden Sturmgeschütze, springen die Rotarmisten aus ihren Gräben. Sie hetzen in Todesangst vor den ihnen nachrollenden Sturmgeschützen her, stürzen in wilder Hast nach allen Richtungen auseinander, kriechen die Hänge hinauf, in der Hoffnung, ihr Leben zu retten, und fallen wie hingemähtes Getreide im Feuer der Granaten, der MGs und der Gewehre.

Mit neuer Leuchtspurmunition aus den Vorräten der Sturmgeschütze versorgt, jagt Wisse eine Leuchtrakete nach der anderen gegen den Himmel, um das Kampfgelände auszuleuchten. – In den Pausen zwischen den Abschüssen der Leuchtkugeln reißt er die MPi am Riemen von der Schulter, und knatternd fahren die kurzen Feuerstöße in die flüchtenden Rotarmisten.

Mit ausgebreiteten Armen und Freudengeschrei kommen die freigekämpften Rumänen aus der ersten Geschützstellung angelaufen. – Sie rennen ihren Kameraden entgegen. Manche überschlagen sich in ihrem laut gestikulierenden Wortschwall – viele fallen ihren Kameraden wortlos um den Hals. Nicht wenige weinen vor Erschütterung über das furchtbare Erleben, das sie hinter sich haben.

»Das wäre geschafft!« – Wisse und van der Hocke nicken einander zu. »Ja, jetzt nur wieder so gut rauskommen, wie wir reingekommen sind. Weh, wenn mir ein Wagen in den Eimer geht – Nesselbart frißt mich!«

Wie mit Magnesius und Nesselbart vereinbart, schießt Wisse mit fünf Sekunden Abstand dreimal grün, zum Zeichen, daß das Unternehmen geglückt ist.

Sich nach Osten hinziehend, versickert der Kampflärm bis auf das Plocken eines Granatwerfers und das Knattern vereinzelter Gewehrschüsse. Nun steigen auch hinter den Sturmgeschützen grüne Leuchtkugeln hoch. Es ist das Signal, daß auch die Höhen in ihrem Rücken, zwischen denen sie durchgestoßen sind, feindfrei und von Rumänen besetzt sind. Wisse atmet erleichtert auf – denn das bannt die Gefahr, daß ihnen der Rückweg von nachstoßendem Feind abgeschnitten werden könnte.

Die beiden Infanteriekampfgruppenführer, der rumänische Hauptmann und der junge Leutnant, sind inzwischen bei den Sturmgeschützen eingetroffen.

Besonders der rumänische Hauptmann, dessen Umsicht, Erfahrung und Tapferkeit viel zum Gelingen des Unternehmens beitrug, hat sofort die Wichtigkeit der Höhenstellungen für eine Festigung des Erfolges erkannt – sie vom Feind gesäubert und besetzen lassen.

Auf Wisses Vorschlag wird aus fünfzehn Mann unter freiwilliger Führung eines jungen rumänischen Leutnants ein Spähtrupp gebildet und sofort losgeschickt, um festzustellen, wohin sich der geflohene Feind zurückgezogen hat.

Zwei Sturmgeschütze schwenken in Richtung Osten, um dem abziehenden Spähtrupp, falls nötig, Feuerschutz zu geben und eventuell zurückstoßende Feindkräfte abzuwehren.

Gruppen zu je drei Mann durchstreifen das ringsum liegende Gelände, um Reste von Rotarmisten, die sich noch irgendwo versteckt halten oder festgesetzt haben könnten, aufzuspüren.

Ein rumänischer Soldat soll Wisse zum Gefechtsstand der Artillerieabteilung führen, da kommt ihm schon der rumänische Oberstleutnant, Kommandeur der Abteilung, mit mehreren seiner Offiziere entgegen.

Die rumänischen Offiziere, auch der Kommandeur, haben jeder einen Karabiner umgehängt und die weit abstehenden Taschen mit Eierhandgranaten vollgestopft.

Wortlos geht der Abteilungskommandeur auf Wisse zu – ergreift dessen beide Hände, schüttelt sie, umarmt ihn und küßt ihn auf beide Wangen. – Dieser echt südländische, spontane Gefühlsausbruch ist Wisse etwas peinlich, und außerdem hat der Oberstleutnant einen recht harten und stacheligen Bart.

Durch kräftiges Händeschütteln bewahrt er sich vor ähnlichen Dankesbezeigungen der anderen rumänischen Offiziere.

Trotz ihrer etwas heftigen und für einen deutschen Soldaten verpönten Gefühlsäußerungen darf man daraus nicht auf Verweichlichung schließen. Diese rumänischen Soldaten sind hart und haben todesmutig gekämpft. – Sie haben jeden Angriff des vielfach überlegenen Gegners abgeschlagen und wären bis zum letzten Mann gefallen, ehe sie sich ergeben hätten. Die ihnen verbliebenen drei 10,5-cm-Kanonen und fünf leichten Geschütze hatten sie in der stützpunktartig ausgebauten Stellung zur Rundumverteidigung eingerichtet und sich gegen den immer wieder anstürmenden Feind gewehrt. Ob Offizier oder Mann, wer nicht an den Geschützen zu tun hatte, war infanteristisch eingesetzt worden.

Um 8 Uhr früh endete die russische Artillerievorbereitung. Schon zwanzig Minuten später waren die ersten russischen Panzer, die das Regiment Popescu aufgerieben hatten, vor der Artillerieabteilung aufgetaucht.

Einzeln und in Gruppen waren die Infanteristen aus dem durchbrochenen Kampfabschnitt vor den nachsetzenden Panzern flüchtend zurückgestürmt und hatten sich in die Artilleriestellung gerettet.

Der Kommandeur sammelte die erschöpften und sich apathisch in ihr Schicksal fügenden Soldaten, und durch Kanoniere und Troßleute verstärkt, warf er sie in einer behelfsmäßig ausgebauten Verteidigungsstellung vor den Geschützen dem Feind entgegen. »Ohne Infanterieschutz wäre die Artilleriestellung nicht zu verteidigen gewesen!« erklärt der Oberstleutnant. – »Wir hätten trotzdem nicht viel länger mehr standgehalten und wären restlos vernichtet worden, wenn das Gros der russischen Panzer nicht plötzlich vor uns nach Süden ausgewichen wäre. – Offensichtlich hatten sie genug kampffreien Raum vor sich, bestimmte Marschziele und wollten sich, wo es ging, verlustreiche Feindberührung ersparen.« – Mit Stolz weist er auf fünf russische KW I und vier T 34, die, außer Gefecht gesetzt, vor der rumänischen Stellung liegen.

»Es war uns während des Kampfes gar nicht bewußt geworden, daß wir den ganzen Tag lang, fast bis zum Anbruch der Dunkelheit die russische Offensive in unserem Abschnitt aufgehalten haben! – Doch was soll nun weiter geschehen?« – fragt der hochgewachsene, noch verhältnismäßig junge Oberstleutnant gespannt und besorgt. Auch die Augen der umstehenden rumänischen Offiziere fühlt Wisse fragend auf sich gerichtet. –

»Ich werde mich sofort mit Herrn Oberstleutnant Mangesius in Funkverbindung setzen und ihn bitten, die Kompanie zu Ihrer Verfügung vorläufig hierzulassen...!«

»Und die Sturmgeschütze, Herr Oberleutnant?«

»Ich werde auch Oberstleutnant Nesselbart darum bitten – denn wenn Sie mit diesen Kräften imstande sind, die Stellung bis morgen zu halten, sieht die Lage für uns schon günstiger aus. – Für morgen wurde der Division eine schwere Flakabteilung und eine Anzahl Pakgeschütze versprochen.

Herr General Pfeffer von der 297. I.D. hat mir zugesagt, daß er uns aushelfen wird. Er wird im Morgengrauen eine starke Kampfgruppe auf die schon zum zweitenmal im Laufe des heutigen Tages verlorengegangene Höhe 108 zum Angriff ansetzen. Höhe 98, nördlich der Tscherwlenaja, ist durch unser Entsatzunternehmen, da sich die Russen zurückgezogen haben, auch wieder in unserer Hand.

Südlich der Tscherwlenaja hält noch immer Major Moraro mit dem Pionierbataillon seinen Abschnitt, obwohl er nach rechts und links abgeschnitten ist. Morgen früh soll dort die 29. I.D. mot., die hinter uns zur Abstützung liegt, angreifen und die Verbindung wiederherstellen.

An der breiten und tiefen Einbruchsstelle allerdings, wo das Regiment Popescu stand, liegt zurückgezogen jetzt nur Ihre Artillerieabteilung, Herr Oberstleutnant...!«

»Artillerieabteilung ist gut! – Batterie wäre treffender!« –

Der Oberstleutnant winkt ab. »Wenn die Kompanie und die Sturmgeschütze als Verstärkung hierbleiben – glaube ich die Stellung bis morgen früh halten zu können. Der Russe wird zwar gerade in der Nacht starke Kräfte heranführen und in die Einbruchsstelle werfen. – Wenn er jedoch spürt, daß er bei uns mit starkem Widerstand zu rechnen hat, wird er bis morgen früh keinen entscheidenden und stärkeren Angriff vortragen!« –

»Was ich noch fragen wollte, Herr Oberleutnant – hatten Sie starke Verluste?«

»Soweit ich es bisher feststellen konnte, nicht!« Wisse wendet sich fragend an die rumänischen Zugführer.

Der Hauptmann und der Leutnant melden, daß sie bei ihren Zügen keinen einzigen Ausfall hatten – nicht einmal einen Verwundeten.

»Das nenne ich ein gelungenes Unternehmen! – Lassen Sie sich nochmals gratulieren, Herr Oberleutnant!«

»Nur unglaubliches Schwein gehabt, Herr Oberstleutnant!«

Die Funkstation der Artillerieabteilung hat Defekt. Der Oberstleutnant bittet Wisse, so lange in der Artilleriestellung zu bleiben, bis der Schaden behoben ist und der Funkverkehr wieder klappt. – Er meint, daß es Wisse eher gelingt, Oberstleutnant Mangesius und Oberstleutnant Nesselbart dazu zu bewegen, die Verstärkung über Nacht in der Artilleriestellung zu belassen.

»Bleiben Sie doch bitte noch etwas bei uns, Herr Oberleutnant! Ich lade Sie ein, in meinem Gefechtsstand eine Flasche Wein mit uns zu trinken!« – Im Ton des rumänischen Oberstleutnants schwingt Dankbarkeit, menschliche Zuneigung – und ein wenig der Wunsch, den Befreier noch etwas zurückzuhalten, falls der Russe unvermutet umkehren und die Stellung angreifen sollte.

Die Kampfgruppenführer freuen sich über die Einladung, und Wisse stimmt zu.

»Gut, dann lassen Sie aber bitte Ihre Leute solange ausruhen! – Sie haben es nötig – und wer weiß, welche Anforderungen morgen an sie gestellt werden!«

»Wir haben hier in der Stellung genug Bunker – wo sie es warm haben!« wirft der Oberstleutnant ein.

»Ein Drittel der Männer, möglichst Freiwillige, müssen als Beobachtungsposten im Gelände bleiben!« bestimmt Wisse.

Sie sitzen im Bunker des Oberstleutnants eben bei einer Flasche Krimwein, als ein rumänischer Posten die Ankunft zweier deutscher Offiziere meldet, die er hergebracht hat.

Der hochgewachsene Offizier im grauen Ledermantel mit Pelzkragen und der zerdrückten Feldmütze muß sich unter der Bunkertür bücken, um durchzukönnen. Er ist noch jung, hat ein gutgeschnittenes, freundliches, ruhiges Gesicht.

»Hauptmann Kühne!« stellt er sich vor. In seinen Augen, um seinen Mund ist ein immerwährendes, verhaltenes Lächeln. – Er macht eine Verbeugung wie ein wohlerzogener Junge. – Trotzdem ist sein Auftreten sicher, von einer leisen verächtlichen Gelassenheit gegenüber jeder Lage.

Allein sein Erscheinen nimmt den rumänischen Offizieren einen Teil ihrer Bangigkeit vor dem Kommenden und gibt ihnen Zuversicht.

»Wir werden bei Morgengrauen die Höhe 108 erstürmen!« – Hauptmann Kühne sagt das so gelassen, daß jeder den Eindruck gewinnt, hier erwähnt ein erster Fachmann ein Vorhaben – dem er ohne Schwierigkeiten gewachsen ist.

»Wie ist bei Ihnen die Lage?« fragt Wisse den langen Hauptmann von der 297. I.D.

Der zuckt die Schultern. »Danke, zufriedenstellend! Nicht allzuviel losgewesen, drum konnten wir euch ja einige Male aushelfen. Der Iwan verhält sich bis jetzt uns gegenüber sehr zurückhaltend!«

»Wie sind Sie überhaupt zu uns hergekommen, wo doch ringsum alles voller Russen ist?« will der rumänische Oberstleutnant wissen.

»Vielleicht voll Russen war! Wir haben den Kampflärm schon beim Anmarsch gehört! – Donnerwetter, allerlei los, und das mitten in der Nacht, habe ich mir gedacht. – Wir sind im Eilmarsch her, um mit einzugreifen, haben aber nur mehr die Russen Hals über Kopf rennen gesehen – und sind dann ohne Feindberührung herspaziert. – Ich tippte auf mindestens ein Dutzend deutscher Panzer und einen Angreifer in Regimentsstärke! – War eine feine Leistung!« – er nickt Wisse anerkennend zu. »Meine Leute liegen draußen. Ich möchte Herrn Oberstleutnant bitten, sie über Nacht in Ihren Bunkern zu beherbergen, damit sie morgen frisch und ausgeruht sind!«

»Selbstverständlich werde ich Sie mit Ihren Leuten so gut wie möglich unterbringen, Herr Hauptmann!«

Kühne gibt einen kurzen Kampfbericht.

»An der Nahtstelle zwischen Ihrer und unserer Division hat der Russe mit überlegenen Kräften heftig angegriffen, wurde aber jedesmal sofort abgeschlagen. Das Regiment Mangesius, das an uns anschließt, hat heute wunderbar gekämpft.

Der Feinddruck auf seinem Abschnitt war so übermächtig, daß auch die beste Elitetruppe nicht standgehalten hätte. – Wie Mangesius dem Gegner geschickt ausgewichen ist, ohne sich zerreißen und vernichten zu lassen, ist eine taktische Meisterleistung. – Daß er einige günstig gelegene Stützpunkte, die sich wirklich tapfer hielten, in der Frontlinie beließ, ermöglichte ein Wiedergewinnen der H.K.L. ohne starke Verluste.

Wir haben dem Regiment Mangesius dann ausgeholfen, sind mit seinen Leuten vor und haben den Russen wieder aus den Stellungen geworfen. Ohne starke Panzerunterstützung zeigt der Russe keine besondere Angriffslust. Wir haben ihre paar T 34 durchgelassen und hinter uns von der Pak abknallen und den Pionieren knacken lassen!«

Van der Hocke hatte inzwischen Funkverbindung. Er erhielt von Nesselbart Befehl, in der Balka zu übernachten, um morgen den Sturm der Kampfgruppe der 297. I.D. auf die Höhe 108 zu unterstützen. – Die rumänischen Soldaten haben, da sie von der Kampfgruppe Kühne abgelöst werden, zu ihrem Bataillon des Regiments Mangesius zurückzukehren. –

»Oberstleutnant Nesselbart und Oberstleutnant Mangesius beglückwünschen die Führer des Stoßtruppunternehmens, durch das die Lage bis auf den Südflügel der Division bereinigt ist. – Die drei Flaschen Schnaps haben Sie trotzdem ehestens anzuliefern, läßt Ihnen mein Kommandeur sagen!« – Van der Hocke grinst. – »Sie sind aber zum Mitsaufen herzlichst eingeladen!«

Der zurückkehrende Stoßtrupp meldet, daß er 500 Meter vor Höhe 108 den Feind stellen konnte. Der Russe scheint dort mit starken Kräften zu sitzen.

Schlaftrunken sammeln sich die vier Züge zum Rückmarsch. Der rumänische Hauptmann, die Lippen fest zusammengepreßt, anstatt stolz auf den Kampferfolg, mit finsterem Gesicht – scheinbar mit sich hadernd –, bleibt am Ende des

Zuges. – Er gibt zu erkennen, daß er zu keinerlei Gespräch aufgelegt sei – und mit sich allein bleiben will.

Wisse nimmt mit dem jungen rumänischen Leutnant die Spitze.

Im bläulichen Mondlicht und im qualmenden Feuerschein der noch brennenden Bunker sehen sie die Folgen des grauenhaften Kampfes.

Die Gefallenen liegen so dicht in ihren gefrorenen Blutlachen, daß sie immer wieder über sie hinwegsteigen müssen. – Der rumänische Leutnant stützt sich einige Male auf Wisses Arm und schließt die Augen, da er den Anblick des Schlachtfeldes nicht erträgt.

Auch Wisse würde gern auf dem Marsch durch das Totenfeld die Augen zumachen, um nicht zur Kenntnis nehmen zu müssen, was sich hier vor zwei Stunden zugetragen hat. Furchtbarer als der Kampf – ist nachher der Anblick der Kampfstätte.

Er wollte es sich und den Leuten ersparen und einen Umweg wählen, doch da bäumte sich sein Wille zur Selbstbehauptung auf, der ihn daran hinderte, auszuweichen. Trotz zwingt ihn, mitten durch das Leichenfeld zu gehen. Er packt den Leutnant am Arm und zieht ihn mit sich, als dieser zögert, über mehrere beisammenliegende Tote hinwegzusteigen. »Komm, hier mitten durch geht es für uns weiter!«

Der Leutnant weicht entsetzt vor einem Gefallenen zurück, dessen Bauch von einer Panzergranate aufgefetzt ist. Die Augen, verdreht und aus den Höhlen getreten, sind himmelwärts gerichtet. – Der Leutnant starrt den Toten an und preßt beide Hände gegen die Ohren, als wäre die Totenstille ringsum bis zum Himmel schreiende Anklage.

»Du wirst unser Richter nicht sein!« spricht Wisse zu dem Gefallenen. »Tut jetzt nicht so!« – redet er die Toten an. »Ihr seid unsere Feinde gewesen und habt uns gezwungen zu kämpfen! – Ich vergebe es euch, und auch ihr solltet uns vergeben. Ihr seid genauso schuldig wie wir und habt kein Recht, uns anzuklagen!«

»Ich wollte in Klausenburg Arzt werden, wie mein Vater, und hatte schon an der Wiener Universität inskribiert, als der Krieg ausbrach. Wenn ich doch vorher gewußt hätte, was wir hier anrichten werden! – Mein Gott, mein Gott!« – Der Leutnant schlägt schluchzend eine Hand vor die Augen und schüttelt sich vor Grauen und Entsetzen.

Wisse zieht ihm die Hand von den Augen. »Wieso denn? – Wir haben es erfolgreich unternommen, unsere eingeschlossenen Kameraden vor der Vernichtung zu bewahren und zu befreien. – Daß dabei geschossen und auch getroffen werden würde, war wohl anzunehmen. – Wir meldeten uns freiwillig dazu und bewiesen damit unseren Mut und unsere soldatische Tugend!«

»Ja, aber!« – »Was, aber? – Wir haben uns bewährt. In einem Handstreich einen schätzungsweise zehnfach so starken Gegner vernichtet und in die Flucht geschlagen. Daß uns der Feind trotz seiner Stärke unterlag, ist seine Schuld und unser Verdienst. – Wir haben unsere Kameraden vor diesem Schicksal gerettet!« – Wisse weist auf die Gefallenen. »Tausende der Unseren sind heute gefallen, und die Front ist zerrissen! Wenn wir uns nicht wehren, sind wir morgen wahrscheinlich von den feindlichen Panzern in den Boden gewalzt. – Vorwärts, ihr müden

Krieger!« – brüllt Wisse zur Marschkolonne zurück, die mit Abstand, ein dunkler Haufen im Mondlicht, nur zögernd durch das Totenfeld folgt. »Sie sollen sich nur auch diese Seite eines glorreichen Sieges betrachten!«

»Ich werde mein Leben lang diese grauenhafte Erinnerung nicht mehr los!« – stößt der Leutnant heftig heraus.

»Dann behalten Sie die weit angenehmere als Held! – Ich will diese Erinnerung gar nicht loswerden, und deshalb gehe ich hier wieder zurück – damit nicht ein alter prahlerischer Schwätzer aus mir wird, der großmäulig andere in den nächsten schönen Krieg hetzt.«

Der Leutnant kann sich nicht fassen und hebt beschwörend die Hände. »Ich habe überhaupt gar nicht gewußt, was ich tat. – Es ist alles einfach geschehen!« –

»Glauben Sie, ich habe es gewußt, Herr Leutnant? – Ein Kerl ist nun einmal erst durch und durch Soldat und für den Kampf zu gebrauchen, wenn er nicht mehr weiß, was er tut! – Das rettet ihn, läßt ihn siegen und spricht ihn von der sonst untragbaren Schuld frei – weil er unbewußt, instinktiv und richtig handelt!«

Sie marschieren in den Gleisspuren der Sturmgeschütze zurück – und wie in Gleisen laufen auch Wisses Gedanken.

In der letzten Entscheidung des Kampfes wird nicht der bessere Denker, sondern die erfahrene Bestie mit ihrem Instinkt richtig handeln.

Keiner haßt und fürchtet den Krieg deshalb mehr als der Soldat!

Das Menschsein, wie wir es uns vorstellen, ist eine Utopie, ein schöner Traum – eine Entwicklung in ihrem Anfang.

Ich habe bis jetzt nur vier Gattungen des Menschen entdeckt. – Die kühnen Träumer, die die Idee vom Menschsein denken, die Nutznießer, die aus Feigheit vom Gegner Menschlichkeit fordern, und die Lügner, die die menschliche Komödie aufführen, um ihre Bestialität dahinter zu verbergen – und die Soldaten. Sie sind die einzigen, die ohne Spekulation richtig handeln und für das Menschsein kämpfen und sterben.

Ich bin Soldat, daß ich als Soldat richtig gehandelt habe, weiß ich. – Ich bin aber auch Anhänger der einzig großen Idee vom Menschsein, und deshalb gehe ich über meinen Tatort zurück, um zu erkunden, ob ich auch recht gehandelt habe.

Und erst jetzt wird mir bewußt: Als der Riesentank brannte – es war ein Wachposten drin. – In meinen Ohren bleibt und soll für immer der entsetzliche Todesschrei sein, den er ausstieß. Ich sehe deutlich seine Hände vor mir, die sich an den Lukenrand krampften, wie er, vom Tode gehetzt, den halben Kopf über die Luke hinaushebt, aber nicht mehr aus dem Panzer kann, zurücksinkt und lebendig verbrennt.

Ich sehe deutlich auch die Rotarmisten vor mir, die sich hinhockten und schützend den Kopf in den Armen verbargen, ehe sie getötet wurden. Ich sah, wie ihre Schädel gespalten wurden und das Hirn heraustrat.

Da war einer, der sich auf den Boden warf und sich mit Händen und Füßen dagegen wehrte, zusammengehauen zu werden.

Ich sah russische Soldaten, die sich mit bloßen Händen wehrten und den Rumänen die Bajonette und Gewehre entreißen wollten, und ich sah, wie sie erstochen und erschossen wurden.

Ein Russe rannte vor dem Sturmgeschütz her, ohne auszuweichen, bis er nicht mehr konnte, fiel hin und wurde überrollt. Mitten durch den Motorenlärm und das Klirren der Ketten hörte ich seine Knochen knacken und brechen. Und ich sehe den Russen in der Balka vor mir, der sich hinkniet, die Hände hochhebt, faltet, um sein Leben bittend zusammenschlägt und erbarmungslos niedergehauen wird. Ich will das nicht vergessen und immer vor Augen haben, muß es ertragen können, um stark genug für das Menschsein zu werden!

Nur an den Folgen einer Tat ist zu ermessen, ob sie recht war – und deshalb gehe ich nochmals über den Tatort zurück. – Aber was ist schon Recht? – Eine sehr wandelbare Spekulation mit zahlreichen Denkfehlern. Ein Gedanke, der der Tat vorauseilen möchte, immer hinter ihr herhinkt und sich dafür mit Schuld und Vergeltung rächt. – Recht, wie wir es wollen, ist ein Wunsch des Menschseins. Vorläufig wird mit vielerlei Rechten und Schuldarten ein schwunghafter Schleichhandel getrieben, und es gibt deren so viele wie Standpunkte. Was mich als Zivilist zum Mörder stempelt, erhebt mich als Soldat zum Helden, und umgekehrt würde ich als Soldat wegen Feigheit verurteilt, wenn ich mich nicht an den Feind traute. – Solange ich Soldat bin, kann ich mir nur ein Gewissen leisten, vor dem ich verantworten muß, ob ich auch soldatisch richtig gehandelt habe!

»Als Mensch fühle ich mich schuldig!« – »Als welche Gattung von Mensch?« fragt Wisse den Leutnant. »Ich bin Soldat – und ich glaube an das Menschsein, sogar daran, daß wir ihm entgegengehen und es auf uns zukommt, wie die Reife und das Alter!«

Hundemüde kommt Wisse in den D.V.K.-Bunker zurück. Seine Leute freuen sich, daß er wieder da ist, das merkt er. Harro ist toll. Er winselt, bellt und springt an Wisse so lange hinauf, bis es ihm gelingt, seinem Herrn quer über das ganze Gesicht zu lecken.

»Pfui, du Schweindl!« – Der Hund weicht nicht mehr von seiner Seite. Knautsch staubt einen Stuhl ab. – »Nun aber man hinsetzen, Herr Oberleutnant!«

Krämer ist fortgerannt, kommt mit einem heißen Erbseneintopf mit Speck zurück und läßt es nicht zu, daß Wisse ausgehungert das Essen gleich aus dem Kochgeschirr heraus verschlingen will.

Er muß vom Teller essen. – Es ist warm im Bunker, und es gibt, wenn nichts dazwischenkommt, sogar ein Bett für diese Nacht. Wisse fühlt sich wohl. Wie sind die Bedürfnisse gering geworden und wie hat der Mensch im Krieg die kleinste Annehmlichkeit schätzengelernt!

»So, aber jetzt legen's Ihnen gleich auf ein paar Stunden hin, Herr Oberleitnant! – Marsch ins Bett mit Ihnen!« – beharrt Böse energisch, als Wisse den Kopf schüttelt. Er fühlt sich schon wieder frisch.

»Soll ich Ihnen einen Mokka machen? – Ich hab' starke Zigaretten.« Wisse lehnt ab. – Nur damit Böse Ruhe gibt, läßt er sich ein Glas Wodka geben.

»Sie soan wirklich oa zaches Luder, Herr Oberleitnant!« stellt Böse befriedigt fest, der selbst zäher ist als ein alter Kommißstiefel.

»Knautsch! – Was ist mit dem Fernsprecher los?« – »Die meisten Verbindungen sind schon wieder unterbrochen, Herr Oberleutnant!« – »Dann sofort Funkverkehr aufnehmen!« Er wendet sich jetzt wieder an Böse. »Wenn jetzt auch der Herr Hauptmann Möglich für die direkte Fühlungnahme mit dem IV. A.K. zuständig ist – so müssen wir nach wie vor unsere Verbindung mit dem D.V.St. aufrechterhalten!«

»Das glaub' ich, denn dem desertierten Pfaffen dürfen S' net einen Schritt übern Weg trauen!«

»Ich möchte Sie ersuchen, Herr Sonderführer, sich in Ihren Äußerungen etwas zurückzuhalten!«

»Ich sag' nur, was wahr ist, Herr Oberleitnant – und wenn S' wollen, sag ich ihm's mitten ins G'sicht, daß er nit mein Freund ist, der Herr Hauptmann Möglich! Vor'm Krieg ist er Geistlicher g'wesn, die grüng'schpiebene Spitzmaus...!«

Wisse fährt auf. »Ich verbiete es Ihnen, so weiter zu reden!« Böse winkt zornig ab. »Wie der Hitler kommen ist, hat der Herr Möglich den Priester an den Nagel g'hängt, weil er bei die Nazi bessere Gelegenheiten gerochen hat. – Der ischt krankhaft ehrgeizig. – Er ist zum Barras gangen, weil's da bei die Stäbe genug Posten gibt – wo man als g'schtudierter Feigling hochwillkommen ischt und unterkriechen kann. Um einen schönen Posten verkauft der sei eigene Seel und seine Kameraden dazu. Der hat seine christliche Nächstenliebe rasch vergessen – und ischt ein Mastdarmakrobat und Radfahrer, wie's im Büchel steht. –

Jetzt hat er G'schmack kriegt am Barras und ischt aktiv worden. – Der wird zu Ihnen ins G'sicht süß sein wie Sacharin – und Sie hinterher wie mich, wenn er's braucht, anschwärzen, der Gruftspion. – Ein Lump ischt der, das sag' ich laut, und jetzt können S' mich von mir aus melden, Herr Oberleitnant!«

»Sie scheinen es direkt darauf angelegt zu haben! – Wir sprechen uns noch!« – Zornig verläßt Wisse den Bunker und knallt die Tür hinter sich zu.

Im Stabsbunker sind die Offiziere der operativen Abteilung versammelt. Gewohnheitsgemäß verweilt Wisse nach seinem Eintreten kurz bei der Tür und läßt seine Augen durch den Raum schweifen.

Hauptmann Möglich hat in lässig arroganter Pose, am Kartentisch stehend, die Arme über die Brust verschränkt und sieht von oben herab, über deren Köpfe, den beiden Stabsoffizieren, Major Codreanu und Hauptmann Stancescu, zu, wie sie, über die Lagekarten gebeugt, ihre Eintragungen machen. Er scheint von den Stabsoffizieren, die abgespannt und übermüdet arbeiten, nicht sonderlich beachtet zu werden und quittiert dies durch hochmütige Geringschätzung.

Das Gesicht des Generals ist noch gelber als sonst. Er hält sich gewaltsam aufrecht. Mit einem dicken Graphitstift, den er stark niederdrückt, trägt er taktische Zeichen in seine Karten ein. – Er hält dabei seine gelähmte Hand mit der anderen am Gelenk umklammert, führt sie, und das Zucken in seinem Gesicht spiegelt die Schmerzen wider, die er verspüren muß.

Codreanu hält links eine Zigarette, saugt hastig daran und führt mit der rechten Hand sofort danach eine Mokkatasse an den Mund.

Als Wisse sich meldet – richten sich alle auf, wenden sich ihm zu, sehen ihn an, und ihre Gesichter erhellen sich freudig. Er spürt, wie ihm Sympathie entgegenschlägt, und das macht ihn befangen.

Der General mustert ihn eine Weile. – Mit Wohlgefallen und väterlicher Zuneigung weidet er sich an der Frische des Jünglingsgesichtes.

Er reckt sich, spannt sein Kinn, wölbt den Mund herrisch vor, seine Augen durchbohren Wisse – zum Zeichen, daß er etwas zu sagen hat, das er für bedeutungsvoll hält. »Herr Oberleutnant, ich danke Ihnen vom ganzen Herzen, vielmals!

Ihr kühnes Unternehmen gegen die Umklammerung der III. Artillerieabteilung hat verhindert, daß die Front zerrissen und meine Division am nördlichen Flügel von der deutschen Nachbardivision getrennt und abgeschnitten wird. – Das hat solche Bedeutung, daß das Unternehmen im rumänischen Heeresbericht genannt werden wird!« – Und sich an die anderen im Bunker anwesenden Herren wendend, setzt er fort:

»Daß Oberleutnant Wisse freiwillig das Unternehmen führte, um vor allem die eingeschlossenen Soldaten vor der Vernichtung zu bewahren und herauszuhauen, dadurch hat er aufrichtige und beispielhafte Kameradschaft bewiesen.

Er hat sich als Mensch meine Zuneigung, als Soldat meine Bewunderung...« Tataranu blickt die rumänischen Offiziere an, die zustimmend nicken, und dann Wisse, ehe er fortfährt, »und wenn er Wert darauf legt, unsere Kameradschaft und Freundschaft erworben! – Ich werde den Herrn Oberleutnant für eine hohe rumänische Tapferkeitsauszeichnung vorschlagen!« – Er faßt wieder Möglich scharf ins Auge. »Wir Rumänen mögen ihn. – Das können Sie Herrn General Jänecke berichten!«

Hauptmann Möglich, der eine derart lange Entgegnung nicht erwartete, nickte abgehackt, förmlich; und Wisse hat den Eindruck, daß der nicht günstig über ihn berichten werde. – Dieser Böse hat mich mit seinen Verdächtigungen angesteckt, ärgert sich der Oberleutnant. Trotzdem hat er den Eindruck, daß Möglich jetzt nur deshalb den Bunker nicht verläßt, um nicht das Feld zu räumen.

Codreanu berichtet nun, daß die Lage nördlich der Tscherwlenaja bereinigt wurde. Durch die Unterstützung der 297. I.D. konnten die Ausgangsstellungen, mit Ausnahme des eingedrückten Abschnitts Popescu, im großen und ganzen wieder erreicht und besetzt werden.

»Wenn es nur an unserer Südflanke auch so gut aussehen würde!« – Der General nickt besorgt.

»Hoffen wir, Herr General, daß uns die 29. I.D. mot., die gut mit Panzern und schweren Waffen ausgerüstet ist, auch dort helfen wird, die Lage zu bereinigen!«

Der General ist skeptisch. »Es müßte bald sein! – Mein Pionierbataillon ist noch immer völlig abgeschnitten, und ich kriege seit Stunden keine Nachricht von ihm!«

Da schaltet sich Hauptmann Möglich ein. Sein etwas aggressiver Ton erfährt eine Entschuldigung durch sein kränkliches, leidendes Aussehen.

»Bei den rumänischen Divisionen am Südflügel scheint eine ganz große Sauerei passiert zu sein. Die haben den Russen ganz einfach durchspazieren lassen, wie er wollte. Trotz großer Erfolge war die 29. I.D. mot., allein in einem derart großen Raum, nicht in der Lage, die Front zu halten. – Die Division hat schon alle Reserven eingesetzt. – Es ist aber kaum anzunehmen, daß der russische Durchbruch dadurch aufgefangen oder abgedämmt werden kann. Der Stab der 4. Panzerarmee konnte uns keine klaren Auskünfte geben, da die Frontlage dauernd wechselnd und verworren ist. – Die Fernsprechverbindungen sind vielfach unterbrochen...!«

Wisse denkt an die Worte des rumänischen Generals, wie ihm dieser noch einige Stunden vor dem Kampf die Lage schilderte und bitter Klage darüber führte, daß die deutsche Heeresleitung ihre Verbündeten im Stich lasse. Ihm fallen auch die treffenden Bemerkungen Hauptmann Scherers ein. Sogar jeder einfache Landser, wie etwa der Kraftfahrer, der ihn auf der Zugmaschine von Tinguta her mitnahm, sah, daß sich seit geraumer Zeit eine Katastrophe für die ganze Südfront abzeichnete. –

Der oberste Kriegsherr Adolf Hitler wurde nicht müde, seine militärischen Gegner als Dilettanten und Idioten zu bezeichnen – und bagatellisierte die Gefahr.

Seit heute früh hat sich nun, wie erwartet, die russische Dampfwalze in Bewegung gesetzt, und schon nach dem ersten Tage sieht es so aus, als sei die deutsche Führung nicht mehr Herrin der Lage.

Durch den kalten Luftzug spürt Wisse, die Bunkertür ist geöffnet worden. Die Decke vor der Tür schiebt sich etwas zur Seite, und ein Kopf streckt sich durch den Spalt. – Eine riesige Pelzmütze auf einem mächtigen Schädel. – Eine feiste und richtige Räubervisage hat der Bursche. – Unter dichten Augenbrauen, die über der Nasenwurzel zusammenwachsen, etwas schräggestellte, dunkle, bohrende Augen, in die Fettwülste praller Wangen gebettet. Hochangesetzte Backenknochen, eine platte Nase, ein kohlschwarzer Mongolenbart, halbmondförmig bis über die Mundwinkel hinabwachsend über einem breiten Mund mit aufgeworfenen sinnlichen und trotzigen Lippen – und seinem starkentwickelten, eckigen Kinn sieht er aus wie ein Nachkomme Dschingis Khans. – Nichts vom römisch herrisch stolzen Schnitt, wie ihn viele Gesichter der rumänischen Offiziere aus der Herrenschicht haben. Er hat den slawischen Einschlag rumänischer Bauern und Hirten.

»Major Moraro!« ruft Binder aus. Die Tür hinter sich zuziehend, ein breites, aber lautloses Lachen, mit einem blendend weißen prachtvollen Gebiß unter dem kohlschwarzen Bart, tritt Moraro ein.

Die Äuglein zwinkern, jeden anblitzend, vor Vergnügen. Einen Karabiner hält er als Spazierstock in der Faust. Major Binder übersetzt für die Deutschen.

»Ja, wie sind Sie denn bloß durch die russischen Linien gekommen, Moraro!« – Der General schüttelt den Kopf, so unglaublich erscheint es ihm.

Böse hat Wisse erzählt, daß die rumänischen Offiziere den Major wegen seines ungeschlachten, eigenwilligen Benehmens, wegen seines rasch entflammten Zornes und seiner unbeherrschten, tobenden Art eigentlich nicht leiden mögen.

Er ist wenig gesellschaftsfähig, macht sich mit seinen Soldaten gemein, säuft mit ihnen, spielt mit ihnen Karten, und, ein Despot mit grausamem Humor, hält er eiserne Zucht in seinem Haufen. Wisse glaubt gern, daß dieser Mann, wenn die Riesenkräfte im Zorn entfacht sind, ein besinnungslos wütendes Ungeheuer ist. Er kann sich aber nicht vorstellen, daß dieser Mann oft in Zorn gerät. – Über sein schlaues, verwegenes Räubergesicht ist ein dauerndes Schmunzeln gebreitet. –Man merkt, er gibt sich Mühe, sein lebhaftes Temperament im Zaum zu halten und gutmütig zu sein.

»Wie ich mich freue!« – Der General ist wirklich erfreut, und auch die anderen Offiziere, die ihn in ruhigen Zeiten ablehnen mögen, zeigen bewegte Anteilnahme, da er schon aufgegeben, plötzlich so frisch und lebendig unter ihnen steht, als käme er von einem Spaziergang und nicht aus dem Inferno der Schlacht.

Überrascht ist Wisse von der angenehmen, wohltönenden, kultivierten Stimme des Majors, und wie ruhig, zuchtvoll dieser spricht.

Major Binder merkt diese Überraschung. »Der Major singt wunderschön, er hat einen herrlichen, mächtigen Bariton! – Nur wehe, wenn er brüllt, dann wackelt die Wand!« – fügt Binder lächelnd hinzu.

Moraro berichtet: »Wir haben unseren Abschnitt in ganzer Breite mit allen unseren Stellungen gehalten. Wo uns der Iwan rausgeschmissen hat, haben wir durch Stoßtruppunternehmen unsere Bunker und Unterstände wieder zurückerobert. Durch das Artilleriefeuer hatten wir nur wenig Ausfälle – und die meisten Bunker und Stellungen mit dem Material blieben erhalten!«

»Weil sie tief in den Hang hineingebaut sind und gut abgestützt wurden!« – stellt der General anerkennend fest.

»Und wie die Kerle geflucht haben, weil sie schanzen mußten, während die bei Popescu drüben faul am Bauche lagen!«

»Aber heute waren sie froh?« –

»Während des Panzerangriffs wurde die Begleitinfanterie vernichtet oder zurückgetrieben. Von den durchbrechenden Panzern wurden acht T 34 mit Haftminen, die ich organisiert habe, und erbeuteten Molotowcocktails erledigt!«

»Haben Sie etwa auch einen geknackt?« – fragt Hauptmann Stancescu lächelnd. Das immerwährende Schmunzeln in Moraros Gesicht verzieht sich zu einem Grinsen, und er hebt drei Finger der linken Hand hoch.

»Solange ich links und rechts Anschluß hatte, waren meine Verluste gering. Als dann aber rechts von mir sich die 1. I.D. unter den durchstürmenden Russen einfach in nichts auflöste – und links von mir Popescu nicht hielt –, hatte ich an den offenen Flanken den ganzen Tag über schwerste Angriffe abzuwehren und bis zum Abend 50 Prozent Ausfälle an Toten und Verwundeten.«

Der Major ist puterrot, und ein Wutausbruch kündigt sich an, den der General mit einem zornigen Brummen und einer energisch zurückweisenden Hand abdämmt.

»Munition, Verpflegung, Sanitäts- und Brennmaterial habe ich so viel gehamstert, daß ich damit gut noch vier bis fünf Tage auskomme. Da ich die Waffen der Gefallenen und Verwundeten nicht in Feindeshand fallenließ, habe ich mehr als genug davon. Die Verwundeten sind sämtlich, soweit wie möglich, versorgt – und kältegeschützt untergebracht. – Die Toten werden eben jetzt, da es an der Front ruhig ist, bestattet, die Stellungen von Trümmern gesäubert und, wo sie zerstört oder beschädigt sind, wieder instand gesetzt. – Einige Leute von der 1. Division sind zu mir gestoßen. Von der Division selbst ist nichts mehr zu sehen und zu hören.

Rechts von mir ist eine Durchmarschstraße der Russen. Hinter den Panzern her, schon den ganzen Tag über in ununterbrochenem Fluß, völlig unbehindert, rollen stärkste Kräfte des Feindes auf Motfahrzeugen und bespannten Fuhrwerken aus Ost in Westrichtung. Gefangene gaben an, daß ihr Marschziel der große Donbogen sei. – Ich vermute, daß sie die Donfront aufreißen wollen und uns mit nördlich vorstoßenden Kräften einzukesseln versuchen werden!« Der General nickt besorgt.

»Seit Einbruch der Dunkelheit fahren die russischen Panzer und Motorfahrzeuge, ohne sich um was zu scheren, mit aufgeblendeten Scheinwerfern – und ich hocke dort und sehe ohnmächtig zu!«

Moraro wendet sich nun an Wisse. »Wann, Herr Oberleutnant, haut uns endlich die 29. I.D. raus? – Es ist höchste Zeit, daß die Einbruchsstelle, wo die 1. I.D. lag, abgeriegelt und ein weiteres Nachstürmen des Feindes verhindert wird, sonst... haben wir bald feindliche Armeen in unserem Rücken!«

Wisse deutet mit den Augen auf Möglich. »Der Herr Hauptmann ist direkter Verbindungsoffizier zum IV. Korps!« – Möglich schüttelt abwehrend den Kopf, nicht bereit, Wisse zu unterstützen.

Von der offenen Rivalität Möglichs überrascht, aber sofort entschlossen, sie vor den Rumänen zu verbergen, erklärt Wisse: »Nach mehrfachen Informationen, die ich erhielt, wird die 29. I.D. mot. morgen früh angreifen und die Verbindung zu Ihrem Bataillon wieder herstellen. Da sich nicht voraussagen läßt, ob die Division die Lage südlich von uns beim rumänischen VI. A.K. wieder bereinigen und die Front zum Stehen bringen kann, bin ich noch nicht in der Lage, Ihnen vorzuschlagen, ob Ihre Stellung weiter gehalten oder zurückgenommen werden soll!«

»Dann bleiben Sie die Nacht über bei uns!« – erlaubt und befiehlt der General dem Major, »und morgen früh beim Angriff schließen Sie sich der 29. I.D. an!«

»Nu, domno General!« – Tataranu wirft ruckartig den Kopf herum. Er ist Widerspruch nicht gewohnt.

»Und meine Leute?« – Moraro trotzt dem General. »Sie warten auf mich! – Ich werde, so wie ich hergekommen bin, wieder zurückgehen!«

»Allein, mitten durch die russischen Stellungen?« Moraro nickt, lächelt schlau. »Ich werde Ihnen ein paar Mann mitgeben!«

»Nur das nicht!« Der Major wehrt heftig ab. »Ich bitte nur darum, daß alles unternommen wird, uns herauszuschlagen, falls die Front zurückgenommen werden muß!« Er schaut dabei Wisse an, und das freundliche Schmunzeln weicht auch jetzt nicht von seinem Gesicht.

»Ich bleibe in meiner Stellung und versäume damit meine einzige Chance, mich im Schutz der Nacht abzusetzen!« – Mit Handschlag verabschiedet er sich auch von Wisse, hält dessen Hand fest und drückt sie, daß der befürchtet, alle Finger würden ihm dabei gequetscht.

»Herr Oberleutnant, ich hoffe, die deutschen Kameraden werden uns nicht verlassen?« Er spricht nur gebrochen deutsch, und die wenigen Worte machen ihm große Mühe.

»Ich werde mein möglichstes tun, Herr Major!« Wisse ist das naive Vertrauen Moraros peinlich, da er nicht weiß, ob es gerechtfertigt werden wird.

Der Oberleutnant wirft sich für ein paar Stunden auf seine Pritsche. Schon 2 Uhr früh, bleiben mir höchstens noch vier Stunden, bedauert er sich selbst. Ich muß schnell schlafen! – Und er kann es nicht, döst eine Weile, wirft sich auf seinem Lager herum, wälzt sich in alle Lagen, und der Schlaf kommt nicht. – Inmitten des Todes und der Verwüstung, in der Balka vor ihm, kniet der Russe, die Hände gefaltet, hoch gehoben, und bittet vergebens um sein Leben. Das Grauen läßt ihn nicht los, und er spürt eine schwere Nervenkrise. – Zur Rechtfertigung beschwört er das Bild der von den Russen zerstampften II. Artillerieabteilung herauf. – Wie sich heute abend ergab, ist kein Mann lebend entronnen. Der Abteilungskommandeur hat sich, um den Russen nicht in die Hände zu fallen, erschossen.

Ebenso wird es Moraro ergehen. – Es ist halb 4 Uhr morgens. In zweieinhalb Stunden wird sich wieder der Kampflärm über der Steppe erheben, und die Russen werden zu Tausenden mit brüllendem Hurräh hinter ihren Panzern angelaufen kommen und alles niederrennen. –Er öffnet kurz die Augen, und die Lider darüber flattern.

Er befiehlt Sellner, die Verbindung zur 29. I.D. mot. herzustellen.

»Ja, hier. – Oberst von Kielmann!«

»Herr Oberst, ich erlaube mir anzufragen, ob der Gegenangriff tatsächlich heute früh gestartet wird?« Der Oberst seufzt ein paarmal.

»Herr Oberst, ich erlaube mir nochmals darauf hinzuweisen, daß das Pionierbataillon an unserem Flügel abgeschnitten und eingeschlossen ist – und ich möchte nochmals dringendst darum bitten, daß es, wie vorgesehen, im Zuge des Gegenangriffs wieder befreit wird!«

»Wie vorgesehen? – Menschenskind! – Ich kann Ihnen, so gern ich möchte, gar nichts versprechen. – Vorgesehen ist anscheinend nur, daß wir hier alle verrecken!«

»Herr Oberst, ich wurde informiert, daß Ihre Division heute früh antreten wird, um die Einbruchsstelle abzuriegeln und den Russen aufzuhalten!«

»Ich höre immer Einbruchsstelle? – Das war heute vormittag. – Die 1., 2. und 3. rumänische I.D. wurde vom Iwan zum Frühstück verspeist, und da sollte ich ihn mit einer Division aufhalten?«

»Herr General Jänecke, Herr Oberst...!«

»Der soll mir an der Hose riechen. Zur rechten Zeit die Fronten der Rumänen mit deutschen Artillerie- und Panzerverbänden abgestützt, und bei entsprechender Kampffliegerunterstützung wäre der Russe vielleicht aufzuhalten gewesen. Jetzt, wo inzwischen die rumänische Front in Auflösung ist, mein Lieber, haben wir keine Einbruchsstelle mehr, sondern einen russischen Durchbruch auf breiter Front zu verzeichnen. Wie ich eben vor einer halben Stunde erfahren habe, ist der Russe mit seinen Panzerspitzen bereits über 30 Kilometer in unserem Rücken im Anmarsch auf die Donbrücke bei Kalatsch!«

»Ich denke aber doch, daß er vorher abgefangen werden wird!« –

»Wenn es dort so aussieht wie bei uns, so zweifle ich daran – und ich zweifle daran, daß es dort besser aussieht! – Daß der Russe heute bereits an der Donfront breite Einbrüche erzielt hat, wissen Sie doch?«

»Nein, Herr Oberst!« – »Nun, dann machen Sie sich gefaßt darauf, daß wir alle hier zwischen Don und Wolga vom Iwan liebevoll umklammert werden!«

»Vielleicht ist das im Sinne der Planung der obersten Heeresleitung, Herr Oberst?«

»Möglich, die hat scheinbar ein paar Armeen zuviel. – Derzeit werden mühevolle Anstrengungen unternommen – um die Einbruchsstellen abzuriegeln, teilt die oberste Heeresführung mit. – Jeder Troßkutscher hat die Entwicklung vorausgesehen. – Statt rechtzeitig hinter den Don zurück, werden wir mit viel zu schwachen Kräften hier belassen, nur damit es heißt, wir stehen an der Wolga – und in Stalingrad. Das scheint mir ein neuer Mythos zu sein. – Ein derart idiotischer Frontverlauf! – Möchte bloß wissen, was sich die denken, diese Arschlöcher da oben! – Habe ich Arschlöcher gesagt?«

»Nein, Herr Oberst!« – »Nicht? – Na, dann hab ich's nur laut gedacht! – Schlafen Sie trotzdem ruhig!«

Der bei Tagesanbruch erwartete russische Angriff findet nicht statt, und es bleibt auch den ganzen Tag über an dem der Division verbliebenen Nordostabschnitt ruhig. Die Fernsprechverbindungen zu den nördlich der Tscherwlenaja eingesetzten Regimentern funktionieren wieder, und diese melden außer Spähtrupps und Aufklärungsflügen keine Feindtätigkeit und Veränderungen an der Front.

Der beabsichtigte Angriff auf Höhe 108 ist ohne stärkeren feindlichen Widerstand erfolgreich durchgeführt worden. Der Russe scheint sich mit neuen Kräften zu sammeln und seinen Plan, durch das Tscherwlenajatal nach Westen durchzustoßen, aufgegeben zu haben. –

Dafür spricht auch der Kampflärm, der vom eisig über die Steppe heulenden Sturmwind aus südwestlicher Richtung herangetragen wurde.

Im Süden der Division stehen starke feindliche Kräfte, mit denen der Russe seine Durchzugsstraßen nach Westen freihält und schützt. Über das Schicksal des Pionierbataillons Moraro ist nichts zu erfahren.

Die südwestlich im Rücken der Division und jetzt vermutlich im russischen Durchbruchsbereich liegenden Verpflegs- und Munitionsdepots melden sich nicht mehr.

Dadurch ist die Division vom Nachschub abgeschnitten. Verpflegung reicht, wenn die Rationen halbiert werden, noch für zwei Tage. Die beiden verbliebenen Artillerieabteilungen melden – Munition fast keine mehr vorhanden. Auch der Rest der Winterbekleidung, die erst zum geringen Teil an die Truppe ausgegeben wurde, liegt in den rückwärtigen Lagern.

Über die noch bis in die frühen Morgenstunden des 20. November funktionierenden Fernsprechverbindungen zur 29. I.D. mot., der einzigen Reservedivision, kamen Meldungen von erfolgreich beginnenden Gegenangriffen durch. Über das Schicksal des Pionierbataillons Moraro konnte wieder nichts in Erfahrung gebracht werden, da die 29. I.D. mot. in dessen Abschnitt noch nicht vorstoßen konnte.

Ab halb 8 Uhr früh ist jede Verbindung zur 29. I.D. unterbrochen. Im Laufe des Vormittags versagt auch die Nachrichtenübermittlung zum IV. Armeekorps in Rakotino.

Hauptmann Möglich, zu keiner Handlung aus eigenem Entschluß bereit, ist ratlos. – Er kann von General Jänecke keine Befehle erhalten, da es auch mit der Funkverbindung auf der bisher bekannten Frequenz nicht klappt.

Ob die stündlich verschlüsselt gefunkten Berichte von den an sie gerichteten Stellen aufgefangen werden, ist ungewiß – da ihr Empfang nicht bestätigt wird.

Böse war im Kampfgelände und hat Munikisten organisiert, die er selbst zusammenhackt. Er tobt seine Wut darüber aus, daß drei Flaschen des kostbaren Wodkas an Nesselbart abgeliefert wurden.

Krämer hat beim letzten Besuch im Verpflegungslager dem Zahlmeister einige Büchsen und ein paar Pfund Kartoffeln geklaut, wie er nun zugibt. – Er macht daraus, in einer für diesen Zweck bereiten viereckigen blechernen Ölabtropfwanne, Blutwurst mit Röstkartoffeln für alle Mann des D.V.Ks.

Harro liegt auf dem Rücken und läßt sich von Knautsch das Fell nach Flöhen absuchen. Gegen das Einreiben mit Cuprex wehrt er sich, schnappt zu und beißt dem langen Rheinländer in die Nase.

Wisse liegt in den Stiefeln, auf Abruf bereit, auf dem Rücken lang ausgestreckt, aber es tut sich nichts. –

Die aufgepeitschten Nerven halten ihn weiter in hochgespannter Erwartung. – Er spürt, wenn er weiter so ruhig bleibt – wird die Spannung erschlaffen, und er fürchtet sich davor, von bleierner Müdigkeit befallen zu werden.

Aufgeregt stürzt wieder einmal Hauptmann Möglich in den Bunker. »Na, ihr habt ja die Ruhe weg!« erregt er sich. – Wisse ist plötzlich zu müde, um sich von seinem Bett zu erheben. Er winkt nur mit der Hand ab. – »Irgend was Neues durchgekommen?« – herrscht der Hauptmann Sellner an, der nur verneinend nickt.

»Machen Sie gefälligst Ihr Maul auf und keine stumme Pantomime!« – Möglich schnuppert den Geruch von verbranntem Fett. »Was ist denn das für ein infernalischer Gestank!« – Er schüttelt sich vor Grauen, als ihn Krämer einlädt mitzuessen. Nervös kratzt er sich oberhalb der Stiefel. »Sie suchen dem Hundevieh gefälligst draußen die Flöhe ab!« schnauzt er Knautsch an, der sich gar nicht darum schert. –

Immer wieder rennt der Hauptmann von einem Bunker zum anderen und fragt nach einlangenden Meldungen, um sich ein Bild über die Lage zu machen. – Seine Unkenntnis setzt die Rumänen in peinliches Erstaunen, denn sie wissen selbst nichts und erwarten von ihm, daß er sie informiere. – Durch seine ratlose Herumfragerei macht er sie unsicher.

Daß er, noch bleicher als sonst und ohne Mantel, nur in der Uniformjacke, zähneklappernd durch die Balka hin und her rast, wirkt nicht eben beruhigend. Die Rumänen sind durch die eingetretene Ruhe nach den Überanstrengungen zusammengeklappt und zu apathisch, um sich so ohne weiteres in neue Erregungen versetzen zu lassen. Deshalb versucht er es nun, die Leute des D.V.K.s durcheinanderzubringen. – Er packt Knautsch an der Schulter und zieht Krämer am Ärmel. »So, und ihr beiden Hübschen, damit euch nicht zu langweilig wird« – er blickt auf seine Armbanduhr –, »in fünf Minuten meldet ihr euch fix und fertig und zieht auf Beobachtungsposten im Süden des Divisionsgefechtsstandes und paßt mir schön auf! – Ihr meldet zeitgerecht, falls sich russische Panzer nähern sollten! – Ich werde euch selbst einweisen und dafür sorgen, daß ihr alle zwei Stunden abgelöst werdet!« – Mit wachsendem Unmut hört sich Wisse das an. Böse, der draußen Holz hackt, aber scheinbar neugierig, wie er ist, mitgehört hat, reißt die Tür auf und knurrt herein. »Na, das wär ja wohl der größte Blödsinn. – Wir werden Posten aufstellen! – Zu was denn? – Daß die Rumänen verrückt werden?«

»Sie sind wohl wahnsinnig geworden!« – kreischt Möglich im höchsten Diskant und schnappt nach Luft. – Wisse schwingt sich mit den Beinen aus dem Bett. »Ach, bleiben Sie doch bitte ruhig liegen, Sie haben wirklich Ruhe und Entspannung nötig. – Mit den Herrschaften fahre ich allein Schlitten. – Euch geht's wohl zu gut, was? – Ich kann euch aber rasch scharfe Luftveränderung verschaffen!«

Während Krämer und Knautsch sich unwillig und recht langsam anziehen, ist Wisse aufgestanden. Er knöpft sich den Kragen zu und zieht sich die Uniformjacke glatt.

»Beobachtungsposten zu stellen ist nicht Aufgabe des D.V.Ks., Herr Hauptmann!« – worauf Krämer den Stahlhelm wieder absetzt.

Dem Hauptmann bleibt eine Weile die Spucke weg. Die Beine gespreizt, Hände in den Hüften, pflanzt er sich mitten im Raum auf – überlegt und lacht dann scheppernd los.

»Na, ich würde ja lachen, wenn plötzlich ein T 34 euer Idyll stört!« – Wisse zuckt bagatellisierend die Schulter.

»Euch ist es wohl noch nicht gedämmert, daß derzeit der Gefechtsstand mehr in Gefahr ist als die Front?« – In das euch bezieht er auch den Oberleutnant mit ein, der die Leute mit einer Kopfwendung anweist, den Bunker zu verlassen.

»Ich werde den Sonderführer Böse wegen seines ungehörigen Benehmens zur Verantwortung ziehen, Herr Hauptmann!« –

»Ich werde dafür sorgen, daß er abgelöst und zur Fronttruppe versetzt wird!« – übertrumpft der Hauptmann den Oberleutnant.

»Damit würden Sie ihm nur einen Gefallen erweisen! – Er ist durch schwere Verwundungen frontuntauglich!«

»Daß die beiden Leute auf Vorposten ziehen, darauf muß ich bestehen, Herr Oberleutnant!« Wisse wölbt die Lippen vor, senkt die Lider zu einem Augenspalt und nimmt eine noch abwartende Haltung ein, ohne eine Spur von Zustimmung.

»Nachdem ich nun schon mal den Befehl dazu gegeben habe . . .!« entschuldigt der Hauptmann ärgerlich seine Einmischung in Wisses Dienststellenbereich. – Hättest du nicht, sagt Wisses Miene, und er überlegt, wie die Schlappe auszuwetzen wäre.

»Menschenskind, das ist doch keine Schikane von mir!« raunzt der Hauptmann. Er hustet, zittert trotz der Wärme im Bunker und scheint in elender Körperverfassung. »Frontal haben wir augenblicklich nichts zu befürchten, aber im Süden steht doch kein Schwanz vor uns. Ein paar Kilometer entfernt hat der Russe seine Vormarschstraße. – Zwischen uns hier und den Russen ist nichts als Luft. – Jeder kleinste Panzerspähwagen, der das Gelände durchstreift oder abirrt, kann hier vorfahren und den gesamten Stab – uns mit eingeschlossen – gefangennehmen!«

»Das weiß ich, Herr Hauptmann, und die rumänischen Offiziere wissen es sicher auch!«

»Ich möchte daran zweifeln, denn wie ich mich selbst überzeugt habe, sind von rumänischer Seite aus nicht die geringsten Vorsichts- oder gar Abwehrmaßnahmen getroffen worden!«

»Absichtlich nicht!« – entgegnet Wisse dem überraschten Hauptmann. »Sie wollen gar nicht mit der Möglichkeit rechnen, daß auch ein Divisionsgefechtsstand zum Kampffeld werden kann!«

»Das heißt – sie demonstrieren damit, daß Schluß gemacht werden soll, wenn es schon so weit kommt . . .?«

». . . daß ihre starken deutschen Verbündeten nicht in der Lage sind, ihnen entsprechende Unterstützung zu gewähren« – setzt Wisse fort. »Sie sind sehr enttäuscht darüber, daß es den Russen gelungen ist, die Front einfach einzurennen!« –

»Und machen jetzt passive Resistenz, die Herrschaften?« erregt sich der Hauptmann.

»Sie wissen augenblicklich nicht, was sie tun sollen. Sie beobachten uns paar Deutsche des D.V.Ks. hier recht argwöhnisch und genau, wie wir uns verhalten, und warten weitere Befehle und Weisungen ab!«

»Und wie soll ich wissen, was ich tun soll, wenn kein Schwanz beim A.K. oder der Armee sich meldet?«

Ratlos wirft er die Hände hoch und fegt aus dem Bunker.

Auch einer, der auf Befehle wartet, denkt Wisse.

Die Fernsprechapparate, auf denen dicker Sand liegt, als wären sie seit Jahren nicht benützt, bleiben stumm – und auch kein Funkspruch kommt durch.

Kopflosigkeit und Unsicherheit der oberen Befehlsstellen kennzeichnen die Lage.

Soweit die Führungsstäbe nicht vom Feinde überrascht, gezwungen sind, ihre Quartiere in fliegender Hast aus den Kampfräumen in ungefährdete Gegenden zu verlegen, sind sie von dem fürchterlichen Schlag, der sie mit voller Wucht traf, noch derart betäubt, daß sie sich erst wieder erholen müssen. Die Verbindungen sind vielfach unterbrochen – überall ist der Russe durchgestoßen; die Frontlage ist ungeklärt, verwirrt – und ändert sich von Stunde zu Stunde. Eintreffende Meldungen sind Hiobsbotschaften, und die Katastrophe nimmt Ausmaße an, die den verantwortlichen Armeeführern über den Kopf wächst. Dabei liegen in ihren Schreibtischladen die Ic-Meldungen.

Sie sind erstklassige Fachleute genug, um zu wissen, daß die vom O.K.H. vorgeschriebene Frontlinie mit den vorhandenen Kräften nicht zu halten ist. Sie wissen, besser als ihr oberster Führer im Hauptquartier in Winnizza, welche operativen Gegenmaßnahmen zu treffen wären – und sie unternehmen nichts.

Sie haben oft und lange genug ihre Berichte und Vorschläge an das O.K.H. gerichtet. Daß ihre Beurteilung und Planung richtig war, das wird sich erst erweisen, wenn Hitler dagegen handelt und die Katastrophe heraufbeschwört. – Vielleicht wird das den wahnwitzigen Gefreiten in Winnizza zur Vernunft bringen und vor den Generälen in die Knie zwingen, wenn sich seine Stümperhaftigkeit offenbart. – Trotz ihres soliden Fachwissens und ihrer Erfahrung sind sie jedoch im Zweifel, ob nicht doch eine höhere Fügung Hitler führt und nicht seine geniale Eingebung gegen alle Regeln der Kriegskunst recht behält und gerade die sich abzeichnende Katastrophe zum grandiosen Sieg und der entscheidenden Niederlage des Gegners wird.

Da Hitler die Gefahr nicht wahrhaben will, stecken auch seine Generäle bis auf wenige Ausnahmen nur zu gern den Kopf in den Sand.

Irgendein Wunder wird sich schon ereignen, hoffen sie. Unerwartete Fehler, die der Gegner macht, die sich ausnützen lassen, sowie die überlegene Kampfkraft des deutschen Soldaten werden schon das Schlimmste verhüten, reden sie sich gern ein.

Generaloberste lassen sich von dem arrivierten Gefreiten wie Schulbuben abkanzeln, und Tage, ja noch Stunden vor dem russischen Angriff warten sie vergebens auf die rettenden Befehle aus dem O. K. H.!

Mehr als den Russen fürchten sie Hitler. Stärker als ihr Verantwortungs- und Pflichtbewußtsein ist die Angst um ihr persönliches Wohl, wenn sie sich das auch selbst nicht zugestehen wollen und sich hinter ihrer Gehorsamspflicht verschanzen.

Militärisch durchaus befähigt, die Lage zu meistern, lassen sie wissentlich lieber die Katastrophe eintreten, ehe sie es riskieren würden, beim Führer in Ungnade zu fallen.

Nicht Pflichtgefühl ist es, das sie hindert, von ihrer Befehlsgewalt zurückzutreten. – Sie klammern sich an ihre Stellung um jeden Preis, weil sie dem Rausch des Machtgefühles nicht entsagen können.

Diese paar Männer, die charakterlich versagen, demoralisieren die ihnen unterstehenden Truppenführer und reißen sie mit in die Katastrophe, da der nach unten zu immer geringere Machtbereich keine entscheidenden Handlungen zuläßt.

Entschlossene und tapfere Soldaten, vom Divisionär bis zum Feldwebel und Unteroffizier, beweisen ihre Kriegskunst und ihren persönlichen Mut, ohne und gegen Befehl, handeln sie auf eigene Verantwortung, retten, was zu retten ist, und setzen ohne zu zögern und zu fragen entscheidende Taten. –

»Nichts, nichts, nichts – was soll geschehen?« – Hauptmann Möglich rauft sich die Haare.

»Wir müssen vor allem die Lage klären, denke ich, feststellen, wo der Feind steht und in welcher Stärke – und welche Absichten er verfolgt.« – Und wenn wir keine Weisungen erhalten, selbständig handeln. – Das zu sagen unterdrückt Wisse, da er annimmt, daß der Hauptmann, ohne Befehl von oben, nichts unternimmt. – Wisse überlegt kurz.

»Ich werde mich selbst draußen umsehen!«

»Dazu sind Sie nicht verpflichtet!« wirft Hauptmann Möglich ein. –

»Krämer, den Geländewagen! – Wenn ich Sie bitten dürfte, Herr Hauptmann, mich solange hier zu vertreten!« – Böse hat eine Kiste mit Handgranaten zum Wagen geschleppt und darin verstaut, während der Oberleutnant sich anzieht. Er legt dessen Doppelglas, MPi und Kartentasche auf dem Tisch bereit, wagt es aber nicht, Wisse um das Mitfahren zu bitten, da dieser ihn schneidet und kein Wort mehr, als dienstlich notwendig, mit ihm spricht.

In westlicher Richtung aus der Balka, und links nach Süden abbiegend, fährt Krämer mit 60 Sachen scheinbar kreuz und quer über die Hügel und durch die Täler. Er kennt sich hier genau aus und fährt halsbrecherisch über den glattgefrorenen Boden, an Schluchträndern entlang. Es macht ihm richtig Spaß, sich am Volant wieder einmal auszutoben und seine Fahrkunst zu zeigen. – Er hat unheimlich schnelle Augen. Eine Sekunde auf einer Anhöhe kurz bremsend, überzeugt er sich, daß das nächste zu überblickende Gelände feindfrei ist, und rast weiter, obwohl schon hinter dem nächsten Hügel der Russe sitzen kann.

Die Gegend liegt ausgestorben und trostlos unter einem bleiernen Himmel. – Krämer ist versessen auf seine Fahrerei. »Das ist meine Leidenschaft!« gesteht er. »Sehen Sie, ich bin Automechaniker, Herr Oberleutnant, und da sollte man meinen, ich wäre froh, keinen solchen Dreckskarren unter dem Hintern zu haben – aber es ist eine Sucht – ärger als das Rauchen und Saufen, fast so wie Rauschgift.« –

Steil wie auf einer Hochschaubahn jagt Krämer den Horchkübel mit 110 Sachen in eine Schlucht hinunter, schießt den Gegenhang hinauf und fängt auf dem kleinen Hügelplateau den Wagen schleudernd ab.

Es bietet sich ein weiter Rundblick, und Wisse entfaltet die Karte zur Orientierung.

»Das ist die Höhe 105, Herr Oberleutnant! – Von hier aus haben wir den besten Ausblick bis Werchne Zarizynskij und Businowka!« – Wisse hat schon den entsprechenden Kartenabschnitt im Fenster der Kartentasche, um sich zu orientieren. Die Steppe ist leer.

Krämer weist mit ausgestreckter Hand in das Gelände. »Dort unten, halbrechts von uns, die niederen Häuser und langgezogenen Schuppen, das ist die Ferm Trudposselok. Von dort aus führen drei Wege, die grauen Streifen, die Sie sehen, nach Werchne Zarizynskij, wo der Stab der 4. Armee liegt!« –

»Gelegen ist, mein lieber Krämer! – Schauen Sie einen Daumensprung nach links!«

Trotz des trüben Tages, mit freiem Auge gut sichtbar, wälzt sich eine Schlange, deren Anfang und Ende nicht zu sehen sind, aus den Hügelausläufern kommend, durch die Steppe und taucht im Nebeldunst unter. Hunderte Panjefahrzeuge und dazwischen LKW-Kolonnen und Panzer rollen westwärts.

»Rumänen können das nicht sein, die haben keine Panzer!« – Wisse nickt. »Das ist schon der Iwan! – Schaut traurig für uns aus. – Er kommt aus der Richtung, wo gestern noch unsere Front war! – Fahren Sie noch weiter ran, aber langsam, bitte schön! – Es kann durchaus sein, daß Sicherungskräfte das Hügelgelände abstreifen!«

»Ach, Herr Oberleutnant, die wissen besser als wir, daß hier weit und breit kein Gegner mehr ist!«

»Anhalten!« – befiehlt Wisse dem Fahrer. Einen Hügel umfahrend, sehen sie einige hundert Meter vor sich ein Geschütz mit langem Rohr und in der Mulde daneben eine Zugmaschine. Einige Männer stehen und liegen um das Geschütz herum.

»Das ist ein deutscher ZGKW!« – stellt Krämer fest ... »und eine 8,8-cm-Flak, und deutsche Stahlhelme haben die Männer auch auf!« – Wisse lacht. »Es wäre nicht das erstemal, daß Russen Geschütze von uns erbeuten und gleich eingesetzt haben, ohne das Balkenkreuz zu überpinseln!« –

Das Geschütz steht am Rande einer 4 bis 5 Meter tiefen Mulde und ist im Rücken durch die Hügelwelle gedeckt. Die Entfernung zum vorbeiziehenden Russen beträgt etwa 2000 Meter Luftlinie, und der Gegner müßte schon das Gelände genau fixieren, um vor dem Hintergrund der schneefreien Südhänge das graugestrichene Geschütz mit seinem gesenktem Rohr auszumachen.

Ein kleiner, dünner Leutnant, links neben dem Geschütz stehend, sucht das Gelände durch das Doppelglas ab.

»Leutnant Pitter!« – stellt er sich vor. Er spricht so leise und vorsichtig, als fürchte er, sich durch ein lautes Wort einem in der Nähe verborgenen Feind zu verraten.

»Das dort ist Werchne Zarizynskij, wo der Stab der 4. Armee liegt.« Durch sein Glas erkennt Wisse an die zwanzig Panzer, die um das Dorf herumkurven und es einkreisen. Rotglühende Feuerbälle platzen vor den Mündungen ihrer Geschützrohre. – Sie schießen ununterbrochen in das Dorf hinein. Aus dem Ort zwischen den Holzhäusern, von denen einige brennen, und aus den Gräben, die sich rings um das Dorf ziehen, blitzt gleichfalls Mündungsfeuer auf, und es wird zurückgeschossen. Und davor in breiter und endloser Marschsäule mit Panjewagen, LKWs, Stalinorgeln, Geschützen hinter Traktoren und Panzerkolonnen, zieht der Russe unaufhaltsam mit ungestümer Hast auf den Don zu.

»Was machen Sie eigentlich hier noch?« – will Wisse von dem Flakleutnant erfahren. »Wir haben die Flanke der 29. I.D. mot. zu decken!« –

»Und dazu stehen Sie allein hier auf weiter Flur?«

»Nee, Herr Oberleutnant. – Wir haben noch drei Geschütze – dort rechts von uns zwei – und da vorne...«, er weist in Richtung der russischen Marschkolonnen, »... liegt der Chef mit seinem Geschütz. – Links hinter uns soll irgendwo eine Pakstellung sein, die aber abgebaut wird, sobald unsere Panzerabteilung zurückkommt!«

Den Artilleristen Wisse juckt es. Er weist auf die sich dahinwälzenden Kolonnen. »Das wäre doch was, da mitten hineinzuhalten!« – Der Leutnant schüttelt den Kopf. »Ich habe strikten Befehl, den Feind nicht auf uns aufmerksam zu machen! – Dabei wäre das eine Gelegenheit bei günstigsten Kampfbedingungen, z.B. für eine Panzerabteilung mit mehreren Sturmgeschützen und Selbstfahrlafetten, zu zusammengefaßtem Feuerüberfall auf die Vormarschstraße. – Das würde eine schöne Verwirrung beim Iwan auslösen! – Noch besser wäre es ja mit der Luftwaffe. – Aber die lassen sich ja hier, wo sie aufräumen könnten, überhaupt nicht blicken! – Die ackern den Schutt in Stalingrad um!« – schimpft der Leutnant. Wisse abschätzend von der Seite ansehend, knurrt er.

»Ich habe nicht den Eindruck, daß gerade die klügsten Leute im Lande General werden! – Es ist zum Haareraufen, wenn man zusehen muß – wie die dort hinziehen, als ob's ins Manöver ginge!«

»Im Vormarsch prima! – Rückzug in der H. D. V. nicht vorgesehen!« – spottet Wisse.

»Tatsächlich, das ist so. – Wenn wir eine Fliege machen müssen – ist die Führung kopflos! – Bei Rommel, ja, das war etwas anderes. Vor drei Monaten war ich noch in Afrika. Wenn es da wo mulmig wurde, war auch Rommel da. Unsere Flakbatterie hat er zweimal selbst eingewiesen! – Jeder kannte ihn. – Man hatte dort das Gefühl, geführt zu werden – und hier, verlassen zu sein.«

»Eine unmittelbare Bedrohung der Front besteht nicht, Herr General!« berichtet Wisse. »Ein weiteres Halten der Stellungen erscheint mir jedoch zwecklos, da wir mit unserem rechten Flügel in der Luft hängen. Da wir auch keine rückwärtige Abstützung haben, besteht die Gefahr, daß der Gegner die offene Flanke angreift und uns aufrollt!« – General Tataranu brummt bestätigend. »Eben erhalte ich Meldung von schweren Angriffen nördlich der Tscherwlenaja. – Der Russe versucht uns links von unserer Verbindung mit der 297. I.D. abzuschneiden. Daß südlich des Tales die Front nicht mehr besteht, davon haben Sie sich ja selbst überzeugt, Herr Oberleutnant?«

»Das heißt also doch«, wirft Möglich ein, »daß wir hier mit unserem Gefechtsstand exponierter liegen als die Stellungen! – Ich werde dafür sorgen, daß wir weiter nördlich nach rückwärts verlegt werden!«

Der General schüttelt heftig abwehrend den Kopf. Er will nicht. – Im Funkverkehr gelingt endlich eine Verbindung mit dem A.K. – Der Angriff der 29. I.D. mot. ist zügig vorangegangen und hat günstige Ausgangspositionen erreicht. – Fühlung mit der Pionierabteilung des Majors Moraro, der allein mitten im weiten Raum seine Stellung immer noch hält, konnte aufgenommen werden. – Für weitere Operationen zur Schließung der bereits 50 Kilometer breiten Durchbruchsstelle zwischen dem VI. und VII. rumänischen A.K. reichen die Kräfte der Division nicht aus, und es stehen auch keine Infanterieverbände zur Verfügung, die in eine rückeroberte H.K.L. eingeschoben werden könnten.

Major Moraro ist anzuweisen, die versprengten Rumänen aus der aufgelösten Südfront der 20. Division zu sammeln und sich bei Zurücknahme der Front mit den Resten seines Pionierbataillons der 29. I.D. anzuschließen.

Hauptmann Möglich hat es erreicht. Überraschend kommt ein Kradmelder und überbringt den Befehl – den Divisionsgefechtsstand noch vor Anbruch der Dunkelheit nach Gawrilowka zu verlegen.

»Ein elendes Drecknest!« – schimpft Krämer – »liegt 4 Kilometer hinter Narriman!«

Schwer beladen, schwanken die LKWs aus der Balka. Alles ist trüber Stimmung. Es war wohnlich und schön in dieser Stellung. Der Stab hatte sich in den Wochen hier gut eingelebt. – Der Soldat ist rasch überall zu Hause, richtet sich ein und scheidet schwer, weil er weiß, es kommt selten etwas Besseres nach. Er muß in der neuen Unterkunft wieder von vorn anfangen, und ist es so weit, daß er sich eingelebt hat, muß er wieder weiter.

In stockdunkler Nacht wird Wisse mit seinen Leuten vom Vorauskommando in einen von der 297. I.D. verlassenen Bunker eingewiesen.

Es ist ein trostloses Massenquartier. In der Mitte ein schmaler Gang, daß nicht zwei Leute aneinander vorbeikommen. Links und rechts davon, dreistöckig, je neun nackte Bettgestelle. Kein Tisch, kein Stuhl, das Fenster herausgebrochen und die Tür ausgehängt. Es ist bitter kalt, feucht und zugig. Im Flackern zweier trüber Kerzenfunzeln sieht die Unterkunft erbärmlich aus. Die hier abziehenden Soldaten haben gründlich ausgeräumt. Kein Stück Holz und kein Ofen.

Einziger Trost, sie sollen nur vorübergehend hierbleiben. Stündlich werden neue Weisungen bezüglich der Rücknahme der Divisionen erwartet. – Vorläufig ist der Divisionsstab von jeder Verbindung ringsherum abgeschnitten. Niemand kennt sich aus und weiß, was los ist. Durch die Verlegung des Gefechtsstandes ist das gesamte Fernsprechnetz der Division verlorengegangen. Es wird von den Rumänen erst gar nicht versucht, neue Leitungen zu legen. Sind auch fast keine Fernsprechkabel mehr da. – Der planmäßige Rückzug scheint die Rumänen stark niedergedrückt zu haben.

Im neuen Stabsbunker, einem feuchten, völlig ausgeräumten Loch, zwischen ihren Gepäcksstücken, auf Koffern, hocken die Rumänen herum, rauchen und stieren lethargisch vor sich hin. Den Pelzkragen des Mantels aufgestellt, frierend und asthmatisch keuchend, sitzt der General auf einer Kiste. –

Er blickt kurz auf, als Wisse grüßend eintritt, bietet ihm mit müder Geste wortlos Platz auf der gegenüberliegenden Kiste an und läßt wieder schnaufend den Kopf auf die Brust herabsinken. – Wisse erkennt, die Entschlußkraft des rumänischen Generals ist, vorläufig zumindest, gelähmt, und es bedarf strikter Anweisungen von seiten der deutschen Führung, um den Stab wieder aktionsfähig zu machen, dessen Offiziere keine Anstalten treffen, ihre Arbeit wiederaufzunehmen.

Da bei den Gegenangriffen auch von den rückwärtigen Diensten jeder verfügbare Mann in den Kampf geworfen wurde und diese Leute zum Großteil gefallen, verwundet oder vermißt sind, fehlt es auch an Hilfskräften zur Aufnahme des Stabsbetriebes.

Die Rumänen kennen, fürchten und hassen den Russen als gefährlichen und gewalttätigen Nachbar an ihren Grenzen, der in ihr Land eingefallen war und Teile davon losgerissen hat.

Als tapfere und treue Bundesgenossen und Kampfgefährten haben sie sich den vielbewunderten, voranstürmenden deutschen Armeen angeschlossen. Aus Tradition den Franzosen verbündet, hat erst Marschall Antonescu den Umschwung zur Deutschfreundlichkeit herbeigeführt.

Sie hoffen, mit den unbezwingbaren deutschen Soldaten Seite an Seite, gleichfalls Sieg an Sieg an ihre Fahnen zu heften und mit Deutschland den gemeinsamen Feind zu schlagen.

Sie sahen sich im Triumph in Moskau mit einziehen und sind nun hier elend geschlagen auf dem Rückmarsch, mitten in diesem feindlichen Riesenreich. Die Heimat ist so unermeßlich weit, und es ist sehr ungewiß, ob sie sie jemals wiedersehen werden.

Sie sind erschüttert darüber, daß auch die deutschen Divisionen vor dem Russen fluchtartig und teilweise in voller Auflösung zurückfluten.

Sie erkennen, daß sie wahrscheinlich auf der falschen Seite stehen und ihr Land in den Abgrund mit hineingerissen wird, wenn Deutschland den Krieg verlieren sollte. –

Die vielfache Enttäuschung durch ihre deutschen Freunde, das spürt Wisse, ist der tiefere Grund für die Resignation der Rumänen. Sie tun ihm leid, und er fühlt sich mitschuldig am Versagen der deutschen Führung.

General Tataranu muß ihn genau beobachtet und seine Gedanken gelesen haben. Wisse spürt plötzlich die Finger der einen Hand des Generals unter seinem Kinn. Der General richtet dem jungen Oberleutnant den Kopf hoch, sieht ihm in die Augen, und lächelnd schüttelt er verneinend den Kopf. – Du bist nicht schuld – sagt er damit. – Er faßt in die Tasche und hält Wisse sein schweres goldenes Zigarettenetui aufgeklappt hin, zum Zeichen, daß ihre Kameradschaft zueinander nicht gelitten hat.

»Vielleicht sind schon Meldungen und Weisungen für uns durchgekommen?« – Der General erhebt sich mit Schwung von seiner Kiste. Ärgerlich darüber, daß nicht auch gleich sämtliche seiner Offiziere aufspritzen und sich am Riemen reißen, wandert er, die gesunde Hand auf den Rücken geschoben, durch den Bunker und räumt mit ärgerlichen Fußtritten, da er damit nicht seine Offiziere aufscheuchen kann, Rucksäcke und kleinere Gepäckstücke aus dem Weg.

»Ich werde sofort beim Funkwagen nachfragen, ob schon was für uns durchgekommen ist, Herr General!« Major Binder übersetzt, wobei er sich gleichfalls von seiner Kiste, auf der er hockt, erhebt.

Wisse öffnet die Tür zum Funkwagen. Eine Flut hellen Lichtes blendet seine Augen, eine Welle wohltuender Wärme schlägt ihm entgegen, und aus dem Lautsprecher tönt deutsche Tanzmusik »Und wieder geht ein schöner Tag zu Ende . . .« – Die Funker sind zu beneiden. – Durch das Radio über Tausende Kilometer mit der Heimat verbunden und – gemessen an den Bunkern – mit behaglichem Komfort ausgestattet, ist das Wageninnere eine winzige und gemütliche deutsche Enklave.

Ein Funker lungert auf seinem Bett und liest die »Münchner Illustrierte«, während der andere vor dem Funkgerät auf durchkommende Meldungen wartet und auf dem elektrischen Kocher Bratkartoffeln macht.

Zu Füßen des Funkers auf dem Bett, schweifwedelnd, einen Wollschal um die Rippen, winselt Harro seinem Herrn zur Begrüßung entgegen.

»Sie haben ja das verdammte, verflohte Hundevieh schon wieder im Bett!« – überrascht, die Stimme des Hauptmanns Möglich zu hören, sieht Wisse diesen, recht gemütlich, in der Ecke des Wagens hocken, die Beine in Hausschuhen von sich gestreckt und zeitunglesend. Neben sich hat er ein Glas und eine Flasche Wein stehen. –

Aufsässig hört Wisse die Antwort des Funkers, der doziert:

»Herr Hauptmann, Hundeflöhe gehen nicht auf den Menschen. Wenn ein Hund Flöhe hat, die auch den Menschen beißen, so sind das Menschenflöhe, die der Hund von uns bekommen hat . . .!« Über die Zeitung sehend, die Brille auf die Nase geschoben, wie ein alter Schullehrer, möchte der Hauptmann dem Funker eben den Schnabel stutzen, als er Wisse bemerkt.

»Guten Abend!« – Darum also war der Hauptmann auf einmal nirgends zu finden. – Seine Verwunderung nicht verhehlend, läßt Wisse seine Augen von den Filzpantoffeln aufwärts schweifen, bis er dem Blick des andern begegnet. – Der Hauptmann legt die Zeitung weg und zieht die Beine ein. Hauptmann Möglich hat nicht das Recht, sich im Funkwagen einzunisten.

Der Soldat muß, um seine Pflichten erfüllen zu können, das Gefühl haben, auch etwas zu gelten. – Die Funker machen kein Hehl daraus, daß der Hauptmann ein ungebetener Eindringling ist.

Wisse streichelt Harro und fühlt ihm die Nase, die heiß und trocken ist. – Das Tier fiebert und atmet schwer. – Mit großen Augen sieht der Hund bittend seinen Herrn an, ihm zu verzeihen, daß er krank und hier im Wagen sei. Von seinen Lefzen tropft Geifer, den ihm der Unteroffizier, ein großer Tierfreund, abwischt. Das Fell ist schweißnaß und verklebt.

»Wenn ich euch darum bitten dürfte, Harro im Wagen zu lassen. Er scheint krank zu sein.«

»Das ist doch selbstverständlich, Herr Oberleutnant Harro hat Grippe. Ich habe noch Rum und Pulver. Das muß er dann einnehmen. Ich pflege ihn schon gesund!« . . . Und mit einem Seitenhieb auf Hauptmann Möglich, ihm zu verstehen gebend, daß er im Funkwagen nichts zu melden hat:

»Der Harro bleibt in unserem Funkwagen, und er schläft mit mir in meinem Bett, solange er krank ist!«

»Entschuldigen Sie, daß ich Ihre Unterhaltung störe!« – mokiert sich Hauptmann Möglich ärgerlich. »Bis jetzt ist noch nichts für uns durchgekommen! – Die haben uns völlig vergessen!«

»Und ich komme nicht durch – weder zum A.K. noch zur Armee. Es wird dauernd auf allen Wellen und Frequenzen gefunkt!« – erklärt der Obergefreite am Gerät. »Das kann ich mir lebhaft vorstellen. Abwarten und Tee trinken, und wenn der Iwan kommt, dann diktiert er uns schon, was wir zu tun haben! – Wie was durchkommt, wird mir das sofort gemeldet – gute Nacht!« – »Jawohl, Herr Oberleutnant! Gute Nacht!«

»Ich habe mich im Funkwagen einquartiert, weil ich gleichfalls krank bin!« – verteidigt sich Hauptmann Möglich schwächlich. Wisse nickt und stolpert über die Treppe aus dem Wagen in die stockdunkle, bitterkalte Nacht.

Die Kraftfahrer schlafen in ihren Wagen. Böse und die beiden Fernsprecher haben den Bunker als Unterkunft noch nicht akzeptiert. Ohne ein Stück abgeladen oder gar ausgepackt zu haben, das Tür- und Fensterloch nur mit Zeltplanen abgedeckt, samt Mänteln und Stiefeln, die Mütze auf dem Kopf, liegen sie in rumänische Pferdedecken gewickelt auf den leeren Bettgestellen und schauen Wisse vorwurfsvoll an.

»Ich habe uns die Unterkunft nicht aussuchen können!« – er ist erzürnt. »Wenn das Adlon hier stünde, hätte ich selbstverständlich für jeden von euch ein Appartement mit Salon und Bad bestellt. – Wenn ich immer so ein Quartier gehabt hätte, ich hätte mir an der Nordfront im vorigen Herbst und Winter alle zehn Finger abgeleckt! Euch geht's noch verdammt gut, und ihr habt noch recht wenig vom Krieg gespürt. – Eure Kameraden vorn, die übernachten in Gräben und Schützenlöchern!« – Verärgert tritt er aus dem Bunker und streift durch das Gelände.

Es ist völlig ruhig vorn, wo die Front liegt. Kein Schuß fällt. – Keine Leuchtkugel zischt in den Himmel und zerplatzt dort. Er vermißt das Wetterleuchten und Gewitterrollen der Artillerie. Es gehört zum Soldatsein, um die Spannkraft und Kampfbereitschaft zu erhalten. – Sofort läßt die Stille den Soldaten sich auf sein Menschliches besinnen.

Was für ein ödes, barbarisches, grausames Land.

Soldat zu sein. Was ist das für ein erbärmliches, hartes Drecksleben. Offizier! – Der ärmste Taglöhner hat es besser. – Der hat seine geheizte Stube, ein gekochtes Essen, ein Dach über dem Kopf, ein Bett und seine Frau darin! –

Er ist von der Frau, die er liebt, nicht durch Länderfernen gewaltsam getrennt.

Dieser Krieg hat mich so in seinen Klauen, daß ich nach seinem täglichen Abenteuer fiebere – spürt Wisse. Er läßt vergessen, daß man ein Mensch ist mit Bindungen, die weiter zurückreichen in eine unwahrscheinliche Welt – zu Menschen, die nur in besinnlichen Stunden schmerzlich in gegenwärtiger Erinnerung sind. Bekämpfe ich den Russen? – Nein! – Ich glaube, Gegner auf beiden Seiten, bekämpfen wir das Vorweltungeheuer des Krieges, das feuerspeiend, mordend und Länder verwüstend über die Erde rast, um es wieder in seine Höhle zu treiben.

Und daß dieser Kampf einmal zu Ende und wieder Frieden sein könnte? Wisse kann es sich nicht vorstellen, und sich selbst kann er nicht bestehen sehen in einer ruhigen, wieder satten Welt, die rasch und gern vergißt.

Seltsamerweise hat er nach Frankreich und nicht nach Wien Heimweh. Wie eine zweite ferne Heimat, zu der er tiefe Beziehungen hat, in deren Boden seine Kameraden ausruhen, treibt es den Soldaten, ja selbst dessen Söhne, immer wieder mit brennender Sehnsucht in das Land, wo er gekämpft, gehaust, gesündigt, gelitten und geliebt hat. Unvergeßlich bleibt ihm jeder Baum, jeder Hügel, jedes Haus, wo er, unverlierbar, sein stärkstes männliches Erlebnis hatte. –

Ist es das kleine, zärtliche Liebeslied, vielleicht vom Sender Paris, das aus dem Lautsprecher des Funkwagens bis an die Wolga durch die barbarische russische Winternacht sickert, das ihn an Gwen, sein englisches Mädchen in Frankreich, denken läßt?

Es war Mitte August 1940. Frankreich hatte den Krieg, der über seine Fluren dahingerast war, hinter sich.

An einem dienstfreien Nachmittag nach vierzehn Tagen staunenden Bewunderns war es das erstemal, daß Leutnant Wisse Gwen traf und Kenntnis davon nahm, daß sie ein ganz reizendes, zwar noch sehr scheues, aber allerliebstes und recht lebendiges Mädchen war.

Leutnant Stein, bester Kamerad von der Kriegsschule her, ist wie an jedem dienstfreien Tag ausgangsbereit, während Leutnant Wisse, der Bummelgefährte, nun schon den fünften Tag, heute unter dem Vorwand, einen Brief zu schreiben, nicht mitmacht.

»Hau bloß ab!« wehrt Wisse den närrischen Freund ab, der sich, nur um die Leute zu ärgern, parfümiert und nun das Flakon französischen Parfüms mit dem Zerstäuberballon gegen Wisse, der am Fenster sitzt, richtet und ihn in eine Duftwolke hüllt.

»Bin ich nicht ein feiner Knabe – an dem die lieblichen Mädchen ihre Freude haben können?« – stellt er sich vor Wisse in Positur, schlüpft mit gespreizten Fingern in die Handschuhe und steckt sich eine starke holländische Zigarre in das hübsche Lausbubengesicht.

»Ein frühzeitig verdorbener Balg bist du. Vor dir rennen sogar noch die alten Weiber verschreckt davon!«

»Pfui, Fritz! – Also, kommst du mit?«

»Heute nicht!« –

»Heute nicht! – Gestern nicht, morgen nicht! – Ich sehe, ich muß etwas für dich unternehmen!«

»Untersteh dich!« – Wisse schwingt den Stiefelknecht. Stein weicht elegant aus und entwischt durch die Tür. Durch einen Spalt steckt er nochmals den Kopf herein.

»Ich werde dir beweisen, daß auch sie nur aus Fleisch und Blut ist!« –

»Angeber!« – bemerkt Wisse spöttisch. – »Vielleicht erwachst du, wenn ich dir ihren allersüßesten Busenhalter als Beute und Beweisstück zu Füßen lege!« – Der Stiefelknecht fliegt nur mehr gegen die von außen zugeklappte Tür. –

Wisse hört Stein, den Toreromarsch pfeifend, die Treppe, mit den Absätzen und Schuhspitzen klappernd, hinuntersteppen.

Ist natürlich unsinniges Geschwätz von Stein. Bei diesem Mädchen kann er seine verrückten Drehschüsse nicht anbringen. – Für unsere Artillerie ein unerreichbares Fernziel, Herr Leutnant. – Niemals abschußreif! – Mit diesem Geschöpf in Tuchfühlung zu kommen? – Ein Wunschtraum. Trotzdem läßt es Wisse keine Ruhe.

Stein hat ein ansehnliches Beutelager von zierlichen Büstenhaltern und duftigen Seidenhöschen, die er eifrig sammelt. –

Wisse war noch niemals dabei, wie es geschah. – Mehr mitgezogen als aus eigenem Antrieb macht er die närrischen Abenteuer Steins mit. – Er hat die Erfahrung, wenn er allein ginge, hätte er mehr Erfolg, und er würde statt zu verführen, selbst verführt, oft in einem fremden Bett erwachen. Er hat Scheu davor, empfindet ohne echte Zuneigung Ekel und Beschmutzung.

Stein hat eigentlich kein besonderes Glück bei Frauen, seine Narretei verdeckt viel Herzweh. Vielleicht spielt er gerade deshalb die verrückte Tour und schleppt Wisse mit, vor dem die Mädchenherzen leichter schmelzen.

Den heiteren kontaktfördernden Teil amourösen Geplänkels macht Wisse spaßhalber gern mit. Wenn es schwül wird, empfiehlt er sich.

Nachts kommt Stein dann heim, weckt den längst Schlafenden und legt ihm etwa einen Büstenhalter als Binde über die Augen.

»Aber sonst war nichts!« – gesteht er am nächsten Morgen manchmal, in freimütiger Anwandlung. Wisse hat den närrischen Freund arg in Verdacht, daß er die meisten seiner zarten Beutestücke, die verdächtig sauber sind und frischgewaschen nach Seife duften, von Wäscheleinen klaut. – Trotzdem, er geht ran an den Speck, und es ist ihm allerlei zuzutrauen.

Binnen zehn Minuten ist Wisse fertig angezogen und schlendert auf der Straße, die nach Norden aus dem Ort führt, in Richtung der am Strand liegenden Villa »Nadine«.

So war es vor drei Tagen gewesen. Als er aus dem Haus trat, waren ihm zwei Mädchen entgegengekommen. Die beiden plauderten, lachten miteinander und verstummten auffällig, als sie des Leutnants ansichtig wurden. Während ihn die eine, offenbar das Dienstmädchen, da sie eine vollbepackte Einkaufstasche trug, unverhohlen anglotzte, streifte ihn das andere Mädchen, das nur die Schwester seiner Angebeteten sein konnte, mit einem zwar nicht aufdringlichen, aber erkennbar abschätzenden Blick. – Es blieb sogar einen Augenblick stehen, lächelte ihn nach dieser Musterung vielsagend an und ging an ihm vorbei.

Sichtlich aus vornehmem Hause, aber ein freches Biest – war sein Eindruck. – Demnach mußte das Mädchen, das er still und bewundernd verehrte, sich der Schwester anvertraut haben. War das anzunehmen? – Können Mädchen ihre Gefühle schwatzhaft auf die Zunge nehmen, ohne sie zu verletzen?

War er denn besser, versuchte er das Mädchen vor sich zu verteidigen. – Stein wußte davon – weil sein Herz voll war, daß er sich dem spöttischen Freund andeutungsweise mitgeteilt hatte. –

Daß sogar die Landser davon wissen? – Sie sind an allem schuld. – Seit einigen Wochen mit seiner Geschützstaffel in diesem reizvoll gelegenen Fischer- und Badeort Equihen, südlich von Boulogne-sur-Mer liegend, führt er jeden Abend nach der Wachablösung, aus der Feuerstellung beim Leuchtturm von Outreau, seine Leute zurück in die Quartiere. Den Soldaten geht es sichtlich gut in Frankreich. Sie sind ausgelassen, und als sie eines Abends von selbst aus purer Lust dazu – eins, zwei, drei, mit voller Lautstärke ein Lied anstimmen, daß die Scheiben klirren, während der junge Leutnant stolz voranmarschiert, öffnet sich in der Villa »Nadine« im Hauptgeschoß das zweite Fenster – und neugierig sieht ein Mädchen auf die Straße hinaus. Es schüttelt über den gewaltigen Singsang verwundert den Kopf und läßt die Soldaten vorbeiziehen. – Die ganze Marschkolonne macht von selbst Augen rechts und schmettert ihr Lied dem Mädchen am Fenster entgegen.

Es huscht ein Lächeln über das Gesicht des Mädchens. Auch Wisse schaut nach rechts, und als gelte es ihm, lächelt er, als Führer seiner Streitmacht von sich mächtig eingenommen, zurück, und es zuckt ihm in den Fingerspitzen, die Hand grüßend an die Mütze zu legen.

Das Mädchen tritt vom Fenster zurück und schließt es, ehe der letzte Mann vorbeigezogen ist.

Ich muß sie so blöde wie ein Kutschpferd angegrinst haben, kommt es Wisse vor.

Das Mädchen war jung, sechzehn oder siebzehn höchstens, und schien so unbefangen, daß man ihm die Neugierde, mit der es die Soldaten betrachtete, nicht übelnehmen konnte. Wie es aussieht? – Der Leutnant hat nur den Eindruck, daß es schön sei. Und seltsamerweise wiederholt sich das Schauspiel. Der Leutnant zieht täglich mit seinen Soldaten vorbei. – Am dritten Tag schon wissen sie, was los ist, stimmen 100 Meter vor der Villa aus eigenem Wisses Lieblingslied... »In Sanssouci am Mühlenberg« an – und während sie, der Leutnant an der Spitze, vorbeiziehen, steht das Mädchen, jeden Tag heimlicher und manchmal hinter dem Vorhang halb verdeckt, am Fenster – und erwidert mit jedem Tag vertraulicher, scheint es ihm, das Lächeln des jungen deutschen Leutnants.

Ob sie nur das Schauspiel genießen will – und sich mit duldsamer Heiterkeit das tägliche Ständchen der Soldaten gefallen läßt?

Wisse hat, insbesondere in den letzten Tagen, da über dem zuerst unbefangenen Lächeln des Mädchens ein Hauch schmerzvoller Wehmut liegt, das Gefühl, daß sich zarte Fäden von Herz zu Herz spinnen, die ihn in hoffnungsvolle Seligkeit versetzen.

Schon kennt er Einzelheiten ihres Gesichts und kann es sich beglückt vorstellen. An einem Tag prägt er sich die goldene Fülle ihres hellblonden Haares ein. – Das andere Mal nimmt er den Anblick der reinen klaren Stirn, der hochgeschwungenen, schön gezeichneten Brauen und das leuchtende Blau ihrer Augen als Erlebnis mit nach Hause. Er kennt ihre kleine, gerade Nase, das etwas hochmütige Gesicht, das sich bewahren und nicht entblößen lassen möchte, den lockenden Mund, die liebliche Rundung ihrer Wangen, den schlanken Hals, die Anmut ihrer Jugend und die Zärtlichkeit ihres Lächelns. Von ihrem Gesicht in Bann geschlagen, hat er von ihrer Gestalt keine Vorstellung. Sie verschwimmt als unwesentlich mit dem dunklen Hintergrund des Zimmers, in dem ihr helles Kleid wie ein Flecken geblumter Wiese aufleuchtet.

Heute vormittag und auch gestern schon schien es ihm, als würde sich ein schlanker, weißer Arm heben und ihre Hand ihm verstohlen, zaghaft zuwinken. Das kann natürlich eine Einbildung sein, und es ist unmöglich, daß er vor allen Leuten und Soldaten plump zurückwinkt. – Ja, wenn es ein deutsches Mädchen wäre, dann vielleicht, da dann die Beziehungen schon von Natur aus herzlicher wären. – Sie aber ist Angehörige einer Feindmacht, und zu ihrem Schutz schon soll die Verbindung zwar innig, aber heimlich und wahrscheinlich für immer nur das zarte Gespinst einer Romanze bleiben.

Er ist in seine Gedanken vertieft an ihrer Villa vorbei bis an den Strand gekommen, wo er sich auf einen Felsen setzt, eine Zigarette anzündet und zwei Fischern zusieht, die ihre Boote an den Strand ziehen. Aus einem geöffneten Fenster, vor das ein weitmaschiger Vorhang gespannt ist, der sich in der Abendbrise leicht bläht und jeden Einblick in das schon im Dämmerlicht liegende Zimmer verwehrt, klingt weit über die Straße hin Klavierspiel. – Beethoven!

Langsam geht er auf der Straßenseite, auf der die Villa liegt, zurück. – Er ist enttäuscht, weil er ihr Fenster nach wie vor verschlossen findet. – Mit einem Gefühl der Beschämung, daß er seine Neugierde nicht bezähmen kann, bleibt er in Deckung der immergrünen Eiche neben dem breiten Salonfenster einige Zeit lauschend stehen.

Noch immer, nur wie es ihn dünkt, nun sogar lauter, tönt das Klavierspiel. Die mächtig an- und abschwellenden Akkorde aus der Neunten Symphonie verraten den Anschlag einer kräftigen und leidenschaftlichen Hand – so daß unmöglich das Mädchen am Klavier sitzen kann.

Er stutzt. In Sekundenbruchteilen hörte er zwischen den Akkorden Sprechen aus einem Rundfunkgerät. Wem fällt es ein, Klavier zu spielen und dazu das Radio einzuschalten? – Er lauscht gespannt.

Es ist eine Stimme aus dem Lautsprecher, die einen Bericht gibt oder ansagt. – Aus Brocken erkennbar, zweifellos in englischer Sprache.

Ein Gefühl tiefer Bitterkeit würgt Wisse im Hals. Er geht rasch davon, um das nicht weiter mit anhören zu müssen. Können sie ihre englischen Nachrichten nicht in einem Raum des Hauses abhören, daß nichts davon auf die Straße dringt? – Kommen sich dabei wahrscheinlich noch besonders schneidig vor und tun es, um später damit prahlen zu können, daß sie unter den Ohren des Feindes womöglich Weisungen des Secret Service empfingen. Oder ist kalte, offene Verachtung des Feindes der Grund?

Das schon entschlafene Gefühl, sich in Feindesland zu befinden, erwacht wieder und mahnt zur Vorsicht.

Was weiß er von dieser Familie? – Nichts! – Er hätte sich erkundigen müssen!

Blieb es, was wahrscheinlich war, bei der stillen Anbetung des Mädchens, hielt er sich nicht für berechtigt, nach dessen näheren Lebensumständen zu forschen. Er kennt nicht einmal ihren Vornamen.

Sie ist bestimmt unschuldig und weiß von nichts. Wieso ist dann die Schwester über so zarte Beziehung im Bilde, und was ihn beleidigte, sogar das Dienstmädchen, daß dieses es wagen konnte, ihn neugierig anzuglotzen.

Neben dieser harmlosen gibt es eine noch weit gefährlichere Möglichkeit – daß geplant ist, ihn für einen bestimmten Zweck des Feindes zu mißbrauchen, und daß das Mädchen nur den schillernden Lockvoel abgibt, dem er als dummer deutscher Gimpel auf den Leim gehen soll.

Er erinnert sich. Es wurde den Offizieren und sogar den Mannschaften zur Erhöhung ihrer Wachsamkeit bekanntgegeben, die deutsche Feindabwehr habe längst erkundet, daß in den englischen Nachrichtensendungen verschlüsselt Weisungen an die feindlichen Agenten durchgegeben würden. Leider hat der schwatzhafte und vertrauensselige Deutsche eine tiefverwurzelte Abscheu dagegen, in Menschen, die ihm nicht offensichtlich verdächtig begegnen, Spione suchen zu müssen.

So etwa wie dieser Tölpel von Stein, der aufgeräumt heimkommt und Wisse recht geheimnisvoll erklärt: »Morgen um 16 Uhr hinter dem Felsen am Strand, Herr Leutnant. Wisse, pünktlich gestellt! – Da werden Sie Ihre Überraschung erleben!«

Wisse könnte das Geheimnis rasch lüften, denn Stein kann doch nichts bewahren und platzt, wenn er nicht reden kann.

»Wo ist der versprochene Büstenhalter als Liebestrophäe?« – höhnt Wisse. »Ich kann mir durchaus vorstellen, daß es sogar dir nicht allzu schwer gemacht würde, ihn zu ergattern?«

Stein sieht Wisse groß an. »Hast du irgendwo im Kopf eine Schraube locker?« – Er kann sich die plötzliche Sinnesänderung nicht vorstellen. »Und außerdem vergißt du, daß ich dein Freund bin und kein Schuft, der Mädchen nachstellt, an denen dir wirklich etwas liegt!« versichert er großspurig.

»Hoffentlich ist deine morgige Überraschung ein schmackhaftes und verlockendes Stück Fleisch, das zu genießen sich lohnt. – Ich hätte Appetit darauf. – Wenn nicht, so verschone mich damit. – Gute Nacht!« Wisse dreht sich in seinem Bett zur Wand um und möchte nichts mehr hören. »Junge, Junge, dich hat's aber schwer erwischt!« – bedauert ihn Stein.

Wenn ich Spionage vermute, habe ich die Pflicht, das aufzudecken oder zumindest aus eigenem zu vereiteln? – Daß ich es etwa anzeige? – Es sähe so nach Rache eines verschmähten Liebhabers aus!

Alle Seligkeit ist vernichtet. Ihm ist, als würde von einem hell erleuchteten Weihnachtsbaum, vor dem er steht, eine schillernde Glaskugel, in der seine schönsten Hoffnungen eingeschlossen sind, zu Boden fallen und in winzige Scherben zersplittern. Es bleibt nichts anderes, als sie aufzukehren und in den Abfalleimer zu werfen, damit der Boden wieder sauber wird, auf dem er steht.

Man müßte vor Wut und Bitternis losheulen dürfen. Schuld? – Schuld an allem ist dieser verfluchte, hundsgemeine Krieg, der jede Beziehung, auch die zarteste und unschuldigste, zwischen den Menschen vergiftet.

Stein ist am nächsten Vormittag sichtlich enttäuscht darüber, daß Wisse nicht in ihn dringt, sich näher über die mehrmals angedeutete Überraschung auszulassen. Er geht um 14 Uhr, leicht verschnupft, voraus und stellt es Wisse frei, zum vereinbarten Rendezvous zu kommen, wenn er Lust dazu habe. »Schließlich habe ich auch meinen Stolz!« – hat er zum Abschied gekränkt bemerkt.

Das schon bewegt Wisse, hinzugehen – und er nimmt ein englisch-deutsches Wörterbuch mit, das er zufällig in seinem Gepäck mit sich führt.

Seine enttäuschte Zuneigung tut doch mehr weh, als er es sich zugestehen will.

Um sich abzulenken, schenkt er die Aufmerksamkeit seiner Umgebung, als ob er nicht schon längst jeden Fußbreit Boden und jedes Gesicht hier im Gedächtnis hätte.

Die Fischer in Equihen leben ärmlich und karg. Was da wächst, ist Dünengras. Es gibt Weiden und ein paar kümmerliche Äcker. Auch als Badeort ist es nicht berühmt. Wer vor dem Krieg hierherkam, das waren kleine Leute aus Boulogne und Umgebung, die einen billigen Urlaub und ihre Ruhe haben wollten.

Der Krieg hat Equihen rechts liegenlassen. Es spürt erst seine Folgen. Die Fischerboote sind an den Strand gezogen und die Netze aufgehängt. Mit den Händen in den Hosentaschen gehen die Fischer und Seeleute umher und sehen auf ihr Meer hinaus, das jetzt von den deutschen Kriegsschiffen durchpflügt wird, und warten gelassen darauf, bis der Krieg zu Ende und das Meer wieder frei ist. Sie hocken in den Felsen und verfolgen gespannt die Kämpfe zwischen Briten und Deutschen, zur See und in der Luft.

Im übrigen leben sie, bei manchen ist es rätselhaft wovon, im großen und ganzen von der Besatzungsmacht. Und das bedingt auch ihre Einstellung zu den deutschen Soldaten, die allzu kauflustig, dem Ort sogar einen konjunkturvollen Aufschwung geben. Besatzung? – Sie haben ihre eigene Auffassung darüber, speziell, die sich mit Handel befassen, und das sind viele jetzt. Solange diese Deutschen bezahlen, sich anständig und ruhig aufführen, hat man nichts gegen sie. Die Besatzer von Equihen genießen ihren Aufenthalt urlaubsmäßig und sind froh, daß sie mit den Bewohnern gut auskommen.

Franzosen, die von den Deutschen haßerfüllt abrücken, sind so selten wie Scharfmacher und Radaubrüder unter den Deutschen. Und so leben in Equihen Franzosen und Deutsche ganz erträglich und friedlich nebeneinander und kommen gut miteinander aus.

Man behandelt die Deutschen wie Bade- und Feriengäste, und das klappt, belebt sogar das Geschäft, schafft eine freundliche Atmosphäre, in der einer dem anderen den Platz auf dem Bürgersteig nicht streitig macht, und gibt den Normannen die Möglichkeit, in ihren vier Wänden ungestört unter sich zu bleiben.

Soweit die Deutschen gezwungen sind, sich, wie etwa in den Geschützstellungen, kriegerisch zu gebärden, stehen meist ein paar Männer des Ortes herum, und da ja fast alle gediente Soldaten sind, sehen sie interessiert zu. Sie tippen manchmal vor einem Offizier oder ihnen schon bekanntem Gesicht mit zwei Fingern grüßend an die Mütze, ohne dabei die Stummelpfeife aus dem Mund zu nehmen, und oft ist ein Zwinkern in ihren harten wettergegerbten Gesichtern, in den Fältchen unter den hellen Augen, womit sie kameradschaftliche Gefühle als ehemalige Soldaten den deutschen Landsern gegenüber bekunden.

Es ist mit frommen Herden flaumiger Schäfchenwolken am Firmament, einer grünschimmernden, leuchtenden, sanft wogenden See, einer erfrischenden Brise und eitel Sonnenschein in den Straßen ein Tag des Herrn, wie er sich einem geruhsamen Nachmittag zuneigt.

Keine Spur von Leutnant Stein an dem vereinbarten Treffpunkt abseits des Badeplatzes. Wisse wartet in brütender Sommerhitze, sich nach allen Seiten den Hals verrenkend, volle zwanzig Minuten über die ausgemachte Zeit. Nichts geworden aus der großmäulig angekündigten Überraschung! Es war zu denken. Stärker als Wisses Ärger ist seine Niedergeschlagenheit darüber, daß sein heimliches Hoffen enttäuscht wurde. In sich steigernder Wut darüber, daß er dumm genug ist, sich noch an einen Zipfel dieser Hoffnung zu klammern – klettert er weitere siebzehn Minuten, er registriert die Zeit genau, durch das scharfkantige Klippengewirr. Dieser Turm noch. Von seiner Höhe muß sich ein weiter Rundblick ergeben. Daß er noch ein letztes Mal nach seiner Hoffnung Ausschau halten will, gesteht er sich nicht ein.

Verbissen, zu sportlichem Ehrgeiz gereizt, kriecht er über einen Grat, der zu schmal ist, schreitend überwunden zu werden, und erklettert auf allen vieren den in die kochende See vorspringenden Turm. Seine Enttäuschung schnappt in helle Wut über, als er sieht, wie er sich Stiefel und Hände zerschunden hat.

»Verdammter Trottel!« – brüllt er und meint Stein, aber auch sich damit. »Du erlebst heute noch was von mir! – Freu dich darauf!« – Zornig schüttelt er die Faust. »Mir so den einzig freien Tag zu versauen!« – jammert er. »Verfluchter Dreck!« – läßt er seine Wut an dem englisch-deutschen Wörterbuch aus, das ihn beim Klettern behindert und ihn höhnend an seine kindisch-einfältige Hoffnung erinnert. Er schwingt es hoch und schleudert es wütend zu Boden, daß es über die Felsen purzelt. –

»Hollerüdi!« – hört er plötzlich Stein spöttisch jodeln. – Der steht mit zwei Mädchen 20 Meter unter dem Turm in einem Kessel, der gegen das Land zu verborgen, von Klippen umschlossen, sich auf die See hinaus öffnet. Teilweise auf dem Hosenboden rutschend, muß er unter dem Lachen der Mädchen, die ihm neugierig dabei zusehen, den Steilabfall in den Kessel hinunter. »Hast du meinen Zettel unter dem großen Stein auf unserem Platz nicht gefunden?« empfängt ihn sein Kamerad: »Es führt nämlich ein versteckter und nur diesen Damen bekannter Fußweg in dieses Idyll. – Hier sind wir vor jeder Entdeckung sicher!«

»Margaret, und das ist … Gwendolin Burton!« weist Stein triumphierend auf die Angebetete hin, die tief errötend, wie er es noch bei keinem Mädchen sah, seine Verbeugung mit einem Nicken und wahrhaftig mit einem Knicks erwidert. Sie weicht vor ihm zurück, weil sie zu scheu ist oder es nicht statthaft findet, ihm die Hand zu reichen. Seine Freude und Überraschung über ihre Anwesenheit und daß er ihren Namen erfahren hat wird einen Augenblick lang überdeckt von der Enttäuschung, daß es einem Leutnant Stein im Handumdrehen gelungen war, sich an das Mädchen heranzumachen – und daß er bei diesem mit seiner nicht sonderlich vornehmen, verrückten Courtoisie solchen Erfolg gehabt hatte. So unnahbar, wie er gedacht, ist sie demnach nicht.

»She is charming like our grandmothers!« verspottet Margaret das Mädchen und versucht nicht einmal französisch oder gar deutsch zu sprechen, wohl in der selbstgefälligen Annahme, jeder halbwegs gebildete Mensch auf dieser Welt müsse englisch verstehen.

»Vielleicht gefällt mir gerade das!« weist er die Schwester zurecht. Sein Unmut ist noch nicht völlig verraucht. Wisse ungeniert musternd, bemerkt Margaret: »Oh, ein erzürnter, aber schöner Barbar!« Im Verlauf der weiteren Unterhaltung verstärkt sich Wisses Eindruck, daß Margaret, die bemüht ist, Leutnant Stein noch an Verrücktheit zu übertreffen und mit ihm um die Wette albert, ein exzentrisch veranlagtes englisches Frauenzimmer sei. Daß sie Wisse als deutschem

Offizier zubilligt, englisch zu sprechen, ist demnach noch als Kompliment aufzufassen.

Überrascht versenkt sich Wisse in die Eigenart ihres Gesichts. Sie ist Gwendolin ähnlich – nur dunkelhaariger. Eigenwilliger Charakter, stolzes Wissen und herbe Erfahrung mögen ihr Gesicht, das beseelt ist von leidenschaftlicher Sehnsucht und tiefer Güte, geprägt haben.

Wenn ich nicht schon im Bann deiner schönen Schwester wäre, wählte ich dich, denkt der Leutnant bei sich.

Die Lider kurz über die Augen senkend und damit kundtuend, daß sie ihn verstanden habe, erklärt sie ihm:

»Ich bin mit meiner Schwester gekommen, damit sie uns nicht mondsüchtig wird. Sie wandelt bei hellichtem Tage und stolpert über ihre eigenen Füße!«

»Und du!« – ruft sie wenig zart der Schwester zu. »Nütz die Gelegenheit und schau dir das Wundertier aus der Nähe an, ob es gar so prächtig ist! – Wenn du genug davon hast, dann sag es, damit wir gehen können!«

»Und wenn nicht?« – fragt Stein hämisch.

»Dann soll sie sich in ihn verlieben, bis er ihr zum Hals heraushängt!« –

»Und welche Roßkur verschreiben Sie mir?« – Stein macht Margaret närrisch schöne Augen. »Den Blick auf die See gegen England, damit du erkennst, woher der Wind weht!« – Energisch hakt sie sich bei Stein unter, zieht ihn mit sich fort um eine Klippe und läßt Wisse und Gwendolin allein.

Gwendolin hat sich bis jetzt fast mit keinem Wort an der Unterhaltung beteiligt.

Schlank und feingliedrig, jedoch mit erstaunlich lieblichen weiblichen Attributen ausgestattet, lehnt sie abseits der Schwester, seitlich von Wisse, an der steilen Felswand, über die er angerutscht gekommen war.

Mehrmals schluckte sie eine Zurechtweisung an die Schwester hinab. Zu Boden sehend und nur den Kopf schüttelnd, deutete sie an, daß sie das Benehmen der Schwester mehr als shocking finde und sie sich für Margaret schäme, aber sie bat Wisse mit den Augen, der Schwester zu verzeihen, daß alles nicht ernst gemeint sei.

Fast stets gleichzeitig trafen sich ihre Blicke, und sie schenkte ihm ein beglücktes Lächeln darüber, daß schon eine Vertrautheit zwischen ihnen war, die es ihr erlaubte, ihm zärtliche Zuneigung anzudeuten. Und mehrere Male fragten ihre Augen, ob sie ihm auch so gefalle, wie er es sich gewünscht habe, und ob er sich darüber freue, daß sie gekommen sei.

Als sie nun mit Wisse allein ist, vermeidet sie es erst recht, den Kopf nach ihm zu wenden. – Er hockt sich hin und blättert eifrig in seinem Wörterbuch, als wollte er ganz Besonderes heraussuchen, was er ihr zu sagen habe.

»Gwendolin«, buchstabiert er heiter, zärtlich. Es zieht nicht. Da steht er auf, tritt hinter sie und legt seine Hände auf ihre Schultern. Sie bleibt stocksteif – auch als er sie zu sich herumdreht, und hält die Augen vor ihm geschlossen, ohne eine Regung zu zeigen.

Sie nur seitlich an ihren Armen haltend, küßt er sie auf den Mund – und sie bleibt unbeweglich still dabei. Erst als er sie losläßt, schüttelt sie, noch leicht taumelnd, als hätte dies nicht sein sollen, verneinend den Kopf.

Er geht zurück zu seinem Felsensitz. Das Meer schwankt vor seinen Augen. Noch spürt er den Geschmack und das leise Zittern ihrer Lippen, und er hat den Wunsch, sie an sich zu reißen.

Erst nach geraumer Weile, nachdem Stein mit Margaret wieder auftaucht und diese über irgend etwas lacht, daß ihr die Tränen aus den Augen kollern, wechselt Gwendolin wieder Blicke mit Wisse. Sie sind vorwurfsvoll und zugleich verzeihend wegen des Kusses, und sie gibt zu, daß sie nun einander heimlich sogar sündhaft nahe verbunden sind. Die Unterhaltung der Leutnante mit Margaret ist so schicklich, daß sogar Gwendolin sich allmählich erwärmend neben Wisse setzt und eifrig daran teilnimmt. Sie erklärt, daß sie Wert darauf lege, kurz, wie von allen anderen zu Hause, Gwen genannt zu werden.

Wisse bildete sich ein, einigermaßen englisch zu können. Es macht den Mädchen Spaß, ihn mit verzwickten Redewendungen in Verlegenheit zu bringen, oder so schnell zu sprechen, daß er nicht folgen kann.

Stein, der vor dem Krieg in England war und die Sprache perfekt mit allen Finessen beherrscht, hat weit weniger Erfolg damit als Wisse, der zur besonderen Erheiterung der Mädchen nicht nachkommt, in seinem Wörterbuch zu blättern, um ihre Reden zu übersetzen und Antwort zu finden, die, anscheinend verdreht, schallendes Gelächter erweckt.

Schmollend erreicht Gwen zweinmal zehn Minuten Verlängerung dieses glückhaften Beisammenseins, bis Margaret energisch den Aufbruch bestimmt. Ohne noch einmal zu mucksen, folgt Gwen.

Auf dem schmalen Fußpfad aus dem Klippengewirr zurück gehen Margaret und Stein voraus und lassen die beiden Liebenden folgen.

Da der Weg zu schmal ist, geht Gwen knapp vor Wisse her. Beide zugleich setzen sie einigemale zum Reden an und brechen lachend ab.

Immer wieder wendet Gwen sich um und fragt ihn mit ihrem Blick: Ist es nicht schön, daß wir beisammen sein können? Bist du glücklich? – Sie nimmt seine Hände, legt sie auf ihre Schultern und umfaßt sie. Sie reibt ihre Wange daran, wobei sie sich nach ihm zurückdreht und ihn anblickt, um zu erfahren, ob ihm dies gefalle. – Als der Weg breit genug wird, gehen sie nebeneinander her, und sie faßt seine Hand, damit er sie führe.

In der Verstrickung ihrer Finger fühlt er das verborgene leidenschaftliche Zärtlichkeitsbedürfnis des Mädchens.

Auf dem kleinen Platz, wo man über eine Klippe quer über den Weg auf den Badestrand hinabsieht, der voll ist von Soldaten und Einheimischen, müssen sie sich trennen, da sie sich klar darüber sind, daß ihre Begegnung heimlich bleiben muß.

Margaret und Stein spielen gemeinsam die Rolle der Anstandspersonen und Protektoren der Liebenden. – Na, und was ist nun mit euch beiden – fragt Steins Augenzwinkern. Margaret sieht Gwen nur an. – Über das ganze Gesicht, schmunzelnd, tut Gwen kund, daß es ihr gut gefallen habe. – Sie schiebt die Unterlippe vor und zieht Wisse etwas abseits. Durch ihn gegen Margaret und

Stein halb verdeckt, schmiegt sie sich an ihn und fragt flüsternd an seinem Ohr: »Werden Sie wiederkommen?«

»Ja, natürlich, sooft es dir Spaß macht!« – »Danke«, flüstert sie, legt beide Arme um seinen Hals und küßt ihn mitten auf den Mund.

»Na also, da wären wir uns wieder alle einmal einig!« stellt Margaret gutmütig spottend fest. »Es wäre schade um jeden schönen Tag!« – »Morgen etwa?« schlägt Stein vor. – »Ja!« stimmt Gwen begeistert zu.

»Wir können aber erst um 17 Uhr, nach Dienstschluß kommen!«

»Das macht nichts!«

»Das werden wir noch sehen«, dämpft Margaret herb der Schwester Begeisterung. Diese nimmt es jedoch für Zustimmung und küßt auch sie dankbar. – »Du schmeichlerisches Biest!« – schimpft Margaret und erwidert den Kuß.

»Und ich krieg keinen?« – Stein spitzt die Lippen! Gwen schüttelt, die Brauen hochziehend, verneinend den Kopf, und sich wieder in Wisse einhakend, gibt sie zu verstehen, daß sie zu ihm gehören wolle!

»Und du willst mich auch nicht küssen?« fragt er Margaret. Diese verdreht tückisch boshaft die Augen und krallt die Hände nach ihm.

»Wenn ich küsse, mein Lieber, so ist das nicht geeignet, daß andere harmlos dabei zuschauen können!«

Stein greift gedankenverloren zu oft nach dem Glas Calvados – so daß Wisse sich opfert und selbst mehr trinkt, als ihm schmeckt.

»Und wie ich dieses Rendezvous für dich zustande gebracht habe, interessiert dich scheinbar überhaupt nicht?« – ärgert sich Stein.

»Natürlich interessiert mich das!« –

»Da gab's gar nichts zu fackeln, mein Lieber! Mitten auf der Straße habe ich mich vor Margaret hingebaut, ihr den Weg verstellt und sie einfach angehauen. Du kennst doch deinen Freund Stein!« – Stein schlägt mit der Faust auf den Tisch. »Verdammt noch mal, ich bin doch einer, der ran geht wie Blücher, weißt du doch – oder nicht?« – »Natürlich!« – gibt Wisse alles zu.

»Also, ich hin vor sie. – Mein sehr verehrtes Fräuleinchen – na und so weiter...!« – Stein rauft sich die Haare, die so verwirrt sind wie seine Gedanken. »Kurzum, ich habe gesagt – Wenn sie verhindern will, daß mein Freund sich aus unglücklicher Liebe erschießt, so möge sie Ja zu diesem Rendezvous sagen und ihre reizende Schwester mitbringen! – Du hast ja gehört? – Gwen war auch schon mondsüchtig, deshalb kam sie.« –

Die nächste Woche ist voll eitel Glück und Wonne. Wisse zieht mit seinen Soldaten vorbei. Sie singen ... »In Sanssouci am Mühlenberg!«

Gwen steht am Fenster, grüßt lächelnd. – Wisse ist stolz und fühlt sich schneidig und unwiderstehlich als deutscher Leutnant, selbst für ein englisches Mädchen. Dienstfreie Tage verbringen Stein und Wisse von Mittag bis Abend mit den Mädchen in ihrem versteckten Klippenidyll.

Wie Stein und Margaret zueinander stehen? – Sie verspotten den Krieg, befetzen einander mit närrischen Bosheiten und mimen ernst und würdevoll, kaum je drei Jahre voraus, die ältere vernünftigere Generation, unter deren Schutz und Beobachtung es die Verliebten treiben können, soweit es schicklich ist. –

»Was zwischen uns ist? – Ein Sommer in Frankreich! – Er ist so schön wie dieser und währt hoffentlich auch so lange!« – Folgerungen daraus? Stein zuckt die Schultern, und Wisse fragt nicht mehr.

Die Möglichkeit, Gwen allein zu treffen, besteht für Wisse nicht. – Jedes Zusammentreffen ist von der älteren Schwester abhängig, die es ermöglicht und scharf wie eine Glucke äugt, daß auch nichts geschieht, was sie nicht verantworten kann. – Scherzhaft angedeutet, aber ernst gemeint, läßt sie Stein gegenüber durchblicken, daß alles gar nicht so leicht sei, wie es scheine. –

»Papa trifft der Schlag, wenn er davon erfährt!« –

»Soll er zur Seite springen!« –

»Pa ist sehr krank und äußerst empfindlich, wenn gewisse Gefühle, die er hegt, verletzt werden. – Gwen ist wie ihr Vater eine Engländerin und sein Alles!«

»Und du?« – fragt sie Stein. »Ich bin eine Frau!« – antwortet sie. – Es geht nicht um Wisse, nicht um Margaret, nicht um Stein, nur um Gwen. – Ihretwegen finden diese Begegnungen statt. – Hätte sie keinen Spaß mehr daran, es wäre sofort aus damit. Sie ist das verhätschelte Vorzugskind, dem alles zuliebe geschieht – ohne daß es mit einem Wort erwähnt wird, spürt Wisse. –

Margaret läßt keinen Zweifel darüber. Das Mädchen Gwen ist nicht verzogen. Es ist eine Kostbarkeit – noch ein Kind, und sie erwartet von Wisse, daß auch er Gwen zuliebe alles tue und mit keinem Wort und keiner Gebärde die Unschuld des Mädchens verletze und ihre Unerfahrenheit und unbefangene Zutraulichkeit mißbrauche.

Obwohl er selbst erst zwanzig Jahre alt ist, bestimmt dies seine Beziehungen zu Gwen.

Gwen ist stolz darauf, wie sie es ausdrückt und vor Margaret und Stein zeigt, ein Verhältnis zu haben. –

Sie küßt und kost offen vor den anderen mit ihm und heimlich in jeder Sekunde, da sie allein sind.

Er ist ihr vom ersten Tag an verfallen, kann sich an ihrer Schönheit nicht satt sehen und ihrem Liebreiz nicht widerstehen. – Er ist bereit, sie zu lieben, ohne etwas zu fordern, und sie nicht zu seiner Geliebten zu machen. Das Mädchen hat das leidenschaftliche und starke Zärtlichkeitsbedürfnis eines scheuen Tieres. – Er ist vor den anderen oft geniert, wie sie ihn umarmt und ihn küßt, und es sähe verfänglich und schamlos aus, wenn diese Zärtlichkeitsbeweise nicht so unbefangen und innig wären.

Es kommen Tage, an denen Stein verhindert ist, mitzukommen – und Gwen erscheint auch ohne Margaret zum Rendezvous.

Sie ist in diesen Tagen anschmiegsamer als sonst. Scheinbar verzogen und anspruchsvoll, äußert sie Wünsche von rührender Bescheidenheit. Ihre Erfüllung belohnt sie mit überquellender Zärtlichkeit. Sich durchaus ihrer Schönheit und ihres jungfräulichen Reizes bewußt, schenkt sie ihm mehr Liebe, als er sich selbst nehmen und fordern könnte.

»Bin ich schön? Liebst du mich? – Wie sehr liebst du mich?« – fragt sie immer wieder. – Ob auch sie ihn liebe, fragt er nie. – Sie sagt es ihm oft verschämt flüsternd ins Ohr. »Ich liebe dich!«

Einige Male kostet es ihn viel Überwindung, den Sturm ihrer Zärtlichkeit über sich ergehen und sie unberührt zu lassen. – Etwa als sie fröstelnd nach dem Bade zu ihm unter die Decke kriecht.

»Soll ich recht lieb zu dir sein?« fragt sie, preßt sich an ihn und liebkost ihn, daß sich beider Blut erhitzt – nur ein Schritt fehlt, um sie in besinnungslose Leidenschaft verfallen zu lassen. – Er spürt, er könnte sie verführen, ohne daß sie sich wehren würde. – Er schimpft sich öfters einen Toren, daß er es nicht tut. – Die Reinheit wäre zerstört. – Würde sie das Vertrauen zu ihm verlieren und sich von ihm abwenden? Es ist nicht anzunehmen. Sie würde seine Geliebte, wie Margaret die von Stein, und sie wären durch Ketten ewigen menschlichen Verhängnisses aneinander gebunden, und als Geliebte, da sie beide auch für eine gemeinsame Zukunft hoffen, würde sie in tausend Fährnisse gestürzt.

Er ist in seiner Eitelkeit doch ziemlich verletzt, als er erkennt, daß sie seine Uniform, ja sogar seinen Vornamen Fritz, der sie zu sehr an die Deutschen erinnert, verabscheut. –

»My name for you is Michael!« – sagt sie ihm eines Tages und nennt ihn fortan so.

»Ich werde durch die Deutschen noch viel erleiden und will nie daran denken müssen, daß du einer von ihnen bist!« – Zum erstenmal erfährt er auch etwas über ihre Lebensumstände. –

Ihr Vater ist wohl Engländer, und sie ist englische Staatsbürgerin. Seit Jahren jedoch bewohnt die Familie ein Schloß in der Nähe von Rouen. – Vom deutschen Vorstoß überrascht und durch einen deutschen Panzerstoß abgeschnitten, flüchtete die Familie in ihre Strandvilla nach Equihen in der vergeblichen Hoffnung, von hier leichter nach England zu entkommen. Gwens Mutter war eine namhafte französische Schauspielerin, und diesem Umstand verdankt es die Familie, von den Deutschen bisher ungeschoren geblieben zu sein.

»Paps ist schwer krank! – Er verhält sich fair – Er hört nur seine Nachrichten aus England, mehr nicht!« – erklärt Gwen. – »Für den Sieg Englands beten wir täglich!«

Während Margaret der Gefahr spottet, hat Gwen grauenvolle Angst vor dem Kriege, der um sie ist. – Sie klammert sich an Wisse und vertraut ihm. Er spürt, er ist dem Mädchen eine Zuflucht, stärker als das Zuhause und die Familie, in der Gegensätze aufeinanderprallen, da die französische Mutter dafür eintritt, weniger deutschfeindlich zu sein. –

Gwen möchte ihren Liebsten nicht verlieren. Versucht sie es, ihn auf ihre Seite zu ziehen? Er weiß, daß er den deutschen Offizier nicht ablegen kann.

Daß auch er durch die Engländer Leid erfahren könnte – diese Möglichkeit lehnt sie empört ab.

Er hört sich alles an, was sie gegen Deutschland und die Deutschen zu sagen hat. Mit keinem Wort, obwohl es ihn oft dazu reizt, versucht er es, sie zurechtzuweisen, sich zu rechtfertigen oder sie gar vom Gegenteil zu überzeugen.

Oft fragt sie: »Ist es nicht so?« – »Du sagst es!« – erwidert er. Er geht an diesen Tagen mitten durch alle Schwierigkeiten und Hindernisse. Er weiß nicht, ob er noch jemals so stark und fest sein werde wie in der Zeit mit Gwen. Er gibt ihr Sicherheit, die sie braucht und nirgends als bei ihm findet. Würde er ihr dagegenreden, er ließe sie damit fallen.

»Paps hat gedroht, mich aus dem Hause zu weisen, wenn ich dich noch einmal treffe!« – sie erwähnt das so nebenbei und wünscht darüber keine Diskussion oder gar Erwägungen, ob sie einander weiter treffen sollen.

Und es kommt der Herbst. Tagelang regnet es in Strömen. Bleigrau in ungeheuren Wellenbergen wälzt sich die See gegen die Steilküste.

Im Regenmantel steht Gwen neben Wisse, läßt ihr langes, goldenes Haar im Winde wehen und richtet ihre hellen Augen auf das Meer, das sturmgepeitscht in hohen Brechern gegen die Klippen brandet. Kein Mensch zeigt sich auf den Straßen oder gar am Strande. Das Fischerdorf Equihen scheint verlassen.

Laut Regimentsbefehl wird Leutnant Wisse zur ersten Batterie nach Rue versetzt. Abschied von Gwen. Abschied auch von den Kameraden.

Der Haufen schien unzertrennlich und fest zusammengeschweißt. Vielleicht wurde er deshalb auseinandergerissen.

Wie viele Monate, Erlebnisse und Entfernungen liegen zwischen dem von Sonne und Verliebtheit durchglühten Sommer in der Normandie mit Gwen und der russischen Novembernacht in Gawrilowka, da er an seine glücklichen Tage mit dem englischen Mädchen zurückdenkt! Jede kleinste Begebenheit und jedes Wort, das zwischen ihnen war, ist als kostbar unverlierbare Erinnerung in seinem Gedächtnis geblieben.

Als ob er außerhalb stünde und sich selbst zusähe – ließ er seine Zeit in Equihen, gegenwärtig wie ein Film, vor sich ablaufen.

»Herr Oberleutnant! Herr Oberleutnant!« – »Ja, sind Sie es, Böse!« – »Jawohl, Herr Oberleutnant – der General möchte wissen, ob schon ein Funkspruch vom Korps durchkommen ischt?« – »Ich komme schon! Ist immer noch Krieg, Böse?«

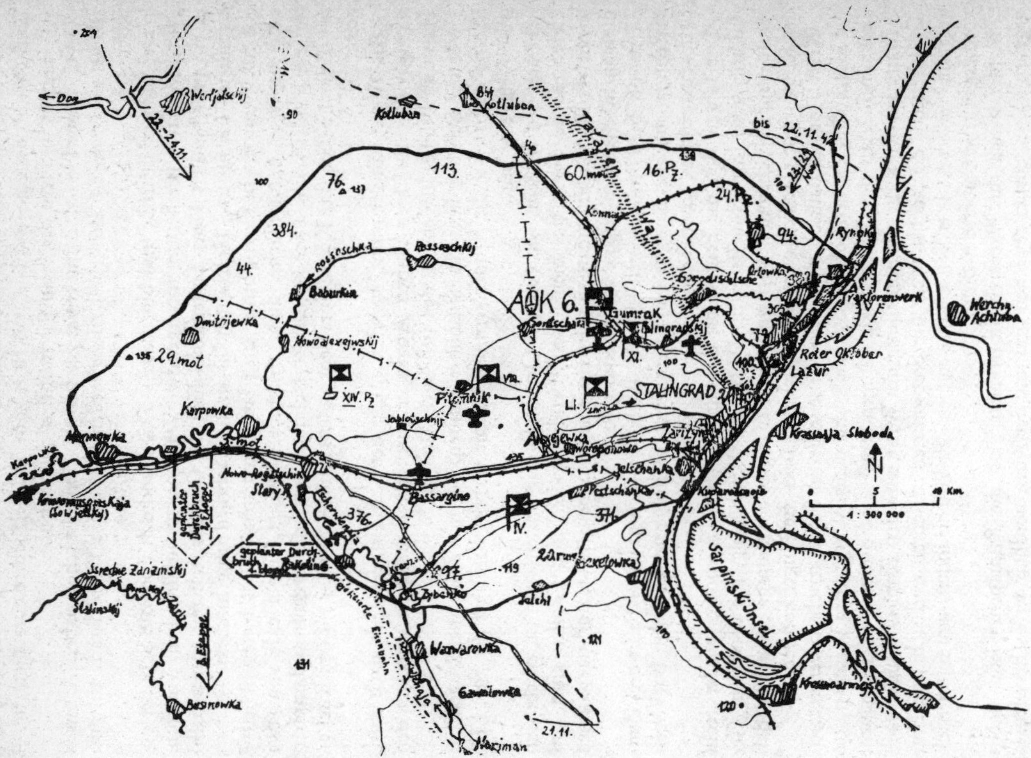

Don
Werfjatschij
22.–24.11.
Kotluban
Kotluban
bis 22.11.42
113.
76.
384.
44.
60. mot.
16. Pz.
24. Pz.
94.
Rynok
Rossoschka
Rossoschkij
Baburkin
Dmitrijewka
Nowo-Alexejewskij
29. mot
AOK 6.
Gumrak
Traktorenwerk
Werchn. Achtuba
Roter Oktober
Lazur
XIV. Pz
VIII.
XI.
LI.
Pitomnik
STALINGRAD
Karpowka
Marinowka
Jablotschnij
Alexejewka
Woroponowo
Zarizyn
Krasnaja Sloboda
Karpowka
Nowo-Rogatschik
Stary R.
Bassargino
Jelschanka
Krivomusginskaja (Sowjetskij)
geplanter Durchbruch 1. Etappe
geplanter Durchbruch 2. Etappe
376.
IV.
371.
Peschanka
Kuporosnoje
N
0 5 10 Km
1 : 300 000
Sarpinski Insel
Ssrednje Zarizinskij
Stalinskij
Zybenko
Zatchi
Eisenbahn
Warwarowka
Gawrilowka
Krasnoarmejsk
Abganerowo
Besinowka
6. Etappe
21.11.
Naziman

Auch Wisse hatte sich mit den Kleidern hingelegt, in eine Decke gewickelt und vergeblich zu schlafen versucht. –

Müde und zerschlagen, verdreckt und staubig, die Augen verklebt, nicht zum Aushalten in der eigenen Haut, raucht er zum Marmeladebrot eine Zigarette. –

»Unrasiert und fern der Heimat!« meditiert Sellner trübe.

»Auf, meine Herren, damit etwas geschieht!« – Böse ist schon dabei. Verbissen arbeitet er daran, ein Bettgestell zu zerhacken und einen Tisch daraus zu zimmern.

Der Morgen ist trübe und bitterkalt. – Das Handtuch über die Schulter geworfen, streift Wisse herum, um irgendwo Waschwasser aufzutreiben. Vor ihm, in ein paar hundert Meter Entfernung, liegt der Ort, der sich mit seinen halbzerfallenen Lehm- und Holzhütten bis an die Bachniederung hinzieht. –

Links von den Bunkern, hinter einer langgestreckten, windschiefen Scheune steht auf freier Schneefläche, dicht zusammengedrängt, eine Herde von etwa fünfzig Rindern. Die Tiere ineinandergeschoben, mit im Morgenfrost dampfenden Fellen, haben ihre Köpfe eines dem andern zum Ausruhen auf den Rücken gelegt.

Als Wisse näher kommt, wenden einige der Kühe ihre Köpfe nach ihm, schauen ihm aus ihren sanften Augen erwartungsvoll entgegen, strecken den Hals und brüllen klagend in den nebeligen Morgen.

Vor der Scheune liegt ein haushoher Haufen, der mit Zeltplanen zugedeckt ist und ebenso wie die Rinder vermutlich zum Verpflegungslager der 297. I.D. gehört, das hier liegt.

Hinter den Hügeln, von dem der Ort ringförmig umschlossen ist, erhebt sich Gefechtslärm. Nicht das ineinanderfließende Brodeln und Grollen einer entfernten Front, sondern ziemlich nahe einzelne Kanonenschüsse und dazwischen die reihenweisen Einschläge von Stalinorgeln.

Auf der Straße am anderen Ufer des Baches brausen in voller Fahrt drei Zugmaschinen mit angehängten Flakgeschützen, die holpernd über den buckligen Fahrweg springen, frontwärts.

Die fahren wie die Feuerwehr, da muß es schon irgendwo wieder recht mulmig sein. Immerhin ist es für Wisse eine Beruhigung, die deutschen Geschütze zur Abschirmung vorn zu wissen. Das gibt doch einige Sicherheit, daß der Russe nicht plötzlich ohne Voranmeldung über die Hügel kommt.

Krämer und Knautsch haben eine Feuerstelle im Freien errichtet, verbrennen die Holzabfälle des zerhackten Bettgestells und sieden Wasser zum Waschen und Teekochen. Aus dem Stabsbunker klingen erregt die Stimmen der Rumänen.

Major Binder wiegt zur Begrüßung mit Wisse ernst den Kopf und nickt nach dem General, der höchst erregt die Stabsoffiziere anschreit und sich jede Entgegnung verbietet, als er Wisse eintreten sieht. Er befiehlt ihnen, sich sofort nach vorn zu begeben, übersetzt Binder.

Melder haben die Nachricht überbracht, daß die Rumänen wieder nachgegeben haben, zurückgewichen sind und der Russe nördlich der Tscherwlenaja eingebrochen ist. Südlich des Baches ist die 29. I.D. mot. wieder vorgestoßen und scheint noch zu halten.

Wisse hängt sich die MPi um und fährt mit Hauptmann Stancescu auf dem Geländewagen des Generals los. –

Sie brauchen nicht weit zu fahren. Nach Überquerung der Hügelbarriere breitet sich vor ihnen die einige Kilometer lange Talmulde der Tscherwlenaja aus, die nach Süden zu offen in die wellige Steppe übergeht. – Über die nordöstlichen Hügel einzeln und in Gruppen, wie eine versprengte Tierherde ohne Führung, dünkt es Wisse, gehen die Rumänen zurück. –

Erregt über die Auflösung, entschlossen, sich dagegen zu werfen, springt Wisse vom Wagen und rennt den Rumänen entgegen.

Sie weichen vor ihm zur Seite und trotten stumpf weiter. – Der Oberleutnant, um sich blickend, stemmt die Arme in die Hüften und wendet sich an Stancescu, der mit dem Wagen heranfährt.

»Weit und breit ist nichts vom Gegner zu sehen! – Ich möchte bloß wissen, warum Ihre Leute schon wieder zurückgehen!« In der Erregung herausgestoßen, ist Wisses Ton verletzend. Der sonst so energische Hauptmann scheint es nicht zu spüren. – Er zuckt nur erschöpft die Schultern und überläßt dem jungen deutschen Offizier die Initiative.

»Wir müssen die Leute sammeln und wieder nach vorn bringen!« – Stancescu nickt.

»Sie fahren quer zur Fluchtlinie der Leute, so daß Sie ihnen den Weg abschneiden!«

Viele schleifen ihre Gewehre am Riemen auf dem Boden nach. Im Halbkreis umfährt er den Fluchtstrom, und willenlos lassen sich die Rumänen zusammentreiben. Wo sich die Mulde verengt, läßt er den Wagen halten und springt vom Trittbrett.

Sich vor dem Auto ansammelnd, bleiben die Soldaten zögernd stehen.

»Sind das Ihre Leute?« – fragt Wisse einen Unterleutnant. Der wendet sich um, sieht sich die Soldaten an. »Zum Teil ja, Herr Oberleutnant.«

»Warum geht ihr zurück?«

»Es sind Soldaten in vollem Lauf an uns vorbeigekommen, die haben geschrien, russische Panzer kommen!«

»Und da haut ihr einfach ab?«

»Ich habe die Leute nicht mehr halten können, Herr Oberleutnant, und bin froh, daß ich sie wenigstens einigermaßen geschlossen zurückführen konnte!«

»Haben Sie nicht Befehl, in den Stellungen zu bleiben?« –

»Ich habe seit gestern abend keinen vorgesetzten Offizier zu Gesicht bekommen und keinen Befehl mehr erhalten. Ich wußte überhaupt nicht, was los sei und was ich tun sollte, Herr Oberleutnant!«

»Das werde ich Ihnen gleich ganz genau sagen!« Wisse winkt den Leuten, geht mit dem Unterleutnant voran und hebt den Arm hoch.

»Kehrt, marsch, und alles mir nach!« Willig folgen die Soldaten und sind erleichtert und froh, wieder geführt zu werden.

Wisse geht auf die etwa 1 Kilometer entfernte Hügelkette zu – über deren Kämme die gestern zurückgenommenen neuen Verteidigungsstellungen laufen müssen.

Mit dem Wagen kreuz und quer fahrend, sammelt Stancescu die im Gelände verstreut noch zurückflutenden Rumänen.

Die Höhen entlang verläuft ein gut ausgebautes Grabensystem, das Wisse mit dem Unterleutnant abschreitet. – Der Tiefe der Schützengräben und den sorgfältig ausgehobenen Schützenlöchern nach zu schließen, ist es eine russische Stellung – die von den Rotarmisten im Sommer gegen die von der Bahnlinie Salsk–Stalingrad her anstürmenden deutschen Panzer angelegt wurde. Sie eignet sich vorzüglich zur Verteidigung gegen die nun aus derselben Richtung kommenden Russen.

Den rumänischen Soldaten zuwinkend, sie in Gruppen und Züge einteilend, weist er sie genau, jeden an seinen Platz, in die Stellung ein.

»So – hallo, ihr beiden Hübschen, mit eurem MG da her!« Er springt voran in den Graben, stellt das MG auf. »Eine bessere Deckung könnt ihr gar nicht haben – und ein ganz prima Schußfeld vor euch. – Wenn da der Iwan heraufkommt, rennt er direkt in euer Feuer!« – Er klopft ihnen auf die Schulter, führt sie, wenn sie zögern, wie kleine Kinder an der Hand, hat für jeden ein ermunterndes Wort, und obwohl er deutsch spricht, verstehen ihn die Leute. Viele könnten seine Väter sein, und sie folgen ihm dennoch, da sie sein sicheres und entschlossenes Handeln spüren.

Keuchend, in immer schnellere Gangart fallend, ersteigen Wisse und Stancescu einen Hügel vor den eigenen Stellungen. Er ist oben abgeplattet und bietet eine gute Rundsicht.

Die Panzer scheinen sich zurückgezogen zu haben. Vom Russen ist weit und breit nichts zu sehen.

Es ist inzwischen Mittag geworden. – Der Himmel ist tief hängend, einförmig grau und die öde Landschaft im trüben Licht trostlos. Dürr ragen die eingetrockneten Wermutstengel aus der dünnen Schneedecke über den hartgefrorenen Boden.

Das ist so ein hoffnungsloser, erdrückender Tag, an dem die russischen Menschen sich in ihre Stuben zurückziehen und vom warmgeheizten Ofen aus unbeweglich und stumpf durch die winzigen, mit Zeitungspapier abgedichteten Fenster in die Weite hinausstarren. Das Wetter macht müde und mutlos.

Der Russe, schwankenden Stimmungen viel mehr unterworfen als der deutsche Soldat, muß ziemlich lustlos sein, denn nur zögernd besetzt er die von den Rumänen und Deutschen aufgegebenen Stellungen.

Eben als Wisse das Glas ansetzt, schlägt vor ihnen ein schweres Geschoß ein. Der Oberleutnant taxiert es auf ein 12-cm- oder 15-cm-Kaliber.

Sekunden darauf schlägt es hinter ihnen und fast zugleich etwa 100 Meter links vor ihnen ein. Wisse streckt die Hand aus. »Die Höhen uns gegenüber sind von Russen besetzt. – Vor uns muß irgendwo ein Artilleriebeobachter sein, der uns ausgemacht hat!« – Er hat noch nicht ausgesprochen, als schon ein schwerer Brocken mit ohrenbetäubendem Sausen ganz knapp über ihre Köpfe wegzieht und keine 30 Meter rechts hinter ihnen krepiert.

Aber da liegen sie schon auf dem Boden und stecken keinen Augenblick zu früh die Nase in den Schnee, denn der abgerissene Geschoßboden saust über sie hinweg und bleibt höchstens 5 Meter vor ihnen liegen.

»Allerhand, die schießen sich auf zwei Mann ein, nur um nicht gestört zu werden – und sich die schöne ruhige Aussicht nicht verderben zu lassen!«

– Ganze Batterie, dieselbe Entfernung – kommandiert Wisse eben im Geiste – als auch schon eine Lage von sechs Schuß um sie herum einschlägt.

»Verdammt gut gezielt! – Die wollen sich den Hügel freihalten!« – Die krepierenden Granaten streuen einen Splitterregen, der sekundenlang zirpend, sausend herumfliegt und zischend rings um die beiden Offiziere in den Schnee fährt. – Das Genick eingezogen, den Körper an den Boden gepreßt, das Gesicht im Schnee, die Arme schützend über den Kopf, mit entsetzlich wachem Bewußtsein, jeden Einschlag registrierend und ohne Deckung, völlig wehrlos, bei jedem Abschuß zusammenzuckend, ist der Oberleutnant darauf gefaßt – den Schlag zu spüren, mit dem ein scharfkantiges Eisenstück sich in seinen Leib bohrt. –

Die Luft auspustend, atmet er auf. – Nicht getroffen. Er hebt den Kopf. Sie liegen am Vorderhang und sind im hellen Schnee für den feindlichen Beobachter gut sichtbar.

»Da vorn, Schützenlöcher!« brüllt Stancescu deutsch und rast darauf zu. – Geduckt mit ein paar Sprüngen, die wären Rekord, funkt es durch das blöde Hirn, hat Wisse noch etwa 3 Meter weit den Schützengraben vor sich. Mit einem Sprung landet er genau mit den Beinen voran im Loch, als es schon wieder heranorgelt.

Feuerüberfall mindestens einer ganzen Artillerieabteilung auf zwei Offiziere. »Die Hunde sind verrückt!« – ruft Stancescu aus dem Nachbarloch herüber.

»Gut, daß die Russen so tiefe Schützenlöcher haben. Wenn uns da nicht ein Volltreffer erwischt, kann nicht viel passieren!«

Stancescu zündet zwei Zigaretten an und wirft Wisse eine genau an den Grabenrand zu.

Ist doch ein Wunderkraut, so ein Glimmstengel. Sofort funktioniert das Hirn wieder normal und läßt Schlüsse und Überlegungen zu.

Schlimmer als die Geschosse ist die panische plötzliche Todesangst, gegen die es keine Selbstbeherrschung gibt. Viele, bei denen in solchem Augenblick der Instinkt nicht richtig funktioniert, rennen mitten in ihr Verderben.

Stoßweises Knattern, wie eine Serie von Fehlzündungen aus einem Auspufftopf. Als elektrischen Schlag spürt Wisse den schockartigen Nervenriß durch seinen Körper.

Blitzschnell zieht er den Kopf in den Nacken und preßt die Stirn gegen die hartgefrorene Schützenlochwand. – In eine qualvolle Hockstellung gehend, kriecht er noch mehr in sich zusammen, und hat doch nur höchstens 10 Zentimeter schützende Erdwand über seinem Kopf, weil er so lang ist.

Stalinorgelabschüsse, das auch noch! – Er kennt das Geräusch zur Genüge. Da liegt auch schon die erste Salve und deckt genau das Gelände rings um ihn ein. Durch die Pelzhaube spürt er die frostige Kälte an der Stirn. – Mein Gott, ich danke dir, daß ich in diesem Loch sitze! Wenn ich jetzt ohne Deckung hier draußen läge, hätte es mich schon erwischt.

Das heransausende Pfeifen der Raketen und ihr kurz donnernder Einschlag klingen zusammen. Er hört die erste Serie der nächsten Lage aus einem anderen Geschütz wieder kurz nebeneinander vor sich einschlagen.

Er weiß, die Einschläge der Salvengeschütze liegen jeweils in vier Reihen voreinander und überstreuen ein Quadrat von ungefähr 200 mal 200 Metern mit Tausenden von Splittern. – Die schießen noch mit einer dritten Orgel! –

Die erste Reihe vor ihm – ra ta ta, nebeneinander einschlagend. – Die zweite Reihe liegt näher. – Dem Oberleutnant klappern die Zähne, es schüttelt ihn. – Das ist nicht Kälte, es ist schlotternde Angst. –

»Lieber Gott, laß es an mir vorübergehen!« – betet er in Todesangst. – Die dritte Reihe. Die Erde bebt, der Schützenlochrand zittert wie Pudding. Jetzt kommt es! – Die Einschläge liegen genau auf der Linie des Schützenloches.

Es donnert wie die Hufe einer Herde herangaloppierender Pferde, die alles zertrampeln, auf Wisse zu, über ihn hinweg. Das Schützenloch ist so weit, und die Einschläge liegen so dicht nebeneinander, daß eher ein Volltreffer mitten in das Loch als danebengeht. Er zuckt zusammen. Erde und Schnee überschütten ihn. – Er weiß noch nicht, ob es ihn erwischt hat. – Daß er die Einschläge links neben sich und aufatmend die vier Lagen weiter hinter sich detonieren hört, gibt ihm die Gewißheit, daß er noch lebt.

Als der Splitterregen verzirpt ist, richtet er sich auf, und über den Grabenrand schauend, sieht er, daß der nächste Einschlag 30 Zentimeter neben dem Schützenloch liegt. – Das erst überzeugt ihn, daß es ihn wieder einmal verschont hat. Es ist vorbei und wirklich wie ein böser Spuk. Blauschwarze Pulverrauchschwaden wälzen sich über die Höhe, und der scharfe beißende Gestank des verbrannten Pulvers reizt die Nasenschleimhaut und legt sich schwer auf die Lunge.

Hinter sich hört er Menschen vor Schmerz brüllen, und da erkennt er, daß das Ereignis furchtbare Wirklichkeit war. – Da muß es hinter ihm einen Volltreffer gegeben haben.

Krieg, was ist das für ein barbarisches – das fürchterlichste, entsetzlichste Verbrechen. Dem zivilistischen Fortschritt ist der militärische weit voran. Den Krebserreger zu entdecken, dafür hat kein Staat Geld. – Seine Alten läßt er verrecken, Kinder darben und an Seuchen sterben. Für Werke der Menschenliebe gibt es nur erbettelte Groschen. Schulen, Krankenhäuser, Kirchen, Alters- und Jugendheime werden nicht gebaut – aber dafür Kasernen. Wie arm der Staat sei, jammern die Politiker, doch unbeschränkte Mittel, Milliarden sind da, um von perversen, irrsinnigen Gehirnen erdachte Schrecken zu materialisieren.

Wenn die Mutter dieses rumänischen Soldaten erführe, daß sie mit aller Liebe, mit Bangen und Zittern, unter Opfern ihren Sohn nur großgezogen hat, damit er hier auf einem kahlen russischen Steppenhügel, hilflos, brüllend, von einer Granate zerfetzt, elender als ein Hund verendet!

Wenn meine Mutter das wüßte, wie ich sinnlose Strapazen und unmenschliche Härten erduldend, immer wieder vor Todesangst zitternd, Tausende Kilometer von zu Hause entfernt, in einem fremden, unwirtlichen Land mich in eine Mulde presse, von Granaten überschüttet und von zahllosen schrecklichen Toden bedroht bin!

Grausam verhöhnende Phrase ist alles Geschwätz der Politiker. Sie spucken dem Menschenantlitz, dem Ebenbild Gottes, mitten ins Gesicht. –

Die obersten Staatsführer müßten hier nebeneinander in den Löchern im Granatenhagel der Stalinorgeln sitzen, im Artilleriefeuer liegen und im Graben die Panzer vor sich haben. – Ob sie dann auch im Kriege das geeignetste Mittel sähen, ihre Machtgelüste und Ideen durchzusetzen?

Alle Mütter und Frauen ihrer gefallenen Söhne und Gatten müßten sich zusammentun, stumm Tag und Nacht vor den Fenstern ihrer Staatsoberhäupter stehen und gnadenlos Rechenschaft fordern.

Ewig, über den Tod hinausreichend, tiefer als die Schluchten der Hölle und hoch bis vor Gottes Antlitz – ist die Macht, die Liebe, der Fluch und der Segen der Mütter. Ein Nichts ist der mächtigste Tyrann vor ihnen.

Es ist das größte Verbrechen, das Leben aus euch zu schänden und zu vernichten. – Gegen alles Leben aus euch ist der Krieg. – Und Mütter, nur ihr könnt Kriege verhindern und das Leben eurer Söhne und Gatten retten, wenn ihr euch verbündet. Mutter, in deiner Macht liegt es, mich vor dem Kriege zu bewahren.

Mutter, wenn die heuchlerischen Phrasen eines Staatsverbrechers dir mehr bedeuten als mein Leben, wenn du grausam genug sein kannst, mich, deinen Sohn in den Krieg ziehen zu lassen, so will ich deine segnende Hand wegstoßen, dich verachten . . . und nicht mehr dein Kind sein.

Ein Bund der Mütter gegen den Krieg!

Genauso Phrase, aus Feigheit und Angst geboren.

Schlagartig setzt das Feuer der Artillerie und der Stalinorgeln aus. Der Pulverdampf zieht sich langsam, nach rechts, in die Niederung hinab. – Ein leises Vibrieren der Erde.

Wisse richtet sich im Schützenloch hoch auf, das ihm bis knapp unter die Schulter reicht. – Stancescu, zu klein, um über den Rand hinauszusehen, ist schon aus dem Loch gekrochen, hockt auf dem Rand und weist nach vorn. Zwischen den Hügeln, aus der Niederung des Tscherwlenajabaches kommen kettenklirrend die Panzer. Deutlich heben sich ihre Konturen gegen den Schneehang ab. – Wisse schwingt sich aus dem Schützenloch.

»Das sind KW I und II!« – Stancescu nickt bestätigend und zählt: »Drei, fünf, neun!« – »Und dort von vorn links noch vier!« – Wisse deutet mit ausgestreckter Hand in die Richtung. Die Panzer rollen in drei Gruppen gestaffelt heran. Während die vordere vorstößt, bleiben die beiden anderen schräg seitlich zurück und geben ihr, ununterbrochen schießend, Deckung und Feuerschutz. Die Gruppen lösen einander im Vorstoß ab.

Die Russen sind vorsichtig, obwohl noch kein Schuß aus den rumänischen Linien gefallen ist. Argwöhnisch trauen sie dem Frieden nicht. Die Geschosse sausen heran. Manche flach aufschlagend, prallen am Boden ab und jagen aufjaulend wieder hoch.

Das Brüllen der verletzten Soldaten ist zu röchelndem Stöhnen und Wimmern verebbt. Der Oberleutnant weiß, die Gefahr, von den herumschwirrenden Panzergranaten getroffen zu werden, ist gering, und so geht er über die Hügelkuppe zurück. Drei Rumänen liegen in Deckung auf dem Boden und wagen sich nicht zu ihren verwundeten Kameraden hin, die etwa 20 Meter vor ihnen liegen.

Dem einen armen Teufel von Rumänen ist nicht mehr zu helfen. Es hat ihn am Halse erwischt. Grau im Gesicht, die Halsschlagader zerfetzt, verblutet er, und die Luftröhre aufgerissen, verröchelt er seinen letzten Lebenshauch.

Der andere Soldat, der stöhnt, ist am Körper und an den Beinen von mehreren Splittern getroffen. Wisse hebt ihm den Kopf hoch und drückt ihm eine angebrannte Zigarette in den Mund. Verwundert, solches von einem Offizier nicht erwartend, schaut der Rumäne Wisse an, lächelt verzerrt und verbeißt sein Stöhnen.

»Danke, viele große Dank, deutscher Herr Offizier!« – flüstert er.

Wisse scheucht die anderen drei Rumänen auf. »Kamerad verwundet zurückbringen! – und dann mit zwei MGs – trr-trrr, sofort daher, wiederkommen! – aber dalli!«

»Jawohl!« –

Aus westlicher Richtung donnern plötzlich mehrere Flakgeschütze los und packen seitlich in der Flanke die russischen Panzer, die hastig wenden, um im Bogen schwenkend, aus dem Feuerbereich der Flak, die aus mindestens 2 Kilometern Distanz schießt, zu kommen.

Zwei Panzer bleiben stehen. Von einem, der hinten getroffen wurde, steigt schwarzer, öliger Qualm hoch. Wisse kann auf die Entfernung nicht ausmachen, ob er brennt oder nur bewegungsunfähig geschossen ist. Die übrigen drehen nach Osten ab und tauchen in einer Mulde unter.

In napoleonischer Pose, eine Hand auf dem Rücken, die andere vorn an der Brust in die Knopfleiste des Uniformrockes geschoben, finster vor sich hinbrütend, marschiert Hauptmann Stancescu auf und ab.

Ruckartig bleibt er stehen und deutet zu den Russen hinüber. »Ne pas un homme de l'infanterie russe!« – Sein Französisch ist, wenn auch nicht korrekt, so doch recht fließend.

»Ja, der Iwan muß nach dem ersten Ansturm auch eine Schnaufpause einlegen.«

Jedenfalls bedarf es gar keiner besonderen Abwehr, die augenblicklich nur schwach vorgetragenen feindlichen Angriffe abzuschlagen und den Russen aufzuhalten.

Stancescu möchte wieder zurückfahren, um den General zu informieren.

Vor dem Artillerieüberfall flüchtend, ist der rumänische Fahrer mit dem Wagen in eine Geländespalte abgerutscht. Tobend vor Wut brüllt Stancescu auf den Fahrer ein, der, trotz der Kälte schweißüberströmt, vergeblich bemüht ist, den Geländewagen wieder flottzukriegen.

Wisse hat den Eindruck, daß, wenn er nicht dazukäme, der Hauptmann sicher auch mit den Fäusten auf den Fahrer eindreschen würde.

»Vielleicht gelingt es, wenn wir mit anpacken!« – Wisse stemmt sich gegen das Fahrzeugheck, und seine Wut in Kraft umsetzend, mit heraustretenden Stirnadern, feuerrot anlaufend, schiebt auch Stancescu, während der Fahrer Gas gibt und die Räder, ohne zu packen, leer durchdrehen . . .

»Nicht zu machen!« – erschöpft gibt Wisse auf und wischt sich mit dem Handrücken den Schweiß von der Stirn.

Da stehen doch schon seit einer Weile fünf Schlote von deutschen Soldaten herum, die Wisse erst jetzt bemerkt, und schauen mit Genuß zu, wie sich die Offiziere schinden. Wisse stemmt die Hände in die Hüften. Er ist ziemlich gereizt. »Wenn die Herren vielleicht so liebenswürdig wären, uns zu helfen!«

»Ach, dat hat doch gar keen Sinn, Herr Oberleutnant! – oder wat meenst du, Franzl?«

»Sie holen wohl erst ein Expertengutachten ein, was?«

Der mit Franzl Angesprochene schaut aufreizend langsam in die Gegend, steckt beide Hände in die Tasche und schickt sich an, gemächlich um den Wagen im Loch herumzugehen. Er schüttelt verneinend den Kopf. »Nix zu machen, da täten wir uns ganz umsonst plagen!« –

»Det sag ick doch schon die längste Zeit!« – Eine Berliner Pflanze und ein richtiger Wiener Strizzi, eine feine Mischung. Die übrigen drei Soldaten haben sich vorsichtshalber etwas zurückgezogen und sehen interessiert zu.

»Also packt alle mit an, vorwärts!« – kommandiert Wisse.

»Tun wir ja – und helfen Ihnen, Herr Oberleutnant, sobald der Schlepper vorjespannt ist!« – »Ja, früher hat's gar kan Zweck!«

Daß ihn nicht wenigstens sein Wiener Landsmann unterstützt, erbittert Wisse besonders in diesem Augenblick.

»Von welcher Einheit seid ihr?« herrscht er ihn an.

»Ja, das is gar net so einfach zu sagen. Warum wolln S' das wissen, Herr Oberleutnant?« – Wisse geht auf achtzig.

»Wir sind so ne Art Feuerwehr, die überall hingeschickt wird, wo's brennen tut! – Wir sind dauernd z.b.V.!« – lenkt der Berliner ein.

»Mir führen auf eigene Faust den Krieg!« erklärt der Wiener.

»So seht ihr auch aus!« Wisse muß schon wieder in sich hineingrinsen. Das sind die richtigen sturen Frontschweine, mit denen man den Teufel aus der Hölle holen kann, die aber nur im Guten mit sich reden lassen.

»Wo habt ihr denn euren Schlepper?« – Die Frage ist zwecklos und nur ein Beitrag gütlichen Entgegenkommens, denn laut scheppernd und rüttelnd mit einer 7,5-cm-Pak hinten dran und einem Unteroffizier im Sitz, kommt ein russischer Beutetraktor im Schneckentempo angefahren.

»Habt ihr zufällig russische Panzer irgendwo in der Gegend gesehen?« – überbrüllt der Unteroffizier, von den Erschütterungen des Motors gebeutelt, dessen Krach.

»Können Sie uns hier herausziehen?« – Wisse deutet auf den abgesackten Wagen. »Das wird sich schon machen lassen! – Wir sollen einen Panzerschutz übernehmen, wissen aber nicht, für wen und was eigentlich gespielt wird!«

»Wahrscheinlich für uns. Dort verläuft die rumänische Verteidigungslinie – ungefähr 4 Kilometer ostwärts von Gawrilowka. – Die Gräben hinter uns sind von den Rumänen besetzt, und da drüben am Hang liegt schon der Iwan!« klärt Wisse den Unteroffizier auf. –

»Und die Panzer, Herr Oberleutnant? – Wir sind vor einer Stunde losgeschickt worden, um angreifende Panzer zu bekämpfen. Es wurde uns gesagt, daß auch Sturmgeschütze und schwere Flak eingesetzt sind. – Ich sehe aber weit und breit nichts!«

»Vor einer Viertelstunde sind da drüben am Bachufer vierzehn KW I und II herumgekrebst. – Sie wollten auf uns zustoßen, haben aber von rechts Flakfeuer gekriegt und sind abgehauen. Hoffentlich überraschen sie uns nicht von links.«

»Kommen Sie«, fordert Wisse den Unteroffizier auf. »Ich schaue selbst mit Ihnen, was los ist!«

Die Hügelkuppe umgehend, haben Wisse und der Unteroffizier Ausblick in eine zu ihnen ansteigende Balka.

Im Ostauslauf der Balka ist zusammengedrängt ein Rudel Panzer versammelt. »Das sind ja unsere KW I und II!« – stellt Wisse durch das Glas fest.

»Für die 8,8-cm-Flak wäre das ein Fressen, aber für meine Pak ist die Treffsicherheit auf diese Distanz zu gering!« – Der Unteroffizier überlegt. »Ich könnte es mit Hohlraumgeschossen versuchen!«

Wisse sucht die Höhe nach einer geeigneten Stellung für das Geschütz ab. »Und da kommen drei direkt auf uns zu!« ruft er. – Sie waren, durch den südlichen Steilabfall der Balka verdeckt, nicht zu sehen gewesen.

Es sind zwei KW I, die langsam die Höhe erklimmen, wahrscheinlich um aufzuklären, während ein dritter, immer wieder zurückrutschend, versucht, den steilen Berghang zu überwinden.

»In günstigster Schußposition wäre ich hier oben!« – »Ja, direkt auf dem Präsentierteller, und wahrscheinlich durch die Artillerie oder Granatwerfer da drüben zur Sau gemacht – ehe Sie einen Schuß abgeben! – Einige Stalinorgeln haben sie auch. Das habe ich vorhin ganz schön zu kosten gekriegt!«

»Dann natürlich nicht, Herr Oberleutnant!«

»Wir bringen das Geschütz in Vorderhangstellung. Da können wir nicht gleich ausgemacht werden!« – Wisse ist voll Eifer wieder Artillerist. »Am besten, wir preschen rasch über den Gipfel und bringen dann das Geschütz im Mannschaftszug in Schußposition! – Den Traktor schicken wir zurück. Er kann dann inzwischen unser Fahrzeug herausziehen!«

»Ich bin der einzige, Herr Oberleutnant, der mit dem Drecksding fahren kann!« – »So übernehme ich das Kommando über das Geschütz, bis Sie zurückkommen.« – Der Unteroffizier, gar nicht sonderlich erpicht auf diese Panzerjagd aus so ungünstiger, deckungsloser Stellung, ist zufrieden damit.

Der Jagdeifer Wisses steckt die Leute an, und es macht ihnen Spaß, daß Wisse schwitzend und keuchend die Pak mitschieben hilft.

Noch sind sie von den anrollenden Panzern, die ihre Lukendeckel geschlossen, durch die Sehschlitze nur ein kurzes Sichtfeld haben, nicht entdeckt worden. Nach langer Zeit wieder einmal hinter einem Geschütz, läßt Wisse selbst die Libellen der Zieleinrichtung einspielen.

Durch das Doppelglas verfolgt er die Leuchtspur des ersten Geschosses. »Den hat's erwischt!« – Der Berliner wirft die Arme hoch. –

»Nicht ganz!« – Durch das Glas kann Wisse sehen, der Schuß haute vor dem Panzer, der weiter auf sie zurollt, in den Boden.

»Drüber!« – der zweite geht über den vordersten Panzer weg. – Dieser bleibt stehen, und ein kleiner roter Feuerball blitzt auf.

Keine 20 Meter links neben dem Geschütz schlägt es ein. »Mensch, Franzl, jetzt gib's ihm aber, sonst sind wir dran!«

»Immer mit der Ruhe!« – Während es schon wieder und diesmal keine 15 Meter vor dem Geschütz einschlägt und sich alle hinwerfen, bleibt der Richtschütze gelassen sitzen, zielt sorgfältig, korrigiert zweimal. »Jetzt is er's!« – »Treffer!«

Der dahinterfahrende KW I zieht sich, was er kann herausfeuernd, schleunigst zurück.

»In die Wolken, so schießt er uns kein Goal!« – Der dritte Panzer, schon fast die vereiste Balkawand erklimmend, läßt sich zurückrutschen. Es dreht ihn herum, er zeigt seine Breitseite, und es erwischt ihn. Ein Teil des Turmes fliegt weg.

»Jetzt aber nichts wie fort, sonst habt ihr keine Gelegenheit mehr, das Panzerbekämpfungsabzeichen in Empfang zu nehmen!« –

»Das haben wir längst, Herr Oberleutnant!«

Gut, daß der Unteroffizier angefahren kommt. Ohne den Schlepper wäre das Geschütz nicht über den Hügel zurückzubringen.

Der Russe setzt wieder eine ganze Artillerieabteilung ein. Die erste Lage liegt mitten auf der Höhe.

Wisse könnte jetzt vorausrennen und mit dem Wagen abhauen. Er bleibt bei der Pakbemannung und geht mit ihnen mitten durch den Feuervorhang, den die Russen auf die Höhe legen, zurück. Auf dem vereisten Boden müssen sie dem Traktor nachhelfen. – Langsamer als im Schrittempo kriecht das Ding den Berg hoch. Den Nacken eingezogen, hockt der Unteroffizier auf seinem Sitz. Verbissen ihre Aufmerksamkeit dem Geschütz zuwendend, mitten durch den Feuerhagel schieben die Leute, und da Wisse fest mit anpackt, macht gar keiner den Versuch, sich hinzuwerfen oder stiften zu gehen. – Und sie kommen durch.

Der Oberleutnant schüttelt jedem der Leute die Hand zum Abschied.

Finster und gereizt wuchtet der General hinter seinem Tisch. Er winkt Wisse zu, und mit einem kurzen Aufleuchten des Gesichtes gibt er ihm zu verstehen, daß sein Unmut sich nicht gegen die Person des Oberleutnants richtet.

Major Binder, der dolmetscht, sonst stets zu einem Scherz bereit, ist ernst.

»Das Regiment Mangesius ist das einzige intakte, über das die Division noch verfügt. Es funkte vor einer Viertelstunde, daß es, weit vorgeschoben, seine Stellung gegen russische Angriffe weiter hält, aber stärkerem Feinddruck nicht länger gewachsen ist.«

Der Major unterbricht ...

In der Tür des Stabsbunkers steht Hauptmann Möglich in Begleitung eines deutschen Offiziers, dem er den Vortritt läßt.

Blaß und nervös sucht er im Halbdunkel des Bunkers, unter den versammelten Stabsoffizieren, nach dem General. Im enganliegenden Mantel und vor Kälte zitternd, sieht er neben dem Hauptmann der Infanterie, der in seinem Kampfanzug eine gute Figur macht, wie eine zerzauste Vogelscheuche aus.

Hand an die Mütze gelegt, macht der Hauptmann eine Kopfwendung von links nach rechts und begrüßt jeden der Anwesenden durch ein kurzes Nicken.

»Gestatte mir, den Herren einen guten Tag zu wünschen!« –

Er bleibt an der Tür stehen und wartet, bis Möglich ihn beim General angemeldet hat.

»Ein Ordonnanzoffizier der 6. Armee, Herr General!« – meldet Möglich halblaut.

»Ja, bitte? – Was bringen Sie uns?« – Der General erhebt sich hinter seinem Tisch.

»Hauptmann Beer vom Armeeoberkommando 6!« – Er nestelt aus seiner Manteltasche einen verschlossenen Briefumschlag, überreicht ihn Tataranu, tritt einen Schritt zurück und nimmt in aufrechter Haltung, abwartend, Aufstellung.

Mehr als der Brief in den Händen des Generals zieht die wirkungsvolle Erscheinung des deutschen Offiziers die Aufmerksamkeit der Rumänen auf sich. Durch seine selbstbewußte und disziplinierte, jedoch einnehmende Art, sich zu bewegen und zu reden, strahlt er Ruhe und Sicherheit aus.

Sein Auftritt wandelt die verzweifelte Stimmung der Rumänen in gespannte Erwartung. Ein Hauptmann und Ritterkreuzträger als Kurier? – Da muß es sich schon um Wichtiges handeln.

Der General überreicht den entfalteten Briefbogen an Wisse zum Vorlesen.

Der Hauptmann des AOKs ersucht Wisse mit einem Blick, noch nicht zu beginnen. Er wendet sich an Tataranu. »Ich bitte Herrn General gehorsamst, mir die Befehlsübergabe zu bestätigen und mich wieder zu entlassen. Ich habe noch eine Menge Aufträge auszuführen und bin in allergrößter Eile.«

»Dann will ich Sie nicht aufhalten, Herr Hauptmann!«

Der General und seine Offiziere sind enttäuscht. Sie erwarteten durch den Offizier aus dem AOK mehr als eine bloße Befehlsübermittlung. Noch während der Hauptmann des AOKs den Bunker verläßt, schnauzt der General Wisse an. »Sie können schon anfangen, Herr Oberleutnant!«

Wisse macht nach jedem Absatz eine Dolmetschpause für Major Binder.

Geheime Kommandosache

AOK 6 AHQu, den 21. November 1942
12 Uhr 45

Befehl an die 20. rumänische I.D.

Mit sofortiger Wirkung werden die der 4. PA unterstehenden Verbände des IV. AKs und der 29. I.D. mot. dem Oberkommando der 6. Armee unterstellt.

Als Befehlshaber der 6. Armee ordne ich daher an: . . .

. . . Dem Feinde sind in beiden Flanken der Armee tiefe Einbrüche gelungen, deren Abschnürung noch im Gange ist.

Im Zuge einer Frontverkürzung zur Klärung und Festigung der Lage werden die Verteidigungslinien im Süden zurückverlegt.

Die 20. rumänische I.D. hat folgenden Gefechtsabschnitt zu beziehen. Beginnend Höhe 2 Kilometer westlich Zybenko, einschließlich Ort Zybenko, entlang der nach Südwesten führenden Bachschleife der Tscherwlenaja, bis zum Bahndamm der nach Karpowka projektierten Eisenbahnlinie und dem Bahndamm folgend bis Krawzow.

Die Division hat sich bei Anbruch der Dunkelheit auf die neue Verteidigungslinie zurückzuziehen und noch im Schutze der Nacht sofort einzugraben. Der Bahndamm und die vorhandenen russischen Befestigungen sind für den Stellungsbau auszunützen. Die im Munilager ostwärts Krawzow lagernden S-Minen stehen der 20. rumänischen Division zur Verfügung und sind unverzüglich vor den eigenen Linien auszulegen.

Rechts der 20. rumänischen Division werden Teile der 29. I.D. mot. in die Verteidigungslinie eingebaut, und nach links ist zur 297. I.D. Verbindung aufzunehmen.

Noch im Laufe der Nacht ist mit dem Eintreffen von Luftlandetruppen zu rechnen, die eingesetzt werden, um die nach Westen zu bestehenden Frontlücken zu schließen. Der Stab der 20. rumänischen I.D. übernimmt die in der Balka nordostwärts Krawzow gelegenen Bunker der Nachschubeinheiten des IV. AKs als Divisionsgefechtsstand. Weitere Befehle werden durch Kradmelder überbracht.

Gez. Generaloberst Paulus
OB der 6. Armee

Der General sieht Wisse an und streckt die Hand nach dem Befehl aus.

»Generaloberst Paulus bezeichnet die neue Front als Verteidigungslinie. Er gibt damit zu, daß es den Russen gelungen ist, die gesamten im Raume Stalingrad stehenden deutschen und rumänischen Streitkräfte einzukesseln! – Seinen Befehlen nach scheint er sich darauf beschränken zu wollen, sich mit seiner gesamten 6. Armee und den ihm unterstellten Teilen der 4. Panzerarmee einzuigeln! – Wissen Sie, was das heißt?« – schreit der General und greift sich an den Kopf.

»22 Divisionen werden zur Untätigkeit verurteilt! – Ein militärischer Führer, der mit den dazugehörigen Sondereinheiten über mehr als 300000 Soldaten verfügt und weiß, daß der russische Umklammerungsring von Stunde zu Stunde verstärkt wird, unternimmt nichts dagegen!«

»Herr General, ich bin überzeugt davon . . .!«

»Ich nicht«, unterbricht der General. »Ich habe wenig Geschmack daran, in dieser Mausefalle zu bleiben! – Meine Division ist so stark angeschlagen, daß sie nicht mehr einsatzfähig ist. – Wir haben über 60 Prozent Verluste an Menschen und Material. Unsere Muni- und Verpflegslager sind verlorengegangen. Wir haben, wie Sie wissen, keinerlei rückwärtige Dienste. – Die Division gehört aus dem Kampf gezogen und frisch aufgefüllt, oder, wie die Verhältnisse jetzt liegen, zumindest neu zusammengefaßt, um nicht völlig aufgerieben zu werden. Daß die ganz klar ersichtlichen operativen Ziele des Gegners nicht durchkreuzt sind und unsere Einkesselung nicht vereitelt wurde, darüber kann ich nur mein Erstaunen ausdrücken.

Ich brauche Klarheit und ersuche Sie deshalb, Herr Oberleutnant, leiten Sie unverzüglich meine Bitte um eine Unterredung mit Herrn Generaloberst Paulus weiter!«

Die Forderung des rumänischen Generals nach einer Unterredung mit Generaloberst Paulus stimmt Wisse recht nachdenklich. Natürlich haben auch Knautsch, Sellner und die anderen Soldaten des DVKs ihre Nachrichtenquellen. Sie hören im Funkwagen die Propaganda- und Nachrichtensendungen des Feindes ab, der immer wieder Zahlen, Namen nennt und Beweise liefert, wie er über die Vorgänge innerhalb der deutschen Führung bis in die Sphäre der höchsten Stäbe hinauf bestens informiert ist, und anschließend daran sendet er Berichte über die katastrophale militärische Lage der deutschen Südfront.

»Wenn der Iwan wüßte, daß es in Wirklichkeit noch dreckiger bei uns aussieht, als er es durchgibt!«

Wisse fährt Sellner an. »Falls Sie es vergessen haben sollten, möchte ich Sie nochmals darauf hinweisen, daß das Abhören von russischen Propagandasendungen verboten ist und schwer bestraft wird!« – Und obwohl er weiß, daß es nichts nützt, befiehlt er: »Ich verbiete auch von mir aus allen Angehörigen des DVKs das Abhören dieses Quatsches. Ihr glaubt, was der Feind euch erzählt, und laßt euch fertig machen!«

»Aber daß wir eingeschlossen sind, ist eine Tatsache, Herr Oberleutnant!« – mengt sich Knautsch ein. – »So? – dann wissen Sie mehr als der General und ich! Ich war schon öfters in einem Kessel eingeschlossen. Bis jetzt sind wir immer noch rausgehauen worden. Am Ladogasee, das war ein bißchen anders als hier!«

»Eine ganze deutsche Armee wie ein Karnickel in einem Sack zu fangen, das ist dem Russen bisher noch nicht gelungen, Herr Oberleutnant!«

Dieser qualmende Kerzenstummel, der gelbe Lichtschein über den trübseligen Fratzen von Knautsch und Sellner, die nackten Bettgestelle, das finstere erdfeuchte Bunkerloch, es ist zum Kotzen! Wisse flüchtet ins Freie und durchstreift das Dorf.

Bis gestern haben die Trosse der 297. I.D. hier in Gawrilowka gelegen. Die Bunker sind größtenteils ausgeräumt, Türen und Fenster ausgerissen. Jeder größere Glasscherben und jedes Stückchen Holz wurde mitgenommen. Ist doch ein Stück Fensterglas, das Licht und Bündel belebender Sonnenstrahlen in die Erdlöcher durchscheinen läßt, eine Kostbarkeit.

Argwöhnisch betrachtet Wisse eine Russin, die mit einem vereisten Blecheimer Wasser aus dem Loch des Baches schöpft. Als sie sich erhebt, erkennt er, sie ist alt und humpelt. Sie ist im Flüchtlingsstrom der Bevölkerung nach dem Don nicht mitgekommen und mit einigen Kindern, die jedes Fleckchen nach dem absuchen, was die Soldaten zurückgelassen haben, zurückgeblieben.

Vom rostigen Stückchen Draht oder Nagel bis zur Zigarettenkippe oder dem kleinsten Fetzen Papier können sie alles brauchen. – Die Alte kommt über das steile Bachufer nicht hinauf, rutscht aus, stürzt und schüttet sich das Wasser über die mit Lumpen umwickelten Füße. – Vorsichtig schaut Wisse sich um. Ein deutscher Offizier darf dabei nicht gesehen werden. – Er nimmt der alten Russin den Eimer aus der Hand, füllt ihn wieder, überwindet ein Ekelgefühl, da sie zerzaust, verwahrlost und vor Dreck starrend ist, packt sie stützend unter dem Arm und hilft ihr die vereiste Uferböschung hinauf.

»Math!« – Vielleicht würde meine Mutter, wenn sie durch die Hölle des Krieges flüchten müßte, nicht anders aussehen. –

Da komm ich ja gerade zurecht. Die beiden sind eben wieder dabei, etwas zu organisieren, und ich habe nachher die Scherereí.

Während Böse Schmiere steht, streicht Krämer verdächtig um die große Scheune des Verpflegungslagers herum.

»Was macht ihr hier?« – herrscht Wisse den Sonderführer an.

»Pst – Herr Oberleutnant! Da drinnen ist das Verpflegungslager der 297. I.D.! – Das soll geräumt werden! Da gibt's vielleicht Sachen!« Krämer zieht zwei Tafeln Schokolade aus der Tasche, hält sie Wisse hin. »Das da – kistenweise! – Aber der sture Stabszahlmeister rückt nichts raus! Lieber laßt er alles den Russen!« – Böse fordert Wisse auf, etwas dagegen zu unternehmen.

Plötzlich Lärm, Schüsse, Flüche. Aus dem etwa 300 Meter entfernten rumänischen Stabsbunker stürzen, der General voran, rumänische Offiziere und rennen den in dichten Scharen über die Höhe vor dem Ort herablaufenden Rumänen entgegen.

»O je, die haben schon wieder den Retourlauf drin!« – Böse und Krämer keuchen hinter Wisse her, der mit seinen langen Beinen bald weit voraus lospurtet und die rumänischen Offiziere einholt, die in der Eile Gewehre und Maschinenpistolen gepackt haben und in die Luft schießen, um die rumänischen Soldaten aufzuhalten und zurückzutreiben. – Wenn sie einen Soldaten erwischen, der nicht sofort kehrt macht, hagelt es Ohrfeigen, Tritte und Hiebe mit dem Gewehrkolben.

Einen Karabiner in Hüftanschlag, erstürmt der General voran die Höhe. Zornig schleudert er das Gewehr einer Gruppe auf ihn zukommender Rumänen entgegen, brüllt sie an, stehenzubleiben, und preßt sich luftschnappend die Hand gegen das Herz. Hinter der Höhe im Dämmern der anbrechenden Nacht breitet sich weit die Steppe, in der als dunkle Schatten die Rumänen einzeln und in Gruppen in panischer Flucht vor etwa zehn russischen Panzern sind, die am Horizont hinterher hetzend, in die Rumänen mit Granaten und MG-Feuer hineinhalten. Immer wieder blitzt es von den Mündungen der Panzerkanonen auf, und mitten in die flüchtenden Rumänenhaufen schlägt die tödliche Leuchtspur. Niemand kümmert sich um die, die getroffen werden und sich, um Hilfe rufend und vor Schmerz brüllend, auf dem Boden winden. – Sie müssen sterben. Der Nachtwind wird den Pulverschnee über die Steppe blasen, die erstarrten und erfrorenen Leichen zuwehen und die vom Todeskampf verzerrten Gesichter zudecken. – Wo noch einer lebt und dünn winselt, wird er sich wünschen, daß doch ein Russe käme, um ihn mit einem Kolbenschlag über den Schädel oder einem Gnadenschuß zu erlösen.

Und wieder lassen sich die Soldaten willenlos sammeln – und kriechen in die Gräben der Stellung, die der Russe im Sommer um jeden Ort angelegt hat.

Weit abgeschlagen, als Nachhut, mit dem nur im Schritt fahrenden russischen

Traktor, kommt auch die 7,5-cm-Pak durch den Granathagel angezuckelt. – Wisse rennt auf sie zu, eben als die Soldaten allein gelassen, mitten in der Steppe, das Geschütz wieder wenden und auf die anrollenden Panzer feuern.

Er freut sich und ist erleichtert. Es sind noch alle Mann beim Geschütz, 300 Meter über den Rand einer Balka vor ihnen schieben sich die Raupen eines Panzers hoch.

»Kommen lassen! – Wir haben höchstens noch zwölf Schuß!« befiehlt der Unteroffizier. Erst als die Raupen des T 34 hoch über den Balkarand hinausragen, bevor er sich nach vorn überkippen läßt, mitten in den schwachgepanzerten Bauch, trifft die Leuchtspurgranate.

Sich nach hinten überschlagend, verschwindet der Panzer wieder in der Schlucht. Sekunden später eine fürchterliche Explosion. In einer Flammen- und Rauchsäule hochgeschleuderte Stahltrümmer des von der eigenen Munition zerfetzten Panzers.

Vor den Gräben, damit die Rumänen es vor sich sehen können, läßt Wisse die Pak in Stellung gehen.

»Wenn Sie Munition und etwas zum Futtern für uns auftreiben könnten, Herr Oberleutnant!« – bittet der Berliner.

Wisse denkt an das Verpflegungslager, das geräumt werden soll, und verspricht es. Mit Augen, in denen Heimweh ist – schaut der Wiener Richtschütze des Geschützes den Wiener Oberleutnant stumm an. Sich wieder abwendend, malt er mit Kreide einen fünften Ring an diesem Tage, für den Panzerabschuß von vorhin, um das Geschützrohr.

Flammen schießen vor der Scheune hoch. Die Planen sind weggerissen – und Wisse, Krämer und Böse, der es natürlich schon wußte, sehen einen Berg aus Getreide, den der Oberzahlmeister des Verpflegungslagers mit Petroleum überschütten und anzünden ließ. – Das Lodern fällt in sich zusammen. Glosend frißt sich das Feuer in das Innere des Kornberges. Knisternd platzen die gerösteten Fruchtkörner und springen tanzend hoch. – Eine Wachmannschaft rings herum schüttet immer wieder aus Kanistern Petroleum nach, um den Brand zu nähren, und verjagt fluchend, da ihnen selbst nicht wohl ist dabei, aber befehlsgetreu, einige Russenfrauen, die den Kordon immer wieder verzweifelt zu durchbrechen versuchen, um sich etwas Getreide zu ergattern.

»Laßt doch die Weiber ran und sich etwas Getreide nehmen! – Los, Matka! – Komm her!« – Es ist Hauptmann Beer vom A.O.K. – Er nimmt einem Soldaten die Schippe weg, schlägt damit ein paar Flammen auf dem Boden nieder, schaufelt das verbrannte Getreide weg und sticht hinein, wo es noch nicht brennt.

»Schürze auf, Matka!« – Er schaufelt einer Russin die Schürze voll. Die russischen Frauen stürzen sich bettelnd alle zugleich auf ihn und umringen ihn. »Weg da, ihr dummen Luder!« – scheucht er sie zurück, da sie mitten ins Feuer rennen würden – für eine Handvoll Korn. Er reicht die Schaufel an den Soldaten zurück. »Gebt den Weibern was!« – befiehlt er den Soldaten. Er stellt sich neben Wisse und starrt finster in die Glut des brennenden Getreides. »Als Landmann kann ich das gar nicht mit ansehen. Sind mindestens 80 bis 100 Tonnen bestes Korn, was da brennt! – Ich muß warten, bis ihr hier weg seid – und was brennbar ist, in Flammen aufgehen lassen, bevor der Iwan anrückt. Auch Warwarowka muß ich anzünden lassen, sobald unsere Truppen raus sind! – Ausgerechnet ich – wo ich nicht einmal ein Stück Papier, wenn es noch auf einer Seite weiß und zum Beschreiben ist, zerknülle. Mir fällt es leichter, ein ganzes Haus aufzubauen, als auch nur einen Ziegel wegzureißen!«

Der Hauptmann ist erbittert. Beide, ohne darüber zu reden, denken dasselbe. Wie sinnlos ist alle Zerstörung. Die Frauen und Kinder werden verhungern, und das Getreide brennt hier, Dörfer werden nur mehr Aschenhaufen sein und Schutttrümmer.

»Wie lange bleibt ihr hier?« – fragt der Hauptmann Wisse.

»Es wird noch ein paar Stunden dauern, bis wir die Rumänen alle beisammen haben!«

»Dann fahre ich rüber nach Warwarowka und schau mir dort den Laden an!«

Krämer hat sich an die Leute des Verpflegungslagers herangemacht, und eifrigst berichtet er Wisse.

»Ein paar hundert Tonnen Verpflegung und Ausrüstung liegen da drinnen! Der Winterbedarf für die 297. I.D. – Das kann gar nicht mehr geräumt werden, ehe der Iwan da ist!« –

»Und was soll ich machen?« – Der Oberleutnant weiß, der Leiter eines Verpflegungslagers hat besondere Weisungen und Vollmachten.

»Der Stabszahlmeister ist ein Landsmann von Ihnen, Herr Oberleutnant!« – ereifert sich Krämer.

Wisse voran, Böse und Krämer hinterher, so treten sie vorsichtig durch eine kleine, knarrende Holztür in die Scheune, in der das Verpflegungslager untergebracht ist. – Es herrscht peinlichste Ordnung und Sauberkeit. Stockhoch, bis an die Decke, sind die erlesensten Lebensmittel gelagert. Gleich rechts vom Eingang, Kisten mit »Nestle« Kondensmilch. Fässer voll Butter. Hunderte Säcke voll Zucker und Bohnenkaffee. In Regalen Tausende Kommißbrote. Pedantisch in viereckige Haufen geschichtet und alles neu, Pelzmäntel, gefütterte Tarnanzüge, Pelzmützen und zu Paaren zusammengebunden, Berge von Filzstiefeln.

Rundherum auf Kisten brennen Sturmlaternen, die ein spärliches Licht ausstrahlen, und hoch, bis ins schattenhafte Dunkel, türmen sich die Kostbarkeiten. –

Im rückwärtigen Teil der Scheune ist aus Lebensmittelkisten eine Trennwand aufgerichtet. Davor in einem Holzverschlag, hinter einem Schreibtisch, über Listen, an denen er schreibt, hockt der Stabszahlmeister.

»Guten Abend, Herr Stabszahlmeister!« – Wisse grüßt recht freundlich und gibt seiner Stimme einen wienerischen Klang, um sich als Landsmann erkennen zu geben. –

Der Stabszahlmeister schiebt die Brille auf die Nase, sieht darüber weg auf Wisse, Krämer und Böse, springt auf und kommt den dreien entgegen. »Was wollt ihr hier?« – herrscht er sie an.

Er ist etwa vierzigjährig, zum Platzen fett wie ein Rollmops, hat ein feistes Genick und ein Gesicht mit einem Schnabelmaul wie ein Tintenfisch. Ein ungemütlicher Bursche, ist Wisses Eindruck. Er bleibt trotzdem freundlich. »Oberleutnant Wisse, D.V.K.-Führer zur 20. rumänischen Division!« – stellt er sich höflich vor.

»Und was wollen S' von mir?« – fragt der Stabszahlmeister barsch. »Daß Sie erstens einmal meinen Gruß erwidern und zweitens zur Kenntnis nehmen, daß ich einen Offiziersdienstgrad habe, mit dem ich anzusprechen bin!«

Von Böse und Krämer gefolgt, ohne sich weiter um den Stabszahlmeister zu kümmern, macht Wisse einen Rundgang durch das Lager und taxiert die angehäuften Schätze.

»Was soll mit dem Lager geschehen, Herr Stabszahlmeister?«

»Was mir befohlen wurde!«

»Und das ist?« – Wisse stößt mit der Stiefelspitze einen der herumstehenden Benzinkanister an.

»Haben S' irgendeine Vollmacht, die Sie berechtigt, darüber Auskunft von mir zu verlangen?«

»Sie wollen als Wiener wohl beweisen, daß Sie noch sturer sein können als der sturste Preuße?«

»Das ist meine Sache!«

»Dort hinter dem Verschlag liegen die besonderen Sächelchen. Zigaretten, Alkoholien, Schokolade!« flüstert Krämer dem Oberleutnant zu.

»Machen Sie ja, daß Sie schleunigst hier rauskommen!« – fährt er Krämer an. »Ihr habt hier gar nichts zu suchen!« schreit er.

»Was wünschen Sie hier, Herr Oberleutnant? – Sie wissen ganz genau, daß ich ohne Anforderungsschein nichts ausgeben darf!« Wisse sieht sich um und wiegt eine Flasche Original Henessy Cognac in der Hand. »Ich verbiete insbesondere die Wegnahme von Alkohol aus dem Lager! – Ich erstatte Meldung! Ich trage nicht die Verantwortung dafür, wenn die Truppe wegen Trunkenheit ausfällt«, droht er. Wisse, noch immer im Bemühen, diesem Klotz irgendwie beizukommen, bleibt freundlich. »Wenn die Rumänen den Schnaps hier riechen, werden wir sie kaum abhalten können...! – Aber das da ist ja kein Alkohol!« – Wisse weist auf Kisten mit Schokolade und Vitamindrops.

»Ich will Ihnen ein paar Tafeln geben, Herr Oberleutnant, wenn Sie verhindern, daß die Rumänen das Lager plündern!« läßt sich der Stabszahlmeister herbei, nimmt aus einer der mit 1000 Tafeln gefüllten Kisten ganze drei, und die Tafeln wie Spielkarten gefächert, hält er sie Wisse hin.

»Das ist zu großzügig, Herr Stabszahlmeister!« – Wisse nimmt die drei Tafeln und wirft sie in die Kiste zurück.

»Wenn die Rumänen irgendeine Aktion gegen das Lager unternehmen sollten...?« – Dann bist du dran, soll das heißen.

»Besteht noch eine Möglichkeit, das Lager zu räumen?« – fragt Wisse schneidend scharf.

»Ich habe Anweisung, bis 14 Uhr zu warten!« – Wisse sieht auf seine Armbanduhr. »Das ist in 12 Minuten – und dann?« – Der Stabszahlmeister gibt keine Antwort. »Dann wollen Sie wohl das Lager anzünden?« –

»Ich habe Befehl, das Lager auf keinen Fall in Feindeshand fallen zu lassen!« –

Der Stabszahlmeister wendet sich brüsk um. Wisse tanzt um ihn herum und vertritt ihm den Weg. Böse und Krämer kichern schon.

»Ich sehe schon, mit Ihnen muß man deutsch reden, verehrter Herr Stabszahlmeister, da Sie keiner Einsicht zugänglich sind! – Ich werde mich sofort mit Ihrer Division, und zwar mit Herrn General Pfeffer persönlich, in Verbindung setzen und anfragen, ob mit einer Räumung des Lagers noch zu rechnen ist! – Bis ich darüber Bescheid habe, haben Sie abzuwarten und nichts zu unternehmen, verstehen Sie mich?«

»Ihre Intervention, Herr Oberleutnant, interessiert mich nicht, und ich werde nicht eine Minute zögern, meinen Befehl, der allein für mich bindend ist, auszuführen!«

»Dann nehmen Sie zur Kenntnis, daß Sie sich im Kampfraum der 20. rumänischen Division befinden!«

»Ich gehöre zur 297. I.D. und habe nur von ihr und sonst von keiner Stelle Weisungen entgegenzunehmen!«

»Sie halten sich im Kampfabschnitt auf, der General Tataranu untersteht, und haben sich seinen Befehlen zu fügen!«

»Sie sind aber nicht der General!« – »Ich habe Vollmacht, im Namen des Generals Entscheidungen zu treffen und Befehle zu erteilen!« – behauptet der Oberleutnant, und gewiß, daß Tataranu seine Anordnung gutheißen wird, läßt er den Stabszahlmeister stehen und eilt zum Funkwagen. Aber der Äther ist voller Funkgeräusche. Truppenmassen sind in Bewegung und auf Funkverkehr umgeschaltet. Jede Welle ist beansprucht und die Verbindung auf der üblichen Frequenz zur 297. I.D. gestört.

Hauptmann Möglich hat Wisse sofort unterbrochen, als dieser sich mit ihm beraten will. »Ich bitte Sie, ich will nichts gehört und nichts damit zu tun haben! Setzen Sie sich nicht in die Nesseln. Sie haben nur die größten Scherereien und keinen Dank davon!« – redet er Wisse zu. Aber Wisse ist noch sturer als der Stabszahlmeister.

Er steht vor dem Funkwagen, hat einen dicken Schädel aufgesetzt und überlegt.

Auf der Straße hinter der Scheune, von der Front kommend in Richtung Zybenko, jagen in voller Fahrt mit Getöse zwei Zugmaschinen. Die Anhänger hinter den Schleppern holpern, springen und schleudern. In ununterbrochenen Kolonnen marschieren rumänische und deutsche Soldaten vorbei. Der befohlene allgemeine Rückzug hat somit begonnen.

Rückzug! – Es ist ein bitteres Gefühl, die eigene Truppe rückmarschieren zu sehen. Auch der rumänische Stab macht sich schon abmarschbereit.

Mit dem Verpflegungslager muß was geschehen, und zwar sofort – sonst wird es angezündet, um nicht dem Feind in die Hände zu fallen. Der Stabszahlmeister kann mit seinen paar Troßleuten und dem Lkw, den er hat, nichts Nennenswertes wegschaffen. Ausgefroren und ausgehungert sind die Soldaten vorn gelegen. In den nächsten Stunden werden Tausende vorbeiziehen und nicht wissen, daß 5 Meter von der Straße weg hinter den Scheunenwänden Vorräte liegen, die für die monatelange Versorgung einer Division reichen. – Sie werden trockenes Knäckebrot knabbern, und die Büchsenwurst dazu wird angezündet.

Eigentlich hat Hauptmann Möglich recht, denkt sich Wisse. Es steht in keiner H.D.V. etwas darüber. Wenn ich auf eigene Faust das Lager, um es vor der Vernichtung zu retten, den vorbeiziehenden Truppen öffne und freigebe, und wenn zufällig noch ein Transportkommando anrollt, um das Lager wenigstens teilweise zu räumen, so kann mich das meinen Kopf kosten – kalkuliert er.

Wenn ich hier jetzt das Lager rette und dessen Bestände, statt sie irrsinnigerweise vernichten zu lassen, austeile, habe ich zumindest mit schärfster Zurechtweisung zu rechnen. Aber da schleppen sich die Landser mit hungrigem Magen zurück, und wie viele Tage und Wochen wohl werden sie im Einschließungsring ohne Nachschub aushalten müssen?

»Krämer, holen Sie alle unsere Leute! Ihr kommt mit dem Lkw, dem Funkwagen, dem Geländekübel und dem Pkw sofort hier zur Scheune!«

Von allen Seiten strömen Hunderte von Rumänen im Ort zusammen. Von weitem hört man das Motorengebrumme der zurückrollenden Lkw und Zugmaschinen der Flak.

In den nächsten Minuten werden sie durch Gawrilowka am Verpflegungslager vorbeirollen, und die Masse der sich absetzenden Truppe wird ihnen folgen. – Es bleibt keine Zeit zu langer Überlegung.

Im Bachgrund, auf der schneebedeckten Wiese, brüllen die Kühe, die seit zwei Tagen nicht mehr gemolken wurden. Krämer und Böse haben die beiden breiten Torflügel der Scheune weit aufgerissen. Die in der Scheune aufgestellten Petroleumlampen werfen einen flackernden Schein auf die bis an die Decke reichenden Warenstapel. – Am Nachthimmel ist das Donnern und Blitzen der Geschützfeuer. Wenn der Russe der abziehenden Truppe nachstößt, so kann er jede Minute vor dem Ort auftauchen.

Ohne Wisse und dessen Leute zu beachten, wie ein Kobold, als ob er noch recht viel zu tun hätte, läuft der Stabszahlmeister hin und her, um seine Schätze nochmals zu überschauen. Zehn Schritte vor Wisse pflanzt er sich auf, blickt auf seine Uhr, beugt sich zum nächsten Benzinkanister, öffnet ihn und schüttelt ihn, um sich zu überzeugen, daß er auch voll sei.

»Hoffentlich haben Sie genug davon. Wir brauchen jeden Tropfen für unsere Fahrzeuge!«

»Ah, Sie sind ja schon wieder da?« – verwundert sich der Stabszahlmeister.

»Haben Sie schon eine Zusage von Ihrer Division, daß das Lager noch geräumt wird?« – fragt Wisse.

»Nein, das habe ich nicht!« – Der Stabszahlmeister blickt sich um. Es fällt ihm schwer, sich von seinen Schätzen zu trennen... »... und deshalb werde ich es jetzt unwiderruflich anzünden! – Es war ein Musterlager!« seufzt er.

»Und was geschieht mit den Kühen da draußen?«

»Na ja, die werd' ich stehenlassen müssen«, bedauert der Stabszahlmeister, und sein Wienerisch klingt weich.

»Ich übernehme die Räumung des Lagers!«

»Das werden Sie nicht tun, Herr Oberleutnant!« schreit der Stabszahlmeister Wisse an. »Schauen Sie, daß Sie hier rauskommen!« – Wisse schert sich nicht weiter um ihn.

»Böse, Sie nehmen Ihre Taschenlampe, gehen auf die Straße vor und halten sämtliche Fahrzeuge an! Auch die Panzer sollen vorfahren und, was sie mitnehmen können, hier aufladen!« Er wendet sich an die zwei dem D.V.K. zugeteilten volksdeutschen Rumänen, die mitgekommen sind.

»Kaelble, Sie greifen sich ein paar Mann und bilden ein Kommando! – Ihr schleppt hier raus, was ihr tragen könnt, und verteilt es an eure Kameraden! – Und Sie, Mihailowits, rennen schnurstracks zu Herrn Major Binder! – Er soll Ihnen zehn Mann geben, und ihr treibt die Kühe auf dem Rückzug nach Zybenko mit! Verstanden? – Und schleunigst das Ganze!«

Während Wisse seine Befehle gibt, geht er durch die Scheune. Der Stabszahlmeister, zurückweichend, stellt sich ihm vor dem Verschlag mit der Sonderverpflegung und den Alkoholien in den Weg. »Ich verbiete das alles!« brüllt er. Er schielt zur Seite, wo auf dem Schreibtisch sein Koppel mit der Pistole liegt. In die Enge getrieben, besinnungslos vor Wut, wie ein gereizter Stier, schaut der Stabszahlmeister angriffslustig von einem zum anderen und schätzt ihn ab. –

»Ich trage hier alle Verantwortung und sonst niemand!« Unvermittelt stürzt er sich direkt auf Wisse, der mit einem schnellen Sprung zur Seite dem tätlichen Angriff des Stabszahlmeisters ausweicht.

»Du junger Spund! – Du Rotzlöffel!« – faucht er und stößt mit dem Fuß einen Benzinkanister um, der glucksend auszulaufen beginnt.

»Sie sind wohl total verrückt geworden, was?« – Wisse zieht die Pistole und stößt sie mit dem Lauf dem Stabszahlmeister vor die Brust. »Soll ich Sie über den Haufen schießen?« – Er bemerkt mit Unbehagen, daß sich seine Stimme vor Erregung kreischend überschlägt. Die Pistole in die Tasche zurücksteckend, lenkt er ein. »Seien Sie doch vernünftig! – Ich übernehme für alles hier die Verantwortung! Ich werde dafür sorgen, daß kein Tropfen Alkohol mitgenommen wird!« – Erschöpft ist der Stabszahlmeister auf eine Kiste gesunken. »Und sind Sie bereit, ein Protokoll, das ich darüber aufsetze, zu unterschreiben?« – »Meinetwegen, ja! – Ich werde selbst melden, daß ich das Niederbrennen des Lagers, solange als noch dessen Bestände verteilt werden konnten, verhindert habe! – Krämer, schauen Sie, daß unsere Fahrzeuge beladen werden, und nehmt keinen Mist mit!«

Den vorfahrenden Fahrzeugen und ihren Besatzungen stellt er sich entgegen.

»Macht hier keinen Salat! – Weg hier mit eurer Karre und hinten anreihen! Es ist genug für euch alle da. Ein Wagen fährt nach dem anderen vor und wird beladen!«

Er scheucht die Leute zurück, die das Lager stürmen wollen. Mehl-, Zucker- und Reissäcke sind aufgeplatzt, rinnen aus, Kisten werden umgekippt, Konserven rollen auf den Boden, und einige Soldaten trampeln darauf herum.

»Kehrt marsch und raus hier!« befiehlt Wisse. »Wenn ihr nicht Ordnung halten könnt, wird das Lager sofort angezündet! – Schön der Reihe nach, links an mir vorbei hinein und rechts wieder raus! – Komm, komm, Dicker, da links hab' ich gesagt, geht's rein ins Schlaraffenland! – Genug geladen, haut ab!« – Reichlich wenig, ein Mann, die Ordnung aufrechtzuerhalten. Die Leute sind jedoch diszipliniert, dankbar und werden mit den Rabauken unter sich selbst fertig.

Es werden Kisten und Säcke geschleppt, Fässer gerollt. Die verstreuten Büchsen und Packungen auf Planen geworfen und hinausgeschleift. Sturmgeschütze sind vollgeladen mit Marmeladekisten, Mehl- und Kartoffelsäcken.

Die Rumänen, die an den Fahrzeugen nicht vorbei durch das Tor kommen, haben einfach Bretter aus der Wand gerissen. Scharenweise, ganze Kompanien, ziehen sie an dem Loch in der Scheunenwand vorbei und nehmen in Empfang, was ihnen ihre Kameraden zureichen und was sie schleppen können.

Der Zahlmeister sitzt hinter seinem Schreibtisch, schüttelt, ab und zu aufblickend, den Kopf und schreibt eifrig an seinem Protokoll. –

Wisse wundert sich, daß noch so viele Rumänen davongekommen sind. Zu Tausenden strömen sie in Gawrilowka zusammen und ziehen weiter.

Es muß alles hier durchkommen, was vor dem Russen davon will, denn die, die sich abseits der Straße noch in den Balkas aufhalten, sind verloren und fallen in Feindeshand.

Die Kunde von dem geöffneten Verpflegungslager verbreitet sich unwahrscheinlich schnell. Obwohl alle vorbeikommenden Fahrzeuge aufladen, was sie können, und Tausende Soldatenhände nach allem greifen, was eßbar ist, und sich Taschen, Tornister und Rucksäcke vollstopfen, wird in der halben Stunde, in der Wisse die Vernichtung des Lagers verhindern kann, die riesige Scheune kaum zu zwei Dritteln ausgeräumt.

General Tataranu befiehlt Rückzug. Die wertvollen Bestände an Winterbekleidung müssen den Flammen preisgegeben werden.

Das Protokoll in die Tasche schiebend, ohne es Wisse lesen oder unterschreiben zu lassen, müde und gebrochen, erhebt sich der Stabszahlmeister, stößt mit dem Fuß der Reihe nach die Benzinkanister um, bückt sich und entzündet eine Benzinpfütze. Aufrecht stehend, von den aufzüngelnden Flammen gespenstisch beleuchtet, starrt er in das Feuer, das über den Boden hinläuft und an einem Kleiderstapel gierig hochleckt.

Der ist verrückt und will mit verbrennen, denkt sich Wisse. Über brennendes, ausgegossenes Benzin springend, rennt er zurück in die Scheune. Der Stabszahlmeister ist an seinen Schreibtisch zurückgegangen, zieht die Lade heraus, wirft sie mit allen Papieren ins Feuer, schnallt sich eine Pistole um, setzt gemächlich die Mütze auf, und mit erstarrtem Gesicht, Wisses Blick ausweichend, die Hand kurz zum stummen Gruß an die Mütze legend, geht er an Wisse vorbei ins Freie.

Wie viele solcher Lager und weit größere auf der Donhöhe und im Süden entlang der Zaritza und der Bahnlinie nach Abganerowo sowie an der Nordfront von Stalingrad fielen in diesen Tagen den Russen unversehrt in die Hände!

Brände schießen hoch. Die letzten noch in Gawrilowka intakten Häuser sind geräumt und gehen in Flammen auf.

Den Fahrzeugen der Nachhut schließt sich Wisse mit seinem D.V.K. an.

Sie durchfahren Warwarowka. Die Häuser links und rechts der Straße sind eine Feuerwand. Flammen aus Türen, Fenstern und Dächern hochschlagend, glühende Hitze, beißender Qualm, glosende Holztrümmer, die herumfliegen.

Fluchend manövriert Krämer den Wagen zwischen herabhängenden Telegrafendrähten und umgestürzten Masten aus dem Ort, wo sie nur langsam die in langen Kolonnen müde dahintrottenden Rumänen überholen.

Aus dem Tscherwlenajatal, nördlich Zybenko, links abbiegend, fahren sie einen allmählich ansteigenden Höhenrücken entlang, über den die Fahrzeuge vor ihnen verschwinden.

Hauptmann Stancescu kommt ihnen entgegengefahren und weist sie ein. In einer ostwärts in die ebene Steppe sich öffnenden Balka hat die Kolonne haltgemacht.

In den von deutschen Nachrichteneinheiten geräumten Bunkern soll der Divisionsstab zumindest für eine Nacht unterkommen.

An Auspacken, Einrichten oder gar Schlafen ist nicht zu denken. Befehlsgemäß ist die neue Verteidigungslinie sofort zu besetzen.

Gleich im Freien, an seinen Geländewagen gelehnt, hält der General eine Lagebesprechung ab – zu der Major Binder auch Wisse herbeiruft. –

»Ja, zu allererst müßten die der Division überlassenen S-Minen in irgendeinem Munilager, irgendwo bei Krawzow abgeholt und sofort nach vorn gebracht werden.

Sie sind der einzige Panzerschutz für die Rumänen und müssen noch vor Tagesanbruch vor der H.K.L. ausgelegt werden.«

Sie reden herum, aber keiner der Herren Stabsoffiziere zeigt übertriebene Lust, in die stockdunkle Nacht, ins Ungewisse, loszufahren. Stancescu muß die Einweisung der Truppen in die Stellungen übernehmen, Major Codreanu unverzüglich am Kartentisch arbeiten und Major Binder jede Minute dem General zur Verfügung stehen. Die übrigen Stabsoffiziere halten es unter ihrer Würde, die S-Minen zu holen.

Ärgerlich verlangt Wisse ein Verladekommando, um selbst loszufahren, sonst wird noch darüber debattiert, bis der Russe schon da ist. »Ein paar Mann? Hab' ich keine, nicht in Tasche und nicht in Hut!« – Der rumänische Offizier, an den Major Binder Wisse gewiesen hat, lüftet lachend seine Kappe.

»Blödian!« faucht ihn Wisse an und weckt den Fahrer eines 3-Tonnen-Lkws, der mit Umzugsgut des Stabes beladen ist.

»Runter mit dem Gerümpel!« –

Sich in Wut arbeitend, kippt er Tische und Bänke gleich über die Bordwand, schiebt dem Fahrer fluchend die schweren Offizierskisten an die rückwärtige herabgelassene Bordwand zu, der sie auf die Straße plumpsen läßt, und der Wagen ist in fünf Minuten leergeräumt.

Er kriecht vorn in das Führerhaus und fährt allein mit dem Rumänen los, der keine zehn Worte Deutsch kann.

In dem ausgedehnten Munilager in der Balka ist weit und breit keine Seele zu finden. Nicht einmal ein Wachposten.

Hier kann sich jeder mit hochbrisantem Material eindecken! Endlich findet Wisse einen Bunker, der bewohnt zu sein scheint, da die Fenster mit Vorhängen verhängt sind. Vergeblich rüttelt er an der Tür, die von innen verschlossen ist, und trommelt dagegen.

»Wir kommen die S-Minen holen! Aufmachen! – Aber bißchen dalli!« –

Von etlichen Götzzitaten begleitet, fordert eine verschlafene Stimme auf, morgen nach dem Frühstück wieder vorzusprechen.

»Oberleutnant Wisse! – Öffnen Sie sofort, oder Sie erleben was!« – Eifriges Flüstern, unmutiges Brummen, der Vorhang wird zur Seite geschoben, und im Mondschein, der auf das Fenster fällt, schaut eine Russin heraus. Sie rückt einen Riegel zurück. Wisse reißt die Tür auf, und die Russin steht vor ihm.

Trotz zerzauster Frisur ist zu erkennen, sie ist sehr jung, vielleicht 18 oder 19 Jahre alt. Ihr derbes, breitbackiges Gesicht, aus dem zwei große, umschattete Augen herausfordernd leuchten, ist beinahe häßlich. Ihre gedrungene Figur erinnert an eine watschelnde Ente, und trotzdem kann man sich als Soldat dem Reiz ihres üppigen Körpers nicht entziehen. »Gutten Abend!« begrüßt sie ihn. Am Kragen zieht sie den Stabsfeldwebel energisch hoch, der verschlafen in die Ärmellöcher seiner Bluse zu schlüpfen versucht.

Er entschuldigt sich, während er sich blitzschnell anzieht.

»Schon gut, nur macht rasch, damit wir wieder wegkommen. Wo haben Sie Ihre Leute?«

»Ich bin nur mit einem Gefreiten hier, und der hat Fieber! – Das Lager wird aufgelassen! – Aber Olga kann helfen!«

Das Mädchen, den Kopf vor Scham gesenkt, da Wisse sich umblickend natürlich gesehen hat, daß nur eine Schlafstelle da ist, die es mit dem Stabsfeldwebel teilt, hebt bei Nennung seines Namens den Kopf und lächelt Wisse an. In einen Wachmantel schlüpfend, folgt sie dem Oberleutnant und dem Stabsfeldwebel, der auffallend zart zu dem Mädchen spricht, als er es bittet, mitzuhelfen.

»Sie ist ein Flüchtling!« – erklärt der Stabsfeldwebel. Das Mädchen steht neben Wisse auf der Ladefläche des Wagens und schichtet mit ihm die Minen auf, die ihnen der Stabsfeldwebel und der rumänische Fahrer hinaufreichen.

»Da müssen Sie noch ein zweitesmal kommen, Herr Oberleutnant! Es geht nicht alles auf den Wagen!«

»Da schick' ich den Rumänen allein. Sie kennen ihn ja jetzt und folgen ihm den Rest aus!«

»Jawohl, Herr Oberleutnant.«

»Einen Schnaps und ein Stück Wurst und Brot darf ich Ihnen anbieten, Herr Oberleutnant, und dem Rumänen auch?« Wisse hat seit Mittag nichts im Magen, ist ausgefroren und hat das Gefühl, der Stabsfeldwebel möchte erklären, wieso er sich hier eine Russin hält.

Sehr warm und wohnlich ist es im Bunker. Das Mädchen hat eine Petroleumlampe angezündet und scheint sich, von einem deutschen Offizier hier entdeckt, in sein Schicksal zu ergeben. Von Wisse abgewendet, legt es zerhackte Bretter von Munikisten im Ofen nach.

Der Stabsfeldwebel sieht Wisse an. – »Ich möchte das Mädchen nach Deutschland mitnehmen! – Wie ich mir das vorstelle?« – er zuckt die Schultern. »Irgendwie! Ich werde alle Schwierigkeiten überwinden!« sagt er entschlossen. »Werden Sie mich melden, Herr Oberleutnant?«

»Ich habe hier die S-Minen abgeholt. – Weiter interessiert mich nichts!«

»Danke, Herr Oberleutnant!«

Wisse schlägt die Tür hinter sich zu. – Gwen, denkt er. Ich liebe ein englisches Mädchen in Frankreich – und sie vermag es, mich wiederzulieben, obwohl ihr Vater in einem deutschen Internierungslager umgekommen ist. – »Welche Liebe muß größer sein und vorangestellt werden, die zwischen zwei Menschen oder zu einer Nation« – fragte Wisse einmal, und Gwen antwortete: »Die Liebe, die stärker ist!«

Die Rückfahrt dauert eine knappe halbe Stunde. Die rumänischen Soldaten haben währenddessen die Straße westlich Zybenko erreicht. Stancescu faßt die Leute zusammen und weist sie in die Stellungen ein. Die Soldaten, die abgekämpft, ausgehungert, durchfroren und zum Umfallen müde sein müssen, machen einen besseren Eindruck, als Wisse es sich vorgestellt hat.

»Das Regiment Mangesius!« – »Das hab' ich mir gleich gedacht!« antwortet Wisse Hauptmann Stancescu. – Was doch ein anständiger Truppenführer ausmacht! Zu Zügen und Kompanien formiert, in Marschordnung längs der Straße, warten die Soldaten auf die Einweisung.

»Wenn Sie mit mir unsere neuen Linien abfahren wollen, Herr Oberleutnant, damit Sie im Bilde sind?« – Stancescu spricht französisch und verzichtet auf einen Dolmetscher. »Der Wagen mit den Minen soll hinterherkommen bis zu Moraro, damit die Pioniere die Minen sofort auslegen!«

Jeden Schritt des Geländes und des Bodens selbst prüfend, das neben der Straße keinerlei natürliche Deckung bietet, läßt der Major seine Leute mit dem Spaten Löcher graben und mit Handgranaten aussprengen. Moraro kommt an den Wagen.

»Minen prima! Werde sofort abladen lassen und auslegen!« – Er weist auf seinen Abschnitt hin. »Schau, Herr Oberleutnant – hier neben Straße – auf freie Feld – wenn Iwan kommt, große Scheiße, sehr exponiert!«

»Das Regiment Mangesius und das Pi-Bataillon haben die schwierigsten Abschnitte«, erklärt Stancescu. »Moraro hat die Bachschleife südlich Zybenko, rechts bis zum Bahndamm. Links, mit Höhe 94, schließt das Regiment Mangesius an. Es hat mit seinem linken Flügel Anschluß an die 297. I.D. aufzunehmen. Die Reste der anderen Regimenter halten den Bahndamm und schließen an die im Laufe der Nacht eintreffenden Verbände der 29. I.D. mot. an. In Zybenko befinden sich eine Werkstattkompanie und zahlreiche Versorgungseinheiten, die in Alarmzustand versetzt wurden und im Falle eines feindlichen Angriffs zur Verteidigung des Ortes mit eingesetzt werden.«

»Und links von Moraro?« – Wisse weist auf die große Schleife der Tscherwlenaja, südlich um Zybenko.

Der Hauptmann führt ihn hin. Sie steigen aus. Bei jedem Schritt versinken die Stiefel im saugenden, zähen Schlamm. Zwischen den steil abfallenden Uferböschungen schlängelt sich der Bach.

Das Wasser ist wahrscheinlich durch einen warmen Zufluß nicht gefroren und der Talgrund so stark versumpft, daß er als natürliche Deckung nicht ausgenützt werden kann.

»Trotzdem muß hier zumindest eine Kompanie, der Schleife folgend, vor Zybenko in Stellung gehen!«

Stancescu nickt zustimmend. »Wenn wir vielleicht rasch nach Krawzow hinüberfahren, um nachzusehen, ob Popescu mit seinen restlichen Truppen die Stellungen hinter dem Bahndamm bezogen hat und ob die 29. I.D. mot. schon eingetroffen ist?«

Stancescu zeigt auf die noch in Flammen stehenden Ortschaften Warwarowka und Gawrilowka. Besser als Wegweiser, ohne Erkundung, verraten die Brände dem Russen die Rücknahme der Front und die Richtung der Absetzbewegung.

»Was meinen Sie, Herr Hauptmann, wenn die Sowjets so rasant vorstoßen würden wie unsere Truppen auf dem Vormarsch? – Wir wären hier alle im Eimer!«

»Ja, Herr Oberleutnant, es ist unser größtes Glück, daß auch die Russen Fehler machen und aus lauter Vorsicht und Argwohn vor einer Falle ihre Vorteile nicht ausnutzen und uns nur zögernd folgen!«

In dem 2 Kilometer entfernten Krawzow sind die ersten Panzer der 29. I.D. mot. in Abständen von einigen hundert Metern voneinander aufgefahren und richten ihre Geschütze gegen den Bahndamm, der von den Rumänen besetzt werden soll.

Die wenigen noch intakten Häuser des Ortes sind mit deutschen und rumänischen Soldaten überfüllt. Sie drängen sich aneinander, um wenigstens für eine Nacht ein Dach über dem Kopf zu haben. Es ist empfindlich kalt. In den Zugmaschinen und auf den Lkws, unter den Planen, einer den anderen etwas anwärmend, drängt sich Mann neben Mann. Am besten haben es die Besatzungen der Panzer. Sie lassen von Zeit zu Zeit die Motoren laufen und haben es fast gemütlich warm.

Die wirklich armen Hunde sind und bleiben die Infanteristen. Sie sind ein Beispiel dafür, was der Mensch an Leiden, Strapazen, Entbehrungen und Todesangst zu erdulden und zu ertragen vermag.

Da knien in langer Kette Soldaten nebeneinander, den Spaten umklammert, und Hieb um Hieb graben sie sich unter dem eigenen Leib, in besinnungsloser, mechanischer Wut, ein Stück in die Erde ein, um endlich ein paar Stunden zur Ruhe zu kommen.

Mangels brennbaren Materials haben sie nicht das kleinste Feuerchen, um wenigstens die klammen Finger daran aufzuwärmen.

Seit Tagen im Freien, haben sie nebligen Winterhimmel als Dach über dem Kopf. Sie haben, seit die russische Offensive begann, keinen warmen Bissen in den Magen bekommen.

Wo sie hinfassen ist Schnee, Kälte und feuchte Erde. Jeder Atemzug saugt eisige Luft in den durchfrorenen Leib. In ihnen ist nichts als stumpfe Verzweiflung über die endlosen, unnennbaren Widerwärtigkeiten dieses Daseins. Zu dritt und viert hocken sie in kaum einen halben Meter tief ausgeschaufelten Gruben eng nebeneinander, den Kopf auf die angezogenen Knie gelegt, in ihre Decken gewickelt und die Zeltplanen über den Kopf geworfen. In qualvoller Haltung erwarten sie den Morgen.

Von einem Tag zum anderen leben sie in der Hoffnung, daß es morgen besser werden würde.

Wenn sie wüßten!

Der Regimentskommandeur, Oberst Popescu, ist nirgends zu finden.

Sie fahren, auf der Suche nach dem Oberst, kreuz und quer durchs Gelände. Ein schmächtiger junger rumänischer Hauptmann führt sie in eine Schlucht, wo weit vom Schuß der Wagen des Obersten steht.

Wisse schaut in das Wageninnere. Auf dem rückwärtigen Sitz hockt der Oberst und schnarcht stöhnend, den Schädel auf die Brust herabgesunken und die Haare zerrauft ins Gesicht hängend. Die hohe Pelzmütze ist ihm vom Kopf gerutscht und zwischen Mantel und Vordersitzlehne eingeklemmt.

Stancescu sieht Wisse an. Sein Gesicht verfinstert sich. Er reißt den Wagenschlag auf, und das Pelzknäuel von Oberst fällt auf ihn. Halt suchend, umarmt der Oberst Stancescu, und rülpsend legt er seinen Kopf auf des Hauptmanns Schulter, um weiterzuschlafen.

Stancescu packt ihn am Kragen, hält ihn mit gestreckter Hand von sich weg, bis Popescu die Augen halb öffnet und die beiden Offiziere, ungereimtes Zeug lallend, blöde anstiert.

Er stinkt nach Schnaps, daß es Wisse den Atem verschlägt.

»Unverantwortlich ist das!« entfährt es Wisse. »Herr Oberst, Herr Oberst!« – brüllt Stancescu den Oberst an und schüttelt ihn, daß Popescus Kopf hin und her wackelt. »Der ist vor morgen mittag nicht vernehmungsfähig!« – Mit Schwung stößt er den Oberst in den Wagen zurück, daß der zwischen Vorder- und Hintersitz mit dem Schädel voranfällt. Stancescu tritt gegen das aus dem Wagen ragende Hinterteil des Obersten, der wie ein Schwein quiekt, und schlägt die Wagentür zu, daß klirrend die Scheibe springt.

Mit dem Schädel nach unten und die Beine nach oben, liegt der Oberst quer über dem hinteren Sitz, mit dem Oberkörper herabhängend, eingeklemmt.

»Sollten wir ihn nicht wenigstens anständig hinsetzen oder legen, damit seine Soldaten ihn nicht so sehen?« schlägt Wisse vor.

Sie beauftragen den jungen Hauptmann, einen Bataillonsführer, mit der Vertretung des Obersten.

Wisse und Stancescu weisen selbst jeden Zug in die Stellungen ein, bis der Anschluß an die Ostflanke der 29. I.D. mot. hergestellt ist.

Im Osten beginnt der Morgen zu grauen, und die weite offene Steppe taucht aus der Nacht ins erste Tageslicht. Jede Annäherung des Feindes ist kilometerweit zu sehen. Im Rücken der Front das offene Gelände und den Ort Zybenko beherrschend, ragen aus dem wallenden Nebel nördlich und östlich des Dorfes die bis zu 100 Meter steil ansteigenden Hügel mitten aus der Steppe.

Sie fahren noch einmal den Divisionsabschnitt ab, um sich zu überzeugen, ob er auch der ganzen Länge nach besetzt sei.

Vom Russen ist weit und breit nichts zu sehen.

»Das ist also der Südzipfel des Festungsbereiches Stalingrad!« »Wie lange?« – fragt Stancescu.

In der Balka, wo der Divisionsstab genächtigt hatte, wartet nur noch Krämer mit dem Opel, um Wisse und Stancescu nach dem neuen Gefechtsstand nach Bassargino zu führen.

Das etwa 10 Meter lange aus Lehm erbaute Stationsgebäude steht leer und verlassen am Schienenstrang. Rechts daneben einige Lagerschuppen. Auf dem Abstellgleis ein russischer Panzerzug aus vier gepanzerten Waggons und der würfelförmig mit Panzerplatten verkleideten Lokomotive davor.

Etwa 400 Meter südlich des Bahnhofs, parallel zum Schienenstrang, verläuft die Balka, in die nun der Gefechtsstand der Division eingezogen ist.

Wisse ist verblüfft. Der D.V.K.-Bunker liegt so wie in Narriman und ist ebenso eingerichtet. Böse hat schnelle Arbeit geleistet.

Die vier Pritschen, der Tisch stehen an derselben Stelle, im Ofen ist geheizt, die Regale sind eingeräumt, die Leitungen gelegt, die Fernsprechapparate sind bereits angeschlossen. Es schlafen wieder dieselben vier Mann im Bunker, und Wisses Bett ist gemacht.

»Damit wir uns gleich wie zu Hause fühlen!« Auch der Stabsbunker liegt schräg gegenüber und daneben der Wohnbunker des Generals.

Zu müde, um auch nur einen Bissen essen zu können, nur einen Schluck heißen Tee in den Magen spülend, läßt sich Wisse auf die Pritsche fallen.

Obwohl die Leute sich nur leise unterhalten, dröhnt jedes Wort wie Gebrüll in seinen Ohren. Das »Scht«, mit dem Böse die Leute anweist, still zu sein, ist wie das fauchende Dampfzischen einer anfahrenden Lokomotive. Es ist ein ruckartiges In-Ohnmacht-Fallen und kein Einschlafen. – Höchstens fünf Minuten später, dünkt es ihn, weckt ihn Krämer zum Mittagessen.

»Fünf Stunden haben Sie geschlafen, Herr Oberleutnant!«

Böse und Krämer sind eben dabei, die Schätze aus dem Verpflegungslager zu verstauen.

»Na, was habt ihr denn alles mitgenommen?« – fragt Wisse, mißtrauisch auf die Kartons schauend, die sie anschleppen. »Hoffentlich in erster Linie Fressalien und recht viel Schokolade!«

Und da bringen sie in Kartons 30000 Zigaretten und in Kisten ein paar hundert Zigarren. Weil er es verboten hat, haben sie mindestens 150 Flaschen Kognak mitgenommen. Rein aus Versehen, vier große Pappkartons mit je 1000 Säckchen Vitamindrops, ganze 40 Tafeln Schokolade und keine einzige Fleischbüchse, nicht ein bißchen Marmelade oder Butter und kein Stückchen Wurst.

»Das habt ihr ja wieder fein gemacht! Ich hätte euch für gescheiter gehalten!«

»War nichts mehr da, Herr Oberleutnant!«

»Ja, weil euch die Zigaretten und der Fusel das Wichtigste waren!« ärgert er sich. »Jetzt könnt ihr euch blöd saufen und gelb rauchen!«

»Knäckebrot und Vitamindrops sind noch im Funkwagen!« – teilt Krämer kleinlaut mit.

»Das könnt ihr euch an den Hut stecken! – An ein paar Stück Seife habt ihr natürlich auch nicht gedacht! – Ach was, erzählt mir nichts!« – Resigniert säuft Wisse ein halbes Wasserglas mit Kognak aus, das ihm Böse reicht – und es belebt ihn fast augenblicklich.

»Böse, Sie stellen sofort in doppelter Ausfertigung eine Liste über alle Vorräte auf und teilen alles nach einer Abstrichliste je Kopf und Mann auf! – Vorläufig erhält jeder eine Rippe Schokolade, drei Säckchen Vitamindrops und ein Achtelliter Kognak zusätzlich zu seiner Verpflegung.«

Die fürchterliche Kälte des russischen Winters steht vor der Tür. Wisse hat das Gefühl, daß die Einschließung lange dauern und Hunger und Entbehrung mit sich bringen wird. Er weiß, das enge Zusammenleben und ein gleiches hartes Schicksal enthüllt schonungslos jede Schwäche, und wehe dem Offizier, der sich durch seinen Dienstgrad persönliche Vorteile und ein besseres Leben verschaffen will.

»In schwierigen Lagen ist Charakterstärke der höchste Dienstgrad!« – hatte General von Hartmann seine Offiziersschüler gelehrt.

»Tag ohne besondere Vorkommnisse! – Herr Oberleutnant können sich ruhig wieder aufs Ohr legen«, meint Knautsch, und die Tür zum Bunker wird aufgerissen. Major Binder muß gelaufen sein. Nach Luft schnappend, keucht er.

»Eben die Meldung durchgekommen. – Der Russe ist entlang der Rollbahn, östlich der Tscherwlenaja, zum Angriff angetreten!

Mindestens zwanzig KW I, KW II und T 34 unterstützen den Angriff! Auf Zybenko liegt schweres Artillerie- und Stalinorgelfeuer. Überall schießt der Iwan aus schweren Granatwerfern. Es müssen sofort einige Offiziere von uns nach vorn fahren. Hauptmann Stancescu macht sich schon fertig. Herr General wünscht, daß die rumänischen Offiziere keinen Fußbreit aus ihren Stellungen weichen!« erklärt Major Binder beschwörend.

»Ja, ja, ich komme schon mit!« – beruhigt Wisse den Major, bläst seufzend die Luft aus den Lungen und stelzt von seinem Bett, auf das er sich eben hockte, mit müden Knochen hoch.

Der Geländewagen ist schon vorgefahren. Am rückwärtigen Sitz wuchtet ein hünenhafter Oberst.

Es ist Oberst Dimitriu.

Wisse wundert sich. Der sonst so ruhige und energische Hauptmann Stancescu ereifert sich, dem Brigadeführer, Oberst Dimitriu, zu melden, daß auch Wisse als Führer des D.V.Ks. mitkommt.

Er umschwänzelt den Oberst, an dessen Wohlwollen ihm viel zu liegen und den er mehr zu fürchten scheint als die angreifenden Russen. Oberst Dimitriu ist der von den Rumänen am meisten gefürchtete Truppenführer.

Ohne mit der Wimper zu zucken, nimmt der Oberst die Meldung Stancescus entgegen. Er scheint irritiert, da auch Wisse, der sich scharf gemustert fühlt, den Oberst in Augenschein nimmt.

Die hohe Stirn, die Nase, der trotzig vorgeschobene, aber schmallippige Mund, das eckig ausgeprägte Kinn sind römisch. – Die hohen, das Gesicht in die Breite ziehenden Backenknochen, die feisten Wangen sind derb bäuerisch und geben dem Gesicht einen brutalen Zug. Unter buschigen Augenbrauen, im Kontrast zu dem dunklen Teint und dem schwarzen Haar, durchbohrende, leuchtend blaue Augen, die zornig keine Erwiderung des Blickes dulden wollen. Gesicht und Gestalt des Obersten sind festgefügt wie ein Klotz, und er mag über fünfzig, etwa so alt wie General Tataranu sein.

Er streckt Wisse, nochmals aufblickend, seine Hand hin und rückt zur Seite, um ihm auf dem Hintersitz des Wagens Platz zu machen.

Wisse breitet die Karte auf seinen Knien aus.

»Wenn ich Herrn Oberst bitten dürfte, mir die Lage zu erklären?«

»Die muß ich mir erst ansehen. Nach den letzten Meldungen greift der Russe seit 13 Uhr, durch Artillerie, Granatwerfer und starke Panzerkräfte unterstützt, an der gesamten Südfront an. Schwerpunkt der Kämpfe ist der Abschnitt östlich Zybenko, wo es dem Feind gelungen ist, in unsere Verteidigungsstellungen einzubrechen!« – Zornig faucht er: »Unsere Truppen sind zurückgewichen! – Stoßtrupps, aus deutschen Nachschubverbänden und Werkstattkompanien, die aus Zybenko nicht mehr herausgekommen sind, versuchen den Einbruch auszubügeln. Der Ort ist in unserer Hand.

Am gefährlichsten erscheint mir die Situation an der Straße 2 Kilometer östlich vor Zybenko. Von hier aus versuchen die Russen, unter Einsatz stärkster Kampfmittel, die dem Ort vorgelagerte beherrschende Höhe 94 in ihre Hand zu bekommen. Bis jetzt sind alle Panzerangriffe im Flakfeuer der Deutschen liegengeblieben. Der Feind gibt nicht nach. Ohne Rücksicht auf Verluste will er noch vor Einbruch der Dunkelheit die Höhe nehmen. Wenn ihm das gelingt, ist Zybenko verloren, und die Front muß weiter zurückgenommen werden, was nicht ohne schwere Verluste abgeht!«

Wisse versucht das in seinem Gedächtnis haftende Geländebild mit der Karte in Übereinstimmung zu bringen.

Bei Krawzow mündet ein kleiner Bach in die Tscherwlenaja. An seiner Mündung durchschneidet er das aus zahllosen Hügeln bestehende Höhenplateau, das zum südlichen Kesselbereich Stalingrads geworden ist. Es öffnet dem feindlichen Ansturm von Südost her, aus der ebenen Steppe, ein Einfallstor in die Festung Stalingrad. Wenn der Russe auf dieser Linie vordringt, droht eine Spaltung des Kessels.

Der Oberst hat derbe Manieren. Mit der Faust haut er immer wieder dem Fahrer in den Rücken und treibt ihn an, über Stock und Stein dahinzurasen.

Der Zusammenfluß des Baches mit der Tscherwlenaja ist zum Schutz der am rechten Ufer liegenden Siedlungen Krawzow und Zybenko durch einen eineinhalb Meter hohen Damm abgestützt.

Im Talgrund wimmelt es von den braunen Gestalten der Rumänen, die an ihren hohen Lammfellmützen weithin erkennbar sind. In regelloser Flucht kommen sie auf der Straße bergan dem Wagen entgegengelaufen.

An den auf den Schulterstücken aufgenähten Messingblättchen erkennt Wisse, den Soldaten voraus spurtend, ihre Offiziere.

Quer über die Straße gestellt, läßt der Oberst den Wagen halten. Hochaufgerichtet, gemessen gefolgt von Wisse und Stancescu, mitten auf der Straße, geht er den herannahenden Rumänen entgegen, deren Lauf sofort stockt, als sie ihn ankommen sehen. Die ersten machen kehrt und, vom Oberst mehr fürchtend als vom Feind, wollen sie zurücklaufen, werden jedoch von den Nachdrängenden daran gehindert.

Stehenbleibend, mit dem Zeigefinger winkt sich der Oberst einen rumänischen Feldwebel heran.

Schlotternd kommt der arme Teufel näher, nimmt stramme Haltung an, die der Oberst mehrmals korrigiert, bis er sie tadellos findet. Erst dann redet er den Feldwebel an.

Ohne Rumänisch zu können, aus dem Tonfall des Obersten hört Wisse heraus, was dieser spricht, und übersetzt es sich. Die Stimme des Obersten ist tückisch freundlich.

»Warum zitterst du denn vor mir? – Du weißt doch, daß ich meine Soldaten gern habe wie ein Vater – oder nicht?«

Der Feldwebel bejaht, mühsam seine Angst beherrschend.

»Nur die Mißratenen, die Feiglinge, die haben mich zu fürchten. Aber so bist du doch nicht, mein Sohn?«

Der Feldwebel schweigt zitternd. In gebührendem Abstand stauen sich die ankommenden Soldaten und Offiziere, die angesichts des Obersten, eben noch voran flüchtend, auf ihre Leute drohend eindringen, sie sofort sammeln und in Marschordnung zu bringen versuchen.

»Der Befehl, daß kein Soldat einen Schritt vor dem Feind zurückweichen darf, ist dir doch bekannt?«

Die Antworten des rumänischen Feldwebels sind unverständliches Gestammel, das sich der Oberst anscheinend aufmerksam anhört.

»Daß die Nichtbefolgung dieses Befehles mit dem Aufhängen bestraft werden kann, weißt du doch?« Drastisch macht der Oberst die Geste des Aufhängens.

»Wer hat dir also den Befehl gegeben, zurückzugehen? – Denn daß du als braver Soldat gegen den Befehl handelst und feige vor dem Iwan davonrennst, kann ich doch nicht annehmen – oder doch?«

Von panischer Angst gepackt, mit Händen und Füßen redend, sprudelt der Feldwebel alles aus sich heraus und weist immer wieder auf die Offiziere hin.

Ungläubig, den Kopf schüttelnd, verneint der Oberst. Er läßt den Feldwebel stillstehen, die Hände anlegen, und an Zynismus und Grausamkeit nicht mehr zu überbieten, schlägt er dem Mann mit der Faust ins Gesicht, bis dem das Blut aus Nase und Mund rinnt.

Eben denkt Wisse, so müßte er den verantwortlichen Regimentskommandeur behandeln, dessen Unfähigkeit und Furchtsamkeit diese Panik ausgelöst hat, als auch schon atemlos, groß und dick, der Regimentskommandeur angekeucht kommt.

Er brüllt die Offiziere und Mannschaften an, schlägt mit seinem Gehstock auf die Soldaten ein, und mit großartig gebietender Geste, mit dem Stock drohend, herumfuchtelnd und in Frontrichtung weisend, schickt er die Rumänen zurück, die willig zu geordnetem Vormarsch wieder kehrtmachen.

»Schau dir den feigen Hund an!« bemerkt Dimitriu zu Wisse.

»Der hatte sich doch mitten in dem Haufen versteckt und zugeschaut! – Natürlich hätten ihm die Ohrfeigen gebührt und noch mehr!«

Mit vollendeter Form und Höflichkeit begrüßt Dimitriu den dicken Oberst, der lächelnd angeschwänzelt kommt, und nimmt dessen dargebotene Hand. Das Weitere ist ziemlich einseitig. Während Dimitriu gefährlich ruhig im Befehlston mit dem Regimentskommandeur spricht, beschränkt sich dieser darauf, immer wieder Haltung annehmend, bejahend zu antworten.

Dimitriu besteigt wieder den Wagen, läßt auch Wisse und Stancescu einsteigen, und der Regimentskommandeur muß bis zum Bachgrund neben dem Wagen herlaufen.

Rechts der Bachschleife tobt die Schlacht.

Zybenko liegt im Pulverrauch. Vor dem Ort ist eine sowjetische schwere Granatwerferkompanie in Stellung gegangen, und der Russe feuert aus allen Rohren in den Ort.

Die Einschläge der russischen Artillerie und Panzerkanonen schleudern Balken, Ziegel, Haustrümmer und Erdfontänen hoch.

Mitten aus dem Ort blitzen die Abschüsse schwerer Flak auf, die zurückschießt, knattert MG- und Gewehrfeuer, schießen Granatwerfer. Neben den Rumänen haben sich deutsche Einheiten in Zybenko verschanzt, die das Dorf gegen eine erdrückende sowjetische Übermacht halten und den anstürmenden Russen immer wieder zurückschlagen.

Zybenko vorgelagert, ostwärts der Bachschleife, sanft ansteigend, sich zu einer Kuppel auftürmend und gegen den Ort zu steil abfallend, liegt die weithin beherrschende Höhe, deren Besitz für das Halten der Front entscheidend ist.

Vor dem Regimentskommandeur, von dem Wisse nicht weiß, ob er deutsch versteht, sagt Dimitriu zu Wisse:

»Oberst Constantinescu hat Befehl, die Höhe 94 wieder zu besetzen! – Ich würde dich bitten, Herr Oberleutnant, die Ausführung dieses strikten Befehles zu kontrollieren und nachzuhelfen, wo es erforderlich ist!« – Dimitriu sagt das freundlich, läßt aber keinen Zweifel darüber, daß auch das ein Befehl ist. Wisse geht innerlich hoch. Du hast mir einen Dreck zu befehlen, drückt Wisses reservierte Haltung aus, und der Oberst amüsiert sich nur darüber. »Du hast von mir alle Vollmachten zu jederlei Art von Eingreifen. – Ich fahre mit Stancescu hinein nach Zybenko – also Servus, Herr Oberleutnant!«

Im Raum zwischen der Bachschleife und Zybenko liegen reihenweise die Einschläge der feindlichen Artillerie.

Wisse sieht dem davonfahrenden Wagen nach.

Der Fahrer zögert, durch das Artilleriefeuer zu fahren. Der Oberst läßt halten, packt den Fahrer am Kragen, wirft ihn aus dem Fahrzeug, setzt sich selbst ans Steuer und läßt den Unglücklichen, der sich voll Angst immer wieder hinwirft und aufspringt, hinter dem Wagen herhetzen.

Wisse sucht das Gelände nach einer günstigen Ausgangsstellung für den Angriff ab.

Hinter der durch den Damm erhöhten Uferböschung, auf dem vereisten Bachgrund, haben sich die Rumänen in Bataillonsstärke versammelt und niedergelassen.

Der Kampflärm verstärkt sich zu brausendem Heulen der heransausenden Geschosse. Die Geschoßbahnen sind flach – und das Heulen kurz. Der Russe legt ein mörderisches Feuer auf die Höhe, um sie sturmreif zu machen.

Anscheinend ist sie doch noch von irgendwelchen Kräften besetzt – obwohl das feindliche Feuer nicht erwidert wird.

Von Süden her, durch die abfallende Nordflanke verdeckt, müssen den Abschüssen nach etliche Panzer die Höhe unter Beschuß halten.

In das Heulen der Granaten mischen sich fauchend die Serienabschüsse aus Stalinorgeln und das die Luft zerreißende Wummern der schweren Artillerie. Es rauscht in der Luft, ein schwerer Brocken orgelt heran, und sein Einschlag liegt knapp vor der Brücke, mitten im Bachbett, eine riesige Erd-, Wasser- und Geröllfontäne hochschleudernd.

Der gewundene Bach und der Damm darüber, als Deckung vorzüglich geeignet, wird für die Leute gefährlich, da die Treffer der schweren Artillerie, auf die Brücke gezielt, mitten in dem von den Panzergranaten nicht erreichbaren Talgrund liegen.

Schwerpunkt des feindlichen Angriffs ist die Höhe.

Für Wisse ist es klar. Sobald das Geschützfeuer aussetzt, tritt der Russe zum Sturm auf die Höhe an. Dann müssen wir die Grabenstellungen oben schon besetzt haben. Aus Gewehren, MGs und Granatwerfern muß der ungedeckt den Berg hinaufkeuchende Feind beharkt, niedergemäht und zurückgeworfen werden. Gelingt dieser Einsatz, ist für den heutigen Tag, da es in spätestens einer Stunde finster wird, die Lage gerettet. Ein deutscher Geländewagen braust über die unter seinen Rädern dumpf donnernden Holzbohlen der Brücke.

Wisse brüllt und winkt – deutet zur Höhe.

»He, wohin fahren Sie? – Wollen Sie vielleicht dort hinauf?« Der Wagen bremst scharf hinter der Brücke. Der Fahrer ist ein Flakobergefreiter. Den Eisenhut tief ins Gesicht drückend, schneidet er eine Grimasse. »Jawohl, Herr Oberleutnant! Muß den Chef runterholen. Die machen nämlich Stellungswechsel!«

»Wart einen Augenblick, ich komme mit!«

Sie fahren, durch den Hügel gedeckt, die sanft ansteigende Höhe hinauf. Mitten durch den Geschoßhagel, der so tief über den Wagen wegstreicht, daß der Fahrer und Wisse immer wieder das Genick einziehen.

»Angst?« fragt Wisse. »I wo, länger als 5 Zentimeter steht mir der Dreck hinten bestimmt noch nicht raus. Gut, daß ich harten Stuhlgang habe!« Der Obergefreite fährt den Wagen in eine Mulde, aus der die Bergkuppe sich steil hochwuchtet. Hier im toten Winkel der Geschoßbahnen, der auch vom Feind nicht eingesehen werden kann, liegen verwundete Flaksoldaten, die von Sanitätern zurückgeschleppt und verbunden werden.

Der Fahrer bleibt zurück und hilft den Sanitätern.

»Ich muß hier auf den Chef warten. Es sind aber nicht mehr als 200 Meter auf den Gipfel, wenn Sie hier raufklettern, Herr Oberleutnant!«

Mit gemischten Gefühlen sieht Wisse zur Bergkuppe hinauf, die den Eindruck erweckt, als wäre sie ein feuerspeiender Vulkan.

»Wie ein Affe auf allen vieren!« – zu sich redend, erklimmt Wisse die steile

Flanke. Der Vernunft nach möchte er sich vorsichtig auf dem Bauch über den Rand der Bergkuppe schieben, richtet sich aber auf und geht betont aufrecht. – Wäre ein schönes Bild, wenn Landser dort oben sind und einen Offizier auf dem Bauch ankriechen sehen.

Die Kuppe ist zu einem Plateau in einem Durchmesser von etwa 100 Metern abgeflacht und fällt nach Süden schräg bis zu einer kleinen, wulstartigen, einen halben Meter hohen Bodenwelle ab. Dahinter senkt sich der Berg mit breitem, steil abfallendem Rücken, der Hauptangriffsziel des Feindes ist.

Unter dem Plateau sieht Wisse rings um die Bergkuppe Schützengräben gezogen. Über den Gräben gegen den Bodenwulst gestemmt, die Rohre feindwärts gerichtet, stehen im Abstand von etwa 30 Metern nebeneinander zwei 8,8-cm-Flak, verlassen, ohne Bedienung.

Die werden in Deckung hocken, denkt Wisse, und immer wieder zusammenzuckend und sich wendend, als könnte er den herumfliegenden Trümmern ausweichen, legt er sich lang hin, da kein Mensch so närrisch ist, sich auf dem Plateau zu zeigen, auf das ein Platzregen von Granaten niedergeht. Ein heftiger Wind fegt die Explosionswolken wie weiße Leinenfetzen durch die Luft.

Was ist mit der Flakbedienung? Wisse hat das unheimliche Gefühl der spürbaren Anwesenheit des Todes beim Anblick der verlassenen Flakgeschütze. Hell klirrend, prasseln die Splitter gegen die stählernen Schutzschilder.

Er geht einsam, aufrecht, mitten durch die Feuerhölle, wie durch einen Traum.

Der weite Kradmantel flattert, mit seinen Enden vom Winde gezerrt, um ihn.

Die Wölbung des Plateaus überschreitend, sieht er, daß noch Leute hier sind. Fünf Soldaten liegen direkt vor dem Flakgeschütz flach ausgestreckt, mit dem Gesicht zur Erde, auf dem Bauch. Einer hat die Beine gegrätscht und die Hände vor sich in die Erde gekrallt.

Vorsichtig, um sie nicht zu treten, steigt er über drei der auf dem Boden Liegenden hinweg und erkennt erst, als er sich niederbeugt, daß es Tote sind, die vor dem Geschütz liegen.

Einige Meter vor dem rechten Geschütz, hinter einem aufgeworfenen Erdwall, liegen ein Leutnant und zwei Unteroffiziere, die mit ihren Gläsern das Tscherwlenajatal nach den feindlichen Geschützstellungen absuchen. Sooft sie das Mündungsfeuer und den Abschußknall aus einem Geschütz oder einer Panzerkanone wahrnehmen, ziehen sie ruckartig das Genick ein und pressen regungslos abwartend das Gesicht gegen den Boden, bis die heranzischende Granate irgendwo einschlägt.

Ein Einschlag, kaum einen Meter vor seinem Fuß, die im Sand abprallende und vor seiner Nase hochjaulende Granate, und Wisse liegt flach im Dreck aus Schnee und Lehm. Mit Selbstspott sieht er einer davonflatternden Sprengwolke nach. – Dort rauscht mit hurtigem Flügelschlag der winzige Schutzengel davon, der einen Narren an der Hand unbeschadet durch das Verderben geführt hat. Wenn ich mit unversehrter Haut von diesem Berg wieder ins Leben zurück will, muß ich zumindest in Deckung gehen. Vielleicht hat es der Mensch doch auch etwas in seiner Hand, durch Klugheit und die entsprechende Portion Vorsicht sein Erdenwandeln zu verlängern.

Zum Glück ist das Höhenplateau von tiefen Zickzackgräben ringsum durchzogen. Im Sommer von den Sowjets gegen den vom Süden vorstoßenden Gegner angelegt, kommt das ausgebaute Grabensystem nun den Deutschen zugute.

Gebückt geht Wisse die Gräben durch, um den Chef der Flakbatterie zu suchen. Er erschrickt und fährt zurück. Vor ihm in dem leeren Schacht kauert auf dem Boden ein Flaksoldat. Er kriecht zu ihm heran. Der etwa achtzehnjährige Kanonier macht noch den Eindruck eines Kindes. Die Knie an den Leib gezogen, wie im Schüttelfrost vor entsetzlicher Angst zitternd, stemmt sich der Junge mit den Armen seitlich gegen die unter den donnernden Einschlägen bebenden Grabenwände.

»Fehlt dir was, mein Junge?« – Der Bub, es ist noch einer, schmächtig, mit strohblonden Haaren, die unter dem Stahlhelm vorhängen, hebt den Kopf. Er schaut Wisse aus leeren, hellen, blauen Augen an, und sein Gesicht drückt unsagbare Qual über das entsetzliche, vielleicht erste Kriegserlebnis aus.

Die Zähne klappernd gegeneinander schlagend, kann er nur unartikulierte Laute und kein verständliches Wort hervorbringen.

Wisse setzt sich neben ihn auf die Erde und zündet sich eine Zigarette an.

»Willst du auch eine?« – Der Junge schüttelt heftig abwehrend den Kopf. »Iiich rau-auche nicht!« stottert er. – Wisse ist selbst nicht ganz wohl zumute, wenn er sich vorstellt, daß in Kürze die Raupen der russischen Panzer sie niederwalzen oder das lange Vierkantbajonett eines Rotarmisten ihnen durch den Rücken fahren könnte.

»Wie heißt du denn mit dem Vornamen, Kamerad?« – »Jüürgen!«

»Hm, ich bin Fritz und aus Wien zu Hause – und du?«

»Aus Elbingerode!« – »Im Harz? – Das kenne ich ja, eine schöne Gegend. – In dem herrlichen Mutterhaus der Diakonissen, das jetzt Lazarett ist, habe ich vorigen Winter vorübergehend gelegen. Waren schöne Tage dort!« – Dem Jungen über den Rücken streichelnd, beruhigt er ihn.

»Auf – ich muß weiter!« Angstvoll sieht ihn der Flaksoldat an, da ihn Wisse verlassen will. Wisse beugt sich nochmals herab:

»Schau, ich will dir nichts vormachen – es kommt keiner dem aus – was ihm bestimmt ist, überhaupt im Krieg. Das ist nun einmal ein gefährlicher Zeitvertreib. Aber ich denke mir immer, wenn ich, wie wir jetzt, in einer brenzligen Chose drinhocken – Fritz, das ändert nichts und kostet ein Geld – ob du dir jetzt die Hosen aus Angst vollmachst – oder die Zähne zusammenbeißt und es hinunterwürgst. Letzteres sieht besser aus, und es ist auch vernünftiger. Alles Gewohnheit und Erfahrung. Von 10000 Kugeln trifft höchstens eine – und der kann man, wenn man den Bogen erst raus hat – oft in Deckung ausweichen. Ich habe trotzdem auch immer wieder Angst. – Weißt du, was ich da tue, Jürgen? – Ich vertraue auf Gott – bete zu ihm und spüre, daß er mich beschützt.«

Der Junge sieht Wisse an, lächelt und hat sich sichtlich erholt.

»Gib acht, daß sie dich beim Stellungswechsel nicht vergessen!« – »Jawohl, ich werde achtgeben, Herr Oberleutnant!«

Der Graben läuft aus und endet vor dem Erdwall, hinter dem der Leutnant mit den beiden Unteroffizieren liegt. – Wisse kriecht zu den dreien und legt sich gleichfalls flach neben den Leutnant hin, die Nase im Dreck, denn mit Sekundenabschnitten pfeifen die Panzergeschosse verdammt knapp, ihre Leuchtspur nachziehend, über die Köpfe weg oder fahren fauchend in die Erde vor ihnen.

»Verdammter Mist, was?« – eröffnet Wisse die Unterhaltung.

»Aber wenn diese Hunde nur fünf Minuten den Feuerzauber unterbrechen würden, könnte ich meine zwei Geschütze wegbringen. Beide haben Treffer abbekommen. Der größte Teil meiner Leute ist tot oder verwundet!« – berichtet der ungefähr zwanzigjährige Leutnant.

Wisse hebt den Kopf, um sich umzusehen, und zieht ihn schnell wieder ein.

»Man kann nicht die Nase hochheben, ohne eins auf die Birne zu kriegen!« – »Ja, verdammt eisenhaltige Luft!« – spottet grinsend der eine Unteroffizier.

Von den Schutzschildern der Geschütze prasseln die abprallenden Splitter summend über Wisse und die drei hin.

»Wenn Sie nicht schleunigst die Zugmaschinen hier heraufkriegen und mit Ihren Geschützen abhauen, so wird der Iwan die Dinger aufprotzen!« ermahnt Wisse den Leutnant, etwas zu unternehmen.

»Meine zwei Geschütze sind die reinsten Zielscheiben. So saublöd habe ich noch nie gestanden! – Ich hab's dem Chef ja gleich gesagt – doch dem hat's der Kommandeur so befohlen! – Gerade, daß ich zwei T 34 in Brand schießen konnte, und schon war der Spaß vorbei, denn wenn dreißig bis vierzig Rohre auf einen draufhalten – ist's bald Feierabend!«

In der Talebene, in etwa 800 Meter Entfernung, ist auf breiter Front und tief gestaffelt russischer Panzeraufmarsch.

Wie auf dem Exerzierplatz bleiben die vordersten stehen – damit in ihrem Feuerschutz die nachfolgenden aufschließen und nachrücken. Russische Infanteristen sind hinter den Panzern in Deckung, nur verstreut im Gelände zu bemerken.

Ein Hauptmann der Flak hetzt in weiten Sprüngen über das Plateau und schmeißt sich der Länge nach neben Wisse hin.

Es ist der Chef der Batterie. »Ich lasse hier herum einnebeln! – Die Zugmaschinen sind schon unterwegs – und dann aber nichts wie weg mit den Geschützen!«

Zwei Mann schleudern die Nebeltöpfe weit nach vorn, und sofort breitet sich eine Nebelwand quer über den Bergrücken und das Plateau. Nur ist der Wind zu stark, der die Schwaden aufreißt, zerflattern läßt und abtreibt. Schnell rufen der Hauptmann und der Leutnant ihre Leute zusammen, und Wisse liegt allein vor dem Wall.

Das russische Feuer hat nachgelassen, und rasch geht er über die Höhe zurück. Er sieht noch, wie ein Flakgeschütz, an eine Zugmaschine gehängt, sich aus dem Nebel löst und von der Höhe gefahren wird.

Da die Höhe zum rumänischen Gefechtsbereich gehört, ist rasches Handeln geboten. Es kann sich höchstens noch um eine Viertelstunde handeln, und die russische Infanterie kommt an und besetzt den Berg.

Wisse ist klar, daß die Russen dann innerhalb weniger Stunden die Höhe zu einer Festung ausgebaut haben. Im Laufschritt rennt er, trifft in der Mulde die andere Zugmaschine mit dem zweiten Geschütz hinten dran und bittet den Hauptmann, daß er ihn mitnimmt.

»Ich muß schnellstens zurück, um die im Bachgrund bereitstehenden Rumänen zum Gegenangriff zu führen!« –

Auf der hintersten Sitzreihe zwischen seinen Kameraden hockt auch der junge Flakkanonier, der seine Feuertaufe heil überstanden hat und Wisse freudig zuwinkt.

Hinter dem Fahrer, neben dem Wisse und der Hauptmann sitzen, ist ein von grüngesprenkelten Zeltplanen überdeckter Haufen, zwischen und auf die Sitzbänke geschichtet.

Wisse hebt neugierig den Zipfel einer Zeltplane hoch und schauert zurück. Steif und tot liegen darunter die Leichname der auf der Höhe gefallenen Flaksoldaten. –

»Mein Gott, so viele Tote hatte nicht einmal unsere Division, als wir uns am 10. Mai 1940 den Übergang über die Maas erkämpften!« –

Den Rest des Weges setzt er sich nach hinten zu dem Jungen. »Na, Jürgen, jetzt hast du's ja hinter dir, und nichts ist dir passiert!«

»Ist das nichts?« – Der Junge zeigt auf die Toten unter den Zeltplanen und die stöhnenden Verwundeten. »Ihnen sag ich's, Herr Oberleutnant, ich hasse den Krieg, und ich mag nicht Soldat sein!« –

Oberst Constantinescu hält sich noch immer im Bachgrund auf. Er steht mit seinen Offizieren beisammen. Die Artillerievorbereitung hat ausgesetzt, und die Herren raten hin und her, ob sie vor dem einsetzenden russischen Angriff, da sie keine Panzerabwehr haben, wieder zurückweichen oder die gut gedeckte Stellung im Bachbett hinter dem Damm weiter halten sollen. Ihr Kampfauftrag, die Höhe zu besetzen, erscheint ihnen als undurchführbar und indiskutabel. Sie können zwar, vom Bachgrund aus, den feindlichen Aufmarsch nicht ausmachen, der Kampflärm jedoch verriet deutlich, daß der Berg, der besetzt werden soll, von der gegenüberliegenden Seite aus angegriffen wurde.

Solange die deutschen Flakgeschütze oben standen, fühlten sie sich sicher. Nun, da sie an der Reihe sind, packt sie Entsetzen, denn laut rasselnd jagen die beiden ZGKW, mit den schleudernden Geschützen hinten dran, den Abhang herunter und fahren die sanft ansteigende Straße hinter dem Bachgrund zurück.

Der Kampflärm kommt näher. Die Rumänen werden unruhig.

Nur der Schutz des Bachgrundes gegen die einschlagenden Granaten, deren Splitter wie Bienenschwärme über ihre Köpfe hinsummen, verhindert den Ausbruch einer Panik unter ihnen.

Die sowjetischen Tanks müssen schon die Höhe erreicht haben, denn der Himmel darüber ist vom Mündungsfeuer der Panzerkanonen durchzuckt.

Plötzlich taucht über dem Bergrücken, der sich schwarz gegen den noch hellen Horizont abzeichnet, in voller Größe die scharfumrissene Silhouette des ersten T 34 auf, der sofort das Feuer in den Talgrund eröffnet.

Damit ist es auch mit der Beherrschung unter den Rumänen vorbei. Aufbrüllend, in irrsinniger Todesangst, springen die ersten über den Uferdamm und rennen in kopfloser Flucht auf der neben dem Damm führenden Straße nach rückwärts.

Die Furcht vor den Panzern raubt ihnen jede Vernunft. Aus der Deckung des tief eingeschnittenen Bachbettes, das sie durch den einfallenden Nebel und die anbrechende Dämmerung auch dagegen schützt, vom Feind eingesehen zu werden, schwärmen sie wie Insekten gegen das Licht, westwärts, und werden vom gnadenlos einschlagenden Geschütz- und MG-Feuer der Panzer erfaßt.

Wisse reißt seine MPi hoch, saust das Bachufer entlang und stellt sich den Flüchtenden entgegen. »Liegenbleiben! – Zurück, alles zurück! – Seid ihr verrückt? – Ihr rennt direkt in den Tod! – Retour, retour!« – Sein Gesicht ist vor Brüllen und Wut verzerrt, da er zusehen muß, wie die Rumänen nicht mehr zu halten sind.

Die Offiziere haben sich unter die Brücke zurückgezogen. Sie streiten heftig untereinander und werfen heimlich abschätzende Blicke nach dem deutschen Oberleutnant. – Ob sie weniger unschlüssig abhauen würden, wenn ich nicht hier stünde? – fragt er sich. Ganz einig scheinen sie nicht zu sein.

Ungefähr 100 Meter hinter der Brücke macht eine deutsche 10,5-cm-Haubitzenbatterie Stellungswechsel nach rückwärts.

Wisse läuft unter der Brücke auf sie zu.

Die deutschen Soldaten rennen nicht Hals über Kopf vor den Panzern davon. Sie wissen, daß sie sonst von den russischen MGs niedergemäht würden. Aus einer gutgedeckten Balka heraus schallt das Kommando. »Stellungswechsel nach rückwärts vorbereiten!« – Scheint der Batteriechef zu sein.

Ich bin in solchen Fällen immer bei meinen Leuten geblieben, denkt sich Wisse, und habe nicht aus dem Deckungsloch heraus großmäulig kommandiert.

Aber auch ohne Befehl würden die Leute, das sieht man ihnen an, ihr Geschütz nicht im Stiche lassen.

Beutetraktoren rollen aus der Balka. Die Kanoniere hängen sekundenschnell ihre Geschütze an und fahren davon.

Es ist ein langer Oberleutnant, der, in der Balka hin und her rennend, seine Befehle herumschreit.

»Dalli, dalli, sofort nachkommen!« brüllt er den Leuten des dritten Geschützes, das noch in Stellung ist, zu – und haut mit drei Geschützen ab.

Wie auf dem Schießplatz treten die fünf Mann der Bedienung, jeder an seinen Platz ans Geschütz, und automatisch, während ringsherum die Panzergranaten einschlagen, vollführen sie die in Hunderten von Geschützdienststunden eingedrillten Handgriffe. – Das sind gelernte und kampferfahrene Soldaten. Mit gleichzeitigem Ruck heben zwei Mann die Holme an und führen sie zusammen. Wie bei einer Übung stellt der K 1 die Visiereinrichtung auf 0 und nimmt das Rundblickfernrohr ab. »Geschütz in Stellung lassen!« ruft Wisse der Bedienung zu. »Kameraden, ihr seid doch Deutsche! – Haltet ihr doch wenigstens die Stellung, sonst ist alles verloren!« – Die letzten Worte ersterben ihm auf den Lippen, so niedergeschlagen und verzweifelt ist er, da er seine Ohnmacht spürt, die Situation noch zu retten.

Ohne sich um die feuernden Russentanks zu kümmern, springt Wisse an das

Geschütz. Seine Haare sind naß von Schweiß und hängen ihm seitlich unter dem Stahlhelm hervor.

Mit aufgerissenen starren Augen sieht er auf das Rundblickfernrohr, das der K 1 in der Hand hält, möchte danach greifen – und ihm ist plötzlich schwarz vor den Augen. Die seelischen und körperlichen Strapazen haben ihn erschöpft.

Der Unteroffizier fängt ihn von hinten auf, stützt ihn an den Ellenbogen und läßt ihn verschnaufen.

In fünf Sekunden ist Wisse erholt. »Hab ich schlapp gemacht?« fragt er. Der Unteroffizier nickt verständnisvoll zwinkernd. »War ein bißchen zuviel in letzter Zeit!« – entschuldigt sich der Oberleutnant verlegen.

Wisse, noch immer nach Atem ringend, streckt die Hand aus gegen das Geschütz, und der K 1 setzt schon wieder das Zielfernrohr auf. Granaten zischen vor und neben der Haubitze in den Schnee, und die Leute werfen sich in Deckung.

Der Oberleutnant stellt selbst auf 1000 Meter Entfernung ein, und zugleich mit beiden Händen das Geschützrohr in die mit dem Visier übereinstimmende Höhe und Seitenlage kurbelnd, sucht er den ersten auf der Höhe sich gegen den Himmel abhebenden Panzer mit der Spitze des Fadendreiecks zu erreichen.

In der anbrechenden Dunkelheit, ohne Beleuchtung der Optik, ist es schwierig, das Fadendreieck im Zielfernrohr auszumachen.

Wisse sieht und hört nichts um sich. Für ihn existieren nur die sich schemenhaft gegen den Abendhimmel abhebenden Stahlungeheuer, die pausenlos in die Mulde hinabfeuern. – Ich muß sie treffen, gleich mit den ersten Schüssen, ehe sie unser Mündungsfeuer erkennen.

»Salzvorlage in die Kartusche!« – befiehlt er dem Kanonier, der, mit den anderen schon wieder hoch, das Geschoß ins Rohr stößt. Die Vorlage dämpft das helle, verräterische Aufblitzen des Mündungsfeuers. – Er läßt abfeuern. Fast im selben Augenblick zuckt wie das Aufleuchten eines Blitzes ein riesiger, heller Feuerschein vor dem ersten Panzer auf.

Es läßt sich im ersten Augenblick nicht erkennen, ob es ein Treffer ist oder das Mündungsfeuer der zurückfeuernden, schweren Panzerkanone.

Die sich absetzenden Geschütze haben kehrt gemacht. Sie lassen ihre Kameraden nicht im Stich und sind feuerbereit. –

Aber schon der erste Schuß hat die Lage gerettet. Die russischen Panzer ziehen sich zurück und lassen ihre Infanterie im Schutze der Gräben auf der Höhe zurück.

Die beiden anderen Panzer machen kehrt und drehen ab.

Wisse ist todmüde. Ihm graut vor der Anstrengung, nochmals den Berg erklimmen zu müssen. Und wieder überwindet er Angst und Erschöpfung.

Es ist höchste Eile geboten, die Rumänen zum Gegenstoß zu führen und die für die gesamte Südfront wichtige Höhe zurückzuerobern. – Die aber setzen sich, ihren Offizieren folgend, nach rückwärts ab. Einige junge, beherzte Offiziere versuchen sie mit der Waffe in der Hand aufzuhalten. Als die Soldaten über den Damm nach links ausbrechend vorbei wollen, legt ein kleiner, rumänischer Leutnant seine Pistole auf den ersten voranflüchtenden Mann an und befiehlt ihm, stehenzubleiben. Da der Rumäne trotzdem auf der Dammkrone weiterläuft, drückt der Leutnant ab.

Sich das Bein haltend, humpelnd, macht der Mann kehrt, und wie eine Viehherde, folgsam, lassen sich nun die Leute einsammeln. – Ich würde es nicht fertig bringen, auf die eigenen Leute zu schießen, denkt sich Wisse – obwohl das Kriegsrecht solche Handlungen fordert – und in diesem Falle der rumänische Leutnant die Situation dadurch gemeistert hat. – Wisse ersucht den Leutnant, der leidlich Deutsch kann, ihm mit seinen Leuten in Schwarmlinie auf die Höhe zu folgen, um die dort sicherlich in den Gräben schon festgesetzten Rotarmisten wieder hinauszuwerfen. Es ist klar, daß der Berg, so wie er ihn bei seiner Erkundung erstieg, angegangen werden muß, um den Feind, über das Plateau vorstoßend, im Rücken zu packen.

Einige Offiziere schließen sich an und reihen sich mit ihren Zügen, etwa in Kompaniestärke, ein. –

Auf der entlang des Baches nach Zybenko abzweigenden Straße tauchen hintereinander sechs Panzer auf. Sie sind so nahe, daß die Leute vor Schreck nicht wissen, wohin sie schnell Reißaus nehmen sollen, und sich einfach neben der Straße hinwerfen. »Das sind deutsche Panzer!« schreit Wisse, das Balkenkreuz erkennend, und auch einige Rumänen haben schon die Sturmgeschütze als deutsche erkannt – brüllen es weiter und erheben sich. Wisse läuft zum Führungspanzer. – Es ist Oberstleutnant Nesselbart.

»Ah, das ist ja schon wieder der Wiener! – Komm rauf! – Sie laufen einem aber auch überall über den Weg!« – »Sie nicht minder, Herr Oberstleutnant!«

»Ich will den Burschen, die da oben herumfuhrwerken, ein bißchen den Weg abschneiden, wenn sie wieder Rückzug machen!«

»Und ich muß die Höhe nehmen!«

»Verdammt, ist schon allerhand Feind oben!«

Wisse erläutert mit einigen Worten dem Oberstleutnant, der nur den Kopf schüttelt und kurz überlegt, seinen Angriffsplan.

»Wie lange braucht ihr hinauf?« – »Etwa zwanzig Minuten, Herr Oberstleutnant!« – »Gut, ich werde, in einer Viertelstunde beginnend, etwas Feuerzauber entfalten, um den Iwan von euch abzulenken, damit ihr von hinten an ihn rankommt. Sobald ihr rot schießt, nehme ich das Feuer zurück! – Nun – noch ein Schluck gefällig?« – »Dafür wäre ich Herrn Oberstleutnant jetzt sehr dankbar!« Nesselbart holt von unten herauf eine Flasche Wodka.

Wie immer, grinsend, meldet sich Hauptmann Stoica mit seinen 3,7-cm-Flakgeschützen bei Wisse. »Oberst Dimitriu schickt mich. – Melde, Zybenko noch fest in unserer Hand!« –

Die meisten der Leute können auf den vier Lkws, die provisorisch zu Selbstfahrlafetten umgebaut sind, aufsitzen, und in fünf Minuten haben sie die Mulde vor dem Gipfel erreicht.

Wisse läßt halten und durch die Offiziere die Leute kurz instruieren. Auf dem Hügel oben ist es still. – Nicht ein Gewehr- oder MG-Schuß fällt.

In drei Schützenketten kommen die Rumänen, Wisse, der den Weg schon kennt, voran, unbemerkt bis zum Plateaurand, als das Feuer aus den vier Feldhaubitzen und Nesselbarts Geschützen einsetzt. Es liegt schon nach den ersten Lagen sehr gut, direkt auf dem Plateau. Die Rumänen sammeln sich. – »Bajonett auf!« – Rumänisch gerufen, geht der Befehl weiter, und Wisse schießt rot.

Die nächste Lage ist 200 Meter vorverlegt. Mit aufgepflanztem Seitengewehr stürmen die Rumänen, liefern, Mann gegen Mann, den Russen einen kurzen erbitterten Kampf – und versuchen, den aus den Gräben flüchtenden Feinden den Weg abzuschneiden und sie restlos zu vernichten. – Auch Wisse feuert, einer Gruppe voranlaufend, mit der MPi in die Gräben und MG-Stellungen. Kopflos rennen die Russen den Hügel hinab, von hinten verfolgt und beschossen und nach vorn in das Feuer der Sturmgeschütze, die die Höhe umfahren haben. – Da sieht Wisse, daß sich auch auf der linken Flanke der Höhe Russen aufmachen und flüchten. Sie laufen direkt in das Feuer einer von links zum Gegenstoß antretenden Kompanie der 297. I.D.

Zehn Minuten später ist die Verbindung zur 297. I.D. hergestellt und für diesen Tag dem feindlichen Vordringen ein Halt geboten.

Wie es sich bald zeigte, war die Rückeroberung der Höhe entscheidend für die Kesselbildung im Süden und ihre Festigung. Die Fronten des Festungsbereiches Stalingrad sind an diesem Tage auch im Norden gezogen worden.

Als Wisse nach Bassargino zurückkommt, ist es stockdunkle Nacht.

Böse macht ein trauriges Gesicht. Hauptmann Stancescu ist schwer verwundet worden.

Wie Wisse erfährt, geschah es heute nachmittag, kurz nachdem er sich vom Hauptmann Stancescu und Oberst Dimitriu trennte, die nach Zybenko hineinfuhren. Die Russen hatten ihre pausenlosen Angriffe noch verstärkt und versuchten unter Einsatz aller Mittel, den Ort zu nehmen, von dem sie erkannten, daß er mit den vorgelagerten Höhen zu einem Eckpfeiler in der deutschen Abwehrfront werden würde, falls sie ihn nich erstürmten.

Dimitriu ließ den Wagen stehen, mit dem in dem Trümmergewirr nicht mehr vorwärts zu kommen war, und die beiden Offiziere gingen zu Fuß, um einen rumänischen Kompaniegefechtsstand, der in einem Lehmhause untergebracht war, zu inspizieren.

Der Russe schoß mit Panzern in die Straßen. Um den Ort herum lagen Granatwerferverbände, und ganze Schwärme ihrer Geschosse detonierten pausenlos. Dazwischen heulten die Brocken der schweren Artillerie heran, die ganze Häuser zertrümmerten und gegen den Himmel schleuderten, so daß es ständig Bretter, Balken, Steine und Erde auf die Stellungen und Gräben niederhagelte.

Der Hauptmann war dem langsam auf das Lehmhaus zugehenden Oberst gefolgt, als es dicht neben ihm einschlug.

Wie der Hauptmann, bald wieder bei vollem Bewußtsein, später erzählte, spürte er nur, wie ihm plötzlich der Boden unter den Füßen weggerissen wurde. Er glaubte tot zu sein.

Ohne auf sich selbst zu achten, kehrte der Oberst um und trug Stancescu bis ins Haus des Gefechtsstandes. Ein Sanitäter schnitt die Hose des Hauptmanns auf und band am Unterschenkel den bis zum Knie hinauf zerschmetterten Blut- und Fleischklumpen ab.

Während des Abendessens beim General fällt Wisse die gedrückte Stimmung der Offiziere auf. Stancescu war wegen seines freundlichen, nie verzagenden Wesens bei allen sehr beliebt und geachtet.

Der General hatte Krämer wegen seiner Fixigkeit und Verläßlichkeit ersucht, den Hauptmann sofort in ein deutsches Lazarett zu bringen, und Tataranu hat sich selbst an die Strippe gehängt und fünfmal angerufen, bis er den Generalstabsarzt der 6. Armee erreichte und dessen feste Zusage hatte, daß Hauptmann Stancescu schon am nächsten Morgen nach Stalino und von dort weiter in die Heimat geflogen würde.

AUS AUFZEICHNUNGEN DES HAUPTMANNS WISSE

Es war Monate später im Gefangenenlager Elabuga. Als ich dort eintraf, begegnete ich Hauptmann Scherer wieder. – Von ihm hatte ich gehofft, daß ihm der rettende Sprung gelungen sein würde.

»Typischer Fall von Denkste, mein Lieber!« – erklärte er sarkastisch. »Dachte ich auch, nun bist du raus, und da hat es mich am Don doch noch erwischt!«

Auch in russischer Gefangenschaft war es für uns noch nicht zu Ende. Immer wieder debattierten wir darüber, sachlich und kühl oder heftig, leidenschaftlich, je nach Stimmung und Temperament, wie es zu diesem Desaster in Stalingrad überhaupt kommen konnte.

Hauptmann Scherer erzählte.

»Sie kamen eben noch rechtzeitig an, um mich im D.V.K. abzulösen, und so hatte ich das Schwein, daß ich mich, noch am Vortag, ehe der Iwan anrückte, nach Westen absetzen konnte.

Ich ließ mich von Krämer nur bis nach Werchne Zarizynskij, zum Gefechtsstand der 4. Panzerarmee bringen.

Fahren doch Hunderte Wagen nach Kalatsch. – Wirst schon mit einem mitkommen, dachte ich mir.

Damit nur ja alles stimmt, wollte ich mir bei der Armee ordnungsgemäß Marschpapiere ausstellen lassen. Ich bleibe dort zwei Tage angenagelt. Bei denen war der Teufel los.

Natürlich wußte man, was gespielt wird, daß der Russe mit allen Gewehren anmarschieren würde. Es war wie bei Leuten, die schwere Gewitterwolken am Himmel sehen. Es blitzt und donnert schon, muß jeden Augenblick niederprasseln und einschlagen, und sie hoffen, daß es sich wieder verzieht, und lassen die Wäsche auf der Leine hängen.

Deshalb auch. Daß aus eigenem irgendwelche wirksamen Abwehrmaßnahmen getroffen werden? – Keine Spur davon. – Paulusse über Paulusse! –

Als der Iwan anrückt, verlieren sie alle den Kopf. Ja – was sollen wir denn jetzt machen?

An allem sind die Rumänen schuld! – Die haben keine Waffen, keinen

Kampfgeist, keine Erfahrung, keine Führung, die Taugenichtse – mit denen ist nichts anzufangen!

Sind auch sehr beschäftigt, die Herren, mit Kofferpacken für alle Fälle und währenddessen mit Schauen, was der Russe machen wird. – Der, nicht faul, reißt die rumänische Front 50 Kilometer weit auf.

Jetzt natürlich die Feuerwehr her! – Rasch Alarmeinheiten aus allem, was da hinten herumkraucht. – Die Bäcker, die Fleischer, die Küchenbullen, die Kompanieschuster, alles, was nicht einmal weiß, daß eine Knarre nach vorn losgeht, wird ins Feuer geworfen. Daß man es ihnen rechtzeitig beigebracht hätte, Stützpunkte angelegt? – Keine Spur davon. – Man spielte schon Hinterland und besetztes Gebiet. Krieg, das ist was für die irgendwo da vorn an der Wolga.

Gräben anlegen oder befestigte Stellungen? – So weit kommt es noch, daß sie dann womöglich verteidigt werden müßten, von wem denn?

Man hat ja gesehen, was dabei herauskommt. Da hat es sogar schon Generale erwischt, die ihre Nase vorn drinhaben mußten. Daß so was nicht wieder passiert, dafür sind alle Maßnahmen getroffen.

Natürlich macht man auch ab und zu Frontbesichtigung. Bei ruhigem Wetter versteht sich, und läßt von einem P.K.-Mann ein paar nette Bilder schießen, wenn nur sonst nichts schießt. – Neben dem Landser der vordersten Stellung, da ist auch ihr General zu finden. – Macht sich gut in einer Illustrierten und stärkt die Heimatfront – was auch was ist. – Man tut was für seine Popularität.

Im übrigen natürlich ist man genau unterrichtet, wie weit der Iwan schon heran ist, 40 Kilometer Wagen vor die Tür, 30 Kilometer Gepäckverladen, 20 Kilometer Fahrer an die Fahrzeuge! – Oh, das klappt immer und ist aufs beste organisiert. – 19 Kilometer Motoren anlassen, 18, 17, 16, 15 Kilometer Achtung, fertigmachen – los! und nichts wie ab durch die Mitte und auf und davon, was die Karre hergibt. An einigen Stellen, wo der Iwan unangemeldet auftaucht, ergeben sich direkt lebensgefährliche Situationen für einige Stäbe. Gott sei Dank, wir haben keinen General verloren. Es sind alle davongekommen!

Daß man Verpflegungs-, Bekleidungs- und Munilager nicht geräumt hat, nicht einmal vernichtet – und auch ganze Eisenbahnzüge voll Nachschubgüter dem Iwan in die Hände gefallen sind, ist natürlich peinlich. – Wo doch die Landser solche Freßsäcke sind. – Die 100000 Pelzmäntel und die Winterbekleidung, die hopsgegangen sind, hätten die Soldaten natürlich schon brauchen können, da es in Rußland im Winter ganz schön kalt sein soll, und zu schießen müssen die auch was haben. Mein Gott, an was man nicht alles denken soll?

Mit der Beförderung geht es auch zu langsam vorwärts. – Wozu hat man sich schließlich mit Hitler eingelassen? Natürlich macht man Karriere, dazu ist ja schließlich Krieg. Aber Dinge verlangt der? – Einfach unmöglich! Man wird sich natürlich hüten, nein zu sagen. Flucht vor den Russen und Flucht vor der Verantwortung in den Kadavergehorsam. – Der Befehl aus dem weit entfernten Führerhauptquartier ist überholt, entspricht nicht mehr der Lage? – Ausführen, nichts als ausführen! Ist das unsere Schuld, daß die Kampflage rascher wechselt, als man in Winnizza darauf reagiert? – Was auch von dort kommt, stur heil befolgen!

Man hat es doch erlebt. Hitler hat sich Sündenböcke für den Winterfeldzug 1941/1942 gesucht und bewährte Generale in die Wüste geschickt. Sogar degradiert und eingesperrt. Selber ist man mit einem blauen Auge davongekommen, und der Schreck sitzt noch in den Knochen.

Man kann sich beherrschen, dem böhmischen Gefreiten dagegenzureden.

Wenn da einige dem Führer reinen Wein einschenken, ihre Pläne und ihren Kopf durchsetzen wollen und ihn dafür riskieren samt roten Biesen und Schulterstücken, so ist das ihre Sache. Das sind Querulanten, die sich gegen die Gewalt und die Zeit stellen und überfahren werden. Recht geschieht ihnen.

Es ist kein leichtes Leben im Generalstab unter Hitlers Befehl. Bis in die Regimenter hinein befiehlt er. Wehren wir uns dagegen, hat er uns am Kragen.

Machen wir's ihm genau nach der Nase – hält er uns für unselbständig und unverläßlich und dirigiert auch noch die Bataillone.

Wie man es macht, es ist verkehrt. Man hat schließlich sein Handwerk gelernt – und versteht sich darauf – aber das dem Dilettanten klarmachen, unter Umständen aus dem Geschäft aussteigen müssen – und zusehen, wie die anderen was werden, die sich zuzwinkern und den Gefreiten nur machen lassen.

Kann man's auch wissen – bei den riskanten Dingen, die der dreht? – Da ist oft das Verkehrteste das Richtige, und am Ende hat der Hitler den Riecher dafür, und man ist der Blamierte – hat zum Schaden noch den Spott.

Klar ist man für Deutschland, dazu ist man schließlich Deutscher und kein Hundsfott und auch Nationalsozialist. – Wer keiner ist und ein anderes Deutschland meint, der hat sich die Folgen selbst zuzuschreiben. Die sich aufrecken und erheben, fallen leicht, das kann nicht passieren, wenn man sich's gleich auf dem Boden zu Füßen des Führers bequem macht. – Tritt ab und zu in den Arsch wird gehorsamst eingesteckt. War natürlich starker Tabak! Stäbe muß es auch geben!

Ist auch nicht auf meinem Mist gewachsen!« – Scherer lächelt. »Das hat ein Oberleutnant verzapft, mit dem ich zusammengesessen habe. Nicht älter als 25 Jahre, ganzen Klempnerladen an der Brust. Armamputiert, auch sonst noch allerlei Schrammen am Korpus und im Gemüt! Dafür das goldene Verwundetenabzeichen. Laut Führererlaß zur Verwendung in den Armeestab kommandiert, als Experte für heikle Lagen.

›Die hüten sich, mich was zu fragen! – Hier haben sie mich zum Stempelbuben degradiert. Das übe ich den ganzen Tag mit der Pfote, die ich noch habe. Wahrscheinlich Umschulung für die Post nach dem Krieg.‹

So sitzen wir beieinander die Nacht. – Er kriegt ein Gespräch – direkt vom Chef.

Russenangriff hat begonnen, von allen Seiten Panzerdurchbrüche. – Da dachte ich an euch bei der Zwanzigsten.

›Wenn ich Ihnen raten darf, hauen Sie bloß ab!‹ – empfahl er mir. ›In einer Stunde fährt eine Zugmaschine von uns nach Kalatsch, da können Sie mitkommen!‹ – ›Und ihr?‹ frage ich ihn. ›Um uns keine Bange. Verlegung nach Businowka ist schon befohlen! Uns erwischt der Iwan nicht. Die schnellsten Räderteile der Armee hat der Stab!‹

Da hab' ich mich auf die Socken gemacht!

In Businowka die tollsten Gerüchte. Die Russen am Don bei der 3. Armee überall durchgebrochen. Der Gefechtsstand der 6. Armee in Golubinskaja von den Sowjets überrannt. – Paulus war schon rechtzeitig weg, zum Glück für die Iwans. Denn besser hätte keiner ihren Plänen entgegenkommen können. In Businowka sind sie aus dem Häuschen. – Sofort Rundumverteidigung einrichten. Die Rumänen heben Gräben aus. Bißchen spät, meine Herren, dachte ich so bei mir.

War vielleicht eine Flasche, der Fahrer. Haut ab über Stock und Stein, daß die alte Karre dabei in Fransen geht.

Übernachtung auf freier Straße. Was heißt Übernachtung? Ich kann ihm die ganze Nacht lang helfen, die Karre wieder flottzumachen. Sehe aus wie ein Schwein, und der smokt meine Attikas.

Am nächsten Tag weiter über Stalinskij nach Ssowjetskij.

Die Straßen von Westen in Richtung Ost voll mit Kolonnen, die alle abhauen. – ›Aus Westen in unserem Rücken, der Iwan‹, hör' ich's von allen Seiten. Sie stieben davon nach Marinowka, Karpowka, mitten hinein in den Tanz.

Mein Fahrer natürlich wollte nichts wie kehrtmachen und auch ab mit Vollgas und denen nach in Richtung Stalingrad. – ›Ne, mein Lieber! – Aus Südost kommt gleichfalls der Russe!‹ Hab's doch bei der Armee gehört. Schöne Sauerei. – Haben die richtige Prognose gestellt, unsere klugen Herren. – Gefahr der Einkesselung, und das vollzieht sich nun. – Also nichts wie durch nach Westen, wenn noch wo eine Lücke klafft. – Mit Volldampf weiter nach Kalatsch und dort über die Brücke, wie ich's wollte.

›Den Weg können Sie sich sparen, Herr Hauptmann!‹ sagt mir ein Wachtmeister. Heult fast vor Wut, der Bursche. Ein 15-cm-Geschütz ist ihm über den Fahrdamm abgerutscht, das Rohr mit der Nase im Schnee.

›Na, na, nicht so schlimm! – Kriegen das Ding schon wieder auf die Straße. Wir helfen euch mit unserer Zugmaschine!‹ – beruhige ich ihn.

›Ach, deswegen ist das doch nicht, Herr Hauptmann!‹ – er zeigt auf das abgekippte Geschütz. ›Das ist doch ein Schmarrn! – Aber in Kalatsch die Brücke ist im Eimer. Da fährt der Iwan jetzt drüber!‹ – und er erzählt, als wir die Kanone wieder flott haben. ›Wir sind heute aus Kalatsch abgezogen worden! – Nördlich davon, am linken Donufer, lagen wir in Stellung. – Haben ganz neue Geschütze. Alle Rohre als Brückenschutz nach Westen auf die Donhöhenstraße gerichtet.

Wir haben da eine Pionierschule in Kalatsch. Die üben auf russischen Beutepanzern, fahren immer über die Brücke. Und so war das. Es tauchen hintereinander, wie auf dem Schießplatz, die russischen Panzer auf, rollen auf die Brücke zu. – Ich brülle: ›Panzer von vorn!‹ – ›Sind Sie verrückt‹, schnauzt mich der Batterieoffizier an, ›das sind doch unsere Schulpanzer!‹ – ›Nee, das sind sie nicht! – Das sind die Iwans! – Ich seh' es doch durch das Glas!‹ – Anruf beim Chef! – Dauert eine Weile. – ›Keine Feuererlaubnis, sind unsere Panzer!‹ – ›Sie sehen wohl schon weiße Mäuse!‹ werde ich noch verspottet.

Es ist allerdings noch nicht ganz hell. Im Morgengrauen keine klare Sicht. Aber ich spür' das doch, das sind die Iwans.

Und da geht auch schon eine tolle Knallerei los! – Es ist zum Verrücktwerden, die glauben mir immer noch nicht! – Keine Feuererlaubnis! – ›Die Knallerei veranstaltet die Pionierschule von der 6. Armee. Die machen Zielschießen auf Beutepanzer!‹ – kommt es vom Chef durch.

Drei Panzer rollen auf die Brücke. Die Brückenwache und die vom Baubataillon fangen an mit MG und Karabiner wie verrückt zu schießen, rennen durcheinander. Da passiert die größte Schweinerei, und wir haben kein Feuer frei!

Die Bedienungsmannschaft einer 8,8-cm-Flak, die merken, was los ist. Fragen nicht viel, rennen, wie sie sind, in Hemd und Hose, in den Socken an ihr Geschütz und jagen ihre paar Panzergranaten hinaus, erledigen zwei Panzer. Einer fliegt in die Luft, der zweite schmiert ab ins Wasser. – Was nützt das eine Geschütz? –

Die feuern, bis sie der Iwan zusammenhaut. Geschütz und Bedienung ein Matsch, und die nachfolgenden Panzer schlagen sich rechts und links in die Büsche, schießen alles zusammen, bis sich nichts mehr rührt, und nehmen die Brücke.‹

›Da kann aber der Stab nichts dafür, Herr Scherer. Solche Pannen kommen hin und wieder vor!‹ – ›Erlauben Sie mal! – Wenn ich weiß, diese verdammte Brücke ist mein wichtigster Donübergang, dann sichere ich sie auch entsprechend gegen solche Überraschungen, noch dazu mit dem Iwan im Rücken! Alarmbereitschaft! – Vorgeschobene Posten! – Panzerspäher und so weiter!‹ – scheinbar nie was davon gehört, die Herren.

Dachte mir damals, siehst auch schon weiße Mäuse, alter Junge. Nervenstränge vibrieren bei dir ein bißchen zu stark, kommen miteinander in Berührung, erzeugen Kurzschluß. – Sie werden ja damals bemerkt haben, daß ich nervlich nicht ganz auf der Höhe war.

Wird schon nicht so schlimm sein. Was regen wir kleinen Lichter uns über jeden Schmarren auf und sehen eine Katastrophe darin, weil eine Brücke verlorengeht? Der Adolf und die mit ihm werden schon wissen, was sie machen. Wir haben zu vertrauen, jawohl zu sagen und uns nicht die Köpfe zu zerbrechen!

Der Fahrer befürchtet schon von allen Seiten die Russen. Hatte vielleicht die Hosen voll. ›Steigen Sie ein, Herr Hauptmann! Ich hau' ab zur Donbrücke bei Nishne Tschirskaja. Vielleicht kommen wir doch noch drüber!‹

›Ja, hau ab, von mir aus zum Teufel!‹ – War mir egal, wo er mit mir noch hinfuhr! – Ich dachte an zu Hause und hatte so das Gefühl, da kommst du lange nicht hin – nach dem schönen Magdeburg.

Irgendwie war es komisch. Wir machen von Sowjetskij weiter südwärts, bei Kolpatschkij über die Eisenbahnlinie, die nach Morosowskaja führt und am Don noch immer unterbrochen war – und rechts der Bahn nach Süden. Die Straße ist wie ausgestorben.

Scheunen, Hütten, Unterkünfte, die Türen offen, Gerümpel überall herum verstreut, alles überstürzt geräumt und abgehauen.

War ungemütlich. Klar, wir fuhren schon durch Niemandsland. Ich suche natürlich das Gelände ab, ob schon der Iwan anrückt. – Gott sei Dank nicht! Der Fahrer steigt aufs Gaspedal, daß ich glaube, der tritt das Fußbrett durch. – ›Fahren Sie nur die Karre zuschanden, Sie Blödmann, dann können wir zu Fuß gehen!‹ – Der fährt drauflos wie auf der Avus.

In Lapitschew trafen wir auf die ersten bespannten Troßfahrzeuge. – Die hieben vielleicht auf die Gäule ein wie die Besessenen. Auf der breiten Straße ein Wettrennen, vier, fünf Kolonnen nebeneinander. Von Organisation keine Spur. ›Wo wollt ihr denn alle hin, ihr verrücktes Volk?‹ frage ich.

›Nach Nishne Tschirskaja zur Donbrücke!‹ – Dorthin hielten wir uns auch.

Bis über die Myschkowa ging's einigermaßen, dann war wieder der Teufel los. – Russische Panzer! –

Die machen alle auf der Stelle kehrt, überrennen die Nachkommenden. Gibt natürlich einen Haufen Bruch und Jammer, sie ziehen ab wie eine Büffelherde – wieder nach Westen, um irgendwo mitten durch den Don zu gehen. Ist ja an vielen Stellen seicht, sogar schon teilweise zugefroren, aber das Eis noch nicht tragfähig. Sind bestimmt einige abgesoffen, und ob welche darübergekommen sind? – Glaube nicht!

Von Panzern natürlich weit und breit keine Spur.

Wir fahren weiter nach Nishne Tschirskaja. Staut sich natürlich alles schon kilometerweit vor der Brücke. Ist aber schon so was wie Ordnung zu bemerken. Müssen sich doch ein paar ein Herz genommen haben und der durchgehenden Troßherde in die Zügel gefallen sein. – Na, vielleicht ist da ein General an der Brücke, und der zeigt denen, was Ruhe und Disziplin heißt, und organisiert da ein bißchen? – Dann auf einmal, da kommt es durch: ›Alles anhalten und stehenbleiben! – Fahrer bleiben bei ihren Fahrzeugen. Alles andere absitzen und nach vorn kommen!‹ – Endlich ein klarer Befehl mit Hirn!

Gehe natürlich auch nach vorn – mit den Beschlagschmieden, Schirrmeistern, Troßleuten, Bäckern, Zahlmeistern, Werkstattleuten und was sich da so herumtreibt. – Und was doch ein klarer Befehl ausmacht. Wenn einer da ist, der denen sagt, was zu machen ist. Jetzt will keiner den Kopf verloren haben, und alle spuren.

Bin neugierig, wer da Ordnung geschafft hat.

Es ist direkt zum Lachen. Von General, wie ich dachte, keine Spur. – Ein Hauptmann und ein Wachtmeister von der Artillerie, Stahlhelm auf, MPi unter dem Arm. Denen wurde die Sache zu dumm, und ohne Befehl oder Auftrag, auf eigene Faust und Verantwortung, stehen die vor der Brücke, stoppen die heransausenden Haufen, fassen sie auf der Stelle zusammen und organisieren gleich die Abwehr gegen den Iwan, der anrückt, und bilden einen Brückenkopf.

Als Infanterist war ich natürlich hochwillkommen. Stellte sich mir als ein Hauptmann Ries vom Werferregiment 53 vor, der mit seinem Wachtmeister an der Brücke das Chaos anhielt und den Widerstand organisierte. ›Wir wurden auf der Rollbahn bei Denikin durch Russenpanzer zum Umkehren gezwungen und mußten uns bis zur Brücke zurückziehen. Kalatsch ist futsch! – Wenn diese letzte Brücke nicht gehalten wird, so gibt das eine Katastrophe von unvorstellbarem Ausmaß.

Unser Kommandeur, Oberst Tschökell, hat gleich 200 Meter von hier seinen Gefechtsstand. – Er hat befohlen, alle durchkommenden Offiziere sind anzuhalten und zu ihm zu schicken, alles an Mannschaften ist sofort unter den Befehl von Unteroffizieren zu stellen und in Zügen und Gruppen zusammenzufassen.‹

Und die Bäcker und Schuster und Schmiede und Kraftfahrer und Automechaniker und was sich da alles zusammenwürfelt und keinen Schuß auf den Feind bisher abgegeben hatte – die kämpfen und hielten, wehrten alle Angriffe ab und schlugen sich, wie es eine zusammengeschweißte Elitetruppe nicht besser hätte können, und sie hielten den Brückenkopf bis Mitte Dezember.

Es liegt nicht am deutschen Landser.

Er hat noch nie versagt – nur die Führung, wo es Debakel gab. Keinen Lorbeer gibt es für ihn, keine Karriere – nur die Pflicht und den Tod.

Und er geht hinein in den Kampf und schlägt sich beispielhaft tapfer. Seinen Charakter müßten die hohen Herren haben.

Etwas später dann, während eines Angriffs, als ich mit Oberschenkeldurchschuß liegenblieb, hat mich der Iwan gefaßt, und so sehen wir uns wieder, Herr Wisse. Ist erfreulich und natürlich zu bedauern.«

Der General hat Wisse kurz mit Handschlag begrüßt und ihm neben sich auf dem Rücksitz Platz angewiesen. Major Binder sitzt neben dem Fahrer.

In der Nacht ist frischer Schnee gefallen. Es ist der 23. November. Der Morgen ist kalt und neblig. Das Zeltdach des Geländewagens ist eisbeschlagen und steifgefroren.

Hoch in der Luft orgeln in Abständen von einigen Sekunden hintereinander schwere Brocken der russischen Artillerie, und die Einschläge liegen am Rand des Rollfeldes, auf dem eben eine Ju 52 zur Landung ansetzt.

Sie fahren den Flugplatz von Bassargino und die Rollbahn neben der Bahn entlang, ostwärts nach Alexejewka, wo eine Straße, nördlich abzweigend, nach Gumrak führt.

Gumrak, westlich Stalingrads, ist Sitz des Armeegefechtsstandes des O.B. der 6. Armee. Ein Pfeil unter dem taktischen Zeichen der Armee weist ihnen den Weg, der nur von wenigen Fahrzeugspuren durchfurcht ist. Wisse hat hier, wo der Schicksalspuls der 6. Armee schlägt, mehr Leben erwartet.

Etwa 800 Meter außerhalb des Ortes, auffälligerweise nicht in die Deckung einer Balka oder Schlucht gebaut, sondern auf einer völlig ebenen, weithin übersehbaren Fläche, erheben sich die Bunker.

Rechts der Straße liegen die Unterkünfte der Feldgendarmerie.

An dem halbmondförmigen Blechschild, das sie mit einer Gliederkette um den Hals gehängt haben, als Feldgendarmen erkenntlich – heißen sie bei den Landsern der Feldtruppe nur »Kettenhunde«. Sie sind bei den Soldaten nicht beliebt, denn bei vollen Fleischtöpfen, weit vom Schuß und bestens ausgerüstet, toben sie vielfach ihre überschüssige Kraft im forschen Einsatz gegen die Kameraden aus, die im Graben vorn hungern, frieren, kämpfen und verrecken dürfen.

Nach einem Blick in sein Meldebuch läßt der Feldgendarm, den rumänischen General etwas zu lässig grüßend, den Wagen passieren.

Um einen freien, weiten Platz herum, dessen frische Schneedecke kaum von Fahr- und Fußspuren durchbrochen ist, liegen die Stabsbunker. Ein kleines Schild mit der Aufschrift O.B. am rechten Flügel der Bunkerreihe kennzeichnet den Stabsbunker des Generalobersten.

Über mehrere peinlich sauber gescheuerte Holzstufen geht es einen halben Meter hinab zur Eingangstür, die sich lautlos in gut geölten Angeln dreht.

Ein etwa wohnzimmergroßer Raum, dessen Wände, Fußboden und Decke mit hellen, gehobelten Brettern verschalt sind, wird durch ein großes, mehrfach geteiltes Fenster, mit blank geputzten Scheiben, erhellt.

Ein Oberstleutnant in der schwarzen Uniform der Panzer und ein Major der Infanterie unterhalten sich in gedämpftem Ton miteinander.

Fast zugleich mit dem Eintritt von Tataranu und seinen Begleitern öffnet sich links im Raum eine Tür, und der Generaloberst erscheint. Groß, sehr schlank, etwas vorgebeugt, deutet er durch Kopfnicken eine leichte Verbeugung an. Der Generaloberst ist eine gute Erscheinung.

Er drückt durch seine Haltung eine Souveränität aus, die seiner hohen Stellung entspricht und über lebendige, kraftvolle Äußerung erhaben ist. Zu sehr abgemessen und auf Wirkung bedacht, um echter, starker Persönlichkeit zu entspringen, dünkt es Wisse.

Dieser Generaloberst lebt nicht sein Schicksal, er spielt seine Rolle. Für einen preußischen General ist er zuwenig massiv und vital. Seine Vornehmheit ist ebenso zur Schau gestellt wie die routinemäßige Freundlichkeit und Verbindlichkeit, mit der er den rumänischen General begrüßt.

General Tataranu, dem rechts zur Seite Major Binder ist, dreht sich umblickend halb zurück und weist mit einer Handbewegung Wisse an, links neben ihn zu treten. – Wisse macht eine zackige Ehrenbezeigung. Als er die Hacken zusammenklappt, bewirkt das ein nervöses Zucken im Gesicht des Generalobersten. Paulus reicht dem General und Major Binder die Hand – den deutschen Oberleutnant übersieht er. –

Ohne sich darum zu kümmern, ob es dem Generaloberst recht sei oder nicht, faßt der rumänische General Wisse am Oberarm und zieht ihn an Paulus vorbei durch die Tür in das behaglich eingerichtete Zimmer, dessen Wände mit Teppichen behängt sind und in dem Wisse eine große, bequeme Couch auffällt.

Wir sprechen uns noch, mein Lieber! – bedeutet der kurze Blick des Generalobersten, mit dem er nun endlich den deutschen Oberleutnant im Gefolge des rumänischen Generals zu bemerken geruht.

Der Generaloberst nötigt Tataranu und Binder zum Sitzen. Wisse bleibt links neben der Tür stehen.

Nur unwillig folgt der rumänische General der Unterhaltung, die Paulus einleitet und mit der er darauf hinzielt, die Zusammenkunft zu einem reinen Höflichkeitsbesuch zu stempeln.

Ungeduldig den konventionellen Schmus des Generalobersten einige Male mit bestimmten, scharf gezielten Fragen nach der militärischen Lage unterbrechend, drängt Tataranu zum Zweck seines Besuchs.

Den linken Arm in die Hüfte gestützt, in seiner Haltung eine Hitlerpose auffallend nachahmend, hält Paulus vor dem rumänischen Divisionär Vortrag über die militärische Lage.

Er gibt zu: »Der Feind hat Teile der 4. Panzerarmee und die 6. Armee im Raum zwischen Wolga und Don eingeschlossen. Es ist aber bereits gelungen, die Fronten wieder zu konsolidieren. Wir haben alle weiteren Angriffe des Feindes erfolgreich abgewiesen, uns aus eigenem Entschluß auf günstige Verteidigungslinien zurückgezogen, die gehalten werden und uns in die Lage versetzen, jeden weiteren Einschnürungsversuch des Gegners zu vereiteln!«

Tataranu scheint nicht gesonnen, sich mit solch allgemein gehaltenen Auskünften, wie sie jeder Wehrmachtsbericht ausposaunt, abspeisen zu lassen.

»Was soll mit meiner Division geschehen?« – fragt er gerade heraus. Doch Paulus läßt sich nicht festlegen und holt weit aus, um eine scheinbare Basis für die Fortsetzung des Gesprächs zu schaffen.

»Ihre Division, Herr General, wird uns wie die gesamte rumänische Armee im Kampf gegen die Sowjets unterstützen! Rumänien leistet von allen Verbündeten der deutschen Wehrmacht an unserer Südfront im Osten die stärkste und wirksamste Waffenhilfe!« –

»Leider sind die rumänischen Armeen nicht mit den erforderlichen schweren Waffen ausgerüstet!« – wendet General Tataranu ein. »Die deutsche Kriegführung hätte das in ihrer operativen Planung berücksichtigen und die rumänischen Armeen in weniger exponierten Kampfräumen einsetzen müssen!«

Tataranu weist damit die sich verbreitenden Behauptungen zurück, daß den Russen die Einschließung der 6. deutschen Armee und die Bedrohung der Donfront nur infolge des Versagens der rumänischen Armeen gelungen sei.

Ein kurzes Anklopfen, und ohne das Herein des Generalobersten abzuwarten, mit Schwung eintretend, steht der Generalstabschef der Armee, General Schmidt, mitten im Raum.

Gerade, daß er der Form Genüge leistet und sich von Generaloberst Paulus den Rumänen vorstellen läßt, ist er sofort die dominierende Persönlichkeit im Raum.

Dem Oberleutnant, den Paulus wieder übergangen hat, stellt er sich selbst vor und schüttelt ihm kräftig die Hand. In den Augen der Rumänen und denen Wisses versucht er abzulesen, welche Wirkung die Begegnung mit dem Generalobersten auf sie ausübt.

»Wir unterhielten uns gerade über die Bedeutung unserer Verbündeten!« – gibt Paulus seinem Generalstabschef das Stichwort. Ein schneller, scharfer Blick streift den O.B. Ein ungeschickteres Thema hätte wohl nicht angeschnitten werden können, bedeutet er.

Er hat offenbar die letzten Worte der Unterhaltung bei seinem Eintritt mit angehört, da er sofort daran anknüpft.

»Ihr Staatsführer Marschall Antonescu, Herr General, hat unsere Vorschläge abgelehnt, die rumänischen Truppenverbände in deutsche einzubauen, und hat darauf bestanden, daß die rumänischen Armeen in eigenen Kampfräumen unter seinem Oberbefehl selbständig operieren!«

»Dafür wird er auch Gründe haben!« erläutert der General. »Wenn ein unheilvolles Schicksal Deutschland den Krieg verlieren ließe, so würde es, durch die westliche Welt gestützt, trotzdem als Bollwerk gegen den Osten weiter bestehen. Den Franzosen und Engländern wäre es unangenehm, den Russen als Nachbarn gegenüber ihren Haustüren und Gärten zu sehen.

Rumänien aber würde vom Bolschewismus verschlungen, wenn der Marschall nicht die Möglichkeit hat, seine Truppen für den Ernstfall zur Verteidigung des Landes zur Verfügung zu haben.

Wenn die rumänischen Streitkräfte jedoch aufgeteilt und zersplittert sind...?«

In den Mienen Schmidts und Paulus' ist Bestürzung zu lesen. Zum ersten Male ist von einer möglichen Niederlage Deutschlands gesprochen worden. Außerhalb des Reiches, im verbündeten Rumänien, ist man also nicht mehr so fest von einem Sieg Deutschlands überzeugt.

»Adolf Hitler ist Garant dafür, daß Deutschland und seine Verbündeten den Krieg gewinnen!« – erklärt General Schmidt. Wisse ist überrascht, mit welch ehrlicher und fester Überzeugung der General das ausspricht, und noch mehr darüber, wie selbstverständlich Tataranu dazu nickt, als erwarte er von Schmidt nichts anderes als diese Behauptung.

»Trotzdem hätten die rumänischen Truppen ihre Aufgaben erfüllt, wenn sie entsprechend deutsche Unterstützung gehabt hätten!« – kehrt Tataranu wieder zum Thema zurück. »Aus eigener Erfahrung, zum Beispiel meine Division!« – Tataranu erhebt sich von seinem Sitz, faßt den Generalobersten und dessen Stabschef ins Auge, und nach Luft ringend, in immer größere Erregung geratend, sagt er den beiden deutschen Generalen offen und frei heraus, was ihm schon lange am Herzen liegt.

»Wie Sie selbst zugeben, Herr General«, wendet er sich an Schmidt, der ihm kompetenter erscheint als die Armeeführerattrappe des Generalobersten Paulus, »war sich die deutsche militärische Führung des geringen Kampfwertes einer rumänischen gegenüber einer deutschen Division durchaus bewußt. – Auch den Russen war das bekannt – und es war anzunehmen, daß der Feind an der schwächsten Stelle den Durchbruch versuchen würde.

Trotzdem wurde meine Division in einen Schwerpunkt gestellt. Der Russe wurde ja direkt eingeladen, hier durchzuspazieren, um an den Don zu gelangen. Es konnte dem Feind nicht besser angeboten werden, hier seine südliche Zangenhälfte anzusetzen. – Die Stärke, der Tag, ja sogar die Stunde des russischen Angriffs waren bekannt. – Über ihr Ziel konnte kein Zweifel bestehen. Man wußte, daß aus dem Versammlungsraum Beketowka heraus in Stärke von mindestens ein oder zwei Armeen der russische Angriff im Süden vorgetragen werde und daß sich dieser furchtbare Stoß gegen die rumänischen Divisionen richten würde. Wenn man annahm, daß im Süden der russische Durchbruch sowieso nicht verhindert werden könnte, und – ich spreche jetzt nur von meiner Division – man mich auf meinem Abschnitt beließ, um keine wertvollen deutschen Kräfte der voraussichtlichen Vernichtung zu opfern – so wurde damit ein schwerer

Fehler begangen. Ich wage zu behaupten, meine Herren, daß meine Division in ihrem Abschnitt den russischen Ansturm aufgefangen und sogar abgewiesen hätte, wenn man mir die immer wieder von mir geforderte Verstärkung von genügend panzerbrechenden Waffen und schwerer Artillerie gewährt und meine Division im Rücken abgestützt hätte, was ja geboten schien.

In dafür verantwortlicher Stellung hätte ich ja gegen den zu erwartenden Angriff in der Frontmitte Kräfte abgezogen und damit Nord- und Südflügel entsprechend verstärkt – in der Annahme, daß im Häuser- und Stadtbereich Stalingrads auch mit schwachen Kräften russische Angriffe abgewehrt werden können – und der Russe nicht imstande ist, mitten durch die Stadt seine Offensive vorzutragen!«

Während General Schmidt, den Kopf schräg gestellt und sein Ohr Tataranu zugeneigt, zu Boden blickend aufmerksam und nachdenklich den Anwürfen und Überlegungen des rumänischen Generals folgt, der schonungslos die seiner Meinung und Erfahrung nach dilettantische und gegenüber den rumänischen Soldaten rücksichtslose und sträfliche Kampfführung anprangert, hat sich Generaloberst Paulus erhoben und zeigt durch seine Haltung an, daß er nicht länger gesonnen ist, sich noch weiter die kritische Betrachtungsweise des rumänischen Generals bieten zu lassen.

Tataranu erwartet das auch gar nicht, denn abschließend und Paulus dabei ins Auge fassend, fügt er hinzu, und zwar in französischer Sprache:

»Wahrscheinlich bin ich doch nur dazu fähig, ein kleiner Divisionsgeneral zu sein, und es fehlt mir das nötige Verständnis und der Weitblick, um größere Operationen in ihrem Zweck und vielleicht überraschenden Abschlußerfolg zu begreifen!«

Paulus ist sichtlich erleichtert, einem Zusammenstoß mit dem rumänischen General ausweichen zu können.

Das nur beiläufig, aus purer Höflichkeitsverpflichtung, ohne jede echte Anteilnahme geäußerte Pflichtlob des Generalobersten für den Einsatz der rumänischen Division und die die Bedeutung des rumänischen Generals einschränkende, belanglose Erörterung der Frontlage vor diesem haben Tataranu empört und zu einer scharfen Stellungnahme veranlaßt.

Der Generaloberst, eingedenk, daß er seine stärkste Wirkung durch Entfaltung seiner gesellschaftlichen Talente erzielt, versucht die Unterhaltung in private und persönliche Sphären abzulenken und bietet den Rumänen Zigarren und Schnaps an.

»Um auch zum Zweck meines Besuchs zu kommen...!« wirft Tataranu in eine Gesprächspause rasch ein: »Wie ist der weitere Einsatz meiner Division vorgesehen? – Tatsächlich hat sie ja nur Regimentsstärke und gehört aus dem Kampf genommen und in Ruhestellung gelegt. In Anbetracht der kritischen Gesamtlage und der tödlichen Gefahr für die eingeschlossenen Kräfte bin ich jedoch zu weiterem Kampfeinsatz bereit!«

General Schmidt nickt.

»Mißverstehen Sie mich bitte nicht, meine Herren!« wendet sich Tataranu an

Paulus und Schmidt, »wenn ich Sie um Aufklärung über die Gesamtlage bitte. Ich habe zwar nur mehr über ein paar tausend Mann zu befehlen. Für mich sind sie gleich wichtig und bedeutend, als ob es ein Korps oder eine ganze Armee wäre!« – Paulus zuckt zusammen. »Ich fühle mich für meine Truppen voll verantwortlich, und es ist durch die Einschließung doch so, daß das Schicksal jedes einzelnen Soldaten im Kessel durch die Gesamtlage bestimmt und entschieden wird. Deshalb erlaube ich mir die Fragen. – Ist dem Feind die lückenlose Einschließung der 6. Armee und der im Kessel mit abgeschnittenen Teile der 4. Panzerarmee bereits gelungen, oder wird von uns noch ein Korridor offengehalten, um die Versorgung der Truppen im Raum Stalingrad zu gewährleisten? – Am 22. November ist dem Russen durch Handstreich die Brücke in Kalatsch in die Hände gefallen?«

»Das stimmt schon«, gibt Paulus zu. »Momentan hat der Russe die Brücke in Besitz, doch ernsthafte Kämpfe von besonderer Tragweite haben sich daraus nicht entwickelt. Es treffen von dort über Marinowka täglich versprengte Truppenteile bei uns ein, die zum Teil völlig unbehelligt durchkamen – und, soweit sie Feindberührung hatten, nur in unbedeutende Gefechte mit herumstreifenden Feindpanzern verwickelt wurden.«

Der Generaloberst richtet sich auf. »Ich habe die Versorgung auf dem Luftwege für die eingeschlossenen Truppen angeregt – und das Führerhauptquartier hat meinen Vorschlägen zugestimmt. Reichsmarschall Göring hat dem Führer erklärt, daß eine Versorgung aus der Luft durchgeführt werden könne – und er persönlich dafür garantiere, daß diese Versorgung mit genügend starken Transportflugzeugverbänden, solange es erforderlich ist, aufrechterhalten werden wird!«

Dem zweifelnden Blick des rumänischen Generals begegnet der Generaloberst mit dem Hinweis auf Befehle von höchster Stelle, denen sich der Soldat, auch im Rock des Generalobersten, gehorsam und willig zu beugen hat.

»In der Nacht des 22. November erhielt ich in meinem Hauptquartier in Nishne Tschriskaja einen Funkspruch des Führers, dessen Inhalt und Bedeutung Ihnen, Herr General, zum Teil durch meine Tagesbefehle bekannt sein dürfte. Es wurde mir aufgetragen, mit meinem Armeestab nach Stalingrad einzufliegen und hier zu verbleiben!« – Davon wissen weder Tataranu noch Wisse, daß Paulus durch Hitler gezwungen werden mußte, zu seinen Soldaten in den Kessel zurückzukehren, um deren Schicksal zu teilen.

»Die Armee hat sich einzuigeln und weitere Befehle aus dem Führerhauptquartier abzuwarten! Ab sofort wird der Kessel mit ›Festungsbereich Stalingrad‹ bezeichnet, wodurch die Eigenschaft des vom Feind umschlossenen Raumes klar umrissen und unser Verhalten eindeutig festgelegt ist!«

»Aber meine Herren!« Tataranu faßt sich an den Kopf. »Der Operationsraum einer Armee, auch wenn sie vom Feind umzingelt ist, kann doch niemals, noch dazu in unserer Lage, zum Festungsbereich erklärt werden. Wir befinden uns, mit Ausnahme geringer Truppenteile, doch in keiner Stadt, auf keiner Insel oder in Gebirgsstellungen, kurzum, in Geländeverhältnissen, deren Überwindung dem Gegner solche Schwierigkeiten bereitet und Verluste kostet, daß er mit Erfolg auf längere Dauer abgewiesen werden kann. Wir liegen mit dem Gros unserer Kräfte in der offenen Steppe und haben stärkste konzentrische Feindangriffe zu erwarten.

Herr Generaloberst, Sie erklärten selbst vorhin, daß zurückflutende versprengte Truppenteile zwischen Marinowka und Kalatsch kaum Feindberührung spürten. Die größten deutschen Siege wurden dadurch errungen, daß es den deutschen Heeren gelang, massierte Feindkräfte einzukesseln und zu vernichten. Zum erstenmal ist es auch den Russen gelungen, eine ganze deutsche Armee zu umfassen!«

Daß Paulus den rumänischen General noch weiter anhört, mag darauf hinweisen, daß dieser die Lage richtig zu beurteilen vermag und er selbst solche Überlegungen anstellt. Tataranu fährt fort:

»Wir sind dadurch in einer bedrohlichen Lage. Es kann nur unser einziges Bestreben sein, daß wir uns mit aller Kraft, solange noch eine Möglichkeit dazu besteht, aus der tödlichen Umklammerung befreien. Daß eine ganze Armee der Absicht des Feindes noch entgegenkommt, ihre Einschließung selbst vollzieht, sich zur Untätigkeit verurteilt und auf ihre Vernichtung wartet – das erscheint mir so ungeheuerlich, daß ich es nicht zu fassen vermag!«

»Vielleicht erscheint es Ihnen weniger ungeheuerlich, wenn ich Ihnen mitteile, daß der Führer uns mit Kräften von außenher entsetzen wird, weil er nicht will, daß wir in verlustreichen Kämpfen gegen einen uns weit überlegenen Gegner möglicherweise aufgerieben werden – und zwischen Don und Wolga einen Raum aufgeben, aus dem heraus wahrscheinlich der entscheidende und vernichtende Stoß gegen den Gegner geplant ist!«

Warum Paulus Tataranu darüber unterrichtet? – Weil der rumänische General erklärt hat, daß er an seinen Marschall Bericht erstatte – und auf diesem Wege dem rumänischen Staatsführer Antonescu bekannt wird, was der deutsche Armeeführer Tataranu mitteilte.

»Und wenn ich von Ihrer Voraussetzung ausgehe, daß wir von außen her entsetzt werden – halten Sie, meine Herren, eine Versorgung von 22 Divisionen aus der Luft für möglich? – Ich nicht! – Selbst wenn genügend Transportflugzeuge und Jagdschutz in aller Eile für diesen Zweck so schnell frei gemacht und für uns bereitgestellt werden könnten! – Denken Sie an die Schwierigkeiten des Umschlages der Nachschubgüter von der Eisenbahn über Kraftfahrzeuge auf die Flugzeuge – und die Zeit, die dazu benötigt wird. Denken Sie an die gewaltigen Treibstoffmengen für die Maschinen, die täglich aufgebracht und aus Deutschland nachgeschoben werden müssen. Denken Sie an die erforderliche Mindestmenge von Gütern, die wir täglich zu unserer Versorgung und Verteidigung benötigen. Abgesehen von der Verpflegung der Truppe, wieviel Treibstoff und Granaten für unsere Panzer und Kanonen werden wir brauchen, sobald unsere Vorräte erschöpft sind? Wie viele Flugplätze haben wir, die entsprechend groß und aufnahmefähig sind? – Ich kenne außer Pitomnik keinen!« –

Spöttisch schneidet Generaloberst Paulus General Tataranu das Wort ab. »Ich glaube, wir können es beruhigt dem Reichsmarschall und der deutschen Luftwaffe überlassen, damit fertig zu werden!«

»Die deutsche Luftwaffe, Herr Generaloberst, leistet wie die übrigen Wehrmachtsteile Außerordentliches und bewältigt staunenswerte Aufgaben. Wunder kann auch sie nicht wirken! – Wenn es uns nicht gelingt, einen Korridor für unseren Nachschub offenzuhalten, so müssen wir uns sofort, ehe es der Feind vereiteln kann, nach Westen durchschlagen!«

Tataranu kommt plötzlich zum Bewußtsein, wie sehr ihm sein südländisches Temperament durchgegangen ist. Statt die erwartete Empörung zu zeigen, ist das Gesicht des Generalobersten sorgenvoll. Er scheint sich also nicht völlig den Einwänden des rumänischen Generals zu verschließen.

General Schmidt schaltet sich ein. Er anerkennt, daß Tataranu, auch wenn er nur eine Division befehligt, in seiner besonderen Eigenschaft auch Vertreter einer für Deutschland wichtigen, verbündeten Macht ist, und in seiner ruhigen Art legt er kurz, scharf umrissen und doch erschöpfend dem rumänischen General den Standpunkt der deutschen Armeeführung klar.

»Erstens, Herr General, haben wir den Befehl des Führers, Stalingrad aus Gründen, die Ihnen der Herr Generaloberst andeutete, unbedingt zu halten! Zweitens: Gesetzt den Fall, die oberste Heeresleitung würde sich dazu entschließen, ihre Pläne zu ändern und uns die Erlaubnis dazu erteilen, aus dem Kessel auszubrechen. – Wie stellen Sie sich das vor, eine solche Bewegung erfolgreich durchzuführen – und mehr als eine Armee aus der feindlichen Zange durch einen schmalen Korridor, der erst freigekämpft und gehalten werden müßte, durchzuschleusen?

Haben Sie schon jemals Berechnungen darüber angestellt, mit welcher Geschwindigkeit eine ganze Armee täglich fortbewegt werden kann? –

Wir haben außer der kämpfenden Truppe ein Mehrfaches an rückwärtigen Diensten, bis zum letzten Eisenbahner hinab, mitzuschleppen! Unsere Marschgeschwindigkeit wird von den am langsamsten sich fortbewegenden Teilen bestimmt! –

Der nächste in unserer Hand befindliche Donübergang, die Brücke bei Nishne Tschirskaja, ist von der Westspitze des Kessels 45 Kilometer weit entfernt. Truppen aus dem Nordteil Stalingrads haben mehr als die doppelte Strecke zu marschieren, um den Don zu erreichen! – Glauben Sie, daß der Russe uns diese Zeit läßt?« –

Bevor Tataranu dagegen etwas einwenden kann, schaltet sich Paulus ein. »Eine erfolgreiche Feindabwehr sehr optimistisch vorausgesetzt, treten durch die zu erwartenden Kampfhandlungen weitere bedeutende Verzögerungen ein. Der Russe hat alle Möglichkeiten, uns in den Rücken zu fallen, von allen Seiten anzugreifen, den großen kompakten, verhältnismäßig sicheren Kessel in mehrere kleinere aufzuspalten und uns darin um so eher zu vernichten. Unsere kampfstärksten Verbände würde ich dazu verwenden müssen, um überraschend durchzustoßen und uns den Korridor in zweifellos erbitterten Kämpfen offenzuhalten.

Wo soll ich eine genügend starke Nachhut hernehmen und Kräfte zur seitlichen Abschirmung der Masse von nichtkampfgeübten rückwärtigen Diensten, die wir in die Mitte nehmen müßten? Eine überstürzte Absetzbewegung könnte nicht planmäßig durchgeführt, sie müßte improvisiert werden.

Alle Vorratslager, der größte Teil unserer Ausrüstung, zumindest die Hälfte der Räderteile, da wir nicht genug Sprit haben, und unsere schweren Artilleriewaffen, mit denen wir uns hier erfolgreich verteidigen können – müßten vernichtet und zurückgelassen werden, und außerdem 15000 bis 20000 Verwundete in den Feldlazaretten und auf den Verbandsplätzen! Ist es Ihnen bekannt, daß das westliche, bis zu 100 Meter hohe Steilufer des Flusses von den Russen besetzt ist? – Womit, wenn ich die schweren Waffen zurücklasse, soll ich diese Ufer erstürmen und den Donübergang erzwingen, der noch nicht genügend zugefroren ist, um ein Übersetzen auf dem Eis zuzulassen?

Ich kann mir die Situation gut vorstellen. Von überlegenen Feindkräften umschlossen, an den Don gepreßt – nicht genügend stark, das rettende gegenüberliegende Ufer zu erkämpfen, nach riesigen Verlusten, in einen oder mehrere neue Kessel aufgespaltet, mit einer verzweifelten, abgekämpften und erschöpften Truppe, ohne entsprechende Ausrüstung, Verpflegung und Bewaffnung, ohne Unterkünfte, Nachrichtenverbindungen – kurzum, nackt und bloß – mit völlig ungenügender Abwehrkraft – sich in eine solche Situation zu begeben halte ich für einen glatten Selbstmordversuch!« –

Schmidt schüttelt unwillig den Kopf. Empfindet er die Ausführungen des Armeeführers als zu übertrieben oder den Rumänen gegenüber für unangebracht mitteilsam? – Er fällt ein und zieht kurz das Resümee.

»Aus triftigen Gründen haben wir unsere Truppen, die noch westlich des Don standen, zurückgenommen und für den Kessel die Verpflegung aus der Luft gefordert.

Einige der Korpskommandeure der Armee sind bei der gestrigen Besprechung hier, gleichfalls wie Sie, Herr General, dafür eingetreten, einen Ausbruch zu wagen. Ich kann sie verstehen. Sie haben dabei nur ihre kleinen, beweglicheren Verbände vor Augen. Wir sind im Kessel am sichersten und an die vom Führer erteilten Befehle gebunden! Der Führer weiß, was er will! Wir vertrauen und folgen ihm!«

Und Paulus fügt hinzu: »Der Mann soll vortreten, der es mir zuzumuten wagt – für einen derartig riskanten Ausbruchsversuch, noch dazu befehlswidrig, die Verantwortung auf meine Schultern zu laden!«

Der Generaloberst mißt sich in einem Blick mit Tataranu, der standhält und starrsinnig erwidert.

»Dem Mutigen hilft Gott! Meiner Beurteilung nach verschlechtert jeder Tag, den wir zuwarten, unsere Situation. Ich würde in solcher Lage nach meinem Gewissen handeln, auch gegen höhere Befehle, wenn ich die Verantwortung dafür zu tragen hätte!« Tataranu verbeugt sich entschuldigend. »Wenn ich mir gestattet habe, einen anderen Standpunkt zu vertreten, geschah es, um unsere Lage auch von anderer Seite zu beleuchten. Ich hoffe innigst, daß Sie recht behalten, meine Herren, und ich mich täuschen möge!«

Durch eine Ordonnanz wird Major Binder in den Bunker des Quartiermeisters gerufen, um Angaben über die Verpflegungsstärke, die Munitionslage und die Ausrüstung der Division zu machen.

Der Major ersucht Wisse, das zu erledigen, da er als Dolmetsch der Besprechung weiter beiwohnen müsse, und übergibt dem Oberleutnant genau detaillierte Unterlagen, die alle vorher weitergegebenen schriftlichen Meldungen, dem letzten Stand entsprechend, berichtigen sollen.

Es ist inzwischen reges Leben in den Armeebetrieb gekommen, und zahlreiche Kraftfahrzeugspuren durchfurchen die Neuschneedecke vor den Bunkern, die sich etwa einen halben Meter hoch über das ebene Steppenniveau erheben. Sie sind alle sehr gut und geräumig ausgebaut.

Wie Wisse erfährt, hatten sie vorher den Divisionsstab der 71. I.D. beherbergt.

Als Wisse zurückkehrt, findet er, daß die Besprechung in einer überraschend freundlichen Atmosphäre beendet wird. Die Rumänen, schon im Vorraum, noch mit dem Generalobersten und dem Stabschef im Gespräch, lassen sich die Offiziere des engeren Armeestabes vorstellen. Wisse entfernt sich, um den Wagen des Generals heranzuholen.

Der Bodennebel hat sich gehoben, und in den klaren, blauen Winterhimmel sind riesige, einander überschneidende Schlingen von Kondensstreifen gezeichnet, die aus den Rümpfen silbriger Jagdmaschinen strömen.

Wild kurvend liefern sich in etwa 3000 Meter Höhe drei Me 109 und einige Jagdflugzeuge unerkennbaren Typs, die den Sowjetstern tragen, einen Luftkampf. Die Feuerstöße aus den Bordkanonen und MGs sind deutlich zu hören.

»Das sind die neuen Jagdmaschinen, die die Amerikaner den Iwans geliefert haben!« – spricht ein junger Oberleutnant aus dem Armeenachrichtenbunker Wisse an. »Jetzt ist es bald vorbei damit, daß sich die Herren von der Fliegerei, so nebenbei als Dessert, zum Frühstück, ihre Luftsiege holen. Sind verdammt schnell, die Dinger, und auch wendig, was? – Haben zwar allerhand zugelernt, die Russen – aber fliegerisch sind wir ihnen noch haushoch überlegen!«

»Schade, daß die Herren von der vornehmen Luftwaffe sich so rar machen und nur seltene Gastspiele geben!« antwortet Wisse.

»Ich bin erst heute morgen mit dem Fieseler Storch eingeflogen!« – Der Nachrichtenoffizier vergewissert sich mit einem Blick nach rückwärts, daß niemand aus dem O.B.-Bunker in Sicht- und Hörweite ist, und fügt hinzu: »Wenn es diesen hohen Herren nach ihrer Nase gegangen wäre, hätten sie die Armee gern von außerhalb des Kessels geführt. – Der O.B. ist derart gereizt und nervös, daß kein Schwanz ihm etwas recht machen kann. Am meisten giftet es ihn, daß mein Alter, der Armeenachrichtenführer, schlauer war, sich rechtzeitig krank gemeldet hat und nicht mit uns zum Wintersport nach Stalingrad eingeflogen ist. – Der hat den Braten gerochen und sich gesagt, lieber fünf Minuten feige als für immer tot!«

Der Oberleutnant bricht sein Gespräch ab und verduftet im Nachrichtenbunker, als er sieht, wie sich die Tür des O.B.-Bunkers öffnet und die beiden Rumänen, von Paulus und Schmidt begleitet, heraustreten – während von links kommend der Geländewagen Tataranus vorfährt.

Während sich Paulus und Schmidt von den Rumänen recht freundlich verabschieden, bleibt Wisse weit abseits stehen, um dabei nicht zu stören. – Tataranu und Binder klettern unter die Plane des Geländewagens.

Diesmal übergeht Generaloberst Paulus den Oberleutnant nicht. Eben, als sich Wisse bereit macht, sich durch eine Ehrenbezeigung wortlos zu verabschieden, schaut der Generaloberst interessiert zum Himmel, wo eben die russischen Jagdmaschinen über die Wolga ausreißen und die Me 109 hinterherhetzen.

Paulus umfaßt Wisse mit einem Blick, der nicht eben freundlich ist, kommt bis auf drei Schritte auf den Oberleutnant zu – und die Stimme halblaut gesenkt, herrscht er ihn an:

»Was ist Ihnen bloß eingefallen, den Wagen bis hierher, vor meinen Bunker fahren zu lassen? – Ich bin nicht erpicht darauf, bombardiert zu werden!«

Wisse steht dem O.B. gegenüber und schaut dem Armeeführer voll in das von Unruhe und Sorgen gezeichnete Gesicht. Es würgt ihn in der Kehle, und er denkt sich: Mein Gott, dieser große, hagere Mann mit dem kummervollen Gesicht, der ständig mit nervösen Bewegungen seine Hände an die Hüften führt, als ob er seine Taschen abtasten wollte, wird nicht einmal mit sich selbst fertig. In dem steckt überhaupt nichts drin, was einen Führer ausmacht!

Wenn dieser Mann Kräfte hat, so verbrauchen sie sich im Kampf gegen die eigene Unzulänglichkeit und die Sucht, um jeden Preis obenauf zu bleiben.

Dieser Generaloberst ist nicht fähig, Herz und Hirn seiner Armee zu sein. An ihren Blutkreislauf nicht angeschlossen, fühlt er auch nicht mit den 300000 Soldaten, an deren Spitze er gestellt ist, und macht sich keine ernsthaften Gedanken über ihr Schicksal. Ein maßloser, arroganter Egoist, nach obenhin wendig, um sich seine Karriere nicht zu verderben. In seiner Selbstherrlichkeit wird er uns alle vor die Hunde gehen lassen, ehe er seine Unfähigkeit eingesteht und abtritt.

Der Russe denkt gar nicht daran, Herr Generaloberst, Sie zu gefährden – damit womöglich ein wirklich fähiger und mutiger General Ihr Nachfolger wird! Der Russe würde Ihnen, Herr Generaloberst, wenn er es dürfte, eine Leibwache stellen, damit Sie ihm erhalten bleiben und Ihnen ja nichts geschieht! – Das alles wirklich auch auszusprechen, dazu ist Wisse noch zu wenig lebensmüde.

Paulus winkt den Rumänen freundlich zu und steigt wieder unter die Erde in seinen Bunker.

»Kommen Sie gut nach Hause« – spricht General Schmidt den Oberleutnant an und schüttelt ihm herzlich die Hand.

Auf der Rückfahrt sitzt General Tataranu, der allein sein will mit seinen Gedanken, vorn neben dem Fahrer und schweigt.

Als sie längst die langgestreckte Häuserzeile von Gumrak, links der Straße, hinter sich haben und entlang des Bahndammes südlich nach Alexejewka abbiegen, dreht sich der General zu Wisse um – und sagt ihm über Major Binder hinweg:

»Ich glaube, die Armeeführung hat sich mit der Einkesselung abgefunden und wird von sich aus nichts unternehmen, die Verbindung nach Westen wieder herzustellen!«

Gegen die neugebildete Südfront des Kessels führen die Russen schwerste Angriffe. Bei Zybenko rennen sie vergeblich gegen die Regimenter der 297. I.D. die hier die 20. rumänische Division abgelöst hat. Die Rumänen sind weiter östlich in Stellung gegangen und verteidigen ihren Abschnitt ebenso zähe und brav wie die anschließenden deutschen Kräfte.

Bei Zybenko und Rakotino, bei Karpowka und im Westzipfel der Einschließungsfront bei Marinowka greifen die Sowjets pausenlos an, versuchen den Verteidigungsring zu durchbrechen, um den Kessel aufzuspalten, und werden in erbitterten Kämpfen zurückgeschlagen. Sie setzen Bomber in geschlossenen Verbänden ein und erreichen nichts.

Die Verteidigungsstellungen verlaufen recht günstig und werden immer fester ausgebaut. Noch hat die Artillerie ihre Munitionsstaffeln voll aufgefüllt, und es ist genug Sprit da, die Geschütze und Panzer dahin zu dirigieren, wo sie gebraucht werden. – Noch reicht die Verpflegung, und die Soldaten sind zuversichtlich, durch Kräfte von außen, wie es der Führer verspricht, entsetzt zu werden.

Vorschläge verantwortungsbewußter Truppenführer, mit den noch kampfstarken Divisionen den sowjetischen Einschließungsring zu sprengen, aus der Umklammerung auszubrechen und sich mit den am Don stehenden deutschen Truppen zu vereinigen, werden vom O.B. Generaloberst Paulus überhört und, wo sie dringlich werden, scharf zurückgewiesen, da sie im Gegensatz zu den Befehlen Hitlers stehen.

Da er endlich dazu Zeit findet, schwelgt Wisse in einer Waschorgie. Bei 10 Grad Kälte, mit nacktem, dick eingeseiftem, dampfendem Oberkörper, kann er einen Eimer voll brennheißen Wassers, den Krämer angeschleppt hat, für eine Generalreinigung verschwenden.

Sogar Harro, der wieder munter herumspringt und übermütig tolle Kapriolen schlägt, soll eingeseift und gebadet werden.

Aufgeregt, laut krächzend und sich sammelnd, kreisen Schwärme von Krähen über der Balka. Für Böse ist das Luftwarnung, und er zieht sich unmerklich in die Nähe eines ausgeräumten Kartoffelbunkers zurück, der ihm tief und sicher genug erscheint.

Knautsch, der Wisse den Rücken abschrubbt, schert sich ebensowenig wie dieser um das gleichmäßige Brummen in der Luft, mit dem ein Bomberverband unsichtbar über der tiefhängenden Wolkendecke dahinzieht.

Der Flugverband zieht direkt über der Balka eine Schleife, und schon pfeift es. – Böse rast in den Bunker, und Harro mit eingeklemmten Schwanz hinter ihm drein.

Knautsch schrubbt gelassen Wisses Rücken weiter – als das Pfeifen mit direkter Schallrichtung anschwellend, auf die Balka herabheult, und da kracht es auch schon links und rechts von Wisse und Knautsch, die nicht mehr dazukommen, sich hinzuwerfen. – Wisse dazu noch halbnackt und frisch gewaschen! – Dreckfontänen spritzen hoch. – Als die Rauchschwaden sich verziehen, sieht Wisse, daß der Lkw und der gute treue Opel-Olympia nur mehr brennende, qualmende Schrotthaufen sind.

Auch einige motorisierte Fahrzeuge der Rumänen, die eng beisammenstanden, hat es erwischt. Erst heute morgen hat der Oberleutnant Krämer angewiesen, wegen der Bombenangriffe darauf zu achten, daß die Fahrzeuge des D.V.K. auseinandergezogen, nur einzeln abgestellt werden sollen.

»Die wollten den Flughafen Bassargino treffen!« versucht Knautsch seinen Oberleutnant zu trösten. »Da hab ich was davon, wenn sie unsere Fahrzeuge zerschmeißen!«

Auf halbem Wege, schon mitten in der Balka, flitzen Böse und Harro nochmals in Deckung. Böse schreit: »Die Hunde, die verfluachten, kommen no einmal!«

Es ist nur eine einzelne Maschine, ein zweimotoriger Bomber, der durch die Wolkendecke herabstößt. Als der Pilot die Maschine über der Balka wieder hochzieht, bellt die leichte rumänische Flak los, und die Leuchtspur fährt in den Rumpf und in die Motorenkanzeln.

Der rechte Motor qualmt. Die Maschine steigt noch und schmiert außerhalb des Bahnhofes über der Tragfläche mit dem brennenden Motor ab. Dem Aufschlag folgen mehrere Detonationen und eine hohe Feuersäule. Die Maschine muß noch Bomben an Bord gehabt haben. In der Luft schwebt ein weißer Fallschirm nieder, und daran hängt ein Mensch.

Hauptmann Stoica, der Führer der leichten Flakbatterie, der mit einigen Soldaten zur Absturzstelle eilt, bringt selbst den russischen Flieger als Gefangenen ein und übergibt ihn dem Ic.

Hauptmann Stoica benimmt sich ritterlich. Er hat dem Flieger, der sich sofort ergab, die Waffe abgenommen. Eben, als er mit dem Russen, der in einer blauen Fliegerkombination mit Pelzkragen steckt, am Bunker bei Wisse vorbeigeht und freudestrahlend auf seinen Fang hinweist, bietet er dem Gefangenen als erstes eine Zigarette an.

Der Russe ist sehr blaß. Der Schreck sitzt ihm noch in den Gliedern. Er ist sichtlich bedrückt – bemüht sich aber, Haltung zu zeigen, um dem, was ihn erwartet, gefaßt entgegenzugehen.

Wisse zieht sich schnell an, um der ersten Vernehmung des Gefangenen beizuwohnen.

Der Gefangene steht mitten im Stabsbunker vor dem Schreibtisch. Aus Nase und Mund rinnt ihm Blut über das Gesicht, sammelt sich an den Kinnbacken und fällt in dicken Tropfen auf die Fliegerkombination.

Links, rechts, mit gleichmäßigen Faustschlägen traktiert der Dolmetsch, der vor dem Gefangenen steht, ihm das Gesicht.

Man merkt es dem Russen an, er war bereit gewesen, sich zu wehren und lieber totprügeln zu lassen, als diese Behandlung hinzunehmen. – Er hat sich überwunden. Die Gesichtsmuskeln angespannt, bietet er sein Gesicht dar, und ohne zu zucken, stumm, empfängt er Schlag auf Schlag. Seine Haltung beweist den letzten Mut zu hoher menschlicher Würde. In seinem Antlitz, um seine Augen und seinem Mund liegt ein Zug unendlicher Trauer – da er enttäuscht, abgrundtiefe menschliche Gemeinheit und Grausamkeit zu spüren bekommt.

Der Dolmetscher unterbricht die Gefangenenmißhandlung, als er den deutschen Oberleutnant bemerkt, und schaut ihn erwartungsvoll an. In der Annahme, sich die besondere Anerkennung des deutschen Offiziers zu erwerben, schlägt er dem Russen neuerlich ins Gesicht und holt zu weiteren, wuchtigen Hieben aus.

Die Hand gegen den Dolmetscher ausstreckend und der Mißhandlung sofort Einhalt gebietend, tritt Wisse näher an den Russen heran.

Welche abgrundtiefe Gemeinheit, einem mutigen Mann, ohne ihm die Chance zu geben, sich zu verteidigen, die menschliche Würde zu nehmen und ihm durch körperliche Mißhandlung unvergeßliche Schmach zuzufügen.

Major Codreanu, der von Wisse hochgeachtete Offizier und Kamerad, steht abseits, die Arme über der Brust verschränkt, und sieht interessiert – der Mißhandlung zu.

Er deutet Wisses ablehnenden Blick richtig und erwidert ihn gelassen und kalt abwehrend.

Die Vernehmung hat noch gar nicht begonnen. Der Gefangene hat noch nicht die Möglichkeit gehabt, Auskünfte trotzig abzulehnen oder die Rumänen durch freche höhnische Antworten zu reizen.

Gehört es, fragt sich Wisse, zu den Vernehmungsmethoden des Ic, schon vor der Einvernahme den Mut und die Widerstandskraft der Gefangenen zu brechen und mit Aussicht auf Steigerung der Tortur sie einzuschüchtern und zu jeder Art von Auskunft willfährig zu machen?

Wie es auch sei, es gibt keinen Anlaß, keinen Zweck und kein Gefühl, die es rechtfertigen würden, einen Menschen zu mißhandeln.

Nichts ist hassenswerter, als wenn Menschen von Unmenschen gepeinigt und gequält werden.

Sie schänden das Antlitz des Menschen und beschmutzen jede Obrigkeit. Sie gehören, wie das unmenschliche System, das sie stützen, vertilgt und ausgerottet.

Wisse nimmt sein Taschentuch und reicht es dem Russen, damit er sich das Blut abwische. »Das ist zweifellos ein guter Fang!« Er wendet sich an Codreanu und weist auf den Gefangenen. »Wir können ihn fürs erste vernehmen, müssen ihn aber sofort danach zum Armeestab weiterschicken! – Er kann nichts dafür . . . !« macht Wisse dem Dolmetscher klar, »daß seine Bomben ausgerechnet uns aufs Dach gefallen sind.« –

Der Major stellt seine Fragen offenbar nach einem Schema, kurz und präzise. – Der Dolmetscher übersetzt auch ins Deutsche, damit Wisse der Vernehmung folgen kann.

Der Flieger ist mittelgroß, untersetzt, kräftig, ungefähr 25 Jahre alt und hat mit hoch angesetzten Backenknochen ein typisch russisches Gesicht. Er versteift seine Haltung und verweigert trotzig die Antworten auf Codreanus Fragen. – Das hast du davon, sagt der Blick, den der Major Wisse zuwirft.

Der Russe schaut Wisse gleichfalls an, und als ihn dieser mit einem ermunternden Zunicken auffordert, die Fragen des rumänischen Majors zu beantworten, nickt er und gibt, seine Lage erkennend, bereitwilligst Auskunft.

Er ist ein Oberleutnant Jaschin und einer der Staffelkapitäne des Bomberverbandes. Seine Staffel ist im Laufe des Rußlandkrieges bereits einige Male von den Deutschen vernichtet und immer wieder neu aufgestellt worden. – Aus Murmansk war der Verband, mit neuen amerikanischen Maschinen ausgestattet, erst vor fünf Tagen an die Stalingradfront verlegt worden. Es wurde ihnen bekanntgemacht, daß die deutsche Armee eingeschlossen sei und vernichtet werden müsse.

Der Verband hatte die Aufgabe, Flugplätze im Kessel mit Bomben zu belegen. Durch die Wolkendecke stoßend, wollte sich der russische Staffelführer vom Erfolg des Angriffes auf den Flugplatz Bassargino überzeugen – seine Bomben abwerfen und mit Bordwaffen auf dem Boden abgestellte Maschinen und Fahrzeuge beschießen. Er war dabei in das Feuer der rumänischen Flak geraten und hatte Treffer in den Rumpf, die Treibstofftanks und in beide Motoren abbekommen. – Der Bordschütze war tödlich getroffen und der Flugzeugführer verletzt worden.

Trotz seiner Verletzung hatte der Flugzeugführer versucht, die schon getroffene Maschine nochmals hochzuziehen und den überlebenden drei Mitgliedern der Besatzung den Absprung mittels Fallschirm zu ermöglichen. Der Flugzeugführer wußte, daß es ihm nicht mehr möglich sein würde, sich als letzter zu retten.

Es war nur dem nun gefangenen Oberleutnant gelungen, noch auszusteigen.

»Kameraden kaputt!« – wendet sich der Russe an Wisse.

»Wie ist die Stimmung bei euch? – Glauben Sie an den Sieg der Roten Armee?« fragt Codreanu.

»Das fliegende Personal ist ausgesuchtes Menschenmaterial, das zum größten Teil aus der kommunistischen Jugendbewegung, dem Komsomol, hervorgeht. Es sind überzeugte Kommunisten, die an den Sieg Stalins glauben!«

»Sie auch?« fragt Codreanu.

»Ich bin Russe!«

»Wie ist die Verpflegung bei Ihrer Truppe?«

»Wie alle Elitetruppen, die Garde und die Panzer usw., haben wir besondere höhere Verpflegungssätze. Seit einigen Monaten erhalten wir aus amerikanischen Hilfslieferungen, hauptsächlich in Form von Konserven, hochwertige Sonderverpflegung!«

»Bei den anderen Truppenteilen ist es aber nicht so? – Die leiden zum großen Teil sehr großen Hunger und sind sehr schlecht ausgerüstet?«

Der Russe nickt bejahend. Er gibt auf Befragen zu, daß besonders die ukrainischen und tatarischen Einheiten, gegen die der Zentralrusse Abneigung hat, die er nicht sonderlich einschätzt, und die jetzt an den Einschließungsring herangeführt werden, schlecht verpflegt, ausgerüstet und bewaffnet sind. Sie haben nicht einmal alle Gewehre. Sie betrachten sich zum Großteil nicht als Russen, ihre Kampfmoral ist schlecht, und sie würden in Massen zu den Deutschen überlaufen, wenn sie nicht durch Politruks und Kommissare brutal niedergehalten würden.

»Uns ist bekannt, daß die Kommissare eure Infanteristen mit der Pistole gegen unsere Stellungen treiben müssen. – Glauben Sie an einen Sieg Rußlands?« – schaltet sich Wisse ein.

»Stalin hat einen Geheimbefehl an die Rote Armee erlassen, in dem wir aufgefordert werden, uns todesmutig einzusetzen, weil es der Roten Armee gelingen müsse, die Faschisten in Stalingrad zu vernichten und die deutschen Landräuber aus unserer russischen Heimat zu vertreiben.

Wir haben im Ural und in Sibirien eine neue Kriegsindustrie aufgebaut, die mehr produziert als Deutschland und die von ihm besetzten Länder. Amerika hilft uns. Das faschistische Industriepotential wird von den Engländern und Amerikanern aus der Luft zerstört. Zum gegebenen Zeitpunkt werden sie uns auch durch Errichtung einer Front im Westen helfen, Deutschland zu besiegen.

Unsere Waffen, unsere Kriegstechnik, Taktik und Strategie wurden verbessert. Wir sind den Deutschen überlegen . . .!«

»Mich würde Ihre persönliche Meinung interessieren! – Glauben Sie das alles?«

Scheinbar ohne Überlegung redet sich der Russe alle Besorgnisse vom Herzen.

»Wir warten noch einmal ab. – Wir haben alle wesentlichen Kräfte, über die wir noch verfügen, zur Entscheidung in den Kampf geworfen. Wenn es uns nicht gelingt, in Stalingrad und am Don zu siegen . . . Wenn die Deutschen auch diese Armeen vernichten, ist Rußland verloren, und es fällt die kommunistische Herrschaft auseinander. – Wir halten uns das vor Augen, weil auch die jungen Kommunisten dann nicht mehr an einen Sieg Rußlands glauben können.

Ich weiß, die Masse des russischen Volkes hungert und ist arm. Sie zweifelt an allem, was Stalin behauptet und verspricht.

Die Deutschen sollen aber nicht vergessen, daß der Russe seine Heimat liebt und bis zum letzten verteidigen wird, um sie zu befreien!«

»Soll ich auch diese Phrase protokollieren?« fragt Codreanu.

»Wenn der Gefangene zur Armee überstellt wird und Spuren von Mißhandlungen an ihm festgestellt werden, haben Sie Unannehmlichkeiten und Bestrafung zu erwarten!« – droht Wisse dem rumänischen Dolmetscher, um weiterer Mißhandlung des Russen vorzubeugen.

An der Front herrscht Ruhe. In der Festung Stalingrad geht man daran, die Stellungen auszubauen und heizbare Bunker anzulegen.

Die Verpflegungssätze werden radikal gekürzt. Das trifft jene Divisionen besonders hart, die durch die russische Offensive ihre Vorratslager verloren haben.

Für die Landser folgen ruhige Tage. Sie verfolgen die Einflüge der Ju-52-Transportmaschinen, die Verpflegung heranbringen, und es macht ihnen Spaß zuzusehen, wie die deutschen Jagdflieger elegant und immer noch überlegen in spannenden Luftkämpfen die Iwans vom Himmel holen.

Leider ist der Einsatz der deutschen Jagd- und Kampfflieger zu gering, wie auch die Verpflegung, die aus der Luft nachgeschoben wird. Wenn auch der Magen knurrt, bei der Truppe macht man sich weniger Sorgen als in den Stäben. Die Soldaten finden sich damit ab, einige Zeit ausharren zu müssen, wie die Kampfgruppe Scherer im Norden des vergangenen Winters. – Der Führer läßt uns nicht im Stich! – Auf ihn baut der deutsche Soldat. Auf die hohen Generäle ist er weniger gut zu sprechen. Bestenfalls, daß sie noch ihren Divisionskommandeur zu Gesicht bekommen. Die Führer der Armeekorps oder gar der O.B., Generaloberst Paulus, lassen sich nicht blicken. Sie machen sich durch Armeebefehle und Durchhalteaufrufe unangenehm bemerkbar, die, je weniger es zu essen gibt, immer zahlreicher, schärfer und dringlicher von den Kompanieführern in den Unterständen verlesen werden.

Was außerhalb des Kessels vor sich geht, daß die Sowjets am Tschir und Akssay stehen und dort die rumänischen Armeen zusammenschlagen – darüber unterrichtet das A.O.K. nicht einmal die Divisionskommandeure.

Als am 22. November die Lage zum VI. rumänischen Armeekorps ungeklärt war, versuchte die Funkstelle des D.V.K. von Gawrilowka aus, auf der vereinbarten Wellenlänge mit dem vorgesetzten D.V.-Stab in Verbindung zu treten. – Es bestand Befehl, zu hierfür festgesetzten Zeiten auf Funkverkehr zu gehen.

Da keine Verbindung zustande kam, mußte angenommen werden, daß der Stab nicht mehr in Abganerowo lag und der abgerissene Teil der Südfront schon mehr als 50 Kilometer weit entfernt war.

Am 23. November glückte es den Funkern für einige Minuten, in Verbindung mit dem vorgesetzten Stab zu treten, dessen Funkstelle bei Ssamochin, südlich des Akssay, lag und mitteilte, daß ein Oberst Pannwitz eine Kampfgruppe aufstellte. – Von nun an gelang zu verabredeten Zeiten wieder die Verbindung.

Am 26. November meldet die Gegenstelle einen bedeutsamen Erfolg der Kampfgruppe Pannwitz.

Der mit starken Infanterie- und Panzerkräften auf Kotelnikowo vorstoßende Feind ist durch Oberst Pannwitz im Zusammenwirken mit der rumänischen Kampfgruppe Korne bei Krainaja Balka in der Flanke gefaßt, geworfen und vernichtet worden.

Täglich empfängt nun Wisse die Lageberichte von der Front außerhalb des Kessels.

Am 27. November stoßen die Kampfgruppen Pannwitz und Korne auf Kotelnikowo vor. – Und – eine wichtige Meldung! – die aus Frankreich schnellstens herangeführte voll kampfstarke 6. deutsche Panzerdivision greift in die Kämpfe ein. – Das ist eine gute Nachricht!

Ist es nicht ein Zeichen dafür, daß bereits Kräfte eingesetzt werden, die der eingeschlossenen Armee Hilfe und Entsatz bringen sollen?

Am 28. November wieder Erfolge der Kampfgruppen Pannwitz und Bischoff, die dem Feind, der Kotelnikowo von Norden angreift, in den Rücken fallen und ihn vernichtend schlagen.

General Tataranu, dessen Verhältnis zu Wisse ein recht herzliches ist, kommt nun auch öfter in den D.V.K.-Bunker, um zu plaudern und die Lage zu erörtern.

Der General kommt wieder darauf zurück, daß er sich mit der Einkesselung und dem zaudernden Auf-der-Stelle-Treten des Generalobersten Paulus nicht abfinden kann.

»Ohne die Erfolge der Kampfgruppen zu schmälern, ersieht man gerade daraus, daß der Russe seine Erfolge nur mit gewissen Elitedivisionen erzielt – und diese Hauptkräfte derzeit am Don und am Tschir gebunden sind.

Die feindlichen militärischen Aktionen gegen den Einschließungsring sind offensichtlich nichts als Scheinangriffe. Wie viele russische Soldaten nützen sie nur dazu aus, um zu uns überzulaufen!

Wenn das nicht die Chance überhaupt ist, mit den motorisierten Verbänden der Armee Entlastungsangriffe nach Süden zu führen und den Kessel aufzubrechen?

Dabei brauchte der sehr vorsichtige Herr Generaloberst gar nicht befehlswidrig zu handeln und könnte es auch vor seinem Führer verantworten! Und wenn er nichts anderes erreicht, als den Kessel zu öffnen und der Donfront Entlastung zu bringen! Die Kampfkraft der Armee zehrt sich von Tag zu Tag mehr auf und gehört genützt – solange sie noch wirksam ist und eine Chance hat.

Der Feind ist derzeit nicht in der Lage, unseren Ausbruch zu verhindern! Wir brauchten hier einen General wie Rommel, der auf eigene Faust handelt! Festung Stalingrad – schön und gut! – Daß sie hält, womöglich den Winter hindurch, ist eine reine Nachschubfrage. – Sobald der Russe Kräfte am Don frei hat oder aus dem Osten heranführt, wird er sie gegen uns wenden. – Jeder Tag verschlimmert unsere Lage. – Die Luftversorgung bleibt auf die Zuführung von Verpflegung und Sanitätsmaterial beschränkt – und wir werden aus der Luft, schätze ich, gerade so viel erhalten, daß wir statt in vierzehn Tagen erst in ein oder zwei Monaten verhungern.

Halten Sie es für möglich, daß das deutsche Oberkommando in dieser Zeit eine neue Armee aus dem Boden stampft und hierherbringt? – Ich nicht! Bestenfalls wird man von überall her einige Divisionen zusammenkratzen. – Sie werden nicht einmal dazu reichen, die Lücke am Don zu stopfen, und auf jeden Fall zu schwach sein, um uns herauszuhauen!« – Der General erregt sich. – »Wir müssen ausbrechen! – Zumindest mit einem Teil der Armee. – Der Rest hat dann mehr Chance, wenn ihr Führer Wert darauf legt, sich im Stadtbereich und ringsherum festzusetzen und Stalingrad zu halten. Vier bis fünf Divisionen aus der Luft zu versorgen, mag einer Luftwaffe wie der deutschen, günstige Bedingungen vorausgesetzt, noch gelingen – aber 22 Divisionen samt Anhang – niemals!«

Es ist in den ersten Tagen des Dezember.

Eine rumänische Ordonnanz meldet die überraschende Ankunft des Generalobersten Paulus und des Generals der Artillerie Jänecke, dessen IV. Armeekorps die Division untersteht.

»Was ist in unseren O.B. gefahren?« – wundert sich Möglich. »Normalerweise sind seine Unternehmungen bis ins kleinste Detail organisiert und gründlichst vorbereitet, damit ja alles klappt. Demnächst kriegen ihn gar noch seine Soldaten im vordersten Graben überraschend zu Gesicht!«

»Das glaube ich nicht!« – entgegnet Wisse.

»Wieso nicht? – Die heroische Glanzrolle des heldenhaften Verteidigers der Festung Stalingrad verlangt auch nach populärer Breitenwirkung. – Wie die Weihnachtsmänner, die eine hübsche Überraschung im Sacke haben!« – flüstert Möglich Wisse respektlos ins Ohr, nachdem er zackig gegrüßt und Meldung erstattet hat.

In General Jäneckes Gesicht glänzt offensichtlich Vorfreude. Er schüttelt Möglich und Wisse kräftig die Hand. »Wenn ihr eure Stube gefegt und die Betten gemacht habt – will ich mich nachher mal ganz kurz bei euch umsehen, meine Herren!« –

Auch der Generaloberst scheint Wisse verändert. – Etwas zurückhaltender als General Jänecke, zeigt er sich unverkennbar hochgestimmt. –

Der junge Oberleutnant hält sich im Hintergrund.

Als Wisse von Tataranu angewiesen wird, auf der Bank im Essensbunker Platz zu nehmen, und zögert, macht der Generaloberst sogar eine einladende Handbewegung.

Das Essen ist vorzüglich. Jänecke erweckt durch seine flüssigen, elegant über jedes Hindernis gleitenden Umgangsformen noch immer mehr den Eindruck eines Diplomaten oder großen Geschäftsmannes als den eines deutschen Generals. Er löffelt, ohne sich Hemmungen aufzuerlegen, als volle Anerkennung für das vorzügliche Mahl, ganz schön was weg. Auf eine weltmännische Art, scharf geschliffen und sicher, kann er es sich leisten, sich ohne Knigge frei zu benehmen.

Aber auch Paulus, bei dem man den Eindruck hat, er klammere sich an Formen, damit ihm ja kein Fauxpas unterläuft, entwickelt einen gesunden Appetit und spricht den aufgetischten Balkanspezialitäten und dem dazu gereichten Barack recht eifrig zu.

Es ist ihm nichts davon anzumerken, daß er, wie man sich erzählt, magenkrank sei und nur ausgesuchte Diätspeisen zu sich nehme.

Mehrmals stellt er fest, wie exzellent das Essen sei.

»Ich kann mir vorstellen!« – wendet sich Paulus an Tataranu, »daß Sie bei Ihrem Besuch in Gumrak meiner Einladung zu unserem obligaten Eintopfessen mit bedeutend weniger Begeisterung nachgekommen sind als ich heute Ihrem Festmahl! Ihr Koch muß ein wahrer Künstler sein!«

Tataranu, als Gastgeber, macht das Lob Spaß.

»Schon mehr ein Zauberer!« erklärt er, »denn er bereitet aus der normalen Truppenverpflegung die unwahrscheinlichsten Leckerbissen zu. Er ist der beste Koch Bukarests. Er macht Ihnen aus einer Krähe Krammetsvögel, aus einer Katze Kalbsfilet, und wenn es sein muß, aus einer alten Schuhsohle ein saftiges Beefsteak!«

»Aber das da!« – Der Generaloberst, messer- und gabelbewehrt, richtet sich auf. »Ich traue mir zu, bißchen was vom Essen zu verstehen. – Das sind doch die berühmten sechs Sorten Fleisch...!«

»Fleisch ist es diesmal allerdings, aber nur eine Sorte – Rindfleisch!« – »Unglaublich delikat!«

»Selbstverständlich sind wir bereit, unsere Vorräte zur Verteilung an die Armee abzugeben!«

Wisse ist überrascht. – Daß Tataranu aus Großmannssucht, um zu imponieren, oder gar aus Selbstlosigkeit sein kostbares Rindfleisch abgibt! – Es ist ein Schachzug. Tataranu opfert diese Bestände seiner Idee. – Er will dem Generaloberst beweisen, wie unzureichend die Versorgung der Armee aus der Luft sei. »Es ist das Verdienst des Herrn Oberleutnants! – Er hat, wie in allen Situationen, auch als es drunter und drüber ging, den Kopf aufbehalten und 50 Kühe für uns in den Kessel gerettet!«

Der Generaloberst schiebt einen Bissen in den Mund, schmeckt ihn zufrieden, wendet sich zum ersten Male Wisse halb zu und mustert ihn wohlgefällig.

»Ist ja ausgezeichnet! – 50 Kühe? – Und das wurde mir gar nicht gemeldet?« – wendet er sich gut gelaunt an General Jänecke.

»Dafür verdient er ja das Verdienstkreuz erster Klasse mit Schwertern!« – Und so erntet Wisse das erste Lob des Generalobersten, nicht als D.V.K.-Führer, aber als erfolgreicher Kuhtreiber.

Die beiden Generale sind sehr aufgeräumt und bestreiten die Unterhaltung fast allein, während sich die Rumänen, Tataranu und Major Binder, der Dolmetsch, aufs Zuhören beschränken und dabei kaum mitkommen.

Der O.B. und General Jänecke sind bemüht, das Gespräch in den Bahnen persönlicher und zwangloser Unterhaltung zu führen.

Paulus geht in diesem kleinen, animierten Kreis bemerkenswert aus sich heraus. – Schmunzelnd erklärt er: »Das habe ich Ihnen noch gar nicht verraten, Herr Tataranu, daß meine Gattin Rumänin ist. Es sind also nicht nur militärische und politische Gründe, daß ich Sie in Bassargino besuche. Meine Frau hat in mir Verständnis und Vorliebe für das rumänische Volk geweckt.«

Die Herren haben eine Flasche Champagner als Geschenk mitgebracht. Tataranu hat ihn in die Gläser füllen lassen.

Paulus ergreift sein Glas.

»Meine Herren, darf ich Sie auffordern, auf das Wohl unseres Führers Adolf Hitler – auf das Wohl des rumänischen Staatsführers Marschall Antonescu, auf den Sieg Deutschlands und seiner Verbündeten, das Glas zu erheben . . .!« Paulus legt eine Spannungspause ein.

Er erhebt seine Stimme.

»Die Vorbereitungen zur deutschen Gegenoffensive in Richtung Stalingrad sind abgeschlossen! – Die Operationen zu unserem Entsatz im Anlaufen! – Generaloberst Hoth, übrigens ein Kriegskamerad von mir, ist mit seiner 4. Panzerarmee marschbereit. – Seit 3. Dezember ist die 6. Panzerdivision im Einsatz gegen den Feind!

Daß Generaloberst von Manstein seit 28. November die Führung der Heeresgruppe Don übernommen hat, dürfte Ihnen bekannt sein?« – Manstein, das weiß Paulus, ist auch den Rumänen ein Begriff. – »Manstein sollte nach Leningrad, um es wie Sewastopol sturmreif zu schießen. Auf dem Wege dahin erreichte ihn der Führerbefehl – angesichts ihrer entscheidenden Bedeutung die Südfront zu übernehmen.

Die oberste deutsche Heeresführung scheint nicht nur die Absicht zu haben, die Lage in Stalingrad zu bereinigen, sondern darüber hinaus den durchgebrochenen Feind zu umfassen und zu schlagen! – Während wir manchmal kleinmütig sind, zeichnet sich vielleicht schon die entscheidende und endgültige Vernichtung der letzten bolschewistischen Armeen und unser Sieg über Rußland am Kriegshorizont ab.

Wenn wir Rußland haben, welche Macht der Erde ist dann noch imstande, uns die Stirn zu bieten –?«

»Mit welchen Kräften sollen die Entsatzoperationen durchgeführt werden?« – fällt Tataranu dem O.B. ins Wort.

Der rumänische General erwartet konkrete Angaben und hofft, daß es sich doch vielleicht um stärkere Verbände handelt – als er aus den vertraulichen und lückenhaften Funkmeldungen erfahren konnte.

Er versucht es, seine Enttäuschung zu verbergen, als Paulus mitteilt, daß nur drei Panzerdivisionen an den Operationen teilnehmen, von denen nur die 6. Panzerdivision voll aufgefüllt und ausgerüstet zu sein scheint.

Die beiden anderen nennen sich zwar Divisionen, sind ihrer Kampfstärke nach aber eher als Panzerregimenter anzusprechen. Weiß dies der O.B. und auch, daß die Panzerverbände zum überwiegenden Teil mit Kampfwagen ausgestattet sind, die, außer dem Panzer IV mit der 7,5-cm-Langrohrkanone, dem T 34 nicht gewachsen sind?

Frische Infanterieverbände konnten nicht aufgebracht werden. Die 4. rumänische Armee, oder besser gesagt, was von ihr noch übrig ist, soll den Flankenschutz übernehmen.

»Wann soll der Befreiungsstoß der deutschen Panzerarmee gestartet werden?« – Noch ist Optimismus in Tataranus Frage.

»Ich denke, in etwa acht Tagen!« – antwortet Paulus.

»Hoffentlich sind die Russen an den anderen Frontabschnitten noch so lang und entsprechend stark gebunden! Andernfalls haben die Panzerverbände mit einem mehrfach überlegenen Gegner zu rechnen! – Ist Ihnen etwas bekannt davon, Herr Generaloberst, daß die Russen im Süden noch eine Armee in Reserve haben sollen?« Der Generaloberst weicht dieser Frage aus. Er begründet es, daß nicht stärkere Kräfte zum Entsatz herangezogen werden.

»Am Don und Tschir ist unsere Front stärkster Belastung ausgesetzt. – Es muß verhindert werden, daß der Russe nach Rostow durchstößt und die Heeresgruppe A abschneidet. Ich habe im Norden des Kessels Scheinangriffe und Frontbegradigungen durchführen lassen.

Der Gegner soll in der Annahme bestärkt werden, daß wir in Richtung Woronesh ausbrechen wollen, und von unseren Vorbereitungen im Süden abgelenkt werden. Zugleich bringen wir der Tschirfront dadurch eine fühlbare Entlastung.

Die Angriffe wurden ohne Artillerievorbereitung und Panzerunterstützung durchgeführt und die gesteckten Ziele erreicht. Der in unserer Nordfront steckende feindliche Dorn wurde beseitigt. Die Soldaten haben dadurch zwar ihre ausgebauten Stellungen verloren und liegen momentan frei im Gelände – aber wir haben wichtige Erfahrungen gesammelt. – Die Feindkräfte, die uns umschlossen halten, sind durchaus nicht so stark, wie angenommen wurde, und wir können sie durchbrechen, wenn wir Befehl dazu erhalten.

Was uns gegenüberliegt und seit Tagen gegen unseren Verteidigungsring anrennt und verblutet, sind minder kampfstarke und verläßliche Verbände, die der Russe ohne Rücksicht auf Verluste gegen unsere Linien treibt!«

Der O.B. ist also bestens unterrichtet und vertritt auch die Auffassung, daß die Einschließungskräfte nicht stark genug sind, um einen Ausbruch aus dem Kessel zu verhindern. Er wartet nur gehorsamst auf den Befehl dazu.

Deshalb fragt auch Tataranu:

»Was unternimmt die Armee von sich aus, um den Kessel zu öffnen?«

»Ich beginne in den nächsten Tagen damit, meine mot. und Panzerverbände im Süden bei Rakotino und Stary Rogatschik zusammenzuziehen. Wenn Hoth nahe genug herangekommen ist – werden wir ihm entgegen durchbrechen.«

Der O.B. erläutert seinen Plan – mit einer Panzerspitze aus dem Raum Rakotino–Rogatschik nach Westen anzugreifen und von Karpowka aus nach Süden durchzustoßen, um die feindliche Front aufzurollen und sich mit der zum Entsatz herankommenden Panzerarmee Hoths zu vereinigen. Etwa 100 Panzer und drei motorisierte Divisionen sollen den im Südteil des Kessels bereitstehenden Divisionen folgen. – Ob deutsche Truppen im Raum Stalingrads zurückgelassen werden, um die Front bis an die Wolga weiter zu halten – oder die ganze Armee bis hinter den Don zurückgenommen werde, darüber hat der Generaloberst scheinbar noch keine Weisungen.

Das Unternehmen soll unter dem Losungswort »Donnerschlag« laufen.

»Ich hoffe, daß unsere Befreier Glück haben und wir zu Weihnachten schon wieder in Freiheit – winke, winke machen können! Also, bereiten Sie Ihre Taschentücher vor!«

General Jänecke teilt die Ansichten des O.B., nur vertritt er energischer die Auffassung, sich nicht gänzlich auf die Entsatzarmee zu verlassen, sondern aus eigener Kraft, was zur Befreiung möglich ist, rechtzeitig zu unternehmen. Als der O.B. und der Korpsführer sich an diesem Tag verabschieden, lassen sie die Rumänen in erwartungsvoller und zuversichtlicher Stimmung zurück.

Es folgen ruhige Tage. Noch ist genug Munition da, daß die Angriffe der Russen im Süden und Westen im Sperrfeuer der Artillerie und der MGs zusammenbrechen.

Die Soldaten vergnügen sich, mit MG- und Gewehrfeuer erfolglose Jagd auf die russische Nähmaschine zu machen.

Niedrig fliegend, ist sie, gemütlich dahingondelnd, am hellen Mondhimmel mit freiem Auge sichtbar. Oft fährt die Leuchtspur mitten in ihren Rumpf, und sie fliegt ruhig weiter. Sie muß stark gepanzert sein. Gerät sie in Flakfeuer oder wird sie von Scheinwerfern erfaßt, schalten die Russen den Motor ab – und im geräuschlosen Gleitflug nehmen sie Reißaus.

Arg fluchend weckt Böse den Oberleutnant und hält ihm seinen einen Stiefel unter die Nase, in dessen Spitze Mäuse ein markgroßes Loch gefressen haben.

»Mäuse, na und? Die fressen doch schon lange mit uns mit – an unserem Brot und den Vitamindrops! – Seit wir die Verpflegung in der Munikiste haben, gehen sie halt auf unsere Ledersachen!« –

Halbverschlafen richtet sich Wisse auf, aber nur, um sich auf die andere Seite zu wälzen und seinen laut knurrenden Magen in eine andere Lage zu bringen, wo er, seitlich hängend, nicht so drückt. – Die Nase im Kissen vergraben, meditiert er. – Im Weltkrieg sollen die Franzosen am Chemin des Dames die Ratten gefangen und gegessen haben! – Prost Mahlzeit! – Was sollen die armen

Hunde im Graben vorn sagen? – Wir haben noch etliche Vitamindrops und kriegen von Tataranu ab und zu etwas zusätzlich.

In Pitomnik ist eine rumänische Maschine mit Zusatzverpflegung gelandet. – Für den Stab soll Antonescu einige Kisten mit Äpfeln, Feigen und Schokolade geschickt haben. – Wird schon was für uns abfallen! –

Krämer kommt herein, und mit einem Satz ist Wisse aus der Klappe. »Ah, das Frühstück für die schlanke Dame!« Zwei hauchdünne Schnitten geröstetes Brot, 10 Gramm Butter, 10 Gramm Kunsthonig und zusätzlich zwei Feigen.

Noch geht es uns sehr gut! – Die Soldaten des D.V.K. erhalten dasselbe, nur essen sie das Brot lieber ungeröstet, weil es größer aussieht und mehr ausgibt.

Wütend, immer wieder seine an der Ferse herabgetretenen Turnschuhe verlierend, hüpft Böse mit seinem angenagten Stiefel in den Socken durch den Schnee zum Divisionsschuster.

Rachsüchtig verfertigt er aus einem Brettchen mit einem Köder dran, das über eine Querleiste kippt und mit MPi-Magazinen beschwert ist, eine teuflische Mausefalle, in der sich schon nach einer halben Stunde das erste Mäuschen gefangen hat.

Der Oberleutnant weiß, die Leute des D.V.K. haben noch etliche Kartons mit Tabakwaren. Sie verscheuern heimlich Zigaretten an Köche und verschaffen sich dadurch einige Aufbesserung. Er kann sich daran nicht beteiligen.

Jeden Tag, so gegen 15 Uhr, vor Sonnenuntergang, wenn der leere Magen wütend rebelliert, streift Wisse um das Bahnhofsgebäude von Bassargino. Dann tritt Major Baltatescu, der dort sein Verpflegungslager aufgeschlagen hat, vor die Tür und ruft ihn an.

»He, servus, willst du nicht ein bissel zu mir hereinkommen und plauschen?«

Er kriegt dann meistens eine Tasse türkischen Mokka. Den Sud löffelt er noch mit Behagen, denn das beruhigt ein wenig den Magen. Eine Kleinigkeit hat Baltatescu immer. Eine Mehlflinse in heißer, angefetteter Pfanne gebacken oder eine halbe Rippe Schokolade.

Als Wisse erfuhr, daß diese Zubesserungen von der Truppenverpflegung abgezweigt werden, weigerte er sich, davon zu nehmen, und machte dem Major schwere Vorwürfe. – Er wies darauf hin, daß die nach Dienstgraden abgestuften rumänischen Verpflegungssätze aufgehoben seien – und jedem Soldaten bis zum General hinauf, wie bei den Deutschen, das gleiche zustünde.

Baltatescu hatte ihn nur ausgelacht.

Betrübt, mit leerem Magen, muß er feststellen, daß, je mehr sich der Hunger breitmacht, wesentliche Verpflegungsunterschiede zwischen den Stäben, den rückwärtigen Diensten, speziell in Versorgungslagern, und den Frontsoldaten sich überall kraß bemerkbar machen.

Am 18. Dezember ruft die Armee an und teilt mit, daß zwei rumänische Deserteure im Stadtbereich von Stalingrad Süd von der Feldgendarmerie aufgegriffen worden seien und dort festgehalten würden.

Als rangältester Offizier im Kessel wird General Tataranu aufgefordert, die Deserteure durch einen bevollmächtigten Offizier abholen zu lassen – und im eigenen Wirkungsbereich abzuurteilen.

Es wird darauf hingewiesen, daß sich in zunehmendem Maße rumänische Soldaten von ihrer Truppe entfernen und sich marodierend vorwiegend in Stalingrad herumtreiben, wo sie in den Häuserruinen Unterschlupf finden.

Entrüstet stellt der General fest, daß ihm bis jetzt, in seiner Division, noch kein Fall von Desertion bekanntgeworden sei. – Es beruhigt ihn, zu erfahren, daß die beiden Deserteure von der 1. rumänischen Kavalleriedivision stammen. Er sieht als Soldat die Notwendigkeit dazu ein – ist aber als Mensch tief betrübt, daß ihm von der Armee nahegelegt wird, zur Abschreckung ein Exempel zu statuieren. – Deshalb vor allem macht sich die Feldgendarmerie die Umstände, die Rumänen in den disziplinären Wirkungsbereich des rumänischen Generals zu überstellen.

Der harte und energische Oberst Dimitriu übernimmt die Aufgabe. Er verlangt, daß ihn Wisse als Verbindungsoffizier begleite. Obwohl er deutsch spricht, nimmt er Major Binder als Dolmetsch mit. Es könnte der Fall eintreten, daß ich gewisse Töne großmäuliger Polizistennaturen nicht verstehen kann – und will!

Es ist ein bitterkalter Morgen.

Vom erhöhten Fahrdamm der Rollbahn Bassargino–Woroponowo–Stalingrad–Zarizyn ist der Schnee fortgeweht und über der gefrorenen, zerrissenen Erde nur in Spalten weißes Geriesel, das vom Sturm hochgerissen, in dünnen Pulverschneefahnen, vor dem Wagen, über der Straße hochstäubt.

Der Bahnhof Woroponowo, wo der Schienenstrang aus Westen sich mit der Ringbahn aus Gumarak vereinigt, deren Gleis auf einem hohen Damm heranführt, ist ein Trümmerfeld.

Schon von weitem sichtbar, wie ein Riesengalgen, erhebt sich das Gerüst, das den Betonklotz des Wasserbehälters trägt, aus riesigen Haufen von Schutt und Unrat, die teilweise schmutziger Schnee bedeckt.

Auf den Gleisen, in Reihen, dicht aufgefahrene Züge aus Ketten von ausgebrannten und zersplitterten Wagen. Lokomotiven ohne Dampf. Das Stationsgebäude zerbombt. Ein toter Bahnhof. – Ein trauriger Anblick. Aus einzelnen Waggons dünne Rauchfahnen, die senkrecht hochsteigen. Darin hausen Verwundete. Ihr Waggon wird nie abfahren.

Hinter Woroponowo zweigt die Straße vom Schienenstrang ab und führt an Häuser- und Werksruinen vorbei auf den Höhenzug vor Stalingrad, der bis auf einige Hochhäuser und den Getreidesilo, die darüber hinausragen, die Stadt dem Blick entzieht.

Links des Weges, an einem Pfahl, unter dem Richtungspfeil mit dem taktischen Zeichen der niedersächsischen Division, dem vierblättrigen Kleeblatt, steht ein Warnungsschild.

– Gelände 200 Meter weiter wird vom Feind eingesehen! Achtung, feindliches Artilleriefeuer! –

Weit und breit ist keine Menschenseele zu sehen – und dabei muß ringsherum in Kellern, Bunkern, zwischen den Trümmern der Betonhäuser, von denen nur mehr verbogene und ausgeglühte Eisengerippe hochragen, in unversehrt gebliebenen Holzhäusern alles voller Soldaten sein. Artilleriebeobachter, leichte Flak-Meßabteilungen und Regimentsstäbe, die hier liegen.

Der Fahrer braust über den Hügel, ohne daß ein Schuß fällt. – Und da liegt es plötzlich – durch die tiefe Schlucht des Zaritzatales vom neuen Stalingrad, das sich längs des Stromes hinzieht, getrennt, das alte Zarizyn – die jahrhundertealte, berühmte Handelsstadt an der Wolga, ehemals wohl aus Tausenden von Holzhäusern bestehend, wo die Güter Asiens und Europas umgeschlagen wurden.

Der Krieg hat brutal den letzten Hauch Poesie zerstört und von dem alten Zarizyn zwischen Bombenkratern nur noch etliche Bretterbuden und Hütten stehengelassen.

In zwei Arme geteilt, von denen nur der westliche sichtbar ist, wirkt der mächtige Strom enttäuschend. Von der Wolga umflossen, liegt die Sarpinskiinsel, am Südzipfel der Stadt gegenüber, mitten im Fluß. Von dort aus lenken die Russen ihr gutgezieltes Artilleriefeuer auf die von den Deutschen besetzten Höhen, Straßen, Knotenpunkte und lohnende Ziele im Stadtbereich.

Ein kleines Häuschen, in die Deckung hochragender Hausruinen geduckt, im toten Beschußwinkel der russischen Artillerie, ist Quartier der Feldgendarmerie.

Durch eine Glastür, unter der sich die Offiziere bücken müssen, geht es einige Stufen hinab in einen großen, sauber gehaltenen Raum. Den größten Teil des Zimmers nimmt der dicke, russisch gemauerte Ofen mit der Bank ringsherum ein. Ein aus rohen Brettern zusammengenagelter Tisch und drei wackelige Stühle vervollständigen die Einrichtung.

Der Führer des Gendarmeriepostens stellt sich als Oberleutnant Camelli und Weinhändler aus dem Rheinland vor.

Neben dem Platz auf der Ofenbank, von dem er sich erhoben hat, sitzt in einer gut erhaltenen Fufaika, deren beide oberen Knöpfe geöffnet sind, damit sie von der Wölbung eines imposanten Busens nicht gesprengt werden, ein russisches Mädchen, das schön ist, trotz Fufaika, verschlissenem kariertem Wollrock und gewalkter Filzstiefel.

Es steht auf und weicht vor den Männern, die die Stube füllen, in die dunkle Ofenecke zurück.

Die rumänischen Offiziere starren es wie einen lang entbehrten Leckerbissen an – und mustern mit unverhohlener Begierde die verlockenden Reize des Mädchens. Auch Wisse besieht sich die Russin mit Wohlgefallen. Als einzige Frau weit und breit unter Männern, ein russisches Mädchen, unter deutschen Soldaten. Zu eindeutig, was es hier macht. Das Mädchen lächelt scheu und verschämt.

Das ist doch Katja! – Katja aus Charkow? – Ist das möglich? –

»Katja!« – entfährt ihm leise ihr Name. Sie schaut ihn eine Sekunde lang verstört und erschreckt und dann prüfend von oben bis unten, wie einen Fremden an.

Das Mädchen setzt sich wieder – und mit einem Lächeln hält es Wisses Blick stand. – Im Bewußtsein, seinem Zugriff entzogen zu sein, lehnt es sich zurück gegen den Ofen, und sich dehnend, reckt es ihm aufreizend die volle Pracht seines Busens entgegen. Dem Wink des Feldgendarmerieoberleutnants, zu verschwinden, leistet das Mädchen spöttisch trotzend keine Folge und bleibt ruhig sitzen.

Der muß ganz schön ihren Reizen verfallen sein, denkt sich Wisse. Der Feldgendarmerieoffizier möchte rasch die Angelegenheit erledigen. – Vielleicht um ein angebahntes Schäferstündchen fortzusetzen?

Das Mädchen errät Wisses Gedanken und bestätigt sie, tückisch lächelnd, als freue es sich, daß ihn diese Vorstellung peinigt.

»Ja also, Ihre beiden Ausreißer, meine Herren, wir haben die Rumänen vorgestern im Keller einer Hausruine gefaßt! Es treibt sich jetzt von Tag zu Tag mehr Gesindel in der Stadt herum. Zum größten Teil sind es Russen, die aus dem Gefangenenlager in Woroponowo entwichen sind – und dann eine Menge Hiwis, die den verschiedenen Einheiten zugeteilt waren. Jetzt, wo es brenzlig aussieht, gehen sie stiften und wollen sich durch die russischen Linien zu ihren Genossen zurück durchschlagen. Es wird geplündert, Essenträger werden überfallen, und erst vor acht Tagen haben wir einen ganzen Spionage- und Sabotagering gesprengt. Der Feind schleust geschulte Kräfte, die die Führung übernehmen, dazu ein.

Unsere Fernsprechleitungen werden zerstört! Nachts lotsen sie ihre Flugzeuge durch Blinksignale an unserer Flak vorbei und markieren ihnen lohnende Ziele für den Bombenabwurf.

Sie haben Geheimsender und geben an den Iwan genaue Lageberichte mit Truppenstärke, sogar die Namen der Offiziere bis zum Kompaniechef hinunter, den Stellungsverlauf, jede kleinste Truppenverschiebung und verläßlichere Angaben über unsere Vorräte durch, als sie vielleicht die Armee erhält. Gestern nacht ist ein Munilager der 297. I.D. in die Luft geflogen. Nicht weit von hier haben wir eine Russin geschnappt, die unter dem Fußboden ihrer Hütte einen Geheimsender hatte und täglich regelmäßig ab 4 Uhr früh funkte.

Das Tollste, die Hütte war voll belegt mit deutschen Soldaten. Elf Schlote einer Nachschubeinheit des VIII. A.Ks. mit ihrem Stabszahlmeister. – Der Gute soll mit der Russin was gehabt haben!«

– Und du nicht, mit dieser da? – fragt Wisses Blick. – Das geht dich einen Dreck an! – Kann ich mir, wenn es so ist, als Feldgendarm und über jeden Verdacht erhaben, leisten, gibt der Weinhändleroberleutnant mit gemütlichem Augenzwinkern zu verstehen und setzt fort:

»Sie gab die Zahl der Flugzeuge, die in Pitomnik und Bassargino landeten, durch, und sogar über die Menge und Art der Fracht gab sie dem Iwan Bescheid.«

Ein Unteroffizier der Feldgendarmerie, groß, stämmig, ein richtiger Bulle, noch einen erstaunlich prallen Hintern in der darüber straff gespannten Hose, bringt die Erhebungsprotokolle und eine Kassette, die angefüllt ist mit Diebes- und Plünderungsgut der beiden Deserteure.

Oberst Dimitriu wühlt mit seinen dicken, ungelenken Fingern in dem Schmuckhaufen, hebt eine Handvoll davon heraus und läßt sie mit rumänischen Flüchen wieder in die Kassette zurückrinnen.

»Ja, fast ein Pfund Gold!« – taxiert der Unteroffizier. »Wo die Kerle das herhaben?« fragt Dimitriu. – »Aus verlassenen Wohnungen? – Aus irgendeinem Versteck, das sie aufgestöbert haben? – Möglicherweise jedoch stehen sie mit sowjetischen Agenten in Verbindung...? Das konnten wir nicht herausbekommen. Sollten Sie deshalb weiteres Beweismaterial zusammenkriegen, ersuchen wir um dessen Übermittlung.«

Dimitriu runzelt die Stirn. »Sie denken wohl, ich werde ein langwieriges Verfahren einleiten? – Wo sind die Burschen? – Ich will sie mir ansehen. – Wenn sie nichts weiter auszuplaudern haben, können sie hier gleich an Ort und Stelle füsiliert werden!«

»So einfach geht das nun nicht!« – wirft Oberleutnant Camelli ein.

»Wir könnten sie auf der Flucht erschießen lassen! – Das gibt keine Scherereien!« – rät der bullige Unteroffizier, der Erfahrung darin zu haben scheint. »Erst gestern machten drei Russen einen Fluchtversuch. – Der Posten hat sie gleich mit der MPi umgelegt!«

»Wir haben die beiden da drüben«, der Unteroffizier weist quer über einen mit Trümmern übersäten Platz, »in unserem Bunker eingelocht!«

Im Hinausgehen drehen sich die Rumänen nochmals nach dem Mädchen um und mustern es begehrlich. Es ist in dieser düsteren Landschaft des Krieges wie eine seltene Erscheinung. Auch Wisse wirft einen Blick zurück. – Bist du es – oder bist du es nicht, Katja? – Sie schaut ins Leere.

Wisse läßt die Rumänen, den Oberleutnant und den Unteroffizier der Feldgendarmerie an sich vorübergehen und bleibt zurück, um nochmals von außen durch das Fenster in die Stube nach dem Mädchen zu sehen. Und es ist durch die gefrorene Scheibe, etwas milchig verschwommen, das Gesicht des Mädchens dicht am Fenster. Durch eine klare Stelle in der Fensterscheibe blickt sie ihn an – mit Augen, die nichts vergessen haben, die zärtlich umfangen, ihm sagen, daß sie Katja sei, daß es schön war zwischen ihnen – und in ihren Augen ist schmerzlicher Abschiedsgruß für ihn, für immer. Den Kopf zurückgewandt, da sich ihre Augen nicht losreißen können voneinander, achtet er nicht auf den Weg und fliegt lang hin über einen Betonklotz.

Er spürt einen stechenden Schmerz im Knöchel. Durch den Sturz hat er sich den Fuß zwischen einem verbogenen Eisenträger und dem Betonklotz eingeklemmt und verdreht. Am Arm des Unteroffiziers, der ihm aufhilft, humpelt er zurück in die Hütte.

»Gebrochen haben Sie sich nichts, Herr Oberleutnant, aber der Knöchel ist ordentlich verknackst!« – Der Unteroffizier zieht mit einem kräftigen Ruck an Wisses Bein, dreht es links und rechts – bis es knackt. »Und auch schon wieder eingerenkt! Stiefel können Sie keinen anziehen, der Fuß wird gleich anschwellen!« Der Unteroffizier wendet sich an das Mädchen. »Lusja, mach dem Herrn Oberleutnant einen kalten Umschlag! – Herr Oberleutnant, ich hab' die Bunkerschlüssel und muß den anderen nach!«

»Also Lusja nennst du dich hier – in Stalingrad?«

»Für dich bin ich Katja«, unterbricht sie ihn, schüttelt abwehrend den Kopf, als er weitersprechen will, faßt ihn an der Hand, stützt ihn, drückt sich dabei absichtlich oder unabsichtlich gegen ihn und führt ihn in eine Kammer nebenan.

Stärker als seine Lust, die er durch Anpressen ihres Leibes spürt, strömt aus dem festen Druck ihrer Hand ein Gefühl in ihn über, das seinen Widerstand gegen sie lähmt und ihn bezwingend daran erinnert, daß etwas zwischen ihnen war, das sie immer noch verbindet. – Die Weibeskraft in diesem russischen Mädchen ist stark.

In seinem Gehirn bohrt es – seiner Pflicht genügen zu müssen und diese Lusja, was er vielleicht schon in Charkow versäumte, anzuzeigen, da sie sich verdächtig macht, Spionage zu betreiben.

An der Nase lasse ich mich nicht von ihr herumführen, wehrt er sich gegen sie. – Aber ich will ihr Gelegenheit geben, sich vor mir zu rechtfertigen, gesteht er ihr in kurzer Überlegung zu.

Als ob sie seine Gedanken errate, drückt sie dankbar seine Hand. Er setzt sich auf das Feldbett, das den halben Raum einnimmt, und spürt unter dem derben Kotzen, weich gefedert, eine gut gefüllte Matratze, in die er versinkt.

Sie holt Wasser und einen Leinenstreifen, bückt sich und greift zaghaft nach seinem Fuß. – Sie kniet vor ihm nieder, legt seinen Fuß auf ihr aufgestütztes Knie und legt ihm den nassen Leinenstreifen um den Knöchel. Sie hält den Kopf gesenkt, so daß sein Blick nur auf ihren Scheitel fällt, und vermeidet es, ihn anzusehen.

Wozu das? – ärgert er sich. – Weil du bei mir vielleicht auch dein Vergnügen gehabt hast, ist doch kein Grund – die verschämte, bußfertige Sünderin vor mir zu theatern und um Vergebung zu betteln! –

Sie räuspert sich einige Male. – Wenn sie was zu sagen hat, so soll sie es tun.

In zärtlicher Berührung durch ihre Hände spürt er liebevolle Zuneigung oder umgarnende Versuchung, der er nicht erliegen will.

»Schon gut, danke!« Er zieht den Fuß aus ihren Händen zurück. »Der Umschlag wäre gar nicht notwendig gewesen. Ich wollte nur die Gelegenheit nützen, mit dir zu sprechen!« – Sie schaut mit klaren, ruhigen Augen erwartungsvoll zu ihm auf.

Mitten in die Stille zwischen ihnen rumpst es. Die Fensterscheiben klirren. Von Angst gepackt, neben Wisse immer noch kniend, umfaßt ihn Katja und verbirgt wie ein Kind, das sich fürchtet, ihren Kopf in seinem Schoß.

»Das zehnmal am Tag und in Nacht. – Iimmer Angst, viiel Angst!« – Sie zittert. Mechanisch streicht er ihr beruhigend über das Haar. Sie hebt den Kopf, und beide lauschen gespannt auf die Detonationen der serienweise einschlagenden Granaten.

»Das ist russischer Feierüberfall!« – klärt sie ihn auf. »Für uns chier keine Gefahr!« – beruhigt sie ihn, da er sich von ihr frei macht, aufsteht und zum Fenster humpelt. Das hat er schon selbst festgestellt, als er ankam, daß das Haus gegen Beschuß gedeckt ist – aber die Kameraden, die das freie Trümmerfeld überqueren müssen, auf dem es in dichter Folge einschlägt und den Schutt hochschleudert und zum x-ten Male umgräbt, sind in Gefahr.

»Deine Kameraden im Bunker sicher! – Nur müssen dort warten – bis Schießerei vorbei! – Wird dauern halbe Stunde, auch kirzer, vielleicht länger!«

»Was beschießen die denn hier?« möchte er wissen. Immer noch auf dem Boden, neben das Bett hingekauert, zuckt sie die Schultern, und die Frist vor Augen, die ihnen gegeben ist, beginnt sie zu sprechen.

»Daß du mußt sein in Stalingrad? – Wie du in Charkow warst, weg von mir, ich habe gebetet für dich! – Du sollst fort aus Rußland – oder an ruhige Platz. – Schicksal ist nicht gutt zu uns!« – Er hat sich wieder neben sie gesetzt. Mit ihren beiden Händen umklammert sie seine Hand, schluchzt, und eine dicke Träne fällt, wie ein Regentropfen platzend, auf ihren weichen weißen Handrücken.

Eine halbe Stunde also haben wir, denkt Wisse. – Sie ist schon ein Prachtweib. Ein Beisammensein mit ihr vergißt man nicht. Er denkt an die Nacht in Charkow. Das nochmals erleben. Ihm wird heiß.

Wenn sie ihn mag, soll sie es ihm in ihren Armen beweisen! In einer halben Stunde besinnungsloser Leidenschaft vergessen, daß Krieg ist. – Ich Deutscher, du Russin? – Wir wollen nichts als Mann und Weib sein – eine Insel des Paradieses, inmitten einer zertrümmerten Welt. – Er streichelt ihre Schultern, ihren Hals und hält ihre verlockende Brust, die wie eine reife Frucht schwer in seiner Hand liegt. – Es ist schade um jede Minute. – Er umfaßt sie an der Schulter, um sie an sich zu ziehen. »Lieben wir uns?« flüstert er an ihrem Ohr.

Sie nimmt seine Hände von ihrem pochenden Herzen und von ihrer Schulter, hält sie fest und sieht ihn, darum bittend, von ihr zu lassen, mit unendlicher Zärtlichkeit, liebevoll an.

»Wenn du mich liebst?« bedrängt er sie trotzig, und sie wehrt ihn sanft ab. Für eine Spionin oder Partisanin gibt sie sich verdammt gefühlvoll und zeigt wenig Härte, Kaltblütigkeit und Verachtung. Das ist wahrscheinlich ihr besonderer Dreh. Mich hält sie für besonders blöde und möchte mich billig und kitschig abspeisen. Ich verlange eine ebenso handgreifliche und solide Entlohnung, wie sie der Oberleutnant und wahrscheinlich auch der Unteroffizier der Feldgendarmerie, sooft sie Lust dazu haben, fordern und empfangen. Sie war ja auch zu dem Major in Charkow nicht spröde und zu wieviel anderen gleichfalls nicht?

Sie haßt uns ja doch nur, müßte es sogar – und mir will sie ein besonderes Theater vormachen, damit ich sie laufen lasse.

Diese beiden Feldgendarmen sind ihr ja hörig. Sie ist vielleicht eine Spionin von Format und gehörte dem Ic der Armee gemeldet.

Dann müßte ich Aufschluß darüber geben, woher ich sie kenne! – Vielleicht werden dann mit spöttischer Miene die Herren da oben über mich zu Gericht sitzen! Recht geschieht dir, wenn du so dumm bist und dich selbst ans Messer lieferst, werden sie mir zu verstehen geben.

Ein deutscher Offizier, der sich mit einer Russin einläßt – unerhört! – Ist natürlich zu degradieren und von jedem Weiterkommen auszuschließen. Du Esel, Tausende Russinnen schlafen jede Nacht mit deutschen Offizieren. Das willst du uns wohl versauen, indem du es aufrührst! – So ein Kerl kann gar nicht schwer genug bestraft werden für seine Dummheit.

In den letzten Tagen erst war Wisse von Hauptmann Möglich, von Major Binder und auch vom Oberstleutnant beim Korps angedeutet worden, daß ihm die Laufbahn zum Generalstabsoffizier offenstehe, daß er wohlgesinnte Vorgesetzte und deren Empfehlungen habe.

Sie hat ihr Gesicht in seine Hände gelegt.

»Ich muß dich zur Anzeige bringen und verhaften lassen, denn du bist eine

Spionin!« – eröffnet er ihr unvermittelt, um sich selbst jede Möglichkeit zu feiger Spekulation abzuschneiden.

Er erwartet, daß sie es ableugnet – um Schonung lamentiert – sich ihm anbietet, um sich loszukaufen – oder ihn zu erpressen versucht. Sie hebt ihr Gesicht seinem entgegen und sieht ihn ruhig an. Dann läßt sie ihn los und setzt sich neben ihn auf das Bett.

»Natirlich bin ich eine Spionin!« – Sie lächelt über Wisses Entsetzen. »Chab keine Angst! – In Charkow schlief ich nicht mit dir – um dich auszuspionieren!« – Neben ihm sitzend, die Hände im Schoß gefaltet, erzählt sie ihre Geschichte. Ob sie wahr ist? –

»Ich wurde zuerst gezwungen zu spionieren! – Ändert nichts an Tatsache. – Hast du Ahnung? – Nein, du chast nicht – wie ist, wenn man wird gehetzt, bedroht, gemartert – bis man sagt, ja, tu ich alles, was ihr wollt! – Spionin!« Sie spricht es verächtlich aus als einen schmutzigen Begriff. – »Jetzt, ich biin es gern und freiwillig fir mein Vaterland! – Wir werden, du und ich, nicht lebend kommen aus Stalingrad!«

»Ich denke nicht daran, hier zu sterben! – Eine verlorene Schlacht ist noch lange kein verlorener Krieg!«

Sie lächelt. »Ihr Deitschen seid sehr tapfer! – Nur wird euch nichts nitzen! – Wie geht deitsches Sprichwort – Viele Hunde sind des Hasen Tod! – Ich biin Russin und liebe Rußland. – Chure für deitsche Soldaten – biin ich, weiß jetzt, wie das ist!«

»Schweig!« herrscht er sie an. – Sie schweigt nicht.

»Lege miich chiin, bitte – spiiere nichts dabei, ertrage es, weil ich denke, hat Zweck für Vaterland. Deitsche Soldaten chier sind gutt zu mir – woilen, daß ich bin siie lieben! – Kaan niicht – wiill nicht – bereie nicht! Dir ich chabe alles gegeben in Charkow – wirklich geschenkt – diich ich chabe geliebt – nie bereie es, nie!«

»Wie bist du nach Stalingrad gekommen?« möchte er wissen und hart bleiben.

»Du erinnerst dich an Major Steinkopf?« – Er nickt. »Nach dir, ich wollte nicht mehr mit ihm, seine Freindin sein! – War Schuft, ging zum S.D. (Sicherheitsdienst), meldete mich für Ostarbeitertransport nach Deitschland! – Wenn ich nicht wollte als Sklavin nach Deitschland, ich mußte verschwinden aus Charkow, wo untertauchen. Ohne Propusk (Ausweis) keine Möglichkeit zu leben. Iich wollte miich noch niicht umbringen! – Einzige Möglichkeit zu gehen, zu Partisanen.

Dort war schwer! – Gibt auch kein Zurick! – Schade, daß Deitsche nicht verstehen uns Ukrainer, obwohl wir nicht wollen Stalin! – Ich wurde gebracht auf geheimen Partisanenflugplatz bei Belgorod. Akt wurde iber mich angelegt. Acht Tage Verhör!

Ich sagte alles, was sie wollten, unterschrieb alles. Wurde als Verräterin zu Tode verurteilt.

Eines Tages, ich wurde Kommissar wieder vorgeführt. Er sagt. – Du mußt nicht sterben, hast Meglichkeit zu machen gutt, was du hast angestellt. Ich wurde geflogen nach Stalingrad. Dort iberr Wolga, du kannst sehen, wenn Scheenwetter, unsere Flugzeige in Luft auf- und niedersteigen.

Du scheene Mädchen, am besten, spionieren bei Deitsche in Bett! – Wenn du nicht machst, was dir befohlen, du wirst erschossen! – Vor einigen Tagen haben Deitsche Funkstelle von Genossin Tarassowa geschnappt und die Frau sofort erschossen!« –

»Und was spionierst du aus?« – »Ich dumme Spionin! – Jetzt, ich sollte sein bei Genossin, die sammelt, was wir bringen und funkt. Ich hätte nichts sagen können, als daß ihr chabt abgeholt rumänische Deserteure!«

»Und was verrätst du ihnen sonst noch?« – »Wenn Feldgendarmen verhaften oder erschießen russische Soldaten! – Weiß sonst nichts! – Ist furchtbar! – Iich kann nicht mehr. – Bei allem, was mir cheilig ist, ich verspreche dir, ich spioniere niicht mehr! – Ich bin Frau! – Will lieben Mann, Kinder, nicht Krieg!« –

Sie ist mit ihrer Beherrschung zu Ende. Vom Weinen geschüttelt, umarmt sie ihn und bedeckt sein Gesicht mit Küssen! »Bleib heute nacht bei mir! – Ich sagen dir und du mir, was sich zu sagen chaben Liebende!« –

»Ich muß mit den Rumänen noch heute zurück!«

»Du mussen! – Soldat, Befehl! – und mussen, immer mussen – arm wie Hund!« erregt sie sich. Plötzlich hat sie einen Einfall und packt seinen Oberarm. »Du dich kannst retten. Krieg für dich aus! – Bevor die anderen kommen zurick, ich geh mit dir weg! – Bringe dich zu unserer Seite! – Ich weiß eine sichere Weg. – Bald Nacht, wird uns niemand finden. Du retten dein Leben und wenn ich dich bringe zu Russen als Iberleifer, ich mussen vielleicht nicht mehr zurick nach Stalingrad spionieren!«

Der Vorschlag ist so absurd und typischer Einfall einer verliebten Frau, daß er nur darüber lachen kann. »Ich bin deutscher Offizier«, belehrt er sie. Das ist auch ihr ein Begriff, und sie nickt ergeben.

Das Artilleriefeuer hat aufgehört, und die Stimmen der Rumänen und der Feldgendarmen sind vor der Tür zu hören.

Katja beginnt plötzlich zu zittern. »Ich chaben solche Angst, zu sterben!« – Sie klammert sich an ihn. »Ich muß sterben!« schluchzt sie. »Hilf mir!« fleht sie. »Ich nur schwache Frau! – Ich firchte mich so vor Tod!«

Der Gendarmerieoberleutnant tritt ins Zimmer und betrachtet argwöhnisch, wie das Russenmädchen Wisse Samariterdienste leistet.

Ganz so war das nicht gemeint, drücken seine Haltung und seine Blicke aus, daß du dich in ihrer Kammer und auf ihrem Bett von meiner Russin betreuen läßt.

»Na, wie geht's mit dem Fuß?«

»Danke, schon besser!« Camelli nickt befriedigt. – »Und wir haben wieder einmal Schwein gehabt. – Eine Minute später im Bunker, und wir hätten den russischen Segen auf unsere Schädel bekommen! – Die Rumänen haben ihre Leute gleich vernehmen können. Nur haben sie aus den beiden nicht viel herausgekriegt. Sind ein paar ganz verstockte Burschen.« Der Unteroffizier, der hinzukommt, wirft ein: »Da muß man schon andere Mittel anwenden. – Ich würde sie ja rasch zum Reden bringen. – Aber bei Rumänen? – da halte ich mich lieber zurück. – Man hat nachher womöglich nur Schwierigkeiten.«

Oberst Dimitriu und Major Binder kommen auch noch in die Kammer, so daß man sich nicht mehr darin umdrehen kann.

»Na, was macht der Fuß?« – erkundigt sich Dimitriu. »Danke, Herr Oberst, es geht schon wieder!« Der Oberst umfaßt schmunzelnd Katja mit seinem Blick. »Bei einer so reizvollen Pflege würde mein Fuß nicht so rasch gesund! – Könnten Sie uns diese charmante Feindin nicht eintauschen?« ruft er zu Oberleutnant Camelli hinaus. »Ich biete Ihnen für sie zwei Kommissare, drei russische Majore und eine Flinte zum Krähenschießen!«

»Das geht leider nicht – aber auf ein Glas Kognak lade ich Sie gern ein, meine Herren!«

»Gut, trösten wir uns damit!« – Stehend, aus russischen Schnapsgläsern, prosten sie einander zu.

»Wenn der Kessel nicht bald geöffnet wird, sitzen wir auf dem trockenen!« – jammert Camelli.

»Und wenn Frankreich nicht besetzt wäre?« fragt Dimitriu spöttisch und weist auf die französische Flasche mit den drei Sternen. »Das wäre nicht auszudenken!« gibt Camelli zu. Es beginnt draußen zu dunkeln.

Ein Schreiber bringt eine Petrolgaslampe, pumpt Druck hinein und hängt sie an der Wand auf.

»Da nehmen Sie also die Leute nicht mit?« – fragt Camelli den rumänischen Obersten. »Ich habe wenig Lust dazu! – Wir hätten es gleich hier erledigen können, aber da der Herr Oberleutnant...!« Dimitriu deutet mit dem Kopf nach Wisse, »auf ein Verfahren mit allen Schikanen besteht? – Ich lasse die Kerle abholen! – Sie behaupten, die Kassette im Vorgarten eines Hauses ausgegraben zu haben! – Desertiert sind sie angeblich, weil sich niemand um sie kümmerte. Die 1. Kavalleriedivision soll irgendwo in einer Balka liegen – und die Mannschaft ohne Aufsicht durch die Gegend vagabundieren!«

»Man muß zumindest die Angaben der Leute überprüfen!« beharrt Wisse. Der Oberst winkt ab.

»Einer ist desertiert, weil er Hunger hatte – und der andere, weil er heimwollte zu seiner Frau und seinen sechs Kindern! Kennen wir, diese Geschichten!«

»Könnte das nicht ein Fall von unwiderstehlichem Zwang sein?« – fragt Major Binder. »Ein Mann, der sich um seine Familie sorgt und heim will?« – »Den unwiderstehlichen Zwang, mein Lieber, müssen wir ausüben – sonst können wir den Krieg bald allein führen, ohne Soldaten!« –

»Wäre gar nicht das Schlechteste!« wirft Wisse ein. »Mir würde es jedenfalls weniger Ärger und mehr Spaß machen!« amüsiert sich Dimitriu. »Ich wünschte mir einen englischen Oberst zum Gegner!« – »Wieso gerade einen englischen?« fragt Camelli.

»Den laß ich an einem rumänischen Menü riechen, und der geht gern und freiwillig zu uns in die Gefangenschaft!«

Bald ist die Flasche leer, die Stimmung recht animiert, und nur Wisse muß daran denken, wie verflucht wenig so ein Menschenleben wert ist. – Auf der Flucht erschossen, einfach umgelegt, ohne daß sich der Mörder Gedanken darüber macht, nur um sich auch die Form einer gesetzmäßigen, rechtlichen Handlungsweise zu ersparen.

Sie trinken und scherzen, sehen aus, wie honette, recht umgängliche Männer – und morden, wie ein anderer Blumen gießt.

Zu Hause warten die Mütter, Frauen und Kinder – und ihr Sohn, Gatte oder Vater, der den Krieg nicht wollte, vermodert irgendwo, auf der Flucht erschossen.

Katja oder Lusja, wie sie hier heißt, streicht an den Offizieren vorbei ins Haus. Sie zwinkert Wisse kurz zu und lächelt spitzbübisch.

»Du machst uns heißen Tee zum Abendbrot!« trägt Camelli ihr auf. –

»Sie können hier bei uns gegen Bestätigung Marschverpflegung empfangen, damit Sie was zu essen haben!« wendet er sich an seine Gäste.

Katja holt Schnee in einem Eisengußkessel und füllt damit den zerbeulten kupfernen Samowar. –

Dem Tee, den sie aus einer blechernen Zigarettendose in den Samowar gibt, sieht man es an, daß er zum x-ten Male ausgekocht ist.

Tritte vor der Tür, erregte Worte, ein Patrouille tritt ein. Keine 500 Meter vom Posten der Feldgendarmerie entfernt, wurde eben eine geheime Funkstelle ausgehoben, die von einer Russin betrieben wurde. – Seit Tagen von den deutschen Meßtrupps angepeilt, war sie während des Funkverkehrs umstellt worden.

Die Russin, die verhaftet wurde und hereingebracht wird, ist etwa fünfunddreißigjährig, nicht unhübsch, robust, energisch.

Zornig entwindet sie sich mit russischen Schimpfworten dem Griff der Gendarmen und stürzt sich auf Soja zu, die verstört in der Tür ihrer Kammer steht. Sie beschimpft das Mädchen und packt es an den Haaren, ehe sie von den beiden Gendarmen wieder gebändigt werden kann. Deutsch brüllt sie.

»Die Kanaille hat verraten uns und eich! Hat bei eich spioniert – ich kann beweisen, mir gebracht...!«

Soja bricht verzweifelt mitten durch die Männer flüchtend aus der Tür ins Freie.

Oberleutnant Camelli und zwei Feldgendarmen stürzen ihr nach. Wisse folgt ihnen.

Zwei, drei, fünf Schüsse peitschen über den Hof. – Ein entsetzter weiblicher Aufschrei. – Ein Feldgendarm steckt eben seine Pistole zurück in die Tasche.

Fast an derselben Stelle, an der Wisse stolperte, über den gleichen Betonklotz, stürzte Katja und liegt, nun ein winziges Bündel, schon leblos, etwas zusammengekrümmt im Schutt und schmutzigen Schnee.

»Ich glaube, ihr bleibt viel erspart!« sagt Camelli zu Wisse. – Wisse beugt sich nieder zu dem toten Mädchen, deckt es mit seiner Fufaika, die es nur umgehangen hatte, sorgfältig zu. – Ehe er die Fufaika über den Kopf des Mädchens zieht, um ihn damit zu bedecken, drückt er ihr die Augen zu und streicht rasch, zum letzen Male noch, über ihre Stirn und Haare.

Schon am Morgen bringen die Posten die tollsten Gerüchte, die sich auf rätselhafte Weise blitzartig ausbreiten.

Innerhalb der nächsten 24 Stunden würde der Befehl zum Packen und zum Abmarsch kommen. – Jeden Augenblick würde Order für die Feldgendarmerie eintreffen, alle Straßen und Kreuzungen nach Westen und Süden zu besetzen und für ein klagloses Rollen aller Truppen aus Stalingrad zu sorgen.

Während des Tages schon sei mit Absprung deutscher Fallschirmregimenter über den russischen Linien zu rechnen, und eine neue furchtbare Waffe würde zur Befreiung der Männer im Kessel eingesetzt werden.

Ein Hauptmann, den sie unterwegs treffen und der sie bittet, ihn ein Stück mitzunehmen – weiß zu berichten, daß Hoths Panzerkorps durch Hunderte der neuesten Tigerpanzer verstärkt worden wäre, die die russische Front durchbrochen hätten und über den Don zu Hoth gestoßen seien. –

»Natürlich sind das Scheißhausgerüchte«, fügt der Hauptmann hinzu. – »Nur sonderbar, daß ich, wo ich anrufe, die tollsten Dinge höre! – Ist ja nach militärischem Ermessen gar nicht möglich, was da an geheimnisvollen Nachrichten kolportiert wird. Andererseits, wurden nicht schon mehrmals die unwahrscheinlichsten Gerüchte in der Wirklichkeit durch einen kühnen Streich des Führers übertroffen!? – Die neuen Tigerpanzer schießen die T 34 wie Pappendeckelattrappen ab, und an ihre Panzerung klopfen die russischen Granaten gerade ein bißchen an, wie ein Knöchel an eine verschlossene Tür! – Der Führer wird es der Welt wieder einmal zeigen, und während die Russen schon im Siegestaumel schwelgen, hat ihre letzte Stunde geschlagen!«

Ein Leutnant bittet, zum Flugplatz nach Bassargino mitgenommen zu werden. – Er hat einen Schulterdurchschuß und das Glück, ausgeflogen zu werden. – Er bedauert es und würde fast lieber in Stalingrad bleiben. »Es tut sich was, meine Herren! – Die Soldaten sind gar nicht mehr zu halten und wollen los – Hoth entgegen, der vielleicht schon im Laufe der Nacht den Kessel erreicht und die russische Umklammerung durchbricht!« – erzählt er.

Selbst die nicht so leicht zu übertriebenem Optimismus neigenden Rumänen sind aus dem Häuschen. – Dimitriu, Binder und Wisse werden darum bestürmt, was sie Neues mitbringen.

Trotz der Sprachverschiedenheit haben sich erstaunlicherweise alle Gerüchte, die unter den deutschen Soldaten kursieren – auch unter den Rumänen verbreitet.

Schuld an der Entstehung der Gerüchte mögen Vorbereitungen der Armeeführung zum Ausbruch aus dem Kessel sein. Seit Wochen verödet – und am Tage leer und verlassen, vom Sturm über der Steppe alle Spuren verweht, war es, sobald die Dunkelheit hereinbrach, in den letzten Nächten auf den Rollbahnen lebendig geworden.

Von Osten nach Westen waren bis zum frühen Morgen Truppen und Fahrzeugkolonnen, alle in dieselbe Richtung, also vermutlich in einen bestimmten Versammlungsraum, in Marsch gewesen.

Die Funkverbindung zu den anrollenden Panzern des Generalobersten Hoth war von vielen Stellen aus aufgenommen worden. Man hörte es wieder mit anderen Ohren, als Lügenpropaganda – wenn der Russe den Funkverkehr störte und sich mit der »Stimme aus Moskau« einschaltete.

Hatte man noch vor Tagen die »Stimme aus Moskau«, in deren Sendung erstaunlich genaue Angaben über die Lage im Kessel eingeflochten waren, als unheimlich empfunden – die sie nun heimlich oder dienstlich abhörten, lächelten wieder darüber. – Große Schnauze, der Iwan! – Soll es lieber bleibenlassen, das können unsere Goebbels und Konsorten besser!

Die russische Parole: »Stalingrad, das Massengrab der deutschen Soldaten!« – stimmt immer noch bedenklich. Damit hätte der Iwan recht – das weiß jeder Landser, wenn es so weiterginge und nichts geschähe. – Aber es tut sich wieder was, gottlob! – Das zu spüren hebt die Stimmung sprungartig.

Mansteins markiger Aufruf an die 6. Armee: »Harret aus – ich hau' euch raus!« ist Trumpf und wird von den sieggewohnten, immer noch optimistischen deutschen Soldaten nur zu gern als Ankündigung dafür gedeutet, daß ein neuer Angriff mit unvorstellbarer Wucht und Rasanz bevorstehe und der Russe bei Stalingrad und wahrscheinlich an der ganzen Südfront zerschmettert werden würde. Die Soldaten hören in den Nächten, auf den Straßen, wieder das Dröhnen der Motoren der Fahrzeugkolonnen, das Rollen von Panzern, das Fluchen der Troßleute, das Wiehern der Pferde und vor allem den Marschtritt langer Kolonnen ihrer Kameraden. Das Klirren der Waffen ist das beste Geräusch in ihren Ohren. – Da alles heimlich und nachts vor sich geht, muß sich Großes, Entscheidendes anbahnen.

Die deutsche Wehrmacht marschiert wieder! –

»Vom letzten Mann bis zu den Generalen hinauf rüsten und gürten sich die Teutonen zum Kampf!« Tataranu sagt es lächelnd, aber anerkennend.

Divisionsführer melden den letzten Tropfen Benzin der Armee, Verpflegungslager jeden Laib Kommißbrot – nur damit alles klappt.

Natürlich gibt es auch Stäbe und Führer von Vorratslagern, die auf ihren geheimen Vorräten sitzen, Benzin und Verpflegung horten, falsche Bestandsmeldungen abgeben, trotz der Not hamstern, für Gefallene weiter Verpflegung empfangen und für Fahrzeuge, die nicht in Betrieb sind, Kraftstoff herausschinden. – Kommandeure, die sich gehenlassen, nichts sehen und hören wollen und nur darüber simulieren, wie sie es anstellen könnten, einen Platz in einem Flugzeug aus dem Kessel zu ergattern!

Bis zum Anbruch der Dunkelheit, trotz des eisigen Windes und dichten Schneetreibens stehen Offiziere und Soldaten stundenlang, in Pelze und Decken vermummt – und starren nach Westen und Süden, obwohl nichts zu sehen ist. – Knautsch, immer schon stark übertreibend und nun völlig aus dem Häuschen – kommt atemlos angewetzt – und schwört Stein und Bein – er hätte auf einem Erkundigungsgang, den er auf eigene Faust unternommen hätte, ganz nahe, Panzer schießen gehört und im Schneetreiben sogar deren Umrisse gesehen. – Auch hätte er in der Luft zahllose Flugzeuge kreisen gehört, die wahrscheinlich Bassargino suchten, um Luftlandetruppen abzusetzen.

Der bedächtige Krämer ist so wütend über den Unsinn, daß er Knautsch den heißen Kopf mit einer kalten Abreibung aus Pulverschnee kühlt.

Tatsächlich ist, wie auch Wisse feststellen kann, bei Nachlassen des Sturmes, aus Südwesten, das dumpfe Grollen einer entfernten Front zu hören.

Die Truppen warten die Dunkelheit nun gar nicht mehr ab – und marschieren am hellen Tage – mitten durch den eisigen Schneesturm, den sie in ihrem Eifer und, rastlos vorangetrieben, gar nicht spüren.

Da sieht Wisse Soldaten ihre Waffen und Geräte auf Schienenkarren über die Bahngleise nach Karpowka schieben.

Es hat eine Einheit einem russischen 60-Tonnen-Lastwaggon, der schwer beladen ist, zwei russische Traktoren vorgespannt, die über die Schwellen holpern.

Hochnäsig, eine kleine Karawane hintereinander, im wiegenden Paßschritt, sind Kamele vor Feldgeschütze gespannt, und daneben herlaufend deutsche Landser, die eifrig die Tiere anfeuern.

Ein groteskes Bild. Landser, unverdrossen und gut gelaunt, mit Kühen, die, vorn gezogen und hinten geschoben, vor Wagen und Kanonen als Zugtiere eingesetzt sind.

Die schmalen Rationen werden ohne Murren empfangen. Die paar Tage halten wir noch durch, sagt sich jeder Mann. – Nur heraus hier. –

In unaufhaltsamem Marsch gegen den Feind, entschlossen, sich durchzuschlagen oder zu fallen, zieht Kolonne um Kolonne über die Rollbahn.

Das müßten Sie sehen, Herr Generaloberst Paulus! O.B. der 6. Armee – Ihrer Armee! Wenn sie Ihre ist oder jemals war und an den Blutstrom Ihres Herzens angeschlossen! – Bei fast 20 Grad Kälte und Schneesturm bringen Ihre Soldaten, schwitzend, in tiefen Schneewehen watend, hinstürzend, sich wieder aufraffend, aus eigenem Antrieb, verbissen, Schritt um Schritt, selbst vorgespannt und in die Räder fassend, keuchend, jede Erschöpfung überwindend, ihre Geschütze und Munitionskarren im Mannschaftszug nach vorn.

Herr Paulus sieht es nicht. Er will es nicht sehen, weil, sähe er es, etwas durch ihn geschehen müßte. Für ihn existieren die Divisionen und Regimenter nur als Fähnchen, die er, über seinen Kartentisch gebeugt – auf seinen Karten verschiebt.

Paulus, der Mann mit dem weichen Rückgrat, für das er ein Korsett aus Hochmut braucht, das Bündel aus Minderwertigkeitskomplexen und Charakterschwächen, der Theoretiker und der gelehrte Kriegswissenschaftler, der in vornehmer Gesinnung macht, dessen Betragen Subalterne als arrogant empfinden, ist, statt der Heerführer seiner Armee und ihr voran zu sein, ihr Nachzügler und Bremsklotz.

Diesen Soldaten brauchte der Angriff nicht befohlen zu werden, sie gingen von selbst los. Kein Armeeführer während des ganzen Krieges hatte Soldaten, die entschlossener waren zu kämpfen als die Männer von Stalingrad.

Generaloberst von Reichenau – der große alte Herr, ist tot, und die Soldaten seiner Armee sind wie Waisenkinder in der Hand eines Berufsvormundes.

Die Nacht ist fast windstill, hellklar, und es wird beim Stab der 20. rumänischen Division und wohl auch bei vielen anderen Verbänden nicht ans Schlafen gedacht. – Um sich ein wenig anzuwärmen und recht temperamentvoll über Lageänderungen zu rätseln, die sich vielleicht schon in den nächsten Stunden ergeben können – sitzen die Offiziere mit dem General und Wisse im Stabsbunker beisammen und schlürfen aus winzigen Tassen Mokka, den Major Baltatescu aus seinen Vorräten beisteuerte. – Sowie sich der ferne Kampflärm verstärkt, schlüpfen sie in ihre Mäntel, und stundenlang, ohne die Kälte zu spüren, stehen sie auf einem Hügel über der Balka, der das Gelände überragt und gute Fernsicht bietet.

In südwestlicher Richtung steigen Leuchtraketen aus der Steppe hoch in den Himmel, ganz deutlich ist das dumpfe Grollen der Front, das sich wie ein Gewitter anhört, auszumachen.

Es sind sogar Leuchtspurketten und eine Linie entlang das Aufblitzen der Mündungsfeuer mit freiem Auge wahrnehmbar.

»Halte ja was bereit von dem, was du uns so im Laufe der Zeit abgestohlen hast!« fordert Major Moraro Baltatescu auf. »Kann sein, daß sie zum Frühstück mit ihren Panzern hier sind und dann einen Mokka und einen Schnaps dringend nötig haben!«

»Dem Feuer nach sind sie in schwere Abwehrkämpfe verwickelt!« beurteilt der General die Lage. »Hoffentlich können sie auch zu uns durchstoßen!« – er ballt die Fäuste. »Und man ist gezwungen, mit den Händen in den Taschen dazustehen und zuzuschauen, anstatt den Feind im Rücken zu packen!«

Am nächsten Morgen klettert Krämer mit Wisse in dem zerschossenen, auf dem Geleise abgestellten russischen Panzerzug herum.

Da, wie er feststellt, zuviel geredet und nichts getan wird, hält er die Lage nach wie vor für beschissen und hat, obwohl er nur Gefreiter ist, eine Idee, die auch Wisse beachtenswert findet.

Wie der Panzerzug von den Deutschen vernichtet wurde, so steht er noch da. Die etwa 5 Zentimeter dicken Stahlwände sind durchschlagen, und durch die Einschußlöcher fällt das Tageslicht.

Krämer war schon öfters hier. Seit er seinen Opel-Olympia und den Lkw durch den Bombenangriff verloren und nicht viel zu tun hat, kommen ihm alle möglichen Ideen. Er hat wohl schon seit Tagen, da er nichts Besseres zu tun hatte, herumrepariert und sogar geölt. Die Geschütze lassen sich leicht gängig schwenken und drehen, und auch die Visiereinrichtungen sind intakt.

»Na, schlecht ist das?« – fragt er, und richtet die 7,5-cm-Kanone auf das Verpflegungslager Baltatescus. »Ob er was rausrückt, wenn ich ihm eins draufbrenne? – Aber im Ernst, Herr Oberleutnant, wir werden die Dinger noch gut brauchen können, wenn der Iwan durchstößt!« – »Wie können Sie an so was denken, wo Hoth unterwegs ist, um uns rauszuhauen!«

»Das glaub ich erst, bis ich seine Panzer vor meiner Nase sehe! – Ich war schon einmal hier mit der 20. rumänischen I.D. Direkt hinter dem XXXXVIII. Panzerkorps sind wir nach Bassargino durchgestoßen, das war auf dem Vormarsch! Jetzt sind wir wieder da, diesmal auf dem Retourweg – nur hat der Iwan die Verkehrsampel für uns auf rot geschaltet! – Ich mach mir so meine Gedanken, Herr Oberleutnant!« –

Es sind zu den Geschützen 800 bis 1000 Schuß vorhanden.

Die Artillerie der Division hat sich in den letzten Kämpfen verschossen und höchstens noch 10 bis 15 Schuß pro Geschütz.

»Ich werde diese Munitionsvorräte der Armee melden«, beschließt Wisse. »Vielleicht sind sie sogar für unsere 7,5-cm-Geschütze zu verwenden?« –

Durch einen Sehschlitz erblickt er auf der Straße den Wagen mit dem Armeewimpel. – »Der kommt sicher zu uns!«

Durch eine kleine, schwere Eisentür kriecht er aus dem Waggon auf die Geleise, und quer über den Bahnkörper, den Weg abschneidend, flitzt er über den langen Hang zum Stabsbunker hinunter, um den Wagen zu avisieren.

Ein rumänischer Hauptmann hält Wisse auf. »Haben Sie schon das Neueste gehört? – Generaloberst Paulus soll von Adolf Hitler seiner Befehlsgewalt entbunden worden sein? – Ein neuer O.B. mit Sonderauftrag des Führers soll heute morgen bereits in Gumrak gelandet – und Paulus mit derselben Maschine ins Führerhauptquartier gebracht worden sein? – Ist das möglich?«

»Das fragen Sie ihn am besten selbst!« – Wisse hat es eilig, und der Hauptmann muß nebenher rennen, um seine Gerüchte anzubringen. »Melden Sie dem General bitte den Wagen des O.B.!« ersucht er den rumänischen Hauptmann.

Wisse baut sein Männchen, da gerade der Wagen mit dem Armeewimpel an ihm vorbeifährt.

Im Wagen sitzt, immer noch als O.B., Generaloberst Paulus und neben ihm ein zweiter deutscher General.

Diesmal wartet Paulus mit seiner Überraschung sofort auf. Er ist eigens deswegen vom IV. Armeekorps, wo er General Jänecke besuchte, über Woroponowo herübergekommen.

»Hoth ist mit seinen Panzern im Anmarsch auf Stalingrad. – Wenn er das Tempo beibehält – hat er in einigen Tagen den Kessel erreicht. Der 6. Panzerdivision ist es in einem verwegenen Nachtangriff gelungen, 30 Kilometer weit, mitten durch die feindlichen Linien durchzustoßen und die Myschkowa bei Wassilewka zu erreichen. Die Brücke über den Fluß fiel unversehrt in deutsche Hand. Ein Brückenkopf konnte gebildet werden.«

»Ist der Division weiterer Geländegewinn gelungen?« erkundigt sich Tataranu.

»Seit heute morgen steht die Division in schweren Abwehrkämpfen!« gibt der andere General bekannt. »Es konnte jedoch die Verbindung mit dem Brückenkopf aufrechterhalten werden! – Der Russe hat in aller Eile starke motorisierte und Panzerverbände, angeblich eine ganze Armee, herangeführt und gegen Hoth in den Kampf geworfen!«

»Dann ist es höchste Zeit, daß unser ›Donnerschlag‹ losgeht!« Tataranu meint damit den Plan zum Ausbruch der 6. Armee, der diesen Decknamen trägt.

»Wir haben für höchstens 30 Kilometer Sprit, und dann liegen wir mitten in der Steppe fest!« informiert Paulus den rumänischen General. ». . . müssen also schon warten, bis Hoth näher herangekommen ist!«

»Wie weit ist Generaloberst Hoth an uns herangekommen?« – fragt Tataranu.

»Mit seiner Spitze bis auf 42 Kilometer!« – Paulus sieht Tataranu an, als gebe er etwas auf dessen Rat und Urteil und suche bei ihm Stütze, Bestätigung der Richtigkeit und Durchführbarkeit von Plänen, die er vorhat.

»Worauf warten wir dann noch?« – fragt Tataranu. ». . . bis die Russen sich mit starken Kräften zwischen uns und Hoth schieben? – Die einfachen Soldaten spüren ihre Chance und die Gefahr, wenn sie versäumt wird. – Sie sind kaum zu halten. Wie die Truppe jetzt gestimmt ist, traue ich mir zu, mit ihnen auch einen mehrfach überlegenen Gegner über den Haufen zu rennen. – Es geht jetzt darum, daß wir unsere Haut retten! – Denken Sie, Herr Generaloberst, der Feind läßt sich die Möglichkeit entgehen, noch dazu, wenn wir ihm Zeit lassen, zweiundzwanzig gegnerische Divisionen zu vernichten? –«

Der rumänische General faßt den O.B. ins Auge. »Und was müssen Generaloberst Hoth und seine tapferen Männer von uns denken, die mit erstaunlich schwachen Kräften das Husarenstück riskieren, uns zu Hilfe zu kommen? Erwarten sie nicht, daß auch wir selbst etwas unternehmen? – Ist es nicht unsere Pflicht und Schuldigkeit, durch sofortige Angriffe Hoth zu entlasten? – Der Russe gerät dadurch zwischen zwei Feuer!«

Überraschenderweise fühlt sich nicht Paulus, sondern der andere General durch die Vorhaltungen des Rumänen angegriffen.

Er unterbricht Tataranu und erwidert mit verletzender Schärfe: »Die derzeit prekäre Lage der 6. Armee ist nicht die größte Sorge des O.K.H. – Die 8. italienische Armee hat versagt. – Binnen Stunden ist der Russe an ihrer gesamten Front tief eingebrochen. In voller Auflösung ist die italienische Armee aus ihrem Kampfraum geflüchtet. Dadurch ergibt sich eine ernste Gefahr für die gesamte Südfront. Deutsche Divisionen müssen an Kampfabschnitten abgezogen und die letzten Reserven eingesetzt werden, um den Einbruch abzudämmen und wieder einen geschlossenen Frontverlauf herzustellen. Es ist ohne weiteres möglich, daß auch Kräfte von Hoth zur Stabilisierung der Donfront abgezogen werden müssen! – Starke Feindkräfte, die durch unsere Einschließung gebunden werden, entlasten die Südfront!«

»Ist das nicht für uns um so mehr Grund, wieder offensiv zu werden, anstatt sie auf fragwürdige Weise zu binden?« – fragt Tataranu.

»Alle Möglichkeiten, die Sie erörterten, haben auch wir erwogen und auf ihre Durchführbarkeit hin geprüft!« – erregt sich der andere General. – »Wir haben abzuwarten, was der Führer uns befiehlt! – Wir sind Soldaten und gehorchen! – Ihm unbedingt zu vertrauen und seine Maßnahmen restlos durchzuführen, darin erblicke ich meine Aufgabe!«

Paulus setzt das Gespräch fort und entschärft die brüsk geäußerten Feststellungen seines Begleiters.

»Es ist tatsächlich so, Herr Tataranu, daß unser Ausharren im Kessel zur Zeit wahrscheinlich sogar erforderlich ist und die Festigung oder sogar der Bestand der Südfront vielleicht davon abhängt, daß wir starke Feindkräfte binden! Ich hoffe trotzdem, daß der Kessel zu Weihnachten offen und die Verbindung zwischen uns und der Donfront wieder hergestellt ist!«

Paulus spürt, daß er durch seine Argumentation Tataranu nicht überzeugt, nur seinem kompromißlosen General nach dem Munde redet. Er wechselt deshalb das Thema.

»Stellen Sie sich vor, Herr Tataranu, wenn der russische Raum von Deutschland ... und von seinen Verbündeten besetzt ist! – Kämpfe gegen Insurgenten wird es immer geben, solange dieses Riesenreich nicht germanisiert ... und in gewissen Gebieten ...« fügt er gönnerhaft lächelnd hinzu »... natürlich auch rumänisiert ist! – Nun, die Geschichte liefert uns Beispiele dafür, wie das gemacht wird. – Die kroatischen Wehrbauern haben solche Aufgaben erfüllt, und in der germanischen Zeit hat es den sogenannten Gaugrafen, den dux limits im Osten gegeben. Solche Bollwerke müssen dann von uns Generalen besetzt werden.

Wenn ich mir's aussuchen kann, wünsche ich mir meine Ländereien im Kubangebiet.

Unsere Vorstellungen, die wir von Riesengütern haben, wie sie in Pommern oder Ostpreußen bestehen, müssen revidiert werden. Da kann einer nicht seine Äcker auf einem Gaul abreiten. Zehn oder noch mehr tausend Quadratkilometer Land müssen mit dem Fieseler Storch abgeflogen werden! – Na, und Sonnabend wird dann nach Berlin oder Bukarest zum 5-Uhr-Tee geflogen!« – Paulus lacht bei dieser Vorstellung, schlürft genußvoll aus seiner Tasse einen Schluck des noch immer echten türkischen Mokkas und lehnt sich breit zurück, um festzustellen, wie stark der Rumäne von dieser Zukunftsschalmei beeindruckt sei.

Tatsächlich zeigt sich Tataranu wortlos verblüfft, jedoch darüber, daß ein deutscher Heerführer in der Stunde, da seine Armee eingeschlossen und von der Vernichtung bedroht ist, von derart kindischen Wunschträumen umfangen ist.

Paulus, der sofort merkt, daß er danebengehauen hat, schwenkt sofort um, und ohne Überlegung verfällt er in Pessimismus.

»Es kann natürlich auch anders kommen! – Vielleicht ist mein Name mit dem Beginn unseres eigenen Unterganges verbunden? – Es hat schon einmal einen Paulus gegeben, dessen Niederlage noch heute jedem Kriegsschüler als das klassische Beispiel einer Vernichtungsschlacht vor Augen geführt wird. Es war der römische Konsul Aemilius Paulus, der bei Cannae von Hannibal vernichtet wurde! – Dieser Paulus ist mit seinen Soldaten gefallen ...!«

Der Generaloberst bricht plötzlich ab, und er befaßt sich wohl mit der Vorstellung, ob ihn dasselbe Schicksal treffen könnte.

Noch offensichtlicher als das Staunen über die naiven Zukunftsschalmeien des Generalobersten ist das Unbehagen der rumänischen Offiziere darüber, daß der O.B. der Armee, dem sie unterstellt sind und der über das Schicksal von beinahe 300000 Menschen die Verantwortung zu tragen hat, auch mit der Vorstellung liebäugelt, als tragischer Held eines neuen Cannae in die Geschichte einzugehen.

Der zweite General ist perplex und stumm vor Wut. Tataranu fällt in die Gesprächspause ein und rettet die Lage. Ob es Zweckoptimismus oder seine ehrliche Überzeugung ist, daß er eine Parallele ziehe? – Ob er sich immer noch als Nachfahre der Römer sehe? –

»Auch ein Cannae konnte den Behauptungswillen des im Aufstieg begriffenen römischen Volkes nicht brechen! – Nicht Rom – Karthago wurde ausgelöscht!«

Erst als er sich verabschiedet, kommt Paulus auf den eigentlichen Zweck seines Besuches zu sprechen. –

»Anläßlich des bevorstehenden Weihnachtsfestes können Sie mit der Verleihung des Ritterkreuzes rechnen, Herr Tataranu!«

General Tataranu schließt sich immer fühlbarer von seinen Leuten ab. – Es ist kaum mehr etwas von seiner hinreißenden Tatkraft und Energie zu spüren. Der alte, erfahrene Soldat fühlt sich im Strom der Ereignisse, die einer Katastrophe zutreiben, mitgerissen und resigniert, da er allein nichts dagegen unternehmen kann.

Seltsamerweise scheinen der O.B. und General Tataranu, trotz ihrer gegensätzlichen Charaktere und grundverschiedenen Auffassungen, voneinander angezogen zu sein, denn, etwas ungewöhnlich für einen Divisionsgeneral, besucht Tataranu innerhalb weniger Wochen schon zum dritten Male den O.B., während dieser ebensooft den Besuch erwidert.

Diesmal fährt der rumänische General nur in Begleitung Wisses nach Gumrak.

Der Anlaß zu dieser Fahrt sind Verhandlungen über das Schicksal der 1. rumänischen Kavalleriedivision. In den Kämpfen am Don schwer angeschlagen, wurden die Reste der Division, vor allem das Artillerieregiment, mit dem größten Teil seiner Geschütze und Pferde sowie Teilen der Infanterie, in den Kessel abgedrängt.

Die Rumänen, um die sich keine übergeordnete Befehlsstelle kümmerte, blieben sich selbst überlassen und nisteten sich in einer Balka bei Gontschara ein. Da der Kommandeur der Division, General Bratescu, außerhalb des Kessels in russische Gefangenschaft geraten war, übernahm Oberst Maltopol vom Artillerieregiment die Führung der Rumänen.

Die Division hatte, ohne jede Versorgung durch die 6. Armee, bald ihre geringen Vorräte aufgezehrt, und ihre Truppe war dem Verhungern preisgegeben.

Nun lagen gerade um Gontschara zahlreiche deutsche Stäbe und rückwärtige Dienste, die ihre geheimen Vorräte, vor jedem Zugriff sicher, in Bunkern versteckt hielten.

Sie bezeichneten die armen Teufel mit ihren hohen Hirtenpelzmützen, die, vom Hunger getrieben, bettelnd herumstrichen und auch mitgehen ließen, was sie erwischen konnten, als diebisches Zigeunergesindel und verjagten sie.

Durch laufende Beschwerden darauf hingewiesen, mußte die Armeeführung sich entschließen, die Betreuung der Rumänen zu übernehmen.

23. Dezember. Es ist der Tag vor Weihnachten.

Wie viele seiner Kameraden in Stalingrad, denkt auch Wisse an die unendlich ferne Heimat. – Wie ein Fremder, der einsam und ausgeschlossen ist, sieht er sich mitten im Strom schon festlich gestimmter Menschen, die Weihnachtspakete tragen, durch die vertrauten Straßen und Plätze der Kindheit treiben, vorbei an den Christbaumwäldern, den prächtig weihnachtlich geschmückten Geschäften, den mit herrlichen Schinken und riesigen Weihnachtsstriezeln gefüllten Auslagen der Fleischer- und Bäckerläden.

Wie einen armseligen Geist weht es ihn durch die engen Gassen der Marktstände, die sich unter der Last saftiger Äpfel und Orangen, fetter Gänse und dicker Karpfen in den Bottichen biegen, in den Flur des Hauses seiner Kindheit.

Das Stiegenhaus, die Gänge sind duftdurchweht vom Backgeruch und den Christbäumen, die geschmückt werden.

Mutter, ich stehe vor deiner Tür. Ich stecke den letzten Krümel trockenen

Brotes in den Mund. – Da wir nach Tisch ankommen, wird es heute nichts mehr mit einem Eintopf in Gumrak.

Ich habe solchen Hunger! – Mutter, ich stehe vor der Tür. Spürst du es nicht? Warum öffnest du mir nicht? – Morgen ist doch Heiligabend! –

Vor Übernahme der rumänischen Kavalleriedivision in deutsche Befehlsgewalt sind einige heikle diplomatische Fragen zwischen Tataranu und Paulus zu klären.

Antonescu hatte einen ausführlichen Bericht verlangt, und langwierige Rückfragen nach Bukarest waren nötig gewesen. Der rumänische Marschall war mit dem Verlauf der Operationen in Stalingrad und dem Einsatz seiner Streitkräfte, die dabei geschlagen und teilweise aufgerieben wurden, nicht einverstanden und stellte Forderungen, die ein Aufsaugen seiner Truppenreste durch deutsche Verbände verhindern sollte.

Trotzdem schien Tataranu die Einwilligung des Marschalls zu überbringen, denn Wisse wird angewiesen, sich bei Major von Zitzewitz zu melden, um nähere Weisungen betreffend der Aufteilung der Rumänen zu empfangen.

Ein Obergefreiter der Nachrichtenabteilung der Armee, der Wisse zum Bunker des Majors führt, erzählt, daß von Zitzewitz der Spion des O.K.H. sei und sich für alles, was im Kessel vorgehe, interessiere und besser unterrichtet sei als Paulus.

Der Bunker ist ein kahler und nüchterner Raum. Es herrscht ein toller Betrieb. Funker und Fernsprecher rennen aus und ein. Zehn Telefone, die zu gleicher Zeit rasseln, und eine Anzahl Offiziere, die die ununterbrochen anfallenden Ferngespräche, Befehle und Meldungen empfangen und durchgeben.

Mitten darin, das Ohr am Herzschlag der Armee, mit der Heeresgruppe und dem Führerhauptquartier verbunden, scheint sich von Zitzewitz wohl zu fühlen.

Dem großen, rundlichen Major mit dem zivilistischen Gehaben und den rudernden Bewegungen würde ein grauer Zweireiher besser stehen als die Uniform des Generalstäblers.

Jovial und sehr freundlich fordert er Wisse auf, Platz zu nehmen. Aus einer Aktentasche entnimmt er einige Blätter, auf denen er Notizen macht. Ehe er fragt, informiert er Wisse.

»Der Verbrauch der Armee an kämpfender Truppe beträgt durchschnittlich täglich 2400 Mann, die durch Verwundung, Krankheit, Gefangenschaft und Tod ausfallen und ersetzt werden müssen. Um diesen Bedarf zu decken, findet eine Auskämmung der entbehrlichen Männer der rückwärtigen Dienste statt, um sie zu Festungsbataillonen zusammenzufassen und zum Einsatz zu bringen.

Auch die Rumänen der 1. Kavalleriedivision in Gontschara sollen dazu herangezogen werden.

Marschall Antonescu hat allerdings gefordert, daß seine Leute nur in Mindeststärke von Bataillonen aufgeteilt werden dürfen und unter Führung ihrer Offiziere eingesetzt werden müssen!« – Der Major macht eine wegwerfende Handbewegung, zum Zeichen, daß er sich nicht sonderlich daran zu halten gedenke.

»Der Marschall ist sehr böse darüber, da es allgemein heißt, die rumänischen Armeen hätten versagt. Er wirft uns vor, wir hätten sie an den schwierigsten

Frontstellen eingesetzt und verheizt, um unsere wertvollen Truppen zu schonen. – Das ist natürlich Unsinn! – Die Aufteilung der Front wurde gegen den Widerstand der Heeresgruppe, die die Rumänen, durch deutsche Verbände gestützt, in die Front eingliedern wollte – von Marschall Antonescu im Führerhauptquartier durchgedrückt. Er bestand ebenso wie Mussolini darauf, daß den verbündeten Armeen selbständige Frontbereiche zugeteilt würden.

Wie und wo könnte man die Rumänen dieser 1. Kavalleriedivision nun am besten einsetzen? – Da Sie mit dabeiwaren und Einblick haben – wie waren die Rumänen im Einsatz?« – Der Major läßt durchblicken, daß man sich an höchster Stelle dafür interessiert.

Wisse zögert einen Augenblick.

Der Major sieht Wisse wohlwollend und ermunternd an. – Spion des O.K.H. wird der Major genannt. Bedeutet das nicht, daß er Adolf Hitler über Mißstände unterrichten soll? – Von Zitzewitz sieht aus wie ein Mann, zu dem man Vertrauen haben kann.

Wie oft wünschte der junge Oberleutnant es sich brennend, Hitler müßte erfahren, was sich in Stalingrad abspielt.

Er umreißt den Charakter des rumänischen Soldaten, daß dieser bedürfnislos, zähe, willig, gutmütig und tapfer sei, wenn er spüre, geführt zu werden. Die wesentlich geringere Kampfkraft der rumänischen Truppe im Vergleich zur deutschen hat ihre Ursache, rein materiell, in der mangelhaften und veralteten Bewaffnung, dem Fehlen von Panzern und Panzerabwehrwaffen . . . –

»Was eine einheitliche, auf ein Kriegsziel ausgerichtete Kampfführung beeinträchtigt, sind heikle, gegensätzliche politische Strömungen im rumänischen Offizierskorps . . . !«

Wisse setzt aus und schaut von Zitzewitz fragend an.

Der Major nickt. »Gerade das interessiert uns!«

»Die hohe rumänische Armeeführung – bis hinunter in die Divisionsstäbe und zu den Regimentskommandeuren, ist königstreu, konservativ. Diese Richtung hat stark an Einfluß gewonnen, seit Marschall Antonescu Codreanus ›Eiserne Garde‹ fallengelassen hat und sich auf die Kreise um König Michael stützt! – Ich habe diese Auffassung aus dem Umgang und aus Gesprächen mit rumänischen Offizieren gewonnen!

Die jungen Truppenoffiziere, die zum Großteil aus der Bewegung Codreanus hervorgehen, sind dem konservativen Offizierskorps zu kompromißlos und zu radikal.

Obwohl beide Strömungen sich gegen den Kommunismus wenden, werden durch die politischen Gegensätze die stärksten Impulse zur Bekämpfung des Gegners gedrosselt und sogar abgewürgt!« – Ich wollte ganz etwas anderes sagen, fällt es Wisse ein.

Er ärgert sich, daß er sich unbesonnen dazu hinreißen ließ, nur um sich wichtig zu machen, Dinge auszuplaudern, um die ihn kein Mensch fragte. Trotzdem fährt er fort:

»Die französische Kriegstechnik, in der die rumänischen Truppenführer geschult sind, ist der deutschen unterlegen. Wo sich die rumänischen Kommandeure der deutschen Truppenführung anpassen können, erzielen sie bessere Erfolge!«

»Haben Sie überhaupt eine Ahnung von französischer Kriegskunst?« – fragt Zitzewitz.

»Nicht viel, Herr Major!« – gibt Wisse zu.

Zitzewitz lächelt und erläutert genießerisch: »Die französische Kriegstechnik ist die raffinierteste, wohl durchdacht und voll ausgereift! – Nur muß man zu ihrer Anwendung die nötigen Mittel haben! – So etwa wie zu einem auserlesenen französischen Diner! – Es reicht bei uns zu oft nur für einen soliden, kräftigen deutschen Eintopf, der natürlich auch seine Vorteile hat!«

Der Major blinzelt Wisse vertraulich zu und gibt ihm zu verstehen, daß solches nur Offizieren gegenüber geäußert werde, die einem bevorzugten Kreise angehören oder würdig befunden werden, darin Aufnahme zu finden.

»Leider ist dieser Eintopf von Stalingrad mit zuwenig Gehirnschmalz zubereitet worden und angebrannt!«

Das ist mein Mann! – jubelt Wisse und legt los!

»Obwohl die deutsche Führung genau darüber unterrichtet war, daß die 20. rumänische Division im Brennpunkt der russischen Offensive stehen würde, beließ man sie dort – auf einem Gefechtsstreifen von 19 Kilometern, was auch für eine deutsche Division in Erwartung des feindlichen Durchbruchsversuches zuviel gewesen wäre. Noch dazu ohne rechte Flankendeckung. Wir wurden im feindlichen Artilleriefeuer zerschlagen und von den Russenpanzern niedergewalzt.

Die versprochenen Sturmgeschütze und Flak kamen erst, als die Front schon zusammengebrochen war. Wären die Verstärkungen um einige Stunden früher eingetroffen, wäre es möglich gewesen, den Durchbruch zu vereiteln, die H.K.L. zu halten und den pausenlos anstürmenden Gegner sich totlaufen zu lassen.

Auch die beiden südlich von uns gelegenen rumänischen Divisionen hätten durch Panzer, Flak und auch Kampfflieger verstärkt werden müssen! Die 29. I.D. mot. wäre frei gewesen zu unserer Abstützung und zur Bereinigung etwaiger Feinddurchbrüche! –«

Von Zitzewitz hört Wisse aufmerksam zu, als wüßte er noch nichts davon. Leidenschaftlich vollendet Wisse: »Man war genauestens über die Feindabsichten unterrichtet, man sah die Katastrophe herankommen und ließ die Rumänen im Stich! – Jetzt will man die Schuld auf sie abwälzen und glaubt, sie für ihr treues Ausharren noch geringschätzig behandeln zu können!«

»Wer, man?« – fragt Zitzewitz und erhebt sich. »Sie sollten sich mehr auf die termini technici beschränken!« Stärker als der Unmut ist das Bedauern, mit dem er Wisse abschätzend mißt. – Der Oberleutnant hat sofort das Gefühl, bei einer entscheidenden Prüfung durchgefallen zu sein.

»Die Rumänen kämpfen sogar lieber unter deutscher Führung, schon wegen des gleichen Verpflegungssatzes ...« stammelt Wisse. Zitzewitz lächelt und erteilt dem jungen Offizier, freundlich und menschlich weiter gewogen, den Auftrag:

»Der Rest der 20. Division bleibt als geschlossener rumänischer Verband weiter bestehen. Was von der 1. rumänischen Kavalleriedivision in Gontschara liegt, wird auf deutsche Verbände aufgeteilt. – Ich beauftrage Sie als deutschen Verbindungsoffizier, Oberst Dimitriu zur Seite zu stehen, damit die Aufteilung unverzüglich durchgeführt wird.

Sie melden sich morgen 10 Uhr bei General von Hartmann, dem Kommandeur der 71. I.D. in Hartmannsdorf. Sie besprechen dort mit Herrn Major Kreve, dem Ib, die Versorgung der Rumänen, die von der 71. I.D. so lange verpflegt werden, bis die Aufteilung durchgeführt ist!«

Etwas spöttisch erklärt er: »Die 71. I.D. kann es vertragen. Sie hat keine Stange Wurst an den Russen verloren.«

Von Zitzewitz reicht Wisse die Hand, und in seiner Miene spiegelt sich, nachdem er ihn fallengelassen hat, Verständnis für dessen aufrichtige, jugendliche, unbesonnene Stellungnahme, und er hat sogar eine Spur Gefallen daran.

»General von Hartmann wird Ihnen, wie ich läuten gehört habe, das Infanteriesturmabzeichen verleihen!«

Nun wartet Wisse schon geschlagene 40 Minuten auf dem leeren Parkplatz. Krämer ist eigenmächtig, ohne Bescheid zu sagen, mit dem Geländewagen irgendwohin gefahren.

Je mehr Wisse im eisigen Wind bei der Mordskälte friert, desto mehr siedet seine Wut.

»Das hat man davon, wenn man zu gut ist! – Den Hund von Krämer mach ich zur Sau!« schimpft er. Fuchsteufelswild rennt er dem Wagen entgegen, der endlich, da es schon dunkelt, von Gumrak heraufkommt.

»Ich friere mich hier schon zum Krüppel!« fährt er Krämer an, und der Bursche strahlt noch über das ganze Gesicht. »Jeden Augenblick kann der General vom O.B. herauskommen, und der Wagen ist nicht da!« –

»Der sagt gar nichts, denn der kriegt auch einen!« Krämer hält Wisse zwei Kiefernbäumchen unter die Nase.

»Ja, wo haben Sie denn die her?« – Nun strahlt auch Wisse.

»Weihnachten ohne Christbaum, das gibt's nicht, hab' ich mir gedacht. – Zwei Putzer haben mit allerhöchster Genehmigung einige Kiefernbäumchen geschnitten. Waren wie die Luchse darauf. Da hab' ich einen Feldgendarmen, der zufällig in der Nähe war, hergeholt. – ›Habe persönlichen Befehl vom O.B., zwei schöne Christbäume abzuholen, die er meinem General zum Geschenk macht!‹ – ›Was Schriftliches darüber?‹ fragt der Kettenhund mißtrauisch. – Hab' ihn angeschnauzt. – ›Denkste, der O.B. schreibt erst einen Ausfolgeschein, damit du deine Nase reinstecken kannst? – Sein Wort genügt dir wohl nicht? – Gut, werde es melden!‹ – Setz mich in die Karre und starte. Da hat der selbst die zwei schönsten Bäume ausgesucht. ›Ruf doch den O.B. an!‹ hab' ich ihm noch gesagt. – ›Nee, nee, Kamerad, wird schon stimmen!‹«

Es dauert diesmal eine halbe Stunde, ehe Tataranu das Bedürfnis hat, zu sprechen.

»Ausgebrochen wird nicht – Unternehmen ›Donnerschlag‹ ist abgeblasen – obwohl Hoth an der Myschkowa nicht weiterkommt. Am 20. Dezember hat Adolf Hitler Paulus gestattet, unter Festhalten an Stalingrad, Hoth entgegen auszubrechen. – Paulus hat Hitler das abgetrotzt, und jetzt unternimmt er nichts. –

Er hat erwartet, daß Hitler es ihm strikte befehlen würde, ganz gleich, was daraus erwächst. Paulus hoffte, Generalfeldmarschall von Manstein würde, als O.B. der Heeresgruppe, persönlich in den Kessel einfliegen, um sich hinter seinen Armeeführer zu stellen, offiziell und eindeutig, den Ausbruchsbefehl erteilen und vor Hitler dafür geradestehen! – Er ist sehr enttäuscht und fühlt sich alleingelassen, da Manstein nur Beauftragte schickte, die Besprechungen führten, die Lage peilten und Ratschläge überbrachten.

Heute tat er mir als Soldat und Mensch leid!« – berichtet Tataranu.

»Die Kubanarmee hat gegen den Befehl Hitlers schon vor zwei Monaten den Rückzug vorbereitet und sich nach der Krim abgesetzt und in Sicherheit gebracht.

Was mich erstaunt, ist, mit welchem Eifer Paulus die Durchhaltebefehle des Führers, die hart sind, noch verschärft und zur Durchführung bringt! – Wie grausam Schwächlinge sein können! –

Ich erzählte ihm, daß nun auch einige meiner Soldaten davongelaufen seien, daß jedoch Oberst Dimitriu mit aller Strenge die Ordnung wieder hergestellt und zwei Todesurteile vollstrecken ließ. Das war ihm noch zu milde. ›Im Kampf gegen den Bolschewismus gibt es keinen Pardon. – Sieg oder Untergang ist die Parole!‹ erklärte er. ›Das bleibt Phrase – wenn nicht zumindest er selbst Vorbild dieser kompromißlosen Geisteshaltung ist. – Er müßte die Soldaten an den Feind führen und nicht verhungern, erschießen und aufhängen lassen!‹«

Im gelblichen Lichtkegel des Tarnscheinwerfers liegt ein dunkles Bündel im Schnee.

Krämer steuert darauf zu, und der Wagen versackt in einerSchneewehe.Stumm steht der General dabei und schaut zu, während Wisse und Krämer das Bündel Mensch auf den Rücken legen.

Die hohe Hirtenpelzmütze liegt daneben im Schnee. Krämer streicht dem rumänischen Soldaten das dichte schwarze Haar aus der Stirn und leuchtet ihn an.

Das Gesicht, von einem Stoppelbart umrahmt, ist bis auf die Knochen abgemagert und wächsern. Die Leiche ist steif gefroren.

»Wahrscheinlich ein Mann der 1. Kavalleriedivision!« meint Wisse.

»Erfroren und verhungert!« – Krämer wirft mit dem Spaten rasch eine Grube im Schnee aus. »Armes Schwein! – Das ist es, was noch auf uns wartet! – Und zu Hause – die Mutter, die Frau und die Kleinen – die warten auch! – Morgen ist Weihnachten! – Wie mich dieses Getön im Radio und in den Zeitungen von den Helden von Stalingrad ankotzt!«

Ach, wie es weihnachtet! Über den hellen Himmel zieht eine Sternschnuppe. Schaufeln, die durch den Schnee knirschen. – Was ist das für ein heimatliches Geräusch, wie wenn die Hausbesorger – nachdem Schnee in den Straßen der Stadt gefallen ist und sie weiß verzaubert hat – die Gehsteige mit ihren langstieligen Schabern sauberkratzen. Es sind Soldaten, die die Zugänge zu ihren Bunkern freilegen.

Nur mit Hilfe des Kompasses, nach Süden fahrend, erreichen sie spät nachts Bassargino.

Heulend schleudert der Sturm eine Schneefahne in den Bunker, reißt Wisse die Tür aus der Hand und knallt sie hinter seinem Rücken zu.

Er ist froh, wieder da zu sein, fühlt sich geborgen wie daheim und läßt mit Behagen Schluck für Schluck den heißen Tee, den ihm Böse einschenkt, in den durchfrorenen Magen rinnen.

Noch im Dunkel, vor Tagesanbruch, fahren Wisse und Krämer los, um, wie befohlen, um 10 Uhr beim Stab der 71. I.D. in Hartmannsdorf zu sein.

In den verzweigten Balkaschluchten, Bunker an Bunker, neben- und übereinander, sieht es wie in einer arabischen Berghöhlensiedlung aus.

Anscheinend nicht vergeblich hat sich die 71. I.D. das glückbringende vierblättrige Kleeblatt als taktisches Zeichen gewählt. Die Soldaten und Pferde sehen noch gut genährt aus. Wisse kommt an einem Lager vorbei, dessen Bunker angefüllt ist mit vollen Korn- und Hafersäcken. Das Rosseschnauben und Hufestampfen aus den geschlossenen und in die Erde gebauten Ställen verrät noch kräftiges Leben.

Die Niedersachsen bewähren auch an der Wolga ihren gesunden Lebenssinn und ihre Tüchtigkeit. Wisse ist überall im Kessel herumgekommen. Nirgends hat er so viel Sauberkeit, Ordnung und Behaglichkeit vorgefunden wie bei der 71. I.D.

Hier sind auch Unterkunftsbunker der Mannschaften mit Brettern verschalt. In viele sind Betten eingebaut, und einige Kompanien haben sogar Badestuben. Der Bunker des Divisionsgefechtsstandes mit der glattgehobelten, sauber gefügten und gebeizten Verschalung und den bunten Vorhängen vor den winzigen Fenstern erinnert an eine westfälische Bauernstube.

Der Ordonnanzoffizier, ein Oberleutnant, ist ein langes, schmales Gestell. – Er muß sich im Stehen bücken, um nicht mit dem Kopf an die Decke zu stoßen.

Zu mager, der Hals zu dünn, der Kopf zu klein, nimmt er, hochnäsig wie eine Giraffe, Wisse in Augenschein und überlegt es sich eine Weile, ehe er sich vorstellt. »Von Flottow!« schnarrt er – und deutet die Spur einer Begrüßung an, ohne die Hand zu reichen. Wie er auf Wisse, der nur über einsachtzig mißt, hinabsieht, darin liegt seine ganze Geringschätzung für Offiziere bürgerlicher Herkunft. – Er ist in die Clique hineingeboren, und seine Karriere ist gesichert. – Er schaut auch auf den Ib, Major Kreve, hinab. – Nimm ihn mit Humor, er ist nicht weiter schlimm, unser Vorzimmeroffizier, sagt Kreves Blick, den er mit Wisse wechselt.

»Begrüße Sie herzlichst!« – Der Major schüttelt kräftig Wisses Hand. Langschädelig, flachsblond, helläugig und kühngesichtig, entspricht der Major genau der Vorstellung, wie sie Wisse von seinem kleinen deutschböhmischen Geschichtsprofessor am Gymnasium von den Germanen vermittelt wurde. So groß wie Wisse, ist er gut und kräftig gebaut. Er verzieht die Mundwinkel zu einem eigentümlich gewinnenden Lächeln. Was dieser Mann ausstrahlt, ist Vornehmheit und Güte.

Der Major schickt den Ordonnanzoffizier zum General.

»Melden Sie dem Herrn General, daß der Verbindungsoffizier zur 20. rumänischen Division hier ist!«

»Also und nun zu uns!« Der Major bietet Wisse gastfreundlich zu rauchen und zu trinken an und unterhält sich erst eine Weile gemütlich über Herkommen und Kriegserlebnisse. –

Es ist eine persönliche Vertrautheit und Verbindung hergestellt, ehe der Major das dienstliche Thema behandelt.

»Als Ib möchte ich mit Ihnen die Versorgung der Rumänen von der 1. Kavalleriedivision besprechen. Ab heute übernehmen wir die Verpflegung der etwa 5000 Mann. Ich werde dafür sorgen, daß die armen Kerle auch den vollen Verpflegungssatz bekommen.

Ich habe heute schon unseren Zahlmeister mit einem Lkw losgeschickt, der in Pitomnik Verpflegung aus unserer Luftversorgung übernimmt und nach Gontschara bringt. Mit dem Intendanten der Rumänen habe ich mich gleichfalls in Verbindung gesetzt!

Wie festgelegt wurde, wird am 25., also morgen, gegen Mittag Oberst Dimitriu in Gontschara eintreffen und sofort mit der Aufteilung der Rumänen beginnen! – Anforderungen liegen von einigen Divisionen vor. Wir haben die Verbände, denen die Rumänen zugeteilt werden, ersucht – die Leute ab 26. Dezember durch Offiziere abholen zu lassen!«

Durch den Eintritt des Generals wird das Gespräch unterbrochen.

Aufspringen mit Front zum General, strammstehen und grüßen, ist bei Wisse eins. – Nur die Augen dürfen lebendig und beweglich bleiben. Der General mustert ihn und findet nichts auszusetzen. Er lächelt kurz über Major Kreve, der bedächtig seinen Stuhl zurückschiebt, seine Mappe mit Papieren unter den Arm nimmt und sich empfiehlt.

Von Hartmann ist keiner von den populären Generalen. Schlank, hochgewachsen, karg, straff, bietet er schon rein äußerlich das Bild eines strengen Mannes. Er ist keiner, der den Leuten auf die Schulter klopft, sich nach ihren Wehwehchen erkundigt und mit ihnen plaudert.

Er sorgt dafür, daß seine Soldaten die beste Verpflegung, die beste Ausrüstung, die beste Unterkunft haben, und sieht darauf, daß Ordnung und Recht herrschen.

Der General wendet sich an Wisse.

»General Tataranu hat an die Armee über Sie berichtet, daß Sie sich während der schweren Abwehrkämpfe seiner Division bewährt haben. Ich habe die angenehme Aufgabe, Ihnen mitzuteilen, daß Sie auf Grund Ihrer Leistungen mit sofortiger Wirkung zum Hauptmann befördert wurden! – Da Sie durch persönlichen Kampfgeist alle Bedingungen dazu erfüllt haben, bin ich auch beauftragt, Ihnen das Infanteriesturmabzeichen zu verleihen!«

Er reicht Wisse die Hand und schüttelt sie kräftig.

»Wie alt sind Sie, Herr Hauptmann?« – »22 Jahre, Herr General!« Der General nickt beifällig. »Es freut mich besonders, diese Auszeichnung einem jungen Offizier übermitteln zu dürfen, der durch meine Schule gegangen ist!«

Und Wisse muß herauslachen.

»Ich bitte, Herr General, um Verzeihung für mein unpassendes Benehmen. – Eben jedoch erinnere ich mich an eine Episode, da ich zum ersten Male die Ehre hatte, von Herrn General bemerkt zu werden!«

»War das so heiter oder so lächerlich?«

»Ich machte eine lächerliche Figur, Herr General!«

»Da Sie darüber lachen können, möchte ich das Histörchen hören. – Darf ich Sie einladen, mit mir zu Mittag zu essen?«

Wisse bedankte sich für die Einladung.

»Wie ich weiter erfahren habe: Ihr Bericht über General Tataranu wurde von der Armee an das O.K.H. weitergeleitet.

Heute abend wird in den 20-Uhr-Nachrichten die Verleihung des Ritterkreuzes zum Eisernen Kreuz an General Tataranu bekanntgegeben. Wir wissen, daß Sie am tapferen Ausharren der rumänischen Division einen anerkennenswerten Anteil hatten!«

»Das war 1939 – ein heißer Spätfrühlingstag. – Ich begegnete Herrn General, der damals noch Oberst war, auf der Straße vom Klushügel zur Artilleriekaserne. – Mit klitschnaß geschwitztem Drillich, den Karabiner umgehängt, mein Pferd, das nicht mehr wollte, mit Koseworten lockend und am Zügel nachzerrend, lief ich hinter einer Gruppe berittener Fahnenjunker her, die vom Fähnrichsvater Leutnant Gelnkamp angeführt wurde!«

»Warum mußten Sie laufen?«

»Weil ich widersetzlich war, Herr General!«

»Dann war es heilsam, und Sie taten sich später leichter!«

»Es war heilsam, und ich tat mir's später leichter, aber ich empfinde es heute noch als ungerecht, Herr General!«

Der General ist unmutig. »... Ungerecht? Ein schlimmeres Wort gibt es nicht! – Man soll zehnmal in sich gehen, ehe man es ausspricht. – Da Sie heute noch so empfinden, weist es auf einen Stachel in Ihrem Herzen hin, den man herausziehen sollte.«

Dem General erscheint das so wichtig, daß er Wisse eine ganze Stunde dafür opfert, ihm zuhört und sich mit ihm auseinandersetzt.

»Im allgemeinen wurde nicht darauf gesehen, woher wir kamen. Nur einem Ausbildungsunteroffizier gefiel es nicht, daß ich als Österreicher deutscher Offizier werden sollte.

Der Unteroffizier befahl ›Antreten!‹ Meine Ortrud, die ich sehr gern hatte, war schon ein etwas altersmüder Gaul, der morgens schwer in Schwung kam, trotzdem war ich unter den ersten beim Antreten.

›Ah, Sie wollen nicht?‹ – brüllte mich der Unteroffizier an. ›Ich werde Ihnen gleich Dampf unter dem Arsch machen, Sie gemütlicher Wiener, damit Sie wissen, wo Sie hier sind!‹

›Das habe ich bereits bemerkt, Herr Unteroffizier!‹

›Dann wissen Sie auch, wozu Sie bei Preußens sind?‹

›Jawohl, Herr Unteroffizier, damit ein Soldat aus mir wird!‹

›Damit ein preußischer Soldat aus Ihnen wird!‹

›Damit ein Soldat aus mir wird, Herr Unteroffizier!‹

›Preußen sind Soldaten!‹

›Jawohl, Herr Unteroffizier! – Österreicher waren es schon, als es noch keine Preußen gab!‹

›Darum habe ich Sie nicht gefragt! – Hinlegen, auf, marsch, marsch, hinlegen!‹ – Er jagte mich mit dem Gaul rund um den Zug, zum Gaudium der Kameraden, die schon angetreten waren.

›Was für ein Soldat soll aus Ihnen werden?‹

›Ein guter Soldat, Herr Unteroffizier!‹ – ›Hinlegen, auf, marsch, marsch! – Ein guter Soldat kann das besser! – Was für ein Soldat soll aus Ihnen werden?‹

›Ein guter Soldat, Herr Unteroffizier!‹ – ›Das hab' ich schon gehört, was noch für einer?‹ – ›Ein deutscher Soldat, Herr Unteroffizier!‹ – ›Und was noch für einer?‹ – Ich schwieg, und er jagte mich weiter, ließ mich in einem Jaucheloch beim Stall hinlegen.

›Also, was soll aus Ihnen werden? – Falls es Ihnen nicht einfällt, will ich Ihnen nachhelfen und es Ihnen nochmals vorsagen!‹

›Danke, es ist nicht nötig, denn ich weiß es, Herr Unteroffizier!‹

Die Situation war so gespannt, daß der Leutnant, der alles mitverfolgt hatte, es für angebracht hielt, sich aufs Pferd zu setzen und dem Unteroffizier befahl, eintreten zu lassen. Der Unteroffizier ließ mich am linken Flügel anreihen und meldete dem Leutnant.

Der Leutnant musterte seinen Zug, und sein Blick blieb an mir hängen. Mein blütenweißer Drillich hatte mitten auf der Brust einen tellergroßen Jauchefleck.

›Wie sehen denn Sie aus?‹

›Herr Leutnant, ich habe...!‹ – ›Das interessiert mich nicht! Was Sie nicht haben, ist ein vorschriftsmäßiger sauberer Anzug!‹

›Jawohl, Herr Leutnant!‹

Der Leutnant befahl Aufsitzen. ›Sie wollen doch nicht etwa wagen, auch aufzusitzen, denken wohl, daß ich mit so einem Dreckbalg mitten durch die Stadt reite?‹

›Nein, Herr Leutnant!‹ – Ich wollte mit Ortrud kehrt machen und sie in den Stall zurückführen.

›He, was denn?‹ – Der Leutnant wandte sich beifallheischend an die Fahnenjunker. ›Dem Herrn gefällt es scheinbar nicht mehr bei uns! – Macht ganz gemütlich kehrt und haut einfach ab! – Sie wollen wohl nicht mehr mitmachen, was?‹

›Doch, ich will, Herr Leutnant!‹

›Fühlen uns sehr geehrt dadurch! – Sie folgen zu Fuß, mit dem Pferd am Zügel, in Sichtweite – mit solchem Abstand, daß wir nicht in Verdacht kommen, Sie könnten zu uns gehören!‹

›Jawohl, Herr Leutnant!‹

Mitten durch Osnabrück war es ein Spaziergang und ganz angenehm, hinter den anderen herzuzotteln. Straßenpassanten, hauptsächlich Mädchen, sahen mich mitleidig an, der vorneweg reitende Leutnant empfing böse Blicke der Bevölkerung, und es wurden ihm auch saftige Schimpfworte nachgerufen.

Außerhalb der Stadt befahl der Leutnant Trab, und quer durchs Gelände, über Waldwege, hügelauf und hügelab, ging's sogar im Galopp. Ich troff vor Schweiß, biß aber die Zähne zusammen und hielt Anschluß. Das Pferd war schweißflockenbedeckt, aber gutmütig, und anhänglich wie ein Hund folgte es mir am Zügel.

Der Leutnant schaute sich immer wieder um und wartete darauf, bis ich schlappmachen würde. Ich tat ihm nicht den Gefallen. Auch die 10 Kilometer zurück ließ mich der Leutnant laufen. Ich wäre mitgekommen. Ortrud, die den Reiter und die gewohnten Sporen nicht zu spüren bekam, machte nicht mehr mit. – Mit bebenden Flanken, keuchend, Schaum vor dem Maul, ließ sich das arme Tier nur mehr im Schritt weiterzerren.

Eben da kam der Wagen mit dem Regimentswimpel vorbeigefahren. Sie ließen halten, Herr General, stiegen aus und kamen auf mich zu. Ich machte Meldung.

›Gefreiter Wisse auf dem Rückweg von der Übung in die Kaserne!‹«

»Sie hofften, daß ich Sie erlösen und aufsitzen lassen würde?« – »Jawohl, Herr General! Es war mir peinlich, nochmals mitten durch Osnabrück zum Gaudium und Bedauern der Zivilisten Spießrutenlaufen zu müssen!«

»Warum meldeten Sie mir den Vorfall nicht?«

»Herr General, damals noch Herr Oberst, fragten nur: Warum schwitzt das Pferd so?«

»Was antworteten Sie?« – »Wir sind eine weite Strecke getrabt, Herr Oberst!« – ›Dann führen Sie das Pferd jetzt im Schritt in die Kaserne und wischen Sie es ja mit Stroh gut ab, bevor Sie es in die Box stellen!‹ befahlen mir Herr General damals!«

»Unsere treuen Kameraden, die Pferde, leiden stumm. Soldaten müssen auch schlau sein! – Ich wäre halt gestolpert, zurückgeblieben und hätte mich ins Gras gelegt, Grillen gefangen und wäre dann schön gemütlich nach Hause geritten!«

»Ich, Herr General, marschierte wie Sancho Pansa zurück. Ortrud klapperte friedlich neben mir her. Wegen des schönen Junitages waren die Straßen voller Menschen, und sie wunderten sich, daß ein Soldat ein gesundes, aufgezäumtes Pferd mitten durch die Stadt am Zügel führte.«

Während v. Hartmann, in seinen Stuhl zurückgelehnt, über etwas nachdenkt, betrachtet er Wisse, der, im Bestreben, den Anstand zu wahren, betont langsam seine Suppe löffelt. – Gerade dieses Bemühen des frischgebackenen Hauptmanns, sich zu bezähmen, zeigt, wie hungrig der Junge ist. Über das Essen beim General war er zuerst sehr enttäuscht. – Er erwartete sich Besonderes. – Nun aber sind die kräftige Eintopfsuppe und das Stück Brot eine willkommene Aufbesserung, die ihn wenigstens wieder einmal satt werden läßt. –

Der General wartet, bis Wisse mit seiner Mahlzeit fertig ist.

Es scheint sein Lieblingsthema zu sein. In seinem Gesicht ist die Spur eines Lächelns.

»Soldaten, das ist, nüchtern und respektlos ausgedrückt, bearbeitetes Menschenmaterial. Alle Vorzüge des Materials, von der Glut des gläubigen Herzens bis zur Kraft der Lenden, werden ausgenützt. Preußen produziert Soldaten in altbewährter, anerkannter Qualität, präzise ausgeführt und... immer noch feinst geschliffen.

Das Schleifen tut weh. – Hat einer seinen Schliff weg, ist er meist stolz auf seine Qualitätsverbesserung.

Soldatisches Handeln, das im Ernstfall auch die Zerstörung materieller Werte, unersetzlicher Besitztümer, die sehr heikle Wegnahme von Gut und Habe und sogar die Vernichtung menschlichen Lebens erfordert, muß in strenger Zucht und Regel ausgeführt werden.

Der Soldat muß in hohem Ethos erzogen sein. An seine sittlichen Werte werden die höchsten Anforderungen gestellt, damit er seine Aufgaben erfüllen kann, ohne schuldig zu werden!«

Der General sieht sich im Raum um, als befürchte er, belauscht zu werden, und sage er etwas, das zu äußern gefährlich ist, weil es auf bestehende Mißstände hinweist. »Wo sich eine Führung über Sitte und Anstand hinwegsetzt und dem Soldaten der Glaube verschüttet wird, eine gerechte Sache zu verteidigen, wird er zum Räuber und Mörder degradiert!

Für mich ist das Preußentum, das sich dem Deutschen Reich als sein Waffenträger verdungen hat, eine Gemeinschaft von ritterlicher Gesinnung. In diesem Sinne können und müssen auch Sie Preuße sein und die Regeln der Gemeinschaft, in der Sie dienen, beachten. Die Entfaltung Ihrer persönlichen Eigenart in diesem Rahmen begrüße ich nur. Wie Sie sagten, die Österreicher waren schon Soldaten, als es noch keine Preußen gab, und da sie es, wie ich es erlebe, auch heute noch sind – so bin ich nur bereit, aus ihrer Erfahrung zu lernen.

Nur verständnislose Dummköpfe und Maulhelden, nachgeahmte Preußen, die nicht einmal eine eigene Sprache und Eigenart haben, werden sich über Eigenheiten, die die Österreicher an sich haben, mokieren und sie geringschätzen, weil sie anders sind. Mir sind die Österreicher deswegen sogar liebenswert. Sie bringen Abwechslung, Melodie, neue Farben und Lichter in unsere Reihen und bewahren uns vor der Eintönigkeit eines gleichgemachten Massentyps!«

Der General erhebt sich. »Bin selten so redselig! Zuweilen tut es gut! – Man schluckt zuviel in sich hinein! – Leben Sie wohl und behüte Sie Gott!« –

Der junge Hauptmann ist von der Begegnung mit dem General tief beeindruckt. Er erinnert sich an dessen Ansprache anläßlich der Beförderung von sechzehn Fahnenjunkern zu Unteroffizieren.

»An seinen Soldaten, an seinen Offizieren als Auslese, in denen alle Eigenschaften zusammengerafft und auf wenige Nenner gebracht sind, läßt sich der Wert eines Volkes, dessen Charakter und Lebenskraft beurteilen! –

Sie werden bald als Offiziere hinausgehen und sich als Truppenführer zu bewähren haben! – Merken Sie sich, nur dem Offizier werden seine Leute folgen, der sie zu führen versteht!

Er muß vor ihnen tapfer, mit ihnen streng und gerecht und gegen sich hart sein. Er hat ihnen vorzuleben, was Soldat sein heißt!

Und wenn der Tag kommt, der den letzten Einsatz von uns fordert – dann ist es höchste Erfüllung, unseren Soldaten vorsterben zu dürfen!«

Posten stapfen durch den tiefen Schnee. Sie erwidern die Weihnachtswünsche, die Wisse und Krämer ihnen zurufen.

Von den Männern einer Kolonne, die mühsam auf Handschlitten und Wägelchen Proviant und Munition nach vorn bringen, hebt nicht einer den Kopf. Ihnen frohe Weihnachten wünschen, hieße sie verhöhnen.

Im Bunker ist es warm eingeheizt.

Böse hat das Kiefernbäumchen mit buntem Papier, Vitamindrops und Ölkerzen geschmückt. Sogar eine Weihnachtskrippe steht unter dem Christbaum, die Sellner, der Kirchenfenstermaler, gebastelt hat. Die Funker haben den Kfz 17 an den Bunker gefahren, Kabel gelegt und einen Lautsprecher angeschlossen, aus dem deutsche Weihnachtsmusik tönt.

Böse teilt Wisse mit, daß Generaloberst Paulus General Tataranu zu einem Lazarettbesuch nach Pitomnik abgeholt habe.

Der rumänische General hatte um einige Kartons mit Vitamindrops gebeten. – »Sie waren nit zu erreichen, Herr Hauptmann. – Was hätt' i machen soll'n, i hab' ihm die kompletten 3 Kartons mit je 1000 Stück geben. – Für Verwundete, das sein ja heut die Ärmsten!« – entschuldigt er sich.

»Ich hätt's auch getan!« beruhigt ihn Wisse.

»Es war unsere letzte Zusatzverpflegung. Mir hab'n jetzt nur no a paar hundert Stück!«

Als aus dem Radio die Weihnachtsglocken von den deutschen Domen erschallen, zündet Böse die Lichter des Bäumchens an.

Trotz aller Finten ist es Böse nicht gelungen, Zusatzverpflegung für ein Weihnachtsessen aufzutreiben, aber er hat heimlich noch Schokolade und einen Karton Zigaretten aufgespart, und so gibt es für jeden Mann ein Päckchen aus zwei Tafeln Schokolade, den restlichen Vitamindrops und Zigaretten als Bescherung. Und das muß Böse am schwersten gefallen sein. Seit 14 Tagen keinen Tropfen Schnaps mehr zu trinken. Sichtlich darunter leidend, stellt er eine Literflasche Wodka, die noch zu zwei Dritteln voll ist, auf den Tisch. »Is der letschte Tropfen aus dem Lager in Gawrilowka. I bin fei narrisch word'n die letschten 14 Tag!« – gesteht er lachend. »Aber i hab die Zähne z'sammenbiss'n!«

Als größte Überraschung hat Böse ein Päckchen Briefe. Manche der Briefe sind schon einige Tage alt. Böse hat sie eigenmächtig zurückbehalten für den Heiligen Abend. – Es ist schön, daß jeder Post hat. Wisse hat sogar zwei Briefe von zu Hause.

»Ich schlag vor, Herr Hauptmann, wir feiern jetzt miteinander Weihnachten. Nachher wird jeder das Bedürfnis haben, an seine Lieben z'Haus zu denken und mit sich alloan zu sein. Erscht dann woll'n mir die Brief, jeder seine für sich, lesen!«

Alle sind damit einverstanden. Sie verlangen von ihrem neugebackenen Hauptmann eine Ansprache.

»Wollen wir nicht zuerst ›Stille Nacht, Heilige Nacht‹ singen?«

Mitten in der zweiten Strophe des Liedes poltert es von draußen gegen die Bunkertür. Krämer und Knautsch, die aufspringen, können gemeinsam die Tür, die dicht mit Eis und gefrorenem Schnee beschlagen ist, nur einen Spalt weit öffnen. »Mensch, da liegt ja einer vor!«

Links und rechts stützend, schleppen sie einen Soldaten herein. Tief vermummt, im Tarnanzug, ist er wohl bei Bewußtsein, aber, ausgefroren und völlig erschöpft, sinkt er sofort wieder zu Boden. – Böse hält ihm die Wodkaflasche an den Mund. – Das belebt ihn.

Er richtet sich auf die Knie auf. Krämer will ihm aufhelfen. Er wehrt ab, streicht müde die Kapuze zurück, nimmt den Stahlhelm ab, legt ihn, vor Schwäche taumelnd, neben sich, bleibt vor dem Christbaum knien, hebt seine gefalteten Hände gegen die Weihnachtskrippe und kann die Tränen nicht zurückhalten, die ihm ins verschmutzte, bartverwachsene Gesicht Rinnen zeichnen.

Lautlos, die Lippen bewegend, spricht er vor sich hin. Als er den Hauptmann im Hintergrund bemerkt, erhebt er sich, legt die Hände an und kommt wieder ins Taumeln, als er es versucht, Haltung anzunehmen.

»Unteroffizier Babuschke von der Kampfgruppe...!« Den Namen des Kampfgruppenführers versteht Wisse nicht. »Wir lagen bei Karpowka...!« berichtet er. »...und sollten beim Ausbruch aus dem Kessel als Sturmkompanie eingesetzt werden.

Anstatt auszubrechen, solange wir noch Mumm in den Knochen hatten und scharf darauf waren, hat man uns liegen und halb verhungern lassen – bis uns jetzt alles scheißegal ist. – Sie sehen ja, Herr Hauptmann, ich kann vor lauter Kraft nicht geradestehen!

Heute mittag wurden wir plötzlich als Armeereserve abgezogen! – ›Donnerschlag‹ ist abgeblasen. – Aus ist's! – Wir kommen hier nicht mehr raus. – Die Verbrecher lassen uns in Stalingrad verrecken...!«

»Wieso kommen Sie hierher? – Warum sind Sie nicht bei Ihrer Truppe!« fährt Wisse, durch die Äußerung des Unteroffiziers gereizt, schärfer, als er es wollte, diesem in die Rede. Er verdächtigt den Unteroffizier, Deserteur zu sein. – Es tut ihm sofort leid, den Mann so scharf angefahren zu haben, der, von einem neuen Schwächeanfall gepackt, taumelt, und er ist froh, daß Böse den Unteroffizier auf einen Sessel setzt und ihm heißen Tee einschenkt. »Heut ischt Weihnacht, und da bleibscht amol bei uns, ganz gleich, was mit dir los ischt!« – »Wer hat das zu bestimmen?« fragt Wisse. »Heut, Herr Hauptmann, der Mensch! – Morgen wieder der Dienstgrad!« – Wisse lächelt, und es ist ihm recht so.

»Ich bin nicht mehr mitgekommen mit meinen Leuten!« verteidigt sich der Unteroffizier. »Beim Bahnhof da draußen hab' ich nicht mehr weitergekonnt! – Da sah ich den Richtungsweiser und dann euer Licht und hörte ›Stille Nacht, heilige Nacht!‹ – Ich wollte nur zu Kameraden! – Ich wollte nicht allein, mitten in der Steppe, am Heiligen Abend verrecken!« –

Und wenn der Unteroffizier Deserteur wäre, so sollte man mit ihm die erschießen oder aufhängen, die Schuld daran haben und ihn dazu trieben.

»Sie bleiben heute nacht bei uns, wärmen sich auf und schlafen sich aus! – Morgen nehme ich Sie mit dem Wagen mit und bringe Sie zu Ihrer Einheit zurück!«

»Wenn ich Herrn Hauptmann bitten dürfte, mich gleich irgendwo in einer Ecke hinlegen zu dürfen?«

Die Aufpulverung und Belebung durch den Wodka war kurz. Wisse sieht, der Mann ist total fertig. –

»Ich bin ein übler Weihnachtsmann!« – Der Unteroffizier lächelt, während er seine abstehenden und prall gefüllten Taschen ausräumt. – Es sind Eierhandgranaten und Gewehrmunition. Er sucht vergeblich nach einem Krümel Brot. Krämer organisiert für ihn noch ein halbes Kochgeschirr voll Suppe und eine Schnitte Brot, und jeder geben sie ihm ein Stück Schokolade.

Wenn sie auch noch ein paar Weihnachtslieder singen, die Stimmung ist hin.

Der Unteroffizier liegt auf der Pritsche und starrt sie mit weit geöffneten Augen an.

Wisse erhebt sich.

»Kameraden, wo in dieser Heiligen Christnacht, ob in der Heimat, in Norwegen, in Afrika oder bei uns hier, die Menschen gut zueinander sind, dort ist auch Weihnachten!

Stalingrad ist in dieser Weihnacht eine deutsche Insel. In dieser Stunde sind wir nicht eingeschlossen. Über Tausende Kilometer nach Hause spannt sich eine Brücke – über die unsere Sehnsucht heimfindet, und ich glaube, jeder von uns spürt, daß in dieser Stunde die Gedanken seiner Lieben bei ihm sind. Wir sind nicht verlassen und vergessen! – In seiner Weihnachtsbotschaft verspricht uns der Führer, daß alles zu unserer Befreiung unternommen wird!«

Die Leute lächeln spöttisch. Sie kennen die Lage nur zu gut. Sie wird von Tag zu Tag aussichtsloser.

»Auch heute nacht, während wir hier warm und gemütlich um einen Christbaum herumsitzen und uns einbilden möchten, es wäre Friede auf Erden, geht der Krieg weiter. Auch diese Nacht greift der Russe an, Kameraden stehen in den Gräben, liegen bei bitterster Kälte im Schnee, müssen kämpfen, und mancher fällt in dieser Heiligen Christnacht! – Denken wir daran! Wie ihr alle, hatte auch ich die Hoffnung, daß wir zu Weihnachten aus dem Kessel befreit sein würden, durch unsere eigene Kampfkraft und das zu unserem Entsatz vorstoßende Panzerkorps Hoths!

Ich will euch gar nichts vormachen! – Ihr wißt so gut wie ich, daß Hoth nicht weiterkommt, daß der größte Teil seines Panzerkorps zur Abstützung der Donfront abgezogen wird. Nach Kalatsch sind es etwa 60 Kilometer, bald werden die deutschen Linien im Westen viel weiter zurückliegen. – Es sieht nicht gut aus. Ich weiß nicht, was uns noch bevorsteht! – Wir müssen auf alles gefaßt sein. – Jedem schlägt seine Stunde! – Dem einen früher, dem anderen später! – Den Kopf in den Sand stecken, nützt nichts. Es ist klüger, mannhafter und einem Kerl auch lieber, der Gefahr entgegenzusehen und ihr zu begegnen. Keiner darf sich aufgeben. Jeder muß an der Hoffnung festhalten, hier heraus- und heimzukommen! Das wird ihm auch in scheinbar aussichtslosen Lagen noch die Kraft geben, sich zu behaupten!

Als Christ möchte ich sagen, unsere letzte und stärkste Kraft liegt bei Gott. – Wenn alle Türen verschlossen und alle Wege versperrt sind – der Weg zu ihm ist immer frei. Bei ihm finden wir in jeder Stunde Schutz und Zuflucht!

Der Glaube an ihn wird uns die Kraft geben, unserem Schicksal, wie es auch sei, als Männer und deutsche Soldaten tapfer und mit Haltung zu begegnen!«

Es klopft an die Tür. Eine rumänische Ordonnanz ersucht Wisse in gebrochenem Deutsch:

»Herr Hauptmann sollen kommen zu Herrn General!«

Der Hauptmann schließt: »Ihr haltet die Briefe von daheim in den Händen. Öffnet sie. Verweilen wir mit unseren Gedanken bei unseren Lieben zu Hause – vielleicht schenkt uns das eine stille, eine heilige Nacht!«

Wisse setzt seine Schirmmütze auf und läuft durch die Balka zum gegenüberliegenden Bunker des Generals. Ob das die richtigen Worte für die Leute waren, überlegt er. Hätte ich als junger, schneidiger Hauptmann nicht markiger reden müssen, vom Feind-Zusammenhauen und so? Der Landser verachtet Großmäuligkeit. – Er sieht es lieber, wenn der Vorgesetzte auch seinen Schädel hinhält. Er vertraut dem Offizier, dessen Spruch lautet: »Wo ich bin, ist vorn!«

Der in der Ecke, der Tür gegenüberstehende Ofen strahlt Bruthitze aus. Aus einem Radio auf einem Regal tönt deutsche Weihnachtsmusik. Es ist kurz vor 20 Uhr. In den in einigen Minuten folgenden Nachrichten soll die Verlautbarung durchkommen. Zu Wisses Verwunderung ist der General mit Major Binder allein. Auf dem Tisch, an dem er sitzt, stehen vor ihm eine halbleere Flasche Barack und mehrere Gläser.

Bei Wisses Eintritt erhebt sich Tataranu. Dem Hauptmann fällt sofort das am schwarzweißroten Bande um den Hals hängende Ritterkreuz neben dem schmalen Goldkreuz des Michaelordens auf.

Der General ist tief bewegt und vermag dem Hauptmann für die Gratulation zur hohen deutschen Auszeichnung vor Rührung nicht zu danken. Er nickt nur und hält Wisses Rechte mit beiden Händen, auch der gelähmten, umfaßt.

»So ein Volk wie das deutsche wird auch die schwersten Prüfungen überstehen und nicht untergehen! – Ich weiß, daß ich für diese hohe Auszeichnung Ihnen, Herr Hauptmann, viel zu danken habe. Ich danke Ihnen auch für alles, was Sie für mich und meine Division getan haben! – Ich habe all das Schwere vor Augen, durch das wir gemeinsam gegangen sind. Sie stehen mir als Kamerad und als Mensch nahe! – Mein Freund...!« – Der General schaut Wisse voll ins Gesicht. »Ich bin auch Bewunderer der deutschen Jugend!« – Der General läßt sich von Major Binder, der hinzugetreten ist, ein rötliches, längliches Etui reichen und öffnen. Mit unruhig zuckenden Fingern heftet er Wisse den Orden »Krone Rumäniens, mit dem Bande der Tapferkeit« an die Brust.

Der General nimmt Haltung an. – Auch Wisse tut es. »Zugleich verleihe ich Ihnen im Namen seiner Majestät, König Michaels von Rumänien, unsere höchste Auszeichnung, den Orden ›Michael der Tapfere‹! Leider kann ich Ihnen den Michaelorden nicht umhängen, da die rumänische Maschine, die mit Verpflegung für uns auch die zu verleihenden Orden und Urkunden einfliegen sollte, abgestürzt ist.

Darf ich Sie nun einladen, mit uns Platz zu nehmen?« – Der General schenkt persönlich die Gläser voll, und sie stoßen an auf unverbrüchliche Kameradschaft und ein glückliches Wiedersehen nach dem Krieg.

Sie schweigen, da der Wehrmachtsbericht durchkommt.

»... zwischen Wolga und Don wurden im Angriff 600 Gefangene eingebracht und 15 Panzer vernichtet.

Und wieder verlieh der Führer einem bewährten rumänischen Offizier, dem Generalleutnant Tataranu, das Ritterkreuz zum Eisernen Kreuz.

Am 21. November meldete der Bericht des O.K.Ws. schwere Abwehrkämpfe deutscher und rumänischer Truppen am unteren Don. Im Verlauf dieses erbitterten Ringens zeichnete sich Generalleutnant Tataranu durch wendige Führung seiner Division und durch persönliche Tapferkeit hervorragend aus.

Infolge seiner Übermacht an Menschen und Material hatte der Feind einen Einbruch erzielt, dessen Ausweitung eine ernste Gefahr für die gesamte Verteidigungsfront in diesem Abschnitt bedeutete. Da war es Generalleutnant Tataranu, der in klarer Beurteilung der Lage an der Spitze seiner Reserve zum Gegenstoß antrat und seine Rumänen durch rücksichtslosen persönlichen Einsatz mit voranriß. Die Bolschewiken wurden durch den kühnen Angriff zurückgeworfen, so daß die entstandene Lücke geschlossen und die Gefahr gebannt werden konnte!«

Wortwörtlich, wie Wisse die Meldung an die Armee weitergegeben hatte, kommt sie nun durch den Rundfunk.

Daß der O.B. ausgerechnet am Weihnachtstag den rumänischen General zu einem Lazarettbesuch abgeholt hat? – Wahrscheinlich, um ihm persönlich das Ritterkreuz zu überbringen? – Erwartet er nicht als Gegenleistung die Verleihung des Michaelordens? – Wisse ist nichts von dieser Ordensverleihung an Generaloberst Paulus bekannt geworden und auch nicht, wie weit hohe Offiziere des Armeestabes mit rumänischen Auszeichnungen bedacht worden sind.

König Michael von Rumänien, geistig und politisch westlich orientiert, ist kein Freund des Nationalsozialismus und seiner Bannerträger. Es ist ihm gelungen, die Kräfte um seinen Thron zu festigen. Marschall Antonescu ist keine Marionette der Wilhelmstraße.

Rumänien ist ein guter, ein wichtiger Verbündeter, jedoch keiner, der nach Belieben mit sich umspringen läßt. Berlin beweist auch in seiner Politik gegenüber Rumänien keine glückliche Hand.

Das Verhalten Himmlers ist ein Vertrauensbruch gegenüber der rumänischen Regierung. Rumänien als tapferster und verläßlichster Verbündeter im Osten stellt 22 Divisionen und leistet durch Lieferung von Erdöl und Agrargütern Deutschland wichtigste wirtschaftliche Hilfe.

Horia Sima, der Führer der Eisernen Garde, hat gegen das Regime Antonescus einen Putschversuch unternommen und ist nach dessen Scheitern nach Deutschland geflüchtet.

Anstatt Marschall Antonescu zu stützen, läßt die Reichsregierung es zu, daß Himmler Horia Sima dem Zugriff des Marschalls entzieht und ihn als den kommenden Mann, für den Fall politischer Veränderungen in Rumänien, bereithält.

Die rumänischen Offiziere, die in den Bunker des Generals kommen, haben sich etwas verspätet, so daß sie nur den letzten Satz der Rundfunkverlautbarung über die Verleihung des Ritterkreuzes an ihren General eben bei ihrem Eintritt noch mithören. –

Ihnen voran ist der zum Brigadegeneral beförderte Oberst Dimitriu. Ihm folgen die Regimentskommandeure. Die hohe Gestalt des vornehmen Oberstleutnant Mangesius, der trotz der Hungerszeit noch immer gleich kugelrunde Oberst Popescu und die Offiziere des engeren Stabes, geführt von Major Baltatescu. Wisse denkt, daß nun die Rumänen unter sich sein wollen, und empfiehlt sich. Dimitriu hält Wisse am Ärmel zurück.

»Morgen früh um 8 Uhr fahren wir nach Gontschara!« Wisse fällt die niedergeschlagene Stimmung unter den Rumänen auf, obwohl es auch bei ihnen wie bei den Deutschen Beförderungen regnete.

»Und was sagen Sie nun zur Lage?« fragt Dimitriu leise.

»Ich war heute unterwegs, Herr General, und bin über die letzten Vorgänge nur durch den Wehrmachtsbericht unterrichtet!«

»Na also, dann werden Sie's ja gehört haben, daß als Weihnachtsgeschenk für die 6. Armee das Todesurteil über uns verhängt wurde! Die Panzer Hoths, die auf 42 Kilometer an uns herangekommen sind und auf unseren Ausbruch gewartet haben, sind heute aus dem Brückenkopf an der Myschkowa in Richtung großer Donbogen abmarschiert. Unsere letzte Chance ist damit verspielt!«

Wisses Ton ist abweisend. »Laut Wehrmachtsbericht hat sich an der Frontlage nichts geändert!«

»Dann muß ich aus Versehen einen falschen Sender abgehört haben! – Na, ich wünsche trotzdem Ihnen und Ihren Männern ein frohes Weihnachtsfest!«

Wisse sitzt noch eine Stunde mit seinen Leuten im D.V.K.-Bunker zusammen. Sie singen einige Weihnachtslieder, trinken Tee und lutschen ihre Bonbons. Es kommt aber keine Stimmung mehr auf. – Wisse sieht es den Leuten an der Nase an, daß sie wieder russische Propagandasendungen und Frontberichte abgehört haben. – Die Briefe aus der Heimat scheinen sie auch nicht hoffnungsvoller gestimmt zu haben.

Die etwas krampfhafte Unterhaltung versandet. Die Leute werden einsilbig und sind erleichtert, sich mit ihren Gedanken in ihre Quartiere verkriechen zu können.

Wisse bleibt mit dem Unteroffizier, den sie aufnahmen, allein im Bunker zurück. – Der gutmütige Knautsch hat den Unteroffizier mit einer schweren Wagenplane zugedeckt.

Der magere Christbaum, die rauchende Petroleumfunzel, aus deren Zylinder dicke, fette Rußflocken hochsteigen, Blechbüchsen, die als Aschenbecher dienten, voll Zigarettenkippen, Asche und die Einwickelpapiere der Vitamindrops sind überall herum verstreut. Teesudreste in einigen Gläsern, der dicke Tabakqualm. Es sieht aus wie verdorrte Kränze mit verblichenen Kranzschleifen auf dem Grab erstorbener Hoffnung und Festesfreude.

Wisse ist dankbar, daß Krämer mit Harro, den er nochmals hinausführte, zurückkommt – die Tür aufreißt, die frische, eisige Nachtluft hereinläßt, abräumt und energisch mit dem Besen den Plunder hinausfegt. Krämer will den Unteroffizier mit in seinen Bunker nehmen.

»Nicht wecken, lassen Sie ihn hier!« – befiehlt Wisse. »Nur den Christbaum nehmen Sie bitte mit!«

Wisse hat noch immer die beiden Briefe von zu Hause in seiner Brieftasche. Sie fühlen sich hart, fremd und steif an. – Er zieht sie aus der Tasche und wirft sie, ohne sie anzusehen, mit einem Schwung auf den Tisch. – Es ist keine Verbindung zwischen den Menschen, die sie schicken, und ihm. Sie können ihn und seine Lage, und er kann sie nicht verstehen. – Sie werden wieder so kindisch schreiben, daß er sich nur ärgern muß. – Er spürt Kälte im Leib, in den Adern, und das Fühlen erstarrt.

Er hört auf das stoßweise Atmen des Unteroffiziers. Es stört ihn, obwohl er denkt, der arme Kerl ist schwer mitgenommen.

Er muß sich überwinden, nach dem kleineren der beiden Briefe zu greifen, von dem er weiß, daß er von seiner Mutter ist. – Er hält ihn in den Fingern beider Hände. – Mutter? – Er erschrickt, daß ihn dieser Begriff nicht heiß und sehnsüchtig anhaucht. – Mutter, das ist ein Weib, das mich geboren hat, das mich nun bejammert, weil ich in Stalingrad sitze. Was versteht sie vom Krieg? Nichts! – Begreift sie mich – ihren Sohn? –

Mutter, wo bist du denn in dieser fürchterlichen Weihnacht? – Er schließt die Augen und überdeckt sie mit der Hand. – Man muß einen weiten Weg in die Erinnerung zurückgehen, um dich zu finden und deine Liebe zu spüren. Er starrt lange auf ihre Schrift auf dem Umschlag, auf die Buchstaben, die sie mit ihrer Hand malte, bis sie ihm vertraut, wieder lebendig und gegenwärtig wird.

Er entsinnt sich seines letzten Briefes, den er vor einigen Tagen an sie geschrieben hat.

»... bin stolz darauf, in diesen Tagen im Brennpunkt der Geschehnisse und Entscheidungen des Krieges zu stehen. – Sieg oder Untergang ist unsere Parole!« Blöderen und gehirnverseuchteren, großmäuligeren Schmus hätte ich ihr gar nicht schreiben können, meiner Mutter, die ihren ältesten Sohn schon verloren hat. Gleich in den ersten Monaten des Ostfeldzuges ist mein ältester Bruder vor Moskau gefallen. Jetzt bangt sie um meinen Bruder Karl und um mich, den Jüngsten! –

Natürlich hatte er am Schluß den in jedem Brief gleichen Satz hinzugefügt... »Wie bisher habe ich auch jetzt nicht das Gefühl, daß mir etwas Ernstliches zustoßen könnte. – Eine innere Stimme sagt mir, daß ich lebend und gesund zu euch nach Hause zurückkehren werde.«

»... zu Hause ist alles wohlauf, und es geht uns den Verhältnissen entsprechend gut!« – Ganz so gut geht es nicht. Die Schwester hat es schwer im Büro, und nach Weihnachten wartet die Kriegsdienstverpflichtung auf sie.

Karl, der ältere Bruder, wurde im Kaukasus, wie er schreibt, leicht verwundet und liegt auf der Krim in einem Lazarett. – Wenn er nur leicht verwundet wurde, hat er Schwein gehabt. – Vielleicht kriegt er Heimat- und Genesungsurlaub und bleibt eine Weile beim Ersatzhaufen.

Und zum Schluß schreibt sie:

»Ich habe noch gut in Erinnerung, was Dein Vater erzählte, wie er im Jahre 1916, im letzten Weltkrieg, seine Weihnachten feierte. Er stand damals auch in Rußland im vordersten Graben. – Die Russen lagen keine 200 Meter hinter Stacheldraht, seiner Kompanie gegenüber. Es schneite in dichten, großen Flocken, und die Weihnacht schwebte in jeder Flocke vom Himmel zur Erde nieder. Plötzlich war im Osten ein heller Schein. Dein Vater dachte, es wäre von einem Angriff der Russen. Er stieg aus dem Graben, um besser zu sehen, da dem Schein kein Kanonendonner folgte. – Und aus dem feindlichen Graben gegenüber stieg ein russischer Offizier, um gleichfalls Ausschau zu halten.

Sie konnten es beide erkennen. Der Schein wurde heller und bewegte sich, wandelte über die Gräben hin. Dein Vater hob die Stimme und rief: ›Der Engel des Herrn!‹ – Der Russe rief genau dasselbe auf russisch. ›Es verkündet uns der Engel des Herrn!‹ rief Dein Vater... ›in dieser Heiligen Nacht ist Christus geboren! Friede den Menschen auf Erden!‹

›Friede den Menschen auf Erden!‹ – antwortete der russische Offizier, und Dein Vater erschrak, denn ohne daß sie beide darauf geachtet hatten, waren der Russe und er aufeinander zugeschritten und standen sich gegenüber.

Dein Vater streckte dem Russen die Hand hin. Doch der schüttelte den Kopf, breitete die Arme aus und sagte ›Christ ist geboren!‹ und er umarmte und küßte Deinen Vater.

Aus den russischen und aus unseren Gräben stiegen die Soldaten, gingen aufeinander zu, umarmten und beschenkten sich mit Lebensmitteln, Schnaps und Zigaretten.

Diese Nacht fiel kein Schuß.

Überall auf der ganzen Erde ist auch in dieser Nacht der Engel des Herrn unterwegs, um Christi Geburt zu verkünden. – Ich weiß, mein Sohn, er wird auch Dir begegnen, Hoffnung und Frieden Deinem Herzen bringen und Dich beschützen.

Ich bete für die, deren Augen blind sind vor Haß, so daß sie den Engel des Herrn nicht sehen können – und seine Botschaft sie nicht erreicht – denn sie hören nur auf das Brüllen des Todes und im Donner nicht das Sturmgeläute des Jüngsten Gerichtes aus den Glocken, die sie von den Türmen gerissen und in ihre Kanonen gegossen haben...«

Der zweite Brief kommt von der Schwester. – Er ist von Gwen, die sich über Wisses Schwester in Wien mit ihm verständigt.

Auch ihn zu öffnen zögert Wisse eine Weile. Wie kommt es eigentlich, daß ich mich als deutscher Offizier einem englischen Mädchen verbunden fühle? Als ob es nicht genug deutsche Mädchen gäbe? – Es ist keine Extravaganz oder gar ein Zeichen von Abtrünnigkeit. Es beweist einfach, daß die Beziehungen von Mensch zu Mensch nicht eingeschränkt sind durch engstirnige Begriffe und dauerhafter und stärker sein können als politischer Hader.

Natürlich hat Wisse auch deutsche Mädchen kennengelernt. Er verschrieb sich aber mit solchem Feuereifer seinem Werdegang zum Offizier, daß ihm nicht viel Zeit und Interesse für das schöne Geschlecht übrigblieb. –

Von einigen heiratswütigen Mädchen, die sich im Aufbruch der Nation durchaus einen Offizier ergattern wollten, mußte er sich gewaltsam losreißen.

Kaum zum Leutnant befördert, ging er in den Krieg gegen Frankreich.

Auch in Wien hatte er zarte Bande geknüpft. Nach seiner Verwundung am Wolchow, daheim auf Genesungsurlaub, begegnete er seiner ersten Tanzschulpartnerin.

Sie hatte sich auffallend hübsch zusammengewachsen. Da es zeitgemäß war, fand sie es schick, sich einen jungen Frontoffizier zuzulegen, der schon mit dem E.K. I. und etlichem anderen Blech behängt war.

Als sie ihn genügend eingewickelt hatte, legte sie los und bereitete ihm Schmerz. – Für sie war es ausgemacht, daß der Krieg verloren wäre und sie das nur begrüßen könne.

Dabei saß ihr Vater in einer guten Stellung, in der er mit den Wölfen heulte, am Krieg dick verdiente, und ihr war es möglich, im dritten Kriegsjahr eine Schauspielschule zu besuchen. – Sie rümpfte die Nase, daß er nicht einmal einen Wagen zur Verfügung hatte, um sie damit spazierenzufahren. Sie erwartete, daß er mit einem Blumenstrauß und devotem Kratzfuß bei ihrer Familie vorsprechen und sich mit ihren praktischen Auffassungen solidarisch erklären müßte, ehe sie ihn ihre Haut spüren ließ.

Er zählte die Tage, bis er wieder hinausmußte, und sie ließ sich Zeit. – Warf ihm neckisch die Bälle ihrer Gunst zu und zierte sich. Sie wollte, daß er sich bis zum nächsten Urlaub nach ihrer faden Liebe verzehre – und dann vielleicht Aussicht hätte, sein Glück bei ihr zu versuchen.

Mochte sie durch ihren weitschauenden, tüchtigen Vater auf dem Wege des Erfolges sein und sogar recht haben, während er töricht und irregeleitet war. Sie gab sich berechnend und war nur eine dumme Gans, so nannte er sie insgeheim, und er bedauerte es, seinen kostbaren Urlaub mit ihr vergeudet zu haben.

Gwen hat Angst, ihre Briefe an ihn zu senden, denn sie schreibt englisch und befürchtet, dem Geliebten und seiner Familie dadurch Schwierigkeiten zu bereiten.

Sie sendet ihre Briefe an Wisses Schwester nach Wien. Diese steckt sie in einen neuen Umschlag und schickt sie an Wisses Feldpostnummer weiter.

In letzter Zeit hatten es die Mädchen so eingerichtet, daß ein Feldwebel, der häufig Kurierfahrten unternahm, Briefe, die Gwen bei einer Adresse in Lille hinterlegte, mit nach Wien nahm.

Trotzdem schreibt Gwen, die um ihren Michael, wie sie Wisse nennt, zittert und bangt, so vorsichtig, daß er zwischen den Zeilen lesen muß, wie es ihr geht.

Er übersetzt fließend ohne Wörterbuch.

Mein Liebling!

Ich schreibe Dir ab und zu englisch, damit Du in Übung bleibst. Wie es der Krieg für uns alle mit sich bringt, gehetzt und gejagt, komme ich doch immer wieder nach L., mit der einzigen Hoffnung, einen Brief von Dir vorzufinden.

Mutter und Schwester haben auch schon einige Zeit nichts von sich hören lassen. Mir geht es immer noch gleich, und Du brauchst Dir meinetwegen keine Sorgen zu machen.

Wenn ich im Radio von Stalingrad höre, bleibt mir das Herz stehen, wenn ich daran denke, daß Du dort bist. Was ich dabei empfinde, das läßt sich nur beten.

Nachdem ich diesen Brief geschrieben hatte, mußte ich weinen. Würdest Du so töricht sein und meinen Brief küssen – er würde bitter nach meinen Tränen schmecken.

Trägst Du meinen Brief bei Dir, wenn Du Sehnsucht nach mir haben könntest, wo Du auch bist, sooft Du Deine Hand darauf legst, wenn Du mich liebst, müßtest Du spüren, wie mein Herz schlägt, gegen das ich ihn gepreßt hatte.

Zeit – seit Du von mir bist – ist nicht. Ich – seit Du von mir bist – bin nicht! – Was mit mir geschieht – ist alles nur ein böser Spuk. Was ich lebe, ist unser letzter Augenblick.

Ich spüre Deinen letzten Kuß, ich höre Deine Abschiedsworte, und ich stehe am Fenster und sehe Dir nach, wie Du von mir gehen mußt.

Der nächste Augenblick meines Lebens beginnt, wenn ich Dich wiederkommen sehe, Dich sagen höre, daß Du zu mir gekommen bist – Dich an meinen Lippen und an meinem Herzen spüre! –

Ich warte und hoffe, weil ich Dich liebe.

Deine Gwen.

Den Brief Gwens auf seinen Knien, legt er seine Hände darauf – und es ist ihm, als spüre er in seinen Fingerspitzen ganz leise den Schlag ihres Herzens.

Im Bunker ist es eisigkalt geworden. Der Unteroffizier unter der Wagenplane atmet immer noch schwer und keuchend. Vielleicht hat er sich eine Lungenentzündung geholt?

Ich nehme ihn morgen nicht mit, nimmt sich Wisse vor. Der rumänische Arzt soll ihn vorher untersuchen. Vielleicht kommt er in ein Lazarett. Ist natürlich kaum anzunehmen. Zwei Drittel der Soldaten von Stalingrad müßte man wegen unzureichender Ernährung und Entkräftung ins Lazarett und auf Erholung schicken.

Weiß die Führung das? Natürlich weiß sie es!

Wisse zieht sich an und stapft hinaus in die Winternacht. – Es ist bitterkalt. Hat zumindest 25 Grad minus. Vom Osten pfeift der Wind über die Steppe und bläst Pulverschneewolken über den Rand der Balka. – Nur im Generalsbunker ist noch Licht. – Vielleicht ist Baltatescu noch auf?

Der Hauptmann stapft weiter zum Bahnhofsgebäude, wo Baltatescu sein Lager hat. – Die Tür ist verschlossen, und hinter den Fenstern ist es abweisend dunkel.

Am Flugplatz vorbei marschiert er über die Straße nach Westen. – Immer so fortgehen, seinen Gedanken nach.

Wie mag Gwen diesen Heiligen Abend verbringen? – Gehetzt und gejagt – wie sie schreibt, vielleicht auch in dieser Heiligen Christnacht irgendwo auf den Straßen Frankreichs, oder keine Minute vor Entdeckung sicher, von mitleidigen Menschen in einer Kammer versteckt.

Wovon sie überhaupt lebt? – Was ihr Bekannte oder Freunde, die selbst nichts zu beißen haben, zustecken.

Ob sie, von der Familie losgerissen, überhaupt unter Menschen sein kann und mit ihnen Weihnachten feiern, oder irgendwo allein ist, verborgen und verzweifelt?

Was war das für ein stürmischer Novemberabend!

Mit seiner Versetzung von Equihen zur 1. Batterie nach Rue in der Tasche, ging er nochmals zu Gwen.

Leise pfiff er vor der Villa ihre verabredete Melodie.

Ihr Kopf tauchte im Fenster auf. Sie beugte sich vor, sah auf die übrigen Fenster des Hauses und gab ihm einen Wink, daß sie komme.

Die Angeln waren gut geölt, denn die Tür bewegte sich lautlos, als sie aus dem Hause trat.

Vorsichtig sah sie die Straße hinauf und hinunter, die menschenleer war.

Sie lief auf ihn zu. Den Kopf an seine Schulter gelegt, die Arme um seinen Hals geschlungen, verharrte sie eine Weile in der Umarmung und ließ sich von ihm über das Haar und die Schultern streicheln. Dann schob sie ihn von sich.

»Tell me, what news?« – flüsterte sie. – Er sah sie an und holte Luft.

Er schluckte und bewegte lautlos die Lippen. Sie öffnete den Mund zu einem Schrei. – »No, no!« bat sie flehend und verschloß ihm den Mund mit ihrer Hand. – Sie ließ die Arme sinken, trat wieder zurück und sah ihn an. »You are going away?« – Sie nahm es ihm ab und nickte für ihn bestätigend. Er war erleichtert. Sie stand einen Augenblick lang, erstarrt, kerzengerade vor ihm. Er sah ihr an, daß ihr Herz aussetzte.

Plötzlich, schneller als er es erfassen konnte, um ihr beizuspringen, rang sie nach Luft, stöhnte, beugte den Oberkörper vor, und die Arme nach Halt ausstreckend, drehte sie sich kreisend um die eigene Achse. Er spürte, daß sie an seinen Hüften Halt fand, sich festklammerte und ihn umschlang. Fassungslos, diesem Schmerzausbruch nicht gewachsen, vermochte er nichts zu unternehmen.

Ihre Hände ließen los und glitten an seinem Mantel nach abwärts. Ehe sie in die Knie sank, hob er sie hoch. Sie war blind vor Weinen.

Er hielt ihren Körper, der von Schluchzen geschüttelt war, schützend umschlungen, an sich gepreßt.

»Hier können wir nicht bleiben!« – Er sagte es hart, unwillig und vermied die zärtliche Anrede, um sich gegen den eigenen Schmerz zu wehren.

Er führte sie fort, und sie mußten einige Male in Haustornischen Deckung suchen, um von Soldaten, die noch durch die nächtlichen Straßen strichen, nicht gesehen zu werden. Trocken in der Kehle, öfters hustend, in das Dunkel vor sich hinsprechend, gab er ihr Bericht, daß er morgen früh wegmüsse.

Er reichte ihr den Arm. Nur die Hand in seine Armbeuge gestützt, schritt sie in solchem Abstand neben ihm, daß er nur ab und zu das Streifen ihres Regenmantels an seiner Seite spürte, der in steifen Falten unter dem Gürtel von ihrem Körper abstand. – Die Trennung war schon zwischen ihnen. –

Sie wartete ab, was er noch zu sagen hätte – und er fand keine Worte. Unter dem offenen Gartentor der Villa, in dem er Quartier hatte, lehnte sie sich an seine Brust. Er hielt ihr Haupt in seinen Händen, und darüber gebeugt, drückte er die Lippen auf ihr Haar.

Er hörte schon von weitem am Waffengeklirr und am gleichmäßigen Hallen der Stiefelschritte auf dem Pflaster, daß eine Patrouille unterwegs war, die näher kam.

Auf sein Zimmer konnte er sie nicht mit hinaufnehmen, da er dort mit Stein zusammenwohnte. Er nahm sie um die Schulter und stahl sich mit ihr in die Garage. Sie schlüpften auf die Hintersitze des dort stehenden Pkws.

Unvermittelt warf sie sich über seine Beine auf den Sitz, weinte und schluchzte und gab sich ihrem Schmerz hin.

»Ich habe dich ja so lieb! – Mein liebster Michael!« Ihre Liebeserklärung war von unerfahrener, kindlicher Heftigkeit. »Ich möchte, daß du bei mir bleibst! – Geh nicht wieder in den schrecklichen Krieg!« – forderte sie. »Ich habe solche Angst, daß dir etwas geschieht, daß wir uns nie mehr wiedersehen!«

Lächelnd tröstete er sie, daß er ja gar nicht weit von ihr im Lande bleibe, ihr oft schreiben und sie auch besuchen werde. – Er versprach es auch, ihr treu zu bleiben. »Oh, ich weiß es, wie die Männer sind!« – klagte sie.

»Ich bin nicht so!« – Er versprach ihr, keine anzusehen und auch nicht den Versuch zu machen, ein anderes Mädchen kennenzulernen.

Sie wölbte trotzig die Lippen zu einem Entschluß und nahm seine Hand. Sie beugte sich zu ihm und küßte ihn nur zu dem Zwecke, daß er verhindert sei, zu sehen, was sie tue. Sie nestelte etwas an sich herum und war ärgerlich, daß es nicht ganz unbemerkt bleiben konnte. Und dann spürte er, wie sie seine Hand unter ihre Bluse schob und gegen ihre Brust drückte. Er fühlte unter dem dünnen Hemd heftig ihr Herz schlagen. Sie wollte ihm beweisen, daß sie, wenn auch nicht so herausfordernd und offensichtlich wie diese Weiber, die mit dem Popo wackelten, auch ihre weiblichen Attribute habe, und sie war entschlossen, ihn damit zu fesseln, damit er gegen Versuchung gefeit war. Es war kindlich und rührend. Mehr als Anerkennung für ihre Reize, als aus Lust, streichelte er ihre zarte, junge Mädchenbrust.

Und dann rückten sie voneinander und sahen sich an, und es war wieder der Schmerz über die Trennung in ihnen – und sie stürzten ineinander in heftiger Umarmung.

Die Bluse weit geöffnet, blieb sie vor ihm zurückgelehnt, und als er sich über sie beugte, klammerte sie die Hände um seinen Hals, verharrte, ohne sich zu rühren, wie leblos in seinen Armen und erwartete ihn.

Er fühlte, stärker als Lust, die sie übermannte, war ihr heroischer Entschluß, ihn gewähren zu lassen und sich ihm zum Abschied zu schenken, damit er sie nicht vergesse.

Er liebte sie zu sehr, um sie zu verführen, da er sie verlassen mußte und nicht wußte, ob er je zu ihr zurückkehren könnte. Er schloß ihr die Bluse und zog den Rock über die Knie. Sie richtete sich auf, und es war, als erwache sie.

Er spürte, daß sie enttäuscht war, wie jemand, dessen großes Opfer zurückgewiesen worden war, und daß sie sich nun schämte. – Er verteidigte sich vor ihr. »Wenn der Krieg aus ist, komme ich und hole dich! – Wir werden dann ganz glücklich miteinander sein! – Ich liebe dich zu sehr!« – flehte er um ihre Verzeihung und fühlte sich schwächlich vor ihren Augen.

Er mußte recht unglücklich dreingeschaut haben, denn lächelnd streichelte sie ihm das Gesicht, und es dünkte ihn, daß sie überlegener und erfahrener sei als er, und er erkannte, wie jung er noch sei.

Es war spät, als er sie heimbrachte und sie durch die unversperrte Türe ins Haus schlüpfte. Er wartete vergeblich darauf, daß sie nochmals am Fenster erscheinen und ihm zuwinken würde.

Niedergeschlagen trottete er zurück ins Quartier, wo seine zwei Koffer fertig gepackt standen.

Den ganzen Winter über fand er nicht Gelegenheit, von der Batterie wegzukommen und Gwen zu besuchen.

Es wurde Frühjahr, und die Division machte sich zu ihrer Verlegung nach Osten bereit. Endlich, gegen Ende März, erreichte er es, daß ihn der Chef mit einem Kradfahrer zur Werkstattkompanie nach Boulogne schickte, um nach dem Batterie-Lkw zu sehen, der dort in Reparatur war.

Wisse bestimmte den Fahrer, einen kleinen Umweg über Outreau nach Equihen zu machen.

Er stand eine Weile vor der Villa »Nadine« und wußte nicht, wie er sich Gwen bemerkbar machen sollte. Pfeifen konnte er nicht, denn die Straße war ziemlich belebt von Menschen, die der schöne Frühlingstag aus den Häusern gelockt hatte.

Es blieb ihm keine andere Möglichkeit, als durch den Garten einzutreten und an der Haustür zu klopfen. Er hoffte, es würde das normannische Dienstmädchen, Margaret oder Gwen selbst öffnen. Mit Gwens Mutter würde er sich noch verständigen können. Wie sollte er aber sein Vordringen rechtfertigen, wenn ihm Gwens Vater öffnete, der schon einige Male seiner Tochter gedroht hatte, sie aus dem Hause zu weisen, wenn sie ihre Bekanntschaft mit dem deutschen Offizier nicht abbreche?

Es war verwunderlich, daß sich eine englische Familie 1941 noch immer unbehelligt inmitten des von den Deutschen besetzten Frankreichs aufhalten konnte. Mußte sie nicht in ständiger Furcht leben, entdeckt zu werden? Deshalb wollte Wisse den Eindruck vermeiden, daß er seine Macht als deutscher Offizier mißbrauche.

Er dachte auch nicht daran, kriecherisch aufzutreten. Er wollte als Mann zu Mann dem Engländer gegenübertreten und ihm erklären, daß er eine ernste und tiefe Zuneigung zu Gwen gefaßt habe, die erwidert würde . . .

Ihm wurde von einem ihm etwa gleichaltrigen Mann geöffnet, der, einen halben Kopf kleiner als Wisse, Gwen ähnlich sah und ihr Bruder sein mußte.

Der junge Engländer sah, ohne Verwunderung zu zeigen, Wisse erwartungsvoll an, und es war ihm anzumerken, daß er wußte, wen er vor sich hatte.

»Leutnant Wisse!« – »Henry Burton!« – Der Engländer verbeugte sich kurz und förmlich.

Sie maßen einander. In ihnen bäumte sich Widerstand gegeneinander auf. Sie überwanden ihn und lächelten zugleich. – Wisse wählte als Vermittlungssprache französisch.

»Ich hatte heute die lang erwartete Möglichkeit, nochmals in Equihen vorbeizukommen . . .!«

Wieder maßen sie einander.

»Meine Schwester Gwen ist nicht zu Hause!« – Der Engländer zog sich in die halbgeöffnete Tür zurück, aus der er auf die Stufen davor getreten war. – Wisse nickte, als habe er diese Antwort erwartet.

»Ich bedaure, Ihnen das mitteilen zu müssen!«

»Und wo ist sie?« Wisse kam die Frage, ohne daß er es wollte, scharf über die Lippen. – Erstaunt wandte Henry sich ihm nochmals zu. Er wollte aus Wisses Haltung erfahren, ob im Ton dieser Frage eine Drohung lag. Die Haltung des Engländers versteifte sich. Er ließ erkennen, daß er nicht bereit war, aus Angst Auskunft zu erteilen.

Wisses Miene zeigte Bedauern, da der Engländer ihn falsch verstanden hatte. Es war eine heftige Bitte und keine Forderung gewesen.

»Gwen und Margaret sind bei ihrer Tante in Outreau zu Besuch, Rue de Paris 11!« –»Ich danke Ihnen!« – Henry sah Wisses Enttäuschung. »Sie müssen aber bald zurückkommen!« – fügte er hinzu.

»Es war sehr freundlich von Ihnen, mir das zu sagen!« –

In ihrem Gruß lag eine Spur gegenseitiger Sympathie und menschliche Anerkennung.

Der Kraftfahrer, ein zuverlässiger und schon lang dienender Obergefreiter, ließ sich leicht dazu bestimmen, nochmals nach Outreau zurückzufahren, da auch er dort noch jemanden aufzusuchen hatte.

Während der Kradfahrer wahrscheinlich sein französisches Herzblatt besuchte, marschierte Wisse in der angegebenen Straße auf und ab. – Schließlich, da niemand in der Nähe war, pfiff er sogar »In Sanssouci am Mühlenberg!« Auch das vergeblich.

Der Obergefreite kam zurück. »Herr Leutnant, wir müssen zurückfahren! Ich habe heute noch von der Schreibstube die Meldung zur Abteilung zu bringen, wie weit wir marschbereit sind!«

»Wir fahren wieder über Equihen zurück! – Das läßt sich doch machen?« – »Läßt sich machen, jawohl, Herr Leutnant!«

Wisse hoffte immer noch auf einen glücklichen Zufall, dem Mädchen zu begegnen. Ihm lag so sehr daran, Gwen zu sehen, daß er noch einmal an der Haustür der Villa läutete.

Es schien, als hätte Henry darauf gewartet, da er sofort öffnete. »Es würde mir wirklich sehr viel bedeuten, Gwen nochmals zu sehen!« – Henry glaubte es.

Mit einem Nicken nahm er die Entschuldigung Wisses entgegen. »Leider sind unsere Mädchen noch immer nicht zurückgekommen!«

»Darf ich Sie bitten, Gwen meine Grüße zu bestellen?« –

»Ich werde ihr sagen, daß Sie hier waren!« –

»Ich werde Gwen schreiben!« – Henry nickte und ließ erkennen, daß er auch das seiner Schwester mitteilen würde.

»Nach dem Kriege . . .!« sagte Wisse zum Abschied.

»Nach dem Kriege«, antwortete Henry. Beide sagten dasselbe und ließen den Satz unvollendet und drückten die Hoffnung aus, daß wieder eine Zeit kommen werde, in der sie einander ohne feindselige Zurückhaltung begegnen könnten.

»Wir werden über Boulogne zurückfahren. Da haben wir die gute Hauptstraße, und ich möchte in der Werkstatt nochmals nachsehen, ob die Brüder sich schon an die Arbeit an unserem Lkw gemacht haben!«

So dumm war der Obergefreite nicht, um das zu fressen. Boulogne liegt in der Gegenrichtung. Sie kamen über Outreau, fuhren dahin nochmals zurück, und jetzt sollte er nochmals über Outreau.

»Da müssen Sie sich aber gut festhalten am Sozius, Herr Leutnant, denn ich muß allerhand aufdrehen!«

Der Kradfahrer hatte auf der 500er BMW gut seine 100 Sachen drauf. Trotzdem erkannte Wisse die Mädchen, die auf der Straße aus Outreau entgegenkamen. Wisse hob die Hand, und auch Gwen erkannte ihn trotz des Stahlhelms und der heranbrausenden Maschine. Sie blieb stehen und winkte.

»Das sind sie wohl?« – Der Obergefreite bremste scharf, ehe der Leutnant ihn zum Halten aufforderte.

Etwa 20 Meter hinter den Mädchen kam die Maschine zum Stehen. –

Wisse sprang vom Sozius. »Ich hab' aber wirklich schon höchste Eisenbahn, Herr Leutnant!« – »Ja, ja!«

Mitten auf der Straße, mit ausgebreiteten Armen, kam Gwen Wisse entgegengelaufen, und sie umarmten einander.

Sie ahnten beide, daß es ein Abschied auf lange Zeit war. – Der Obergefreite hupte.

»Ich muß weiterfahren, ich werde dir schreiben!«

»Darfst du das?« – Er hatte einen plötzlichen Einfall.

»Ich werde dir über meine Schwester schreiben. – Deine Briefe sendest du auch an sie, und sie schickt sie an mich weiter!«

»Wohin wirst du kommen?« – »Ich weiß es nicht!« – »Du dürftest es mir auch nicht sagen?« – »Nein!« –

»Dieser verfluchte Krieg!« – Sie war von hemmungslosem Weinen geschüttelt, bezähmte sich aber sofort, als er sich von ihr frei machte, um sich auch von Margaret, die am Straßenrand stand, zu verabschieden.

»Auf Wiedersehen, Gwen!«

Er sah, als er sich nochmals umdrehte, daß sie mit Margaret etwas flüsterte. – Sie lief ihm nach. »Michael, Michael!«

Er blieb stehen, laufend, in der gegen ihn ausgestreckten Hand hielt sie ihm ein Paket entgegen.

»Ich will dir das noch geben. Du hast mir noch gar nicht gratuliert. – Ich bin heute 17 Jahre. – Es ist eine feine Torte, von meiner Tante zum Geburtstag! – Bitte, bitte – du mußt mir diese Freude machen und sie nehmen! Don't forget me!« – Sie blieb mitten auf dem Fahrdamm stehen, hielt die Hand hoch und ließ sie verzweifelt fallen, da der Kradfahrer höllisch aufdrehte und mit Wisse davonbrauste.

Die Division rollte nach Osten. Daß es trotz des Paktes Berlin–Moskau zum Kriege mit Rußland kommen würde, wurde zur furchtbaren Gewißheit.

Auf dem vereinbarten Wege über seine Schwester erhielt Wisse drei Briefe von Gwen, in denen sie ihm mitteilte, daß sie mit ihrer Familie immer noch in Equihen sei und es ihnen leidlich gut ginge – und dann, während er durch Rußland marschierte, blieb die Post von ihr aus. Es war am letzten Tage seines Genesungsurlaubes in Wien. Er hatte Marschbefehl, wieder nach Frankreich zur Ersatztruppe zu fahren, als ein Brief von ihr kam.

Ein Soldat, der von dort auf Urlaub nach Wien kam, überbrachte ihn. »Eine alte Dame hat mich in Lille am Bahnhof ang'redt und mich ersucht, den Brief da mitz'nehmen!«

Wisse erkannte die Handschrift Gwens. Als Absender in anderer Schrift, war eine Mme. de Labousse in Lille angeführt.

»Die Dame ist eine Bekannte!« – gab Wisse zu. Der Soldat lächelte. »Dös hat's mir a g'sagt!«

In dieser Zeit gefährlicher Bespitzelung war einer auf das Vertrauen des anderen angewiesen. Es gab nur wenige Denunzianten, aber ihre Zahl genügte, um unbeschreibliches Unglück über Menschen zu bringen.

». . . ich schreibe Dir unter dem Namen dieser mir bekannten Dame. Ich war lange Zeit sehr krank. Ein deutscher Stabsarzt, der bei uns einquartiert war, rettete mir das Leben. Er verriet uns nicht. Die Soldaten waren anständig zu uns. –

Die deutschen Zivilbehörden jedoch – entdeckten uns, und wir kamen in ein Internierungslager. Mein Vater starb dort. Ich bin jetzt in Lille. Ich kann Dir noch keine näheren Mitteilungen über mich machen. Es geht mir sehr schlecht!

Ich bitte Dich, mir nicht zu schreiben!

Ich bete täglich zu Gott, er möge Dich beschützen.

Sobald es möglich ist, lasse ich wieder von mir hören. Daran zu glauben, daß Du mich liebst, und die Hoffnung, daß dieser schreckliche Krieg bald zu Ende sei, ist, was mir Kraft gibt, mich für Dich am Leben zu erhalten. Deine Gwen.«

Wisse war Oberleutnant geworden, wieder in Frankreich und infolge seiner Verwundung auf einige Zeit G.v.H. geschrieben.

Im Juni 1942 wurde er von seiner Ersatztruppe zu einem Ausbildungslehrgang nach Laon bei Reims geschickt. Jeden Samstag-Sonntag gab es Urlaub.

Er fuhr nach Lille, um Gwen zu suchen. Er suchte Mme. de Labousse auf, die auf Gwens Brief als Absender angegeben war. Es war eine sehr vornehme, liebenswürdige alte Dame. Sie entschuldigte sich, daß sie ihn in so ärmlichen Verhältnissen empfangen müsse. Der Krieg hatte ihr Besitztum, ein schönes Haus, vollständig zerstört. Sie war froh, diese winzige Stube in Lille ergattert zu haben.

»Auch wenn Sie sich mir nicht vorgestellt hätten, Herr Oberleutnant, hätte ich Sie erkannt, so genau hat Gwen Sie mir geschildert. Ich weiß trotzdem nicht, wie weit ich Ihnen vertrauen darf.« Er glaubte zu bemerken, daß er sie in seiner Uniform als deutscher Offizier irritierte, und hatte recht damit.

»Gwen hat mir sehr ausführlich über Sie erzählt, es ist ihr liebster Gesprächsstoff. Ich kenne eure Romanze schon auswendig!« – Sie umfaßte Wisse mit einem Blick. »Ich bin eine Frau und finde es schön, daß Menschen um ihrer Liebe willen bereit sind, allen Gefahren zu trotzen. Das Schönste in unserem Leben, das einzig Unsterbliche und ewig Hoffnungsvolle für den Menschen ist die Liebe. Liebe läßt sich durch keine Macht der Welt verbieten! – Leider auch nicht der Haß!

Ein englisches Mädchen und ein deutscher Offizier? – Ihr könnt beide nichts dafür, daß zwischen euren Ländern Krieg ist. Jeder Krieg hat sein Ende. Ihr müßt aufeinander warten. Ich glaube Ihnen durchaus, daß Sie das wollen und sich unter dem Zwang der Verhältnisse damit abfinden. – Oder denken Sie an eine andere Möglichkeit?« Sie sah Wisse prüfend an. »Ich bin auch Offiziersfrau.« Sie maß Wisse mit schrägem Blick. »Nicht gerade das leichteste Los für eine Frau. Ich würde es nochmals wählen, wenn ich dürfte. Mein Mann war Oberst!«

»Sie glauben, mir nicht vertrauen zu können, gnädige Frau?«

»Ich weiß nicht, ob ich es darf, da möglicherweise Ihr Gewissen als deutscher Offizier dadurch belastet wird! . . . Nötigenfalls werden Sie aus Ihrem Gewissenskonflikt selbstverständlich die Konsequenzen ziehen?« Sie lächelte. »So ein junger Offizier glaubt noch daran, daß von seiner Haltung die Kriegsentscheidung abhängt!«

»Muß er das nicht, gnädige Frau?« – »Versprechen Sie mir, trotzdem vernünftig zu bleiben, auf die Gefahr hin, etwas von Ihrem makellosen Glanz zu verlieren!«

»Ich liebe Gwen!« – »Ich auch!« Erst jetzt forderte sie ihn zum Sitzen auf. »Zum Essen kann ich Ihnen leider nichts aufwarten, aber dafür habe ich für gute Freunde noch ein Gläschen!«

Sie stellte eine Flasche alten Benediktiner auf den Tisch.

»Unsere arme Gwen hatte Schweres durchzumachen! – Von den deutschen Zivilbehörden als Engländer entlarvt, wurde die Familie Burton in ein Internierungslager bei Paris gebracht. Gwens Bruder Henry gelang es, auf dem Transport zu entweichen! Er flüchtete nach England – und tut jetzt als Leutnant Dienst bei der Royal Navy!« – Sie machte eine Pause. Wisse bedeutete ihr, weiterzusprechen. – »Die Familie, auch Gwen, wurde von den Deutschen wegen Spionageverdachtes verhaftet! – Wenn ich Ihnen zuviel zumute, Herr Oberleutnant?«

»Ich bitte Sie, weiterzusprechen, gnädige Frau!«

»Der Spionageverdacht erwies sich bald als unbegründet. – Die Insassen des Internierungslagers hatten außerordentliche Entbehrungen zu erdulden. Gwens Vater starb daran.

Als gebürtiger Französin und namhafter Schauspielerin gelang es Gwens

Mutter, durch Vermittlung guter Freunde, mit Gwen und Margaret aus dem Lager zu kommen. Um einer neuerlichen Verhaftung durch die deutsche Geheimpolizei zu entgehen, mußten sie flüchten. Durch Verfolgung voneinander getrennt, leben sie nun, wenn man es als leben bezeichnen darf, in verschiedenen Städten Frankreichs, als sogenannte U-Boote. – Immer auf der Flucht! – Immer in Angst!«

»Und wo ist Gwen? – Ich muß sie finden, und ich werde ihr helfen!« –

»Wie wollen Sie ihr helfen? – Doch! – Wenn sie Sie wiedersieht und weiß, daß sie nicht verlassen ist, so ist ihr damit am meisten geholfen!«

Leider konnte ihm Mme. de Labousse nur die Adressen einiger Leute geben, von denen sie vermutete, daß sich Gwen vorübergehend bei ihnen verbarg.

Jeden Samstag und Sonntag war er in Lille und klapperte die Adressen ab. Es waren Fabrikarbeiter, kleine Handwerker und Gastwirte, die die Gefahr auf sich nahmen, Flüchtlinge zu beherbergen, und die mit ihnen das letzte Stückchen Brot teilten.

Wisse spürte, er tappte hier in ein verborgenes Netz, das ihm leicht zum Verderben werden konnte. Es war nicht ungefährlich, in eins der Häuser im schmutzigen Industrieviertel von Lille zu gehen und an geheimen Adressen nach Gwen zu fragen. Mehr als einmal hielt er die Pistole entsichert in der Hosentasche. Die Leute waren zutiefst erschrocken, einen deutschen Offizier vor ihrer Tür zu sehen, der ihre Adresse kannte und wußte, was sie trieben. Sie befürchteten Verrat.

Er wußte, wo er verdächtig wurde, war es vor allem die Furcht der Leute, die ihn vor Anschlägen bewahrte.

Sie nahmen nicht an, daß ein Deutscher so toll sein könnte, auf eigene Faust und allein in französische Widerstandsnester einzudringen. Manche, an die er sich wendete, glaubten ihm. Aber auch sie gaben nur sehr zurückhaltend Auskunft. Die es ihm gern sagen wollten, wußten nicht, wo sich Gwen augenblicklich aufhielt.

Müßte ich diese Menschen anzeigen? – Ich bin Soldat und kein Spitzel. – Ich würde den deutschen Behörden nichts Neues melden. Sie wissen genau Bescheid. Sein soldatisches Gewissen belastete es trotzdem, sein menschliches erforderte solches Handeln. – Ich werde es tragen. – Die Menschen, denen er begegnete, waren weder Saboteure noch Partisanen, sie taten nur ihre Menschenpflicht. Daß sie auch Patrioten waren, die ihr Vaterland liebten, war ihnen das nicht hoch anzurechnen?

Jeder Verfolgte, den sie retten, wird einst unser Schuldkonto verringern. Wir müßten ihnen dankbar sein. Wisse hatte sich noch nie über das Elend der Vertriebenen Gedanken gemacht. Er hatte, wie alle Soldaten, keinen Einblick und war fest überzeugt, daß alles Recht auf seiner Seite stünde.

In Lille erlebte er, daß auch wir uns schuldig machten, selbst wo wir recht hätten. Das ehrliche Bestreben, einen Teil dieser Schuld gutzumachen, gab ihm den Mut und unterstützte seine Ausdauer, die Suche nach Gwen fortzusetzen. Der Lehrgang ging zu Ende. Es war der letzte Sonntag, den er frei hatte, und bei der Ersatzabteilung, auf der Schreibstube, lag schon seine Versetzung zurück nach Rußland. –

Er strich durch das schmutzige Industrieviertel. Bleierne Hitze brütete in den Straßen, die wie ausgestorben waren. Er war müde und hoffnungslos. – Er zwang sich dazu, noch die Schenke aufzusuchen, deren Adresse ihm Mme. Labousse genannt hatte und in der er schon einige Male erfolglos gewesen war. – Die kleine Hosterie wurde nur von Franzosen, meist Stammgästen, besucht, die ihn wiedererkannten und scheel ansahen, als er in den kleinen Vorgarten trat und sich umsah.

Allein an einem Tisch in einer Ecke saß Gwen vor einem Teller mit drei Salzkartoffeln und einem Löffel voll Gemüse, das wie Drahtverhau aussah, und wollte eben mit dem Essen beginnen. Sie hatte sich kaum verändert. Dasselbe lieblich rosig angehauchte Gesicht, ohne eine Spur der Entbehrungen. Das Haar in unvermindert goldener Fülle bis auf die Schultern fallend. Nur in den Augen war Angst und Unruhe, rastlose Furcht vor Verfolgung.

Er war zwei Schritte vor ihr, und sein Schatten fiel über den sonnengesprenkelten Tisch unter einem Baum, an dem sie aß.

Sie zuckte zusammen, ließ das Besteck aus der Hand fallen, schaute auf und erkannte ihn. Aufspringend stieß sie einen Schrei aus, der über den Garten, weit in die Stadt hinausdringen mußte.

Dieser Schrei der Qual war eindringlicher, als es Stunden und Tage beredter Klage sein konnten.

Diesmal hatte sie nicht die Kraft, auf ihn zuzukommen. Abwartend blieb sie stehen, bis er Stühle beiseite gerückt hatte, bei ihr war und sie in seine Arme nahm.

Sie ließ ihre Arme herabhängen, und erst als sie bemerkte, daß die Franzosen auf sie und Wisse sahen, legte sie sie ihm um den Hals, damit bekundend, daß dieser deutsche Offizier sie liebe.

Wisse entging es nicht, daß zwei Männer aufstanden und sich davonmachten. Er maß die Gäste der Reihe nach und sah, daß sie bewegt waren und ihm wohlwollten, sogar bereit, ihn zu schützen.

Die Männer waren auf die Straße getreten, um ihn gegebenenfalls zu warnen. Vor einer deutschen Streife etwa? – Das war natürlich unmöglich. Er konnte mit Gwen nicht hierbleiben. Der Wirt begriff das auch.

»Herr Oberleutnant, Sie können ein Zimmer haben!«

»Und was zu essen!« – »Was Gutes? – das ist sehr teuer!« – »Egal, was es kostet!« – Wisse hatte ein paar hundert Mark gespart.

»2000 Francs, und da verdiene ich nichts dabei!« Wisse überging Gwens Einspruch, so teures Essen zu bestellen.

Das Zimmer war klein, aber sauber. Ein breites Metallbett, zwei Nachtkästchen, ein Tisch, zwei Stühle, ein alter Kasten. Streifen von Sonnenlicht, die durch das Fenster fielen, waren dicht voll Sonnenstäubchen.

Gwen versuchte, vor Wisse ihre zerrissenen Schuhe unter dem Stuhl zu verbergen. Sie aß wenig. »Ich bin es nicht gewohnt und würde mir den Magen verderben!« Sie packte Fleisch und Kuchen ein, um es mitzunehmen.

»Wie es mir ergangen ist, hat man dir erzählt – wie es mir weiter gehen wird, das weiß ich auch nicht. Ich werde schon durchkommen.« Sie wollte nichts mehr davon hören und reden. – Ihre Augen baten ihn, ihr nicht zu sagen, daß er ihr helfen wolle. Sie wußte, er konnte es nicht. –

»Wenn du mich nur nicht vergißt!«

So viel hatte er sich ausgedacht, ihr zu sagen und sie zu fragen – daß er fürchtete, die Zeit würde nicht dazu reichen, und nun wurde jedes Wort schal. Jede Beteuerung und jedes Versprechen würden leichtfertig, jede Frage quälend und nur Neugierde sein.

Über ihre glückliche Zeit in Equihen zu sprechen, wäre Verhöhnung. Um zu reden, redeten sie, was ihm grotesk dünkte, über den Krieg. Für ihn konnte es nur ein für Deutschland siegreich beendeter Krieg sein. Sie wußte es besser und war überzeugt davon, daß das Recht auf ihrer Seite stand. Trotzdem sagte sie: »Jetzt ist es mir oft schon gleich, wie dieser Krieg ausgeht – wenn er nur bald aus ist, alle Leiden zu Ende sind und du gesund zurückkehrst! Als junges Mädchen haßte ich die Deutschen leidenschaftlich und wünschte, sie mögen vernichtet werden . . . !«

Sollte er darüber lächeln? Sie sprach von sich, als läge es weit zurück, daß sie ein junges Mädchen gewesen war. Sie mußte harte Lebenserfahrung gesammelt haben. »Seit ihr gegen den Osten Krieg führt, sagen viele Leute, daß ihr dort auch für uns kämpft. Der Krieg in Rußland ist grauenhaft! Du mußt wieder nach Rußland? – Ich darf das nicht fragen? – Ich brauche es auch nicht! – Ich spüre es, weil ich dich liebe und Angst um dich habe! – Wie lange kannst du bei mir bleiben, Liebster?«

»Bis zum Abend!« – Sie nickte. »Diese paar Stunden sollen unserer Liebe gehören?« – bat er. Auf dem Wege zum Fenster wendete sie sich um und lächelte ihn an. Sie machte die hölzernen Fensterläden zu und schloß die Umwelt aus. Neugieriges Sonnenlicht fiel nur mehr durch die Spalten der Jalousie in das dämmerige Zimmer. Sie drehte auch den Schlüssel im Schloß um.

Er fuhr erschreckt auf. Im Zimmer war es stockdunkel, und durch die Ritzen der Jalousien fiel schon das Licht der Straßenlaterne vor dem Hause. – Auch sie erwachte. – »Noch eine Stunde Zeit!« Am Leuchtzifferblatt der Uhr kreiste der Sekundenzeiger und strich unbarmherzig mit jeder Umdrehung eine Minute ab.

In drei Tagen geht es wieder nach Rußland. Soll ich nicht raffen, was sich mir noch bietet? Vielleicht, wahrscheinlich, sehe ich sie nie mehr wieder. Ich liebe sie und werde nie wissen, wie sie ist, wenn ich es jetzt nicht erfahre. – Ich habe ein Recht darauf. – Er preßte sich an sie.

»Wir können noch eine Stunde hierbleiben!«

Sie entwand sich ihm und war mit einem Satz auf den Beinen. »Nicht, wenn du mich noch nach Hause bringst. – Es ist eine Gegend, in der ich mich immer fürchte. Jede Nacht wird geschossen. – Du hast dann noch den weiten Weg bis zum Bahnhof!«

Er ließ die Beine von der Bettkante herabbaumeln. »Jetzt haben wir glücklich unsere kostbaren Stunden verschlafen!«

»War es so schlimm?« – fragte sie zitternd. »Ich habe schon lange nicht so gut geschlafen!« – »Ich weiß!« – Sie gab damit zu, daß sie schon vor ihm erwacht war und seinen Schlaf behütet hatte. »Ich war so glücklich!« sagte sie. – Sie stand vor ihm an der anderen Bettseite und hielt den Kopf gesenkt, in regloser Erwartung. Erst als er im Zuge nach Laon saß, begriff er, was es bedeutet hatte. Sie war, so schwer sie sich dazu überwinden konnte, ehe ihre Zeit verstrichen, dazu bereit gewesen, sich ihm zu geben, wenn er es forderte. Sie war erleichtert, daß es nicht geschah.

Es war, besonders nachts, ein düsteres Viertel und eine erschreckend trostlose, vom Krieg halbzerstörte Wohnruine, in der sie bei einer alten Rentnerin verborgen hauste.

Wie fühlte ich mich in meiner jungen Oberleutnantspracht, und was für ein armer Hund war ich, daß ich ihr nicht helfen konnte! – Die paar hundert Mark, die ich hatte, fischte ich mit der Finte, ihr meine letzte Aufnahme zu zeigen, aus der Brieftasche und schmuggelte sie ihr, ohne daß sie es merkte, in die Tasche ihres Regenmantels. Für sie waren es Strümpfe, Schuhe, ein Kleid, Essen und Unterkunft für einige Zeit, denn es waren doch fast 900 Mark. Aber wie mußte ich mich schämen dafür. Hätte ich Gwen besessen, ich hätte ihr das Geld nicht geben können.

»Bist du mir sehr böse?« – bat sie mich um Verzeihung.

»Ich liebe dich mehr, als ich zu fassen vermag! – Ich werde dir schreiben, und wir werden uns auch wiedersehen. Ich habe das sichere Gefühl, daß ich den Krieg gesund überstehe und auch du – und dann . . .!«

Sie legte ihm ihre Hand auf den Mund. »Wir wollen daran glauben! Hättest du Furcht, wieder hinauszugehen in den Krieg, oder Angst, nicht wiederzukommen, ich hätte dich darum gebeten, mit mir zu sterben!«

Nach drei Stunden unruhigen Schlafes wird der Hauptmann davon wach, daß Harro winselnd an seiner Bettdecke zerrt und ihm mit den Vorderpfoten über die Brust scharrt.

»Was ist denn los, Harro?«

Der Hund legt sich vor das Bett des Unteroffiziers, hebt den Kopf und heult stoßweise, laut und klagend. Wisse springt auf, um nach dem Unteroffizier zu sehen.

Der ist steif und tot.

Der rumänische Stabsarzt, von Wisse alarmiert, bestätigt es. Er drückt sich vorsichtig aus. Einer Herzschwäche erlegen, infolge Erschöpfung und Unterernährung.

Krämer sagt es gerade heraus: »Verhungert ist der arme Teufel! – Er ist uns nur als Quartiermacher vorausgegangen. – Heil dir, mein Führer, bald wird deine stolze 6. Armee nur mehr im Geiste marschieren!«

Wisse war mit Dimitriu für drei Tage nach Gontschara gefahren, um die Aufteilung der 1. rumänischen Kavalleriedivision vorzunehmen.

Er faßte die 5000 Mann in Zügen und Kompanien zusammen, und sie wurden verschiedenen deutschen Divisionen im Kessel, die die Leute abholen ließen, zugeteilt.

Hunderte edelblütige Reitpferde, an denen die Rumänen sehr hingen, wurden, ehe sie ohne Futter in der eisigen Steppe elend umkamen, gleichfalls den Deutschen überlassen. Wegen ihres hohen Wertes sollten sie, das wurde den Rumänen versprochen, als Zugpferde weiter verwendet und durchgefüttert werden, bis der Kessel geöffnet würde. – Es war nicht daran zu denken.

Das Pferdefutter, zu Haferflocken gequetscht, und die edlen Araber, durch den Wolf gedreht und zu Roßsuppe verkocht, kamen erst in den Mägen der Landser zueinander.

Während die rumänischen Offiziere Schwierigkeiten machten und sich nur schwer voneinander trennen konnten, waren die rumänischen Soldaten froh, in deutsche Einheiten aufgenommen zu werden, weil sie das vor der Verwahrlosung und dem Hungertod rettete.

Wisse, allein auf sich gestellt, mußte viel Tatkraft und Energie aufwenden und beträchtliche Hindernisse überwinden, bis er alle die armen Teufel von Rumänen in geordneten Verhältnissen bei deutschen Divisionen untergebracht hatte.

Als Wisse nach Bassargino zurückkehrt, wartet schon der Abberufungsbefehl auf ihn.

»Der Führer des D.V.K. zur 20. rumänischen Division, Hauptmann Wisse, wird als Batteriechef zur ** I.D. nach Stalingrad versetzt.

Major Möglich hält die Verbindung zur 20. rumänischen I.D. weiter aufrecht.

Der versetzte D.V.K.-Führer hat sich am 1. Januar 1943 zu seiner neuen Dienststelle in Marsch zu setzen und sich bei dem zuständigen Divisionskommandeur zu melden.«

Die Versetzung kommt für Wisse unerwartet.

»So geht es halt wieder hinein in die Scheiße!«

»Ach, wer woaß, für was guat is, Herr Hauptmann!« tröstet ihn Böse.

Die beiden Fernsprecher sehen Wisse recht merkwürdig an und verdrücken sich auf einen Wink Böses aus dem Bunker.

»Verdammt, was haben denn die beiden?« ärgert sich Wisse. »Da ist doch was los gewesen, während ich weg war?« Er sieht Böse an und weiß es im Augenblick. »Harro?« Natürlich, der Hund hat ihn bei seiner Ankunft nicht begrüßt, war überhaupt nicht im Bunker!

»Ich habe immer gesagt, Herr Hauptmann, lassen S' den Hund net mehr so viel herumstreifen!« verteidigt sich Böse. »Oan Tag wird ihn ein Rumäne abknallen und fressen!«

»Die Leute haben ihn doch alle gern gehabt?« – »Hunger tut weh, Herr Hauptmann, da hört sich die Liab auf! – Vorgestern ist er wie immer umadum g'loffen auf der Jagd nach Raben oder einer Elster!«

»Und wer hat ihn ohne meine Erlaubnis rausgelassen?« fährt der Hauptmann den Sonderführer an.

»Sie haben selber g'sagt, da er zu wenig zum Fressen kriegt, soll er sich was jagen, wenn er kann!« Böse verschweigt, daß er verbot, Harro allein aus dem Bunker zu lassen, und daß der gutmütige Knautsch den Hund, weil er gar so winselte, laufen ließ.

»Die Rumänen, oben beim Bahnhof, haben ihn g'fangen und g'schlacht. –«

Böse will den Hauptmann ablenken:

»Wenn Sie wollen, Herr Hauptmann, und meine Versetzung erwirken können, geh' ich mit Ihnen nach Stalingrad-Mitte!«

»Sind S' froh, daß Sie dableiben können! – Wenn ich daran denk', daß ich wieder raus muß! Die Kälte und jetzt noch der Hunger dazu! Das schlimmste ist der Dreck und die Verwahrlosung und die Läuse, vor denen man sich nicht retten kann! Brrr, diesmal graust's mir richtig davor! Seid's froh, ihr schiebt's da eine ganz schön ruhige Kugel!«

»Mich gfreut's aber nimmer, Herr Hauptmann! Wenn der Möglich wieder herkimmt? – Und i hab a koa guat's Gfühl! Liaber gangert i mit Ihna!«

Wisse ist allein im Bunker. – Nun bist du also tot, Harro! – Der Hauptmann wirft sich auf das Bett und starrt zur Decke. Er quält sich damit ab, sich den Hund lebendig vorzustellen – und denkt an die Zeit zurück, die er mit ihm verbrachte, seit er ihn als kleines Wollknäuel bei Dünkirchen in einem englischen Pkw verlassen auffand.

In Stalingrad werden sogar Schutzengel verzehrt.

Am nächsten Vormittag kommen überraschend und unangemeldet Paulus und Schmidt zu Besuch. – Was die schon wieder hier wollen, denkt sich Wisse.

Sonderbarerweise ist Paulus nicht niedergedrückt, wie es zu erwarten wäre, da er nur Hiobsbotschaften empfängt, sondern gestrafft, voll Energie und von fast heiterer Laune, wie jemand, der endlich die Kraft gefunden hat, die Gewichte und Ketten aus Bedenken, Berechnungen, Vorsicht und Egoismus mit einem Griff zu zerbrechen.

Und Schmidt, sein Rivale, »der General mit den klugen, energiestrahlenden tiefblauen Augen«, dessen Gesicht an ein Porträt des großen Preußenkönigs erinnert, der die Kraft hätte, die Knoten aller Hemmnisse einfach durchzuhauen, der im Schatten Paulus' trotzig auf Durchsetzung der Hitlerbefehle beharrt und überzeugt ist, daß das Außerordentliche, das Hitler verlangt, geleistet werden könnte, zeigt sich entschlossen und bereit, noch einmal selbstlos seinen O.B. zu stützen und ihm den Rücken zu decken.

Diesmal zieht Paulus sachlich Bilanz.

»Die 6. Panzerdivision wurde von der Myschkowa eiligst an die Donfront geworfen, um eine Katastrophe bei der 8. italienischen Armee zu verhindern.

Hoth versucht sich mit dem Rest seiner Panzer in hinhaltendem Widerstand in Richtung Rostow abzusetzen. Somit ist das geplante Unternehmen ›Wintergewitter‹ vorläufig abgeblasen.

Es ist eine Tragik, daß ich der Aufforderung Mansteins zum Ausbruch aus dem Kessel als verantwortungsbewußter Führer meiner Armee nicht nachkommen konnte.

Hoth kam nicht nah genug an uns heran, und wir hatten zuwenig Sprit, um ihm bis an die Myschkowa entgegenzustoßen. Selbst wenn ich die fehlenden 20 Kilometer übersprungen hätte...

Optimistische Voraussetzung dazu wäre gewesen, daß uns unter Ausnutzung des Überraschungsmomentes der Ausbruch ohne wesentliche Feindbehinderung gelungen wäre...«

Paulus merkt plötzlich an den Mienen von Schmidt und Tataranu, daß er sich schon wieder in endloses Für und Wider verstrickt, das jede Straße zu einem Entschluß in tausend Irrwege verzweigt.

»...Kurzum, auch unter Außerachtlassung der gebotenen Sicherheiten sah ich keine Möglichkeit, die Verbände, die ich aus dem Kessel der Spitze nachziehen mußte, ohne Panzer- und Artillerieschutz durchzuschleusen, wenn ich sie nicht der Vernichtung aussetzen wollte.

Es wäre kein Wagnis, es wäre ein wahnwitziger, selbstmörderischer Verzweiflungsschritt gewesen!«

Ziemlich brüsk entgegnet Tataranu:

»Was es gewesen wäre, hätte sich gezeigt, wenn der Ausbruch unternommen worden wäre. Das Unwägbare muß in Kauf genommen werden, wenn es um die letzte Chance geht!«

»Ein Risiko muß übersehbar sein! Lieber verharre ich auf meinem festen Standpunkt und lasse die Gefahr an mich herankommen, ehe ich mich aus Panik in den Abgrund stürze!«

»Dieser Krieg wurde unter den Voraussetzungen begonnen, daß er nur durch außerordentliche Leistungen und durch Führer, die außergewöhnlichen Anforderungen und Aufgaben gewachsen sind, geführt und siegreich beendet werden kann!«

»Trauen Sie es sich zu, Wunder zu wirken?« fragt Paulus.

Tataranu schweigt.

»Es muß an Wunder grenzen, was wir zu leisten haben!« entgegnet Schmidt hart.

Paulus' Ton ist ironisch. Er möchte dahinter verbergen, daß er um einen Entschluß ringt.

»Daß es mit der Luftversorgung nicht klappt und die Armee gar nicht langsam, sondern rapide verhungert und täglich an Kampfkraft verliert, hat sich herumgesprochen. – Es müßte das Siebenfache, zumindest aber das Vier- bis Fünffache eingeflogen werden, damit wir bis zum Frühjahr durchhalten. – Wenn das nicht möglich ist, sind wir verloren! Vielleicht ist der Ausbruch wirklich unsere letzte Chance?« Tataranu und Schmidt leben auf.

»Allerdings habe ich verläßliche Nachrichten, daß der Russe wieder Panzer und Geschütze im Süden zusammenzieht. – Es müßte ermittelt werden, wie weit der gegnerische Aufmarsch gediehen ist und ob sich überhaupt noch eine Chance für uns bietet, durchzukommen.

Solange wir in unseren Verteidigungsstellungen beisammen sind, ist der Kessel für den Russen ein zu großer und gefährlicher Brocken.«

Und wie ein Süchtiger, der es vergeblich versucht hat, sich von seinem Laster frei zu machen, träufelt Paulus wieder das Gift des Wunderglaubens an Hitler in sich, ohne das er nicht mehr leben kann.

Es ist unfaßbar, mit welch kindischem und naivem Gefasel der Generaloberst, Stabsoffizier des ersten Weltkrieges, Lehrer an der Kriegsakademie, hochbegabter und gelehrter Militärtheoretiker und verantwortlicher Führer einer Armee, sein Gewissen beruhigt.

Weil eine Division, die mit den neuen Tigerpanzern ausgerüstet wurde, bei Tazinskaja sechzig russische Panzer abgeschossen hat und die Liquidierung einer kleineren Kampfgruppe gelang, sieht Paulus schon den Silberstreif am Horizont.

Paulus ist zu dem rumänischen General gekommen, um sich noch einmal aufzuraffen. Daß er sich auf dieser Fahrt von der gutgemeinten, aber verheerenden Bevormundung Schmidts nicht frei machen kann, macht sein Vorhaben aussichtslos.

Vielleicht wie kein zweiter deutscher Offizier außer Schmidt erlebt Wisse das verzweifelte Aufbäumen des Generalobersten zur Selbstbehauptung und das Zurückfallen in Entmündigung.

Der O.B. scheut nicht davor zurück, davon zu faseln, daß der Führer mit einer Panzerarmee, mit den neuesten Kampfwagen vom Typ »Tiger« nach Stalingrad durchstoßen werde.

Als Paulus sich verabschiedet, hat er seine imponierende Haltung als Armeeführer wiedergefunden. Auch seine eine Gesichtshälfte zuckt wieder nervös.

»Wenn unsere Lage nicht von außer her gebessert werden kann, findet der Durchbruchsversuch, von dem Sie sich so viel versprechen, wahrscheinlich doch noch statt!« – wendet er sich an Tataranu.

Tataranu schaut dem davonfahrenden Wagen des O.B. nach und sagt zu Wisse: »Ich hoffte immer noch, daß eine überlegene deutsche Führung sich wiederfinden und das Ärgste verhindern würde. Paulus hat mir die Gewißheit gegeben, Stalingrad ist verloren!«

Im Bunker setzt der rumänische General sein Gespräch fort: »... Ich bin aber nicht bereit, mich in den Konkurs Paulus' mit hineinreißen zu lassen.

Noch an Hilfe von außen zu denken ist illusorisch!

Wenn Paulus in Anbetracht der hoffnungslosen Lage die noch einzig mögliche Konsequenz zieht und den Mut findet, zu kapitulieren, um wenigstens das Leben seiner Soldaten zu retten, bleibe ich in Stalingrad, andernfalls verlasse ich dieses Irrenhaus! Als schwerkranker Mann erhalte ich jederzeit die Ausflugsgenehmigung. Dimitriu ist der geeignete Nachfolger für mich. – Ich werde es durchsetzen, daß Sie mich begleiten...«

»Leider werde ich dazu keine Möglichkeit mehr haben, Herr General, weil ich mit Wirkung vom 1. Januar 1943 zur Fronttruppe zurückversetzt worden bin!«

Wisse ist enttäuscht, daß der General darauf kalt und anscheinend ohne eine Spur des Bedauerns reagiert.

»Wenn ich Ihnen noch eine Gefälligkeit erweisen kann? – Wo liegt Ihr neuer Einsatzort?«

»In Gorodischtsche, Herr General!«

»Das ist fast 50 Kilometer von hier! – Haben Sie eine Fahrmöglichkeit?«

»Nein, Herr General!«

»Ich gebe Ihnen meinen Citroën – und 15 Liter Benzin!« – Es ist ein Freundschaftsdienst und keine bloße Gefälligkeit, die der General Wisse damit erweist.

»Sie können noch bis zu Neujahr bei uns bleiben und fahren dann am 1. Januar nach Gorodischtsche! – Wann erhielten Sie Kenntnis von Ihrer Versetzung?«

»Gestern, Herr General!«

»Ich hätte bei Paulus persönlich Ihre Versetzung rückgängig machen oder zumindest aufschieben können!«

»Jawohl, Herr General!«

»Warum erzählen Sie mir dann erst jetzt davon?«

»Man soll alles laufen lassen, wie es läuft, Herr General!« Der General greift nach dem Telefonhörer. »Ich könnte noch etwas für Sie tun.«

»Ich bitte Herrn General darum, es nicht zu tun!«

»Es gefällt Ihnen nicht mehr bei uns?«

»Es hat mir noch an keiner Dienststelle so gut gefallen, Herr General, und ich habe meine rumänischen Waffenkameraden ins Herz geschlossen! – Meine besondere Wertschätzung...!

»...die gilt mir?« faucht Tataranu den Hauptmann an. »Erwarten Sie nun wohl noch, von mir zu hören, daß ich Sie wie einen Sohn liebgewonnen habe, daß ich traurig bin, weil Sie uns verlassen, und daß ich Sie sehr vermissen werde?«

Wisse ist bestürzt. Ehe er etwas erwidern kann, dreht ihm Tataranu brüsk den Rücken und sagt mit eiskalter Bitterkeit: »Gute Nacht, Herr Hauptmann!«

Spät am Silvesterabend stapft Wisse durch die stockdunkle Nacht über den Hang zum Bahnhof Bassargino hinauf, um sich von Major Baltatescu zu verabschieden.

Der große, immer lächelnde Major lädt Wisse ein, mit ihm bei einem Glas Punsch das neue Jahr zu erwarten. Baltatescu war Diplomat und bis knapp vor Kriegsbeginn der rumänischen Gesandtschaft in Moskau zugeteilt gewesen.

Er sieht Paulus anders. »Generaloberst Paulus ist im Grunde ein streng gesitteter Mann und so fest mit überkommenen Moralauffassungen behaftet, daß er Höllenqualen leidet und in seinen Ketten umkommt, da von ihm Bruch mit jeder bürgerlichen Gesinnung und Freibeuterei gefordert wird!

Die Deutschen sind seit langem ein seßhaftes und arbeitsames Volk mit strenger Ordnung und Lebensregel auf engem Raum, und keine Eroberernation.

Hitler hätte das bedenken müssen. Er hat aus dem Volkskörper Ausgestoßene, Abenteurer und Bankrotteure um sich versammelt, das deutsche Volk entwurzelt und in die russische Weite, die Irre und ins Verderben geführt.«

»Und welche Aussichten, schätzen Sie, Herr Major, haben wir noch, hier in Stalingrad?«

»Als beste die, in russische Gefangenschaft zu geraten!« – »Und die anderen, weniger besseren?« – »Zu verhungern, zu erfrieren, zu fallen oder sich selbst zu erschießen!«

»Da die russische Gefangenschaft ein ebenso sicheres und vielleicht qualvolles

Sterben bedeutet, heißt es also, sich im entscheidenden Augenblick eine Kugel als beste und kürzeste Lösung durch den Schädel zu jagen?«

»Ich werde es nicht tun!« Der Major steht auf und legt seine beiden Hände auf Wisses Schulter.

»Und du wirst es auch nicht tun, mein Junge! Schon mit Rücksicht auf ihre westlichen Verbündeten werden die Russen den deutschen und rumänischen Gefangenen gegenüber eine Haltung einnehmen, die einigermaßen der Konvention des Internationalen Roten Kreuzes entspricht. Es heißt nur gleich nach der Gefangennahme, im ersten Wirbel, das Genick einziehen und durchhalten, bis du in geordnete Verhältnisse eines Lagers kommst. Es gibt hüben und drüben Bestien, die sich im Blutrausch austoben, aber Gott sei Dank um so vieles mehr Menschen, die dir helfen werden!«

Punkt 00 Uhr ist plötzlich ein Zischen in der Luft und vor den Fenstern ein greller Feuerschein.

Baltatescu und Wisse springen auf. Vom Westen herbeginnend, jagen Tausende Leuchtkugeln in allen Farben und Leuchtspurgeschosse senkrecht gegen den Himmel. Wisse ist wie elektrisiert, augenblicklich in Alarmbereitschaft, und fühlt Kraft in sich, alles über den Haufen zu rennen.

»Die Armee bricht nach Westen aus!«

Baltatescu schüttelt den Kopf und weist auf das Riesenfeuerwerk, das sich, einer feurigen Schlange gleich, von Ost nach West, von Süd nach Nord, die ganze Frontlinie des Einschließungsringes entlang fortsetzt, und auch von der Wolga her, aus der Stadt, in unzähligen Leuchtgarben gegen den Himmel springt, dort phantastische, emporwachsende und zusammensinkende Wälder von Lichterbäumen hinzaubert und wieder erlischt.

»Wissen Sie es nicht?« fragt Baltatescu, und er zeigt auf einen Lichtervorhang, der hochgeschossen, nun auch über den rumänischen Gräben niederregnet. »Es sind die Neujahrsglocken von Stalingrad! – Solange Licht ist, ist auch Hoffnung – in diesem Sinne wünsche ich Ihnen das neue Jahr 1943!« Er umarmt Wisse und küßt ihn auf beide Wangen.

»Gott beschütze Sie, mein Freund!«

In fünf Minuten ist der ganze Zauber vorbei, und es ist wieder stockdunkle Nacht, als Wisse durch den angewehten Pulverschnee den Bahndamm hinabrutscht.

Zeitig am nächsten Morgen wird Wisse davon aus dem Schlaf gerissen, daß die Bunkertür aufgestoßen, krachend zugeschlagen wird und ein Kerl, der grölt, stolpernd gegen die Bunkerwand fliegt und von dort zurückgeworfen, gegen den Tisch kracht, wo er sich schwankend und schaukelnd, wie ein Schiff bei hoher See, festklammert.

Wisse schwingt beide Beine mit einem Satz auf den Fußboden und setzt sich auf seiner Pritsche auf.

Hauptmann Möglich, der kränkliche, nervöse, sonst so verschlossene Offizier, scheint verrückt geworden zu sein. Er ist total besoffen.

»Sss –«, er setzt einen Teller auf dem Tisch in kreisende Bewegung und ahmt dazu das Surren eines Flugzeugpropellers nach. Während er mit der linken Hand den Teller kreist, winkt er mit der rechten mit seinem Taschentuch.

»Leb wohl, Stalingrad, wir fliegen, wir fliegen! Juhu!« jodelt er. »Tschin bumm!« – der Teller zerkracht auf dem Fußboden. »So ne Scheiße, Bruch gemacht, die verdammte Saukiste!« – Jetzt erst nimmt er Wisse wahr. »Juten Morgen, Herr Wisse! – Nen juten Morgen und een Prosit Neujahr – wünsche ick Ihnen. – Verstehen Se schlecht, Herr Sauertopf?« – »Guten Morgen, Herr Major!« Betrunkene soll man wie rohe Eier behandeln und keinesfalls reizen!

»Mensch, Wisse, da haben Se aber wat versäumt. Det war eine Nacht, so ne Sache! – Mensch, so viel jesoffen hab ick noch nie in meinem Leben und alles durcheinander. – Wein, Schnaps, Sekt, lauter prima Sorten! – Immer jib ihm und noch eener druff! – Und ein kaltes Büfett, die belegten Brötchen! Jefressen hab ick wieder eenmal, daß mir fast der Wanst zerplatzt ist. Sie, stehen Sie jefälligst uff, wenn ick zu Ihnen rede, Hauptmann Wisse! Sie schnallen sofort um und machen Sie jefälligst, daß Sie nach vorne kommen. Treten Sie die Kameraden nur kräftig in den Arsch, wenn die schlappmachen wollen. Sie sollen sich ja am Frack reißen. Es kommen lausige Zeiten! Der Führer hat uns sein Wort gegeben, daß er uns hier raushaut, verstanden?« – »Jawohl, Herr Major!«

Möglich kann sich, am Tisch schwankend, eben noch vor dem Hinstürzen festhalten und wieder aufrappeln.

»Eine ganze Panzerarmee mit Panthern und Tigern ist unterwegs zu uns!« – Also auch beim Stab des IV. Armeekorps verzapfte man diesen Unsinn, und man besoff sich, um daran glauben zu können.

Den Kopf senkend, versucht Möglich, sein Schwanken zu beherrschen, und besinnt sich etwas.

»Bin tatsächlich vollgelaufen! – Bitte um Pardong! – Es geht schon wieder, hick!«

»Dann bitte ich Herrn Major, die Führung des D.V.K. zu übernehmen, die ich hiermit befehlsgemäß an Herrn Major übergebe!«

»Schon jut, schon jut, mein lieber Wisse! Dat Sie nun jehen müssen, haben Sie sich selbst zuzuschreiben. Jetzt klopft der Heldenklau auch bei den Stäben an! – Kommen natürlich zuerst die jungen Marschierer auf die Abschußliste. – Trotzdem, Mensch, Wisse, Sie hatten allerhand Gönner, det kann ick Ihnen nu verraten, die hätten Sie sich warmhalten müssen. Wenn Sie gestern die Einladung angenommen und mitjesoffen hätten, ick kann Ihnen flüstern, es wäre een anderer, der eine weniger jute Figur macht, an Ihrer Stelle jejangen, und Sie wären bei uns jeblieben. – Jetzt heißt's zusammenhalten wie Pech und Schwefel!« – Es packt ihn wieder, und kopfschüttelnd, kreischend lachend, erinnert er sich. –

»Det war tatsächlich ein tolles Silvester. Ia, Ib, Ic, IIa, IIb, det janze Alphabet total besoffen. Der kommandierende General auf dem Bauch unter dem Tisch. Hätten die Landser vorn auch zu saufen gehabt, der Iwan hätte uns alle auf Panjeschlitten laden und abholen können!«

Als Wisse aus dem Bunker geht, will sich Möglich aufraffen. Er sackt auf einem Stuhl zusammen, hebt winkend die Hand zum Gruß, schluckt und ruft dem Hauptmann nach:

»Grüßen Sie mir Deutschland, wenn Sie zurückkommen!«

Am liebsten würden alle Leute des D.V.K. mit ihm gehen. »Seid froh, daß ihr hierbleiben könnt, und haltet die Stellung, solange ihr könnt!«

Sie wollen die Stellung für ewig hier halten.

Wisse treibt Krämer mehrmals an. »Wenn Sie so forttrödeln, kommen Sie nicht bei Tageslicht zurück nach Bassargino!« – Der Unteroffizier scheint auf den Ohren zu sitzen, hat keine Eile und zuckelt gemächlich dahin.

Am Flughafen Pitomnik ist nicht viel Betrieb. – Das Herz der Armee schlägt langsam und stockend.

Der Weg entlang der Ringbahn, die rechts der Straße auf einem hohen Bahndamm verläuft, ist stärker befahren. Die Waggons auf den Gleisen sind nur noch Stahlgerippe. Jede Holzplanke wurde von den herumliegenden rückwärtigen Einheiten abgerissen und verfeuert.

Gumrak ist düster, schmutzig und verrußt. Sie fahren über die Ringbahn, wo sie mit einem Knick nach Norden weiterführt, und quer über ein ebenes Schneeplateau erreichen sie den Tatarenwall, der sich bis zur Stadt hinzieht, einige hochaufragende Hausruinen der Fliegerschule und den kleinen Flugplatz Stalingradski. Weiter links liegen die weißen Häuser und die Höhen 104, 107 und 102.

Ansehnlich, eine richtige Kirche mittendrin, von zwei breiten Straßen, die sich kreuzen, durchzogen, mit Rauch aus den Schornsteinen, liegt Gorodischtsche.

Unweit davon, über einem sanften Höhenrücken, in endlosen Reihen, Holzkreuz an Holzkreuz, breitet sich der Heldenfriedhof Stalingrads aus. Was die Lebenden nicht vermögen, die Toten nehmen von Stalingrad Besitz.

Die Holzhäuser von Gorodischtsche sind noch von Russen bewohnt. Die winzigen Fenster, jede Spalte gegen die eisige Zugluft sorgfältig mit Zeitungspapier verklebt, sind dick mit Eisblumen beschlagen. An der Wegkreuzung vor dem Ort steht die Hinweistafel der Pfälzer- und Rheinländerdivision mit ihrem taktischen Zeichen, dem Lothringer Doppelkreuz. Am östlichen Ortsrand, wo das riesige Gräberfeld nach Osten ansteigt und der Weg an einem zerschossenen KW II und einem Panzerspähwagen vorbei in weitem Bogen nach Nordost ausholt, liegt in einer gut ausgebauten Bunkerstraße der Divisionsstab.

Es geht zu wie in einem aufgestörten Ameisenhaufen. Aus den Bunkerlöchern stieben, mit persönlichem Kram schwer bepackt, Stabsoffiziere aller Dienstgrade, um, einander fast umrennend, in anderen Bunkern wieder zu verschwinden.

Mehrere Lkws werden mit Kisten und Koffern, unter der persönlichen Aufsicht von Offizieren, beladen.

Wisse fragt einen Leutnant, der, die Hände in der Tasche, sich den Zirkus ansieht, nach dem Stabsbunker. »Dort vorn, der dritte von rechts, Herr Hauptmann!« – »Was ist denn hier los?« möchte Wisse erfahren. »Wird der Laden hier geräumt?« – »Von uns leider nicht, Herr Hauptmann!« – »Die wollen uns wohl ein gutes Beispiel geben und machen auf eigene Faust, der Stab voran, einen Ausbruchsversuch?«

»Kann man wohl sagen, die exerzieren uns vor, wie's gemacht wird. Die Division verheizen, daß nur der Stab übrigbleibt, und dann heim ins Reich, uns reicht's! – Die Herrschaften fliegen aus! – Neuaufstellung ihrer Division. Die haben die Masche raus!«

Unberührt von dem Getriebe sitzt ein Major, der Ia der ** I.D., an einem Tisch.

»Begrüße Sie, Herr Wisse! Sie müssen entschuldigen, daß ich Sie kurz abfertige!« – Er weist auf einen Haufen Papiere. »Habe immens viel zu tun. Wir erben den Nachlaß einer aufgelösten Division. Muß die Unterlagen zu dem Gerümpel, das sie uns zurückläßt, durcharbeiten!«

»Möchte feststellen, daß die von uns zurückgelassenen Gerätschaften teilweise erstklassig sind und kein Gerümpel!« schnarrt ein Oberstleutnant, der sich bemüht, noch einige Flaschen Schnaps und etliche Fleischdosen in eine bis oben hin vollgepfropfte, eisenbeschlagene Kiste zu zwängen.

Der Major gibt keine Antwort. Er sieht Wisse nur vielsagend an. Beide denken dasselbe. – Diese Brüder. Sie haben das unendliche Glück, aus dem Kessel zu entrinnen. Bis aufs Hemd, die letzte Zigarette und den kleinsten Bissen Brot würde ich den hungernden und frierenden Kameraden zurücklassen, wenn ich hier herauskäme, und diese Schweine nehmen noch Fressalien, Schnaps, Pelzmäntel und Pelzstiefel mit. Und da ist keiner, der ihr Gepäck revidiert, ihnen die bewußte Tafel umhängt, wie »Volksschädling« oder »Kameradendieb«, und sie herumführt. Der kleine Landser, wenn er vor Hunger halb verrückt, ein Stück Brot klaut, wird erschossen.

Sosehr der Oberstleutnant sich auch müht, den Kistendeckel zuzudrücken, er springt immer wieder auf. Mit seinem noch ganz schön fetten Hintern setzt er sich schließlich erschöpft und abgekämpft auf die Kiste und kreischt einen Major, der gleichfalls mit Packen beschäftigt ist, gereizt an: »Nu, was ist mit der dritten Maschine für uns?«

Der Major versucht gleichfalls vergeblich, seinen Koffer zuzuzwängen, in dem in einem Pelzmantel weich gebettet einige Sektflaschen sind. Unmutig nimmt er nicht die Flaschen aus seinem Lederkoffer, sondern einen Packen mit Mappen und Papieren und wirft sie auf den Boden, während er sich auf seinen Koffer kniet. »Ich habe schon einige Male die Armee angerufen und eine dritte Maschine für uns angefordert!«

»Kriegen wir die dritte Ju nicht, lassen wir einfach den ganzen Schriftkram und auch die GKdos hier!« – »Das geht unmöglich, Herr Oberstleutnant. Von den wichtigsten Unterlagen, die ich zusammengestellt habe, benötige ich jedes Blatt!«

»Dann muß die dritte Maschine her! – Berufen Sie sich auf unsere Anweisung durch das O.K.H.!« Kopfschüttelnd geht Wisse aus dem Bunker.

Drei Transportflugzeuge für diese Gesellschaft, das wäre Rettung für 100 Verwundete und Post für 10000 Familien daheim, deren Söhne und Väter in Stalingrad sind.

Der Stabszahlmeister haust in einem tiefen Bunker. – Als Wisse die Tür aufmacht, deckt er rasch einen Bogen Papier über eine Reihe Eßportionen, die er höchstpersönlich zurechtmacht. »Habe für Sie, Herr Hauptmann, noch keine Verpflegung empfangen und kann Ihnen nichts geben!« schnauzt er. Er schaut Wisse recht unfreundlich an. »Ich habe hier, wie Sie sehen, sehr wenig Platz!« Das ist ein glatter Hinauswurf. Was Wisse noch mehr ärgert, ist ein noch recht feister Bankert von einem Gefreiten, der sich die Butter von den Fingern leckt und den Hauptmann unverschämt musternd anglotzt.

»Ich habe mir von Ihnen auch gar nichts erwartet, Herr Stabszahlmeister. – Ich möchte nur, daß Sie mich auf Ihre Verpflegungsliste setzen!«

»Wenn Sie den Pfarrer aufsuchen, der hat für Neuankommende, die noch nicht erfaßt sind, etwas, und der wird Sie auch beherbergen, Herr Hauptmann!«

»Heil Hitler!« – das heißt auch soviel wie das Götzzitat.

»Ja, mein lieber Krämer!« – Wisse hält dem braven Kerl, der zu Weihnachten zum Unteroffizier befördert wurde, zum Abschied die Hand hin. »Ich denke, Sie machen sich sofort auf die Socken und fahren noch bei Tag mit dem Benzin zurück, soweit Sie kommen. Von denen hier kriegen Sie keinen Tropfen!«

»Brauch' ich auch nicht, Herr Hauptmann!« Er zwinkert Wisse zu. »Ich habe meine Klamotten gleich mitgenommen und bleibe bei Ihnen! – Außer, Herr Hauptmann wollen nicht!« – »Wollen? – Und ob ich will! – Sie sind aber nicht mit mir hierher versetzt!« – »Herr Hauptmann werden das schon drehen!« – »Und der Wagen?« – »Der General hat zu mir gesagt, wenn ich bei Herrn Hauptmann bleibe, brauche ich die alte Karre nicht zurückzubringen!« –

»Also, dann auf weitere gute Kameradschaft, Krämer!«

Der katholische Divisionspfarrer wohnt am Ortsrand. Das angewiesene Haus ist eine Bauernkate.

Wisse stößt die Tür auf. Durch die eindringende Kälte bildet sich sofort Dunst wie in einer Waschküche. Mief schlägt ihm entgegen, daß der Atem stockt. – Zwei zerlumpte Kinder, ein Mädchen von etwa fünf und ein Bub von ungefähr drei Jahren schauen den Hauptmann aus großen hungrigen Kinderaugen an. Auf dem Ofen liegt eine alte Babuschka, die aus weißlichem, ausgezehrtem Gesicht auf Wisse und Krämer scharf herabäugt.

»Babuschka, wo ist Swjaschtschenik?«

Die Alte deutet mit dem Daumen nach unten auf den Fußboden.

»Bei der piepst's wohl? meint Krämer«.

Das kleine Mädchen, in ein zerlöchertes, gestricktes Umhängetuch gewickelt, hebt mitten im Raum eine Falltür hoch und zeigt in ein gähnendes, schwarzes Loch. »Swjaschtschenik!«

Über eine Leiter klettern sie, Krämer voran, in einen Kartoffelkeller, von dem aus, mindestens noch 3 Meter tiefer, ein Schacht hinabgetrieben ist. Der mündet in einem holzverschalten Bunker, in dem der Pfarrer Quartier bezogen hat.

Der Divisionspfarrer ist ein ruheloser, händereibender Herr und, da die Pfälzer fast alle katholisch sind, viel beschäftigt. Wider Erwarten bekommen sie jeder eine Scheibe Knäckebrot und eine Messerspitze Marmelade drauf.

Der Pfarrer bedauert. »Schlafen müssen Sie in der Hütte oben mit den Russen!«

Abends kriegen sie noch Zuwachs. Einige Leichtverwundete mit Erfrierungen und Ruhr, auf dem Weg von einem Lazarett zum anderen wankend, ungewaschen, zerlumpt und verwahrlost, machen hier Station.

Ein Obergefreiter, den erfrorenen linken Fuß, der nur mehr ein Eiterklumpen ist, in ein zerrissenes Hemd und einen Verpflegungssack gewickelt, erzählt, daß sie vom Westen des Kessels seit acht Tagen unterwegs seien. Alle Verbandsplätze und Lazarette überfüllt. Kranke, Verwundete, Sterbende nebeneinander auf Tragen im Schnee.

Wisse sieht Krämer an. »Wieviel Benzin haben wir noch?« Der Unteroffizier nickt: »Ich fahre euch morgen früh nach Gumrak ins Lazarett!« – »Dort soll es warm geheizte Öfen geben, richtige Betten, was zu futtern und auch Medikamente!« – hofft der Obergefreite mit dem abgefrorenen Fuß. »Und einen Ausflugschein!«

Sie breiten ihre Zeltplanen auf dem Boden aus und wickeln sich in ihre Decken und Mäntel.

Der Gestank ist nicht auszuhalten. Um Mitternacht, Wisse schläft noch nicht, spürt er, wie, durch Wärme mobilgemacht, die ersten Läuse durch seinen Ärmel die Hand hinauf und über den Rockkragen den Rücken hinab unters Hemd kriechen und beißen.

Der Divisionskommandeur hat seinen guteingerichteten Bunker neben der Straße, die nach Stalingrad zum Werk Barrikady führt. Davor steht ein Posten unter Gewehr. Wisse steigt zehn Stufen hinab in den Schacht des Generalsbunkers, der in den Hügel gebaut ist.

Der General ist allein. Die Beine unter dem Tisch gespreizt, sitzt er in einem zerschlissenen, alten Plüschfauteuil, und sich nur die Bilder ansehend, blättert er in einer Illustrierten.

Die Läuse hat sich Wisse alle abgeklaubt, und zackig mit Stahlhelm, wie es in der H.D.V. steht, meldet er sich zum Dienstantritt.

Sich über die zuckenden Augenlider reibend, als ob sie ihn schmerzten, sichtlich in seiner Ruhe gestört, erhebt sich der General.

Wie seine Landser vom Hunger, scheint er von Sorgen und fruchtlosem Sinnieren abgezehrt. Er macht einen zerfahrenen, zermürbten und abweisenden Eindruck.

»So, so, also als Batteriechef wurden Sie zu mir geschickt?«

»Jawohl, Herr General. Im Armeebefehl vom 27. Dezember 1942 steht meine Versetzung zu Ihrer Division!« – »Weiß ich nichts von...!« Er wehrt mit einer Handbewegung müde ab. »Wenn Sie's sagen, wird's schon stimmen! Ob wir einen Artilleristen brauchen? – Ich glaube nicht. – Zum Schießen haben wir nichts. – Na ja, wissen Sie was...!« Der General sucht jedes Wort zusammen. »Melden Sie sich halt bei Oberst Hutte. Der soll Sie irgendwo einteilen!«

Wisse macht kehrt und ist froh, aus der Trübsinnigkeit dieses Loches, in das sich der General verkrochen hat, wieder an die frische Luft zu kommen.

Unteroffizier Krämer ist schon wieder zurück. In Gumrak, das total überbelegt ist und wo auf jedem Treppenabsatz Schwerverwundete liegen, wo es nach Karbol, Massentod und Verwesung stinkt – hat er die drei armen Teufel abgeliefert.

Krämer hat sogar noch Sprit, daß sie zum Regimentsgefechtsstand des Obersten Hutte, der in einer Schlucht einige hundert Meter nördlich der Ringbahn liegt, hinausfahren können.

Sie kommen am Kiefernwäldchen, dem sogenannten Blumentopf, vorbei.

Während es an der Front, längs des Einschließungsringes, an Geschützen und Munition fehlt, ist in dem Kiefernwäldchen, dicht gedrängt, ein riesiger Geschützpark aufgestaut, mit Mörsern, Langrohrgeschützen, Selbstfahrlafetten, Feldhaubitzen, sechsläufigen Raketengeschützen, das Beste und Modernste, worüber die Wehrmacht verfügt.

Wisse schätzt die Stärke der im Blumentopf über den Trümmern der Stadt versammelten Artilleriemasse auf zwei oder noch mehr Artillerieregimenter. – Schuß fällt keiner.

In den hartgefrorenen Boden gehauene Stufen führen zum Bunker des Regimentsgefechtsstandes, der in eine Steilwand gegraben ist.

Der Oberst ist ein mittelgroßer untersetzter Mann, nahe den Fünfzig. Schon durch seine peinlich saubere und erstklassig geschnittene Uniform dokumentiert er, daß er auf ein elegantes und imponierendes Auftreten Wert legt.

Dunkelhaarig, mit dichten, buschigen Brauen, der großen Hakennase, dem scharf gezeichneten Mund und dem ausgeprägten, eckigen Kinn, macht er einen ernsten und distinguierten Eindruck, wie etwa ein englischer Lord oder dessen Butler oder noch eher wie ein Schauspieler, der solche Rollen kreiert.

Mit gemessenen Bewegungen und sonorer Stimme, langsam und betont sprechend, begrüßt er Wisse freundlich und in väterlicher Art.

»Da Sie von der Südfront kommen, wissen Sie bestimmt mehr als wir, was es Neues gibt? – Wir hocken hier seit Oktober. Wenn wir genügend Verpflegung, Sprit und Munition hätten, würden wir gar nichts davon merken, daß wir eingeschlossen sind!« Er nimmt mit spitzen Fingern ein Blatt vom Tisch. »Es wird Zeit, daß Hoth mit seinen Panzern zu uns durchbricht und die Behauptungen derartiger russischer Flugblätter widerlegt...!«

Wisse nimmt das Flugblatt und liest es rasch durch. Unter einer Skizze des Frontverlaufs am Don ist angeführt, daß Hoth mit seinen Panzern auf der Flucht nach Westen ist, schon weit hinter den Ssaal zurückgeworfen wurde, daß die 6. Panzerdivision zur Stärkung des italienischen Frontbereiches am Don abgezogen wurde, um dessen Auflösung zu verhindern, daß die deutsche Front, 200 bis 300 Kilometer in Luftlinie von Stalingrad entfernt, zurückgenommen werden mußte, die Männer im Kessel auf keinen Entsatz mehr zu hoffen hätten und verloren wären.

Auf der Rückseite des Blattes, das als Passierschein durch die russischen Linien den Rotarmisten vorgewiesen werden soll, wird ausreichende Verpflegung sowie anständige Behandlung versprochen und werden die Offiziere und Soldaten im Kessel, falls sie ihr Leben retten wollen, zum Überlaufen aufgefordert.

Hoth saß an der Myschkowa fest. Bis auf 42 Kilometer an Stalingrad herangekommen, erwartete er den Ausbruch der 6. Armee.

Hitler hatte vor allem der dringenden Forderung Generalfeldmarschall von Mansteins, des Befehlshabers der Heeresgruppe B, nachgegeben und dem Ausbruch der 6. Armee zugestimmt, unter der Bedingung, daß Stalingrad nicht aufgegeben werden dürfe.

Durch die Abtrennung und Einkesselung der deutschen Armee in Stalingrad war Manstein an seiner Donfront, die in 600 Kilometer Länge nur von den verbündeten rumänischen, italienischen und ungarischen Armeen besetzt war und gegen den russischen Angriff nicht gehalten werden konnte, selbst in schwerster Gefahr. Mit einigen deutschen Divisionen und eiligst gebildeten Alarmeinheiten mußte er seine Front vor dem Zusammenbruch retten und es verhindern, daß die Heeresgruppe A auf ihrem Rückmarsch durch den Kuban abgeschnitten wurde.

Trotzdem machte von Manstein die Panzerkräfte Hoths zum Entsatz Stalingrads frei. – So wie er inoffiziell in Ferngesprächen Paulus nahegelegt hatte, den Ausbruch auf eigene Faust zu unternehmen und dem Beispiel der Heeresgruppe A zu folgen, vertrat er auch diesmal die Meinung, daß der Führerbefehl, das Festhalten an Stalingrad, nicht hündisch zu befolgen sei.

Schließlich befahl Manstein, den Ausbruch vorzubereiten. Am Abend des 20. Dezembers fragte er bei Paulus an, ob dieser bereit sei, innerhalb der nächsten 24 Stunden den Kessel von innen aufzubrechen und Hoth entgegenzustoßen.

Vor die Alternative gestellt und trotz der Erkenntnis, daß es die letzte Chance für seine Armee war, wich Paulus der Entscheidung aus.

Wisse reicht dem Oberst das russische Flugblatt zurück.

»Wenn man sich keinen Phantastereien hingibt, stimmt der Inhalt dieses Flugblatts, Herr Oberst!«

Um auch etwas Positives zu sagen und den Oberst und einige um ihn versammelte junge Offiziere etwas aufzumuntern, erzählt er, daß am 29. Dezember Tazinskaja von der 11. Panzerdivision zurückerobert wurde. »Fast ohne eigene Verluste wurden durch die neuen Tigerpanzer 63 feindliche Kampfwagen vernichtet!«

»Wo liegt Tazinskaja?« kommentiert der Oberst hoffnungslos. »Das ist über 200 Kilometer Luftlinie von uns entfernt.«

»Bei Manytsch sollen bereits die SS-Divisionen ›Wiking‹ und ›Germania‹ in die Kämpfe eingreifen.«

»Manytsch! – Das ist noch weiter, 300 Kilometer Luftlinie von Stalingrad! – Kurzum, unsere Lage ist aussichtslos!« stellt der Oberst fest. Trotzdem nehmen er und seine Offiziere diese Gewißheit mit Fassung auf.

»Ich habe zwar alle Batterieführerstellen besetzt!« – erklärt der Oberst bedauernd. »Muß natürlich dem Armeebefehl Folge leisten! – Sie übernehmen die Führung der 1. Batterie der Abteilung des Major Goltz. Sie wird derzeit von Oberleutnant Fuhrmann geführt, einem Offizier, der seit Kriegsbeginn bei meinem Regiment ist und den ich sehr schätze! – Aber, Befehl ist Befehl! – Wenn ich Sie ersuchen dürfte, Herr Wisse, das Unvermeidliche in gutem Einvernehmen mit Oberleutnant Fuhrmann zu lösen und ihn nicht zu sehr vor den Kopf zu stoßen?«

Der Oberst ist auch einverstanden, daß Krämer mit Wisse zu dessen Batterie mitgeht.

Noch am selben Abend meldet sich Wisse beim Abteilungskommandeur, der seinen Gefechtsstand in einer Balka zwischen Stalingrad und Gorodischtsche hat.

Der erst vor kurzem beförderte junge Major Goltz empfängt Wisse unpersönlich und förmlich.

»Und ausgerechnet meine Abteilung haben Sie sich als Tätigkeitsfeld aussuchen müssen?!«

»Ich bin nicht auf Postensuche unterwegs, Herr Major, sondern wurde hierher befohlen!« – gibt Wisse kalt zurück. Der Major kriegt Fischaugen. »Herr, Sie sprechen mit Ihrem Abteilungskommandeur, vergessen Sie das nicht!« schnarrt er. »Daß ich auf genaueste Einhaltung meiner Befehle und eiserne Disziplin Wert lege, möchte ich noch hinzufügen!«

Auch ihm wünscht Wisse ein recht lautes »Heil Hitler!«, als es sich kurz empfiehlt.

Abends sitzt der Hauptmann mit Krämer in seiner neuen Dienststelle auf Höhe 104. Der Höhenzug, der Stadt gegen die Steppe zu vorgelagert, ist in seiner ganzen Länge mit Bunkern, MG-Nestern und Artilleriestellungen bespickt und von Gräben und Unterständen durchzogen.

Die Stellungen sind ringsum mit Stacheldrahtverhau abgesichert, der durch Hunderte Artillerietreffer zerfetzt ist.

Als Wisse bei seiner neuen Batterie eintrifft, liegt rechts von ihr, auf Höhe 107, vom östlichen Wolgaufer aus, genau gezieltes Störfeuer russischer Fernkampfbatterien, die in den dichten Wäldern jenseits des Stromes gut getarnt sind.

Nordöstlich der Batteriestellung ragen die Ruinen zweier Hochhäuser, von denen nur mehr ein Teil der Außenfassade steht, wie Zahnstocher gegen den Himmel. – In ihren Kellern hat sich Infanterie eingenistet, läßt Wisse sich orientieren.

Oberleutnant Fuhrmann kann seinen Unmut nicht verbergen, daß er, der seit Anfang mit dem Regiment alles mitgemacht hat, durch einen fremden und viel jüngeren Offizier abgelöst werden soll.

Er hält Wisse für ein Protektionskind, das bei der Armeeführung gut angeschrieben ist und dem sein Pöstchen gesichert werden soll.

Erst als Wisse auch dem Oberleutnant versichert, daß er sich keineswegs hierher gemeldet habe und, soweit es ihn betrifft, in der vorzüglich geführten Batterie alles bleiben könne, wie es ist, und er den Oberleutnant um kameradschaftliche und gute Zusammenarbeit ersucht, ist dieser zufrieden.

»Meine Tätigkeit als Batterieführer hätte ohnehin nicht mehr lange gedauert«, tröstet sich Fuhrmann, »denn wie ich gehört habe, bemüht sich Hauptmann Schöndorfer, der während der Sommeroffensive verwundet worden war, wieder nach Stalingrad, zu seinem alten Haufen, eingeflogen zu werden.«

Oberleutnant Fuhrmann, Reserveoffizier und etwa 5 bis 6 Jahre älter als Wisse, ist ein Hüne mit einem riesigen Brustkasten.

»Vor sechs Wochen noch paßte mir diese Uniform!« Er zerrt die Jacke von sich, die um seinen Körper schlenkert, und in der nun zwei solcher Kerle Platz haben.

»Die Hose spaziert schon allein, ich habe bis jetzt 50 Pfund abgenommen!«

Fuhrmann, in Nürnberg zu Hause, studierte vor dem Kriege Musik und Gesang.

Der Oberleutnant bewohnt einen Bunker, der mit Holz gut verschalt und mit zwei übereinanderliegenden Pritschen, einem Tisch, Stühlen, Regalen und einem gemauerten Ofen recht wohnlich eingerichtet und durch ein Glasfenster in der Tür verhältnismäßig gut erhellt ist.

»Ich möchte Ihren Burschen nicht obdachlos machen. Wenn Sie also ein Quartier für mich haben? – Ich stelle keine besonderen Ansprüche …!« – »Das kommt gar nicht in Frage!« wehrt Fuhrmann ab. »Wir haben außer diesem Bunker nur noch Mannschaftsunterkünfte. Sie sind ebenso gut eingerichtet. Mein Bursche braucht nur 5 Meter weiter zu den Fernsprechern umzuziehen. Ich würde mich freuen, wenn wir durch ein Zusammenwohnen uns auch persönlich näherkommen würden!« Wisse geht gern darauf ein.

Da sich Wisse noch bei Tageslicht in der Stellung umsehen möchte, führt ihn der Oberleutnant durch einen Zickzackgraben zu einem Gefechtsstand, bei dem das Scherenfernrohr aufgebaut ist und wo, auf einen Haufen geschichtet, Stielhandgranaten bereitliegen.

Ein MG, mit zwei Mann besetzt, ist in Schußposition und feuerbereit.

»Sieht recht kriegerisch aus!« bemerkt Wisse.

»Wir haben schon drei Stoßtruppunternehmen der Russen, die mit starken Kräften vorgetragen wurden, abgewehrt!« berichtet Fuhrmann.

»Wie weit ist denn die vordere Linie?«

»800 Meter. Aber wir haben fast keine Infanterie vor uns, und außerdem ist es fast unmöglich, diesen unübersichtlichen Trümmerhaufen zu überwachen! Besonders nachts sickern die Iwans durch unsere Linien und greifen uns überfallartig im Rücken an.«

Wisse ist bekannt, daß Stalingrad bis auf ein Zehntel des Stadtbereiches in deutscher Hand ist. In der Stadtmitte hat sich in einem Raume, der 15 Quadratkilometer groß, von einem Bahndamm in Form eines Tennisschlägers, umschlossen ist, die 62. russische Armee festgesetzt und hält sich darin verbissen kämpfend fest. Von Gängen und bombensicheren Stollen unterminiert, gehört den Russen südlich der 295. I.D., bei Krassnaja Sloboda, auch die Anlegestelle der Dampffähre, wodurch sie den Nachschub über den Strom sichern. Da sie auch die Sarpinskiinsel im Strom und die beherrschenden Höhen bis Beketowka besetzt halten, haben sie alle strategisch beherrschenden Punkte und können sich von dort aus erfolgreich gegen die Deutschen behaupten.

»Der westliche Teil des Tennisschlägers ist keinen Kilometer weit von uns entfernt«, erklärt ihm Fuhrmann.

Durch das Scherenfernrohr sieht Wisse ein von 1000 Bombenkratern zerpflügtes Gelände, in dem die Häuser nur noch Schutthaufen sind.

»Die Betonruine der chemischen Fabrik ist das Zentrum des Widerstandes im Tennisschläger! Diese weite Trümmerfläche mit den zerstörten Fabrikhallen ist das Werk ›Roter Oktober‹, gleichfalls von den Russen besetzt und nicht zu nehmen! In den Häusern der Arbeitersiedlung sitzen wir drin! Am 10. November eröffnete unser VI. Korps den Angriff auf den Tennisschläger. Was allein an Bombenlasten über diesen Raum abgeworfen und von unserer Artillerie hineingepfeffert wurde, damit hätten die Bereitstellungen der Russen zu ihrer Offensive zerschlagen werden können!«

Fuhrmann berichtet weiter: »Etliche Pionierbataillone, die durch Flammenwerferpanzer unterstützt waren und die neuesten Waffen, wie etwa das MG 42, bereits hatten, wurden bei diesem Angriff, da sie zu geringe Infanterieunterstützung hatten, sinnlos verheizt.

Die Kampfparole der 62. russischen Armee, die auch für sämtliche in Stalingrad festgesetzten und nachgeführten Rotarmisten gilt, ist uns allerdings allen hier bekannt. Sie lautet: ›Über die Wolga könnt ihr nicht zurück! Wenn Stalingrad fällt, so geht auch ihr damit unter!‹

Nur um der Welt großsprecherisch verkünden zu können: ›Stalingrad endgültig gefallen und in unserem Besitz‹ wurden vier kampfstarke Divisionen und die herangeführten Spezialverbände, eigens im Häuser- und Festungskampf geschulte Pioniere, im Kampf um Stockwerke in Häuserruinen, um jeden Quadratmeter Boden, um jedes Kanalgitter, jeden Schutthaufen und im Kampf gegen die in den zerstörten Fabriken, hinter Eisen und Beton verbarrikadierten Russen geopfert. Acht bis zehn deutsche Divisionen, die den russischen Offensivstoß hätten aufhalten können und unsere Einkesselung verhindern, sind seit Monaten in der Stadt und unmittelbar rings herum gebunden.

Mit den Massen an eingesetzten Waffen und der verschossenen Munition hätten mehrere russische Armeen in offener Feldschlacht vernichtet werden können.

Nie noch hat sich der Wahnsinn eines Prestigeerfolges um jeden Preis so bewahrheitet und verhängnisvoll bewiesen wie in Stalingrad. Wo uns an vielen Stellen der russischen Front fliegerische Unterstützung fehlte, in Stalingrad wurde eine ganze Luftflotte eingesetzt, um die Trümmerhaufen immer wieder zu bombardieren.

Daß die Betonruinen, Trümmerberge, Bombenkrater und das Labyrinth der zerbombten Häuserschluchten ideale, auch gegen schwere Artillerie sichere Widerstandsnester bieten, die leicht verteidigt werden können, daß jeder Quadratmeter Boden in solchem Gelände für den Angreifer ungeheuer verlustreich und der Straßenkampf der erbittertste Kampf ist, daran wurde nicht gedacht.

Ich frage Sie, Herr Hauptmann, haben wir das nötig? Ich kann keinen Sinn, außer dem schon erwähnten Wahnsinn, darin erblicken.

Dort drüben liegt das Werk Barrikady. Das ist in unserer Hand. Davor allerdings halten die Iwans das Wolgaufer. Das ist schon Gefechtsbereich der 305. I.D.

Bis in die Stadt hinein, durch Keller, haben die Iwans Stollen vorgetrieben, durch die sie vordringen und uns angreifen! Die Schlacht um Stalingrad wird einst an den Kriegsakademien als das Musterbeispiel aller verhängnisvollen Fehler dargestellt werden, die eine Kriegführung überhaupt nur begehen kann!«

Wisse schwenkt das Fernrohr von Nord nach Süd und überstreicht sein gesamtes Blickfeld.

Durch Häusertrümmer zum Teil verdeckt, liegt der in Eis erstarrte Strom.

Jenseits der Wolga sieht Wisse eine russische Maschine zur Landung ansetzen und inmitten der unendlichen Wälder untertauchen.

»Die haben dort ihren Flugplatz, landen und starten, als ob wir gar nicht hier wären. Wir können sie mit unseren Spritzen erreichen. Aber der Iwan weiß, daß wir keine Schießerlaubnis haben. Alles nach Stalingrad hineingepulvert! Die letzten paar Schuß müssen für den Fall eines Angriffes zurückgehalten werden.

Über jede Granate verlangt Goltz genau Rechenschaft, und wehe, wir verfeuern sie ohne seine ausdrückliche Genehmigung!«

Der Oberleutnant weist auf das Vorfeld.

»Dort und da, überall, hinter jeder Ruine, jedem Schornstein, in jedem Trichter, hinter jedem Stein sitzt der Russe, und Hunderte Augen beobachten unausgesetzt jede kleinste Bewegung von uns. Lassen Sie einen halblauten Furz, und der Iwan registriert ihn. Vor uns liegt die 305. I.D., und rechts an uns schließen die Kroaten an. Ich muß schon sagen, Hut ab vor denen. Sie sind nur mehr ein paar hundert Mann und halten immer noch denselben Abschnitt, den sie als Regiment hatten. Sie liefern dem Russen einen erbarmungslosen Kampf. Auf die ist Verlaß, und ich möchte nicht ihr Gegner sein.

Sie gehören zur 100. Jäger. Jeden Abend nehmen sie Fühlung mit unserem vorgeschobenen Beobachter auf, der mit zwei Funkern bei einer Infanteriegruppe liegt, die eine Straßenzeile von über einem halben Kilometer Länge zu halten hat. Wir haben dorthin eine Fernsprechverbindung, die von unseren Hiwis mindestens zweimal täglich geflickt werden muß!«

»Laufen denn die nicht über?«

»Sie wissen, was ihnen blüht, wenn sie drüben wieder landen!«

»Ich möchte mir auch noch den vorgeschobenen Posten ansehen«, verlangt Wisse.

»Dazu müssen Sie schon die Dunkelheit abwarten, denn bei Tag kommen Sie nicht lebend hin!«

Durch einen Zickzackgraben kriechen sie nun hinter Krämer her, zu den Bunkern der Fernsprecher, Funker, Essenholer und des sonstigen B-Personals. Es sind insgesamt acht Mann, nicht eingerechnet die vier Hiwis, die sich eben in der V.B.-Stellung befinden und die Dunkelheit zur Rückkehr abwarten.

Die Verbindung nach vorn klappt. Fuhrmann ruft den V.B., Wachtmeister Kunowski, an die Strippe, teilt ihm mit, daß Hauptmann Wisse der neue Batteriechef sei, und übergibt den Hörer.

»Keine besonderen Vorkommnisse!« meldet sich der V.B. Wisse kann nur schlecht verstehen.

Die Stimme des Wachtmeisters kommt stark zischend durch den Draht.

»Ich kann leider nicht lauter sprechen, Herr Hauptmann, sonst knallen mir die Iwans sofort mit ihrer Panzerbüchse den Laden hier voll. Die hören sogar, wie mir der Magen knurrt!«

Der Zickzackgraben vor dem Batteriebereich ist knapp am Vorderhang, mannshoch in die Erde gegraben und vorzüglich ausgebaut.

Gutgetarnte Sehschlitze, MG-bewehrte Schießscharten und bereitliegende Stielhandgranaten zeugen von der Kampfdisziplin der Truppe.

»Zehn Schritte nach links schließt bereits unsere zweite Batterie an!« orientiert Fuhrmann den Hauptmann. »Hier liegt auf engstem Raum Beobachtungsstelle neben Beobachtungsstelle!« – Wisse kann nur staunen, was auf diesem Höhenrücken über der Stadt alles versammelt ist. »Wir haben hier die Artillerieregimenter der acht in Stalingrad eingesetzten Divisionen mit ihren B-Stellen. Dazu sechs

Artillerieregimenter und sechs Artillerieabteilungen der Heeresreserve, außerdem das 2. und 51. Do-Werferregiment!«

Und da sagte Paulus am 18. November, dem Vortag der zu erwartenden Offensive: »Ich weiß nicht, womit ich kämpfen soll!«

Wisse meint: »Davon hätten wir zwei Artillerieregimenter bei uns gebraucht und einige Do-Werferabteilungen, vor denen der Iwan eine Heidenangst hat – und er wäre zumindest im Süden von Stalingrad nie durchgekommen!«

Bei acht Divisionen und Hunderten Geschützen in Stalingrad überließ es der damalige O.B. der Heeresgruppe B, Generaloberst von Weichs, drei schwachen rumänischen Divisionen und der 29. I.D. mot., dem Ansturm russischer Armeen standzuhalten.

Wisse macht noch einen kurzen Besuch bei der benachbarten B-Stelle. Ein etwa siebenundzwanzigjähriger Hauptmann begrüßt ihn zuvorkommend und erklärt sich zur Zusammenarbeit bereit.

»Wir müssen hier jede Minute auf Draht sein, sonst hebt uns der Iwan aus!« bemerkt er.

Auch in der Feuerstellung, die einen Kilometer nordwestlich der Höhe 104, mitten zwischen anderen Artilleriestellungen liegt, herrschen Ordnung und Disziplin.

»Sie haben Ihren Haufen verdammt gut in Schuß gehalten!« anerkennt Wisse.

»Wofür?« fragt Fuhrmann.

Ein Oberwachtmeister als Batterieoffizier befehligt mit einem Wachtmeister und einem älteren Unteroffizier die Geschützbedienungen.

Auch bei den Geschützen stellt Wisse fest: »Ihr habt eure Waffen und Geräte in bester Verfassung. Die Unterkünfte sind gleichfalls in Ordnung. – Kann alles so bleiben!« – Die Leute, denen er Zigaretten aus seinem Vorrat mitgebracht hat, sind es auch, denn meistens hat ein Neuer allerhand zu meckern und zu ändern.

Daß der Oberwachtmeister bei der Meldung, die er zum erstenmal vor dem neuen Chef recht zackig machen will, den Rücken nicht mehr gerade durchdrücken kann und die Leute wie die Oktoberfliegen herumkriechen, ist eine andere Sache.

Fortschreitende Entkräftung und körperlicher Verfall infolge mangelhafter Ernährung auch hier, bei einer der sogenannten reichen Divisionen, die ihre Stellung seit dem Einzug in Stalingrad halten und keine Vorratslager verloren haben.

»Vermeidung jeder unnötigen Anstrengung!« – befiehlt Wisse. »Dienst nur, soweit es zur Aufrechterhaltung des Betriebes erforderlich ist. Nach dem Postenschieben doppelte Ruhepausen! Soviel wie möglich pennen! Der Kräfteverfall kann nur durch Schlaf kompensiert und aufgehalten werden! Sehen Sie darauf«, weist Wisse den Batterieoffizier an, »daß die Leute sich regelmäßig waschen, rasieren, kämmen und auch ihre Klamotten auf dem Leibe sauben halten. Auch das Zähneputzen nicht vergessen! – Tatsache ist, solange einer sich bemüht, ein Mensch zu bleiben, erträgt er viel und kann sich aufrecht halten. Wer sich verwahrlosen läßt, verkommt rapide!«

Wie er erfährt, mußte auch die Batterie Leute an Alarmkompanien abgeben.

Kanoniere, Troßleute und Männer von Nachschubeinheiten werden in steigendem Maße zu den berüchtigten Alarmkompanien in meist überstürzter Hast zusammengefaßt und dem Moloch Stalingrad in den Rachen geworfen, um sogenannte Fronteinbrüche auszubügeln, wobei es sich oft nur um einige Häuserfronten handelt.

»Vor einigen Tagen«, berichtet der Wachtmeister, »wurden wir schnell gegen eine Einbruchstelle der Russen eingesetzt. Drei Offiziere, 18 Unteroffiziere und Feldwebel sowie 200 Mann, um einige Straßenzeilen wieder in Besitz zu nehmen. Das befohlene Ziel wurde zur Hälfte erreicht, eine Straßenzeile mit sieben Hausruinen wieder zurückerobert. Gefallen sind dafür der Oberleutnant, der uns führte, zwei Feldwebel, drei Unteroffiziere sowie 167 Mannschaften. Verwundet wurden ein Leutnant, vier Unteroffiziere und zwölf Mann. 221 Mann stark angetreten, kamen wir 31 Mann heil zurück. Wenn Herr Hauptmann nachrechnen, es stimmt. Der Feind knallt alles ab, was sich zeigt.

Den Russen geht es, wo wir drin sitzen, genauso. Die Infanteristen vorn sind die ärmsten Hunde. Sie balgen sich seit Monaten mit dem Iwan in den Trümmern herum. Von den acht Divisionen ist nicht mehr viel da, die hat Stalingrad gefressen. Essen kann nur bei Nacht durch Träger nach vorn gebracht werden.

Durch einen Wadenschuß hatte ich das Glück, wieder abgelöst zu werden, und kann hier wieder Dienst tun, wo wir es doch besser haben. Unser Spieß läßt von den geschlachteten Pferden pro Mann, pro Tag einen Pferdeklops braten, und außerdem erhalten wir vorn, ab B-Stelle, 120 Gramm Brot zusätzlich. Kohldampf schieben wir trotzdem genug und werden immer weniger. – Da, unser obergescheiter Chemiker, der Lachmayer« – der Oberwachtmeister weist auf einen langen, dünnen Gefreiten mit Drahtbrille und einem Gnomengesicht, »... hat ausgerechnet, daß wir pro Tag 550 bis 600 Kalorien bekommen. Wieviel sind als Mindesternährung notwendig, Lachmayer?« – »1700 Kalorien, Herr Oberwachtmeister, wenn man sich mäßig betätigt!«

»Das tust du ja! – Alle Tage ein Kotelett mit Bratkartoffeln und Sauerkraut wäre mir lieber als deine 1700 Kalorien!«

»Und als beste Medizin behaltet euren Humor, und wenn es nicht mehr geht, dann erst recht!«

»Das sowieso, Herr Hauptmann!« – »Dann macht so weiter!«

Auch beim Troß, der im Kiefernwäldchen liegt, zeigt sich noch keine Spur einer Zersetzungserscheinung. »Die Leute hoffen doch noch und immer wieder auf ein Wunder!« sagt Fuhrmann. »Solange sie hoffen können, halten sie sich aufrecht!« entgegnet Wisse.

Vom Troß ist nicht mehr vorhanden als der Spieß mit dem Rechnungsführer und drei Mann als Schreiber und für sämtliche Dienste. Alles übrige wurde zu Alarmkompanien abgezogen.

Drei Pferde werden noch gehalten. Jeden Tag dringt der Spieß darauf, die Tiere, die von Hiwis betreut werden, zu schlachten, ehe sie vor Hunger eingehen. »Dann haben wir nichts mehr davon!« meint er und hat recht damit. »Wir werden uns nicht mehr viel, bespannt, wohin bewegen!« fügt er hinzu.

Die Batterie hat seit Monaten kaum Verluste erlitten. Durch Abkommandierungen zu Alarmeinheiten ist ihr Mannschaftsstand aber stark reduziert, und sie umfaßt, zwölf Hiwis mit eingeschlossen, noch 80 Mann.

Immerhin haben es die Leute hier bedeutend besser als die Landser an der Front des Einschließungsringes, den der Russe ununterbrochen angreift, um ihn enger zu schnüren. An der Nord- und Westfront zum Teil aus ihren ausgebauten Stellungen geworfen und nicht mehr unter die Erde gekommen, liegen sie bei 30 und noch mehr Grad Kälte oft auf offener Schneefläche in ununterbrochenem Kampf und sind noch schlechter verpflegt.

Verwundete und Troßleute, die von Pitomnik kamen, erzählten, daß die 76. und 113. I.D. furchtbar zusammengeschlagen worden seien und auch bei der 60. mot. sowie bei der 16. und 24. Panzerdivision, an der Nordriegelstellung, der Feind pausenlos anrenne.

Der Flugplatz Pitomnik ist das wahre Herz der Armee und auch deren Nachrichtenzentrale. Hier berichten die Flugzeugbesatzungen, wie die Fronten liegen, die sie überfliegen und genau erkennen, da sie dort vom Iwan heftiges Flakfeuer kriegen.

Hier treffen sich auch die Verpflegungsfahrer aus allen Richtungen des Kessels, sowie Verwundete zum Ausfliegen und tauschen ihre Neuigkeiten aus, die brühwarm, bis in die entlegenste Stellung, weiter verbreitet werden. Die Nachrichten, die da, seit Ende Dezember, in Umlauf kommen, sind entmutigend und dazu angetan, jede Hoffnung zu nehmen.

Seit die Walze vom Entsatz nicht mehr zieht, ist zum Beispiel das Gerücht im Umlauf, daß es einigen Leuten bei Welikij Lukij gelungen sei, sich nach Westen durchzuschlagen und mit einigen Panzern die eigenen Linien zu erreichen. Wisse hätte gern daran glauben wollen, da er sich selbst immer wieder mit Fluchtabsichten beschäftigt. Aber es war für ihn zu offensichtlich eine Zwecknachricht, hinter der die Armeeführung steckte, denn sogar in einem Armeebefehl wurde ausführlich darüber berichtet, und es mußte den Landsern bekanntgegeben werden.

Jeder Versuch, sich in russische Gefangenschaft zu begeben, wird mit dem Tode bestraft.

Wer zu den Russen überläuft, heißt es in einem Armeebefehl, wird aus Propagandagründen gut behandelt und verpflegt und, mit Lebensmitteln versehen, wieder zurückgeschickt, um auch seine Kameraden zum Überlaufen zu verleiten. Wer sich von den Sowjets zu derartigen Handlungen mißbrauchen läßt und wieder in den Kessel zurückkommt, hat mit keinem Pardon zu rechnen.

Die Parole lautet noch immer: Stalingrad muß gehalten werden, bis Entsatz kommt oder der Ausbruch befohlen wird, und wenn es der Führer befiehlt, muß in Stalingrad für Deutschland gestorben werden!

Es wird den Soldaten eingetrommelt, daß die Sowjets keine Gefangenen machen und jeden, der ihnen in die Hand fällt, nach Verhören und qualvoller Marter töten. Wer das Glück hat, in rückwärtige Lager zu kommen, wird Arbeitssklave der Sowjets und geht in Bergwerken und Sümpfen, wo er zur Fronarbeit eingesetzt wird, an Erschöpfung, Hunger oder einer Seuche, in einem mörderischen Klima, zugrunde.

Diese Behauptungen wurden teilweise sogar in gutem Glauben abgegeben und bewirkten, daß sich viele lieber selbst töteten, ehe sie sich den Russen gefangen gaben.

Die Behauptungen von Soldaten, daß sie nach ihrer Gefangennahme von den Sowjets zur Rückkehr in den Kessel gezwungen wurden, ließ man nicht gelten. Es erging der Befehl an alle Einheitsführer:

Die Einheitsführer haben Soldaten, die über die Front wechseln, sofort von der Truppe abzusondern. Diese Soldaten werden als Deserteure behandelt. Die Truppe ist davon zu unterrichten, daß Deserteure im Schnellverfahren, ohne einem Kriegsgericht vorgeführt zu werden, verurteilt und erschossen werden.

Mit Todesstrafe wird bedroht, wer sich an abgeworfenen Lebensmittelbehältern vergreift. Die Feldgendarmen schießen Soldaten, die sie dabei ertappen, gleich an Ort und Stelle über den Haufen.

Wisse ist drei Tage bei der Batterie und sucht nun den Abteilungskommandeur, Major Goltz, wieder auf, um ihm Bericht zu erstatten.

Wisse findet sich mit diesem Major nicht zurecht. Mit seinem gut geschnittenen, ebenmäßigen Gesicht, den blauen Augen und der kurzgeschorenen, blonden Haarbürste verkörpert er im Aussehen den Prototyp des deutschen Offiziers.

Im Umgang beschränkt er sich auf das rein Dienstliche, kein Wort mehr und kein Wort weniger. Heute, da er sich nicht erregt, ist er weder heiß noch kalt, nicht freundlich oder unfreundlich, nur strohtrocken. Kein Stäubchen Humor. Keine Spur Entgegenkommen, Verstehen oder gar Herzlichkeit. Einhaltung streng vorgeschriebener Dienstauffassung in jeder Lage, betont er den Rangunterschied zwischen sich und seinen Offizieren.

Vor Monaten noch selbst Batteriechef, hatte er, wie Wisse erzählt wird, auch den geringsten persönlichen Kontakt zu seinen Offizieren und Soldaten abgebrochen und war für sie nichts mehr als ihr Vorgesetzter und Abteilungskommandeur. Hat er Angst, sich anders nicht durchsetzen zu können?

Ihm ist der Herrenmensch eingedrillt worden. Zum Herrn, den er hervorkehrt, fehlt ihm jedoch die Sicherheit des Befehlens und vor allem die des Handelns.

»Ich werde mich in Kürze davon überzeugen, ob Sie die Batterie auch so führen, Herr Wisse, wie ich es verlange!«

Er betont das Herr. Und darüber muß Wisse lächeln. Mir über solche Burschen auch noch den Kopf zerbrechen? – Rutsch mir den Buckel runter! – denkt er sich. – Ich brauche dich nicht!

An diesem Abend sucht Wisse den vorgeschobenen Beobachterposten auf. Krämer, der nicht von Wisses Seite weicht, nimmt er als Essenträger mit, und Iwan, der intelligenteste der Hiwis, führt sie entlang der Fernsprechleitung. Er heißt natürlich anders, wird aber in der Batterie, schon seit er in der Ukraine übergelaufen ist, kurz Iwan gerufen. Von Beruf ist er Lehrer in Rostow.

Bolschewik war er nie. Seine Eltern hatten einst einen Bauernhof in der Nähe

Odessas, auf dem er aufwuchs. Dieser Kulakenbesitz wurde enteignet, einer Kolchose einverleibt, und die Familie zog nach Rostow. Iwan hofft, daß die Deutschen Rußland vom Bolschewismus befreien.

Mit seinem lehmbraunen Haar, den farblosen Augen, dem unreinen Teint, dem breiten Gesicht und der untersetzten Figur ist er der typische Russe aus der breiten Masse. Doch außergewöhnlich gebildet und intelligent, beherrscht er auch Deutsch. Er gilt als der zuverlässigste Hiwi. Und er ist treu. – Zu dem gefährlichen Dienst als Leitungsflicker zur V.B.-Stelle hat er sich freiwillig gemeldet. Er hätte schon Hunderte Male Gelegenheit gehabt, wieder zu den Russen überzulaufen.

Es ist dunkel, eiskalt und windstill, so daß man jeden Laut weithin hört. Milliarden Schneekristalle glitzern.

»Kein Licht und kein Wort, bitte, auch nicht flüstern, Herr Hauptmann!« sagt Iwan, der, vorsichtig immer wieder nach dem Fernsprechkabel tastend und prüfend, ob es noch in Ordnung ist, den Vorderhang nach der B-Stelle, Schritt für Schritt in der Dunkelheit voranschreitet.

Wisse und Krämer haben wie Iwan Walinkis, gewalkte russische Filzstiefel, angezogen, die warm sind und mit ihren Stoppeln an den Sohlen das Ausgleiten der Füße und das Knirschen der Tritte im gefrorenen Schnee verhindern.

Vor ihnen blockt einige Male ein Maxim-MG auf. Von rechts antwortet es mit rasender Feuerfolge in mehreren kurzen Stößen. – Das ist das neue MG 42, mit dem bis zu 4000 Schuß in der Minute abgegeben werden können.

Wo das offene Gelände von russischen Scharfschützen eingesehen wird, deutet Iwan ihnen, sich zu bücken.

Sie kriechen durch Bombentrichter, stolpern über Schutthaufen, und es ist nicht zu vermeiden, daß sie sich einige Male in Stacheldrähten verhängen und mit den Fußspitzen gegen ausgebrannte Granathülsen stoßen, die hell klimpernd über Steine und Schutt in einen Trichter purzeln. Dann bleiben sie stehen, horchen in die Nacht ringsum und warten eine Weile, ehe sie weitergehen.

An Stellen, wo Iwan weiß, daß der Feind ganz nahe ist, verhält er, nur als Schatten vor ihnen erkenntlich, den Schritt und lauscht, ob sich nichts Verdächtiges rührt, ehe er weitergeht.

Plötzlich hören sie sprechen. Wahrscheinlich sind es Posten, die einander ablösen, oder geschwätzige Essenträger, von denen schon genug abgeknallt wurden, weil sie ihren Mund nicht halten konnten.

Am Fuß der Anhöhe, über die sie hinabgestiegen sind, geht es aus dem freien Gelände heraus, über einen schmalen, im Schnee ausgetretenen Pfad, der sich zwischen Trümmerbergen durchwindet und an haustiefen Bombentrichtern vorbeischlängelt, in Richtung Wolga.

Wo sich Sicht bietet, gleißt wie ein Silberband im Mondlicht zwischen Schatten von Hügeln und Ruinen ein Stück des vereisten Stromes.

Wisse bleibt eine Sekunde stehen, und wieder spürt er, das unendlich weite Rußland zieht Fäden, die es zum Herzen spinnt und die nie wieder abreißen.

Neben dem Pfad, in einem starken Strang, laufen Dutzende Fernsprechleitungen zusammen, die wieder abzweigen und irgendwo bei einem V.B. oder

Gefechtsvorposten enden. Eine Granate zerreißt oft bis fünfzehn Verbindungen, und das Flicken ist eine heikle und gefährliche Arbeit.

Iwan drückt sich an eine Hauswand und deutet auch Wisse und Krämer an, in Deckung zu gehen.

Sie lauschen. Wie laut das Herz schlägt!

Über den Schnee schleifend, vernehmen sie gleichmäßige Schritte. Es müssen mehrere Männer sein. Da tauchen auch schon drei Schatten auf dem Weg auf. Sie bleiben gleichfalls einen Augenblick stehen, drücken sich hinter einen riesigen Betonbrocken. Sicherungsflügel, die zurückschnappend klicken.

Auch Wisse und Krämer entsichern ihre Waffen. Keiner, der hier dem anderen begegnet, weiß, ob er einen Feind oder Freund vor sich hat.

»Parole!« zischt Iwan.

»Abendstern!« kommt es leise zurück.

Alle atmen erleichtert auf. Es sind drei Essenholer. Während sie gebückt, hintereinander tretend, den nach vorn Gehenden um einen Trichter herum vorsichtig ausweichen, fragt der Hauptmann Iwan: »Und wenn das nun Rußkis gewesen wären, die unsere Parole kennen?« – »Ich am Schnappen von Sicherung hören, daß deutsche Karabiner!« – »Und wenn die Rußkis außerdem deutsche Karabiner haben?«

Iwan bleckt seine Zähne zu einem lautlosen Lachen. »Da, Malheur, Herr Hauptmann! – Ich trotzdem immer noch in Deckung gewesen und schußbereit!«

Einer der Essenträger stolpert über einen Stein.

Sie fahren zusammen, verhalten und lauschen, ehe sie weitergehen. In einem leeren Torgewölbe steht eine Gruppe deutscher Infanterie. Ohne ein Wort zu sprechen, folgen weitere aus einem Kellerloch, in dem eingesunkenen Schuttberg des Hauses, von dem die Vorderfront noch als Kulisse steht.

Stumm halten sie den Essenträgern ihr Kochgeschirr hin, empfangen ihre Suppe, greifen nach ihrer Schnitte Brot, die ihnen gereicht wird, machen kehrt und tauchen wieder in der Tiefe unter, aus der sie gekommen sind.

Es geht so lautlos und schweigsam vor sich, daß Wisse einen Augenblick lang die Vision hat, es wären die Geister der gefallenen Soldaten, die noch in den Ruinen umherstreichen, die erbärmlich verraten und sinnlos geopfert, so weit von der Heimat keine Ruhe finden können und jede Nacht aufwachen, um von der verfluchten Armee ihre Hungerration in Empfang zu nehmen.

Iwan führt sie über eine breite Straße, in die einige Häuser mitten hineingestürzt sind und die schuttübersät ist. Drohend ragen Mauern links und rechts auf, aus deren leeren grinsenden Fensterhöhlen das Mondlicht fällt. Einige Beton- und Mauerreste, darunter eine ganze Hausecke, die losgesprengt, quer über die Straße liegt, müssen sie umgehen.

Iwan drückt sich neben Wisse, weist mit der ausgestreckten Hand gegen die Straßenkreuzung vor ihnen und flüstert: »Vorsicht! – Dort, keine 100 Meter, Russen! – Jetzt gleich bei Wachtmeister!«

Knapp vor der Straßenkreuzung steht, noch im Gefüge erhalten, eine zweistöckige Hausruine. Das Haus muß schätzungsweise vierstöckig gewesen sein, denn der quer über die Straße gestreute Trümmerhaufen reicht über deren Mitte hinaus. Iwan biegt vor der Ruine durch eine Hausluke links ab, steigt über mehrere Betonklötze voran, und Wisse hört es leise rufen.

»Konrad – bist du's?« – Er kann nicht feststellen, woher die Stimme kommt, denn es ist ein Gewirr von Häusern, Mauerresten und stockhohen Schutthaufen in ehemaligen Höfen.

»Iwan!« ruft Iwan zurück, und Wisse an der Hand führend, der wieder Krämer führt, geht er über ausgetretene Stufen in ein Kellerloch hinab.

Durch eine Decke, die vor dem Eingang zu dem Gelaß hängt, schimmert Licht. In einer Ecke hat ein kleiner, runder, rotglühender Eisenofen durch einen Mauerriß seinen Rauchabzug. Vor dem Ofen liegt eine zerfetzte Seegrasmatratze, die offensichtlich eingeheizt wird und abscheulich stinkt.

Um eine Munitionskiste, auf der eine Ölfunzel brennt, sitzen vier Männer auf Kartuschekästen und klopfen einen Skat. Eben als Wisse diese drei Infanteristen und den V.B.-Wachtmeister Kunowski, den er bisher nur dem Namen nach kennt, in Augenschein nimmt, schlägt puffend der Ofenrauch aus der Mauerspalte zurück. Dicker Qualm füllt das feuchte Kellerloch, und es regnet große, fette Rußflocken.

Wisse klopft Kunowski auf die Schulter.

»Wenn Sie nichts dagegen haben, so bin ich Ihr neuer Batteriechef! Bevor Sie Ihr Spiel ansagen, können wir uns eventuell die Pfoten geben!«

Über die Kiste wegsteigend, steht Kunowski auf, und seine Spielkarten zusammengeschoben weiter in der Hand haltend, grinsend, meldet er:

»Wachtmeister Kunowski als Vorgeschobener Beobachter! – Keine besonderen Vorkommnisse! – Erlaube mir, Herrn Hauptmann zu begrüßen.«

Die Infanteristen stehen auf, um sich aus dem warmen Keller zu scheren, in dem sie nur Gäste sind.

»Wenn ihr noch hierbleiben wollt, so laßt euch durch mich nicht stören!« – bedeutet ihnen Wisse. Da hocken sie sich befriedigt wieder hin.

Wisse gibt Kunowski eine Schachtel R6, die er ihm mitgebracht hat. Den Infanteristen, die sofort Stielaugen kriegen, gibt er aus einer anderen, jedem zwei Stück.

Der eine, ein Stabsgefreiter, zieht eine Zigarette, genußvoll daran schnuppernd, unter der Nase vorbei.

»Det ist een seltener Jenuß. – Wir danken, Herr Hauptmann. Solche Besucher ham mer ausjesprochen gern!«

Wisse freut sich. Das sind die Kameraden, unter denen er sich wieder wohl fühlt.

Über Trümmerberge, quer durch mehrere Hinterhöfe, führt sie Kunowski wieder auf die Straße zurück. Durch Schutthaufen ist ein Kriechgang gegraben.

Mitten in der Straße, zwischen den Schutthaufen, liegt, etwa zweimal 2 Meter im Geviert, der Unterstand des V.B., aus Ziegeln aufgeschichtet, an die Wände ringsherum Schutt geschaufelt und mit Balken und Eisentraversen abgestützt. Kunowski weist auf das Dach. »Wir haben da über uns gute 2 Meter Mauerschutt und darunter Betonplatten als Zerschellschicht. Habe ich selbst gebaut!

Es wäre natürlich leichter gewesen und ungefährlicher, wenn wir uns in einer Hausruine verkrochen und dort unseren Laden aufgemacht hätten, anstatt hier mitten auf der Straßenkreuzung und als Gegenüber den Iwan. Aber ich habe hier nach allen Seiten einen guten Ausblick!«

Quer durch die halbrunde Vorderfront des Unterstandes läuft ein waagerechter, etwas handbreiter Schlitz für das Scherenfernrohr und als Schießscharte für das S.M.G.

Das S.M.G. ist immer feuerbereit und besetzt. Der eingezogene Patronengurt baumelt aus dem Ladeschloß, und davor, auf einer hochgestellten Kiste, das Gelände mit dem Scherenfernrohr absuchend, hockt der MG-Schütze, neben sich wurfbereit einen Haufen Handgranaten und erbeutete Molotowcocktails. Stolz zeigt Kunowski dem Hauptmann eine russische Panzerbüchse, die er den Russen abgenommen hat. »Munition dazu findet man massenweise!«

Plötzlich kracht es von der gegenüberliegenden Hausecke, und plock, plock, plock funkt ein Maxim-MG dazwischen.

»Ja, sind höfliche Leute, die Iwans, haben schon bemerkt, daß wir Besuch haben, und wünschen uns einen guten Abend! – Da drüben im Hof stehn sie!« – stellt Kunowski durch das Glas fest. »Werden gleich da sein. Sind sehr neugierig!« – Und schon kracht es ringsum aus Panzerbüchsen und mehreren MGs, die ihr Feuer auf den Sehschlitz richten, und eine Feldhaubitze, die unweit in Stellung liegen muß, feuert, was das Rohr hergibt.

Der Bunker kriegt drei Treffer ab. Zwei in die seitliche Schuttbewehrung und einen aufs Dach.

»Das tut uns nichts!« – beruhigt Kunowski. »Die wissen genau, daß sie uns einen Dreck anhaben können. Die wollen uns nur dazu verleiten, daß wir unsere Munition verpulvern. Die Augen offen halten müssen wir jede Minute, daß uns keiner eine Handgranate oder sonstige Liebesgaben durch den Schlitz wirft. Darauf sind sie nämlich aus. Nur wenn sie mit ihrer schweren Artillerie oder Stalinorgeln anfangen, gehen wir lieber in den Keller, denn jetzt ist unser ›Emil‹ (so heißt der Unterstand) doch schon etwas wacklig.

Der Keller ist sicher. Da können schon die schweren Koffer, die sie über die Wolga rüberschießen, drauffallen!«

Die Iwans machen noch einigen Spektakel und verziehen sich wieder. »In den Häusern uns schräg gegenüber sitzt der Russe in den oberen Stockwerken. Dort, in dem dritten Haus von der Ecke, hat der Iwan den zweiten Stock, und im Keller sitzen seit vorgestern ein paar Leute von uns als Untermieter!« – »Im selben Haus, das ist doch nicht möglich?«

»In Stalingrad ist alles möglich, Herr Hauptmann, da gehen die Fronten oft senkrecht von unten nach oben, durch Decken, Wände und Stockwerke, mitten durch die Häuser.

Es ist alles derart verzahnt und täglich wechselnd, daß sich keiner auskennt. Da haben Sie Ihr Klo, wo Sie jeden Morgen besinnlich ein Viertelstündchen hocken und darüber nachdenken, warum sich so gar nichts mehr aus den Därmen rausquetschen läßt, und am nächsten Morgen, wenn Sie die Tür aufmachen, hockt der Iwan drauf. – Mir ist es schon so gegangen. Hat nicht schlecht geschimpft, der Russe. – Nicht einmal beim Sch... hat man vor euch verfluchten Fritzen Ruhe!‹ – Ich kann gut Russisch. – ›Das ist mein Klo, du Hund!‹ – hab' ich ihn zusammengestaucht. ›Dann entschuldige!‹ Er hat sich die Hose hochgezogen und sich getrollt. ›Häng nächstens dein Namensschild dran!‹ hat er gemeint. Gegen die regulären russischen Truppen, die uns schon kennen, wäre dieser Häuserkampf nicht so bestialisch. Die müssen kämpfen, so wie wir, ob sie wollen oder nicht. Aber da sind die Kommissare und Truppen von irgendwo weit her, maßlos verhetzt und aus Angst, daß wir sie kochen und braten, mißtrauisch. Am schlimmsten sind die Arbeiterwehren. Das sind die Zivilisten, Arbeiter aus den Fabriken. Jetzt sind sie schon alle längst eingekleidet. Die hassen uns beispiellos und kämpfen um jeden Quadratmeter Boden wie die Wahnsinnigen. Zwischen ihnen und uns gibt es keinen Pardon.

Jetzt war es einige Zeit ziemlich ruhig, aber seit einer Woche greifen die Iwans wieder an. Sie erreichen aber nicht viel. Wenn sie auch in unserem Rücken durchstoßen, haben wir keine Bange. Nach ein, zwei Tagen fliegen sie wieder raus, und wenn sie an uns vorbei wieder zurück müssen, knallen wir sie ab wie die Hasen.

Ein Witz, daß immer noch Russen zu uns überlaufen. Erst heute wieder, bei der Kompanie rechts von uns. Die Iwans glauben ihren Kommissaren nicht, daß wir eingeschlossen sind und nichts zu beißen haben.

Der Kompaniechef hat den alten Opa wieder zurückgeschickt. – Er tat ihm leid, wollte ihn nicht in ein Gefangenenlager schicken, damit er dort verhungert. – Wir machen das jetzt mit allen Überläufern so – kehrt marsch und retour!«

Widerhallend durch die nächtlichen Gassen erhebt sich Gesang. Russische Soldatenlieder. Die Russen haben melodische Stimmen und singen gut zusammen. – Aus immer wieder schwermütigen Passagen steigert sich die Melodie, wild und aufpeitschend. – »Iwan, kennst du dieses Lied?« – Iwan, der versunken zugehört hat, zuckt zusammen. »Nein, Herr Hauptmann, muß neues Lied sein über Stalingrad!« – Sa Stálina, sa ródinu...! – klingt es, sich im Refrain wiederholend, aus vielen Soldatenkehlen durch die Nacht.

Kunowski stellt das Scherenfernrohr zur Orientierung Wisses der Reihe nach auf mehrere Punkte ein.

»Über uns, die vierte Hausruine links, von der Ecke aus, von der nur mehr ein Teil wie ein Turm steht. Im dritten Stock, die beiden letzten Fenster, ein russisches Scharfschützennest. 150 Meter vor uns, rechts auf dem Gehsteig, hinter der umgekippten Mauer, eine Granatwerferstellung. Schräg gegenüber, hinter dem Trümmerwall, russische Feldhaubitzen. Die haben unseren ›Emil‹ brüchig geschossen. Dort gehen die Iwans ungeniert spazieren. Die haben längst raus, daß unsere Munition alle ist. Das letztemal habe ich vor acht Tagen für eine große Feindansammlung, etwa in Bataillonsstärke, vier Schuß freibekommen. Die Iwans wollten wahrscheinlich im Sturmangriff das ganze Viertel nehmen. Haben sich in aller Ruhe wie auf dem Kasernenhof versammelt. Bis sie alle schön beisammen waren, da habe ich dazwischengefunkt. Die Treffer saßen mittendrin. – Jetzt ist es aus. – Kein Schuß mehr, hat Oberst Hutte befohlen, und wenn die Infanterie kopfsteht, wir haben nichts mehr.«

Wisse telefoniert. Die Leitung ist intakt. Es meldet sich die B-Stelle.

»Oberleutnant Fuhrmann, bitte!« – Es dauert eine Weile. »'n Abend, Herr Wisse. Hab' schon gepennt.«

»Ich möchte Ihnen nur sagen, daß ich heute nacht mit Iwan und Krämer beim V.B. vorn bleibe!«

»Ist gut! – Der Oberst hat angerufen. – Es können Beförderungsvorschläge eingereicht werden! Bis zum Unteroffizier dürfen die Batteriechefs selbst befördern. Es ist nur in die Soldbücher einzutragen!«

»Sie kennen die Leute länger und besser als ich, Herr Fuhrmann. Es ist möglichst jeder zu berücksichtigen!«

»Ich würde am liebsten zur Heimbeförderung vorgeschlagen werden!« – »Ich auch, wir alle, Kunowski!«

Unten im Keller holt Kunowski das Funkgerät heraus. Er sieht Wisse schräg an, scheint sich irgendwas zu überlegen und läßt dann den Funker auf Frequenz gehen. »Ihr hört wohl auch den Iwan ab?« – »I wo, Herr Hauptmann!« Kunowski grinst. »Wo werden wir, höchstens aus strategischen Gründen!« – »Es ist verboten!« – »Jawohl, Herr Hauptmann! – Da wir nie wissen, wie lange die Strippe hält, gehen wir zur Sicherheit außerdem jeden Abend auf Funkverkehr.«

»Dora – Ida – Gustav, bitte kommen! – Dora – Ida – Gustav, bitte kommen!« Kunowski macht sich indessen heißhungrig über die Pferdesuppe. Er durchlöffelt sie. »Ist wieder verdammt dünn!« Er kann sich nicht bezähmen und brockt seine ganze Tagesportion Brot hinein. »Wer weiß, ob ich morgen noch lebe!« – Die Infanteristen, die noch immer beim Ofen hocken und ihre Verpflegung längst intus haben, bewegen die Zunge und die Kiefer und essen im Geiste mit.

Wisse läßt sich und Krämer mit zum Postenschieben einteilen, um den V.B. und die Funker zu entlasten.

»Wo liegt hier die Infanterie, Kunowski?«

»Wenn Herr Hauptmann wünschen, machen wir ihnen einen Besuch!«

Wieder geht es vorsichtig, immer im Mondschatten, quer über Schutthaufen, an den gegenüberliegenden Hausfassaden entlang, vorbei an einem MG-Posten, der allein vor seinem Gewehr hockt und gar nicht nach der Parole fragt, da er sie schon von weitem kommen sah und hörte.

»Wenn die Russen eifriger und auf Draht wären, hätten wir schon eine verpaßt. – Achtung, Herr Hauptmann, hier ist es trotzdem brenzlig!« – Nachdem er sich eine Weile umgesehen hat, setzt Kunowski, Wisse voran, mit einigen Sprüngen über eine Schuttfläche, und schon kracht es hinter Wisse.

Sie landen hinter einer von zahllosen Einschlägen durchsiebten Mauer, vor einem abgestürzten Abgang zu einem Keller, der durch einen quer davor stehenden, ausgebrannten T 34 gegen Beschuß gut gedeckt ist. Die letzten Meter an dem Posten vorbei, der hinter dem Panzer in Deckung ist und scharf Ausschau hält, müssen sie kriechen.

»Hier ist der Gefechtsstand des Abschnittskommandeurs!«

Nur durch eine Straßenkreuzung vom Gegner getrennt, ist es in diesem Keller fast gemütlich und peinlich sauber.

Eine Petrolgaslampe verbreitet helles Licht. Der aus Ziegeln aufgemauerte Herd strahlt angenehme Wärme aus.

Wisse stellt sich dem Abschnittskommandeur, einem etwa fünfunddreißigjährigen, mittelgroßen, schlanken Major vor, der tatsächlich noch ein Monokel ins Auge geklemmt trägt.

»Von Schellenberg, freue mich, Ihre Bekanntschaft zu machen – schätze Ihren Besuch. – Sind wohl Wiener, wat?«

»Jawohl, Herr Major!« – »Jemütliche Stadt, Grinzing, Stephansdom usw., mir alles bestens bekannt und die Weana Madeln. Bin fast jeden Sommer in Österreich auf Urlaub jewesen! So jut habt ihr jelebt, und nu hockt ihr mit drin in der Scheiße. Ist gar nicht schön, wat?«

»Was soll man machen, Herr Major?« – »Eben! – Na, nach dem Kriege wieder. Kurze Lederhosen, nen Gamsbart, juhu, und dann wieder ruff uff de Berge! – Hier nehmen Sie Platz!« Er schiebt Wisse einen Stuhl hin. »Sie müssen mir noch eine Weile entschuldigen. – Stehe Ihnen dann gern zur Verfügung!«

Ein Unteroffizier teilt Brote in ganz genau gleich große Schnitten, von denen jede abgewogen wird, und wenn sie auch nur ein Gramm zuviel wiegt, wird ein Stück davon abgeschnitten, oder wenn sie zu leicht ist, dazugelegt. Der Major überwacht die Aufteilung, auch des Stückchens Fleischkonserve, das zu jeder Brotschnitte gehört, mit Argusaugen.

»Hier noch ein halbes Gramm druff! – Hätte mir auch nicht jedacht, daß ich noch mal Apotheker in Stalingrad werde!«

Neben dem Ofen liegen auf dem Boden in einem Holzrahmen fünf Strohsäcke nebeneinander mit Decken überspannt. Darauf hocken in Kampfanzügen, das Koppel umgeschnallt, drei Essenholer und betrachten kritisch und interessiert die Proviantaufteilung.

»Die Portionen von Glaser, Struppe, Malewski und Höhne werden in den Gruppen unter den Kameraden aufgeteilt, verstanden?«

»Jawohl, Herr Major!« – Der Major unterdrückt jede Gemütsbewegung. Wisse weiß, diese vier sind heute gefallen und brauchen keine Verpflegung mehr.

Der Major steht unter der über den Tisch hängenden Lampe, die Arme in die Hüften gestemmt, und Wisse hat Muße, ihn zu beobachten.

Langer Schädel, scharf geschnittenes Gesicht, den Scherben im Auge, das Haar sorgfältig zurückgekämmt, gut rasiert. – Die schon abgeschabte Uniform, die nun allerdings etwas um den Körper schlenkert, und die Stiefel tadellos sauber, ist er drahtig und straff.

Alles in allem noch einer von den alten Preußen, die unter Hitler verdammt rar geworden sind. Wisse fallen die Worte seines Lehrgangleiters Oberstleutnant Meske ein, der es allerdings auch vorgezogen hat, sich als Oberst im O.K.H. unabkömmlich zu machen. »Den wahren Offizier erkennt man auch nackend aus Hunderten von Zivilisten heraus!«

Dieser Major ist ein solches Kaliber. Er entschuldigt sich nochmals bei Wisse. »Nur noch drei Minuten! Muß mich verjewissern, daß die Burschen nicht zuviel kriegen und sich überfressen! – Jetzt, wo det mit dem Kohldampf erst richtig losjeht, da bildet sich gleich jeder Schwachheiten ein, daß er nicht das Seine kriegt! – Möchte bloß wissen, wie lange das noch so weitergeht!«

Wisse macht Anstalten aufzustehen. Er möchte nichts hören über die Misere in Stalingrad, nicht von diesem Major.

»Ich wollte Sie nicht stören, Herr Major. Ich kam nur vorbei, um mit der Infanterie in meinem Schußbereich Verbindung aufzunehmen!«

»Nee, nee, bleiben Sie nur! – Bin froh, daß Sie gekommen sind. Es ist mit vermehrtem Stoßtruppunternehmen und stärkerem Angriff zu rechnen. Der Russe versucht, die Höhe in unserem Rücken in seinen Besitz zu bringen. Habe sowat läuten jehört!«

Von draußen hört man dumpf die Abschüsse aus Granatwerfern. Es scheint in nächster Nähe des Gefechtsstandes zu sein, und dann geht das Konzert los. Artilleriegranaten pfeifen, die Pak bellt, und die MGs rattern pausenlos von allen Seiten. – Das Feuer muß über einem ganzen Kompanieabschnitt liegen.

Der Major schenkt dem Gefechtslärm keinerlei Beachtung. Er übergibt den Essenholern die Verpflegung für seine drei Kompanien, die die Landser in die Rucksäcke stopfen. Der Anzahl der Papiersäcke nach zu schließen, in die die Verpflegung für jeden Mann gepackt wird, beträgt die Gefechtsstärke je Kompanie zwischen 30 und 40 Mann.

Wortlos, die Rucksäcke umgehängt, im Gänsemarsch, gehen die Essenträger die Kellertreppe hinauf.

Die paar Sekunden, während der die Bunkertür offen ist, erfüllt es den Keller mit Dröhnen, als ob er mitten im Kampflärm läge.

»Det ist nischt Besonderes!« kommentiert der Major, »bei meiner zweiten Kompanie, um die Ecke, linke Straßenseite. Der Iwan kommt bei Nacht nicht!« – Der Major sieht Kunowski und seinen Unteroffizier an und zieht eine Schachtel Papyrossy aus der Tasche.

»Zigaretten, die Herren, jefällig?« – Die beiden kapieren sofort, stecken sich eine an und gehen die Kellertreppe hinauf. »Wollen hier lieber nicht die Luft damit verpesten!« – Kunowski grinst.

Als der Major mit Wisse allein ist, schnauft er mächtig, läßt das Monokel aus dem Auge fallen und fängt es mit der rechten Hand auf.

Plötzlich sind sein Gesicht und seine Blicke abgespannt und müde. Auch seine Bewegungen, als er die Schachtel offen auf den Tisch legt und sich um eine Flasche Wodka bückt und zwei Wassergläser daneben stellt. »Bitte, bedienen Sie sich! Alles erbeutet. Davon haben wir etliche. Wird auch genau aufgeteilt. Nur nicht zuviel Schnaps in die leeren Bälge. Macht gleich verrückt und geht auf die Leber. Und wat ist die neueste Parole?« möchte der Major erfahren. »Weiß ich eigentlich keine, Herr Major!« – »So, hm, nicht? – Daß eine SS-Armee im Anmarsch ist, die uns entsetzen soll? – Haben Sie nichts gehört davon?« – Wisse zuckt die Schultern. »Naja, wäre auch ein bißchen weiter Weg, wat?« – »Ich glaub' nicht dran, Herr Major!« – »So, so, soll man also nicht dran glauben?« –

»Ich mache mir nichts vor, Herr Major! – Was ich weiß und was authentisch ist, unsere Westfront liegt über 200 Kilometer von uns entfernt!« – »Also keine Hoffnung mehr für uns?« – »Auf Entsatz nicht!«

Der Major ist plötzlich erregt und schlägt sich mit der Faust gegen die Brust. »Ihnen sag' ich's. In Gefangenschaft gehe ich nicht! – Und in eine besiegtes Deutschland gehe ich gleichfalls nicht zurück, denn diesmal wird man uns derart niederknüppeln, daß wir uns niemals wieder erholen!« – Wisse schüttelt lächelnd den Kopf. »Deutschland wird weiterbestehen und sich wieder erholen, auch wenn dieser Krieg verlorengeht!« – »Glauben Sie? Schätze, daß in drei Wochen der ganze Zauber hier vorbei ist.« – »Ich schätze das gleiche, Herr Major!«

Wisse bewundert die Haltung dieses sympathischen Offiziers. Er sieht Major von Schellenberg an.

»Verstehen Sie mich richtig, Herr Major. Ich schätze die alten Preußen, die sich nicht verschachert und verdungen haben und nur ihre Pflicht tun...!« Er setzt auf. »Sprechen Sie doch bitte weiter! Gebe Ihnen als Vorschuß mein Wort, daß es unter uns bleibt!«

»Ihr Preußen seid, ohne nach einem Sinn oder Zweck zu fragen, so kompromißlos gehorsam. Ihr denkt kritiklos, nur in Gemeinschaften...!«

»Denken besorgen bei uns immer noch die Pferde, von wegen der großen Köppe und so...!«

»Ich mache mit meiner Kritik auch vor den höchsten Führern nicht halt. So wie ich begeisterungsfähig bin für echte und große Leistung – genauso ablehnend kann ich sein und Verbrechern die Gefolgschaft kündigen!« –

Der Major klemmt das Einglas ins Auge. »Haben Sie Verbrecher jesagt?« – »Ich habe Verbrecher gesagt, Herr Major, als denkender Mensch, als Soldat und deutscher Offizier!« – Der Major läßt das Monokel wieder aus dem Auge fallen. »Ist Paulus Ihrer Ansicht nach ein Verbrecher?«

»Nein, Herr Major, ein Verführter, wie Millionen andere! – Aber er lädt unfaßbare Schuld auf sich und begeht aus Feigheit Verbrechen, wenn er nicht endlich den Mut findet, nichts und niemandem mehr als seinem Gewissen zu folgen und danach zu handeln, ehe es zu spät ist!« –

»Würden Sie Befehle gegen Ihr Gewissen ausführen?« –

»Nein, ich fände es ehrlos und würde mich eher töten als dazu zwingen lassen. – Verstehen Sie mich richtig, Herr Major, meine soldatische Pflichterfüllung endet erst mit diesem Krieg oder vielleicht nie! – Aber jeder Gehorsam hat seine Grenze, wo Handlungen wider das gute Gewissen verlangt werden...!«

»Es gibt moralische Fundamente, die für jeden, ohne Ausnahme, unveränderlich sind?« – »Genau das meine ich, Herr Major!« – »Habe das alles bis jetzt selbstverständlich gefunden, auch das Sterben, meinte es unfehlbar da drinnen zu haben!«

»Die Preußen verstehen gut zu sterben!« – »Ihr Österreicher gut zu leben?« – »Ja, ihr seid rasanter! – Wir sind zäher!«

Wisse schiebt als erster gleich anschließend seine Wache und schläft dann im Keller des V.B.s fest und traumlos wie schon lange nicht, bis ihn 10 vor 7 Kunowski wachrüttelt.

»Herr Hauptmann, die Russen greifen an!« –

Draußen pfeift und zischt, knattert und kracht es.

Vorgebückt, Sprünge über die Schutthaufen mitten durch die Hölle aufspritzender Granateinschläge und MG-Feuer, Rasen durch den nur knietiefen Kriechgang in den Beobachtungsstand. Der Funker auf Wache schwenkt das MG von links nach rechts, ohne zu schießen.

Kunowski und Wisse suchen durch den Feuer- und Sehschlitz das Gelände nach dem Feind ab. Durch die eisigen, wallenden, grauen Morgennebel sausen Leuchtspurschnüre, zucken Mündungsblitze.

Mitten in dem Höllenlärm das Dröhnen schwerer Panzermotoren. Schattenhaft ziehen die Stahlkolosse feuerspeiend die rechte Straßenseite entlang, kurven um Schutthaufen.

Kunowski verfolgt sie gespannt. »Die sind schon durch! Über die Betontrümmer und durch die verbogenen Eisentraversen kommen sie nicht!« – Er packt den MG-Schützen an der Schulter. »Schläfst du? – Dort die Iwans!«

Ein verschwommener grauer Haufen von 20 bis 25 Rotarmisten, die zusammengeballt, direkt auf den Bunker zukommen, den sie im Nebel noch nicht ausgemacht haben und für einen Schuttberg halten. Keine 10 Meter weit vom Sehschlitz, werfen sich die vordersten plötzlich hin, packen ihre MPis und ziehen Handgranaten ab.

Sie kommen nicht mehr zum Schießen und Abwerfen der Handgranaten. Der MG-Schütze hat zugleich mit Kunowski den Feind erkannt, nur eine Sekunde kaltblütig zugewartet, um alle im Schußfeld zu haben.

Durch die Rückstöße ist sein Körper geschüttelt, als hätte er einen Preßluftbohrer in den Fäusten. Ohne abzusetzen mäht er, bis sich nichts mehr rührt. – In die vordersten, die schon fast im toten Schußwinkel des SMGs sind, hält Wisse hinein.

Rechts an ihnen vorbei mit den Panzern sind die Rotarmisten durchgebrochen.

»Die packen uns im Rücken oder setzen sich hinter uns fest, dann sind wir abgeschnitten!« urteilt Kunowski. »Wir müssen hier raus und uns umsehen!« befiehlt Wisse. Kunowski möchte nicht recht. »Wenn Sie nicht von einem Scharfschützen eine verpaßt kriegen wollen, die den Bunker schon im Visier haben, dann lassen Sie's lieber bleiben, Herr Hauptmann!«

Wisse ist ruhelos wie ein Raubtier in einer Falle.

Sein Instinkt treibt ihn dazu. Er macht die Tür einen Spalt breit auf. Er hat das Gefühl, als würden Russen auf dem Bunkerdach stehen. Es ist niemand oben. Er kriecht, die MPi in der rechten Faust, den Zeigefinger am Abzug, bemüht, in Deckung zweier aus dem Schutt ragender Betonplatten zu bleiben, auf die kugelförmige Überdachung des Unterstandes. Flach liegend, hebt er vorsichtig den Kopf, um nach allen Seiten sehen zu können.

Ihm direkt gegenüber springen drei Sowjets in eine Haustoröffnung, in deren Flur der Kellerausgang der V.B.-Stelle mündet. Die sprengen unseren Keller, durchzuckt es Wisse. Ihn selbst haben sie noch nicht bemerkt.

Er liegt wie auf dem Servierbrett, hält das Genick steif und erwartet jeden Augenblick, von einem Scharfschützen eine verpaßt zu kriegen. Er möchte mit einem Satz in Deckung springen oder sich hinabrollen lassen. Aber da sind die Kameraden und vor ihnen der sichere Tod, wenn er kneift. – »Herr, laß mich mutig sein!« – Er zwingt sich, nicht an seinen Leib zu denken, heftet den Blick auf den Kellereingang. Davor liegen Ziegelbrocken und Schutt, durch die sich eine Hand tastend langsam hochstreckt. Die sind verschüttet! Deswegen kamen sie nicht in den V.B.-Unterstand nach und schossen auch nicht.

Die Rotarmisten in ihren Halbpelzen sind schwere, klobige Gestalten. Einer hat die MPi quer über die Brust gehängt, die kilogrammschwere, kurzstielige Handgranate in der Faust. Der zweite hat die MPi im Anschlag, und der dritte hält den Karabiner umgedreht am Lauf in den Fäusten. So erwarten sie den Deutschen, wie er sich mühsam durch das Loch hochzieht.

Jetzt stemmt er mit beiden Händen seinen Oberkörper über das Loch hinaus. Es ist einer der Infanteristen.

Mit ihren Walinkis unhörbar, sind die drei Sowjets ganz nahe an das Loch herangegangen. Der Infanterist hat sie noch nicht bemerkt. Er möchte wahrscheinlich seine Beine freikriegen und nachziehen. Eben als er den Kopf heben will, schwingt der eine Rotarmist das Gewehr hoch, um den Kolben niedersausen zu lassen.

Eng an den Boden gedrückt, die MPi schwenkend und auf die Oberkörper der Sowjets haltend, damit es den Soldaten im Loch nicht erwischt, jagt Wisse das Magazin leer.

Alle drei fallen, einen Augenblick durch das Zusammenzucken ihrer Körper hochgerissen, wie frei in der Luft hängend, vor dem Deutschen zu Boden. Keiner rührt sich mehr.

Kunowski ist Wisse nachgekommen. Hintereinander kriechen sie zum Keller.

Der Eingang ist durch einen Granatvolltreffer verschüttet worden. Die im Keller haben von innen ein Loch freigelegt. Der Infanterist, der herauswollte, steckt noch immer mit den Beinen fest.

Die Iwans hätten ihn erschlagen und mit Handgranaten den Leuten im Keller den Rest gegeben. Sie ziehen den Mann aus dem Loch. Keuchend räumt Wisse die Ziegelbrocken weg und reicht sie Kunowski hinauf, der sie vorsichtig ohne Geräusch im Hausflur niederlegt.

Plötzlich gibt der Schutt nach, und kopfüber, das Kinn und die Nase zerschunden, rutscht Wisse hinab in den Keller, direkt Krämer in die Arme, der ihn auffängt.

»Schnell ein MG herauf und in Stellung!« brüllt Kunowski in den Keller hinab. »Die Panzer rollen zurück!«

Wisse hat ein neues Magazin in die MPi geschoben, und mit einem der Infanteristen kriecht er nach oben und bringt im Hausflur ein leichtes MG in Stellung.

Einige Rotarmisten queren die Straße und verschwinden, Deckung suchend, in einem Bombentrichter. Eine weitere Gruppe kriegt von der gegenüberliegenden rechten Straßenseite aus einem deutschen MG-Nest starkes Feuer – kann aber in Deckung der Schutthaufen ohne Verluste durchkommen.

Die Straßen hinauf rollen, gestaffelt hintereinander, zwei Panzer, ein T 34 und ein KW I, zurück. Der dritte, ein Befehlspanzer, fehlt.

Im Feuerschutz der Panzer, die ihren Rückzug decken, laufen russische MPi-Schützen vor ihnen her. Der vorderste Panzer richtet sein Geschütz gegen die rechte Straßenseite, um das deutsche MG dort zu erledigen. Plötzlich entdecken vorbeilaufende Rotarmisten Wisse und den Infanteristen mit dem MG. Weiterrennend und in Deckung springend, geben sie dem zweiten, nachfolgenden Panzer Zeichen.

»Feuer!« – befiehlt Wisse und streut gleichfalls mit seiner MPi das Gelände ab. Die Russen werfen sich hin, robben und kriegen nun auch rechts von Wisse Feuer, wo einige deutsche Infanteristen auf dem Hof des Trümmergewirrs, auf dem das Nebenhaus stand, aufgetaucht sind.

Der Panzer bleibt stehen. Hinter seinem Turm hervor beschießen aufgesessene Sowjets die Infanteristen im Hof, und auch Wisse und sein MG-Schütze kriegen Feuer aus Panzerbüchsen. Die Panzerbesatzung kann offenbar Wisses MG-Stellung noch nicht ausmachen, denn es werden die Deckel der Turmluke aufgeklappt, und ein Kopf taucht vorsichtig auf, um Nachschau zu halten.

Der MG-Schütze neben Wisse reißt das MG feuernd hoch, und mit dem Oberkörper vornüber fallend, bleibt der Soldat in der Turmluke hängen. Der Panzer schwenkt den Turm, senkt das Rohr, feuert in den Hof. Fleischfetzen, Körperteile wirbeln hoch. Es hat einen deutschen Infanteristen erwischt. –

Einer scheint einen Splitter abbekommen zu haben, denn brüllend stürzt er hin, wird von zwei Kameraden, die sich über den Hof zurückziehen, mitgeschleift, während der Panzer aus seinen MGs den Hof abstreut.

»Die fünf gehören zu der Gruppe gegenüber von uns, wo das MG schoß!« – Kaum daß der MG-Schütze, ein Unteroffizier, das sagt, versucht der fünfte Infanterist, durch das Feuer von seinen Kameraden abgeschnitten, anscheinend kopflos geworden, mit Sprüngen die Straße zu überqueren. Mitten auf der Straße erwischt es ihn. Zwischen gefallenen Sowjets und zweien, die sich, vor Schmerzen schreiend, am Boden wälzen, stürzt er hin, mit dem Gesicht zu Boden.

Der Panzer schwenkt das Rohr und visiert genau das MG an. Als die Granate im Hausflur widerhallend donnernd explodiert und das Haus schwankt, sind Wisse und der Unteroffizier mit dem MG schon im Keller verschwunden.

»Jetzt können wir uns auf einen Feuerzauber gefaßt machen!« – Der Unteroffizier läßt sich hinter Wisse über die verschüttete Kellerstiege hinunterrutschen.

Und da geht es auch schon los mit dem Plocken der Granatwerfer und dem Höllenkonzert der Artillerie.

Während es heult, faucht und krachend einschlägt, vor dem Kellereingang Rauch und Staub hochwirbelt, unter dem pausenlosen Trommeln der Artillerie das Haus über ihnen schwankt und die Kellerdecke zittert, als ob sie jeden Augenblick einstürzen würde, haut sich der Unteroffizier, das MG in eine Ecke stellend, zu seinen zwei Kameraden, mit denen er hier wohl in Daueruntermiete ist, aufs Stroh, und die drei schnarchen, als ob das Höllenkonzert ein einschläferndes Wiegenlied wäre. – »Die sind schon so stur und vor Kohldampf dauernd erschöpft, daß ihnen alles scheißegal ist!« sagt Kunowski.

Iwan in seiner fatalistischen Lebensauffassung hockt in einer Ecke und raucht mit Genuß eine R6, die ihm Wisse gab.

Krämer hat seine Zigarette kalt im Mund.

Wahrscheinlich haben die Sowjets an die Fernkampfbatterien über die Wolga gefunkt und sicher auch einen V.B. hier sitzen, denn mit einemmal orgelt es heran, und als ob das Haus in die Luft flöge, schlägt ein schwerer Treffer in unmittelbarer Nähe ein. Der zweite folgt mit Sekundenabstand und liegt dicht daneben.

»Ich halt' das nicht mehr aus!« – Krämer springt auf und will aus dem Keller. Er reißt sich von Wisse, der ihn zurückhält, los und möchte blindlings hinausstürmen.

»Sie bleiben hier, Unteroffizier Krämer!« fährt ihn Wisse scharf an. Da macht er kehrt und hockt sich wieder hin. »Verzeihung, Herr Hauptmann, hab' mich immer für einen Kerl gehalten!«

»Bist einer! Es geht vorbei, Willem, alles geht vorbei!«

Das Feuer hört erst gegen Mittag auf. Mittag, jeder schaut hungrig um sich. Ihre Verpflegung haben sie abends auf einen Sitz verschlungen, ärgert sich Wisse. Er hat seine aufgespart noch in der Tasche. Auch ihm knurrt der Magen, und ihm ist schwindlig vor Hunger, er kann aber vor denen doch nicht auspacken und zu essen anfangen.

Was abgeben? Wie komme ich dazu? Sie haben dasselbe gekriegt, und ich habe zumindest den gleichen Hunger. Ich muß mich hinausschleichen und heimlich essen. – Es ist widerlich! – Er nimmt sein Freßpaket aus der Tasche, das Brot in drei Teile geteilt, ebenso das Stück Fleischkonserve. Die Augen von Kunowski und die des Funkers leuchten gierig wie Wolfslichter. Er liest ihre Gedanken. Natürlich, die Herren Offiziere! – Der Batteriechef sorgt schon dafür, daß er was extra hat, und wenn er der feinste Kerl ist, er bestiehlt uns doch und frißt es weg.

Wisse knallt das Essen mitten auf den Tisch. »Bei mir war eben der Weihnachtsmann!« stößt er gallig heraus. Kunowski und der Funker sehen einander an, aber keiner greift nach dem Essen. Da geht Wisse aus dem Keller.

Nach einer Weile hört er Krämer zetern und, über die Kellerstiege hinaufkommend, wütend brüllen. »Ihr verfluchten Schweine! Es ist vorbei, Herr Hauptmann, sie haben's aufgefressen!« – »Haben sie Iwan auch etwas gegeben?« – »Ja!«

Er geht mit Krämer wieder in den Keller hinab.

Der Funker hat das Gesicht in die Hände gestützt und heult wie ein kleiner Junge. »Ich hab's ja nicht gewußt, Herr Hauptmann!« Kunowski wischt sich über den Mund. »Ich sag' Vergelt's Gott und auf Revanche!« – Iwan lächelt still und dankbar.

»Warum die von der Batterie nicht anrufen. Die müssen den Zauber doch bemerkt haben?« Wisse dreht an der Kurbel des Fernsprechers, und sie geht leer durch. Iwan erhebt sich wortlos, um loszuziehen und die Leitung zu flicken.

Er klettert über Mauerbruch und geht durch hohle Hausruinen und durchlöcherte Wände, wie über leere Höfe.

Nach zehn Minuten ist er wieder da.

»Kann nicht durch, Herr Hauptmann. Niicht 100 Meter von hier, Straße zuriick, ist Panzer! Russen rechts und links in Häuser sitzen! – Panzer steckt in Bombentrichter!«

»Gehen Sie auf Funk, Kunowski! – Ich werde sehen, ob ich ein paar Schuß freikriege!« – »Und vor allem was zu fressen, Herr Hauptmann!«

– Dora, Ida, Gustav. – Als der Funker die Wellenkurbel dreht, erwischt er ganz laut einen russischen Sender. Eine tiefe Stimme ruft wiederholend dieselben Worte. »Der sucht auch Verbindung«, meint der Funker.

»Gehen Sie auf Empfang!« – befiehlt Wisse. »Vielleicht können wir was abhören!« –

»Möglich, Herr Hauptmann, denn es muß ganz in der Nähe sein!«

»Los Iwan, ran und hör mal, was die wollen!«

Iwan hängt sich den Kopfhörer um und lauscht, fünf, zehn Minuten, bis er Bescheid gibt.

»Ja, sind Russen! – Panzer ganz in Nähe, was ich hab' gemeldet – ist Befehlspanzer. – Russischer Kapitän sagt, ist sich festgefahren, in Trichter. Linke Gleiskette gerissen. Hält mit zwölf Mann Stellung. Verlangt, wenn finster ist, Hilfe. Wird Deutsche vertreiben. Stärkeren Angriff kann er nicht abwehren!«

»Er hält uns für abgeschnitten!« – »Da kommt der Essenträger nicht durch!« – »Denken Sie nur ans Fressen, Kunowski?«

»Jawohl, Herr Hauptmann!« – »Wir müssen die Russen bei Einbruch der Dunkelheit erledigen, ehe sie Verstärkung kriegen. Und haben gar nicht viel Zeit!« Wisse schaut auf die Uhr. »13 Uhr! – In eineinhalb Stunden wird es finster!«

Der Funker hat inzwischen Verbindung mit der Batterie aufgenommen. Fuhrmann telefoniert von dort aus. Goltz lehnt ab. Der Regimentskommandeur genehmigt vier Schuß für den äußersten Notfall.

»Kunowski, das besorgen Sie! – Sie sind hier eingeschossen!« – »Jawohl, Herr Hauptmann, ist was für mich!«

Als es zu dunkeln beginnt, macht sich eine Gruppe unter Führung Kunowskis fertig. Er nimmt den einen Funker mit, Iwan und die vier Infanteristen, die Major von Schellenberg bewilligt und herüberschickt.

Bewaffnung, außer Karabiner, muß der V.B.-Stand stellen. – Sie nehmen das leichte MG mit, Handgranaten, eine MPi und einige Molotowcocktails. Mehr kann für den Fall eines Angriffs auf den V.B.-Stand, in dem Wisse mit dem Funker allein zurückbleibt, nicht entbehrt werden. Die Infanteristen pflanzen das Seitengewehr auf.

Iwan, der weiß, wo der Panzer steckt und von wo er Feuer erhalten hat, geht voran.

Wisse liegt in Deckung des Schutthaufens hinter dem V.B.-Unterstand, späht die Straße hinauf und sieht besorgt immer wieder auf die Uhr. Die Zeit will nicht vergehen. Nach elf Minuten endlich peitschen Gewehrschüsse auf. Aus einem Haus, auf die Straße hinaus, bellt ein russisches MG, verstummt nach einigen Stößen. Keine 100 Meter weit sausen aus einem Trichter zwei Leuchtspurstrahlen hoch. Das muß der Panzer sein, der im Trichter steckt.

Wisse hört »hurrä« brüllen, verbissenen Nahkampflärm, eine MPi-Garbe, zwei kurze Detonationen. Aus dem Trichter züngeln Flammen und schwarzer Ölqualm.

Er geht wieder in den Keller. Fünf Minuten später ist die Gruppe zurück. Sie tragen einen Verwundeten, legen ihn im Keller auf den Boden. Kunowski meldet: »Panzer und Besatzung mit Molotowcocktails und Handgranaten erledigt, drei Gefangene eingebracht! – Eigene Verluste, ein Verwundeter mit Lungenschuß von der 2. Kompanie des Bataillons Schellenberg!«

Der Verwundete, roten, blutigen Schaum in Blasen vor dem Mund, erhält einen Notverband.

»Wo ist Iwan?« fragt Wisse. »Zum Donnerwetter, wo ist Iwan?« fragt Kunowski und rennt die Kellertreppe hoch. Iwan kommt über den Hof gestolpert, die Nase in einen Sack gesteckt. »Hab iich erobert«, sagt er stolz.

Alles steht um den Tisch, als Iwan den braunen Leinensack ausleert. Wie weiße Steine, und ebenso hart, Zuckerstücke. Schwarzes Trockenbrot, so hart wie der Zucker. »Fraßen früher nicht einmal unsere Pferde!« sagt Kunowski und bricht sich eine halbe Scheibe ab, um sie im Mund aufzuweichen. Und einige Preßwürfel Hirse.

Im Hof, von einem Obergefreiten mit einer MPi bewacht, stumpf vor sich hinbrütend, hocken die drei Gefangenen und erwarten ihren Tod. Vor ihnen, von Kunowski vom Kellereingang, vor dem sie am Vormittag fielen, als er verschüttet war, beiseite geschleift, liegen die Leichen der drei Rotarmisten, schon steif gefroren.

Die Waffen, die den Iwans abgenommen wurden, interessieren niemanden. Die liegen beiseite geworfen. Sie werden nach Eßbarem durchsucht, und die Ausbeute ihrer Brotbeutel ist beträchtlich. Zwei Schmalztiegel, eine Menge Brot, schwarz, klitschig und schmierig wie Fensterkitt, und Machorka. Ein Infanterist wechselt seine zerrissenen Stiefel mit den Walinkis des einen Russen.

Im Keller wird geteilt und gegessen. Hineingepampft, was Platz hat. Keiner denkt daran, sich was aufzuheben. Der Verwundete wird fortgetragen. Er stöhnt, ist bei vollem Bewußtsein. Ein Loch in der Lunge, immer wieder Blutblasen aufsteigend und auf den Lippen zerplatzend, verdreht er die Augen nach den Fressalien und will auch davon haben. »Willst wohl verrecken, du dummes Luder?« Kunowski stopft ihm ein Freßpaket in die Tasche. Jetzt gibt er Ruhe.

Die Infanteristen sammeln sich im Hof wieder zum Abmarsch zu ihrer Kompanie.

»Was soll mit den Gefangenen geschehen, Herr Hauptmann?« fragt Kunowski. »Sollen wir sie umlegen oder in ein Gefangenenlager schicken? – Es kommt beides aufs selbe raus!«

»Möchten Sie umgelegt werden, wenn Sie in russische Gefangenschaft kämen, Kunowski?« – »Wenn's rasch und schmerzlos geht, warum nicht? – Tät nur lange Qualen abkürzen! Ich hab' genug gesehen, hier herum, Herr Hauptmann. Da werden nicht viel Gefangene gemacht! – Nur daß der Iwan selten eine Kugel spendiert. – Der haut jeden Gefangenen gleich mit dem Gewehrkolben kaputt.«

»Aber wir nicht! – Nicht, solange ich noch ein Wort zu reden habe, verstanden?« – »Jawohl, Herr Hauptmann!«

Plötzlich Granatwerferabschüsse. Die Infanteristen spritzen auseinander, rennen, Kunowski voran, zum Keller. Wisse wirft sich neben den Obergefreiten, der die Gefangenen bewacht, hin.

Die Gefangenen drücken sich zusammen, ziehen das Genick vor den Splittern, die pfeifend und zirpend die Luft durchsausen, ein.

Die Einschläge liegen hart neben dem Kellereingang.

Einen Infanteristen, der den Kellereingang nicht mehr erreicht, erwischt es. Zu Füßen des Obergefreiten stürzt er hin.

Der Obergefreite will dem Getroffenen den Kopf hochheben und faßt in eine warme quallige Masse. Vor Schreck und Ekel zieht er die Hand zurück, betrachtet sie. Blut und Fleisch an den Fingern.

»Tot, mein bester Kumpel! Volltreffer, mitten ins Gesicht!« Er wirft den Gefangenen einen haßerfüllten Blick zu.

In fünf Minuten ist der Zauber vorbei. Die Gefangenen starren, weiter geduckt und das Genick eingezogen, stumpf ergeben vor sich hin. Nur den Mongolen in der Mitte schüttelt es vor Angst wie einen nassen Hund, während er zusieht, wie der Gefallene an den Beinen über das Schuttgeröll in die hohle Hausruine geschleift wird.

Der Obergefreite, den Lauf der MPi auf die Gefangenen gerichtet, vor Wut und Haß, wie zum Sprung vorgeneigt, Todfeindschaft im Blick, hat den Finger am Abzug. – Wenn ich nur zehn Schritte von hier im Keller wäre, würde er sie umlegen, das weiß Wisse.

Der Obergefreite schaut den Hauptmann fordernd an. Wenn ich jetzt auch nur leiseste Zustimmung nicke, knallt er sie zusammen. Welcher Wahnsinn, diese ausgebrannten, zerbombten Ruinen wie unersättliche Moloche mit Menschenfleisch zu füttern.

Was überlegen Sie, Herr Hauptmann? fragt der Blick des Obergefreiten, und er bedeutet verächtlich: Scheißkerl.

Plötzlich brüllt es aus Wisse heraus. Empörung, daß es von den Wänden widerhallt. »Ich bin kein Gefangenenmörder! – Die können genausowenig dafür wie Sie, daß sie kämpfen müssen!« – Er nimmt dem Obergefreiten die MPi aus der Hand, die zur V.B.-Stelle gehört. »Scheren Sie sich zum Teufel und schämen Sie sich! – Iwan!« ruft er. »Ja, Herr Hauptmann!« Wisse deutet auf die Gefangenen, während das Feuer wieder auflebt.

»Sag den Gefangenen, sie sollen zu ihren Linien zurücklaufen und ihren Leuten sagen, daß sie das Feuer einstellen. Wir wollen die Gegend nach Verwundeten absuchen!«

Iwan sagt es ihnen. Sie fassen es nicht, zittern. Da schreit Wisse sie an. »Dawai, dawai, ubjeschitje bystro! Bystro!« – Da begreifen sie und rennen um ihr Leben, die Straßenmitte entlang.

Das MG gegenüber spritzt Leuchtspur. Sie werfen sich hin, springen wieder hoch, tauchen in der Nacht unter, kommen durch.

Eine halbe Stunde später kommt ein Obergefreiter, den Arm in der Schlinge. »Ich soll mich bei Ihnen melden, Herr Hauptmann!«

»Wer schickt Sie?« – »Der Iwan! – Sie suchen mit Sanitätern ihren Kampfbereich nach Verwundeten ab, haben mich aufgelesen, verbunden und mir zu essen gegeben!« – »Was haben Sie?« fragt Wisse.

»Schulterdurchschuß, Herr Hauptmann! Die Russen haben mir den Weg zu Ihnen gezeigt und mich losgeschickt. Der russische Major läßt sich bedanken, und ich soll ausrichten, daß bis 22 Uhr nicht geschossen wird, wenn auch wir nicht schießen!«

Schlechte Beispiele werden fast immer noch schlechtere zeitigen, gute manchmal doch das Bewußtsein der Menschlichkeit wachrufen.

Der Krieg ist das härteste Gewerbe, deshalb bedingt er die strengsten und ritterlichsten Regeln.

Mit Iwan, der die Leitung unterwegs flicken soll, und Krämer macht sich Wisse zurück auf den Weg zur Batterie. Sie begegnen Gruppen von Essenträgern, Meldern und Fernsprechtrupps.

Wisse ist erschüttert, als er ihnen ins Gesicht schaut. So viel Leid, Hunger, Entbehrungen und bedingungsloser Gehorsam ist darin. Kaum imstande, sich selbst fortzuschleppen, keuchen sie, die Nase fast auf dem Boden, unter der Last von Kabelrollen und Essen. Wenn Pferde nicht mehr weiterkönnen, bleiben sie stehen, fallen um, und keine Peitsche kann sie mehr auf- und weitertreiben. Der Mensch muß weiter. Seines Selbstbewußtseins, seiner Würde, seiner Vernunft beraubt, läßt er sich von blindem Gehorsam, schon halbtot vor Erschöpfung, immer wieder sich aufraffend, vorwärtspeitschen, auch wenn er keinen Sinn mehr darin sehen kann. Gelobter Gehorsam, der Männer erfordert! Verfluchter Gehorsam, der sie zu Knechten macht!

Auch Wisse spürt, wie seine Kräfte seit Weihnachten nachgelassen haben. Welche Anstrengung, auch des Willens, erfordert es, da die Schultern herabfallen und der Rücken sich vor Schwäche krümmt, sich gerade und vor den Leuten straff zu halten.

Der Wachhabende im B-Stand grüßt.

Auf der Höhe südlich, die aus der sanften baum- und strauchlosen Mulde aufsteigt, hebt sich, zusammengeschossen und zerfetzt, ein langgezogene Gebäude gegen den Nachthimmel ab. Es soll eine Ferm gewesen sein mit Hunderten Rindern, die hier weideten. Jetzt ist es eine Todesweide. Rinder würden hier nur Eisensplitter zu fressen finden.

Ein Flugzeug kreist über der Ferm, wirft einen Leuchtschirm, der wie eine riesige Qualle am Himmel steht, und ladet dann ab. Die Bomben sausen pfeifend herab und schlagen donnernd ein.

Oberleutnant Fuhrmann erwartet Wisse schon mit einiger Unruhe zurück. Er sitzt beim Tisch mit einem Buch. Im Bunker ist es warm eingeheizt, sauber aufgeräumt und gemütlich. Die schweren Klamotten abgeworfen, kann Wisse sich endlich anständig waschen und rasieren, sogar mit heißem Wasser, das Fuhrmann aufstellen ließ.

»Man fühlt sich gleich als ein anderer Mensch! – Jetzt noch was zu futtern, und schöner könnt ich mir's gar nicht vorstellen!«

Der Kampfanzug, den er zum Auftauen aufhängt, ist lehm- und dreckverkrustet, steif gefroren, ebenso die Mütze und die Fäustlinge.

»Eine Liste aller Dienstgrade habe ich Ihnen aufgestellt! – Bis zum Unteroffizier können Sie als Batteriechef jeden befördern. Für Beförderungen darüber hinaus ist der Regimentskommandeur zuständig! – Der Spieß hat schon alles vorbereitet! – Die Beförderungslisten gehen über die Divisionen an die Armee und werden von dort an das Heerespersonalamt gefunkt!«

»Soweit es in meinem Machtbereich liegt, habe ich vor, jeden zu befördern! – Oder haben Sie gegen jemanden Einwände?«

Fuhrmann hat einen Einwand auf der Zunge, stockt aber und hält sich zurück.

»Raus damit, bitte, wenn Sie gegen jemanden etwas zu sagen haben. Sie sind seit Kriegsanfang beim Haufen, Fuhrmann, und kennen jeden. – Ist einer drunter, der etwas Schwerwiegendes auf dem Kerbholz hat?«

»Schwerwiegendes, na ja... eigentlich nicht...!« – »Soweit es auf mich ankommt, soll sich keiner zurückgesetzt fühlen. Auch wenn er nicht immer der Ia-Soldat war. – Wer Stalingrad erleidet, büßt für alle seine Sünden zehnfach.« – Wisse ärgert sich, daß jemand in dieser Situation noch so kleinlich denken kann, wo sich die Soldaten einer Armee anschicken, die Schwelle in das Nichts zu überschreiten und Ehre und Moralbegriffe, das zweifellos hohe Ethos des deutschen Soldaten, von der verantwortlichen Führung, die Schande, Feigheit und Gewissensschacher vorlebt – geschändet und entwertet werden, so daß keiner mehr weiß, der sich nicht über Hitler und seine Spießgesellen hinaus an den ewigen Gott hält, was Recht und Unrecht ist.

»Und da soll ich diesen armen Hunden nicht wenigstens dieses kleine Pflaster auf den Weg mitgeben dürfen und ihren Angehörigen...« Wisse wollte sagen, Witwen und Waisen, unterdrückt es aber – »eine Gehaltsaufbesserung zukommen lassen?«

»Ich habe auch, Ihrem Wunsch entsprechend, jeden berücksichtigt und auf die Liste gesetzt. – Bis auf Unteroffizier Niemayer! – Major Goltz hat mich heute früh angerufen und mir zu verstehen gegeben, daß Niemayer nicht zum Wachtmeister befördert wird. – Er war sehr verärgert. – Ich meine deshalb, daß auch Sie, Herr Hauptmann...«

»Was denn?« – Wisse geht in Saft. »Wie ihr das hier haltet, ist mir egal! – Gut, ich bin neu hier! – Daß ich aber deswegen vor Major Goltz einen Kratzfuß mache, das kommt überhaupt nicht in Frage!

Was hat Niemayer ausgefressen?« fragt Wisse.

»Niemayer ist Zwölfender und hat während des Frankreichfeldzuges drei Tage Bau ausgefaßt, weil er einen jungen Leutnant der Abteilung in besoffenem Zustand mit ›feiges Schwein!‹ titulierte!«

»Hatte er Grund zu der Beschimpfung?«

»Es war 1940 bei Saarlautern. Der Leutnant sollte als V.B. bei einem sehr brenzligen Stoßtruppunternehmen mitmachen und meldete sich, nachdem er den Auftrag erhalten hatte, plötzlich krank. – Niemayer, damals schon Unteroffizier, mußte für ihn einspringen und wurde verwundet. Er konnte das dem Leutnant nicht vergessen. Während einer Batteriefeier, als schon alles stockbesoffen war, stänkerte er den Leutnant an und beschimpfte ihn!«

»Ich werde morgen mit Major Goltz über Niemayer ein Wörtchen reden!«

Fuhrmann knistert in seiner Hosentasche an einem Stück Papier herum, zieht es zögernd aus der Tasche und streicht es mit dem Handrücken, da es ziemlich zerknittert ist, auf der Tischplatte glatt.

»Das hat der Iwan heute über uns abgeworfen!«

Wisse nimmt es und liest.

An die Stalingrad-Armee!

Ultimatum

An den Befehlshaber der 6. deutschen Armee, Generaloberst Paulus oder dessen Stellvertreter, und an den gesamten Offiziers- und Mannschaftsbestand der eingekesselten deutschen Truppen von Stalingrad!

Die deutsche 6. Armee, die Verbände der 4. Panzerarmee und die ihnen zwecks Verstärkung zugeteilten Truppeneinheiten sind seit dem 23. November 1942 vollständig eingeschlossen.

Die Truppen der Roten Armee haben diese deutsche Heeresgruppe in einen festen Ring eingeschlossen. Alle Hoffnungen auf Rettung Ihrer Truppen durch eine Offensive des deutschen Heeres vom Süden und Südwesten her haben sich nicht erfüllt: die Ihnen zur Hilfe eilenden deutschen Truppen wurden von der Roten Armee geschlagen, und die Reste dieser Truppen weichen nach Rostow zurück.

Die deutsche Transport-Luftflotte, die Ihnen eine Hungerration an Lebensmitteln, Munition und Treibstoff zustellt, ist durch den erfolgreichen und raschen Vormarsch der Roten Armee gezwungen worden, oft die Flugplätze zu wechseln und aus großer Entfernung den Bereich der eingekesselten Truppen anzufliegen. Hinzu kommt noch, daß die deutsche Transport-Luftflotte durch die russische Luftflotte Riesenverluste an Flugzeugen und Besatzungen erleidet, ihre Hilfe für die eingekesselte Truppe wird irreal.

Die Lage Ihrer eingekesselten Truppen ist schwer. Sie leiden unter Hunger, Krankheiten und Kälte. Der grimmige russische Winter hat kaum erst begonnen. Starke Fröste, kalte Winde und Schneestürme stehen noch bevor. Ihre Soldaten aber sind nicht mit Winterbekleidung versorgt und befinden sich in schweren sanitätswidrigen Verhältnissen.

Sie als Befehlshaber und alle Offiziere der eingekesselten Truppen verstehen ausgezeichnet, daß Sie über keine realen Möglichkeiten verfügen, den Einschließungsring zu durchbrechen. Ihre Lage ist hoffnungslos und weiterer Widerstand sinnlos!

In den Verhältnissen einer aussichtslosen Lage, wie sie sich für Sie herausgebildet hat, schlagen wir Ihnen zur Vermeidung unnötigen Blutvergießens vor, folgende Kapitulationsbedingungen anzunehmen:

1. Alle eingekesselten deutschen Truppen, mit Ihnen und Ihrem Stab an der Spitze, stellen den Widerstand ein.

2. Sie übergeben organisiert unserer Verfügungsgewalt sämtliche Wehrmachtsangehörige, die Waffen, die gesamte Kampfausrüstung und das ganze Heeresgut in unbeschädigtem Zustand.

Wir garantieren allen Offizieren und Soldaten, die den Widerstand aufgeben, Leben und Sicherheit und nach Beendigung des Krieges Rückkehr nach Deutschland oder in ein beliebiges Land, wohin die Kriegsgefangenen zu fahren wünschen.

Allen Wehrmachtsangehörigen der sich ergebenden Truppen werden Militäruniform, Rangabzeichen und Orden, persönliches Eigentum und Wertsachen, dem höheren Offizierkorps auch die Degen belassen.

Allen sich ergebenden Offizieren, Unteroffizieren und Soldaten wird sofort normale Verpflegung sichergestellt.

Allen Verwundeten, Kranken und Frontgeschädigten wird ärztliche Hilfe erwiesen werden.

Es wird erwartet, daß Ihre Antwort am 9. Januar 1943 um 10.00 Uhr Moskauer Zeit in schriftlicher Form übergeben wird – durch einen von Ihnen persönlich ernannten Vertreter, der in einem Personenkraftwagen mit weißer Flagge auf der Straße nach der Ausweichstelle Konny, Station Kotlubanj, zu fahren hat. Ihr Vertreter wird von russischen bevollmächtigten Kommandeuren im Bezirk B 0,5 Kilometer südöstlich der Ausweichstelle 546, am 9. Januar 1943 um 10.00 Uhr empfangen werden.

Sollten Sie unseren Vorschlag, die Waffen zu strecken, ablehnen, machen wir Sie darauf aufmerksam, daß die Truppen der Roten Armee und der Roten Luftflotte gezwungen sein werden, zur Vernichtung der eingekesselten deutschen Truppen zu schreiten, für ihre Vernichtung aber werden Sie die Verantwortung tragen.

Der Vertreter des Hauptquartiers des Oberkommandos der Roten Armee
Generaloberst der Artillerie
Woronow

Der Oberbefehlshaber der Truppen der Donfront
Generalleutnant
Rokossowski

Der Hauptmann reicht den Zettel an Fuhrmann zurück.

»Es ist soweit! – Für die Masse der Eingeschlossenen ist das nun die einzige und letzte Chance, das Leben zu retten! – Ich zweifle zwar selbst daran, ob von den

Versprechungen der Sowjets viel zu halten ist, aber die Landser müssen sich auch daran klammern!«

Wisse schaut Fuhrmann an. »Ich glaube, eine verantwortliche Armeeführung müßte, den Zustand der Leute vor Augen, sofort darauf eingehen!«

»Aus russischer Gefangenschaft kommt keiner heim!« stellt Fuhrmann fest. »Wir können nur auf Entsatz hoffen... oder... eben!« – Er legt die Hand mit der Geste des Erschießens an die Stirn.

»Paulus muß Schluß machen, auch gegen den Führer!«

»So, meinen Sie?« – Fuhrmann lächelt spöttisch. »Er hat schon entsprechend reagiert!« – Der Oberleutnant nimmt aus einer Mappe ein Blatt Papier. »Von der Armee an alle Dienststellen. Vor einer Stunde hat es Goltz an die Batterien durchgegeben!« – und Fuhrmann liest vor.

»...der Feind versucht durch Propaganda, die Moral der Truppe zu untergraben, um damit zu erreichen, was ihm im Kampf nicht gelungen ist. Es wird erwartet, daß der deutsche Soldat diesen Propagandalügen gegenüber standhaft bleibt. Der Truppe ist es verboten, Verbindung mit dem Feind aufzunehmen. Russische Parlamentäre sind in Zukunft durch Feuer abzuweisen! gez. Paulus.

Was sagen Sie nun, Herr Hauptmann?« – Fuhrmann winkt ab. »Sagen Sie lieber noch nichts, denn es geht noch weiter! – Eine Anweisung an alle Truppenführer, schon gestern durchgekommen!

Die Truppenführer werden angewiesen, mit unnachsichtiger Schärfe gegen Deserteure und Plünderer vorzugehen. Wer sich durch die feindliche Propaganda mißbrauchen läßt und vom Feind wieder zurückgeschickt wird, ist sofort festzunehmen und unverzüglich den Schnellgerichten zu überstellen. Plünderer von Verpflegungsbomben und Befehlsverweigerer sind auf der Stelle zu erschießen!«

»Das hab' ich schon mal gehört. Ist schon eine abgespielte Platte!«

»Die auch?« – fragt Fuhrmann. »Frei nach Paulus, verfaßt von irgend so einem Heini der Division.

Der deutsche Soldat geht nicht in russische Gefangenschaft. – Der deutsche Offizier in Stalingrad hat den Tod der Gefangennahme vorzuziehen! – Ich erwarte von allen meinen Offizieren diese Haltung und Ausführung dieses letzten Befehls! – Dieser Befehl gilt auch für Unteroffiziere und Mannschaften. Es ist ihnen von ihren Einheitsführern klarzumachen, daß ein ehrenvoller Tod für Volk, Führer und Vaterland einer schmachvollen Gefangenschaft durch die Bolschewiken vorzuziehen ist. – Es ist den Unteroffizieren und Mannschaften vor Augen zu führen, daß auch die russische Gefangenschaft Sterben bedeutet, nur auf unausdenkbar qualvolle Art und Weise! In Erfüllung ihrer höchsten Aufgabe haben die Offiziere, wenn die Forderung dazu an sie herantritt, ihren Soldaten vorzusterben!«

»Ich bin, das kann ich sagen, meinen Soldaten immer vorangegangen, auch wenn mir dabei nicht immer wohl war. Als Offizier habe ich dieses Berufsrisiko einkalkuliert! Wenn diese Forderung vorzusterben für das Vaterland eine notwendige oder als letzte ehrenhafte Konsequenz, eine hohe sittliche wäre, ich würde nicht zögern! Ich empfinde sie als unsittlich und nur erhoben, um alle

Zeugen eines abscheulichen Verbrechens, das an uns begangen wird und das durch keine militärische Notwendigkeit bemäntelt werden kann, zum Schweigen zu bringen.

Ich glaube es gern, daß wir ihnen unbequem geworden sind, den Herren. Wir sollen sterben, damit sie leben und ihre Verbrechen weiterbegehen können, um Deutschland in den tiefsten Abgrund zu stürzen!« Wisse ist erregt. »Tote reden nicht mehr, spekulieren sie! – Nicht einmal an der Leiche Paulus', wenn er den Mut dazu fände, seinen Befehl auch selbst durchzuführen und uns vorzusterben, würde ich seinem Beispiel folgen.

Er entzöge sich durch Selbstmord nur der Rechtfertigung. Ich will leben, heimkehren und aussagen, was in Stalingrad geschehen ist!«

Fuhrmann findet es an der Zeit, Wisse, der immer mehr in Hitze gerät, abzulenken.

»Wer soll Sie denn morgen begleiten? – Es ist ein neuer Befehl, daß niemand mehr allein den Batteriebereich zu verlassen hat!«

»Ich nehme Krämer mit!«

»Und dieser Selbstmordbefehl?«

»Fuhrmann, würden Sie den Leuten sagen, sie sollen sich erschießen?« – Fuhrmann schüttelt den Kopf.

»Na also!« Wisse nimmt den Wisch und macht die Ofentür auf.

»Ich hätte gerade so schön Bauchweh!« – »Dann, da haben Sie!«

Fuhrmann kommt recht betrübt zurück. »Jetzt habe auch ich die Hoffnung auf unsere Befreiung endgültig aufgegeben! – Ich komme aus Stalingrad nicht mehr heraus!«

»Sind Sie eben jetzt am Örtchen zu dieser Erkenntnis gekommen?« Fuhrmann nickt. »Man kann dabei so ungestört über alles nachdenken! So gern wäre ich zu meiner Mutter nach Nürnberg zurückgekehrt. Ich bin ihr noch als einziges Kind geblieben...!«

Wisse legt sich auf die Pritsche und starrt auf die Balken der Bunkerdecke über seiner Nase.

Fuhrmann hockt am Tisch, den Kopf in die Hände gestützt, wie ein mächtiger Turm, der eingestürzt ist.

Der schreibt sich jetzt schon selber ab. Wisse möchte ihn auf andere Gedanken bringen und beginnt zu singen.

»So singen Sie doch mit, Fuhrmann! – Sie können's bestimmt besser als ich! Wozu haben Sie denn Gesang studiert? – Ich hatte bisher nicht das Vergnügen, Sie zu hören!«

Und Fuhrmann beginnt zu summen, zuerst verhalten, und von Tisch aufstehend und den riesigen Brustkasten vorwölbend, erfüllt er auf einmal mit seinem mächtigen, dunklen volltönenden Bariton den Bunker, daß der Raum bebt. Gesang eines mächtigen Baumes im Sturm, der noch aufrecht steht, und sein brausender Gesang sprengt die Enge des Bunkers und drängt darüber hinaus über die Gräben und Stellungen, weithin hallend und vom Winde getragen und verweht in die eiskalte Januarnacht, an der Wolge, auf Höhe 104.

Wir sind durch Rußlands Steppen einst gezogen,
zum Schwarzen Meer ging unser Zug –
Wir sahen über Kiews Türme
bis weit ins Russenland hinein,
Oh, daß uns doch das Glück der Heimkehr wäre!
O deutsches Land, du schönstes dort auf Erden –
wir lieben dich, wir schirmen dich –
wir grüßen dich aus tiefstem Herzensgrunde.
Wir schlugen uns zum Dnjeprbogen,
vom Dongebiet zum Wolgastrom.
Oh, daß uns doch das Glück der Heimkehr wäre!

Der Posten hat leise einen Spalt der Bunkertür geöffnet, und davor stehen die Männer und lauschen ergriffen, und in den Gräben hocken sie, und vielen kommen die Tränen.

»Was ist das bloß für ein Lied?« – fragt der Posten, und einer weiß es: »Die Melodie des Chors der Gefangenen aus Fidelio – von Beethoven!«

»Von Beethoven – ach so, darum! Wo aber ist Beethoven?«

»Hier mit uns, in die Freiheit! – Hörst du ihn nicht?« – Der Posten wischt sich über die Augen. »Ich höre ihn!«

Am nächsten Tag ist das Thermometer wieder unter 30 Grad gefallen. Durch eisige Nebel, die über der Wolga aufsteigen, starrt ein rotgefrorener Sonnenball.

Wisse hat auf den winddichten Kampfanzug und die warmen Stiefel verzichtet. Er ist nur im Uniformmantel, hat das Koppel und die Stiefel mit dem letzten Rest Schuhcreme blank geputzt. Goltz soll einen guten Eindruck haben und nicht verärgert sein. Er hat es sich überlegt. Er möchte nicht auf den Tisch hauen, sondern für Niemayer um dessen Beförderung bitten!

Gorodischtsche liegt durch einen querlaufenden Höhenzug halbversteckt; mit Häusern wie aus einer Spielzeugschachtel und einen Hügel überragend, grüßt der Kirchturm von Orlowka herüber.

Sogar in Stalingrad kann die Welt noch schön sein.

Jetzt müßten die Glocken in den Wintermorgen läuten. Sie sind in die Kanonen gegossen, und ihr Ton ist das Heulen und Donnern des Jüngsten Gerichtes. Sie feuern Granaten, speien Flammen und Tod und zerstören Babylon wieder und wieder, sooft es den Himmel verbaut, bis der Mensch, wenn alles vermessene Blendwerk in Trümmer gesunken, wieder den Blick zum Himmel frei hat!

Daß der Hauptmann in tadellosem Anzug erscheint und sich zackig meldet, nimmt Goltz befriedigt als Auswirkung seines Einflusses zur Kenntnis. Aber gleich hat er wieder ein trübes Gesicht, das noch blasser ist als das letzte Mal, und er ist unruhig und nervös, wie jemand, der aus seiner Haut fahren will und es nicht kann.

O weh! – denkt Wisse. – Der Major hat schlecht geträumt, ist mit dem linken Fuß aufgestanden oder hat so wie ich nur lauwarmes Zuckerwasser gefrühstückt.

»Gestatten, Herr Major, daß ich wegen der Beförderung vorspreche. Ich möchte sie heute im Rahmen einer kleinen Feier bekanntgeben!«

»Und wen haben Sie zur Beförderung vorgesehen?« fragt Goltz, im Ton schon Attacke.

»Alle, Herr Major!« erwidert Wisse, leicht gereizt.

»Haben Sie auch ernsthaft geprüft, ob alle einer Beförderung würdig sind, Herr Wisse?«

»Ich habe es getan, obwohl ich es nicht für notwendig erachte!« – Der Major zieht erstaunt die Augenbrauen hoch.

»Herr Major, wer Stalingrad durchleidet, ist a priori wert, befördert zu werden!«

»Das finden Sie?«

»Jawohl, Herr Major! – Es muß einer schon viel ausgefressen haben, daß ihm in Stalingrad nicht Absolution dafür erteilt werden kann!«

»Von Ihnen, Herr Wisse?« – Der Major scheint an dem Disput Gefallen zu finden, um seine überschüssige Galle loszuwerden. – Du hast dir vorgenommen, ihn nicht zu ärgern, erinnert sich Wisse.

»Herr Major, es ist niemand in meiner Batterie, gegen dessen Beförderung Bedenken vorliegen. Ich bitte Herrn Major, deshalb auch Unteroffizier Niemayer zur Beförderung zum Wachtmeister vorzuschlagen! – Er ist ein vorbildlicher und tapferer Soldat, was Ihnen auch Herr Oberleutnant Fuhrmann bestätigen kann!«

»Hat Sie Oberleutnant Fuhrmann von meinem Anruf nicht unterrichtet?«

»Jawohl, Herr Major!«

»Somit ist Ihnen bekannt, daß Niemayer drei Tage Bau gehabt hat und deshalb für eine vorzeitige Beförderung nicht in Frage kommt!?«

»Ich bitte Herrn Major, zu berücksichtigen, daß Niemayer aktiver Soldat ist. Er ist verheiratet und Vater zweier Kinder. Schon aus rein finanziellen Gründen wäre deshalb eine Beförderung zu erwägen.«

Der Major hat seiner Ansicht nach schon zu lange und zu geduldig zugehört. Gereizt antwortet er: »Ich habe Ihnen meinen Standpunkt bekanntgegeben und weiche davon nicht ab!« – und damit erhebt er sich.

Dieser Mann kann doch nicht so kalt und unzugänglich sein. Er muß doch eine menschliche Seite haben, an der er zu packen ist. Es kann doch nicht allein der Dienstweg die einzige Verbindung zu seinen Leuten sein, und so versucht es Wisse nochmals mit Charme, mit dem es ihm schon öfters gelang, jemand umzustimmen!

»Herr Major!« bittet Wisse.

»Ja, was liegt noch vor?«

»Schauen S', Herr Major. Sie wissen doch genau wie wir alle, was uns hier in Stalingrad erwartet. Wenn uns die Möglichkeit gegeben ist, einem armen Teufel noch eine Freude zu machen, sollen wir sie auch nützen und verzeihen und vergessen. Morgen schon kann er tot sein, und er bemüht sich so! Vielleicht überlebt keiner von uns Stalingrad. Sogar die Führung rechnet damit – und erlaubt Ausnahmen für Fälle wie Niemayer. Ich glaube, jeder Vorgesetzte würde ...!«

»Ich nicht!« faucht Goltz.

»Und warum nicht, Herr Major?« – bittet Wisse noch immer. Der Major sieht Wisse starr an und schweigt.

»Ich habe Schwein, daß ich mit zweiundzwanzig Jahren schon Hauptmann bin – und Sie sind doch sicher auch froh und stolz darauf, daß Sie mit siebenundzwanzig schon Major und Abteilungskommandeur sind?«

»Waaas?« schreit Goltz so schrill, als ob er aus Glas wäre und zerspringen würde. Eine Sekunde lang ist das Gesicht des Majors totenblasse, starre Maske. Man weiß nicht, wird er hysterisch losheulen oder einen Schreikrampf kriegen. Schließlich ringt er nach Luft und einer zerschmetternden Entgegnung. Er zittert am ganzen Leib, und seine Lippen beben. »Ich verbitte mir diese Anpöbelei!« bringt er nur heraus.

Wisse schaut mitleidig lächelnd auf ihn herunter. – Du Arschgeige, sagt sein Blick unmißverständlich. Dann fixiert er Goltz, und seine Mütze aufsetzend und diesmal lässig einen Gruß andeutend, macht er kehrt und geht aus dem Bunker.

Als Wisse nachmittag die Leute in der Feuerstellung versammelt, findet er für jeden ein gutes und aufmunterndes Wort, und zu allen spricht er:

»Kameraden, wenn wir hier in Stalingrad auch alles verlieren sollten, so ist auch viel unnützer Kram dabei. Es gibt Ewiges, Unverlierbares – halten wir uns daran. Es wird uns Kraft geben, weil es immer da ist. Wenn in Stalingrad alles von uns abfällt, was wir an uns haben, so sind es auch die Ketten, die jeder von uns mitschleppt und die uns auf irgendeine Weise daran hindern – so zu fühlen, zu denken und zu handeln, daß wir wieder wir selbst sind. Seid wieder Menschen und ihr werdet auch auf der anderen Seite Menschen begegnen. Wie ihr handelt, so wird an euch gehandelt werden.

Die von Haß befallen sind, sind schlimmer dran als tollwütige Hunde. Sie rennen einander blind über den Haufen, treten einander zu Boden, zerstören und werden zerstört.

Und vor allem gebt nie auf. – Sucht den Tod nicht. – Er kommt von selbst. Solange noch einer einen Hauch Leben in sich spürt, soll er sich daran klammern.

Wir haben eine große Hoffnung, daß aus den Trümmern von Stalingrad wieder der Mensch aufersteht und sich erhebt. Die dafür kämpfen und leiden, sind die Sieger.

Die es überleben und die Früchte dieses Sieges ernten, haben die Pflicht, die Freiheit und Menschlichkeit, für die ihre Kameraden gefallen sind, lebenslang zu behüten, damit es nicht so bald wieder zu einem Stalingrad kommt!

Ist eigentlich alles, was ich zu sagen habe.«

Alle sind befördert worden, außer Niemayer. Das dämpft die kleine Freude, die noch einmal aufgekommen ist, und erregt gerechte Entrüstung.

Er hockt abseits auf einer Munikiste, den Kopf in die Hände gestützt.

»Niemayer!« ruft der Hauptmann, absichtlich ohne Nennung des Dienstgrades. Niemayer rührt sich nicht.

»Niemand hätte so sehr eine Beförderung verdient wie unser Kamerad Niemayer!« – sagt Wisse laut und geht zu ihm hin. Als er dem Unteroffizier die Hand auf die Schulter legt, weint dieser haltlos schluchzend wie ein Kind. »Es ist nicht wegen dem Wachtmeister, auf den, mit Respekt gesagt, scheiß' ich jetzt, Herr Hauptmann. – Es ist nur, bin ich denn so ein schlechter Kerl?

Wie ein räudiger Hund, dem man dafür, daß er treu und brav war, zur Belohnung einen Tritt gibt? – Genauso komm ich mir vor, Herr Hauptmann!«

Mit Krämer und einem der Fernsprecher, der zur B-Stelle muß, geht Wisse über die von Westen sanft ansteigende Höhe 104 zurück.

Weithin sichtbar ragen die Ruinen der weißen Häuser. 200 Meter rechts davon ist die B-Stelle. Schon den ganzen Tag über ist ununterbrochenes Grollen von der Nord- und Westfront zu hören.

»Sind wir froh, daß es wenigstens bei uns noch ruhig ist!« meint der Fernsprecher. »Verschreien Sie's nur nicht!« – Kaum, daß Wisse es gesagt hat, orgelt es heran. In 300 bis 400 Meter Entfernung vor ihnen auf dem Gegenhang steigt ein gewaltiger, schwarzer Erd- und Rauchpilz hoch. – Die Splitter surren über den Granattrichter hin, in dem Wisse und Krämer mit dem Fernsprecher in Deckung gegangen sind. »Schwere Koffer!« – stellt Krämer fest. Der nächste Einschlag liegt im Einschnitt zwischen den beiden Höhen. Die nachfolgenden liegen immer dichter, rings um die B-Stelle.

»Die schießen sich jetzt auf unsere Bunker ein! – Hinüber kommen wir jetzt nicht, also warten wir, bis der Feuerzauber vorbei ist!« – befiehlt Wisse.

Der Fernsprecher kriecht aus dem Trichter, zu dem knapp daran vorbeiführenden Kabel, und hängt seinen Apparat zur Leitungsprobe an. »Nichts. – Schon wieder kaputt!«

Nach mehreren Lagen hat der Russe sich eingeschossen. Mitten in die Gräben und Bunker donnern die Einschläge, und die ganze B-Stelle fliegt in die Luft.

Wisse sieht durch das Doppelglas die furchtbare Verwüstung, wie Balken und Erde hochgeschleudert werden. »Hoffentlich passiert unseren Leuten nichts!« – Das ist ein frommer Wunsch. – Die Ewigkeit einer Stunde lang trommelt der Russe auf die Höhen. Noch zwei verspätete Einschläge, und dann ist Ruhe, als ob alles gestorben sei. Auf der Höhe ist kein Schnee mehr. Er ist unter die Erde geackert.

Der Hang ist wie eine Mondlandschaft von Kratern zerrissen.

Von der Stellung ist nichts mehr da. Die mannshohen Gräben sind eingeebnet. Vor den Stellungen ein Trümmerfeld. Aus den zugeschütteten Gräben ragen abgesplitterte Holzpfosten. Es herrscht Stille wie auf einem Friedhof.

Wisse steht vor seinem Bunker. Die Abstützbalken sind in der Mitte abgeknickt, die Bunkerdecke ist durchschlagen und eingebrochen, der Eingang halb verschüttet, die Tür ausgerissen und weggeflogen. Glasscherben liegen auf dem Boden.

Wisse ruft in Verzweiflung und Angst um seine Kameraden. »Fuhrmann, Fuhrmann! – Leben Sie noch?« – Keine Antwort. Er rennt durch das aufgewühlte Gelände, schreit alle Namen, die ihm einfallen. Krämer und der Fernsprecher brüllen mit. Sie klettern, stürzen, springen, verhängen sich im Stacheldraht, zerren Balken beiseite, graben mit den Händen. Der eine Unterkunftsbunker ist nur mehr ein riesiges Kraterloch, in dem Teile der Einrichtung und Ausrüstungen, Mäntel, Rucksäcke, Karabiner herumliegen.

Sie arbeiten sich zum B-Stand vor.

Erdverkrustet, teilweise den Stoff des Ärmels und das Fleisch herausgefetzt, den blanken Knochen durch den Ellbogen gestoßen, ragt eine Hand aus der

Verschüttung. Es ist nicht viel Erde auf dem Körper. Ein Stöhnen. Mit den Händen graben sie ihn frei. Es ist Kanonier Lachmann. Seit Mittag Gefreiter. Er lebt. Krämer rennt um die Sanitäter. Lachmann kommt zu Bewußtsein. »Wo sind die anderen?« fragt Wisse. »Im Fernsprechbunker!« – Lachmann spricht klar, scheint keine Schmerzen zu spüren. Er schaut auf seinen Arm, den Wisse mit seinem Wollschal umwunden hat. – »Der ist ja nun wohl kaputt?« – »Das muß nicht sein!« – tröstet ihn Wisse.

»Hoffentlich ist er kaputt!« – Lachmann, schwerverwundet, lächelt Wisse verschmitzt an. »Mit einem kaputten Arm, da werde ich doch ausgeflogen, Herr Hauptmann?« – »Ich hoffe es, mein Junge!« – »Raus aus Stalingrad, und dafür nur einen Arm hergeben müssen, wäre das nicht billig, Herr Hauptmann?« – Wisse nickt. »Fast geschenkt, mein Junge!« – Plötzlich will sich Lachmann erregt ausgerechnet auf den zerfetzten Arm hochstützen.

»Westermann – dort drüben, er war mit mir im B-Stand. Ihr müßt Westermann helfen!« – »Bleiben Sie bei ihm!« – befiehlt der Hauptmann dem Fernsprecher und sucht Westermann. Unteroffizier Westermann, seit Mittag Wachtmeister, das ist nur mehr ein Name, eine Erinnerung – ein Volltreffer. Auch nicht die Spur der Form eines menschlichen Leibes ist mehr erkennbar. Vor kaum mehr als zwei Stunden, da lebte er noch und reckte und freute sich, war ein Mensch mit ganz bestimmtem Aussehen. Ein junger hübscher Kerl, und nun, dieser Schnee und Blutmatsch...? – Es ist grauenvoll.

Im Fernsprechbunker, der verschont blieb, dessen Tür wohl verschüttet, aber nicht einmal eingedrückt ist, hocken – mit Gesichtern, deren Erstarrung sich langsam löst – die restlichen 6 Mann der B-Stelle eng beisammen. Alle sind unverletzt.

»Wo ist Oberleutnant Fuhrmann?« – »Beim Chef der 3. Batterie!« Er kommt im dämmernden Abend, aufrecht die zerwühlte Höhe hinanschreitend, wohlbehalten zurück.

Es wäre einiges festzustellen.

»Haben Sie den Ofen so stark brennen gehabt, daß sich die Russen nach der Rauchsäule einschießen konnten?« – »Ich habe das Feuer nach dem ersten Einschlag sofort mit Schnee erstickt! – Beim zweiten erkannte ich, die Iwans gabeln sich auf meinen Bunker ein!« – Also doch die Rauchsäule, denkt Wisse. »Der erste weit, der zweite kurz, der dritte Einschlag lag schon vor der Eingangstür und warf mir den Dreck durchs Fenster. Ich wartete nur mehr den nächsten ab, der wieder zu kurz lag, und dann nichts wie raus. Die Bunkerwand zitterte schon wie Pudding. Ich habe die Leute gesammelt und bin mit ihnen in die Nachrichtenbunker. Westermann und Lachmann waren auf Posten im B-Stand. Haben Volltreffer abgekriegt, hab' es selbst gesehen! Was ich von den beiden noch gefunden habe...?«

»Das war Westermann! – Lachmann haben wir ausgebuddelt, der lebt und ist unterwegs ins Lazarett!«

Fuhrmann ist erleichtert. Er sieht Wisse an, und in seinem Blick ist die Frage: Ist es meine Schuld, das mit dem Ofen? – »Ich bin froh, daß Sie leben und Ihnen nichts geschehen ist«, sagte Wisse.

»Drüben bei der dritten hat's stärker eingehauen!« berichtet Fuhrmann. »Die haben drei Tote und eine Menge Verletzte!«

Die Leitungsflicker müssen hinaus. Wisse läßt sofort auf Funkverkehr gehen. Das Gerät ist zum Glück unbeschädigt und intakt.

»Wir müssen die Gräben sofort wieder verteidigungsreif machen, denn es ist damit zu rechnen, daß die Russen aus der Stadt heraus angreifen!«

Ausgemergelt, zuwenig Kraft, sich selbst gerade auf den Beinen zu halten, müssen sie schwer schuften, um die Gräben wenigstens teilweise instand zu setzen, und es muß rasch geschehen, ehe die Erde betonhart friert. Die Gefahr, daß der Russe kommt, peitscht ihre letzten Kräfte auf.

Der Hauptmann und Krämer räumen Erde und Balken vom Beobachtungsstand. In ein Loch schaufeln sie den Blut- und Fleischschlamm Westermanns.

Einige Male werfen sie sich, in kalten Schweiß gebadet, mit keuchenden Lungen, zusammensackend, der Länge nach hin und bleiben apathisch liegen, bis sie abwechselnd einander wieder hochtreiben.

Wisse schickt Fuhrmann und einen Fernsprecher in die Feuerstellung zum Schlafen. »Schicken Sie mir acht Mann für die B-Stelle zum Postenschieben. Sie sollen wenigstens noch ein MG und Handgranaten mitbringen! – Ich bleibe mit Krämer hier!«

Um Mitternacht, als die Leitung wieder intakt ist, ruft Kunowski an.

»Gott sei Dank, daß ihr euch noch meldet! – Hab's gehört, wie es bei euch gerumpst hat! – So – Westermann hat's erwischt?« Kunowski unterdrückt seine Bewegung. »Macht sich's leicht, der Junge, haut einfach ab und läßt mich hier sitzen! – Hier hat's auch ganz schön reingehauen. Die Infanterie hat allerhand Verluste! – Und ein Splitterregen! Mein neuer Regenschirm ist total zerrissen! – Für den Oberwachtmeister bedanke ich mich schönstens, Herr Hauptmann. Wird dem Iwan mächtig imponieren! – Seit ein paar Stunden ist's bei mir hier wieder ganz ruhig. Zu ruhig. – Die arrangieren was! – Bin neugierig, womit die uns morgen früh überraschen. – Ich hau mich noch ein paar Stunden aufs Ohr, denn zum Frühstück können wir uns auf allerhand gefaßt machen!«

Um 6 Uhr früh meldet Kunowski schweres Artillerie- und Granatwerferfeuer auf dem gesamten Kampfabschnitt in der Stadt und darauf folgend starke Angriffe russischer Infanterie mit Panzerunterstützung.

Die Fernsprechverbindung mit Kunowski reißt ab. Auch im Funkverkehr ist der V.B. nicht erreichbar. Doch das kommt öfters vor.

Bis zu Mittag Kampflärm aus den Straßen. Schießen bald da, bald dort, aus Karabinern, MPis und MGs. Vereinzelt schießen Panzer. Heftig aufflackerndes Granatwerferfeuer. Es muß Straße um Straße und Haus um Haus, um jeden Trümmerhaufen erbitterte Kämpfe geben.

Der Russe muß die Deutschen zurückdrängen, denn die Schüsse liegen deutlich näher, peitschen schon durch die Häuser und Straßen, die von der B-Stelle aus eingesehen werden.

Der Chef der 3. Batterie ruft den Hauptmann an. »Wissen Sie zufällig, was los ist? – Habe seit heute früh keine Verbindung nach vorn! Scheint sich eine größere Schweinerei anzubahnen?«

Es kommt durch, daß auf der Höhe Alarmbereitschaft zu geben ist.

Oberst Hutte ruft an. »Habe vom Infanterieregiment erfahren, daß den Russen, ungefähr in Richtung Höhe 104, ein Einbruch in einer Breite von 400 Metern gelang! Was von unserer Infanterie an der Einbruchstelle noch übrig ist, ist nicht bekannt. Also, auf der Hut sein! – Bei Eintritt der Dunkelheit wird zum Gegenstoß angetreten! – An allen Fronten des Kessels ist der Russe mit stärksten Kräften im Angriff. – Nun kommen auch wir dran!« Der Oberst scheint sehr niedergeschlagen zu sein.

Etwas später kommt über die Abteilung durch: Ein deutscher Gegenangriff zum Ausbügeln des russischen Einbruchs ist im feindlichen Feuer liegengeblieben. Da die vorhandenen Kräfte zur Wiedergewinnung der früheren Verteidigungslinie nicht ausreichen, wird die H.K.L. im verbauten Gebiet rings um die Einbruchsstelle zurückgenommen und dadurch begradigt.

In dieser neugebildeten Linie ist die Infanterie durch Kampfgruppen zu verstärken! Diese Kampfgruppen sind durch nochmaliges Auskämmen der Versorgungseinheiten und rückwärtigen Dienste der Batterien zu bilden!

»Nochmalig ist gut!« meint Fuhrmann. Der neugewonnene Frontverlauf, dessen Linie noch genau festgesetzt wird, ist ein endgültiger – und unter allen Umständen zu halten! Eine weitere Zurücknahme ist ausgeschlossen!

Es wird auf den Armeebefehl hingewiesen, daß kein deutscher Soldat die Waffen strecken oder die Kapitulation anbieten darf. Jeder Quadratmeter Boden, der aufgegeben wird, bedeutet eine tödliche Gefahr für die Gesamtverteidigung des Festungsbereiches.

Der Führer und das deutsche Volk erwarten, daß jeder Soldat in Stalingrad seine Pflicht bis zum letzten erfüllt!

»Bei 100 Gramm Brot und einer Roßfleischsuppe! – Die Armlöcher!« – »Krämer!« mahnt Wisse. »Jawohl, Herr Hauptmann! – Es ist so schön, General zu sein ...!« – »Auch nicht mehr!«

»Immerhin, ich würde tauschen. – Es kommt nur mehr drauf an, wer noch was zu fressen hat. Und hungern tun die nicht!«

Bei unter 30 Grad Kälte ist nicht daran zu denken, die verschütteten Bunker auszugraben und wieder herzustellen, denn die Erde ist beinhart gefroren. So drängen sich Wisse, Krämer, Iwan und die sechs Mann der B-Stelle im Nachrichtenbunker zusammen. Sie stehen einander im Wege, und der Dienstbetrieb des Hauptmanns spielt sich vor ihren Augen ab. Sie hören jedes Gespräch, das er führt, mit.

»Kunowski, der ist mit Gerhard und Willi, das sind die beiden Fernsprecher, hops gegangen, denn der V.B.-Unterstand liegt in der Einbruchsstelle!« – meint der Funker, da mit dem V.B. keine Verbindung mehr zu kriegen ist.

Iwan, der mit den Essenträgern unterwegs war, kommt zurück und meldet, daß sie nicht durchgekommen sind. Alles von den Russen besetzt. Kunowski und seine Leute, wenn sie sich noch halten, sind abgeschnitten.

Das Donnern der Geschütze von der Nord- und Westfront, stundenlang ohne Unterbrechung anhaltend, ist weit näher zu hören als am Vortage.

Es müssen Hunderte Geschütze sein, aus denen der Russe die deutschen Stellungen überschüttet, wenn es noch Stellungen sind und die Truppen des Einschließungsringes nicht schon zerschlagen und auf der Flucht sind. Daß der Verteidigungsring nicht hält, ist offenbar, denn von Höhe 104 sind in dem klaren und sonnigen Januartag, wie hochstäubende Schneewolken am Horizont, zahllose Einschläge der schweren Artillerie mit freiem Auge erkennbar.

Der Himmel ist durchdröhnt vom Motorenlärm der russischen Bomber, die in starken Verbänden über die Wolga her nach Westen ziehen. Die Erde bebt. »Na, die laden ganz schön ab!« – meint Krämer.

Auch die Artilleriestellungen auf den Höhen werden bombardiert. Von deutschen Jagdflugzeugen ist nichts zu sehen. Ihre Absprunghäfen liegen bereits so weit im Westen, daß sie Stalingrad mit ihrem Aktionsradius nicht mehr erreichen können. Aber auch keine M 110, keine Ju 88 zur Bekämpfung der Russen. Ein einsamer Focke-Wulf-Doppelrumpfaufklärer ist am Himmel, und er verdünnisiert sich schleunigst, als russische Jäger auftauchen.

»Jetzt macht der Russe endgültig Schluß mit uns!« – Unteroffizier Hawle, der dies feststellt, früher in der Küche, jetzt beim B-Stand, ist heute auf Wisse nicht gut zu sprechen.

Der Hauptmann hat ihm eine Tube Zeliopaste, schweres Rattengift, abgenommen. »Wollen Sie sich mit diesem Brotaufstrich den Magen verderben?«

Hunderttausende Flugblätter, am Sonnenhimmel silbrig glänzend, wirbeln in dichten Schwärmen nieder und fallen in die Stellungen. Die Leute stürzen sich drauf. Soll Wisse sie daran hindern? Es wäre töricht und zwecklos. Sie würden den Inhalt trotzdem erfahren, die Lage für noch schlechter halten und ihr letztes Vertrauen, das gerade noch bis zu ihm als Batteriechef reicht, verlieren.

»Deutsche Soldaten, stellt den Kampf, der für euch aussichtslos geworden ist, ein! Seine Verlängerung bedeutet nur unnützes Blutvergießen! Eure Generale sollen selber weiterkämpfen!

Wer sich freiwillig in russische Gefangenschaft begibt, den erwartet anständige Behandlung, warme Unterkunft, ausreichende Verpflegung, ärztliche Betreuung und Heimkehr nach dem Kriege!« usf.

Die Landser lesen es und sehen Wisse ratsuchend an. »Ich verweise auf die entsprechenden Befehle! – Wenn die Lage es gebietet, werde ich keinen von euch mehr halten, dorthin zu gehen . . . !« fügt er gedämpft, vergeblich nach einer Lösung ringend, hinzu und bricht ab.

Als Wisse zu Mittag überraschend in den Bunker kommt, hören die Leute mit dem Funkgerät eben die russischen Nachrichten. Sie schalten sofort ab.

»Na, was gibt's Neues?« – fragt der Hauptmann Krämer, als sie allein im B-Stand sind, wo der Unteroffizier Wache hat.

»Wir können uns dazu gratulieren, Herr Hauptmann, daß wir hier sind. Bei den Rumänen muß es jetzt dreckig zugehen. Krawzow und Zybenko sind gefallen, aber auch Dimitrijewka und Rakotino! – Wie der Iwan durchgibt, hat die Rote Armee, da wir das Kapitulationsangebot abgelehnt haben, am 10. Januar mit der Liquidierung der deutschen Truppen im Kessel begonnen!

Die 44., die 113., die 76. I.D. sind zerschlagen, in Auflösung, und die Reste davon auf der Flucht in Richtung Stalingrad.

Der Flugplatz Pitomnik, schon im Bereich der schweren russischen Artillerie, liegt unter Beschuß.

Wenn der flöten geht, ist es sowieso aus!«

Die Abteilung meldet sich. – Wisse hört, daß Goltz neben dem Bataillonsadjutanten steht und ihm leise Anweisungen erteilt. Na, verdammt, was kommt da Angenehmes, daß Goltz sich scheut, selbst zu sprechen? –

Man merkt, dem Leutnant ist es peinlich, was er auszurichten hat. Er zitiert wortwörtlich, was Goltz ihm souffliert.

»Eben hat sich Hauptmann Schöndorfer aus dem Lazarett bei uns zurückgemeldet. Er hat es erreicht, nach Stalingrad eingeflogen zu werden. – Diese vorbildliche Haltung...!« – »Ich gebe die Führung der Batterie wieder ab und bitte um den Befehl dazu!« sagt Wisse.

»Herr Oberst Hutte will weder Sie, Herr Hauptmann, noch Hauptmann Schöndorfer vor den Kopf stoßen. Er meinte, Sie sollten sich miteinander einigen, eventuell zusammenarbeiten...!« – »Eine halbe Batterie mit drei Chefs!« – Wisse ärgert sich. »Daß wir das untereinander ausmachen? – Wir sind doch in keinem Gesangsverein?«

Eine Stunde später sitzt Hauptmann Schöndorfer im Nachrichtenbunker, während Wisse seine Sachen packt. »Es ist Ihre Batterie, Herr Schöndorfer, und selbstverstädnlich, daß Sie sie wieder führen!« – Wisse sieht den untersetzten, mittelgroßen Hauptmann ungläubig an. »Und da haben Sie sich tatsächlich freiwillig dazu gemeldet, wieder nach Stalingrad eingeflogen zu werden?«

»Es war gar nicht so leicht, aus dem Lazarett in Taganrog fortzukommen! – Der Stabsarzt erklärte mich für noch nicht geheilt und wollte mich durchaus davon abbringen, nach Stalingrad zurückzukehren. Er versprach mir vier Wochen Erholung in einem Kurort und anschließend drei Wochen Heimaturlaub!«

»Und darauf haben Sie verzichtet?« – »Das mußte ich ja!« Wisse weiß von Oberleutnant Fuhrmann, Schöndorfer hat Eltern, Geschwister, er hat im Herbst während des letzten Urlaubes geheiratet, und seine Frau hat vor drei Monaten ein Kind bekommen, einen Jungen.

Nun hat Schöndorfer schon einiges davon zu sehen bekommen, wie es in Stalingrad aussieht und was von seiner alten Batterie noch übrig ist. Schwer belämmert hockt er da, und man merkt ihm an, es tut ihm leid, soviel Haare, als er auf dem Kopfe hat, daß er nach Stalingrad zurückgekommen ist.

Er möbelt sich mit eingebildeter Zuversicht auf.

»Schließlich habe ich es doch geschafft, daß ich wieder zu meinem alten Haufen komme!« – Es klingt nicht mehr ganz echt. Er hoffte, anders empfangen zu werden.

Er redet seine Leute an. Sie antworten ihm einsilbig und weichen ihm aus. Sie haben in den Wochen seit seiner Abwesenheit mehr mitgemacht als während der ganzen Zeit, da er ihr Chef war, und sind ihm entfremdet. – Sie belächeln ihren alten Chef mitleidig, als einen ausgemachten Narren, und einige zeigen ihm offen ihre Abneigung. – Das fehlte ihnen gerade noch, daß der wieder ankommt, scharfe Töne anschlägt und sie als Helden bis zur letzten Granate noch rasch verheizen möchte.

»Und was bringen Sie uns von außerhalb des Kessels für Parolen? – Was hat man noch mit uns vor?«

»Stalingrad wird entsetzt! – Oder könnt ihr hier wirklich daran glauben, daß Adolf Hitler seine Soldaten, noch dazu eine ganze Armee, im Stiche läßt?«

»Haben Sie auf Ihrem Flug etwas von größeren Truppenkonzentrationen bemerkt? – Die müssen doch mindestens eine oder zwei Armeen versammeln und sofort in Marsch setzen, wenn sie uns noch helfen wollen!«

»Ich bin während des Fluges eigentlich gar nicht dazu gekommen, mich umzusehen!« weicht Schöndorfer aus. »Aber es wird alles für uns getan! – Überall werden die rückwärtigen Dienste ausgekämmt und Kampfgruppen aufgestellt!«

»Kampfgruppen?« – Wisse lacht hell auf. »Kampfgruppen aus Küchenbullen!?«

»Warum nicht?« – wirft Fuhrmann ein. »Sie könnten uns mit ihren Gulaschkanonen noch am wirksamsten helfen!«

Auch der, muß Schöndorfer denken, denn er sieht Fuhrmann verwirrt an.

»Können Sie nach dem, was Sie draußen gehört und unterwegs noch bemerkt haben müssen, sagen, ob es tatsächlich stimmt, daß unsere Front 200 bis 300 Kilometer weit von Stalingrad zurückgefallen ist, wie die Russen im Radio und in Flugblättern behaupten?«

Schöndorfer, ein anständiger Kerl, dem nun auch die Augen aufgehen, bemüht sich gewissenhaft, Auskunft zu geben.

»Nach dem, was ich gesehen und gehört habe, ist von einer durchgehenden Front überhaupt keine Rede! Unsere Maschine zum Beispiel hat gleich hinter Rostow Flakfeuer bekommen!«

»Also stimmen die Lageberichte der Russen! – Ist ja auch klar...«, setzt Wisse fort. »Die Seite, die Erfolg hat, braucht nicht zu lügen...!«

Schöndorfer duckt sich, als hätte er einen Schlag bekommen. Ohne Wisse anzusehen, sagt er: »Sie drücken alles so direkt aus!« – er wehrt ab. »Vielleicht ist es in unserer Lage, wenn nur einiges davon stimmt, was ich draußen gehört habe, sogar angebracht, sich nichts mehr vorzumachen!«

Wisse tut der sympathische junge Hauptmann mit dem offenen Gesicht leid, der arglos glaubt, wo er selbst denken und zweifeln soll, der, gut dressiert, alle Persönlichkeit abgelegt, nur mehr auf Impulse von außen her funktioniert, nicht mehr Mensch, sondern Mechanismus mit Bedienungshebeln ist.

Selbstverständlich verzichtete er, nach seinem Lungenschuß zeitweise immer noch Blut hustend, für Volk, Führer und Vaterland auf seine Ausheilung, verzichtete auf Heimaturlaub, um ja nur mit dabeizusein, wenn nach beispiellosem Kampf und Durchhalten der Männer von Stalingrad der Kessel entsetzt und geöffnet würde. Beförderung, Auszeichnungen! – Mit dem Stalingradschild an der Brust, das verliehen werden würde, als Held gefeiert und bewundert, so sah er sich. – Er sah die große Chance darin, mit dabeigewesen zu sein, und deshalb war er hauptsächlich zurückgekommen.

Nun ist er mit dabei.

Seine Batterie, Geschütze ohne Munition. Die B-Stelle, ein von Granaten zerwühltes und verschüttetes Gelände. Seine Unterkunft, ein Bunker, den er mit einigen Leuten teilen muß. Alles nicht so schlimm! – Aber seine Leute, ein abgezehrter, verhungerter, ausgebrannter Haufen, den nichts mehr vor der Verwahrlosung retten kann. Abfall, Schlacke, Männer, deren Achtung und Vertrauen er verloren hat. –

»Aber Sie bleiben doch bei mir, Herr Fuhrmann?« – versucht er es, sich wenigstens an einen Menschen zu klammern. »Wozu noch?« – fragt Fuhrmann. »Und selbst, wenn ich wollte...! Die Abteilung hat Befehl erhalten, eine Alarmeinheit aufzustellen! – Stärke 80 Mann!«

»Aber ich kann doch von meiner Batterie, die nur noch 82 Mann stark ist, niemanden mehr abgeben!« – erregt sich Schöndorfer. »Die Hälfte oder zumindest ein Drittel! – Damit müssen Sie rechnen! – Was wollen Sie mit den Leuten auch? – Die Batterie hat noch 32 Schuß, und die werden für den Endkampf zurückgehalten!« – »Das heißt ja, daß ich eine Batterie habe, die gar keine mehr ist. Allein durch den Mangel an Leuten bin ich aktionsunfähig!« – »Es ist so, Herr Schöndorfer!« sagt Fuhrmann kalt.

»Die Geschütze sind aber doch vollzählig und noch in Ordnung? – Und wenn nun Munition eingeflogen wird?«

»Das ist nicht zu befürchten!«

»Alarmeinheit! – Na also, da hab' ich gleich meine Weiterverwendung! – Blüht bestimmt mir!« – schätzt Wisse. Alarmeinheit, das ist so gut wie ein Todesurteil. Jetzt noch sterben müssen, wo der Kampf aussichtslos und sinnlos geworden ist. »Der Major ist natürlich froh, mich von hier fortzukriegen!«

»Täuschen Sie sich nicht!« – würgt Fuhrmann heraus und packt seine Klamotten in den Wäschesack. »Sie haben Goltz die Zähne gezeigt. Er spürt, daß da noch Mumm dahinter steckt. So einen Mann braucht er in seiner Nähe, wenn es zu Ende geht. Ich habe immer nur Hacken geklappt und schön brav und gehorsam jawohl gesagt! – Mich hat er dafür abgeschrieben!« – Fuhrmann hängt seine MPi um. »Ich muß mich unverzüglich bei der Abteilung zwecks Aufstellung des Haufens melden!«

»Sagen Sie, daß ich von meiner Batterie keinen Mann abgebe!« – ereifert sich Schöndorfer nochmals. Fuhrmann lächelt milde, geht aber doch mit der winzigen Hoffnung, daß die Alarmeinheit ins Wasser fällt.

Zwei Stunden später kommt er zurück mit einer Liste. Fast der halbe Mannschaftsstand der Batterie steht darauf. Auch drei Mann von der B-Stelle, die sich sofort fertig machen müssen.

»Ihr geht zur Batteriestellung, wo sich meine Leute versammeln! – Es ist heute noch Abmarsch!« – weist er sie an.

»Ja, dann also!« Fuhrmann hält Schöndorfer und Wisse die Hand hin. »Ich gehe mit zur Batterie!« sagte Wisse. »Ich möchte mich von den Leuten verabschieden!« – Sie gehen zusammen und reden kein Wort, da es zu schwer fällt.

In den Bunkern sitzen die Leute zum letzten Male beisammen. Die bleiben dürfen, sind kleinlaut. Die gehen müssen, erbittert. Sie essen ihre Tagesration, die 100 Gramm Brot und das Stückchen Konservenfleisch, auf. Der Tee ist schon fünfzigmal ausgekocht. Klopse und Brot zusätzlich gibt es nicht mehr.

Viele verschlingen außerdem ihre Marschverpflegung, die sie für zwei Tage im voraus empfangen haben. »Hinein damit!« Wachtmeister Lenz stopft sich gierig den Mund voll. »Ich spür' direkt schon, wie ich einen kalten Arsch kriege. Es wäre schade um jeden Bissen!«

»Sehen Sie sich das an!« – Fuhrmann deutet auf die Männer seiner Alarmkompanie, die er zum Antreten herausrufen läßt. »Wie Gespenster kriechen sie aus ihren Löchern!« – Was da antritt, ist ausgemergelt, entkräftet, vermummt, gebückt, apathisch. »Das ist nicht einmal mehr allerletzte Reserve! Ich komme mir vor, als würde ich einen Haufen Greise ins Asyl führen!« – Diese Greise waren vor Monaten noch kraftstrotzende Kerle, zwischen zwanzig und dreißig Jahren. Sie sind total fertig, außen und innen. Was ihnen bleibt, ist der Hunger und die Verzweiflung.

Einziger Trost, daß sie im Kampfeinsatz mehr Verpflegung bekommen. Stille Hoffnung eines jeden, vorne, wo es keine Feldgendarmerie gibt, eine Verpflegungsbombe zu finden und zu plündern.

Fuhrmanns große, kräftige Pranke, mit der er Wisse vor zwölf Tagen noch herzhaft begrüßte, liegt leblos in Wisses Hand, nicht fähig, den Druck zu erwidern.

»Wir werden uns ja wohl in diesem Leben nicht wiedersehen?«

Wisse ist es peinlich, daß Fuhrmann richtig Tränen in die Augen kriegt. So ein großer, starker, guter Junge, Heldenbariton! Nun ist Stalingrad seine Bühne, und das Orchester dirigiert der Tod. »Geben Sie sich nicht auf!« mahnt Wisse. »Gestorben ist einer erst, wenn er tot ist!«

Als Wisse sich von seinen Leuten verabschiedet, weiß er, es gibt kein Wiedersehen mit ihnen.

Der Posten im B-Stand nimmt den Soldaten in russischer Uniform ins Glas und für alle Fälle auch ins Visier des MGs. Dem frischen, kräftigen Eindruck nach könnte es ein gut ausgefressener Iwan sein. – Wie der losmarschiert! – Und geradewegs auf die Stellung zu? – Sieht aus wie Oberwachtmeister Kunowski.

Und jetzt winkt er, geht unbekümmert mitten durch das Störfeuer, das der Iwan schießt.

»Aber das gibt's doch nicht?« stottert der Posten. »Daß ich noch nicht verreckt bin, was?« fragt Kunowski. »Ist auch der reine Zufall! – Wo ist der Hauptmann?«

Im Bunker bestürmen die Kameraden den Oberwachtmeister. »Wie bist du denn beim Iwan durchgekommen? – Wo sind denn der Willi und der Gerhard?«

Kunowski senkt den Kopf und schnipst nur zweimal mit den Fingern, und sie wissen, Willi und Gerhard sind gefallen.

Wisse schickt die Frager hinaus. Kunowski saugt gierig an der Zigarette, die ihm Wisse in den Mund steckt, hockt sich zum Ofen und wärmt sich die Hände über der Glut.

»Ihr verbrennt hier wohl schon die Bunker?« – »Das, was davon übrig ist!« – »Hab' die Bescherung schon gesehen. Müßt einen schönen Segen hier gekriegt haben?« – Kunowski redet mit jedem, wie ihm der Schnabel gewachsen ist. – Persönlich sehr mutig und kampferfahren, geeignet für besondere Aufgaben. Mangelndes Gefühl für Anstand und Abstand gegenüber Vorgesetzten! – steht in seiner Beschreibung.

»Ja, Herr Hauptmann, da komme ich nun direkt vom Iwan, mit den besten Empfehlungen...!«

»Bevor Sie losschießen, Kunowski! – Ist Ihnen bekannt, daß jeder, der vom Russen zurückkommt, sofort der Feldgendarmerie zu überstellen ist?« – Kunowski, sonst nie um die rechte Antwort verlegen, wird blaß.

»Und das wollen Sie mit mir machen, Herr Hauptmann?«

»Ich habe hier nichts mehr zu melden! – Sicher wird es Hauptmann Schöndorfer auch nicht tun...!« – »Was, der führt den Verein wieder?« Wisse nickt. »Wenn ich das gewußt hätte!« – »Wenn er den Armeebefehl befolgt, muß er Sie sofort festnehmen und der Feldgendarmerie melden!« –

»Der führt den Befehl aus! – Dafür, daß ich dem Iwan ausgerissen bin und so blöd war, mich zum Haufen zurückzuschlagen?« – Wisse zuckt die Schultern. »Wird mir kein Mensch glauben, meinen Herr Hauptmann?«

»Am besten, Sie erzählen niemandem was davon, verstanden?« – »Jawohl, Herr Hauptmann!« – Kunowski ist auf solchen Empfang nicht gefaßt und schwer enttäuscht.

»Ich will nicht, daß irgend so ein Kriegsgerichtsrat wieder einen Fall hat, um seine Existenzberechtigung durch Fällen eines Todesurteils nachzuweisen!«

»Ich habe nichts getan, was zu bestrafen wäre, Herr Hauptmann! – Hätte mir eher eine Auszeichnung verdient. – Eine Pulle Schnaps zum Beispiel oder drei Rationen Tagesverpflegung!«

»Halten Sie trotzdem die Schnauze. Ich glaube Ihnen. Mir können Sie's erzählen, das bleibt unter uns! – Moment, Kunowski!« – Wisse hebt ab.

Es ist der Leutnant von der Abteilung.

»Das ist hier ein Tollhaus bei uns! – Befehle, Widerruf, neue Befehle! Das Neueste, Herr Hauptmann! – Auf Befehl des Armeekommandos Bildung einer Kampfgruppe, die Major Goltz unterstellt wird! – Sie übernehmen die Führung einer Eingreifkompanie, bleiben also bei unserem Haufen, Herr Hauptmann!« – »Na, so was, was ich für Glück habe!«

»Der Major wollte es Ihnen selbst mitteilen, aber da Sie nicht zum Befehlsempfang erschienen sind..., Herr Hauptmann?« – »Befehlsempfang? – Das erledigt doch schon Herr Schöndorfer! – Ich paß hier auf den Laden auf, damit er inzwischen nicht ausgeräumt wird!« – »Das ist schon geschehen, Herr Hauptmann! – Die Batterie ist geplatzt! – Von der ganzen Abteilung bleiben nur mehr 2 Geschütze für direkten Beschuß in vorgeschobener Stellung feuerbereit. Die kriegen die 32 Schuß!«

»Und die kriegt Hauptmann Schöndorfer?« – »Jawohl! Und dazu zehn Mann! – Die übrigen Geschütze bleiben ohne Munition in den Stellungen und werden von einigen Leuten weiter betreut, die krank sind oder schon zu schwach, um noch bei einer Kampftruppe mitzutun! – Tja!« – der Leutnant seufzt. »Das ist nun das Ende. Die beiden Geschütze sind der letzte artilleristische Einsatz der tapferen 10,5-cm-Haubitzabteilung, eines einst hervorragend kämpfenden und vielfach ausgezeichneten Regiments!«

»Die werden es dort vorn auch lange machen? – Das sind doch Todeskandidaten?« – »Nicht mehr als die bei den Alarmkompanien, Herr Hauptmann!« – »Danke für die guten Aussichten, die Sie mir eröffnen, Herr Leutnant!« – »Schöndorfer hat eine Leitung zur Abteilung! – Wegen jedes Schusses muß er Feuererlaubnis einholen! – Er schätzt eben, wie lange er den Iwan ärgern können wird!«

»Und die anderen Herren der Abteilung?« – »Z.b.V. und so weiter. Wir sind dabei, jeden irgendwo einzuteilen!«

»Ist das nicht alles nur mehr Mumpitz, auch das mit den vorgeschobenen Geschützen?« – »Wieso, Herr Hauptmann? Daß wir mit diesen zwei Rohren unserem Organisationsapparat die Existenzberechtigung weiter sichern? – Das stimmt schon! – Aber wir bewahren dadurch doch eine Menge Leute davor, daß sie als Infanteristen noch rasch verheizt werden!« – »Na ja, es ist Ihnen auch nicht zu verübeln! – Bitte mich anzuläuten, wenn's was Neues gibt!« – »Jawohl, Herr Hauptmann!« – »Danke, Ende!«

Wisse erzählt Kunowski, was er eben gehört hat. Kunowski flucht nicht schlecht. »Das sind doch immer dieselben Brüder, die bis jetzt im Trockenen, weit vom Schuß, beim warmen Ofen gesessen sind und sich den Wanst vollgeschlagen haben!

Zum Verrecken sind wir da, aber nicht die Herren des Stabes, die alles verbockt haben. Die funktionieren weiter und spielen mit ein paar hundert Mann immer noch Divisionen. – Die feigen Hunde!«

»Es braucht keiner feige zu sein, und es ist gar keinem zu verübeln, wenn er seinen Endeinsatz hinausschiebt!« – »Oh, ich verüble es denen sehr, Herr Hauptmann. Die sind nämlich schon zu ihrem Endeinsatz angetreten und haben umgesattelt auf Leichenbestattung. Die Parole von oben ist klar und heißt – Heldentod in Stalingrad! – Das organisieren sie nun! Abmarsch zum Heldenfriedhof, bis zum letzten Mann – ist nun ihr Geschäft. Sie müssen darauf sehen, daß ja keiner auskommt oder aus der Reihe tanzt. Daß sie weiterleben wollen? – Ich will es auch! – Daß sie deshalb weiterfunktionieren? – Na, schön! – Leben und leben lassen! So halt' ich's halt! Die denken nicht daran. Dieses feige, kriecherische Pack ist eifrigst dabei, den Auftrag auszuführen und die Monsterleiche Stalingrad zu liefern, die das Führerhauptquartier bestellt hat!«

»Man darf nicht alle in einen Topf werfen!« – »Natürlich nicht! – Sind auch einige dabei, die dagegen reden! – Ist schließlich doch nicht ganz fein, standesgemäß und honorig, vom angesehenen General aus altem Geschlecht auf Leichenfledderer umzusatteln. Aber tut einer wirklich was dagegen? – oder gar für uns – mit seinem verfluchten Apparat?« –

»Ja, eigentlich müßte man davon hören, daß endlich einer dieser Herren sich aufrafft und dem Armeeführer den einzig noch möglichen Lagebericht durchgibt – Erlaube mir, Herrn Generaloberst zu melden, bekannt ausgezeichnete Stabsfunktion, besser denn je und endlich noch zweckvoll. Da Lage aussichtslos, habe ich, um weitere sinnlose Menschenopfer und Chaos zu vermeiden und bessere Übergabebedingungen, eine anständige Behandlung meiner Truppe durch den Gegner zu erreichen – als letzte militärische Handlung mit dem Feind die Verbindung aufgenommen und die Kapitulation so organisiert und vereinbart, daß ein disziplinierter und geschlossener Abmarsch meiner Truppe in die Gefangenschaft, zum Schutz meiner Soldaten und zum hohen Ansehen der deutschen Wehrmacht gewährleistet ist...!

Ja, und bestellen Sie den Leuten im Führerhauptquartier, Herr Generaloberst, wenn ihnen das nicht in den Kram paßt, so sollen sie mich, ich bin Soldat und lasse mich nicht zum Schlächter und Mörder degradieren. Und wenn es Ihnen nicht paßt, Herr Generaloberst, können Sie mich gleichfalls – und dann müßte er die Strippe durchschneiden – das ist's, Herr Hauptmann, was ich sagen wollte! – Und das ist es, was mich an diesem feigen Geschmeiß so ankotzt, daß sie sich vor dieser letzten verfluchten Pflicht, die sie uns gegenüber noch haben, drücken. Aber so, wie sie über uns hochgestiegen sind, sich von uns auf den Schultern haben tragen lassen und sich an unserem Blut fettgefressen haben, so wollen sie auch noch wie die Aaskrähen auf unseren Kadavern sitzen und sich daran mästen.

Sie spekulieren immer noch auf einen großartigen Leichenschmaus mit Auszeichnungen und Beförderungen, und wehe, es war einer kein Arschkriecher, und er soll das verantworten, statt mit an der Schüssel zu sitzen...!«

»Bringen Sie diese Botschaft vom Iwan herüber?« Kunowski sieht Wisse groß an. »Hab' ich das nötig, Herr Hauptmann? – Haben wir die Apparatschiks nicht auch bei uns? – Mehr, und in Stalingrad üblere als die da drüben! – Ich hab' das alles kommen sehen! – Leider zu spät, Herr Hauptmann!

Mein Vater, der ist aus dem Oberschlesischen in den Kohlenpott ins Rheinland gezogen. Ich natürlich bin schon aufgenordet und hab' mich für meinen Alten geschämt, weil der heute noch wie ein Pironnie kauderwelscht. Ich war Kumpel, wie wir alle, und habe schön verdient, hätte nie einrücken brauchen, und ich Trottel melde mich auch noch freiwillig zu den Preußen und verpflichte mich!«

»Und jetzt kommen Sie trotzdem vom Iwan wieder zurück?« – »Natürlich, der hat mich doch zurückgeschickt, als Propagandaredner, nicht wahr?« – Kunowski starrt Wisse an. »Da mein Alter noch so ein verdammter halber Dreckspolack war, ist mir doch alles zuzutrauen? – Oder nicht? – Ist auch unverschämt, daß ich mein Maul aufmache? – Ich müßte doch kuschen und dreimal täglich den Führer auf den Knien für das Glück danken, daß ich mitmarschieren darf im Dritten Reich?« – Kunowski ballt die Fäuste, um Tränen zu unterdrücken. »Daß ich ein ebenso guter, wahrscheinlich sogar ein besserer Deutscher bin, als die Herren mit einem Patent drauf...?«

»Ich glaub's Ihnen... Schießen Sie los!«

»Als Sie von Ihrem Besuch bei uns vorn wieder zurückgingen, Herr Hauptmann, blieb es die ganze Nacht über ruhig! Aber schon vor Morgengrauen ging der Tanz los! – Der Iwan brach auf einer Breite von 400 oder 500 Metern bei uns durch!

Ich machte mir deshalb nicht die Hosen voll. Ist schon öfter vorgekommen. – Keine große Sache! – Unsere Eingreifreserven werden das schon ausbügeln! – Ja, denkste!

Pollner und Huschke, ich nannte sie bei ihren Vornamen Willi und Gerhard, hatte ich zum Schlafen in den Keller geschickt und schob selbst Wache. Den ganzen Tag über. Ich kam nicht mehr raus aus dem Unterstand, so ging es zu. Auch abends nicht. Da sickerten die Russen überall durch. In unserem Rücken mußten noch schwere Gefechte sein, da wurde allerhand geballert. Dann war es auf einmal still. Die Infanterie hatte sich zum größten Teil verschossen.

Die Panzer fuhren an mir vorbei und hatten alle die Scheinwerfer an. Die Iwans gingen mit der MPi unter dem Arm wie auf dem Korso auf und ab spazieren.

Um 17 Uhr 30 redete ich noch mit Pollner im Keller! – Wir können dich noch nicht ablösen, Emil, sagte er. Ich hab's versucht, bin aus dem Keller gekrochen. Bin eine halbe Stunde davor im Dreck gelegen. Wenn' einer nur die Nase hebt, kriegt er eins vor die Birne!

Dann bleibt ja drin hocken. Ich halt hier schon aus! – gab ich ihnen Befehl. Und dann nichts mehr. Leitung zum Keller intakt, der Apparat läutet, aber es geht keiner ran. Sind doch auch ein paar Infanteristen mit drin.

Entweder die sind alle erledigt oder gefangengenommen – oder doch noch rechtzeitig getürmt. Aber da hätten sie mich doch verständigt? – Vielleicht blieb ihnen keine Zeit mehr dazu? – Ich hatte aber auch anderes zu tun, als viel zu überlegen! Die Iwans haben mir nämlich ganz schön den Unterstand zerhackt und verschüttet. In der Finsternis bin ich rausgekrochen, um mich umzusehen. Ringsherum hörte ich es überall reden – aber nur russisch! – Von unseren weit und breit kein Mann mehr! – So 100 Meter vor mir richtete der Iwan gerade eine Granatwerferbatterie ein, und die begannen auch gleich zu schießen.

Die Iwans, die herumstreiften, verzogen sich etwas, und ich konnte zum Keller hinüberflitzen. Die hatten Beschuß gehabt. Der Eingang war wieder einmal verschüttet. Ich räumte vorsichtig ein paar große Brocken weg und kroch auf dem Bauch hinunter. Es roch nach frischem Blut. Einer stöhnte noch.

Ich knipse die Taschenlampe an. Wo ich hinleuchte, nichts als Bruch- und Kleinholz. Auf dem Betonboden, da liegen sie in ihren Blutlachen und rühren sich nicht mehr, drei nebeneinander. – Und obwohl alles im Keller zerfleddert ist, die Kerosinlampe steht auf ihrem Platz und brennt.

Ich hätte sie am liebsten wieder ausgelöscht und wäre auf und davon. Aber da röchelt doch noch einer, dort, wo die Pritsche stand.

Ich steige über einen drüber. Es ist Plautz, der Unteroffizier von der Infanterie, den Sie bei uns gesehen haben.

Der glotzt mich vielleicht an, als ob ich was dafür könnte. Der Körper ist abgeknickt, und der Brustkasten, die Rippen sind, durch einen großen Splitter wahrscheinlich, mitten durchgehackt, wie ein Stück Fleisch mit Knochen auf der Hackbank! Von Gerhard, da ist genau noch eine Gesichtshälfte da samt Nase, grau, ohne einen Ritzer, und die andere Hälfte einfach weg, der Schädel ausgeräumt bis auf den blanken Knochen!«

Wisse wehrt mit der Hand ab. – So genau möchte ich das gar nicht wissen, möchte er sagen, aber Kunowski, von Grauen geschüttelt, redet wie im Fieber – und stockt, sieht Wisse aus aufgerissenen Augen an, als der ihm abwinkt! – »Weiter! – Red weiter, Kunowski!« – Er muß sich das Grauen, das noch in ihm ist, herausreden, sonst wird er mir noch verrückt.

»Die eine Pritsche, das sind nur mehr Holzspäne, und mitten drauf an der Wand, hockt Willie und röchelt. Willi, ruf' ich ihn an. Er erkennt mich noch und keucht ein paar Worte heraus. Sind aber nicht mehr verständlich. Den Bauch hat er aufgerissen, und es hängen ihm die Gedärme über den Pritschenrand auf den Boden runter.

Ich beuge mich über ihn und spüre es bei meinen Füßen krabbeln. Das war das Furchtbarste. Ratten! Lassen sich nicht einmal durch mich stören. Willi lebt noch, ist bei Bewußtsein, und die Biester fressen schon seine Eingeweide.

Hat noch wütend gepfiffen, so eine Bestie, und ist mir an den Stiefel gefahren, wie ich ihr ins Kreuz gestiegen bin. Ich war so toll, daß ich die MPi herunterriß und die Biester zusammenknallen wollte, als ich plötzlich in meinem Rücken Steine über die Kellerstiege poltern hörte. Lampe auslöschen wäre aufgefallen. Sie mußten den Lichtschein gesehen haben, darum krochen sie auch in den Keller runter. Zwei Iwans, die MPi umgehängt. Viel Licht gab die Lampe nicht. Ich drückte mich in die dunkle Ecke gegenüber dem Eingang, die MPi vor dem Bauch.

Da standen sie und sahen sich um. Ich hatte Angst, die müßten mein Herz klopfen hören, so laut pochte es. Wenn die nur keine Dummheiten machen. Dem einen war selbst nicht geheuer, und er wollte wieder raus. – ›Komm, da ist nichts mehr!‹ – sagte er. Willi röchelte noch. Der andere war stur. – ›Für alle Fälle‹, sagte er – und während sie sich zum Ausgang zurückzogen, faßte er nach einer Handgranate. Da drückte ich los und hielt den Finger am Abzug, bis aus der MPi kein Schuß mehr rauskam und sie umsackten. Aber jetzt nichts wie weg! Ich weiß nur, daß ich ein neues Magazin in die MPi einsetzte, die beiden Russen vom Ausgang fortzerrte und rauf wollte, aber da war es schon zu spät. Einige, die noch draußen waren, gingen sofort in Deckung. Ich sah sie hinter den Trümmern im Hof verschwinden, und schon flogen die Handgranaten. Mein Glück, daß der Kellereingang hüfthoch verschüttet war. Die Handgranaten sausten alle in den Schutt, und die Splitter und die Druckwelle gingen nach außen. Das kriegten sie spitz. Ein paar krochen ran, um den Keller zu sprengen. Ich ließ sie ein paar Meter näher kommen, und bevor sie die Granaten warfen, feuerte ich. Wieder blieben zwei vor dem Eingang liegen. Dann war eine Weile Ruhe. Ich sah durch den Eingang ein Stück Himmel und Sterne herabblinken – und nach ungefähr zehn Jahren betete ich wieder einmal. Herr Jesus, steh mir bei! –

Nach ungefähr einer Viertelstunde rückten sie mit einem Lautsprecher an und blökten damit in die Gegend.

›Wachtmeister Kunowski, wir fordern Sie auf, sich mit Ihren Leuten zu ergeben. Ringsum ist alles in unserer Hand. Sie stehen in russischem Gebiet auf verlorenem Posten. Die deutsche Widerstandslinie wurde zerschlagen, und die deutschen Soldaten haben sich fluchtartig zurückgezogen.

Wachtmeister Kunowski, ergeben Sie sich!‹ – Ich hielt natürlich meine Schnauze. Sie dachten, ich hätte noch eine Kampfgruppe um mich. Woher die nur meinen Namen wußten? – Wahrscheinlich von einem unserer Landser, den sie gefangen haben und der geplaudert hat.

Sie versuchten's noch mal mit dem Lautsprecher. – ›Kameraden, wollt ihr mit Kunowski sinnlos zugrunde gehen? – Wenn euer Wachtmeister, Bluthund Kunowski, sich nicht ergeben will, so schießt ihn über den Haufen, rettet euer Leben und ergebt euch!‹...

So traurig und unheimlich es war und wie mir auch der Arsch auf Grundeis ging, ich mußte lachen.

›Wenn ihr euch nicht binnen 5 Minuten ergebt, wird euer Bunker gesprengt‹ – und dann zogen sie mit dem Lautsprecher ab. Ich rührte mich nicht, sah auf die Uhr und lud meine Pistole durch.

Und dann rückten sie von der Seite her – mit geballten Ladungen an. Daß sie nicht gleich auf die Idee gekommen sind? – Während ich das dachte, flog der ganze Kellerabgang in die Luft, und ich war total zugeschüttet. Ich konnte nicht mehr raus und sie nicht rein. Ob sie noch blieben oder sich verzogen, ich wußte es nicht.

Es war der halbe Hausflur in den Keller herabgebrochen. Da kommst du nicht mehr raus, das wußte ich. Lebendig begraben, blieb mir nur mehr übrig zu verhungern! – Es war 3 Uhr früh, als Willi seinen letzten Seufzer tat, und dann rührte sich nichts mehr. Solange er stöhnte, hatte ich wenigstens nicht das Gefühl, völlig allein und verlassen zu sein. Jetzt, da auch er tot war, packte mich die Angst. Ich rechnete mir aus, wie lange es dauern würde, bis ich verhungern oder verrückt werden würde – mit den Toten zusammen – in dieser Kellergruft.

In der Lampe war noch etwas Kerosin. Ich fürchtete mich in der Finsternis und hätte mich erschossen, wenn ich nicht Licht gemacht hätte. Ich wollte es nicht und mußte die Toten anschauen, den aufgerissenen Bauch, den ausgeräumten Schädel mit dem fahlen Gesicht, wie der Unteroffizier mit der zerhackten Brust mich anglotzte. Der Blutgeruch und die Ratten... Es hob mir den Magen aus, und obwohl ich seit dem Abend vorher nichts mehr gegessen hatte, mußte ich kotzen, bis ich nur mehr grüne Galle herausspie.

Es grauste mir, Willi anzufassen. Gegen die Wand gespreizt, mit einem Tritt, stieß ich ihn von der Pritsche. Drei Decken waren da. Ich hockte mich auf die zersplitterte Pritsche, zog die Knie an und wickelte mich in die Decken. Sie drückten auf meine Schultern, als ob sie einen Zentner schwer wären, so schwach war ich. Eine zog ich mir über den Kopf und vor das Gesicht, um nichts sehen zu müssen.

Ich mußte zuhören, wie die an vielen Leichen fett gefressenen Ratten knabberten und schmatzten. Ab und zu hörte ich, wie sich so ein Biest vor der Pritsche auf die Hinterbeine hochstellte und nach mir schnupperte.

Von Ratten gefressen zu werden, auch wenn du dich erschießt! – Ich konnte nicht mehr und schoß mit der MPi blind mitten im Keller auf den Fußboden. Eine Ratte mußte es erwischt haben! – Sie quietschte durchdringend, die anderen sausten gegenüber von mir durch die Kellerwand davon und pfiffen wütend. Nach einer Weile raschelte es, und sie kamen wieder. Es mußten viele sein, oder war ich schon verrückt und bildete es mir ein? Ein paar sprangen zu mir auf die Pritsche. Ich roch, wie sie stanken, und spürte, wie sie mich aus den scharfen runden Augen belauerten. Ein solches Biest sprang und streifte mich. Ich schlug mit der MPi wie ein Irrer um mich, und dann weiß ich nur, daß ich vor mich hin redete, Herr Jesus, verzeih mir, daß ich so vermessen war, zu dir zu beten!

Ich sabberte wie ein uralter Mann und spürte, wie mir der Speichel aus den Mundwinkeln troff.

Herr Jesus, verzeih mir, daß ich so vermessen war, zu dir zu beten! – Ich leierte das in endloser Litanei so lange, bis ich darüber eingeschlafen sein mußte.

Als ich wieder aufwachte, hatte ich eine Leere im Wanst, daß mir schwindlig wurde. Es war 12 Uhr mittags. Raus hier, raus hier, hämmerte es in meinem Hirn.

Als ich die Decke von der Nase zurückschlug, traf mich ein eisiger Luftzug im Gesicht. Das mußte von den Nebenkellern sein. – Die waren von Bombentreffern durchschlagen. Die Ratten waren noch immer da. Ich warf Mauerbrocken nach ihnen, und einige flitzten davon, in Richtung, wo der Luftzug herkam. Meine Taschenlampe warf gerade noch einen gelben Schimmer. Ich stieg über die Toten, einem doch in die aufgekrallte Hand, daß der Stiefelabsatz drin steckenblieb.

Der Boden unter meinen Füßen war vom Blut glitschig. Ich leuchtete die Wände ab, und da war ein Spalt. – Wahrscheinlich in die Wand gerissen, wie sie ihre Dinger in den Keller geworfen haben, als es Willie und Gerhard und die Infanteristen erwischte. Der Spalt war zu schmal zum Durchkriechen.

Mit einem Seitengewehr brach und schabte ich das Loch größer, bis ich nicht mehr konnte. Dann wollte ich mich durchzwängen und blieb, mit einer Hälfte schon draußen und mit dem Arsch und den Beinen noch drinnen, durch den dicken russischen Halbpelz, den ich trug, mitten im Loch hängen, stundenlang eingeklemmt, bis ich die Energie aufbrachte und mich durchbuddelte. Ich weiß nicht mehr, durch wieviel verschüttete und eingebrochene Keller und Gänge ich kroch, bis ich durch ein Loch im zerbombten Gewölbe wieder den Himmel über mir sah.

Es war schon wieder stockdunkel, und die Sterne flimmerten am Himmel, da fiel ich auf die Knie. Meine Mutter hatte, als ich noch ein kleiner Junge war, jeden Tag mit mir gebetet, und sonntags gingen wir alle gemeinsam zur Heiligen Messe, die ganze Familie im besten Anzug und ich mit, bis sie mich bei der HJ deswegen auslachten und anstänkerten. Unter dem russischen Himmel fiel es mir wieder ein. – Da hat man den lieben Gott auch über Deutschland und betreibt Götzendienst und betet einen Hitler an.

Zum Herrn Jesus traute ich mich nicht mehr zu beten, aber jeder flimmernde Stern am Himmel erschien wie ein Engel, und wie ein kleiner Junge faltete ich die Hände und dachte mein Kindergebet – ›Engel Gottes, Schützer mein, laß mich dir empfohlen sein...‹ – Ich mußte Ziegelsteine und Betontrümmer aufschichten und raufsteigen, um aus dem Loch zu kommen. Über ein paar Höfe und durch Ruinen, die ich kannte, kam ich in die Straße, wo vorgestern noch unsere H.K.L. gewesen war. Mit der russischen Pelzhaube auf dem Kopf, Halbpelz und den Walinkis siehst du aus wie ein Iwan, dachte ich mir, und fällst weiter nicht auf. Es ist auch still. Ich gehe um ein paar Ecken und dann mitten auf der Straße auf einem ausgetretenen Weg. Durch die Schutthaufen kommt mir ein Russe entgegen. Jetzt noch schießen, denke ich, wäre verrückt.

Er brummt ›spassibo‹, als ich ihm ausweiche, und geht vorbei.

Daß die mich als Deutschen erkennen und schnappen, solange es Nacht ist, daran denke ich gar nicht – bis mir einfällt, daß ich auf meiner Schapka die schwarzweißrote Kokarde habe. Ich reiß sie runter. Ich hab' doch in meiner Tasche einen Sowjetstern von einem Gefangenen.

Irgendeine Auszeichnung. Zwar ein bißchen groß, aber in der Dunkelheit wird das schon nicht so auffallen, und ich steck' mir den Stern an die Mütze. Bin wieder der alte Emil Kunowski. Macht mir sogar Spaß, die zu verarschen. Bleib aber auf der Hut, Kunowski, sag' ich mir.

Hinter einer leeren Hausfassade hocken die Iwans um ein Feuer herum und kochen sich in einem Kessel ihren Kasha. Das steigt mir in die Nase. Ich merke, daß ich seit zwei Tagen nichts mehr im Bauch habe.

Was zu fressen, was zu fressen! Vor meinen Augen tanzen Feuerringe, und wie ein Hund, der einen Knochen sucht, mit der Nase schnuppernd, gehe ich die Straßen hinab in Richtung Wolga, woher der Wind weht.

Verrückt, als ob ich schon ein Iwan wäre, suche ich die ganze Gegend nach einer russischen Feldküche ab. Auf einem Hof dampft sie plötzlich vor mir. Ich muß, ohne zu denken, meiner Witterung nachgelaufen sein, denn plötzlich stehe ich mitten in einem Haufen Russen.

Aus dem Haufen heraus bildet sich eine Reihe zur Küche hin. Die Iwans stellen sich an. Kochgeschirre klappern. Ich sehe mir das an und habe Magenkrämpfe vor Hunger.

Vorn an der Gulaschkanone, erhöht, auf irgendeiner Treppe, steht eine Russin in Uniform, langt mit einer Kelle in den Kessel und gibt einem nach dem anderen einen Schlag voll in sein Kochgeschirr. Es riecht nach Kraut.

Neben ihr steht ein feister, untersetzter Bursche, der längliche, viereckige Brotschnitten austeilt. Sooft er in den Karton neben sich langt, fixiert er jeden Soldaten vor sich scharf. Mir scheint aber, daß er nur darauf achtet, daß sich keiner zweimal anstellt.

Die Reihe zur Feldküche wird immer länger und verstellt mir den Weg. Durch die hohlen Häuserruinen und eine steil abfallende Gasse glitzert die zugefrorene Wolga.

Von dort her kommen die Iwans übers Eis herüber. Soldaten, aber auch Zivilisten. Und jeder schleppt irgendwas mit sich. In Säcken und Kisten, Verpflegung und Munition. Einige Zivilisten – und das wirkt grotesk – kommen mit einer Granate unter dem Arm oder auf der Schulter daher. Es geht alles still vor sich. Kaum, daß sie gedämpft ein paar Worte miteinander wechseln.

Sie stellen sich bei der Küche an, schlingen, sich abseits stellend, schnell ihren

Fraß hinunter, und man merkt, sie haben auch Hunger. Dann packen sie sich ihren Kram wieder auf, werfen sich die Säcke über die Schulter und verschwinden irgendwo in der Nacht.

Ich stehe ratlos vor der Reihe, die mir den Weg versperrt, und wie ein ausgestoßenes Kind verrenke ich mir den Hals und schaue nach der Küche hin. Da klopft mir einer auf die Schulter, und ich zucke zusammen. Er lacht, plappert was. Heißt ungefähr soviel wie: – Hast du kein Kochgeschirr – ›wot kotjelok towarischtsch?‹ – das versteh' ich, und er drückt mir eine alte leere Konservendose und einen Holzlöffel in die Hand. ›Spassibo!‹ – sage ich, stelle mich hinten an, und keine Seele schert sich darum, bis ich vorn bin.

Es dreht sich um mich wie im Kreis. Ich schau zu Boden und halte der Russin meine leere Dose hin, und sie füllt sie an. Aber da ist der Bursche mit dem Brot.

Er hält es in der Hand zurück, schaut mir ins Gesicht und ich ihm. Hat einen unangenehmen Blick, der sich jede Visage merkt, das sehe ich. Ich habe Herzklopfen. Wenn's passiert, so passiert's jetzt, denke ich. Muß ihn zu lange angesehen haben, denn er drückt mir das Brot ungeduldig in die Hand, schimpft etwas und schiebt mich an der Schulter aus der Reihe. Ich hocke mich wie die anderen auf einen Stein hin und vertilge die Krautsuppe und das Stück Brot.

Es bleibt mir nichts über, als hinter einer Kolonne, die abmarschiert, herzulatschen, wenn ich nicht auffallen will. Ich tu das, weil ich glaube, daß ich argwöhnisch beobachtet werde. Besonders der Bursche, der das Brot austeilt, scheint sich für mich zu interessieren. – Oder bilde ich mir's nur ein?

Ich kann mit der Kolonne kaum Schritt halten und spüre, daß ich nichts mehr in den Knochen habe.

Ich marschiere halt mit, über eine breite Straße. Als die Kolonne nach rechts abbiegt, kalkuliere ich, da geht's in die H.K.L., denn an der Straßenkreuzung, hinter einer Barrikade, steht ein Geschütz, und die Bedienung ist dabei.

Ich bleibe zurück, zieh' mir den Filzstiefel aus und schüttle ihn, als hätte ich einen Stein drin, und verdrücke mich.

Ich hielt Richtung auf Stalingrad Mitte zu, wo wir noch drinsitzen. Da es solange gut gegangen war, wollte ich jetzt dem Iwan nicht mehr in die Hände fallen und wurde wieder vorsichtig.

Wo ich einen Russenstiefel im Schnee schlurfen hörte oder russisch reden oder Waffen klirren, blieb ich stehen, ging in Deckung, stellte die Lauscher auf und wartete, bis die Luft wieder rein war.

Ich ging wieder in Richtung Roter Platz.

Im Mondschein erkenne ich ein deutsches Sturmgeschütz, zerschossen – ohne Raupen. Der Gegend und meiner Erfahrung nach, kann unsere H.K.L. nicht weit sein, wenn sie's dort nicht schon ist, wo eine Barrikade aus Stein- und Mauerbrocken quer über die Straße gezogen ist.

Hinter einer Hauswand kauere ich eine Stunde lang, lausche und spähe nach allen Richtungen, aber es rührt sich nichts, ist totenstill, weit und breit kein Russe. Nicht einmal einen Posten kann ich ausmachen.

Es ist inzwischen halb 7 Uhr früh geworden und höchste Zeit abzuhauen, denn es wird bald grau.

Ich krieche über Mauerbrocken auf die Straße zurück, bemühe mich, ja kein Geräusch zu verursachen, und hau' doch mit dem Fuß an eine leere Blechkiste, daß es einen Krach macht und das Ding scheppernd zur Seite fliegt.

Na, ich die Beine in die Hand nehmen und losrennen, was sie noch hergeben, mich hinschmeißen, wieder aufspringen, wieder die Nase in den Dreck und Haken schlagen um Schutthaufen, hinfliegen und weiterrennen, ist eins.

Leuchtkugeln zischen ringsherum hoch. Es ist die schönste Festbeleuchtung, kracht auch schon von allen Seiten, und ich weiß wenigstens, wo die H.K.L. liegt.

Ich renne in eine Hausruine, werfe mich hin, krieg' keine Luft mehr und muß verschnaufen. Ich warte ab, bis es wieder still ist. Das Haus, alle Stockwerke durchgekracht, ohne Dach, ist bis oben hin hohl. Durch die Fensterhöhlen scheint der Mond, schon vermischt mit der Morgendämmerung.

Ich krabble über Schutthaufen, um Trichter herum, durch geborstene Wände, über einen Hof, noch durch ein Haus, komme in die nächste Parallelstraße, und da stehen drei Landser vor mir und quatschen mit einem der Kroaten, die dort ihren Abschnitt haben. Na, mir war vielleicht leichter, und ich hab' sie freundlich und laut gegrüßt.

›Reiß die Klappe nicht so weit auf!‹ – Einer der Landser mustert mich. ›Wo kommst denn du überhaupt her? Wohl vom Iwan drüben. War gar wegen dir der Klamauk vorhin?‹

›Sie haben wohl einen Knall, Sie Blödmann!‹ schnauze ich ihn an. Das wirkt seltsamerweise auch in Stalingrad immer noch. Ich zeige ihm, daß er blöd ist, tippe mir aufs Hirn und verdecke dadurch den Sowjetstern, den ich immer noch auf der Mütze habe.

Die sind imstande, nehmen mich noch als Spion fest, und ich habe Scherereien, denke ich und marschiere los. Ja – und da bin ich wieder – und das ist alles, Herr Hauptmann!«

»Halten Sie trotzdem Ihren Mund, zu keinem ein Wort darüber! Vor Wochen noch hatte einer Aussicht auf ein ordentliches Gerichtsverfahren, und jede Füsilierung stand im Armeebefehl!

Jetzt aber, wo die Erschießungen, wegen eines jeden Schmarren – schon in die Hunderte gehen, wie ich gehört habe, ist einer ohne viel Federlesens umgelegt, ehe er noch Zeit hat, muh zu sagen!«

»Aber, Herr Hauptmann? – Ich habe doch nichts ausgefressen, ganz im Gegenteil!« – »Haben Sie Zeugen dafür? – Nein! – Also, Schnauze, Kunowski! – Sicher ist sicher!«

»Jawohl, Herr Hauptmann! – Ich möchte gern bei Ihnen mitmachen, Herr Hauptmann!« – »Bei einer Eingreifkompanie!?« – »Das ist doch scheißegal. – Bei Hauptmann Schöndorfer habe ich außerdem keine gute Nummer!« –

»Also gut!« – Wisse hält Kunowski die Hand hin. »Ich hätte Sie auch gern dabei! – Sie gehen jetzt sofort zum Spieß und sagen ihm, daß Sie meiner Kampfgruppe zugeteilt sind und in der Protzenstellung auf mich zu warten haben!«

Der Oberst reicht Wisse eine schlaffe Hand.

Dem ist das Rückgrat gebrochen und damit auch dem Regiment, ist Wisses Eindruck. Der so geistig regsame und aufgeschlossene Mann, der mit Wisse stets über die Lage diskutierte, entläßt den Hauptmann, ohne eine Frage zu stellen, was bisher noch nicht vorgekommen ist, und durch eine Tür im Stabsbunker, die er offen läßt, steigt er über die Stufen hinab zu einem noch tiefer gelegenen bombensicheren Unterstand.

Auf der Treppe dreht er sich nochmals um.

»Heute ist Pitomnik gefallen! – Aber das wissen Sie bereits?« – »Nein, Herr Oberst, das wußte ich nicht!« – »Ja, dann, Pitomnik ist gefallen. – Was das bedeutet, wissen Sie aber?« – »Jawohl, Herr Oberst, daß damit der einzige brauchbare Landeplatz für die einfliegenden Transportmaschinen ausfällt...! Unsere Versorgung aus der Luft – bisher schon illusorisch...!«

Der Oberst geht nicht darauf ein. Er ist müde und hoffnungslos. »Wenn nicht ein Wunder geschieht, werden wir hier alle sterben in Stalingrad. – Leben Sie wohl, Wisse! – Es ist so weit, daß jeder sich selbst darüber klarwerden muß, was er noch zu tun hat!«

In der Balka brennt ein Feuerhaufen. Einige Schreiber schleppen Arme voll Akten heran und werfen sie ins Feuer.

Hauptmann von Rosen, Regimentsadjutant, steht dabei und sieht interessiert zu. »Wir fangen an zu liquidieren!« wendet er sich, nur um etwas zu sagen, an Wisse.

»Das seh' ich! – Weil Pitomnik gefallen ist. Hat der Oberst das befohlen?«

Hauptmann von Rosen winkt ab. »Daß Pitomnik gefallen ist? Damit wäre er fertig geworden. Für den ist mehr gefallen als Pitomnik. War einmal ein großer Nationalsozialist, der Herr Oberst! Ein sogenannter Idealist. Jetzt ist er aus allen Wolken gefallen und findet keinen Weg mehr zurück, wie wir alle!« – Er sieht Wisse an. »Sie haben ja unseren Führer nie angehimmelt?« – »Zeitweise war ich auch schon eingenebelt!« – »Aber jetzt sehen Sie wieder klar?« – »Gott sei Dank!« –

»Plan ›Sonnenblume‹ – hat sich von selbst erledigt!« – »Wie alle Planungen vorher, auch eine Totgeburt?« – »Das kann man wohl sagen. Da hat die Armeeführung noch am 13. Januar große Töne gespuckt, daß diese wieder einmal endgültige Linie unter allen Umständen zu halten ist...!« – »Nur halten sich die Russen leider nicht an die Befehle von Paulus!« – »Die Korpsführer waren dagegen!« – »Diese Linie konnte von den zurückgehenden Divisionen, aus dem Süden und Westen, oder besser gesagt, was von denen übrigblieb, gar nicht erreicht werden, weil die russischen Panzer schneller durch waren!« – »Na ja, alle Räderteile und schweren Waffen zurückgelassen..., kein Sprit!« – »Nur für die Stäbe! – Die sind alle durchgekommen!«

Von Rosen übergeht den Vorwurf.

»Reste der 44., der 76., der 113. I.D. und Kampfgruppen der 14. Panzerdivision, der 29. I.D. mot. und der 3. I.D. mot. glaubten, vorbereitete Stellungen vorzufinden...!«

»... und haben Glück, wenn sie sich irgendwo unter freiem Himmel in einem Schneeloch verkriechen können, soweit die Linie nicht mitten durch freies, ebenes Gelände ohne Deckung verläuft...!« unterbricht Wisse den Hauptmann. »Eine voll einsatzfähige Kampftruppe besteht nicht mehr! – Die Panzer mähen unsere Leute nieder und walzen, was sich ihnen noch entgegenstellt, in den Boden. Es ist kein Kampf mehr, nur mehr ein Schlachten. – Ich glaube, der Iwan wäre auch froh, wenn Stalingrad schon vorüber wäre.«

Von Rosens Augen haben einen fiebrigen Glanz. »Jetzt wird Plan ›Löwe‹ durchgeführt!« Er weist auf einen brennenden Aktenhaufen. »Wir haben schon mit der Vorbereitung begonnen! – Die Generale Hube und Heitz setzen sich sehr für das Unternehmen ein.

Bei Ausgabe des Stichwortes ›Löwe‹ beginnt der Ausbruch der Armee aus dem Kessel auf eigene Verantwortung. Es werden Kampfgruppen zu je 200 Mann gebildet. Als Bewaffnung werden nur MGs und Karabiner mitgenommen. Bei den Einheiten sind sofort kleine Schlitten zu zimmern, auf denen im Mannschaftszug Waffen und Ausrüstung befördert werden. Die Armee teilt sich in zwei Gruppen. Die östliche Gruppe, zu der wir gehören, schlägt sich über das Eis der Wolga nach Südosten durch und wird sich im Steppen- und Sumpfgebiet bei Astrachan festsetzen.

Versorgung aus der Luft wird angefordert.

Die südliche und westliche Gruppe stößt ohne Feuervorbereitung im Süden durch und versucht es, sich mit der 1. Panzerarmee und der 17. Armee zu vereinigen...!«

Die herumstehenden Stabsschreiber, die noch in keinem russischen Trommelfeuer lagen und Stalinorgeln nur vom Hörensagen her kennen, die noch nie von russischen Panzern gehetzt um ihr Leben rannten, klappen ihre Pelzmützen hoch, um ja nur alles mitzukriegen, und in ihren Mienen spiegelt sich neue Hoffnung.

»Nichts Neues!« – sagt Kunowski. »Das hab' ich schon mal unternommen als Rotznase von 12 Jahren. Da tat ich mich mit noch zwei Jungens zusammen, räumte der Mutter die Speisekammer aus und meine Sparbüchse, und wir zogen los, um nach Afrika auszuwandern. Nur war ich damals ein fettgefressener Bengel und hatte mehr Mumm in den Knochen als heute. Wir kamen unangefochten bis an den Stadtrand von Bochum und sogar weiter bis Emmerich. Wie war ich froh, als uns dort die Polente schnappte und wieder zu Muttern heimbeförderte.

Die Räuberschmöker für 30 Pfennig, die uns zu diesem Abenteuer anspornten, wir hatten es ›Löwenjagd‹ getauft, schlug mein Alter mir um die Ohren und steckte sie in den Ofen. Scheinbar nicht alle...!«

»Ihnen scheint nicht ganz wohl zu sein, Oberwachtmeister Kunowski?« – Von Rosen mißt Kunowski von unten bis oben.

»Hier in Stalingrad kann man das wohl sagen, Herr Hauptmann!«

»Haben Sie noch was zu melden?« – »Nein, Herr Hauptmann!«

»Dann verziehen Sie sich, aber schleunigst!« – »Darum also die Knallerei heute morgen!« – lenkt Wisse ab.

»Ja, es wird schon überall, was nicht mitgenommen werden kann, gesprengt!«

»Und wie denkt unser Herr Oberst darüber?« fragt Wisse. – Der Unteroffizier, der mit der Schürstange dem Feuer Luft verschafft, wirft ein:

»Der hat Plan ›Löwe‹ als unbedachten Bubenstreich bezeichnet!« – Das ist er auch, denkt Wisse. Weil sie nicht mehr vorwärts können, suchen sie Zuflucht in der Räuberromantik ihrer Bubenjahre. Erwachsene Männer, geschulte Kriegstechniker, von denen man Ernst, Verantwortung und Übersicht der Lage erwarten müßte, entwerfen so kindische und absurde Pläne. Und solchen Führern ist das Schicksal von Hunderttausenden Menschen anvertraut.

»Sie sind wohl schon übergeschnappt, wie dieser Kunowski?« brüllt von Rosen den Unteroffizier an. »Es ist schon etlichen ihre große Schnauze ganz schnell und für immer gestopft worden!« – »Jawohl, Herr Hauptmann! – Ich bitte um Entschuldigung!« – »Sehen Sie sich ja vor!« –

Soll das etwa auch mir gelten? – fragt sich Wisse. Ob dieser von Rosen noch so viel Vernunft hat, daß ihm konkret beizukommen ist?

»So ganz kann ich mir nicht vorstellen, wie das funktionieren soll?« – fragt Wisse.

»Das soll nicht meine Sorge sein, Herr Wisse! – Der Plan wird – oder ist schon von der Armee bis in alle Einzelheiten durchgearbeitet, und wir brauchen nur durchzuführen, was uns befohlen wird!«

»Und was geschieht mit den Zehntausenden Kranken und Verwundeten im Kessel?« – schießt Wisse den Hauptmann an.

»Ja, die… die müssen wir natürlich zurücklassen!« gibt von Rosen kleinlaut zu. »Mit den Ärzten und dem Pflegepersonal – versteht sich!« fügt er forsch hinzu. »Ja, natürlich, versteht sich!« – spottet Wisse. »Der Winter mit fast täglich 30 Grad Kälte, Schneestürmen und Verwehungen ist nicht ganz günstig für dieses Unternehmen!?« – »Das allerdings!« gibt von Rosen zu. »Leider können wir uns das Wetter nicht aussuchen!« – »Das auch allerdings! Es sind einige hundert Kilometer im Fußmarsch zurückzulegen und dabei die Schlitten mitzuschleppen. Allerhand Strapazen. – Immerhin könnten sie von kräftigen, gesunden Männern bewältigt werden!« – »Eben, das denke ich auch!« – »Und wieviel Männer im Kessel, schätzen Sie, sind noch kräftig genug, um mitzumachen?« – Von Rosen weiß darauf keine Antwort. Wisse gibt sie ihm, scharf und eindeutig. »Alle, die sich nicht etwas organisieren oder abzweigen und zubessern konnten, zumindest 85 Prozent der Leute, die von den zugeteilten Hungerrationen vegetieren mußten, sind derart ausgehöhlt und schwach, daß sie die geforderten Strapazen nicht durchhalten! – Sie müssen gleichfalls im Kessel zurückgelassen werden! – Aber wir brauchen uns keine Bange zu machen. Die meisten Kameraden würden dem Iwan, falls er sie totschlagen oder zur Zwangsarbeit verschleppen wollte, die Mühe abnehmen. Sie sterben von selbst, wenn sie eine Weile noch so weiter hungern!«

»Da halten Sie es sozusagen für eine Schande, bei diesem Unternehmen mitzumachen?« – »Jeder, der sich aus Stalingrad retten kann, soll alles dazu versuchen! Aber angenommen, es klappt die Versorgung aus der Luft, so wie sie in Stalingrad nicht geklappt hat, welche reelle militärische Chance billigen Sie diesem Unternehmen zu?

Kampfgruppen, die nur mit Handfeuerwaffen und MGs versehen sind und Schlitten im Mannschaftszug mit sich ziehen, mit geringster Marschgeschwindigkeit, durchbrechen den Ring eines mit schwersten Waffen ausgerüsteten, vielfach überlegenen Gegners, in offenem Steppengelände, ohne die Möglichkeit, sich in dichten Wäldern nach Partisanenart festzusetzen. – Sie behaupten sich gegen die Panzer, die zu ihrer Verfolgung und Vernichtung eingesetzt werden, und durchstoßen Hunderte Kilometer weit Feindgebiet! – Halten Sie das für möglich?«

»Sie haben recht! Man kann sich, wenn man darüber nachdenkt, nur an den Kopf greifen und fragen, wieso derartige Pläne ausgeheckt werden!«

»Etwas Buben- und Räuberromantik vorausgesetzt, hat dieser Plan sogar etwas für sich. Warum sollte es Hunderten von kleinen Trupps nicht gelingen, Verwirrung zu stiften und aus dem Kessel auszubrechen? Der Großteil würde ja wohl bei dem Ausbruchsversuch vernichtet werden. Aber welche Kräfte müßte der Gegner einsetzen, um die, denen der Durchbruch gelingt, wenn sie auseinanderstrebend in einem ausgedehnten Terrain selbständig operieren, wieder einzufangen und unschädlich zu machen? Wären diese Trupps motorisiert, hätten sie Sprit, Verpflegung und wenigstens zu je 200 Mann ein oder zwei Pak oder Flak mit sich, der Plan hätte sogar etwas Bestechendes für sich. Es wäre zumindest ein Streich, daß der Iwan sich die Haare raufen würde – und einige hundert oder sogar tausend Mann würden vielleicht durchkommen! – Leider...!«

»Wird auch Plan ›Löwe‹ ins Wasser fallen, meinen Sie?«

»Ich möchte wetten, daß es so sein wird! – Woher sollten der O.B. und seine Berater auf einmal so viel Witz, Wagemut und Entschlossenheit hernehmen? Sie werden weiterplanen, sich an ihren Einfällen begeilen, aber mehr nicht. Sie haben sich zu sehr in Abhängigkeit gebracht, um noch aus eigenem zu einer Tat fähig zu sein. Sie müssen gegängelt oder gezwungen werden.«

Wisse geht mit Kunowski und Krämer durch die nach Norden laufende Balka, in die zahlreiche Nebenschluchten münden.

Es ist Betrieb, wie schon lange nicht. »Großer Aufbruch!« stellt Kunowski fest und tippt sich auf die Stirn. »Die haben alle schon einen Vogel! – Wenn einer nicht ein ganz dickes Brett vor dem Kopf hat, muß ihm doch dämmern, daß dieser famose Plan ›Löwe‹ Kohl ist!« – »Kann man es den Leuten verübeln, daß sie jede, auch die unwahrscheinlichste Chance ergreifen wollen, um sich aus dem Kessel zu retten?« – Kunowski lacht. »Die elenden Schreiberseelen? – Da möchte ich aber doch gern dabei zuschauen, wie die aus dem Kessel ausbrechen und was die aufführen, wenn sie von Panzern angegriffen werden? – Die verschissenen Hosen!« – Wisse ärgern solche Reden. »Alle, die in Stalingrad sind, haben das gleiche Schicksal, und wir sollten nichts mehr als Kameraden zueinander sein!«

»Nur daß diese Schreiberseelen ihre kameradschaftlichen Gefühle erst spät entdecken! – Die machen sich jetzt noch unentbehrlich und wichtig hinter ihren Listen, um ja keinen Schießprügel in die Hand nehmen zu müssen!«

»Es muß auch sie geben!« – »Aber sie sind zuviel, ein bißchen zuviel, Herr Hauptmann! – Weit mehr Federfuchser als Soldaten!«

Vor dem Bunker einer Seitenbalka versammelt sich eine Gruppe Soldaten: Soldaten? – Es sind Lumpengestalten.

In krassem Gegensatz zu ihnen ist die Erscheinung des Offiziers, der sie führt. Ein junger, etwa zwanzigjähriger, kleiner, schmächtiger Leutnant. Trotz der bitteren Kälte ist er ohne Mantel. An seinem Halse baumelt das Ritterkreuz. Er hält sich straff und aufrecht.

»Darf ich Herrn Hauptmann um Auskunft bitten, wo der Divisionsstab liegt?« – Wisse gibt ihm Bescheid. – Wie ruhig und bescheiden dieser kleine, schmale Leutnant mit der hohen Auszeichnung und dem freundlichen und gequälten Jungengesicht ist, und wie er sich um seine paar Leute sorgt. Er weist auf die zwölf Mann. »Das ist der Rest meiner Kompanie!« – Es ist ein armseliger Haufen. Bis auf die Knochen abgemagerte, unrasierte Gesichter. Die Haut grau und faltig wie von Greisen. Der Blick bei einigen fieberflackernd, bei einigen stumpf und leer. Die Füße haben sie in zerrissene Decken und Sacklumpen gewickelt und mit Bindfaden umschnürt. Über die Köpfe haben sie Decken gezogen und um den Hals zugebunden. Gerade daß sie sich noch auf den Beinen halten können. Und sie schleppen sich noch mit ihren Karabinern, einem SMG und Munition ab. »Und das ist nun Ihre ganze Streitmacht?« fragt Wisse.

»Nein, Herr Hauptmann, 15 Mann, die nicht mehr weiter können, stecken noch im Bunker und pennen! Wir sind die letzten vom I.R. 194. – Gestern nacht haben wir uns nach Orlowka abgesetzt. Ich konnte dort weder Unterkunft noch Verpflegung für meine Leute bekommen, und so sind wir bis hier gekommen.

Seit heute morgen renne ich mir die Füße ab, bitte und tobe, quaßle mir den Mund fußlig, um was zum Essen für die Leute aufzutreiben! – Wenn ich nicht was zu futtern kriege und eine geschützte Unterkunft, kippen sie mir aus den Latschen!« – Nur in den Falten um die Mundwinkel zeigt sich die Qual und Müdigkeit des Jungen, daß er selbst nicht mehr weiter kann, aber sich immer wieder aufrafft – für seine Leute. »Wenn es Herrn Hauptmann möglich wäre, mir zu helfen?« ersucht er Wisse.

»Haben Sie irgendeinen Auftrag, mit dem Sie Ihrer Forderung zur Versorgung Ihrer Leute Nachdruck verleihen können?«

»Jawohl, Herr Hauptmann! – Die mir noch verbliebenen Männer als Kern soll ich aus Leichtverwundeten und Artilleristen als eine Kampfgruppe aufstellen!«

»Und was sollen Sie damit?« – »Gemäß Ausbruchplan ›Löwe‹ soll ich diese Kampfgruppe führen...!«

»Und mit ihr aus dem Kessel brechen und sich bis Astrachan und noch weiter durchschlagen?« – »Jawohl, Herr Hauptmann!«

»Und die Leute?« – »Wir sind alle zuversichtlich, daß wir es schon irgendwie schaffen werden!« –

An anderen Stellen wird Plan »Löwe« einfach ignoriert, wie etwa bei der 21. Mörserbatterie, deren Rohre steil gegen den Himmel gerichtet sind. Batteriechef Hauptmann Liebscher ist Reservist, durchtrieben und ein Wirtschaftsgenie. Er hat seinen Beobachtungsstand am Wasserturm und findet alles gar nicht so schlimm.

Er hat sich einen schwarzen Bestand, dreißig Schuß pro Geschütz, angelegt, und damit sichert er seinen Geschützbedienungen, seinem Abteilungskommandeur, einem Major Peters, der noch sehr tatkräftig ist und für den der Kampf um Stalingrad noch nicht zu Ende ist – und sich selbst eine ruhige Existenz.

»Da kann man nur mit den Ohren schlackern«, sagt Krämer, »was sie noch zu fressen haben! Die zehren jetzt noch an Beständen, die sie angeblich aus Afrika mitgebracht haben!« – »Und wir haben heute noch keine Verpflegung empfangen, Herr Hauptmann!«

Am Tatarengraben, keine 100 Meter vor ihrer Nase, schwebt an einem Fallschirm eine Verpflegungsbombe nieder.

Der geblähte Fallschirm, daran sie hängt, wird vom Winde abgetrieben, und so holpert und hüpft sie noch ein Stück über den Boden hin. Die Blechhülse springt auf, und einige verpackte Brote kollern in den Schnee.

Krämer und Kunowski schauen sich um. Es ist ringsherum niemand zu sehen, und da rennen sie los. »Sofort stehenbleiben! – Ihr seid wohl verrückt geworden?« brüllt Wisse ihnen nach. Krämer und Kunowski werfen sich vor der Verpflegungsbombe in Deckung. Wisse kommt langsam nach, und auch er sieht sich um. »Aufstehen!« befiehlt er. Sie bleiben liegen, starren auf die Brote. Der Hunger ist stärker als jeder Befehl. Auch Wisse krampft sich der Magen zusammen. – Wenn ich noch eine Weile hinschau, verlier' ich den Verstand, werf mich zu den beiden auf den Boden, robbe an die Brote heran, stecke mir eines, nur eines unter den Mantel, springe auf und renne davon wie ein Dieb.

Er hört Kunowski und Krämer laut keuchen.

»Es ist weit und breit kein Schwanz, Herr Hauptmann!« Krämer kriecht los auf die Brote.

»Wenn du nicht sofort aufstehst, du dummes Aas, tret ich dir in den Arsch!« Wisse packt Krämer am Kragen, reißt ihn hoch, stellt ihn auf die Füße und holt mit der Hand aus. »Willst wohl für ein Stück Brot erschossen werden?«

Kunowski kriecht weiter. Er verdreht vom Boden aus die Augen nach dem Hauptmann, entblößt die Zähne wie ein Hund, der wütend fletscht, und in seinem Blick ist Kampfbereitschaft. Langsam schiebt er die rechte Hand unter dem Körper nach links, in die Nähe seiner Pistolentasche.

»Wenn Sie so gesehen werden, Kunowski? Diese offensichtliche Bereitschaft, eine Verpflegungsbombe zu plündern, genügt, daß Sie dafür ohne Verhör und Verhandlung auf der Stelle erschossen werden!«

»Von wem?« – fragt Kunowski drohend. »Von mir jedenfalls nicht!« – »Na also!« – Kunowski kriecht zentimeterweise weiter, während sich der Hauptmann zwischen ihn und die Brote stellt. Kunowski knurrt. »Mir ist alles scheißegal! – Wo ist denn ein Feldgendarm? – Soll sich doch blicken lassen, so ein Hund, und mich daran hindern, daß ich mich einmal satt fresse? – Ich leg ihn um!«

Vor Wisses Stiefel hält Kunowski. Er trommelt mit beiden Fäusten in den Schnee und brüllt los: »Ich habe Anspruch darauf, verflucht das Recht, wenigstens einmal noch satt zu werden. Wenn ich nicht kriege, was mir zusteht, jetzt nehm' ich mir's!«

Wisse zieht die Pistole und stellt sich vor die Verpflegungsbombe. Kunowski stützt den Oberkörper hoch und sieht Wisse mit einem Blick an, in dem Qual, Irrsinn, Verzweiflung, flehende Bitte und gefährliche Drohung liegen.

»Du warst doch bis jetzt nicht lebensüberdrüssig, Kunowski? Und jetzt auf einmal, wegen ein paar Bissen Brot?«

»Wegen nichts anderem, Herr Hauptmann!« – »Steh auf, Kunowski, es ist kalt im Schnee!« – Kunowski rappelt sich mühsam hoch. Er sieht Wisse an, und in seinen Augen ist Mord. »Wenn das ein anderer gewesen wäre als Sie, Herr Hauptmann!« – »Dann sei froh, daß ich's war!« –

»Es ist weit und breit niemand, Herr Hauptmann!« versucht es Kunowski nochmals. »Mach mich nicht schwach, du Esel, und denk dran, daß so ein Fallschirm kilometerweit von vielen Augen gesehen wird und daß etliche dieser Augen mit Ferngläsern Ausschau halten!«

Kunowski schluckt und nickt. »Wenn in einem gesitteten Staat einer aus Hunger ein Brot klaut, so ist das unwiderstehlicher Zwang, und jeder Richter spricht ihn frei! – Diese Verbrecher, diese gottverfluchten Verbrecher, was die aus uns machen...!«

Kunowski verbeißt sich in seinen Fäustling, um nicht losheulen zu müssen. Krämer steht immer noch, wie ihn der Hauptmann hingestellt hat, den Blick von den Broten abgewandt, und rührt sich nicht.

»Das gehört hier zum Batteriebereich dieses Hauptmanns Liebscher von den schweren Mörsern!«

Krämer fährt herum und heult vor Wut. – »Diese ausgefressene Bande!« – Er muß losgehen und die Abwurfstelle der Verpflegungsbombe bei der Mörserbatterie melden. Es kommt von denen der Spieß mit ein paar Mann, um die gefüllte Verpflegungsbombe abzuholen. – Sie sind gut genährt. – Kunowski, Krämer und Wisse müssen sich zurückhalten, um ihnen nicht an die Gurgel zu springen, als sie die Blechbüchse mit den Broten forttragen.

»Ihr Name, Ihre Einheit!« – faucht Wisse den Spieß an. »Hauptfeldwebel Wurzel!« – Der Spieß deutet lässig mit dem Daumen über die Schulter. – »Von die Mörser da drüben!« – »Da drüben? – Ist das eine Einheitsbezeichnung? – Was ist das für eine Auskunft? – Was erlauben Sie sich? – Wie stehen Sie überhaupt da? – Sie Unsoldat!« – Der Spieß läuft rot an und bequemt sich, Haltung anzudeuten. Seine Leute grinsen schadenfroh, und Wisse fällt bestürzt ein, wie doch einer wegen eines Stück Brote szum Vieh werden kann. »Sie sind mir dafür verantwortlich, daß die Bombe sichergestellt und abgeliefert wird!« –

Eine Stunde später trifft er den jungen Leutnant mit dem Ritterkreuz wieder, und der teilt ihm erfreut mit, daß er nun doch was für seine Leute aufgetrieben habe. »Feiner Kerl, der Spieß von der Mörserbatterie. Hat mir die zwei Brote da und die Büchse Rindfleisch spendiert!« – Die Brote sind noch verpackt und stammen ohne Zweifel aus der Verpflegungsbombe.

»Natürlich könnte ich sie zur Anzeige bringen! – Aber haben wir was davon, wenn ein paar von ihnen umgelegt werden – außer Gewissensbisse ein ganzes Leben lang?«

»Und die sind gar nicht so. Der Spieß hätte uns vielleicht sogar was abgegeben?« – wirft Krämer wehmütig ein.

»Selber verrückt vor Hunger, war ich noch so blöd und habe das Auffinden der Verpflegungsbombe gemeldet!« – stellt Wisse kleinlaut fest.

»Wenn ich Herrn Hauptmann bitten dürfte, reden wir nicht mehr darüber!« – ersucht Kunowski am Rande seiner Beherrschung. »Ja, reden wir nicht mehr darüber!« stimmt Wisse zerknirscht zu, und sein Magen zieht sich krampfhaft zusammen. »Reden wir nicht mehr darüber!« leiert Krämer und preßt beide Hände gegen den Bauch.

Am Abend dieses 17. Januar läßt der Major Wisse zu sich rufen.

Goltz ist noch abweisender und verschlossener als sonst.

Daß er bisher seine Abteilung vorbildlich organisiert und versorgt hat, steht außer Zweifel. Seine Leute nennen ihn ein Pflichtschwein. Daß er verbissen darum kämpft, seine eigene Stellung zu halten, aber sicher auch, um das Regiment oder wenigstens die Abteilung vor der Auflösung zu bewahren, ist ihm trotz aller Schwächen hoch anzurechnen. Daß er Mangel an Mut und Draufgängertum hinter Hochmut und Arroganz verbirgt, ist vielleicht seine einzige Möglichkeit, Haltung zu bewahren.

Ohne das Wort an ihn zu richten, geht Goltz im Bunker auf und ab. – An der Sprödigkeit des Majors ist jeder Versuch Wisses, diesem menschlich irgendwie näherzukommen oder wenigstens eine erträgliche Atmosphäre der Zusammenarbeit zu schaffen, abgeprallt.

Wenn er es sich noch lange überlegt, wie er mich von hier abservieren kann, so sage ich ihm ins Gesicht, daß er sich die Mühe sparen kann, denn ich bin froh, wenn ich hier fortkomme.

Ob Goltz diese Gedanken errät? Er bleibt hinter seinem Tisch stehen und begegnet kurz dem Blick Wisses, aus dem ihm aufreizend verächtliche Ablehnung begegnet. Die tadellose Haltung des Hauptmanns unterstreicht dies noch.

Der Major senkt den Blick auf die Tischplatte, und während Wisse erwartet, kurz angebunden seine Versetzung ohne Angabe von Gründen zu erfahren, bequemt sich Goltz zu einer Lageschilderung.

»Wir haben eine zweite Verteidigungslinie aufzubauen! Sie soll ein Vordringen des Feindes in den Stadtbereich verhindern, falls diesem weitere Einbrüche in die derzeit verlaufende Linie gelingen.

Nach bisher vorliegenden Meldungen scheint der Gegner nördlich und südlich der Ringbahn zum Stehen gekommen zu sein. 4 Kilometer östlich Gumrak wird von uns ein Brückenkopf gehalten. Nach dem Fall von Pitomnik ist der Flughafen Gumrak für die Versorgung der Armee lebenswichtig!«

Mit einem in der Mitte längeren und links und rechts seitlich davon kürzeren Strich zeichnet er eine leichte Feldhaubitze in die Lagekarte ein. »Hier, am Ostausgang von Gorodischtsche, auf dem südlichen Höhenrand vor der großen Balka, steht dieses Geschütz mit Richtung nach Nord und West. In einem Bunker unmittelbar daneben ist eine Kampfgruppe untergebracht. Beide werden Ihnen unterstellt.

Durch seine günstige Stellung hat dieses Geschütz einen weiten Wirkungsbereich. In erster Linie sind Panzer, die über die Höhen bei Orlowka herabstoßen, zu erledigen!«

Der Major führt den Bleistift nach unten und zeichnet in der Nähe des Flugplatzes Stalingradski, wo die Rollbahn nach Stalingrad-Mitte den Tatarenwall berührt, nordöstlich des Dammes, eine zweite leichte Feldhaubitze 18 ein.

»Das ist das zweite Geschütz Ihrer Kampfgruppe. Es ist gleichfalls einzubauen und zur Panzerabwehr kampffähig zu machen.«

Er blickt kurz auf, versucht Wisse seinen Willen aufzuzwingen, scheitert. Ein kurzer Atemstoß der Erschöpfung, Senken der Lider über die Augen. Es ist zum ersten Male eine Spur eindringlicher, persönlicher Ansprache in seiner Stimme, als er fortsetzt:

»Die Versorgung der gesamten Armee hängt davon ab, daß die um Flugplatz Gumrak gezogene Front gehalten wird. Gegenwärtig wird der Ausbau des Flugplatzes vorangetrieben. Die Armee hat bekanntgegeben, daß auf energische Vorhaltungen von unserem O.B. Reichsmarschall Göring und Feldmarschall Milch eine grundlegende Besserung unserer Versorgung mit Munition, Treibstoff und Verpflegung zugesagt wurde. Es sollen auch Lastensegler eingesetzt werden. Es wurde bereits ein neuer Versorgungsplan aufgestellt, auf Grund dessen jede 10,5-cm-Batterie 12 Schuß täglich erhalten soll.

Stalingrad wird ein zweiter Alkazar, denn wir müssen uns unter Umständen bis zum Frühjahr halten, wenn der Entsatz früher nicht möglich ist.

Nach allerdings noch unbestätigten Meldungen soll eine SS-Division, die mit den neuesten Panzern ausgerüstet ist, auf Stalingrad durchstoßen, um einen Korridor zu schaffen, durch den uns Versorgungsgüter und Verstärkungen zugeführt werden können. Unsere Division hat die Aufgabe, sich auf Rundumverteidigung einzurichten. Wir haben die Ostfront und im Verein mit der 100. Jäger und der 305. I.D. mot. auch die Westfront zu halten.

Sie haben sich morgen früh zur Übernahme Ihrer Kampfgruppe an Ihren Einsatzort zu begeben!«

Der Bursche des Majors versucht es, sich an Wisse vorbeizudrücken. In der Hand hält er etwas in eine Decke gewickelt. In der Abteilung läuft schon lange das Gerücht um, daß der Major sich Zusatzverpflegung verschaffe und über Vorräte an Lebensmitteln verfüge, die er seinen Leuten vorenthält.

»Was haben Sie da versteckt?« – schnauzt Wisse den Burschen an. Der sieht den Hautpmann verdattert an und preßt die Decke mit dem, was darin ist, fester an sich. »Das ist für Herrn Major!« – »Was, für Herrn Major?« Der Bursche schweigt. »Aufdecken!« befiehlt Wisse.

Eingeschüchtert hebt der Junge die Decke über einem Kochgeschirr hoch, das dampfend angefüllt ist mit einem Erbseneintopf, der dick ist und durchsetzt mit Brocken fetten Büchsenfleisches. Und jeder dieser Brocken ist so groß wie die Tagesportion für einen Mann.

»Und das ißt der Herr Major allein auf?«

»Fast allein«, stottert der Bursche. »Ist aus seinen privaten Vorräten!« fügt er hinzu. Empört, bissig und laut stellt Wisse fest: »Na, der leidet noch keinen Hunger! – Ich lasse dem Herrn Major einen guten Appetit wünschen!«

Entgegen seiner Gewohnheit hat Kunowski die Verpflegung noch unangetastet in seiner Fettbüchse. Er hält sie Krämer unter die Nase. »Sieh dir das an! – Wieviel so Dreckskalorien braucht der erwachsene Mann? – »Ich im Frieden zumindest meine 3000–3500!« – »Und das hier?«

50 Gramm Kommißbrot. – Das ist eine Scheibe, so dünn, daß man durchsieht. 20 Gramm Schweinefett und 25 Gramm Büchsenfleisch. »Damit soll ein erwachsener Mann auskommen und bei 30 Grad Kälte bis zum Frühjahr durchhalten?«

»Mir deucht, wir gehen vor die Hunde«, spottet Krämer. – Das reizt Kunowski noch mehr. »Nicht einmal ein Zehntel ist das von dem, was ein Mensch braucht, um nicht zu verhungern! – Ich mach' das nicht mehr mit!« zischt er außer sich, weil er mit Rücksicht auf Wisse seine Verbitterung nicht herausbrüllen kann. Er holt mit der Dose in der Hand aus, haut die Fettbüchse zu Boden, und ehe er sie in sinnloser Wut mit dem Absatz zertrampeln kann, reißt ihn Krämer zurück. »Trottel!«

Gleich auf den Boden hingekniet, von dem er das Schmalz und das Stückchen Fleischkonserve mit der Brotscheibe aufwischt, steckt er sich die Tagesration mit einem Bissen in den Mund, samt dem Dreck, der dran ist.

Die Stiefel hängen wie Blei an den Füßen. Wisse schleift sie Schritt für Schritt über den Boden hin, hat nicht die Kraft, sie zu heben. Der Kampfanzug ist schwer wie ein Kartoffelsack. – Die MPi noch zusätzlich um den Hals oder die Schulter zu hängen, ist unmöglich. Er trägt sie abwechselnd in der linken und rechten Hand.

Kunowski und Krämer haben sich Decken umgehängt und über den Kopf gezogen. – Krämer benützt seinen Karabiner als Stock, auf den er sich stützt. Bergab geht es noch. Bergauf bleiben sie alle drei nach jeweils zwanzig Schritten stehen, um zu verschnaufen. Und es geht ununterbrochen hügelab und hügelauf. Dabei hat es minus 30 Grad, und ein scharfer Wind bläst.

Sich hinsetzen, nur etwas die Augenlider, die schwer sind, zumachen und einschlafen, für immer, es wäre schmerzlos und Erlösung von aller Qual. – Es kostet Wisse Anstrengung, dieser Verlockung nicht nachzugeben, und er scheucht Kunowski auf, der sich hinhockt und bittet: »Laßt mich, nur ein Weilchen, ich komme euch nach!«

Wisse ist mit Kunowski und Krämer unterwegs, um die Kampfgruppe zu übernehmen.

Wisse sieht auf seine Uhr. »Wann sind wir losmarschiert, Krämer?« – »Punkt 8 Uhr, Herr Hauptmann!«

»Jetzt ist es 11!« – »Wie viele Kilometer haben wir gemacht, Kunowski?« –

»Vier bis fünf, Herr Hauptmann!« – »Kolossale Marschgeschwindigkeit, was? Eineinhalb Kilometer pro Stunde!« – »Noch viel zuviel, Herr Hauptmann!«

Von einer Kampfgruppe ist weit und breit keine Spur. Sie klappern die Bunker ab. Finden endlich einen, aus dessen Abzugsrohr Rauch aufsteigt. Vor dem Eingang hängt statt der Tür eine Decke. Ein entsetzlicher Gestank aus verfaultem Kadaver, Rauch, kaltem Mief und alten Kleidern schlägt ihnen entgegegen.

Kunowski geht nicht in den Bunker. »Da trifft mich ja vor Gestank der Schlag! – He, vielleicht bequemt sich einer der Herren an die frische Luft?«

Ein Unteroffizier kommt herausgekrochen. Das Gesicht nur mehr ein mit grauer, schmutziger Haut überspannter Knochenschädel. Ungewaschen und stachelbärtig, sind seine Wangen so eingefallen, daß sich die Kiefer hart abzeichnen. Auf den Backenknochen rote Fieberflecke.

Um den Hals hat er als Schal ein zerfetztes Hemd gewickelt. Unter der Mütze hervor über den Rockkragen hängen ihm verschmierte Haarzotteln, die seit Monaten nicht geschnitten sind.

Der viel zu weite und zu lange Fahrermantel ist über und über voll Flecken, rußverschmiert und zerknittert, so daß man merkt, der Unteroffizier zieht ihn Tag und Nacht nicht aus. Die Knöpfe sind bis auf zwei abgetrennt, die Taschen eingerissen, der untere Mantelrand vom Drauftreten ausgefranst und die Füße darunter in Fetzen gewickelt.

Der Hauptmann steht mit Krämer zehn Schritte abseits wie auf einem Feldherrnhügel, zur Übernahme seiner Kampfgruppe. Wisse schaudert. »Ich hab' schon im Unrat vegetierende Lumpengestalten gesehen, wie sie nur mehr von Sammelkanälen ausgespien werden. Aber ein derart wandelnder Misthaufen, ein solcher Grad von Unglück und Verkommenheit ist mir bis jetzt noch nicht untergekommen!«

Angewidert, grausam fährt Kunowski den Unteroffizier an:

»Wo hat dich denn der Lumpensammler verloren?«

In dem zusammensinkenden Lumpenbündel zuckt es. Es windet sich, und es ist unerträglich, mit ansehen zu müssen, daß noch ein lebendiger Mensch drin steckt, der sich gegen den Zerfall wehren und aufbäumen möchte. Ein Mann und Soldat, der sich grotesk und tragisch bemüht, so etwas wie Haltung anzunehmen, sich aufzurecken und strammzustehen.

Es ist für Wisse zuviel, als dieser Mensch und Lumpenhaufen, einen Augenblick stillstehend, dabei schwankend, langsam die Hand zur Ehrenbezeigung an die Mütze legt, meldet: »Unteroffizier Köfler mit vier Unteroffizieren und 22 Mann!« – aus flackernden Augen seinen Blick von Kunowski auf den Hauptmann richtet und um Anerkennung seiner Existenz fleht.

Wisse erwidert die Ehrenbezeigung gleichfalls durch Handanlegen an die Mütze und bezeugt dem Unteroffizier damit, daß er noch ist und solange er ist, Hoffnung hat. Und er ist es – der Soldat von Stalingrad, einer wie der andere, dieser für alle, wie er vor dem Hauptmann steht. Leider nur vor mir als kleiner Hauptmann.

»Wir sollen euren Laden hier übernehmen!« teilt Kunowski dem Unteroffizier mit.

»Soll ich antreten lassen, Herr Oberwachtmeister?«
»Das wäre nicht schlecht!« –

Welchen Eindruck meine Kampfgruppe bei der ersten Fühlungnahme auf mich macht, notiert Wisse im Geist.

Was aus dem stinkigen Bunkerloch quillt, sind die ärmsten Teufel, denen ich je begegnet bin.

Das Aufrecken des Unteroffiziers aus der Erbärmlichkeit war dramatisch und hoffnungsvoll, so daß ich seine Bemühung als positiv bestätigen kann.

Was er, den zu langen Mantel durch den Schnee schleifend, mit wiedererwecktem Selbstbewußtsein zum Antreten anfeuert, ist eine Ansammlung windschiefer Vogelscheuchen, die sich schaurig, groteskerweise in Reih und Glied formieren! – Kunowski tritt zu mir und flüstert mir zu: »Ich bitte Herrn Hauptmann um die Erlaubnis, losheulen zu dürfen, sonst brülle ich vor Lachen über unsere Kampfgruppe, bis ich irrsinnig werde!« – »Halten Sie Ihr loses Maul, Kunowski!« – zische ich ihn an. »Jawohl, Herr Hauptmann!« schnarrt er und macht sich bereit, die Meldung des Unteroffiziers entgegenzunehmen, der aber zuwartet, da sich noch einer aus dem Bunker schleppt. Er hält mit beiden Händen sein bis zum Oberschenkel mit schmutzigen, blutdurchtränkten Lappen umwickeltes Bein und hebt es hoch, um es zu jedem Schritt, dabei vor Schmerz laut losheulend, in den Schnee zu setzen. Er läßt sich von Kunowski nicht abwinken und vom Antreten abhalten. Ein Junge, der ruhrkrank, den nächsten Tag nicht mehr überleben wird, nur noch Haut und Knochen, die Fäuste gegen den Magen gepreßt, mit blutig vollgemachten Hosen, abgeknickt, nicht mehr die Kraft, sich aufzurichten, stellt sich ins zweite Glied.

Es sind doch Menschen! – Diese Erkenntnis läßt mein Blut zu Tränen werden. Jeder Pulsschlag meines Herzens ist ein Aufschluchzen, und in mir weint es, wie es die Mütter nicht vermöchten, deren Söhne ich vor Augen habe.

Nüchterne Feststellung: Diese Männer sind Verlorene. Durch Erfrierungen bis auf den blanken Knochen, durch Krankheit, und jeder einzelne von ihnen durch Hunger zerstört, werden keine drei von ihnen die Kraft aufbringen, den Marsch in die Gefangenschaft anzutreten oder gar zu überstehen.

Sie treiben es arg, und ich habe nicht die Kraft, diesen Unfug zu beenden. – Wenn das noch halbwegs Männer wären, ich wäre in ihren Bunker gegangen und hätte gesagt: »Bleibt hocken, alles herhören. – Wir machen miteinander einen Verein auf – namens Kampfgruppe Wisse...!«

Aber zu den Spukgestalten, die aus dieser Pesthöhle gekrochen sind? – Sie sind eigensinnig, wollen es noch mit Trara wie Greise eines Veteranenvereins.

»Stillgestanden!« Ein Schlurfen in Lumpen gewickelter Füße auf dem gefrorenen Schnee.

»Unteroffizier Köfler mit vier Unteroffizieren und 22 Mann. Davon zwei Unteroffiziere und fünf Mann Geschützbedienungen!«

Kunowski dankt zackig, knallt die Hacken zusammen, steht still wie auf dem Kasernenhof, und sein Kommando peitscht scharf über die Höhe.

»Die Augen links!« Er macht eine tadellose Kehrtwendung und meldet dem

Hauptmann. »Kampfgruppe ›Wisse‹ mit einem Oberwachtmeister, fünf Unteroffizieren und 22 Mann angetreten!« Grinst noch dreckig über seinen grausamen Scherz. Rechtmäßig kann die Meldung dieser Truppe nur mehr der Tod entgegennehmen, denn ihre einzige Verwendbarkeit ist Sterben.

Die Augen links, hat dieser Sauhund Kunowski kommandiert. Da steh ich vor ihnen, frisch gewaschen, rasiert, die Uniform noch tadellos, die Stiefel geputzt, sogar vor einer regulären Truppe noch als durchaus passabel anzusehen – und ich spüre, wie alle Blicke dieser Verlorenen sich an mir festsaugen.

Gegen sie bin ich eine kraftstrotzende Protzenfigur, und sie müssen meine Erscheinung verbittert als Provokation empfinden. Ich warte darauf, bis einer damit anfängt, einen Eisbrocken aufzuheben und nach mir zu werfen. – Sie sind zu schwach dazu!

Und jetzt muß ich ihren Augen begegnen, und ich weiß nicht, wie ich der Anklage darin standhalten werde.

Ich schöpfe tief Atem und fasse den rechten Flügelmann im ersten Glied ins Auge. Er zuckt zusammen, bemüht sich, den Kopf hochzureißen, den Nacken steifzuhalten, es leuchtet in seinen Augen auf, und er lächelt. Und das geht so von Kopf zu Kopf, von Gesicht zu Gesicht, von Auge zu Auge.

Das ist ja ein Haufen grinsender Irrsinniger! – Wie kann ich so etwas denken? – Es sind meine Kameraden. Sie speien mich nicht an, sie beschimpfen mich nicht unflätig und stürzen sich nicht auf mich, um mich in ihre Unrathöhle zu zerren.

Sie sind verflucht gehorsam, ja noch mehr, ihre Augen streicheln mich, saugen sich an mir fest. Sie liebäugeln mit mir. Herr, hilf mir, ich gefalle ihnen! – Sie bringen sich in Positur, werben, daß ich sie ja annehme. Sie sehen in mir noch eine Hoffnung.

Ich winke Kunowski heran. »Deinen dreckigen Humor brauch ich!« Er zwinkert mir zu.

»Ich sag's ihnen, Herr Hauptmann!«

Woher er nur die Kraft dazu nimmt und die Unverschämtheit. Er reißt seine Feldwebelschnauze auf, als hätte er eine Kompanie Urlauber zu bändigen.

»Wie ihr gehört habt, seid ihr jetzt die Kampfgruppe ›Wisse‹! – Das heißt was! – Wer da nicht mitmachen kann und sich nicht für fähig hält, dem Feind ernsthaften Widerstand zu leisten, links raustreten!«

Er dreht sich zu mir und grinst. Jetzt sollen Sie sehen, wie ein Kunowski das macht und wir uns den Haufen vom Halse schaffen. Er wartet eine Weile.

Ungeduldig wiederholt er:

»Also nochmals, wer sich den Anforderungen, die in einer Kampfgruppe an ihn gestellt werden, nicht gewachsen fühlt, links raustreten! – Wir haben volles Verständnis dafür und nehmen es keinem übel!«

Sie bleiben stur stehen, alle Mann!

Sichtlich angeschlagen, verzieht sich Kunowski in Richtung rechter Flügel, und ich muß in die Bresche.

»Wir haben eine Widerstandslinie aufzubauen. Besonders in unserem Abschnitt, der von unseren beiden Geschützen flankiert wird, sind stärkste Angriffe zu erwarten und abzuwehren! Erfahrungsmäß wird der Gegner vor allem mit zahlreichen Panzern angreifen...«

Sie lassen sich den ganzen Kampfauftrag von mir erzählen. Kunowski springt nochmals ein.

»Also, ihr habt gehört, kein Honiglecken! – Zum letzten Male – wer nicht kampffähig ist, einfach wegtreten!«

Und alle bleiben stehen.

»Lassen Sie wegtreten, Kunowski! – Der Unteroffizier soll, wenn er kann, mitkommen!«

»Ein wunderbares Schießfeld, bis zu 10 Kilometer weite Sicht!« erklärt der Unteroffizier. »Leider haben wir zum Eingraben keine Spaten und Krampen oder Sprengmittel!«

Das Geschütz, eine IFH 18, steht völlig offen am Straßenrand, auf einer spiegelglatten Eisfläche. Die Eissporne würden sich auch durch den Rückschlag nicht in den glashart gefrorenen Boden einbohren.

»Das Feuer ist nur auf direkte Ziele zu eröffnen!« gibt Wisse Anweisung. »Gestatten, Herr Hauptmann, die Frage, womit? Wir haben einen einzigen Schuß zum Sprengen des Rohres, falls wir überrannt werden!«

Wie die Leute es geschafft haben, die beiden Geschütze im Mannschaftszug herzuschleppen und von wo gar – will Wisse lieber nicht erfahren.

Der fürchterliche Geruch aus dem Bunker rührt von einem Stück Pferdekadaver her, der aus dem Schnee ragt und von dem sie sich ein Stück mit dem Seitengewehr herausgehackt haben, das sie nun kochen.

»Dem Gestank nach ist das doch Aas, von einem Vieh, das vielleicht schon vor Monaten verreckt ist?«

»Wahrscheinlich ist das so, Herr Hauptmann! – Was sollen wir machen? – Wir haben seit drei Tagen keine Verpflegung!«

Und es schwirren von allen Seiten die Fragen. »Wann kriegen wir Munition, Herr Hauptmann?« – »Kriegen wir MGs? Handgranaten, Sprengladungen? Wir haben nichts!« – »Wann kriegen wir Verpflegung? – Kriegen wir Zusatzverpflegung? – Wieviel Gramm Brot?« –

Zehn Mann sind, auch wenn sie sich zum Antreten vor den Bunker geschleppt haben, nicht gehfähig. – Die gesamte Gruppe ist nicht kampffähig.

»Was sollen wir machen, wenn die Russen kommen? – Was sollen wir machen...? – Was sollen wir machen...?«

»Ich werde für euch tun, was ich kann!« Selbst der ruhrkranke Junge, dem nicht mehr zu helfen ist, lächelt Wisse zum Abschied zu.

»Es wird schon alles in Ordnung gehen mit uns, Herr Hauptmann!«

Auf dem Rückweg bricht es unvermittelt aus Wisse los.

»Ha, Kampfgruppe Hauptmann Wisse? – Niemals noch sind Offiziere ärger verhöhnt, erniedrigt und mißbraucht worden als in Stalingrad. – Das hätte man mir bei der Ausbildung sagen müssen, daß man das von mir fordert. – Verbrechen ist das! – Unglückliche, verwahrloste Krüppel, Kranke, Halberfrorene, Verhungernde und Sterbende, einen solchen Haufen himmelschreienden Elends auch noch in den Kampf zu führen, damit die oben weiter und weiter Wahnsinn befehlen können?«

»Um den Topf zum Überlaufen zu bringen ist das!« wirft Krämer ein. Wisse empört sich weiter. »Eine beispiellose Zumutung und Verachtung des Offiziersstandes ist das!« – »Wir sind keine, Herr Hauptmann!« Kunowski spuckt vor sich in den Schnee. »Seid froh! – Daß ich auch nicht den verdammten Mut habe, die Uniform auszuziehen und denen vor die Füße zu werfen!«

»Bei der Kälte auch noch die Klamotten abliefern, Herr Hauptmann? – Soweit kommt's noch!« –

»Wenn Sie mich noch verarschen wollen, Kunowski, dann sagen Sie's!« – »I wo, Herr Hauptmann! – Wo werd' ich denn« – Kunowski grinst dreckig.

»Kunowski, überschätzen Sie nicht meine Gutmütigkeit!«

»Er will Sie doch nur aufmuntern, Herr Hauptmann!« vermittelt Krämer. »Halten Sie ja den Mund!« schnappt ihn Wisse an. »Ich sehe, es wird Zeit, euch wieder einmal auf Vordermann zu bringen!« Krämer ist verdutzt. »So gefallen Sie uns schon wieder bedeutend besser, Herr Hauptmann!« stellt Kunowski grinsend fest.

»Euch gefallen?« – höhnt Wisse. »Bin ich denn eure Hure?« schreit er sie an. »Wenn ihr denkt, daß ich einer von denen bin, die vor ihren Untergebenen auf den Strich gehen, so habt ihr euch in mir getäuscht!«

Schweigend setzen sie ihren Weg fort. – Wisse voran ist noch mehr erbittert, da Kunowski und Krämer zurückbleiben.

Viel Last auf junge Schultern. Da war ich mit 21 Jahren schon Batterieführer. Hatte Leuten zu befehlen, die meine Väter hätten sein können, zu Hause Frau und Kinder hatten, und ich mußte mit ihren Sorgen fertig werden, mit denen sie zu mir kamen. Das macht alt, wenn man es ernst nimmt! –

Allerdings die eigene Verantwortung war klar umrissen. Sie blieb in vollem Umfang einer militärischen Führung vorbehalten, die vor meinen Augen die beste war, in die ich blindes Vertrauen setzte, und so fiel das Gehorchen leicht und die Ausführung von Befehlen, in denen ein hoher Sinn für mich war.

In Stalingrad ist das anders geworden. Da versagt die Führung erbärmlich, begeht Fehler auf Fehler, beharrt weiter auf ihrem Führungsanspruch und befiehlt Wahnsinn, stößt die ihr anvertrauten Soldaten in den Abgrund einer Katastrophe.

Blinder Gehorsam stürzt in Mitschuld. Die Vorbilder sind nicht mehr nachahmenswert. Was sie sagen und fordern, gilt nicht mehr – es ist dumm und unanständig geworden.

Das Gehorchen ist schwer geworden. Man muß sich den ansehen und prüfen, dessen Befehle auszuführen sind, und auch deren Sinn suchen. Die Verantwortung wächst ins Maßlose, so daß nur mehr das eigene Ermessen sie beschränken kann.

Jeder Einsatzbefehl, den diese Versager geben, stellt die Offiziere vor die Gewissensfrage, ob sie mit der Durchführung einen militärisch vertretbaren Kampfauftrag erfüllen, oder nur mehr Mordbuben abgeben.

In Stalingrad scheiden sich die Uniformträger und Dienstgrade nur mehr in zwei Kategorien, in Soldaten und Nichtsoldaten. Da ist ein Gefreiter mehr Soldat als ein General, und der Oberst fühlt sich einem gewöhnlichen Landser enger verbunden als vielen seiner Offiziere. Außerdem noch Offizier zu sein, ist zu einer hohen Aufgabe in großer Vereinsamung geworden.

Allmählich rückten Kunowski und Krämer wieder auf, halten sich hartnäckig mit dem Hauptmann auf gleicher Höhe und bekunden damit, daß sie sich weiter als seine Kameraden fühlen.

»Wenn diese armen Teufel nicht wären!«

»Wissen Sie, wie Sie denen gefallen haben, Herr Hauptmann?« –

»Du bist doch ein dummer Hund, Kunowski!« – »Tatsächlich, Herr Hauptmann, die haben sich richtig begeilt an Ihnen. Haben nicht mehr gehofft, so zerlumpt, verwahrlost, wie sie sind, noch einen so zackigen Oberwachtmeister samt Hauptmann zu bekommen! Die halten noch was von uns, Herr Hauptmann, klammern sich an wie Verstoßene und sind anhänglich wie herrenlose Hunde.«

»Aber daß die noch einen Kampfwillen haben?«

»Solange ein Soldat noch eine Knarre halten kann, gilt er was und kann wenigstens was zu fressen verlangen!« –

»Wir können sie gar nicht im Stich lassen!«

»Was glauben Sie, Herr Hauptmann, warum ich vom Iwan wieder zurückgekommen bin, um hier wahrscheinlich zu verrecken? – Weil ich es nicht fertiggebracht habe, einfach abzuhauen und die Kameraden im Stich zu lassen!«

»Na, ihr Kadetten auf Abendpromenade?« begrüßt sie der Spieß der Mörserbatterie. Als er Wisse erkennt, verdrückt er sich rasch.

»Hauptfeldwebel!« ruft ihm Wisse nach.

»Herr Hauptmann?« – »Der Anschiß von mir war zu Unrecht!«

»Schon gut, Herr Hauptmann«, er wehrt ab. »Ja mei, Herr Hauptmann, net nur ang'schissen, derschmissen hätt' i so oan Kerl, der mir als ein Ausg'hungerter die Verpflegsbomben vor der Nas'n wegschnappt! – I hätt's net g'meld', wann i oane g'fund'n hätt!«

»Trotzdem!«

»Beim Barras muaß ma sich allerhand g'fallen lass'n, Herr Hauptmann!« – »Es tut mir leid!«

»Schon guat, Herr Hauptmann! – Darf ich dafür offen was sag'n?«

»Ich bitte darum!« – Der Münchner streckt sich beide Ärmel etwas hoch. »In Zivil, Herr Hauptmann, wann mir da oana so was sagt, was moanst, was i mit dem mach? – Den z'reiß i ja in der Luft, oa so a Bürscherl, a so a windiges! – Verzeihen, Herr Hauptmann, aber das tät i!« –

»Na, dann sind wir wieder gut!« – »Von mir aus schon, Herr Hauptmann. Wart's a wengerl!«

Er bringt aus dem Bunker drei Scheiben Brot aus einer Stanniolpackung, und sogar ein kleines Wurstende steckt er ihnen heimlich zu. »Aber Pappen halten! Könnt's ab und zu bei mir anklopfen!«

»Immer noch Afrikaverpflegung?« – fragt Kunowski spöttisch zweifelnd. »Ja, was denn sunst moanst?« – Der Spieß zwinkert schlau. »Friß und frag net so viel, du Hornochs, du damischer du!«

Am nächsten Tag machen sich der Hauptmann, Kunowski und Krämer auf, um das zweite Geschütz zu besichtigen und eine Verteidigungslinie zwischen den beiden Geschützen festzulegen.

Wisse kann bei der Abteilung keine Verpflegung für seine Kampfgruppe bekommen.

»Wir haben selbst nichts! Ihre Leute sind noch nicht auf der Bestandsliste, Herr Hauptmann! – Bei der nächsten Fassung!« – vertröstet ihn der Fourier. »Dann brauchen sie nichts mehr, dann sind sie alle verreckt!« Der Fourier zuckt nur die Schultern. – Um so besser, denkt er. Jeder kommt nur und verlangt. Keiner sagt, wo ich es hernehmen soll...

Der Spieß der Mörserbatterie schenkt Wisse für seine Leute eineinhalb Brote und eine fast volle Dose Schmalzfleisch. Die Leute sind erschüttert und unsagbar dankbar für die Scheibe Brot und das bißchen Schmalzfleisch darauf. –

Vor dem Bunker im Schnee, schon steifgefroren, liegen zwei Tote. Einer, zusammengekrümmt, als ob er jetzt noch Krämpfe hätte, ist der ruhrkranke Junge. Der zweite liegt auf dem Rücken, die toten glasigen Augen und den Mund weit aufgerissen, aus dem er eine dickgeschwollene blaue Zunge streckt.

»Was hat ihm gefehlt?« – »Was zu essen, Herr Hauptmann, sonst nichts!« – »Schnee drüber! – Werden morgen begraben! –«

Das zweite Geschütz steht vom ersten 4 Kilometer weit entfernt beim Tatarenwall. Es ist dafür nur noch ein Schuß zum Sprengen des Rohres vorhanden. –

»Werden Sie wiederkommen, Herr Hauptmann?« – bitten die Leute. »Werden wir jetzt wieder regelmäßig was zu essen kriegen? Werden wir Waffen kriegen und Munition?« – »Ich hoffe es!« – »Wie weit ist der Iwan noch?« – »Von uns noch gute 10 Kilometer weit!«

Diese Exkursion zur Kampfgruppe, normalerweise ohne Anstrengung in drei Stunden, samt allem Drum und Dran, zu schaffen, hat bei fortschreitender Erschöpfung wieder den ganzen Tag in Anspruch genommen.

Wisse muß noch zur Abteilung, Bericht erstatten.

Er ist müde zum Umfallen. Macht sich's leicht, der Major. Rührt nicht den Hintern aus seinem warmen Bunker, frißt sich satt, spielt den wilden Mann und schickt die anderen los.

Der Major hört sich den Bericht Wisses an und betrachtet sich währenddessen mit Wohlgefallen seine gepflegten Fingernägel.

Er nickt, als der Hauptmann endet, und damit hat sich für ihn die Chose. – Die Wut darüber gibt Wisse Energie und Schwung.

»Das Resümee und einige Fragen, die sich daraus ergeben, Herr Major!«

Goltz zuckt zusammen, als hätte er, den Bericht schon ad acta, irgendwas geträumt. – Wisse, dem gar nichts daran liegt, der aber jetzt Lust dazu verspürt, fragt: »Gestatten, Herr Major, daß ich rauche?« – Es ist Attacke. »Bitte, bitte!« – Der Major ist überrannt. Aus Höflichkeit bietet Wisse aus seiner unwiderruflich letzten Schachtel auch dem Major eine R 6 an. »Danke, danke!« wehrt Goltz entsetzt ab, als sollte er überfallen werden.

»Aus der Stellung der beiden Geschütze ergibt sich zwischen ihnen ein Kampfabschnitt von 4 Kilometer Länge, den ich zu verteidigen habe. Auf diesem

Abschnitt, der in einem Halbbogen, beginnend große Balka ostwärts Gorodischtsche, vorbei am Flugplatzrand Stalingradski, bis zum Berührungspunkt Tatarenwall, Ringbahn führt, sind, wenn es dazu kommt, starke Feindangriffe und Durchbruchsversuche zu erwarten!«

Der Major nickt, aber nur zum Zeichen, daß er mitgehört hat. »Die Situation ist nun folgende, Herr Major! – Nach links und rechts klaffen Lücken. Bis jetzt kein Anschluß an irgendeinen Nachbarn.

Beide Geschütze ohne Munition. – MG-Gruppe ohne MG. – Für 24 Mann elf Karabiner mit ungefähr 300 Schuß, dazu 17 Handgranaten.

Zur Besetzung meines Abschnitts habe ich nominell vier Unteroffiziere und 22 Mann, dazu noch von uns als meine Stellvertreter Oberwachtmeister Kunowski und Unteroffizier Krämer. Heute früh hatte ich zwei Mann Ausfall. Bis heute abend waren es acht Mann, die infolge Erfrierungen und totaler Erschöpfung keinesfalls mehr gehfähig sind. Diese Zahl dürfte sich von Tag zu Tag erhöhen.

Wenn ich sechs Mann als Geschützbedienung abstelle, falls Munition eintrifft, bleiben mir zur Besetzung der 4 Kilometer langen Widerstandslinie zwölf Mann.

Die Leute sind heute den vierten Tag ohne jede Verpflegung. Weitere Ausfälle infolge Verhungerns sind anzunehmen! – Der Zustand der Männer ist unbeschreiblich elend! – Das ist Kampfgruppe ›Wisse‹. – Hier, Herr Major, ist jeder Befehl illusorisch!« trompetet der Hauptmann.

Wisse erwartet, daß der Major nun schreit. – »Das heißt, Sie wollen meinen Befehl nicht ausführen?«

Der aber nickt nur, überlegt und wischt mit der Handfläche über die auf der Karte eingezeichnete Stellung.

– Werden Sie wiederkommen, Herr Hauptmann? – Werden wir nun wieder regelmäßig etwas zu essen kriegen, Herr Hauptmann? hat Wisse die Bitten der Leute in den Ohren.

»Das Gelände bietet jedoch sehr gute Verteidigungsmöglichkeiten, Herr Major! – Die Leute, Herr Major, sind trotz ihres schlechten Zustandes ausnahmslos und lobenswert einsatzbereit und kampfwillig!«

Goltz schaut auf, und in seinem Gesicht ist es hell, Befriedigung, fast ein Lächeln. – Wisse ereifert sich. »Was den Leuten vor allem fehlt, ist was zu essen, Herr Major! Ich glaube fest daran, daß sie sich rasch erholen und kräftigen, wenn sie regelmäßig verpflegt werden und eventuell eine Kampfzulage bekommen!«

Der Major steht auf.

»Da ich vorläufig weder Munition noch Verstärkung für Sie habe, ist die Kampfgruppe nicht einsatzfähig. Dem letzten Lagebericht nach steht der Russe auf naheste Entfernung noch mindestens 10 Kilometer vor uns. – Was ihm an deutschen Kräften gegenüberliegt, weiß ich nicht. Daß er morgen schon bis zu uns durchbricht, ist nicht zu erwarten.

Sie holen morgen mit Ihren Leuten in Gumrak Verpflegung für die Abteilung! – Für Ihre Leute mit – und Munition!«

»Jawohl, Herr Major!«

»Wir haben keinen Sprit mehr. Der Transport muß im Mannschaftszug mit Handschlitten bewältigt werden. Nehmen Sie sich entsprechend genug Leute mit!«

Verpflegung holen in Gumrak! – Goltz hat leicht reden.

»Ist ja schwieriger als eine Nordpolexpedition!« seufzt Knowski.

»Etwa 10 Kilometer Hin- und Rückmarsch! – An einem Tag mit den Leuten nicht zu schaffen. Bei Annahme von 2 Kilometern Marschgeschwindigkeit je Stunde...!« – »Mit den armen Krüppeln, sehr optimistische Annahme, Herr Hauptmann!« gibt Krämer zu bedenken.

»Auf der glattgefahrenen Rollbahn läuft der Schlitten leicht. Wenn die Leute, in zwei Zugmannschaften geteilt, sich alle 500 bis 1000 Meter abwechseln und zwei Stunden an Rastpausen dazugeschlagen werden?«

»Zumindest drei, Herr Hauptmann!«

»Also gut, Krämer, drei – macht für den Hinweg acht Stunden! Ich denke, das reicht?« – »Und wenn die Leute unterwegs schlappmachen?« – »Dann spannen wir dich vor!« giftet sich Kunowski.

»Wir nehmen deshalb ja 16 Mann mit! – Mit uns sind es sogar 19!« stellt Wisse fest.

»Annahme, daß die Zugmannschaft bis zur Hälfte ausfällt...? – Und wenn zwölf Mann ausfallen, Herr Hauptmann, oder noch mehr? – Und wenn wir Schneesturm haben oder Neuschnee?«

Kunowski geht in Saft. »Und wenn du nichts zu fressen kriegst, du doofe Nuß?«

»Schluß jetzt und in die Falle!« – befiehlt Wisse. »Um 6 Uhr früh ist Wecken! – Und Sie, Kunowski?«

»Ich bin um 7 Uhr bei der Abteilung, hole die sechs Hiwis, die beiden Schlitten und setze mich in Eilmarsch. – Treffpunkt Bunker – Kampfgruppe Wisse!« Kunowski grinst.

»Jawohl! – Und ich gehe mit Krämer voraus und werde sehen, wie viele von den Leuten ich auf die Beine bringe! – Wir müssen aber vor Anbruch der Dunkelheit in Gumrak sein, um noch am selben Tag Verpflegung empfangen zu können!«

»Solange Gumrak noch in unserer Hand ist!« spottet Krämer.

Es ist ein eiskalter, sonniger Wintertag. Ein frischer Wind bläst über die Steppe. Die Luft ist prickelnd wie Champagner.

»Ist dir kalt, Gwen, Liebste?« – Ich stelle ihr den Kragen des Pelzmantels auf. Sie lächelt, drückt den Kragen des weichen Zobels gegen die Wange.

»So eine ausgefallene Idee von dir, unsere Hochzeitsreise nach Gorodischtsche zu machen!« – »Ist es nicht schön?« frage ich besorgt. »It is beautiful, darling!«

Es ist wieder Friede auf Erden. Auch über Rußland ist Christus der Herr wieder auferstanden, und es erschallen die Sonntagsglocken.

Daß dafür die Kameraden von Stalingrad unter dem Schnee liegen? – Immerfort und überall, in vielen Stunden meines Lebens weint das Herz darüber.

Wäre Gwen nicht bei mir, ich würde aus dem Schlitten springen, losrennen und brüllen – Entfernung 1200 – Libelle 300 – Feuer! – Feuer! – Feuer! – Schlafen ja nur die Soldaten der 6. Armee unter dem Schnee. Aus hunderttausend kleinen Hügeln erheben sie sich, schütteln den Schnee von sich ab, packen die Knarre fest und feuern – in die klare, sonnige Winterluft, denn es ist nirgendwo mehr was vom Feind zu sehen. Nichts als Sonne, Schnee und Steppe, Sonntagsfrieden und Glockengeläut – aber sie feuern mitten hinein!

Jeder Granatsplitter in der Erde ist ein Drachenzahn. Saat, aus der neuer Haß wächst, immerfort, seit Anbeginn bis ans Ende der Welt.

Die Soldaten unter dem Schnee finden keine Ruhe! Es erhebt sich über die Gräber – ein Schrei nach Vergeltung. – Rache für Stalingrad! – Von wem?– Keine Hoffnung jemals mehr auf Frieden!

Gut, daß ich dich habe, Gwen, ich wäre sonst verloren.

»Siehst du, Gwen, dort auf dem Hügel, das ist die Kirche von Gorodischtsche. Auf diesem Hügel habe ich auf den Knien gelegen, zum Kirchturm hinübergeschaut und gebetet: Herr, laß wieder Frieden werden!«

Und viele Schlitten mit lustigem Schellengeläut fahren an uns vorbei, den Hügel hinauf, alle zur Kirche hin nach Gorodischtsche, um Gott dem Herrn zu danken, daß wieder Frieden ist.

»Friede auf Erden!« – »Friede auf Erden!« – ist der neue, uralte, sehnsuchtsvolle Gruß, der uns von allen Seiten zugerufen wird.

»Und Gott im Himmel ein Wohlgefallen!« grüßt Pjotr zurück, dieser Pjotr aus Charkow, dem ich versprochen hatte, mich um ihn zu kümmern!

Pjotr sitzt auf dem Kutschbock, knallt mit der Peitsche über die dampfenden Rücken der Troikapferde hin und schnalzt mit der Zunge. Unter den trabenden Hufen stäubt der Pulverschnee auf, und die Schneekristalle glitzern in der Sonne.

Die Steppe ist erfüllt vom Schellen des Schlittengeläuts, und hoch darüber hin ist das mächtige Dröhnen der Kirchenglocken.

Das Donnern und Dröhnen ist der Kampflärm der nahen Front.

Zorn über der Welt wie ein Strafgericht Gottes.

Sonne? – Kein Strahl, neblig, diesig, trostlos. Wären nicht 25 Grad Kälte, es könnte Allerheiligen sein.

Ein alter Panjeschlitten ist es, mit hohen Kufenschnecken, und statt der zottigen Pferde – hängen Elendgestalten, ausgespien aus allen Schlünden der Erbärmlichkeit, dran – schieben, keuchen, stürzen, ziehen sich wieder hoch und schleppen sich weiter.

Die öde unendliche Schneefläche und Hoffnungslosigkeit im Nebel, das ist Sibirien, das uns erwartet.

»Herr Hauptmann, da ist wer liegengeblieben!« meldet Krämer. – Ein dunkles Bündel im Schnee hingestreckt, ist einer zurückgeblieben und sieht dem Schlitten nach. – Ein zweiter fällt hin und bleibt lang ausgestreckt liegen. – Sie erwarten nicht mehr, daß sich einer nach ihnen umdreht.

»Halt!« befiehlt Wisse. »Die Kameraden auf die Schlitten laden!« – Uns wird keiner auf Schlitten laden, wenn einer hinstürzt, zu einsamem Sterben in der Schneewüste Sibiriens.

Sibirien, hämmert es im Hirn des Hauptmanns, das ist es, was auf uns wartet.

Keiner wird es überleben und die Heimat je wiedersehen.

Aus Richtung Gumrak dröhnt es wie Weltuntergang, und das diesige Grau des Himmels darüber ist durchzuckt von Flammen wie der Atem des Teufels.

Was wird von uns vorn liegen? Ein paar Krüppel, Kranke mit Karabinern.

Der Iwan wird sie niederwalzen, und in einer Stunde können die russischen Panzer hier sein! –

Es ist unerträglich, schon vor Augen zu haben, wie es sein wird. Gefangene, mit Knüppeln und Peitschen angetrieben. Gefangene mit der Spitzhaue an den Schwellen der sibirischen Eisenbahn, an Dämmen, Kanalbauten, in Urwäldern holzfällend, Zwangsarbeit – Todesmarter. – Verbannt, verdammt, jeder Verzweiflungsschrei ungehört verhallt, kein Gebet mehr erhört in gottlosem Land.

»Vorwärts!« – feuert Kunowski die Menschengespanne an.

Derselbe erschütternde Zug, wie er sich nach Pitomnik bewegte, nun, seit es gefallen ist, in umgekehrter Richtung. Stalingrad-Stadtbereich ist nun das Wunschziel der Kolonnen.

Immer wieder wird Wisse nach Lazaretten gefragt, in denen es angeblich warme Unterkünfte, Strohlager und sogar heißen Tee geben soll. Besonderer Anziehungspunkt ist das große Kommandanturgebäude in Stalingrad-Mitte, der Timoschenkokeller, wor für Tausende Platz sein soll und elektrisches Licht und Ärzte und Operationssäle, und wo es Ausflugscheine geben soll – über Flugplatz Gumrak.

Und so wankt und schleppt sich das Elend auch über diese Straße des Todes. Sie haben die Augen starr auf die glatte Fahrbahn gerichtet, wehren sich dagegen, hinzustürzen.

Auf ihrem Weg alle vor Augen, die hinfielen, um nimmer aufzustehen, die ihren Weg säumen und ihre Reihen lichten, kämpfen sie noch zäh und verbissen um jeden Atemzug Leben.

Die nicht mehr weiterkönnen, hocken sich an den Straßenrand, legen sich in den Schnee und erwarten den Tod.

Es ist wieder großer Rückzug. Vor allem Trosse, noch erstaunlich viele motorisierte Fahrzeuge, schwere Zugmaschinen mit drei, vier Anhängern. Woher die immer noch den Treibstoff nehmen?

Die gesamte Westfront scheint in Auflösung zu sein. Reste der 3. I.D. mot., der 376. I.D., der 76. I.D., der 14. Panzerdivision, die einzeln und in Gruppen zurückgehen.

Was nicht verhungert, erfroren, vom russischen Artilleriefeuer und den Panzern zerstampft und zerfetzt wurde, wälzt sich humpelnd, schlürfend und fahrend vorüber in Richtung Stalingrad, das mit den in den Himmel ragenden Ruinenzacken wie eine uneinnehmbare Burg mit vielen Zinnen winkt!

Vor dem Ortseingang von Gumrak ist die Straße verstopft. Wisse läßt die Schlitten halten und geht voraus, um zu sehen, ob durchzukommen ist.

Fahrzeugkolonnen, die sich in beiden Fahrtrichtungen stauen. Zurückgehende Trosse, nach Gumrak Flugplatz rollende Verpflegungswagen.

Einzelne energische Kommandeure versuchen, die Auflösung aufzuhalten und wieder Ordnung in die rückflutenden Massen zu bringen.

Ein Oberst läßt Wagen abräumen, um Platz für Verwundete zu schaffen. Er tobt.

»Is ja doll, was ihr da alles mitschleppt!« staunt er. – »Wat is denn det für'n komischer Apparat?« – Ein Haufen Landser steht herum und betrachtet sich gleichfalls, was da vom Wagen heruntergehoben wird.

»Dat ist ja ne richtige Sänfte?« – Der Oberst umkreist kopfschüttelnd die von allen Seiten verschlossene Holzkabine, die vorn mit einer Tür mit einem herzförmigen Guckloch und links und rechts seitlich mit langen Tragestangen versehen ist. – »Da führt wohl einer eine Haremsdame mit?« – Der Oberst öffnet vorsichtig das Türchen.

Im Innern der Kabine ist eine Sitzbank mit einem kreisrunden Loch drin, für einen unzweideutigen Zweck. Von der Sitzbank herabhängend, ein Stück roter Plüschvorhang mit Quasten und dahinter verborgen ein blitzblank geschrubbter, verzinnter Eimer.

»Is ja doll! – Is ja doll!!« – kann der Oberst sich nicht fassen. »Wem gehört denn dat Ding?« – Ein Landser meldet sich. »Das ist das tragbare Scheißhaus von unserem Chef!«

»Und da sind Sie wohl z.b.V. für?« – »Jawohl, Herr Oberst, mit noch einem Mann. – Der Apparat geht schon seit Anfang Rußland mit!«

»Und det habt ihr ihm nachtragen müssen in die Schlacht, eurem Napoleon?« – Und da kommt auch schon ein kleiner Mann, mit Lammfellmantel und Pelzhaube, Distinktionen nicht erkennbar, angewetzt. »Was ist das hier für Unfug?!« – brüllt er, und zu dem einen Landser: »Papier, Lemke, rasch, sonst geht's in die Hosen! – Tach, Herr Oberst, entschuldigen Sie, muß mal eben, hab' ein nervöses Darmleiden!« – und er schlägt die Tür hinter sich zu. »Haut ab, blödes Volk! – Habt ihr noch keinen Major auf dem Topf gesehen?« schimpft er durch das Guckloch.

»Na, dann alles noch mal kurz und kräftig jelacht!« befiehlt der Oberst und meckert los, mit einem Gesicht, das schwarz ist voll Bitternis. »Der Major will uns noch demonstrieren, wie beschissen es hier ist? – Wiehert trotzdem Leute!«

Und so gibt es ab und zu ein Auflachen – auch noch in Stalingrad und am Rande des Todes.

Der Hauptmann geht über die verstopfte Hauptstraße zurück, um seine Leute anzuweisen, Gumrak in Richtung Gontschara zu umfahren.

Was um ihn geschieht, wird zu Bildern und Streiflichtern, die an seinem Weg liegen. Hunger, Kälte, Angst, Entbehrung und Verzweiflung, sie reichen an ihn noch heran, kriegen ihn aber nicht mehr zu fassen. Er hat den Weg gefunden, der hinausführt. Losgelöst aus dem Chaos, geht er mitten durch, lauschenden Ohres und streifenden Auges, wie einer, der nicht mehr dazugehört und es sich nur nicht anmerken lassen will, daß er Stalingrad schon von außerhalb denkt.

Vom Flugplatz her klingt ununterbrochen hohes, helles Motorengedröhn, da die Piloten der gelandeten Maschinen, der Kälte wegen, die Motoren nicht abstellen dürfen. Sie würden nicht mehr anspringen.

Startende, landende und kreisende Flugzeuge. Die Soldaten scheren sich ebensowenig darum wie um den Kampflärm der nahen Front.

Aus dem trüben Himmel stoßen russische Jagdbomber. – Beschuß aus Bordwaffen. Bomben im Reihenabwurf, mitten in die ineinander verkeilten Fahrzeugkolonnen.

Es ist wie ein kleiner Weltuntergang. – Weltuntergang ist gut, denkt Wisse. – Das wird mit immer wirksameren Mitteln und Kulissen, mit immer mehr Darstellern und einem immer größeren Aufwand an Komparsen, wobei Geld und Material keine Rolle spielen, so eifrig geprobt und einfühlend vorgeahmt, daß es, wenn es einmal dazu kommt, gar nicht viel anders sein kann und einfach klappen muß. Auch in Stalingrad wird Weltuntergang gespielt. Hitler führt großartig Regie und läßt es sich einige Milliarden Mark kosten. 22 vollausgerüstete Divisionen, 300000 Soldaten als Statisten und 10000 Offiziere als Edelkomparsen werden aufgeboten. In einer Menge kleiner Rollen treten Helden, Stabsoffiziere und andere Wichtigtuer auf, und, als ungeahnter Effekt, am Ende, wenn Paulus und seine Generale ihre große Szene haben, gibt es ringsum lauter echte Tote – eine ganze Armee.

Es geht ins Finale. Hoffentlich schmeißen die Hauptdarsteller ihre Schlußszene nicht?

Einschläge, daß die Erde bebt. Eruptionen aus Erdbrocken, Schnee, zertrümmerten Fahrzeugen, Ladungen, Bemannungen. Dicker Rauch aus einer Flammenhölle brennenden Benzins und explodierender Munition. Hunderte Soldaten auseinanderstiebend, in Deckung springend, kriechend, ohne davonzukönnen, irre, kopflos hin- und herrennend.

Der Hauptmann hat sich gegen eine Hauswand gelehnt. Interessiert sieht er zu, wie rasenden Ungeheuern gleich, Maschine um Maschine mit heulenden Motoren über die Straße hinjagt, wie aus den Bordkanonen in den Tragflächen und Kanzeln Leuchtspurgarben niederfahren.

5 Schritte vor Wisse liegt ein Soldat in Deckung unter einem Lkw. In Todesangst, um jeden Augenblick Leben noch laut brüllend, schlägt er in wütender Verzweiflung den Schädel mit der Stirn gegen den Boden, krallt die Finger in den hartgefrorenen Schnee, kniet dabei und reckt den Hintern hoch. – Will noch nicht sterben, der arme Junge.

In Schwefel-, Phosphor- und Brandgeruch, im Pfeifen der Bomben, dem rasenden Knallen und Zischen der Explosiv- und Brandgeschosse, durchzirpt vom Singen der Splitter, krachendes Zerbersten, Angst-, Schmerzens-, Todesschreie, und darüber das Brüllen der Motoren.

Und da gibt es Landser, die werfen sich nicht einmal mehr hin. Schon so jenseitig, ist es ihnen gleichgültig, ob sie erschossen, von Trümmern erschlagen, von Stichflammen erfaßt und verbrannt, von Bomben und Splittern zerfetzt oder von Druckwellen weggeschleudert werden. Sie treten in Brände, steigen über Tote, die Schritte vor ihnen fielen, und gehen weiter, als ob sie wandelten, bis auch sie gefällt werden.

Einer bleibt stehen und zieht, nur ihr Beachtung schenkend, noch einmal seine Uhr auf, damit sie in seinem Todesaugenblick tickt, und es zerfetzt ihn eine Bombe, und er ist weg, als ob er nie gewesen wäre.

Wisse rafft sich auf. Ich muß zu den Schlitten.

Die Steppe im weiten Umkreis und das Rollfeld sind mit Flugzeugtrümmern übersät.

Maschinen, die nicht durch die Flaksperre der nahen Feindfront kamen, beim Landen Bruch machten, durch Artilleriebeschuß auf dem Flugplatz zerstört wurden. Maschinen, in die sich so viele Verwundete preßten, daß sie, zu schwer belastet, abschmierten.

»Die Flugzeugführer sagen, daß sie das Anflugsziel nicht verfehlen können, denn die ganze Route entlang, wie Gerippe verendeter Kamele auf einer Karawanenstraße, liegen auf dem Boden die Wrackteile der abgeschossenen Maschinen!« – erzählt der Flaksoldat, den der Hauptmann fragt, wo es zur Verpflegungsausgabe geht.

»Jetzt haben wir eine glattgewalzte Landebahn, Randbefeuerung und sogar Peilgeräte, aber manche Flugzeugführer wollen nicht landen. Für die ist dicker Bodennebel, besonders wenn der Iwan mit seiner Artillerie hereinfunkt.

Da werden einfach in der Luft die Schiebetüren der Ju's aufgemacht, die Ladung wird hinausgepfeffert und dann nichts als flink abgehauen!

Die meisten sind aber gut. Tolle Burschen drunter. Ist natürlich jeder froh, wenn er wieder rauskommt.«

»Jetzt soll ja weit mehr eingeflogen werden? – Heißt doch, unsere Versorgung wird grundlegend verbessert?« – fragt Krämer.

»Daß ich nicht lache! – Wo sollen denn die Maschinen landen? – Gumrak ist doch viel zu klein – und morgen wahrscheinlich landet schon wieder der Iwan hier!« – »Ist denn die Front schon so nahe?« –

»Seit heute früh knallt's ununterbrochen, hauptsächlich aus Richtung Gontschara. Dort jedenfalls sitzt der Iwan schon drin!« – »Das ist aber verflucht nahe!«

»Ja, wenn ihr rüber wollt? – Kleiner Spaziergang, keine 2000 Meter mehr! – Ihr marschiert direkt darauf zu. – Müßt wieder ein schönes Stück zurück, wenn ihr bei uns noch mal Verpflegung empfangen wollt, falls es noch welche gibt!«

»Liegt was von uns vorn?« mischt sich Kunowski ein. »Ein paar werden schon vorn sein. Aber wo die stehen, ob gehalten wird oder nicht? – Kein Schwanz weiß, was los ist!«

Von den Leuten hockt sich einer in den Schnee. Er reicht Kunowski ohne ein Wort seine Brieftasche, bricht selber seine halbe Erkennungsmarke ab.

»Laß mich! – Es ist ein guter Platz hier!« –

»Quaßle nicht so dummes Zeug! – Komm, Junge!« Kunowski und Krämer wollen ihm aufhelfen. Er wehrt sich, schlägt um sich, fängt wie eine Dampfmaschine immer schneller zu keuchen an, plötzlich ein Ruck durch seinen Körper, ein Zucken des Kopfes, und Kunowski läßt ihn in den Schnee zurücksinken. – Er wölbt die Lippen und sieht den Hauptmann an. »Finis! – Hat sich wieder einer verkrümelt!«

»Ich weiß nicht, ob wir hier richtig sind«, fragt Krämer, denn die Balka ist verlassen. Die Bunker sind aufgerissen, ohne Türen und Fenster. Nichts als Scherben und Gerümpel, leere Flaschen und Konservendosen sind zurückgelassen worden. Befehle, die nur mehr im Wind flattern. Tafeln mit nun höhnenden Aufschriften. Deutsche Feldpost, Munitionsausgabe, Verpflegungsamt, IVc – Stab Hülse usf.

»Getürmt die Bande!« tobt Kunowski. »Verflucht, es muß doch wo was zum Fressen geben?«

»Es sieht nicht danach aus, Emil!« – »Dieselbe Sauerei wie in Pitomnik!« – Kunowski ist plötzlich müde und mutlos. Er wirft einen schrägen Blick nach dem Hauptmann.

»Gut! – Also pfeif' ich auch drauf! – Wenn du willst, Willem, so schau du, ob da noch wo was zu finden ist! – Ich bleibe bei den Schlitten!« – Wisse mißt Kunowski lächelnd. – »Komm, Krämer!« – »Jawohl, Herr Hauptmann!«

In der Nähe MG-Feuer. Ab und zu böllert eine Pak. Dazwischen Abschüsse aus Panzerkanonen. Der Wind trägt Motorengeräusch herüber.

Die Schlucht ist verästelt und verzweigt. Als Wisse sich umdreht, sieht er, daß Kunowski mit den Schlitten und den Leuten langsam nachfolgt.

Durch einen Bunkereingang, dessen herausgerissene Tür durch eine russische Zeltplane abgedeckt ist, dringen Qualm und Gestank von verbranntem Gummi.

Wisse steckt den Kopf zwischen Zeltplane und Eingang. »Sie können wohl nicht anklopfen, was? – Hier badet eine Dame!« – »Ich wollte nur fragen...?« – »Ob Sie zuschauen können? – Immer nur hereinspaziert!«

Was so stinkt, ist ein glosendes Feuer, in dem ein halber Autopneu brennt. – Durch die Glut angeleuchtet, hocken drei Mann ringsherum. –

Es ist der Gefechtsstand einer Kampfgruppe der 14. Panzerdivision. – Der Kampfgruppenführer, ein Major, ist lang, das merkt man an den hochaufgeklappten Knien im Sitzen, über die er eine Decke gebreitet hat. – Den Leutnant traf Wisse in Pitomnik, als dieser mit ein paar Leuten einen zurückgelassenen Lkw durchstöberte und sich dann davonmachte.

»Sie haben mich damals wohl für einen Marodeur gehalten, Herr Hauptmann? – Indessen bin ich, wie Sie mich hier vor sich sehen, wohlbestallter Bataillonsadjutant. Man schaut halt immer wieder, ob man nicht wo ein paar vom alten Haufen findet. Es lebt und stirbt sich mit ihnen leichter!« Der Feldfernsprecher klingelt. Der Leutnant hebt ab. »Jawohl, Herr Oberst, nein, nein, jawohl! – Nein, bei uns noch keine besonderen Vorkommnisse. – Was ich besondere Vorkommnisse nennen würde, Herr Oberst? – Wenn ich Herrn Oberst melden könnte: Vorauspanzer der Entsatzarmee gesichtet! – Nach links Verbindung mit der 3. I.D. mot., nach rechts, etwa 1000 Meter südwestlich Flugplatzrand, Berührung mit vorfühlenden Feindpanzern! – Jawohl, Herr Oberst! Stellung halten! – Keinen Schritt zurück! – Nochmals, Stellung halten, um jeden Preis! – Jawohl, Herr Oberst!«

»Um jeden Preis? – Soll nur nicht so angeben, der Herr!« knurrt der Major. »Viel haben wir nicht mehr zu bieten. 60 Mann, die ich zusammengekratzt habe, ist die ganze Herrlichkeit. – Wo jetzt das Verpflegungslager ist, kann ich Ihnen leider nicht sagen! – 200 Meter hinter uns liegt eine Verwundetensammelstelle. Vielleicht fragen Sie da nach!«

Der Major folgt dem Blick Wisses auf die leere Hülse einer Verpflegungsbombe. Es ist kein Geheimnis mehr, daß Soldaten, besonders die vorn liegen, obwohl Todesstrafe darauf steht, Verpflegungsbomben, die sie finden, heimlich unter sich aufteilen.

Der Major lächelt. »Wir verpflegen uns aus Beständen, die wir jeweils vorfinden. Ich habe noch zwei 7,5-cm-Pak, etwa 150 Schuß und einen ausgezeichneten Richtschützen. – Bei uns kommt der Iwan nicht durch, solange die Leute was zu schießen und zu futtern haben!« – Er ist zornig, finster, trotzig. – »Irgendwer muß ihm ja noch die Zähne zeigen! – Lassen wir uns doch vom Iwan nicht bieten, daß er eine deutsche Armee einfach knackt wie eine Laus!«

Die Bunker sind voll von Verwundeten. Sie liegen auch in der Balka im Freien, im Schnee, in Reihen nebeneinander. Es wird rasch gestorben. Zwei Sanitäter gehen von Mann zu Mann. Ein kurzer Blick, und sie ziehen jedem dritten, vierten Mann die Decke vom Körper. Aus! – Sie decken andere damit zu, die dabei zuschauen, wehklagen, Hunger schreien und fluchen.

Einer verkrallt sich in seine Decke. »Laß mir meine Decke, du verfluchter Hund! Siehst du denn nicht, daß ich noch lebe? Mein Bauch, mein Bauch! Der Verband ist durch, ich kann meine Därme mit den Händen spüren!« – Der Sani winkt ab. Das heißt soviel wie: Dir ist nicht mehr zu helfen. Gib Ruhe! – Mit einem Ruck zieht er die Decke ab und legt sie über einen, dessen rechtes Bein amputiert ist und den das Fieber schüttelt.

»Die Decke! – Mein Bauch! – Die Decke! – Mein Bauch! Mein Bauch! – Die Decke!« – jammert er fort in einer Litanei.

Einige fangen daraufhin an, wie Tiere laut zu brüllen.

Etwa 25 von den mindestens 200 Verwundeten, teilweise sich selbst zu Fuß schleppend, einige auf Tragen, werden unter Führung eines Arztes zum Flugplatz gebracht.

»Die Verpflegungsausgabestelle ist geräumt!« – gibt der Stabsarzt dem Hauptmann Auskunft. »Am besten, ihr macht direkt zum Flugplatz, vielleicht, daß dort gleich aus den Maschinen, die noch landen, etwas ausgegeben wird.«

Kunowski ist mit den beiden Schlitten weit zurück. Die Leute können nicht weiter. Rasten.

Plötzlich Artilleriebeschuß. Krämer rennt quer durch die Balka in eine Seitenschlucht, wirft sich hin, robbt bis zum nächsten Bunker, kriecht hinein.

Der Hauptmann drückt sich gegen die Balkawand, sieht hoch. In dichter Folge, wie eine Meute losgelassener Jagdhunde, die einen Graben überspringen, pfeifend und zischend, sausen die Granaten rudelweise über die Balka hin.

»Komm raus, Krämer!« – versucht er das Heulen zu überbrüllen. »Geht alles weit drüber weg!« –

»Ein Verwundeter, Herr Hauptmann!« – schreit Krämer zurück.

Mitten im Bunker kniet röchelnd ein Soldat.

Im Kampfanzug, am Rücken, sind zwei handtellergroße Blutflecken und mitten darin die Einschußlöcher mit gestockten Blutpfropfen.

Es sieht aus, als habe er sich, auf den Knien rutschend, noch in den Bunker geschleppt. Den Oberkörper vornübergesunken, den Kopf herabhängend, umkrallt er einen aufgerissenen Papiersack, aus dem graues Mehl quillt, und darüber sickert sein Blut.

Auf dem Boden liegen Späne und Splitter eines Kistendeckels. Daneben noch das Seitengewehr, mit dem sie zerhackt wurden. Ein leerer Marmeladeeimer ist umgeworfen.

»Es gehört mir! – Nicht wegnehmen, bitte! – Gehört alles mir!« stöhnt er, als Wisse sich zu ihm niederbeugt. »Nimmt dir niemand was weg, Junge! – Hat's dich erwischt?« – »Die Schweine haben mich umgelegt! – Hab' alles ich gefunden! Wie die Verpflegungsheinis weg waren. Der Sack, der Eimer, auch den Kistendeckel. Habe ich mir zusammengetragen. Wollte mir Suppe kochen. – Gehört alles mir!«

Bei jedem Wort, das er stockend herausstößt, quillt ihm Blut aus dem Mund und tropft auf den Sack.

»Sollst nichts reden, mein Junge!« – Er wehrt sich, als Wisse ihn zur Seite lagert, läßt den Sack nicht los. »Mir, mir!«

»Ja, gehört dir! – Sollst ruhig liegenbleiben und nichts reden!« – »Ich muß aber! – Die zwei sind von der Kampfgruppe stiften gegangen! Ich wollte nicht mit. – Teilen schon. – Die wollten mir alles wegnehmen. – Ich hab' nicht lassen, auch geschrien, da haben sie mich umgelegt! – Geschrien hab' ich! – Sind dann abgehauen! – Mir gehört alles, mir!«

»Soll ich dir Suppe kochen?« fragt Krämer. – »Ja, bitte!« – »Dann gib her, du machst ja das ganze Zeugs kaputt!«

Vorsichtig nimmt Krämer dem Verwundeten den Sack aus den Fingern. »Mit euch will ich teilen!« – »Schon gut, mein Junge!«

Im Bunker sind ringsum Lager aus Steppengras, und darauf liegen aneinandergepreßt etwa 20 Mann, alle tot. Es ist ein vollgestorbener und verlassener Sanitätsbunker.

»Was ist das für Zeug?« – Krämer nimmt eine Handvoll, kostet. – »Bratlingspulver, Herr Hauptmann. – Wenn das aufgekocht wird, kann man es schon vertilgen!« – Er schätzt die Menge in dem Papiersack. – »Da lassen sich gut 20 Liter davon kochen! Gibst du uns was davon ab?« – Der Verwundete nickt, hat sich beruhigt. »Mit euch teile ich!«

»Krämer, Sie gehen zur Verwundetensammelstelle um einen Sanitäter und holen Kunowski mit den Leuten her! – Die sollen sich ein bißchen aufwärmen und kriegen eine Suppe. Ich mach' inzwischen Feuer und stell' den Eimer mit Wasser zu!« – »Jawohl, Herr Hauptmann! – Die Hälfte Pulver müssen Sie aber raus tun, sonst wird das dick wie Kleister! – Nehmen Sie den Papiersack zum Feuermachen!«

Krämer ist schon eine Weile weg. Das Feuer brennt, und der Hauptmann geht vor den Bunker, um den Marmeladeeimer, in dem fast ein Drittel Bratlingspulver ist, mit Schnee anzufüllen.

Plötzlich Abschüsse, Einschläge aus Stalinorgeln, Artilleriefeuer! – Es hagelt über die Balkawand, unter der der Bunker liegt, jedoch im toten Winkel zur Splitterstreuung, und so bleibt der Hauptmann im Eingang knien, füllt rasch den Eimer mit Schnee und hält Ausschau. – Die Schlitten sind bis auf 200 Meter herangekommen. Die Leute rennen hin und her, werfen sich in den Schnee. Die Russen schießen zu lang. Es geht der ganze Segen knapp drüber weg.

»Nicht liegenbleiben, weiterlaufen!« – Wisse brüllt, winkt. »Zu den Bunkern, zu mir her weiterlaufen!« Er weiß doch, was kommt. Sie hören ihn nicht. Er möchte ihnen entgegenrennen, nur die nächste Lage abwarten, und die schießt der Iwan kurz. Drei Einschläge liegen mitten in der Schlucht.

Über eine Dreck- und Schneefontäne hoch wirbeln Trümmer. »Das sind die Schlitten! – Mein Gott, die Leute!« –

Vor dem Eingang wälzen sich dunkelbraune Staubwolken, Fetzen weißer Pulverschleier.

»Keine Angst, mein Junge!« beruhigt Wisse den Verwundeten, während ihm selbst das Herz laut schlägt. – »Die armen Teufel da draußen, mitten drin in dem Spektakel!

Kriegst eine gute warme Suppe, mein Junge!« – Jeder Schritt vor den Bunker wäre Selbstmord, und so hat Wisse den Eimer ins Feuer gestellt und schichtet das Holz, damit es richtig brennt.

Wenn du schon nicht mit draußen bist, mach ihnen wenigstens eine Suppe, hämmert es in seinem Hirn.

Wie nach einem Gewitter ist es plötzlich vorbei.

Wie aus der Erde auferstanden, steigen stumm, in ihren Tarnanzügen, die grau sind, verdreckt und verrußt, Soldaten über den Rand der Schlucht.

Und mitten in der Balka daher kommt Krämer. Hinter ihm schleifen zwei Hiwis in einer Zeltplane einen Verwundeten. – Es ist ein deutscher Soldat.

Krämer weist hinter sich, und dort liegen sie, dunkle Bündel im Schnee, erschlagen und zerfetzt, und ein paar zerbrochene Stangen und Kufen, die Trümmer der Schlitten.

»Fünf Tote, zwei Hiwis und drei von uns! – Zwei Verwundete. – Der Postsack verbrannt!« – Krämer reicht dem Hauptmann zwei verkohlte Briefe.

»Das ist alles! – Die hab' ich noch herausreißen können!«

»Und Kunowski?« – fragt der Hauptmann bang.

»Dem anderen Verwundeten, dem Gefreiten Huber, hat's das rechte Bein bis zum Oberschenkel weggerissen. Mit dem ist Kunowski zur Verwundetensammelstelle, bevor er verblutet. – Er hat die restlichen Leute mitgenommen und läßt Herrn Hauptmann sagen, daß er gleich zum Flugplatz wegen Verpflegung schaut, wir sollen nachkommen!«

Der Hauptmann sieht auf den Verwundeten in der Zeltplane. »Das ist doch dieser Quabusch?« – »Jawohl, Herr Hauptmann! – Dem sein Alter die Fabrik hat und die große Villa, der mit dem Sportkabriolett!« – »Und warum hat ihn Kunowski nicht auch mitgenommen?« – Krämer sieht den Hauptmann an, hebt die Hand und läßt sie herabfallen.

»Bringt ihn in den Bunker zu dem anderen, eure Suppe wird schon fertig sein!« Da beginnt 50 Meter vor ihnen, über der Balka oben, ein MG zu hämmern.

»Die Iwans«, stottert Krämer. Wisse denkt dasselbe. – Er spricht es nur vor den Hiwis nicht aus, die vor Angst zittern. – Angst vor ihren eigenen Landsleuten, die sie haben.

MPi-Garben peitschen, Gewehrgeknatter. Einzelne Projektile mit ihrem eigentümlichen Pfeifen sausen über die Schlucht.

»Ich muß schauen, was da für eine Schweinerei los ist!« Wisse rennt schon. »In den Bunker mit euch!« befiehlt er. »Ich auch?« – »Ja, Krämer, du auch.«

Er kriecht die Balka hinauf, robbt an den MG-Stand zu den beiden Schützen.

Etwa 150 Meter voraus liegen die Russen in der offenen Steppe, schießen mit Gewehren und MPis.

»Ein starker russischer Spähtrupp!« orientiert der Schütze am MG den Hauptmann.

»Ohne Panzer? – Ist aber selten geworden beim Iwan!« – »Die dachten wahrscheinlich, daß sich nach dem Feuerzauber auf die Balka nichts mehr rührt und sie keine Gegenwehr mehr zu erwarten hätten! – Wir haben sie auf Befehl des Majors herankommen lassen. – Zuerst hat nur unser rechtes MG dort drüben geschossen und sie nach der Mitte abgedrängt. Jetzt liegen sie genau zwischen unseren beiden Gewehren – wie ein König durch zwei Springer schachmatt gesetzt! – Die Partie hätten wir wieder mal gewonnen!«

Während der russische Spähtrupp im Feuer der gut gedeckten Kampfgruppe zusammenbricht, gehen über die Steppe Gruppen von Soldaten zurück. Sie kümmern sich gar nicht um das Kampfgeschehen. Der MG-Schütze flucht. »Gerade, daß sie nicht noch ins eigene Feuer hineinrennen!«

Die Hiwis haben indessen mit Krämer fast den ganzen Eimer Suppe vertilgt. – »Schmeckt scheußlich, die Brühe!« – und trotzdem trinkt der Hauptmann seinen Teil heißhungrig hinunter. »Ist wenigstens was Warmes im Magen und was ihn ein bißchen anfüllt!« – »Die Läuse würden drauf kotzen, Herr Hauptmann!« –

»Wie geht's ihm denn?« – Wisse meint den Landser, der im Kampf um das Bratlingspulver angeschossen wurde. »Der hat ganz schön mitgelöffelt. – Jetzt schläft er!« –

»Und der andere, unser Quabusch?«

»Der rührt sich nicht!«

Der Hauptmann sieht sich ihn an. Die Pelzhaube ist mit gut zwanzig Splittern an den Schädel genagelt. Im Rockkragen hat er eine dicke Einlage aus Hunderten Läusen.

»Splitter im Schädel, das muß noch lange nicht tödlich sein.«

»Ja, wenn sie nicht zu tief drin stecken, Herr Hauptmann!«

Der Hauptmann möchte den Puls fühlen. Er schiebt den Mantelärmel hoch. Die Handgelenke sind dünn wie die eines Kindes. Die Pulswärmer bewegen sich. Wolle und Läuse, das ist eine graue Masse. – Puls ist keiner zu spüren.

»Schickt Kunowski die Sanitäter her?«

»Darauf habe ich während des Feuerzaubers ganz vergessen!«

»Dann hol sie und schick sie her! – Zwei Verwundete können wir nicht tragen!« – »Es dürfte nur mehr einer sein, Herr Hauptmann!« –

Als Wisse nach 10 Minuten den Körper des Gefreiten nochmals anfaßt, ist er kalt und starr. Bei minus 30 Grad geht das rasch.

Die halbe Erkennungsmarke abgebrochen, die Wertsachen und Papiere abgenommen. – Hat allerhand von zu Hause mit, Junge. Einen Parker-Goldfüllhalter, eine Omega-Armbanduhr, beides teuerste Modelle. In der Brieftasche ein ganzes Bündel Hundertmarkscheine. Photos, hübsche Mädchen drunter. – Da ist er auf einem Bild, an einem See im Gebirge, auch mit einem verdammt hübschen Mädchen und seinem Mercedeskabriolett. – Im Hintergrund Berge und Hotelpaläste. – Auf der Rückseite steht – Juli 1938 – mit Ingrid – Vierwaldstättersee, mit Blick auf Luzern. – Und jetzt am 22. Januar 1943 mit zwanzig Splittern im Kopf, nur noch Haut und Knochen, mit Krätze und ein paar tausend Läusen, tot in einem Bunker mit zwanzig gefrorenen Leichen in einer Balka ostwärts Stalingrads an der Wolga. – Die Sachen gehen an Goltz. Der tut sie in ein Säckchen. – Gefallen für Volk, Führer und Vaterland!

Vor dem Bunker in der Balka Schnee drüber und ein Stahlhelm drauf. Liegen genug bei den Leichen im Bunker herum. Auch auf die anderen fünf bei den Schlitten werfen die Hiwis Schnee drauf. Sie können damit aufhören. Der Himmel ist barmherzig, läßt es in taumelnden Flocken herabschneien und deckt sie zu.

»Nehmt den Verwundeten mit und geht voraus. Ich komme nach. Wir treffen uns auf dem Flugplatz!« – Wisse fährt sich mit der Hand über die Augen. »Ich muß eine Weile für mich allein sein, sonst werde ich noch verrückt!« – flüstert er sich selbst zu.

Krämer erwartet den Hauptmann, winkt schon von weitem. »Verpflegung haben wir noch gekriegt! – Wahrscheinlich die letzte! – Der Rittmeister Beck von der 100. Jäger hat das für uns geschaukelt. – Er war schon heute früh mit einem Lkw da, und jetzt hat er unsere Leute mit der Verpflegung mitgenommen, Herr Hauptmann!« – »Und Kunowski?« – »Der ist mitgefahren, damit die Verpflegung auch ankommt!« –

Krämer muß den Motorenlärm einer Ju 52 überschreien, die auf dem Rollfeld steht, über das sich die Dämmerung herabsenkt.

Er hat nichts als Augen für diese Maschine, scheint ergriffen zu sein.

Um die silbrig kreisenden Luftschrauben wirbeln Pulverschneewolken. Die Besatzung ist schon an Bord. Die Silhouetten ihrer Köpfe zeichnen sich hinter den Fenstern der Kanzel ab.

Aus der Schubtür, ehe sie zugezogen wird, winken Verwundete. Etwas abseits steht eine Gruppe von Soldaten, Feldgendarmen und Offizieren.

»Jetzt läßt er die Kiste auf Touren kommen!« – Krämer atmet schwer. »Jetzt ziehen sie die Bremsklötze weg! – Jetzt schiebt er die Bulle rein!« – Die Motoren heulen auf. Krämer streckt die Hand aus. »Sie rollt!«

Gegen den Ostwind, in Richtung Wolga, zwischen den hohen Schneedämmen und Schneewehen der ausgeschaufelten Startbahn taucht die dunkelgrüne Ju unter, bis sie sich vom Boden abhebt und schräg gegen den Himmel steigt.

Als müßten sie sich von der einen unerfüllbaren Vorstellung mit Gewalt losreißen, gehen die Offiziere und Soldaten rasch zum Flugplatzrand zurück.

Es war die letzte Maschine, die aus Stalingrad hinausfliegt.

»... da hat sich vielleicht was getan auf dem Flugplatz. – Zufällig treffe ich einen alten Kumpel wieder. ›Was sagst du dazu? – Ich bin jetzt Fahrer beim Armeestab!‹ – erzählt er mir. – ›Wenigstens kommst du nicht aus der Übung!‹ –

sage ich ihm. Der ist nämlich von Beruf Irrenwärter in der großen Klapsmühle in Cleve.

Na, die gute alte Ju steht da schon auf der Startbahn und ist längst entladen.

Auf dem Flugplatzrand sind so an die dreißig Verwundete. Die schweren Fälle auf Tragen. Paar liegen im Schnee auf Zeltplanen, wie sie die Sanis hergeschleift haben. – Paar, die laufen können, rennen herum, um sich warmzumachen. – Liegen, wie sie es schreien, seit der Frühe in der Bärenkälte auf dem Rollfeld, haben Schmerzen und Hunger, läßt sich ja denken, aber vor allem den großen Haupttreffer gezogen, jeder einen prima Ausflugschein und dürfen nicht rein in die Kiste. – Vor der Maschine stehen wie die Erzengel vorm Paradies zwei Kettenhunde in dickem Schaffellmantel, mit der MPi im Anschlag gegen jeden, der auch nur einen Blick zuviel riskiert.

Und da ist ein Haufen Offiziere und Soldaten, die rennen vielleicht aufgeregt durcheinander. Ein Langer ist hin und her unterwegs zum Fernsprechbunker. Als er wieder rauskommt, umringen sie ihn. Müssen eine recht lebhafte Auseinandersetzung haben, die Herren, denn plötzlich flitzen alle auseinander, sieht aus wie ein Rudel Schafe, und der Lange macht wieder zum Fernsprechbunker. Ein paar wetzen hinter ihm her.

›Möchte wissen, was da los ist?‹ – frage ich meinen Kumpel. – So ein Kraftfahrer beim Stab, der weiß ja am besten, was sich tut. ›Sieht ja aus, als ob die noch den Adolf in Stalingrad erwarten würden!‹

›Die warten auf ganz was anderes, mein Lieber! – Der flucht vielleicht schon, der Flugzeugführer. Darf nicht starten!

Muß seit drei Stunden die Motoren laufen lassen, und der Treibstoff für den Rückflug wird ihm knapp!‹

Dabei wird rundherum schon ganz schön geballert. Pak, Flak, MG. Die Verwundeten sind natürlich unruhig, fangen zu fluchen, zu schreien und zu heulen an. –

›Warum hauen denn die nicht ab mit der ollen Kiste – und lassen die armen Teufel nicht einsteigen? – Die erfrieren ja!‹

›Weil das Flugzeug vom Armeestab zurückgehalten wird! – Ja, mein Lieber, wenn du wüßtest, was gespielt wird! – Hineingeritten haben sie uns in die Scheiße, und jetzt möchten sie uns allein verrecken lassen und noch abhauen. – Wenn die nicht alle solchen Schiß vorm Adolf hätten, da könntest du was erleben. Mit ein paar Ausnahmen würden sie den Befehl über die ganze Armee am liebsten ein paar Unteroffizieren übergeben und alle stiften gehen.

Jetzt haben sie den Dreh mit den Spezialisten ausgeheckt. Damit die wertvollen, unersetzlichen und für den Endsieg wichtigen Spezialkräfte in Stalingrad nicht zugrunde gehen, sollen sie noch ausgeflogen werden. Jetzt warten sie auf die Antwort aus dem O.K.H. – Paulus hat sich selbst ausgenommen. Kannst dir denken, daß der sich nicht vor die Augen Hitlers traut. – War vielleicht was los. Ich hab's gehört, wie sie im Wagen gezetert haben. Es ging darum, wer als Spezialist zu gelten habe. Die im Stab haben einen Negeraufstand gemacht. – Wollte natürlich jeder ein Spezialist sein. Na ja, wer will hier nicht abhauen? –

Schließlich ist ja der Herr General Jänecke auch ausgeflogen. Hat sein Korps dem alten Pfeffer übergeben. Hat sich gedacht, um den alten Opa ist es nicht mehr schade, wenn der draufgeht.

Die Höhe ist ja, daß der sich als Verwundeter hat ausfliegen lassen, mit einem Hautritzer von einem Holzsplitter an der Backe. – Ein guter Freund im O.K.H. hat ihm die Ausflugsgenehmigung verschafft. – Na, und der General Hube? Der hat am meisten die Schnauze aufgerissen, wie er sich in seinem Gefechtsstand verteidigen wird. – Und was war? Ausgeflogen zum Bericht vor dem Führer. – Der hat ihn zurückgeschickt. Aber er hat's doch geschafft. Am 18. Januar hatte er auch seinen Abberufungsbefehl in der Tasche, und weg war er. – Na und der Herr General Pickert von der Flak? Ist auch noch bei gutem Wind davongekommen.

Mußte in den Kessel zurück, dachte aber gar nicht daran. Konnte angeblich nicht landen, blieb in der Luft und zog wieder ab. – Während dieser Zeit sind vier Maschinen gelandet.

Das sind vielleicht so Vorbilder, mein Lieber.

Daß wir den Schädel hinhalten und verrecken, das finden sie in Ordnung. Da spucken sie große Töne und sind alle mächtige Helden. Nur, wenn auch sie antreten sollen, da werden sie knieweich. – Vorsterben? – Das lassen die sich von uns, und selber finden sie dann keinen Geschmack mehr dran.

Das läßt ihnen jetzt natürlich keine Ruhe, daß ein paar doch schlauer waren und sich noch rechtzeitig abgesetzt haben.

Von der 20. rumänischen Division auch. Der General Tataranu hat sich in Stalino ins Spital gelegt. – Hat sich geweigert, in den Kessel zurückzufliegen, obwohl es ihm der Antonescu befohlen haben soll.

Die armen Teufel mit dem Ausflugsschein in der Hand, die tobten, weinten und schimpften.‹

›Laßt uns einsteigen, wir erfrieren ja! – Wenn der Iwan anrückt oder die Artillerie reinfunkt und die Kiste abknallt? – Laßt uns doch nicht jetzt noch verrecken!«

In dem Augenblick, als die Maschine startet, fällt kein Schuß, und es ist so still, als ob Stalingrad den Atem anhalten würde. – Sie zieht hoch, und die Russen beginnen sie wie verrückt zu beschießen.

Rund um die Maschine blitzt es auf, puffen weiße Sprengwölkchen auseinander und bleiben am Himmel, der sich violett färbt, stehen.

Sie sehen der Ju 52 nach, die in Westrichtung heimwärts fliegt.

Abschiedsgesang der Motoren der letzten Maschine aus Stalingrad. Am Himmel über Gumrak ist es damit still geworden.

»Sind Sie auch so müde wie ich, Herr Hauptmann?« – »Wie müde sind Sie denn, Krämer!?« – Krämer deutet auf die Balka zurück. »Bis zu einem von den Bunkern da drin könnt' ich gerade noch latschen.« – »Und wenn der Iwan unsere Nachtruhe stört?« – »Ich hab' einen festen Schlaf, Herr Hauptmann. – Ich falle um vor Müdigkeit!« – Krämer schnauft. »Ich hab' das Kochgeschirr noch voll mit Bratlingspulver. Der Eimer ist auch noch da. Paar Stücke Holz finde ich schon wo. Wäre nicht schlecht, so eine warme Suppe, und dann...!«

»Würdest du dich morgen früh vielleicht wundern, daß die vor dem Bunker alle russisch reden?« – »Ach was, wäre mir auch schon egal!« – »Es steht schlimm um Sie, Unteroffizier Krämer!« – »Jawohl, Herr Hauptmann, sehr sogar!« – »Hör einmal, du hast doch ein feines Ohr für Motoren?«

Der Wind hat sich gedreht und trägt aus der Westrichtung dumpfes Gedröhn vieler Motoren bis auf das Flugfeld herüber. Krämer lauscht: »Das sind schätzungsweise zumindest vierzig Panzer, wahrscheinlich sogar sechzig.

Aber es ist kein Kettenrauschen zu hören.

Die Motoren laufen alle auf dem Stand. Die lassen nur warmlaufen!« –

»Du magst schon recht haben, ob's stimmt, das werden wir feststellen, wenn wir in unserem Gefechtsstand in Gorodischtsche sind und dort kein Motorengeräusch mehr zu hören ist! – Dort übernachten wir dann!« – »Was, bis zum Gefechtsstand, Herr Hauptmann?« entsetzt sich Krämer. »So weit schaff ich's nicht!« –

»Soll ich dich auf den Buckel nehmen? – Ich kann auch eine Taxe für dich bestellen!« Krämer setzt sich in Bewegung.

»Da fahren sie dahin und kommen nicht wieder!« – Vor Gumrak zeigt ein Landser auf die letzten Fahrzeuge von Stäben, die zurückverlegen. »Habt ja was versäumt!« setzt er fort. »Auszug der Armee aus Hartmannsdorf. – Wie die wilde Jagd sind sie vorbei. – Hat alles von der Straße runter müssen, damit die ja nur schnell abhauen können!« – »Und wohin?« – fragt Krämer. »Wird dir jeder sagen, nach Stalingrad-Mitte, denn dort ist das Vorkommando auch hin!«

Der Hauptmann und Krämer schleifen die Füße unter sich nach. »Wenn ich mir vorstelle, wie weit wir noch zu gehen haben. – Ob wir das schaffen?« – gibt nun auch Wisse klein bei, während sie rasten und sich das trockene Puddingpulver und Schnee dazu in den Mund stopfen.

Die anbrechende Nacht ist erfüllt vom Rauschen der Panzerketten, und es ist gar keine Richtung festzustellen, aus der sie kommen. – Hinter ihnen, von links und von rechts, von allen Seiten dröhnt es.

Es ist kein weites Blickfeld mehr. Immer noch Haufen zurücktreibender Soldaten in Richtung Stalingrad und mitten zwischen ihnen, die Umrisse schon verschwommen, Panzerkolosse in breiter Front und schneller Fahrt, feuerspeiend.

Auf der Straße rollen sie an und rechts daneben. Sie treiben die zurückgehenden Soldaten vor sich her, knallen mit MGs und aus Kanonen auf jeden einzelnen der Männer, die zurückbleiben oder nicht weiterkönnen.

Wisse und Krämer rennen auf der Straße vor ihnen her, schauen zurück und sehen, was dem Iwan im Wege ist, das wird überrollt und glattgewalzt.

Hinter ihnen saugendes, klatschendes Geräusch, wie Menschenfleisch unter den Raupenketten zerquetscht wird, und das Krachen brechender Knochen.

Krämer reißt den Mund auf, ringt nach Atem, bringt in Todesangst keuchend, keinen Ton heraus, und dann losbrüllend, im Zickzack, wie ein gejagter Hase, rennt er vor den Panzern her, möchte von der glattgefahrenen Straße herunter und versinkt sofort bis zum Bauch im Schnee. Wisse reißt ihn zurück, denn da pflügen die T 34 auch links der Straße durch den metertiefen Schnee, schleudern ihn in flutenden Wellen hoch und rauschen einher wie Zerstörer bei hoher See.

Natürlich fort – aber doch nicht blindlings hineinrennen! Den Bruchteil einer Sekunde sieht sich der Hauptmann um, wo sie auskönnen. Die Straße macht eine sanfte Kurve, und um die kommen sie wieder nach, die T 34. Rechts, jenseits der Straße, geht es hinab in eine Balka. Die zu erreichen, das geht nicht mehr. Zu spät! Der Hauptmann zieht die Handgranate ab. Auf 30 Meter ist der vorderste Panzer heran, da reißt es Wisse instinktiv den Arm hoch. Er spürt, wie seine Finger, die die Handgranate umklammern, sich lösen und wie sie in einem Bogen davonfliegt. Er hört sie metallisch aufschlagen, und sie zerbirst mit einem Knall, in der Stichflamme sichtbar, auf dem Vorderschild des T 34. – Aufkreischen der bremsenden Raupenketten. Ein Hagel weggeschleuderter Eisbrocken. – Der Panzer stellt sich quietschend quer über die Straße, und es kracht, wie der nachfolgende auf ihn auffährt.

Es hat ihn natürlich nicht einmal gekratzt, den T 34, aber der Fahrer hat aus Schreck scharf gebremst. Sekunden sind gewonnen. Der Hauptmann faßt Krämer wie ein Kind an der Hand und rennt mit ihm quer über die Straße. Ein paar Schritte noch – und sie rutschen die steile Balkawand abwärts, halten sich noch an den Händen, als sie schon unten auf den Hintern im Schnee sitzen.

Es sind auch schon andere da, und sie pressen sich gegen die steile Wand, denn über ihnen, links und rechts, die Balkaränder entlang, rollen Panzer und feuern aus MGs und Kanonen in die Schlucht.

Es kommen in Gruppen und vereinzelt Soldaten, die zu schwach sind, um noch zu laufen. – Sie werfen sich in den Schnee, lassen die Panzer herankommen und schießen die Kampfwagenführer ab, die mit keiner Gegenwehr mehr rechnen und in der offenen Turmluke stehen. Es fliegen auch ein paar Handgranaten und ein Molotowcocktail, aber daneben, denn die Werfer sind zu schwach, um sie mehr als ein paar Meter weit zu schleudern. Die Panzer überrollen, zerquetschen sie, und keiner hat die Hände hochgehoben, um sich zu ergeben.

Schweratmend hocken Krämer und Wisse aneinandergepreßt, um sich etwas warmzuhalten, und starren auf die Straße hinauf, in deren Richtung die Balka verläuft.

Auf der Rollbahn kommen sie wieder an, drei oder vier Ungetüme hintereinander, und vor ihnen, im Lichtkegel der aufgeblendeten Scheinwerfer, im Flockenwirbel des Schnees, gebeugt, mit hängenden Köpfen, wie eine stumpfe Herde, schlurfen über die ganze Breite der Rollbahn Gruppen von Soldaten. Sie nicken im Vorwärtstaumeln ein, sind so zu Tode gehetzt, ermattet und gleichgültig, daß sie die Panzer, die ihnen schon in den Hintern fahren, gar nicht wahrnehmen. Das Sausen in ihrem Schädel und in ihren Ohren, vor Schwäche und Hunger, ist stärker als das Dröhnen der Motoren und das Klirren der Gleisketten.

Diese Panzer schießen nicht. Die russischen Panzerschützen mit ihren Lederhelmen stehen bis zur Hüfte frei im Turm und weisen, mit den Armen nach links und rechts schwingend, die Deutschen an, die Straße freizugeben und zurückzugehen. Sie brüllen dazu ihr: »Dawai! – Dawai!« – Aber die deutschen Soldaten weichen nicht aus und trotten stur weiter.

Irgendwo im Gelände hat sich noch eine Pak festgesetzt, und die feuert den letzten Schuß hinaus. Ein zweiter folgt nicht mehr. Auf die Lichter anvisiert, schlägt das Geschoß gegen die Gleiskette des zweiten Panzers und bringt ihn zum Stehen. – Die Panzerleute tauchen blitzschnell in den Türmen unter und schießen in die Menschenhaufen. Es ist ein Gemetzel, ein wütendes Zerfleischen von Leibern.

Und immer wieder Soldaten, die sich wehren.

Einer zieht sich am Heck eines Panzers hoch, erklimmt ihn und möchte, als sich die Turmluke wieder öffnet, noch einen Schuß aus seiner Pistole anbringen. Der Russe schlägt mit der Faust nach der Waffe, bückt sich, kuppelt ein, und mit einer Drehung des Panzers wirft es den Landser auf die Straße vor die Raupen des nachfolgenden Panzers, der ihn zermalmt.

Die Balka umkreisend, schießen die Russen von allen Seiten hinein. Wisse und Krämer klettern hinauf, sind wieder auf der Straße, und die T 34 rollen nun aus der Gegenrichtung wieder zurück.

Die beiden hetzen die Rollbahn entlang bis zur Berührung mit der Bahnlinie, die daneben auf einem niedrigeren Damm verläuft.

Wie Schiffe, die ihre Netze ausgeworfen haben und sie mit der Beute einziehen, in zwei Reihen, in Kiellinie hintereinander, stoßen die T 34 nun gegen die Bahnlinie vor.

Da sind Minuten Ewigkeiten der Todesangst. Manche, die schon tot sind und noch menschliche Form erkennen lassen, werden nochmals und zwei- und dreimal erschossen und überrollt – bis sie zerfetzt und zerfasert, augenfällig genug tot und zerstört sind.

Die rechte Panzerreihe braust auf die Gruppe zu, in der Wisse und Krämer laufen, und nimmt sie in das Licht ihrer Scheinwerfer.

In einer Menschengruppe gehetzt, während Krämer weit voraus rennt, so daß der Hauptmann nicht mitkommt und zurückbleibt, von der Irrsinnsangst der anderen angesteckt, spürt er, wie ihm der Schweiß auf der Stirn ausbricht. Neben ihm sackt einer zusammen. Vor ihm, der Soldat, in dessen Nacken er seinen Blick geheftet hat und dem er nachrennt, fällt in den Schnee. Mit einem Haken weicht er aus. Die Hände zur Balance ausgebreitet, mit dem Bewußtsein, nur noch 20 oder 30 Meter laufen zu können, um dann hinzustürzen und von den Ketten der 40 Tonnen schweren Ungetüme lebendigen Leibes zerfleischt zu werden, betet er stammelnd in verzweifelter Hast. »Herr, hilf mir! – Herr, hilf, hilf! Ich bin noch zu jung zum Sterben! – Mein Gott, Herr im Himmel, hilf mir da noch raus! Nur dieses einzige Mal noch!«

Er nimmt den Bahndamm als letztes Ziel ins Visier. Bis dorthin komme ich noch, und dann ist es aus. – Die Arme und den Oberkörper vorgestreckt, stürzt er darauf zu – und da hockt Krämer am Straßenrand. Der Hauptmann sieht ihn aufschnellen, spürt, wie er am Arm gepackt und von der Straße gerissen wird.

Der erste Panzer rauscht feuernd vorbei. Auf Händen und Knien, unheimlich flink, in dem weißen Kampfanzug wie ein Ferkel aussehend, das entwischt, flitzt Krämer auf ein Abflußrohr im Bahndamm zu, kriecht hinein, und da sieht Wisse den zweiten Panzer direkt auf sich zustoßen.

»Mach fix!« – schreit Krämer außer sich und streckt dem Hauptmann seinen

Fuß aus der Röhre, an dem sich dieser, halb von Krämer gezogen, festhält und nachkriecht.

Es durchzuckt ihn Todesschreck, als er spürt, wie die eine Gleiskette des Panzers fast noch seinen Fuß streift. Ein Panzer hinter dem anderen rollt vorbei. Der Schall donnert durch die Röhre, und sie vibriert in singenden Schwingungen.

Wisse zählt sieben T 34. Das hat er bisher auch noch nicht erlebt, daß die T 34 in der Dunkelheit angreifen.

Das erste, was er hervorbringt: »Und ich habe gedacht, du kannst nicht laufen, Krämer!?« – »Ich, Herr Hauptmann, habe gedacht, das ist dein letztes Rennen, oller Krämer, das du machst!«

Sie liegen schon über eine Stunde in der Betonröhre, und die Hatz draußen geht immer noch weiter.

»Ich halte die Kälte nicht mehr aus! – Bei mindestens 35 Grad in diese verfluchte Steinröhre gequetscht, das hält kein vernünftiger Mensch aus. Mir frieren die Knochen ab!« jammert Krämer. Der Hauptmann beißt stöhnend die Zähne zusammen. »Hast recht, Krämer, es ist nicht mehr zum Aushalten!«

Überall in Deckung der Dämme und in Bunker verkrochen, hocken Versprengte, die der Vernichtung entkommen sind. Sie warten die Nacht ab, um sich abzusetzen.

Wo sie vom Feinde gestellt werden, heben sie nicht die Hände. – Sie schießen aus Karabinern auf Panzer, ehe sie totgequetscht werden.

»Gumrak ist also gefallen, aber Verpflegung habt ihr noch mitgebracht?« – Alles weitere interessiert den Major nicht.

»Unsere Front ist auf Gorodischtsche, westlich Stalingradski, westlich Talowoischlucht und ostwärts Karpowka, Jelschanka zurückgefallen. Auch Gorodischtsche wird nicht zu halten sein. Es sind bereits Feindpanzer in den Ort eingedrungen. Wir haben Auftrag, die nächste H.K.L. aufzubauen und unseren Abschnitt auf Verteidigung nach Westen gegen den von dort anrückenden Feind einzurichten. Sie haben mit Ihrer Kampfgruppe und den beiden Geschützen, an den Tatarenwall angelehnt, die rechte Flankenbildung zu übernehmen!«

»Mein Abschnitt ist fast 4 Kilometer lang, Herr Major! – Ich habe, um ihn zu verteidigen, in meiner Kampfgruppe noch neun Leute, die gehfähig sind, und einen Schuß für die I.F.H. 18 am Wall!«

»Munition ist angefordert!« – Der Major sieht auf seine Uhr. Ist ärgerlich. »Heute ist es schon zu spät! – Sie nehmen morgen früh eine Auskämmung der Lazarette vor und gehen auch die Bunker am Tatarenwall durch. – Es hat sich darin haufenweise marodierendes Gesindel festgesetzt. – Räumen Sie dort auf. Auch in den Lazaretten sind eine Menge Drückeberger!« –

»Diese Leute, die sich von der Truppe entfernt und selbständig gemacht haben, sind nicht mehr bereit, Widerstand zu leisten, Herr Major!«

»Das ist Ihre Sache, Herr Wisse. – Ihr Auftrag lautet, aus Versprengten, gehfähigen Kranken und Leichtverwundeten Ihre Kampfgruppe aufzufüllen. – Ich erwarte spätestens morgen nachmittag Ihre Meldung, daß Sie sich in Ihrem Abschnitt zu wirksamer Feindabwehr eingerichtet haben! – Um 18 Uhr findet im Gefechtsstand der Mörserbatterie eine Besprechung statt, zu der alle Offiziere, aber auch Unteroffiziere, die mit Kampfaufträgen betraut sind, zu erscheinen haben. Nehmen Sie sich zum Auskämmen ein paar energische Leute mit!«

»Wäre es nicht Aufgabe der Feldgendarmen, Herr Major?«

»Ich habe keine, Herr Wisse! – Sonst noch Fragen?« – »Nur mit Aussicht auf Verpflegung sind Versprengte noch zum Einsatz zu bewegen. Wie steht es damit, Herr Major? – Ich habe eben eine Brotration von sage und schreibe 25 Gramm für mich empfangen.« –

»Dieses Quantum ist für einen Stand bis zu 50 Leuten Ihrer Kampfgruppe noch für einige Tage sichergestellt!« –

Etwa 20 Schritte neben dem Lazarettzelt sind wie Holzstapel, kreuz und quer gelegt, fünf Haufen gefrorener Leichen sauber aufgeschichtet.

»Sind gute 10 Festmeter!« – schätzt Kunowski.

Der Oberarzt mit seinem Sanitätspersonal, schon abmarschbereit, deutet auf den Zelteingang.

»Bitte bedienen Sie sich, Herr Hauptmann, ehe der Iwan anrückt!«

»Ihr haut ab?« – fragt Wisse. »Wir haben Marschorder nach Stalingrad-Mitte. – Sollen dort ein komfortables Sanatorium übernehmen. Wir haben hier für die Leute kein Krümel Brot mehr und kein Stückchen Verband. – Der Herr Pfarrer...!« – er stellt ihn Wisse vor, »hat sich bereit erklärt, mit den Russen zu verhandeln und die Leute zu übergeben. – 10 bis 15 Mann hätten Aussicht, noch gerettet zu werden. – Über die dazu nötigen Behandlungs- und vor allem Lebensmittel verfügt möglicherweise der Gegner. – Vielleicht schleppen sich sogar einige Leute mit Ihnen mit, wenn Sie ihnen was zu essen geben können! – Was hier noch im Überfluß ist, sind Läuse! Wir haben zwar pro Tag zwei Eimer voll vernichtet – aber es werden immer mehr. Sie gehen in die Millionen!

Fast alle Kranken und Verwundeten wiegen nur mehr die Hälfte ihres normalen Gewichtes.«

»Muß ich da mit hineingehen, Herr Hauptmann?« fragt Krämer und schlägt die Decke vor dem Eingang so heftig zurück, daß es wie Sand Läuse herabregnet.

Kunowski geht mit. Sie halten ihre Taschentücher vor den Mund. Der Gestank aus Blut, Eiter, Kot, Urin und verfaulendem Fleisch ist so stark, daß es beiden den Atem benimmt und ihnen übel wird.

Der Pfarerr ist ein wandelndes Gerippe. Das Gesicht nur noch Augen und eine weit vorspringende Nase. Blutleere, blaue Lippen bewegen sich unablässig, zischend, flüsternd, während er, an einem Stock humpelnd, von Lager zu Lager geht. – Er betet, macht über Sterbende Kreuzzeichen.

»Helfen Sie mir bitte, Herr Hauptmann, etliche der Leute haben noch Waffen bei sich und wollen sich nicht davon trennen!« –

Tote liegen in Pfützen aus Blutwasser und Eiter. – Ein Eimer ist mit abgewickelten Verbänden angefüllt. Erfrorene, abgefallene Zehen und Finger sind dazwischen.

Kranke stöhnen und schreien im Fieberdelirium. »Gebt uns was zu fressen, ihr Hunde, ihr Verbrecher!« – werden Wisse und Kunowski von einem Gebrüll empfangen. Singen und Kreischen Geistesgestörter, die den Verband verloren haben. Fluchen und Beten. Beispiellose Exzesse des letzten Aufbäumens vor der Auflösung.

Sterbende haben unter ihren Decken Karabiner, MPis, umklammern Handgranaten.

»Also, gebt her, die Dinger, Kumpels! – Seid froh, daß ihr sie los werdet!« – »Hau ja ab, du Hund! – Ihr wollt uns den Iwans in die Hände fallen lassen! – Aber die sollen nur kommen, da empfangen wir sie nochmals.« – Auf Kunowski und Wisse werden eine MPi und zwei Karabiner in Anschlag gebracht. »Versucht doch, uns ein Stück Waffe wegzunehmen, und wir knallen euch zusammen! – Was sucht ihr hier?« – »Kerle, die noch so fix mit der Knarre sind wie ihr!« – sagt Kunowski prompt. »Was gebt ihr?« fragt der mit der MPi. »Ein Stück Brot und was dazu. Es ist bestimmt nicht zuviel zum Verhungern!« –

»Ich mach mit!« – »Ich auch!« – »Ich auch.« Und tatsächlich rappeln sich ein paar Mann hoch. »Ich hab' doch nur die Ruhr!« – »Bißchen Typhus, ist schon fast gut!« – »Ich kann verdammt gut abschießen, was sich zeigt, dazu genügt mir ein Bein! – Gebt mir was zu fressen und was zu schießen, wickelt mich in eine Zeltplane, steckt mich in ein Schützenloch, und bei mir kommt – verdammt – kein Iwan durch, solange ich den rechten Zeigefinger krumm machen kann!«

»Herr Hauptmann, Sie san a Wiener? – I a!« – »Und i bin aus Salzburg!« – »I bin a Sankt Pöltner, Herr Hauptmann!« – betteln die Leute.

»Aber Jungens!« – wehrt Kunowski ab. »Ihr wollt alles alleine fressen – uns verhungern lassen!« – »Ihr wollt uns dem Iwan überlassen!« – Sie spucken vor Wisse aus. »Pfui Teufel, du bist ein feiner Landsmann, laßt uns da umkommen!«

»Seid doch vernünftig, Leute! – Ihr seid doch nicht kampffähig!«

»Möcht di seh'n, ob du no vernünftig bist, wannst' do drin lebendig verhungerst und verfaulst!« – ruft ein Wiener dem Hauptmann zu.

»Wann du als Österreicher oan waschechten bayrischen Scharfschützen im Stich laßt, so bist du gar nix als wie oa ganz gemeiner Hundsfott – oa gemeiner!« Die Leute fluchen, weinen, bitten, betteln.

Wisse sieht Kunowski an. Das sind doch Todeskandidaten, sagt sein Blick. »Wenn ich hier drin sein müßte, Herr Hauptmann, ich würde mich auch melden!« –

Andere wieder erhoffen sich Rettung, Pflege und Versorgung, sobald der Gegner anrückt. »Nehmt ihnen die Waffen weg!« – »Es ist gegen die Genfer Konvention!« – »Wir haben das Rote Kreuz am Haus!« – »Der Russe legt uns alle um!«

Und dann sind da die Geduldigen und Ergebenen, die stumm leiden und still den Tod erwarten. Ein junger Leutnant mit einem verzerrten Knabenlächeln. »Ohne Beine könnt ihr ja wohl keinen brauchen, sonst würde ich mich auch melden!« – Er hascht nach Wisses Hand, hält sie fest.

»Ihr werdet uns nicht vergessen?« – In sein Lächeln rinnen ihm die Tränen über die Augen.

Der Kampflärm kommt näher. Die Leute werden unruhig. Offiziere schreien nach Pistolen, um sich erschießen zu können.

Sie wollen ihre Brieftaschen hergeben. Sie sollen an ihre Angehörigen geschickt werden. »Das können wir nicht. Es geht keine Post mehr!« – »Aber wenn ihr heimkommen solltet!« – Namen, Anschriften werden auf schmierige Zettel gekritzelt. »Wenn du zufällig einmal nach Merseburg kommst! – Erzähl nicht, wie es mit uns ausgesehen hat und wie wir umgekommen sind!« – »Lügen werden die, und alles totschweigen! – Wenn ihr heimkommt, hinausbrüllen müßt ihr die Wahrheit, damit es alle erfahren.«

Ein Oberleutnant zupft Wisse am Ärmel, versucht sich aufzurichten. Wisse beugt sich zu ihm nieder, und der Oberleutnant mit Kopfschuß und schweren Splitterverletzungen flüstert an Wisses Ohr: »Ich habe im letzten Urlaub geheiratet! – Wenn ich Sie bitten dürfte, Herr Hauptmann, falls ich als vermißt gemeldet werden sollte, meiner Frau als Zeuge zu gehen, daß ich tot bin, damit sie nicht ihre Jugend vertrauert. – Sie ist eine schöne, eine wunderbare Frau!«

»Ich wünsche nichts, als daß ich Sie bitten dürfte, mir Feuer zu geben, Herr Wisse!« Er liegt auf dem Boden auf einem Lager aus Steppengras und hat seinen Kopf auf einen blechernen Sanitätskasten gestützt.

»Der Pfarrer hat mich schon eingesegnet! – Es dauert aber noch eine Weile.« Er hat flachsblondes Haar, und auch jetzt noch sind seine Augen leuchtend, tiefblau.

Er hat eine peinlich saubere Uniform, die Majorsschulterstücke der Generalstäbler, ist in zwei Decken gewickelt.

Selbst der Stoppelbart kann die Wirkung des vornehm geschnittenen Gesichts nicht beeinträchtigen.

Der Hauptmann war schon bei der ersten Begegnung mit dem Major von dessen Erscheinen fasziniert. – Alte, reine Rasse, wie man sie noch im niedersächsischen Raum antrifft. Es ist der Ib der 71. I.D., mit dem Wisse die Aufteilung der 1. rumänischen Kavalleriedivision durchgeführt hatte. »Kann ich noch etwas für Sie tun, Herr Major?«

Der Major raucht in hastigen Zügen, denkt nach. Es macht ihm Beschwerden. Es treten ihm die Schweißperlen auf die Stirn. Er scheint furchtbare Schmerzen zu haben, verzieht aber nicht das Gesicht, und kein Schmerzenslaut kommt über seine Lippen. – Es sprechen seine Augen, und sie danken, daß er nochmals Besuch bekommen hat. Als er das besorgte Gesicht des Hauptmanns sieht, verzieht er nur seine Lippen auf eine eigene Art, so daß ein unwiderstehliches, freundliches Lächeln darüberhuscht.

Draußen ist MG- und auch schon Gewehrfeuer zu hören. – In Kettenexplosionen scheint Munition gesprengt zu werden oder in die Luft zu fliegen.

Er horcht danach.

»Sie sollen aufhören! – Mit mir geht's zu Ende! – Möge Gott Deutschland schützen und helfen. – Die Deutschen sollen das beten und so leben, daß es Gott gefällt – dann wird auch Deutschland leben! – Ich wünsche Ihnen, daß Sie wieder nach Hause kommen. – Mein einziger Wunsch, daß so viele wie möglich die Heimat wiedersehn!

Wenn ihr vielleicht manchmal an uns denkt, die wir dageblieben sind!« – Granaten fauchen über das Lazarett.

»Die Russen, die Russen kommen!« – brüllt einer im Fieberwahn und läßt sich vom Pfarrer und Kunowski nicht beruhigen. Aufstöhnen, Brüllen. – Ein Offizier erschießt sich. Andere schreien nach Waffen. – Soldaten richten ihre Karabiner gegen den Eingang.

Der Pfarrer fleht: »Herr Hauptmann, bitte, helfen Sie!«

Da einer sich vom Lager wälzt und keuchend, das Gewehr durchladend, zum Ausgang kriechen möchte:

»Sie entschuldigen einen Augenblick, Herr Major!« –

Dieser nickt. »So beruhigt euch doch, Kameraden! – Ich werde draußen nachsehen, was los ist!« – Mit Kunowski entwaffnet er den zum Ausgang Kriechenden und sieht dabei schräg hoch nach dem Major, der stöhnt und sich mit schmerzverzerrtem Gesicht zur Seite dreht.

Wisse fängt noch einen Blick des Majors auf, der aus weit aufgerissenen Augen starr ist, das Gesicht eine steinerne Maske.

»Er hat eine Handgranate abgezogen, Herr Hauptmann!« Darauf zuspringend, schnellt sich der Hauptmann wieder zurück, und im gleichen Augenblick, mit einem dumpfen zerreißenden Knall, explodiert die Handgranate unter der Decke und dem Leib des Majors.

Je links und rechts an einer Seite des Lagers tretend, ziehen Wisse und Kunowski, jeder einen Zipfel der Decke fassend, diese bis über das Kopfende des Majors.

Und es haben sich doch tatsächlich acht Mann bereit gefunden, die mithumpeln wollen.

Die zurückbleibenden Verwundeten und Kranken beneiden die acht noch, als ob die einen Treffer gezogen hätten.

Und einer meint zum Abschied: »Haltet noch eine Weile aus, Kameraden. Ich habe so das sichere Gefühl, im allerletzten Augenblick, wenn ihr schon aufgeben wollt, da kommen sie noch, um uns zu befreien! – Es wird der größte Sieg der deutschen Geschichte sein!«

Der Berliner, der Bayer, der aus Arys, aus Reutlingen, aus Ulm, aus Langensalza, aus Wien und aus Sankt Pölten, haben sich die acht Mann vor dem Lazarett versammelt. – Sie stellen sich vor dem Hauptmann in Reih und Glied – eine erschütternde Demonstration ihres soldatischen Geistes – und sie scheinen durch ihre blutverschmierten Verbände lebendiger als die armen, nur noch Vogelscheuchen ähnelnden Soldaten der Kampfgruppe.

Der Hauptmann reicht jedem die Hand.

»Führ die Leut voraus, Krämer! – Sie sollen sich im Bunker neben den anderen einquartieren. Ich mache mit Kunowski die Runde zu Ende!«

»Rechts um, ohne Tritt marsch!« – Und sie ziehen los, in der Schneewüste gegen Osten, ein verlorener Haufen.

»Ich danke Ihnen dafür, daß Sie gestern zu den Leuten hinausgegangen sind und Dienst für mich gemacht haben!« –

»Dienst, Herr Hauptmann? – Als V.B., das war aber auch schon mein allerletzter Dienst. – Ich bin fertig mit diesen Versagern! – Wo ist da einer, der das auch verantworten kann, was er noch befiehlt! – Diese armen Krüppel infanteristisch einzusetzen? – Ohne Fressen und Waffen natürlich! Ich finde kein Wort in der deutschen Sprache, womit man das bezeichnen kann!« – »Wo die doch noch kämpfen wollen?« – »Wollen? – In ein anständiges Lazarett wollen die, Heilung, Heimat und Genesungsurlaub, wie sich das gehört! – Das gibt's nicht! – So wollen sie wenigstens nicht bei lebendigem Leib von den Läusen gefressen werden und im Eiter ersaufen. Und wie Hunger weh tut – das spüren wir selbst.

Daß die noch kämpfen wollen? – Angst vor dem Iwan und Nebel vorm Gehirn! – Das ist das ganze Motiv!

Daß der schwerverletzte Major sich in die Luft gesprengt hat. Na, ja. – Ich hätt's nicht getan! – Ich bin kein Offizier! Offiziere, aber auch Unteroffiziere und Mannschaften haben den Tod der Gefangenschaft vorzuziehen! – Soll mich wohl in die Luft sprengen wie ein Kanonenrohr, wenn der Iwan anrückt? –

Grober Unfug ist das! – Glauben Sie, Herr Hauptmann, daß einer auch nur einen Selbstmordgedanken hätte, wenn uns gegenüber Engländer, Franzosen oder Amerikaner stehen würden? – Hab' nichts davon gehört, daß einer in El Alamein oder Tobruk und Umgebung, wo wir auch eine ganz schöne Pleite erlebt haben, den Tod der Gefangenschaft vorgezogen hat! –

Ich hab' keine Angst vorm Iwan! – Hab' nichts ausgefressen; und wenn's so wäre? – Ich kann meine Schnauze halten! – Das müßten die erst rauskriegen und mir beweisen, daß ich ein Schwein war! – Dann sag' ich ihnen aber meine Meinung! Das sind auch keine Lämmchen. – Wölfe zerfleischen einander! –

Ich bin Soldat! – Wenn aber diese verfluchte Armee auf einen Selbstmordverein umschaltet, so können die mich aus ihrer Mitgliedsliste streichen! –

Ich denke, Herr Hauptmann, wir nehmen die Kurve, wenn die Gelegenheit kommt.«

»Ich denke auch! – Nur ganz so leicht, wie du dir das vorstellst, ist es für mich nicht!«

In den leerstehenden Bunkern sind es Ermattete, Kranke, Verwundete, Leute mit schweren Erfrierungen, Versprengte – die sich zurückkämpften, die sich nur mehr zum Sterben verkrochen haben und Stalingrad nicht mehr erreichen oder den nachrückenden Russen erwarten. Sie sind zum großen Teil ohne Waffen, da sie sie nicht mehr mitschleppen konnten.

Wankend, einander stützend, manchmal nur mehr kriechend, wo sie einen Unterschlupf erreichen, brechen sie zusammen, und viele haben nicht mehr die Kraft, auch nur für ein paar Schritte nochmals auf die Beine zu kommen.

Divisionen, Regimenter, Bataillone, denen sie angehörten, stehen nur noch auf dem Papier. Irgendein Haufen, den ein Offizier oder Unteroffizier noch mit ein paar Broten und ein paar Konservenbüchsen zusammenhielt und in dem sie mitliefen, der sich hochtrabend gar noch Regiment oder Bataillon, nach dem noch vorhandenen Stab und einer Handvoll Leute des Stammes so nannte – oder Kampfgruppe, ein Begriff, mit dem gern weiteroperiert wird – weil man sich darunter Streitkräfte von fünf Mann aufwärts bis ins Unendliche der Phantasie vorstellen kann – diese Haufen sind zerschlagen, aufgerieben, in alle Winde zerstoben und zerflattert – oder weitergezogen. Sie können weder Verwundete noch Kranke mitnehmen. – Oft sind es nur mehr die letzten Überlebenden solcher Truppenreste, die sich noch weitergeschleppt haben.

Sie erhalten von keiner Seite mehr Verpflegung, ihre Wunden werden nicht verbunden und die Kranken nicht gepflegt.

Ihnen bleibt nur mehr, auf den Tod oder die Gefangennahme zu warten. Für die meisten von ihnen ist beides dasselbe.

Von manchen, die noch gerettet werden könnten, kriegen der Hauptmann und Kunowski die bittersten Vorwürfe zu hören.

»Um Himmels willen, warum kämpft ihr denn noch weiter, Kameraden?« – »Müssen denn unbedingt alle verrecken?« – »In ein paar Stunden ist der Russe da. Ich könnte noch gerettet werden!« – »Seid doch barmherzig und legt die Waffen nieder!«

»Unmenschlicher als ihr kann der Iwan auch nicht sein! – Weniger als nichts zu fressen geben und mehr als erschlagen kann er uns auch nicht! – Wenn der Iwan uns umkommen läßt? – Ihr habt es uns eingeimpft, daß wir vom Russen nichts anderes zu erwarten haben! – Aber ihr? – Wenn ihr das mit uns macht – so ist das Mord! – Jawohl Mord!«

»Mörder, Mörder! – Kameradenmörder! – Brudermörder!« – bildet sich brüllend ein Sprechchor.

Einer reckt sich auf – hebt seine zwei Armstummel hoch.

»Ihr sollt verflucht sein bis in alle Ewigkeit! – Wenn ihr die Hände nach einem Stück Brot ausstreckt, sollen sie euch abfallen! – Jeden Bissen, den ihr herunterschluckt, sollt ihr vor Ekel kotzen, weil er nach Blut schmeckt!

Keine Wunde soll euch mehr heilen! – Jede Nacht in euren Träumen sollt ihr so elend verrecken wie wir, hunderttausendmal!«

»Halt dein Maul!« – schreit Kunowski. »Kann ich diese verfluchte Maschine abstellen? – Wir sind selber Fleisch, das noch durchgedreht werden soll!«

Vor diesem Bunker pflanzt sich Kunowski vor dem Hauptmann auf.

»Und Sie wollen diese Tour noch weiterfortsetzen, Herr Hauptmann!« Das Gesicht des Hauptmanns ist hart. Sein Blick ist saugend – durch zwei schwarze Löcher. Augen, in denen es Nacht ist. – Die Lippen bewegen sich leer und mechanisch.

Er redet das nicht selbst. Es ist ein Ruf, ein Befehl wie von weither!

»Ich muß! – Hab' Befehl dazu! – Nicht fünfzig! – Ich brauche dreimalhunderttausend Mann für meine Kampfgruppe. – Stalingrad darf nicht fallen! – Die 6. Armee mit Paulus an der Spitze muß Stalingrad halten. Sonst kommen sie wieder und wieder mit dreimalhunderttausend Mann.

Und sei auf der Hut, Kunowski, wir dürfen nicht so frischfröhlich unbesorgt durchs offene Gelände latschen, sonst knallen die uns ab. Von vorn, von hinten, wie sie gerade treffen! – Die können keine überlebenden Miesmacher aus Stalingrad brauchen! Die nächsten dreimalhunderttausend Mann marschieren sonst nicht! – Wir müssen die Stellung halten! – Aber Sie brauchen nicht mitzumachen, Kunowski! – Ich befehle Ihnen nichts mehr! – Ich stelle Ihnen frei, hinzugehen und zu tun, was Sie für richtig halten!« – Und der Hauptmann geht weiter zum nächsten Bunker.

»Warten Sie, Herr Hauptmann! Ich komme mit!« ruft Kunowski ihm nach.

Der Hauptmann und Kunowski haben nur Befugnis, den Divisionsbereich auszukämmen. – Wo aber ist er nach vornhin begrenzt? –

Eine zusammenhängende H.K.L. ist phantasievoll festgelegt und eingezeichnet nur noch auf den Lagekarten der Stäbe zu finden, die weiterfunktionieren. Es gibt Verbände, die nur noch aus ihren Stäben bestehen und bei denen das Stabspersonal zahlenmäßig stärker ist als die kämpfende Truppe. – Es wird mit Namen und Nummern von Kompanien, Bataillonen und Regimentern weiteroperiert und die Schlacht auf dem Papier fortgeführt.

Die Befehle aus dem O.K.H., über die Armee an die Divisionen und Regimenter weitergegeben, triumphieren über Tatsachen, Feststellungen und Vernunft. Kriterium der Angst, einer vor dem anderen und vor dem nächsthöheren. Von Kadavergehorsam ist das Gehirn voll.

Zwischen Gorodischtsche, Stalingradski und dem Tatarenwall halten sich stützpunktartig, in Widerstandsnestern, nur noch vereinzelte Kampfgruppen, die Widerstand leisten. – Ihr Einsatz ist teilweise von übergeordneten Stäben gelenkt und befohlen, die mit aufgehobenen Händen, verzweifelt, die von der obersten Führung befohlene Weiterführung des Kampfes fordern.

Zum Teil sind es noch Einzelaktionen aus der eigenen Initiative von Kampfgruppenführern. Sie wollen sich nicht ergeben oder einfach überrollen lassen. Sie verzögern das Vordringen der russischen Panzer, um zurückflutenden Truppenresten, Trossen und Stäben die Möglichkeit zu geben, Stalingrad zu erreichen, oder aber sie verknallen nur noch die letzte Munition. Zwischen diesen Widerstandsnestern und dahinter, schon im Feuerbereich der russischen Artillerie, und auch außerhalb, ist Niemandsland, und in Balkas und Bunkern haben sich Soldaten niedergelassen, die abgesprungen oder führungslos geworden sind. – Der Geist, der sie zusammenhielt, hat sich in Verwirrung aufgelöst.

Sie machen sich keine Illusion mehr. Auch nicht über den Russen, den sie erwarten.

»Die haben ja einen Vogel, auf verlorenem Posten und schon abgeschrieben, ohne Munition und ohne Fraß noch weiterzukämpfen!« – »Macht, was ihr wollt, wir rühren keine Knarre mehr an!« – »Geht auch in Ordnung!« – sagt der Hauptmann. »Es ist so weit, daß ich nur noch sagen kann: Jeder, wie er will! – Ich wünsche euch, daß ihr es gut trefft! – Lebt wohl!« – Von Feldgendarmen ist weit und breit nichts mehr zu bemerken.

Während das Herz der Armee im Todeskampf noch matt schlägt, ist ihr Gehirn ins Stadium des Deliriums getreten.

Die Auflösung hat viele Gesichter.

Nirgends auf der Welt wird, mit oft schon ersterbenden Lippen, so lästerlich geflucht und heimlich inbrünstig gebetet wie in Stalingrad.

18 Mann, hauptsächlich Versprengte, haben sich mit Aussicht auf Verpflegung und einen geheizten Bunker freiwillig bereit gefunden, mitzumachen, und trotten hinter dem Hauptmann und Kunowski her.

»Ich denke, es ist genug für heute, Herr Hauptmann!« – »Ich denke auch, Kunowski! – Es war zu viel, und ich bin wirr davon!« –

»Ich bin auch ganz durchgedreht! – Es ist das Chaos, Herr Hauptmann! – Wer soll sich da noch zurechtfinden?«

»Das Chaos? – Da ist noch Leben drin! – Die fluchen und anklagen können, sind wenigstens seelisch noch stark genug, sich an die Trümmer einer Ordnung zu klammern. Die auf Gott vertrauen, sind in der höchsten Ordnung, über ihr Leben hinaus, unantastbar geborgen. Bei denen es ohne jede Illusion nur mehr um die nackte Existenz geht, die werden eines Tages wieder zum Menschsein auferstehen oder sich als reißende Bestien weiter durchbeißen!« – Der Hauptmann schüttelt heftig den Kopf. Das alles ist nicht Stalingrad! – Das sind Schicksale, die sich herausheben und noch die Kraft haben, sich bemerkbar zu machen.

Eine deutsche Armee von absolutem Gehorsam geht nicht im Chaos unter. – Stalingrad ist nicht das Chaos! – Es ist weit furchtbarer! – Es ist, woran wir, schon abgestumpft dagegen, vorübergehen.

Die nicht mehr die Kraft haben zu fluchen, zu beten, anzuklagen, sich zu drücken, noch um ein Stück Brot zu kämpfen, zu stehlen, oder gar noch Feiglinge, Wütende und Empörer, überhaupt irgend etwas noch zu sein, die, so zu Boden geschlagen, nicht mehr imstande sind, noch eine Regung zu spüren und die Lippen zu einer Klage zu öffnen – die aus absolutem Gehorsam in die absolute Erschöpfung und Apathie gefallen sind, die hunderttausendfach zu Brei zerstampften Seelen – eine Gespensterarmee, die bis zum Jüngsten Tag zwischen Don und Wolga im Kessel ruhelos geistern wird, das ist Stalingrad!

Gorodischtsche ist gefallen! – Die russischen Panzer rollen auf den Tatarenwall zu. Sie erreichen auf ihrem Vormarsch den Flugplatz Stalingradski, dessen Verwendung als letzter Ersatzeinflughafen in den Kessel auch nur in den Träumen der Armeeführung eine Rolle spielt.

»Hinter dem Tatarenwall wird ein Alkazar aufgebaut – und darin verteidigt sich die Armee bis zum letzten Mann, wenn nicht früher Entsatz kommt –, das ist die Parole.«

»Warum nicht? – Wenn wir genügend Proviant, Waffen und Munition haben, können wir uns in den Ruinen und Kellern, die wie Festungen sind, monatelang verteidigen – und es kostet dem Russen ungeheure Blutopfer, wenn er uns angreift und es versucht, uns hinauszuwerfen. Was haben wir nach Stalingrad hineingepulvert, und der Iwan hat sich gehalten!«

»Ja, wenn wir genug in den Magen und zu schießen bekommen können, Herr

Hauptmann? – Von woher? – Die Generale zweifeln selbst daran. Wissen Sie, Herr Hauptmann, wen sie mit der Verteidigung betraut haben? – Der Kommandeur der Heeresartillerieabteilung, Major Peters, für schneidiges Draufgängertum und vorbildliche Obsorge für seine Truppe mit dem Deutschen Kreuz in Gold ausgezeichnet«, deklamiert Krämer, »hat das Kommando über alle Kampfposten übertragen bekommen!« – »Eine Aufgabe, für die ein General in der Eigenschaft eines Korpsführers zuständig wäre!« – stellt der Hauptmann fest.

Die Generale entdecken plötzlich, daß ihnen die Lage über den Kopf gewachsen ist, und sie sind zu nichts mehr zu gebrauchen. Je mehr sie sich den Kopf zerbrechen, desto weniger kommt heraus, und so überlassen sie die Führung des letzten Kampfes den Truppenoffizieren.

Wenn sie schon dazu verurteilt sind, mit ins Verderben gestürzt zu werden, anstatt als unersetzliche Spezialisten und Angststrategen der Kriegführung weiter erhalten zu bleiben, so wollen sie wenigstens den Kram hinwerfen können und von nichts mehr etwas wissen.

Die ihre Truppen glücklich los sind, tun das auch. Sie verkriechen sich irgendwo, trinken ihren Kognak aus, rauchen ihre Zigarren zu Ende, sammeln Kochrezepte, spielen gefühlvoll Flöte und versuchen es, ihr Gewissen zu beschwichtigen. – Während einige Verwegene sich mit Fluchtgedanken tragen, bereiten sich andere, innerlich, heimlich, auf die russische Gefangenschaft vor, denn offiziell lautet die Parole immer noch – Kampf bis zum letzten Mann und Tod auf dem Schlachtfeld oder Selbstmord. – Es wird nichts so heiß gegessen, wie es gekocht wird, denken sich etliche. Und da nur Hunderte Soldaten, aber keine Generale als sogenannte Deserteure, Marodeure und Feiglinge erschossen werden, schäkern manche der Herren schon mit Möglichkeiten, wie sie sich auch beim Iwan weich betten könnten.

Tja, die arme Truppe! – Der ist leider nicht mehr zu helfen! Ist natürlich ein Jammer, daß die Soldaten so elend beisammen sind und der Großteil von ihnen keine Chance hat, eine russische Gefangenschaft zu überleben!

Aber die Generale werden leben und überleben! Sie haben weder die Auszehrung noch Erfrierungen und Verwundungen. Der Russe wird mit uns renommieren, daß wir ihm in die Hände gefallen sind, und die bolschewistischen Proleten werden uns mit Rücksicht auf ihre westlichen Alliierten und aus Eitelkeit besonders ritterlich behandeln, um zu beweisen, welche Fortschritte sie schon im Umgang mit zivilisierten Menschen gemacht haben. Außerdem haben die Russen seit jeher eine Schwäche für preußische Generale. Schon Peter der Große und Katharina bedienten sich importierter preußischer Strategen. Die Russen brauchten Köppe – wie wir sie haben. Sind natürlich absurde Spekulationen! An der Pleite in Stalingrad mitgewirkt zu haben, ist auch keine besondere Empfehlung! Immerhin, hätten noch viel zu lernen, die Herren sowjetischen Generale, obwohl sie uns schon allerlei abgeguckt haben und nach unserem Rezept den Kampf gegen uns gar nicht so ungeschickt führen! Zu sehr zögernd und unsicher halt noch. – Schon sehr stümperhaft! – Jeder deutsche General würde es den Iwans zeigen, wie man mit dieser 6. Armee in längstens einem Tag Schluß macht! – Ist ja Tierquälerei, was die aufführen! –

Die noch Truppen zu befehligen haben, sind ratlos. Was sie auch unternehmen, es ist verkehrt. Weitere Ausführung der Befehle aus dem O.K.H. ist Wahnsinn. Ihre Nichtbefolgung Befehlsverweigerung. Dazwischen einen gangbaren Weg zu finden? – Man ist Soldat, und die Marschroute geradeaus vorwärts ist vorgeschrieben. – War es zumindest bisher. – Es wäre schon notwendig, daß man schlau, wendig und lebenserfahren wie ein schäbiger Zivilist ist, um sich behaupten zu können.

Charakter und Gehorsam liegen sich mit einem Male auf zwei Waagschalen gegenüber, und das Zünglein an der Waage ist Angst, seit man sich vor dem böhmischen Gefreiten gebeugt und den Rücken weichgemacht hat. – Das ist es!

Die Gefahren eines verhängnisvollen Weges waren ihnen bekannt. Anstatt ihren Fähigkeiten zu vertrauen und ihrem Verantwortungsgefühl zu folgen, haben sie sich falsch dirigieren lassen und mitten in die Katastrophe hineingesteuert. Diese stärkste deutsche Armee ist im sinnlosen Anrennen gegen Stalingrad wie ein Karren zuschanden gefahren. Nun verlieren sie auch die Herrschaft darüber, und auf den Abgrund zurasend, schreien sie nach dem Helden, der das Steuer noch herumreißen soll, das sie fahren lassen. Peters ist ein solcher, von dem sie sich noch etwas erhoffen.

Er hat, entgegen dem Korpsbefehl, seine Munition nicht bis zur letzten Granate durch die Rohre gejagt, immer etwas abgezweigt und dadurch noch ungefähr 30 Schuß für jedes Geschütz gespart.

Auch mit der Verpflegung hat es geklappt. Er verstand zu organisieren, und die Batterie hat immer noch Bestände, ihre – »Afrikaverpflegung«!

Als Wisse und Kunowski sich im Stabsbunker zum Befehlsempfang melden, sind nur Major Peters, sein Wachtmeister Raschke von der Mörserbatterie und Major Goltz anwesend.

»Guten Morgen, meine Herren! – Begrüße Sie!« Peters empfängt Wisse und Kunowski herzlich mit Handschlag, während Goltz, die Arme verschränkt, nur mit kaum merklichem Nicken den Gruß Wisses erwidert.

»Na, ja!« – gibt Peters auch laut seiner Verwunderung über Goltz' Haltung Ausdruck und beugt sich wieder über die Karte auf dem Tisch. Er geht nochmals alle Geländepunkte durch, die jedem Artilleristen auf den Höhen zu einem Begriff geworden sind, da sie in Hunderten von Gefechts-, Lageberichten und Schießbefehlen erwähnt wurden, und der Hauptmann hat sie bildhaft vor Augen. Den Zinnsoldaten, einen zerschossenen Fliegeraussichtsturm auf dem Flugplatzrand von Stalingradski, die Fliegerschule, in deren Keller sich zwei Generale mit ihren Stäben und Stabskompanien eingenistet haben. Werden sich auch auf die Socken machen, wenn sie nicht schon fort sind!

Die Betonwand, die weißen Häuser, die Marktfrau sind Hausruinen und zu markanten Punkten geworden. Der Blumentopf ist das kleine Nadelwäldchen, in dem starke Artilleriestellungen liegen.

»Und das alles soll verteidigt werden!« – Der Major tippt auf den Wasserturm. »Hier wurde mir vor zwei Tagen mein Beobachtungsoffizier von einer russischen Pak herausgeschossen.«

Der Major richtet sich auf und schüttelt den Kopf. »Wenn ich noch länger auf die Karte schaue, bilde ich mir auch ein, daß das eine brauchbare Verteidigungslinie ist.

Ist so schön stark eingezeichnet – von Stalingrad-Mitte aus in Nordwestrichtung an Gorodischtsche vorbei bis an den Don. ›Tatarenwall‹, pompöse Bezeichnung, kann man sich schon was drunter vorstellen, wenn man die Phantasie eines Generalstäblers hat, leicht eine dicke Linie als H.K.L. ziehen, wenn man nur in die Karte kiekt.

Aber wie schaut das Ding in natura aus? – Na, wir kennen's ja alle. Dieser sogenannte Tatarenwall ist nichts weiter als ein Erdwulst, der an vielen Stellen keine 2 Meter hoch ist. Einige Kilometer lang von Bunkern und Unterständen unterhöhlt. Dazu eignet er sich auch. Aber eine unüberwindliche, uneinnehmbare Bastion? – Bißchen stark übertrieben die Annahme, nicht wahr?«

Wisse fährt mit einem Bleistiftende die Linie entlang. »Selbst in der Annahme, Herr Major, daß es dem Gegner nicht gelingt, den Tatarenwall zu durchbrechen, so stellt er doch nur einen kurzen Verteidigungsabschnitt dar, der Stalingrad nach Norden hin abschirmt. – Gegen Westen zu ist diese sogenannte Bastion offen ...!«

»Das sag' ich doch auch! – Diese Mondkälber!« – giftet sich der Major. »Die einzig brauchbare Verteidigungslinie verläuft über die Höhen vor der Stadt. Dort trau' ich mir schon zu, mich für längere Zeit zu halten und Widerstand zu leisten!« – »Mit wem denn?« – platzt Kunowski heraus. »Was meinen Sie?« fragt Peters.

»Wenn ich mir eine Bemerkung erlauben dürfte, Herr Major?« Goltz winkt ab. »Sie dürfen, Kunowski«, sagt Peters.

»Herr Major haben Ihre Leute von der Mörserbatterie vor Augen, die dank der unerschöpflichen Afrikaverpflegung noch ganz gut genährt sind!«

»Du halt ja die Schnauze, alter Freund, von wegen Afrikaverpflegung. Hast du etwa nicht genascht davon?« – »Nicht zu üppig, Herr Major! Aber haben Herr Major schon einmal die verlausten und verhungerten Haufen gesehen, die sich in die Löcher am Tatarenwall verzogen haben? – Gegen die leide ich noch an Fettsucht. – Die kommen nicht mehr auf die Beine und nehmen keine Knarre mehr in die Hand. Die warten nur noch aufs Sterben!«

»Und wozu, glauben Sie, sind wir da?« fragt Goltz. In seinem Ton ist mehr bange Frage als Zurechtweisung, und er macht klar, daß nun an sie die Reihe gekommen ist. – Solange noch ein Mann der kämpfenden Truppe zu verheizen ist, her damit. So wie aus den Geschützen die letzten Granaten hinauszufeuern und diese dann zu zerstören sind, hat auch der Mensch zu funktionieren, bis seine letzte Kraft verpulvert ist, und dann kann er krepieren.

»Die da noch in ganz annehmbarer Ordnung zurückmarschieren, Herr Major, und sogar noch Sprit für ihre Lkws, Zugmaschinen, Kübelwagen und Pkws haben – die Stabskompanien und all die Brüder, die bis jetzt hinterm warmen Ofen gehockt sind, das sind die einzigen, die noch einsatzfähig wären, aber die haben es alle sehr eilig, aus der Schußlinie zu kommen, und fragen nur nach dem großen Kaufhaus oder der Kommandantur in Stalingrad-Mitte!«

»Sie reden ein bißchen zuviel, Oberwachtmeister Kunowski – und ohne gefragt zu sein!« – herrscht ihn Goltz an. »Dafür halt' ich auch meinen Buckel hin, Herr Major!«

»Schnauze! – Halt dich nur nicht für zu wertvoll!« – droht Peters ganz gemütlich und wendet sich an Wisse. »Wir haben mit unseren Kampfgruppen die Aufgabe, den Tatarenwall zu verteidigen. Ich lasse unsere Feuerstellungen schon auf Rundumverteidigung einrichten.«

»Und wer verteidigt nun wirklich den Wall?« – fragt Goltz sachlich.

»Wie mir zugesagt wurde, werden die 76. I.D., die 113. I.D. und die 60. mot. längs des Walles eingesetzt!«

»Die sollten doch schon bei Gumrak die Stellung halten, Herr Major?« – wirft Wisse ein. »Ich habe gestern während der Auskämmung mit Kunowski so ziemlich die Gegend durchstreift, Herr Major, aber von irgendwelchen noch organisierten Truppen habe ich nichts bemerkt!«

»Dann werden diese Kräfte im Anmarsch sein!«

»Sie sind sehr optimistisch, Herr Peters!« – wirft Goltz ein.

»Gott sei Dank, ja! Habe noch eine ganze Portion gesunden Optimismus, meine Herren!« – poltert Peters. »Und das MG-Bataillon 9 ist mir auch zugeteilt worden! – Soll nur kommen, der Iwan, werden ihn heiß empfangen! – Wachtmeister Raschke!« – »Herr Major!« – »Sie machen sich sofort auf den Weg zum Tatarengraben und richten sich dort eine B-Stelle ein. – Sie wissen, wo?«

»Jawohl, Herr Major!« – »Sie nehmen sich zwei Funker mit und gehen sofort auf Funkverkehr! Bei Eintreffen der bereits avisierten Kampfverbände bin ich sofort zu verständigen!« – »Jawohl, Herr Major!«

»Sie nehmen unverzüglich mit der Infanterie Verbindung auf und funken mir über alle Begebenheiten Bericht!« – »Jawohl, Herr Major!« – »Ich befinde mich im Gefechtsstand! – Und Sie, Herr Wisse, ersuche ich, sich wieder zu Ihrer Kampfgruppe zu begeben und Ihren Abschnitt zwischen den beiden Geschützen vor dem Wall zu besetzen!« – »Das sind fast 4 Kilometer, Herr Major! – Welche Kräfte bekomme ich dafür zugeteilt, Herr Major?« – »Tja, vorläufig stellen Sie mit Ihren Männern die gesamte Kampfkraft in diesem Abschnitt dar! – Wie viele Leute haben Sie denn?« – »Gestern abend waren es, der Verpflegungsstärke nach, noch 31. – Täglich sterben ein paar. – Wenn ich 12 bis 15 Leute davon auf die Beine bringe, so ist das viel, Herr Major! Bewaffnung, Karabiner, einige Handgranaten, ein MG mit drei Patronengurten und für die beiden leichten Feldhaubitzen 18 zusammen ein Schuß Munition. Verpflegung 25 Gramm Brot, 10 Gramm Fett, ein daumennagelgroßes Stück Fleischkonserve!«

»Was soll ich machen?« – fragt Peters und flucht los. »Das ist ja zum Kotzen! Herrgotthimmeldonnerwetter! Damit kann man keinen Krieg führen, nicht einmal verlieren! – Wie steht es bei Ihnen, Herr Goltz?«

»Vom ganzen schönen Artillerieregiment 179 besteht noch meine Abteilung! – Auf Höhe 104 habe ich drei Geschütze mit zehn Mann besetzt, die infanteristisch nicht mehr einsatzfähig sind, dazu ein paar Schuß, hauptsächlich Panzergranaten rot. Die brauch' ich aber für die zwei Geschütze, die seit Anfang Januar in die Stadt gezogen wurden. Sie stehen dort als Pak für direkten Beschuß. Da sie keine geschlossene Infanterielinie mehr vor sich haben, vergeht kein Tag ohne Ausfälle...!«

Der Fernsprecher klingelt. Peters hebt ab.

»Für Sie, Herr Goltz!« – Goltz hört eine ganze Weile zu. »Ja, ja, ja, zeichnet sich ganz klar ab, Herr Oberst! – Von Rosen ist nach vorn? – Jawohl, Herr Oberst. – Ende!« – Goltz wendet sich wieder an Peters.

»Gerade haben wir davon gesprochen – und eben erfahre ich, unsere zwei Geschütze in der Stadt sind heute morgen zum drittenmal verschüttet worden. Es konnte nur mehr eines ausgegraben und wieder einsatzfähig gemacht werden!« – Zum erstenmal fühlt sich Wisse von Goltz auch persönlich angesprochen. »Leutnant Ackermann ist gestern gefallen! Das wissen Sie ja?« – »Nein, Herr Major! – Leutnant Ackermann? – Er war immer noch so gut gelaunt und zuversichtlich...!«

Als schmerze ihn jede Erinnerung, wehrt der Major mit Kopfschütteln ab und setzt rasch fort. »Heute wurde Oberleutnant Henneberg als Geschützführer mit verschüttet und schwer verletzt! – Unser Ordonnanzoffizier beim Regiment, Hauptmann von Rosen, wurde nach vorn beordert!« – Er sagt damit: So weit ist es schon.

»Oberleutnant Fuhrmann, von dem Sie, als Sie zu uns kamen, die Batterie übernahmen – ist bei der 71. I.D. mit allen seinen Leuten gefallen!« – In Wisse steigt es auf. – Warum sagt er das so bitter? – Kann ich was dafür? –

Goltz wendet sich wieder der Lage zu. »Seit heute morgen werden unsere Stellungen um den Tennisschläger mit starkem Artillerie- und Werferfeuer belegt! – Sieht danach aus, daß die 62. Armee zum Angriff gegen uns ansetzt!«

»Und aus Osten stößt der Iwan über Stalingradski auf uns zu!« – Peters schaut auf die Karte. »Ganz klare Absicht zu erkennen. Sie stoßen direkt aufeinander zu, werden versuchen, am Tatarenwall aufeinanderzutreffen und die Armee von der Wolga her in Ostwestrichtung in zwei Teile aufzuspalten. Ist ihnen noch zu groß, der Bissen, und zu zusammenhängend, um uns hinabzuwürgen!«

»Jetzt ist aber der Zauber bald endgültig aus, und wir müssen Beine machen, wenn wir aus der Gegend hier noch wegkommen wollen, Herr Hauptmann!« – mahnt Kunowski, als er mit Wisse zu ihrem Bunker zurückgeht. »Jede Stunde kann der Iwan da sein!«

»Das kann Tage dauern, Kunowski! – Der Russe geht auf Nummer Sicher und läßt sich auf nichts mehr ein! – Der weiß, was bei uns noch an Artillerie versammelt ist!« – »Der weiß aber auch, daß wir keine Munition mehr haben!« – »Dem traut er nicht ganz! – Wenn er allein bei uns die 90 Schuß von der Mörserbatterie noch zu schlucken kriegt...?«

»Das heißt also, Herr Hauptmann, Sie wollen tatsächlich mit unseren Vogelscheuchen noch weiter Krieg spielen? – Bei der 100. Jäger lassen sie ihren Leuten freie Hand. – Die bilden schon Fluchtgruppen!«

»Das heißt, daß ich mich um meine Leute, solange ich welche habe, auch kümmern muß! – Ich halte natürlich niemand auch nur eine Sekunde zurück, hinzugehen, wohin er will!« – »Na ja!« – seufzt Kunowski. »Wenn Sie meinen, Herr Hauptmann!«

»Feuerkommando!« – widerhallt es durch die nebelfeuchte Schlucht. An jedes Geschütz treten nur mehr drei Mann, und die sind für einen 21-cm-Mörser zuwenig. Sie helfen einander aus und machen ein Geschütz nach dem anderen feuerbereit.

»1200 weniger, Libelle 300. Dritte Ladung Aufschlag 268 Strich. Feuerbereitschaft melden!«

Der Wachtmeister, der den Batterieoffizier macht und sein Kommando gibt, fragt Wisse: »Was ist los, Herr Hauptmann? – Wieso schießen wir nicht nach Stalingrad hinein, sondern nach Südwesten? – In der Stadt müssen doch schwere Kämpfe sein?« – »Für uns ist die Front aus Westen bereits näher als nach Osten hin!«

Der Spieß der Mörserbatterie hat alle Schriftstücke in Stößen neben dem Ofen in seinem Bunker aufgeschichtet. – Kunowski sieht sich um.

»Na, mir scheint, ihr wollt verreisen, ehe der Iwan zu euch auf Besuch kommt?« – »Und ihr?« – Kunowski sieht Wisse an. »Was wäre Ihrer Meinung nach die beste Marschroute, Herr Hauptmann?« Der Spieß breitet die Karte 1 : 100 000 auf den Tisch. »Ich denke, das Günstigste wäre in Richtung Karpowka durchschlagen, bis an den Don, dort übers Eis und weiter nach Rostow!« schlägt Wisse vor.

»So wollen wir auch marschieren!« – gibt der Spieß zu.

»Aber in kleinen Fluchtgruppen!« mahnt der Hauptmann. »Keine mehr als sechs Mann stark! – Die haben am ehesten die Möglichkeit, dem Iwan zwischen den Fingern durchzurutschen!«

»Und wann?« – fragt der Spieß. Kunowski streift Wisse mit einem Seitenblick und antwortet seufzend: »Wir haben noch allerhand zu erledigen! – Unser Marschbefehl ist noch nicht unterschrieben!« – fügt er sarkastisch hinzu.

»Ja, also dann pfüat enk, wann mir uns nimmer sehg'n sollten! – Und es bleibt unter uns, sonst sein mir noch im letzten Augenblick dran!«

Er gibt jedem noch ein Päckchen Keks. »Ich hab' die eisernen Rationen verteilen lass'n! – Wenn wir nimmer da sein sollten, könnt's oan Blick da drunter machen!« – Er hebt einen Deckenbalken des Bunkers etwas hoch, und dahinter ist in der Erdaufschüttung ein Loch. »Vielleicht, daß ich da drin was für euch vergiß!«

Es geht dem Ende entgegen, langsam und qualvoll. Gerade weil er es verbergen möchte, ist Kunowskis Verdrossenheit um so mehr zu spüren, mit der er zehn Schritte hinter Wisse und Krämer herschlurft.

Die Schlucht, durch die der Weg führt, steigt nach Süden an und geht in ein ebenes Hochplateau über. Von einem bleiernen Himmel, der bis auf die Schneedecke herabhängt, sickert trübes Licht. Trotz der Vormittagsstunde ist es dämmrig.

Die Luft ist von feuchter, kriechender Kälte, die Schicht um Schicht die Kleidung durchweicht und sich an den Körper legt, daß es einen schüttelt und die Zähne klappern.

Die Gedanken gehen kreuz und quer. Die Eindrücke reihen sich nach Bedeutungen und nicht mehr nach den Zeitpunkten ihres Geschehens aneinander.

Der Russe, der ist harmlos. Macht direkt Spaß, sein bißchen Klamauk. Die Kälte und der Hunger, die sind furchtbar.

Der Hunger.

Ob man liegt, steht oder geht, in jeder Lage schmerzt der leere Magen. – Gehen und bewegen sollte man sich überhaupt nicht, weil man spürt, wie die Kraft bei jedem Schritt aus dem Körper rinnt.

Nur der Gedanke an Essen oder gar einen das Maul bewegen sehen, verursacht stechende und brennende Krämpfe. Diese taumelnde Schwäche. Ununterbrochener Zustand eines dumpfen Kopfschmerzes und Schwindelgefühl. Das Bewegen der Hände ist wie ein Schwimmen und Rudern. Die Füße schleifen auf dem Boden dahin und verlieren bei jedem unbedachten Schritt den Halt.

Es ist ein Dahintaumeln von einem Tag in den anderen und ein Verwundern darüber, daß es noch weitergeht und es sogar helle Momente und Stunden gibt, wo man ganz normal und agil reagiert und auf den dumpfen Kopfschmerz gar nicht mehr achtet – weil eben doch täglich dem Körper etwas Nahrung zugeführt wird. Aber es ist zu spüren, wie die Magensäfte am eigenen Leib nagen, ihn auflösen und verzehren.

Das schlimmste ist, daß Tag und Nacht und in jeder Lage der Magen drückend wie eine kopfgroße Steinkugel in der Bauchhöhle liegt.

Sie sind übereingekommen, genau nach der Uhr, alle halbe Stunde einen Keks in den Mund zu stecken, um dadurch bis Mittag auszukommen.

Wisse bringt es sogar fertig, an jedem Stück eine Viertelstunde lang zu kauen. Er läßt die hartgefrorenen Kekse langsam im Mund zergehen, um den Geschmack des süßlichen Breis möglichst lange auf der Zunge zu haben, und läßt ihn in kleinen Schlucken durch die Speiseröhre rutschen.

Krämer hat eine andere Taktik. Er bewegt ununterbrochen den leeren Mund und macht Kau- und Schluckbewegungen, bis der nächste Keks drankommt.

»Komm, Kunowski!« – Sie warten auf ihn. »Laßt mich«, wehrt er mißmutig ab.

»Du hast ja recht, Kunowski«, sagt Wisse. »Am vernünftigsten wäre es ja, jetzt gleich abzuhauen! – Aber sich so still und leise heimlich davonmachen?« – Er schüttelt den Kopf. »Ich müßte vor Peters und Goltz hintreten und ihnen ins Gesicht sagen: Es ist alles sinnlos, ich mache deshalb nicht mehr mit und versuche mich durchzuschlagen, solange noch Aussicht dazu besteht...!«

Kunowski lacht heiser.

»Ihre Sorgen möchte ich haben, Herr Hauptmann! – Wer redet denn überhaupt noch davon?« – Kunowski packt den Griff der Maschinenpistole und schreit Krämer an: »Wenn du nicht aufhörst, mit dem Maul zu wackeln, schlag' ich dich in die Fresse!« – »Auch da hat Kunowski recht. – Das Stück für Stück die Kekse essen reizt nur unnötig oft den Magen. Wir sollten uns mehr nach ihm richten!« – »Tut das lieber nicht, sonst lad' ich euch ein, fressen wir die Verpflegung für die Kampfgruppe auf und dann ab! – So weit bin ich schon!« – Er nimmt den Rucksack von der Schulter und wirft ihn in den Schnee. Es sind darin eine Dose Fleisch, ein Brot, ein Säckchen Puddingpulver und je Nase ein Vitamindrops – als Tagesration für die einunddreißig Mann der Kampfgruppe. »Trag du's« – fordert er Krämer auf, »sonst garantier' ich für gar nichts, oder ich verlier' den Verstand!«

Kunowski schaut eine Weile starr vor sich hin, überlegt, schüttelt heftig verneinend den Kopf. »Aus, Schluß, Punkt! – Ich mach' nicht mehr mit!« – Kunowski macht eine Kehrtwendung, schaut um sich und sucht eine Richtung zum Davongehen.

»Willst du jetzt zum Russen oder dir eine Kugel durch den Schädel jagen?« – fragt Krämer, um ihn wieder aufzurütteln.

Kunowski wendet den Kopf zurück, sieht den Hauptmann und Krämer an und sagt: »Ich denk' grad an zu Hause, an meine Frau und meine Kinder!« – und er weint wie ein kleines Kind.

Als schmaler Streifen durch eine Straße, die ihn quert, unterbrochen, taucht der Tatarenwall aus dem Dunst. Dort, 500 Meter weiter, steht das eine Geschütz und liegen die Bunker der Kampfgruppe.

Zerfranste Schatten von Vogelscheuchen, die aus dem Nebel tauchen. Es sind der Unteroffizier und fünf Mann der Kampfgruppe. »Halt, wer da?« ruft er, und alle sechs Mann nehmen das Gewehr in Anschlag.

Er und seine Leute sind voll Freude darüber, daß der Hauptmann, Kunowski und Krämer wieder zu ihnen kommen. – Er nimmt Haltung an.

»Unteroffizier Köfler mit fünf Mann auf Erkundungspatrouille! Wir streifen das Gelände ab, daß uns der Iwan nicht überrascht!« – Wozu denn? – möchte Wisse fragen, und es ist gut, daß er nicht fragt. Der Unteroffizier flüstert ihm zu: »Sieben Mann sind schon wieder gestorben. Wir sind die letzten sechs, die auf die Beine kommen! Es ist in den Bunkern nicht zum Aushalten. Wenn wir drin hockenbleiben, kommen wir auch nimmer hoch.«

In den Bunkern ist es ein Sterben, ein Verhungern.

Die mit Erfrierungen und Verwundungen verfaulen bei lebendigem Leib. – Schlamm, Schmutz, Läuse, Lumpen, und mitten drin liegen sie.

Die Verpflegung der sieben Toten wird unter die anderen aufgeteilt, und fünf weitere verzichten darauf. Sie halten die Augen geschlossen und wollen nichts mehr als Ruhe. Ihr Teil wird ihnen von Nebenmännern, die sich aufrichten, weggekrallt und verschlungen. Einige blicken mit weit offenen, unbeweglichen Augen zur Decke. Sie sind ausgeronnen, warten darauf, bis sie vom Leben leergetropft sind. Ihre letzten Gedanken und Vorstellungen wandern mit ihnen aus dem Kessel.

Drei rappeln sich, nachdem sie die Verpflegung verschlungen haben, sogar auf und nehmen ihre Karabiner und Handgranaten nochmals auf. – »Wir gehen auf Streife, Herr Hauptmann!« – »Ja, geht nur!«

Von den drei Divisionen oder ihren Resten und dem MG-Bataillon ist nicht ein Mann eingetroffen. Die befohlene letzte unüberwindliche Bastion am Tatarenwall vor dem Alkazar, der dahinter aufgebaut werden soll, bilden somit Hauptmann Wisse, Oberwachtmeister Kunowski, Unteroffizier Krämer, der Unteroffizier der Kampfgruppe, der mit nun acht Mann durchs Gelände schlurft, und der V.B. der Mörserbatterie, Wachtmeister Raschke, der mit seinen zwei Funkern neben dem Durchlaß im Wall, wo er von der Straße durchschnitten wird, einen Unterstand bezogen und zur Verteidigung eingerichtet hat.

Nach links und rechts an die Kampfgruppe anschließend ist Dunst und Nebel – sonst nichts.

Hinter dem Tatarenwall führt die Rollbahn nach Stalingrad-Mitte. Und da ist Motorenlärm, Räderrollen und Raupenklirren zu hören.

»Vielleicht sind das unsere Truppen, die da anrollen, Herr Hauptmann – oder schon der Iwan!« – meint Raschke, »denn die Stäbe, die Trosse, die Sanitätskolonnen und die Verpflegungs- und Verwaltungsheinis sind alle längst durch!«

»Woher sollte denn die kämpfende Truppe noch rollendes Material hernehmen?« fragt Kunowski. »Fahrzeuge und Sprit gibt's doch nur mehr zum Stiftengehen.«

»Und wenn es schon die ersten Vorhuten einer Entsatzarmee sind?« – fragt der eine Funker mit fiebrig glänzenden Augen. »Du Dämlack!« – schimpft Kunowski. – »Ich will das nicht gehört haben«, sagt Raschke streng. »Ich schnauz' meine Leute selber an, wenn ich's für notwendig halte!«

Raschke ist mittelgroß, untersetzt, sein Gesicht ist zwar fest und energisch, aber regelmäßig und leer, wie eine Zeichenvorlage für einen Männerkopf.

»Und ihr werdet sehen, sie kommen doch noch!« – sagt der Funker wundergläubig, und Raschke hat es plötzlich eilig, durch den Durchlaß im Damm zu kommen, um nachzusehen, was auf der Straße los ist.

Wisse, Kunowski und Krämer folgen ihm. Es sind nur mehr vereinzelte Fahrzeuge, die in Richtung Stalingrad rollen. Aber dafür, wie vor Pitomnik und Gumrak, ein Strom Verwundeter, Kranker und Versprengter, der nicht abreißt.

Seit Tagen flutet der Fluchtstrom und ergießt sich über die Hügel in die Stadt. Was noch Räder hat, die rollen, Schlitten, die gleiten, oder Füße, die sich noch bewegen, zieht nach Stalingrad.

Und längs der Straße Lkws und Zugmaschinen, die mit Pannen oder ohne Sprit liegenblieben. Hintereinander, zeltplanenüberdeckt drei Lkws, vollgestopft mit Verwundeten, die stehengelassen wurden.

Auf ihnen rührt sich nichts mehr. Die meisten Verwundeten dürften schon tot sein und steifgefroren wie Bretter. Die noch leben, können sich nicht bewegen, und wenn sie noch röcheln, dringt es nicht einmal zu denen, die von der Straße herunter, um die Fahrzeuge herum, einen Bogen machen müssen.

Aus dem Nebel heraus MG-Feuer und Geknatter von Gewehrschüssen. Es wehrt sich irgendwo noch eine Kampfgruppe. Einzelne Abschüsse aus Kanonen. Aus dem Dunst heraus jaulen Panzergranaten und explodieren auf den Hügeln hinter dem Wall.

Und den schütteren Gefechtslärm als Geräuschkulisse hinter sich, kommen sie an in Reih und Glied, etwa 150 Mann. Ihnen voran ist einer mit Vollbart.

»Donnerwetter, die marschieren aber an!« – stellt Kunowski staunend fest. »Die schicken uns die Marine als Entsatz, denn der Matratze nach muß der voran ein Admiral sein!«

»Halten!« – befiehlt der Bärtige, und er macht dazu ein Stoppzeichen wie ein Verkehrspolizist.

»Die wollen was von uns, Herr Hauptmann!« sagt Krämer.

»Nanu, wollen die alten Knaben die Stellung hier beziehen?« wundert sich der Hauptmann.

Sie tragen fast alle Vollbärte und sind tadellos ausgerüstet mit Pelzen, Übermänteln, Filz- und Pelzstiefeln. – Und sie sind bewaffnet mit MPis und Karabinern, haben Patronen-, Kartentaschen und Doppelgläser umgehängt. Im Koppel Handgranaten. Hinter ihnen fahren hochbeladen mit Gepäck Schlitten, die von Hiwis gezogen werden.

Es sind Zahlmeister, Beamte, Intendanten. »Warum sollen die nicht bei uns in Stellung gehen?« – fragt Kunowski. »Die haben noch Mumm in den Knochen, sind frisch und rosig wie die Ferkel und noch ganz schön knusprig!«

Der Bärtige kommt auf Wisse zu.

Knappe Verbeugung, großzügig lässige Ehrenbezeigung. »Hauptmann Prell!« – Er ist etwa 50 Jahre, oder sieht nur durch seinen Bart so alt aus.

»Sagen Sie mal bitte, Herr Kamerad, geht das hier auf der Straße lang nach Stalingrad-Mitte? – Wie kommen wir am besten zur Kommandantur?« – während er redet, die Hand an der Mütze und leicht vorgeneigt, mit steifem Nacken, wippt er einige Male elegant, als wäre er auf dem Korso oder einem Manöverball.

Kunowski grinst unverschämt, und auch Wisse muß lächeln. Nur Raschke sieht ihn scheel an.

Mit etwas Schadenfreude, da er beobachten kann, wie sich dabei das Gesicht des anderen vor Angst verzerrt, antwortet Wisse: »Hier geradeaus fort ist's schon richtig, Herr Hauptmann, nur müßt ihr etwas schneller machen, liebe Leute, wenn ihr noch zur Kommandantur kommen wollt – sonst holen euch die russischen Panzer ein, die werden gleich hier sein!«

»Danke, danke!« – und der Hauptmann mit dem Vollbart treibt seine Mannen mit lauten Kommandos an. –

»Flotter, flotter, meine Herren! – Platz da, Platz da!« schnauft der bärtige Hauptmann die da auf der Straße Dahinschlurfenden an. Das löst sogar bei denen noch Lachsalven aus, und sie tippen sich nur an die Stirn.

»Schaut euch das an, wie die abschieben und alles niederrennen!« Auch Wisse kann das Lachen nicht verbeißen. –

»Bei mir aber nicht!« – knurrt Raschke zornig.

»Herr Hauptmann, die sind in unserem Kampfraum. Wir können die staubigen Brüder kassieren und auf der Stelle in die H.K.L. jagen!«

»Dagegen haben die sich schon gesichert, Raschke! – Die haben sich Marschbefehle ausgestellt mit neun Stempeln und von fünf Generälen unterschrieben!«

»Das werden wir doch mal sehen. Soll ich Herrn Major Peters anfunken, Herr

Hauptmann? Er ist hier Kampfkommandant, und der General muß sich erst blicken lassen bei uns, von dem der sich dreinquatschen läßt. – Unser Peters, der würde die Zahlmeister lieblich gern verheizen – schätze ich!«

»Aber wozu denn, Raschke? – Haben Sie keinen Humor? Schauen Sie, wie die abrücken! – Fehlt nur noch ein Lied! Es ist so schön, Soldat zu sein!«

»Das Kotzen kommt mich an, Herr Hauptmann. Wozu kostümieren sich denn die Armlöcher als Soldaten und wozu dann der Kriegsschmuck, wenn sie gar nicht daran denken zu kämpfen? Das wären die einzigen, die körperlich noch dazu imstande sind!«

»Sie schauen auch noch beruhigend aus, Raschke!«

»Gott sei Dank! – Ich hau auch noch drein, wenn's drauf ankommt, Herr Hauptmann! – Na, der Adolf müßte das sehen, wie's hier zugeht!« Raschke geht kopfschüttelnd wieder zu seinem Unterstand.

Wisse, Kunowski und Krämer können keine Unterkunft finden und müssen sich mit Raschke und den zwei Funkern in deren Unterstand zusammendrängen.

Die meisten Bunker, Unterstände und Löcher sind überfüllt von Leuten, die sich noch bis hierher geschleppt haben und nicht weiterkönnen.

Ein Oberstleutnant, der von Bunker zu Bunker geistert, hat es mit den Nerven. Er schreit: »Was macht ihr noch hier? Die Linie ist aufzulassen! – Das ist kein gelenkter und organisierter Kampf mehr! Jeder Widerstand ist einzustellen! – Denkt ihr etwa, wir lassen uns wegen euch an die Wand stellen, weil ihr nicht aufhören wollt! – Wenn ihr nicht binnen fünf Minuten hier weg seid – lasse ich die Stellungen durch Panzer räumen!«

»Etwa schon durch die neuen Tiger, Herr Oberstleutnant?« fragt Raschke spöttisch. »Na, ihr werdet schon sehen, ihr Drecksgesindel!« Raschke springt auf. »Wer ist denn ein Drecksgesindel? – Ihr Blindgänger habt uns ja auf dem Gewissen! – Was haben Sie denn hier überhaupt noch zu melden, Herr Oberstleutnant?«

»Halten Sie Ihren Mund, Raschke!« – Wisse, der mit Kunowski und Krämer zusammengepfercht an der hinteren Wand hockt, erhebt sich.

»Hauptmann Wisse! – Herr Oberstleutnant, Kampfkommandant über die gesamte Front von Höhe 104 bis 107 und den Tatarenwall entlang, soweit er noch in unserer Hand ist, ist Major Peters von der Heeresreserve der Artillerie.

Für den Abschnitt, in dem Sie sich befinden, bin ich zuständig. Wenn Sie also einen bestimmten Auftrag haben, Herr Oberstleutnant?«

»Auftrag? – Auftrag?« – Der Oberstleutnant bricht zusammen. »Mein Gott, es ist schon Schluß, es sollte schon längst aus sein, und es geht nicht zu Ende!« – jammert er verzweifelt. »Diese feigen Hunde, die Iwans, warum machen sie dem Zauber kein Ende? – Worauf warten die noch?«

»Wieso die Iwans, Herr Oberstleutnant?« – fragt Wisse. »No klar die, nur die! Weil sie so mißtrauisch sind! – Die haben Angst, Hitler könnte im letzten Augenblick noch einen Streich gegen sie führen. – Ich halt' das einfach alles nicht mehr aus. – Bin total mit den Nerven runter! « entschuldigt er sich und ersucht:

»Wenn ich die Nacht über hierbleiben könnte? – Die andern Bunker sind so verdreckt und verlaust!«

Außer die Taschen voll Zigaretten, von denen er austeilt und die er selbst hastig in Ketten raucht, hat er nichts bei sich.

»Wo wollen Herr Oberstleutnant hin?« – fragt ihn Wisse. »Weiß ich nicht! – Hab' meine Zigaretten eingesteckt, umgeschnallt und bin einfach aus Stalingrad losgerannt!«

»Aus Stalingrad fort? – Dahin rettet sich doch alles! – Ist doch zur Festung erklärt worden und soll verteidigt werden, bis Entsatz kommt!« – wundert sich Wisse.

»Ein deutscher Alkazar, nicht wahr?« – Der Oberstleutnant lacht verzweifelt. »Geht nur hin, wenn ihr ganz elend verrecken wollt! Stalingrad ist ein wirbelnder, saugender Schlund des Verderbens, der alles, was ihm nahe kommt, in den Untergang hinabreißt. Ich versuche es, ihm zu entrinnen.

Stalingrad ist eine Leichenfabrik, ein Totenstapelplatz, eine Klapsmühle, eine Pesthöhle, ein Pfuhl!

Was soll ich Ihnen erzählen?

Tausende Marodeure haben sich wie Eiterherde und Ungeziefer in den Todeswunden der Armee angesiedelt oder sind wie Schwären an dem von Ungeist verpesteten Armeekörper aufgebrochen. Sie bevölkern Ruinen und Keller in Stalingrad.

Die größte Schuld wurzelt im tiefsten Morast, und so bin ich dorthin hinabgestiegen. Ich bin ein Mensch, der mit offenen Augen durch die Welt geht. Es war das Furchtbarste, was ich je gesehen habe.

Auf den Trümmern ihrer zerschlagenen und verwüsteten Welt, da die alte Ordnung nur mehr ein ausgebluteter, zuckender Kadaver ist, die ihre Gültigkeit verloren hat, zwischen Leichen und weggeworfenem Kriegsgerät haben sie sich festgesetzt. Sie betrachten den Gerümpel- und Abfallhaufen, der zurückgeblieben ist, als ihren Besitz.

Allein den Zugang zu ihren Höhlen hätten Sie sehen müssen! – Ein Loch in der Mauer in einer Ruine, von der noch ein Raum mit halb niedergebrochener Decke stehengeblieben war.

Dieses Schlupfloch war mit einer zerschlissenen Decke und einer kot- und blutverschmierten Zeltplane verdeckt. Es machte schon von außen den Eindruck, als würden seine Bewohner jedes noch halbwegs saubere und heile Stück besudeln und zerfetzen und sich nur im Unrat mehr wohl fühlen.

Wie sie darin hausten, ist unbeschreiblich. Ich habe mehrere solcher Schlupfwinkel durchstöbert.

Die sogenannten Marodeure und Deserteure waren vor allem Angehörige der nichtkämpfenden Truppe. Es waren Elemente, die endlich die Möglichkeit sahen, den soldatischen Zwang zu brechen. Es waren Leute, die sich aus Haß gegen ihre Preisgabe – und andere wieder, die sich aus Angst, noch mit den Waffen in der Hand eingesetzt zu werden und fallen zu müssen, selbständig gemacht haben. Es waren Empörer, Wütende und Feiglinge! – Die Betonung liegt auf – sie waren es.

Wie ihre verdreckten Lumpen vom Leibe, so fallen auch die letzten Reste von Kultur und Zivilisation von ihnen ab.

Sie waren höhnend, frech, entfesselt, verkommen. Ich wollte sie als Menschen ansprechen. Ihre Antwort darauf war, daß sie vor meinen Augen demonstrativ ihre Notdurft verrichteten.

Heimtückisch, diebisch und räuberisch im Kampf um das nackte Leben, waren sie in den Urzustand zurückgefallen.

Für mich persönlich noch erschütternder erlebte ich es, als wir während eines russischen Überfalls im Keller einer Hausruine Deckung suchten. Die drei Feldgendarmen nahmen für alle Fälle ihre MPis in Anschlag.

Der Keller war mit Gelassen und verwinkelten Gängen naß und finster. Der Boden schlammig und glitschig. Wir hörten Zischeln, blendeten die Taschenlampen auf, und da stoben sie um die Ecken nach allen Richtungen davon, selber nur mehr feuchte Schatten wie die Ratten – unsere Landser!

Einer, der erschreckt auf dem Boden hockengeblieben war und etwas mit den Zähnen zerrte und biß, warf es mir an die Brust. Er hatte nicht mehr Zeit aufzustehen, wollte sich gleich auf allen vieren davonmachen! – Ein Feldgendarm kriegte ihn am Kragen zu fassen. Ein anderer leuchtete ihn an. Er war der Studienkollege meines Sohnes, sein Vater Notar und mir sehr befreundet.

›Gerhard‹ – sprach ich ihn an, – ›um Gottes willen, Junge, was machst du hier? Kennst du mich nicht, Gerhard? – Du hast doch mit Jürgen studiert, warst fast täglich bei uns im Hause. – Barbara läßt dich grüßen!‹ – sagte ich. Das ist meine Tochter, die er schwärmerisch verehrte. Er stierte mich nur an und schüttelte den Kopf – erkannte und verstand mich nicht.

Seine Vergangenheit war ausgelöscht, die Zeiger waren für ihn auf Null gerückt. Er war aus der menschlichen Gesellschaft ausgesiedelt – zum Höhlenbewohner geworden.

Da bin ich zurück zu meiner Dienststelle, habe nichts als meine Zigaretten eingesteckt und bin losgerannt!«

Spät nachts funkt Peters.

»Jungens, ich glaube, wir können einpacken! – Eben erfahre ich, die Armee hat schon vor zwei Tagen, am 24., an das O.K.H. gemeldet!« Er liest hörbar von einem Zettel ab: »Truppen sind ohne Munition und Verpflegung! – Erreichbar sind nur mehr Teile von sechs Divisionen. Es ist keine einheitliche Befehlsführung mehr möglich. An der Süd-, Nord- und Westfront zeigen sich Auflösungserscheinungen, 18000 Verwundete sind ohne Mindesthilfe an Verbandszeug und Medikamenten.

Die 44., 76., 100., 305. und 384. I.D. sind vernichtet! – Da der Zusammenbruch unvermeidlich ist, bittet Generaloberst Paulus um sofortige Kapitulationsgenehmigung, um die noch vorhandenen Menschenleben zu retten! – Und ...« – Peters schöpft tief Atem. In seiner Stimme ist Ergriffenheit:

»Heute ist General von Hartmann, der Kommandeur der 71. I.D., den Heldentod gestorben.

Am Bahndamm zwischen Jelschanka und Woroponowo, den er mit dem letzten Rest seiner Division verteidigte, hat er vor seinen Soldaten ein hohes Beispiel als militärischer Führer gegeben und ist ihnen vorgestorben.

Für ihn war es eine Ehrenpflicht, mit seiner Division unterzugehen!«

Nun ist das ersehnte Ende da, und es ist in banger Erwartung des furchtbaren Feindes, dessen Willkür man ausgeliefert wird, schlimmer als der Kampf.

Der Russe kommt an. Er ist ein Schreckgespenst, das ins Riesenhafte wächst und unter seinen Stiefeln alles zertritt.

Am nächsten Morgen läßt Peters durchgeben: Führerhauptquartier hat Kapitulationsgenehmigung abgelehnt. Der Kampf wird bis zum letzten Mann fortgesetzt.

Raschke ist erleichtert. »Ich ergeb' mich den Bolschewisten nicht!« – erklärt er.

»Vielleicht sind unter ihnen auch Menschen?« – fragt Krämer. »Auf den Versuch will ich es lieber nicht ankommen lassen!« –

Raschke legt am Rand des Unterstandes Handgranaten und Molotowcocktails wurfbereit.

»Helden der Angst!« – spottet Kunowski. »Besetzen wir auch unsere H.K.L., Herr Hauptmann?«

Es ist Morgen geworden. Von der Kampfgruppe sind es nur mehr zwei Mann, Unteroffizier Köfler und ein Gefreiter, der Richtschütze der IFH 18 am Wall, die aus dem einen Bunker noch auf die Beine kommen.

Im anderen Bunker ist es nur mehr der Todeshauch des Sterbens.

Es ist zum Heulen. Der Unteroffizier und der Gefreite warten noch auf einen Befehl.

»Wenn der Russe kommt, Herr Hauptmann, werden wir uns bis zum letzten verteidigen!« – sagt der Gefreite, und der Unteroffizier bittet: »Wenn ich Herrn Hauptmann noch um einen Mann bitten dürfte, damit wir das Geschütz feuerbereit machen können!« – Es ist ein einziger Schuß da. – Kommt auch keine Munition mehr. –

Leuchtspurgeschosse fliegen wie Kometen aus dem trüben, grauen Dunst und verlöschen blitzartig. Das Rasseln der Panzerketten wird immer lauter, zu sehen ist nichts, sogar einzelne Stimmen sind zu hören und der Aufschrei und das langgezogene Klagen eines Menschen.

Wie in einen Kessel fällt das Hochplateau in die Talowoischlucht ab, aus der der Kampflärm drönt. Sie ist weit verzweigt, und in ihren Balkas liegt dicker Nebel.

»Herr Wachtmeister! – Herr Major verlangt Sie!« – »Sagen Sie mal, was ist denn das für eine Knallerei hinter dem Tatarenwall?« – fragt Peters seinen V.B. – Wachtmeister Raschke, am Funkgerät. »Weiß nicht, Herr Major!« – »Dann stellen Sie es fest, und wenn Sie was sehen – ist feuerfrei!« – »Jawohl, Herr Major!« – »Aber sind Sie vorsichtig, Raschke, der Regimentskommandeur behauptet, es handle sich schon um deutsche Panzer, die mit russischen im Kampfe lägen!«

Kunowski, der vor dem Bunker steht, ruft: »Feindpanzer, Herr Hauptmann!« – Zuerst sind es zwei und dann sieben Umrisse von Panzern, die aus dem Nebel auftauchen und in Richtung auf den Unterstand zukriechen.

»Sind das nicht doch deutsche Panzer?« fragt Peters im Funkgerät. »Die sehen doch nicht aus wie russische T 34?«

»Werde nachsehen, Herr Major, und funken!« – Raschke kriecht in sein Loch am Wall, das er sich als Kampfstellung ausgebaut hat. Wisse und Kunowski legen sich einige Meter daneben in eine Mulde.

Die Panzer fahren hintereinander. Sie schießen nicht. Auf der Straße treiben noch immer Haufen von Verwundeten und Kranken. Wie Gespenster wanken sie dahin, und kein Laut kommt über ihre Lippen.

Sie kümmern sich gar nicht um die Panzer. Was ist schon ein T 34 gegen die Kälte, den Hunger, die Schmerzen. Von unnennbaren Leiden betäubt, achten sie nicht einmal darauf, daß ihre Füße sich noch Schritt um Schritt weiterschleifen. – Was sie noch vorwärtstreibt, ist das Verlangen nach einem warmen Raum und wenigstens nach ein paar Schluck des heißen Wassers in den durchfrorenen Magen, wie es die Verwundetensammelstellen ausgeben.

Die Panzer rammen die Fahrzeuge, die auf der Straße liegengeblieben sind und ihnen den Weg verstellen, und kippen sie über die Fahrbahn. Auch die Lkws mit den Verwundeten.

Die auf der Straße dahinwanken, weichen nicht aus. Die T 34 schießen sich eine Gasse frei. Zuerst über die Köpfe hin, und da es nichts nützt, halten sie mitten hinein.

Kein Aufschrei von denen, die getroffen werden. Kein Schritt Beschleunigung, nicht ein Hauch Schrecken in den gleichgültigen Gesichtern. Sie humpeln unbeirrt weiter. Ein Lkw mit Verwundeten fängt Feuer.

Im Turm des ersten Panzers steht ein Kommissar. Er läßt das Feuer einstellen. Er schwenkt seine Arme, in der Rechten eine MPi, und schreit auf die Deutschen ein. Sie beachten ihn gar nicht. Da läßt er den Panzer noch mehr auf Schritttempo verlangsamen, den Motor auf niedere Touren drosseln und überbrüllt nach rechts und links winkend dessen Geräusch:

»Dawai! – dawai! – Ittitje suda – Kameraden links um, marsch zurick!« – Endlich hören ein paar auf ihn, machen kehrt, und wie die Schafe trotten auch andere hinter ihnen her zurück, woher sie gekommen sind und jetzt schon der Russe ist und Gefangenschaft. Einige gehen von der Straße herunter, die meisten aber trotten stumpf weiter. – Der Kommissar ist sichtlich bemüht, so viele wie möglich von ihnen zu retten.

Auch Wisse, der sich das Schauspiel mit ansieht, verspürt nicht das geringste Angstgefühl.

Sind ja erwartet worden, die Iwans. Jetzt sind sie eben da. Alles Gefühl ist stumpf. Links von den Höhen, aus den Artilleriestellungen bleibt es ruhig. Die halten die T 34 immer noch für deutsche Panzer und warten den Funkspruch Raschkes ab.

Wisse sieht zu Raschke hinüber, als der eben seinen Karabiner in Anschlag bringt, zielt und abdrückt. Ein Schuß kracht, und etwa 50 Meter gegenüber, aus dem ersten Panzer reißt der Kommissar den Kopf hoch, macht eine Drehung und fällt mit dem Oberkörper über den Turmrand, die Beine rutschen nach, und er stürzt neben der rechten Raupe in den Schnee.

Der Panzer rollt weiter, auf den Damm und direkt auf Raschkes Schützenloch zu. Raschke muß verrückt sein. Er bleibt in seinem Loch sprungbereit liegen. 10 Meter vor dem Loch kommt der Tank zum Stehen. Raschke springt auf, rennt geduckt auf den Panzer zu, richtet sich seitlich neben den Raupenketten hoch und wirft eine Flasche Kerosin in die Turmluke. Eine Handgranate, die er abzieht, fliegt nach. Mit einem dumpfen Knall zischt eine Stichflamme hoch.

Es dauert einige Sekunden, bis die Fahrer der anderen T 34 merken, daß einer von ihnen brennt. Dann knallen sie los, mitten hinein in den Menschenhaufen, wälzen nieder und richten ein furchtbares Blutbad an.

»Wozu das gut war?« – fragt Kunowski. »Dieser Raschke ist eine Heldenmaschine ohne Hirn – und ohne Herz! Dieser verdammte Idiot!« Sie kommen aus ihrem Loch nicht hoch, denn nun richten die Panzer ihr Feuer auf das Schützenloch Raschkes, und auch die Mulde, in der Wisse und Kunowski liegen, ist eingedeckt mit MG-Garben, und Granaten schlagen dicht herum ein.

»Die haben uns entdeckt!« – keucht Kunowski. »Die halten uns für die Helden!« – »Danke für die Ehre!« – erwidert Wisse.

Und ein T 34 rollt heran, auf den Durchlaß im Wall zu, in dem sie liegen. – Ein einzelner Schuß kracht. – Es ist ein Volltreffer!

»Unsere lFH 18, ihr einziger Schuß!« – Wisse braucht sich gar nicht umzudrehen, um das festzustellen. Er hat es gehört. Der Unteroffizier und der Gefreite haben auf nicht einmal 100 Meter Distanz gefeuert. Wisse und Kunowski springen auf und rennen hinter dem Wall entlang. Raschke hinterher.

Wie die Russen das Geschütz ausgemacht haben, fetzen sie drauflos. Der Unteroffizier und der Gefreite sind hinter dem Schild in Deckung und kommen nicht mehr weg. – Die Russen rollen mit zwei Panzern drauf zu. Die beiden haben keinen Schuß mehr und werden in den Schnee gestampft samt der lFH 18.

Das alles hat keine zwei Minuten gedauert, aber doch so lange, bis die Artilleriestellungen endlich merken, daß es keine deutschen Panzer sind, und losballern. Es ist ein kurzer Feuerstoß aus Rohren aller Kaliber, und die sieben Panzer sind Schrotthaufen. Drei brennen.

Gleich darauf setzt der russische Artilleriesturm ein, und Panzer kommen aus Richtung Stalingradski von Westen und durch die Talowoischlucht aus Osten.

Wisse, Kunowski, Krämer, Raschke und die beiden Funker rennen um ihr Leben, bis sie die Balka erreichen, die in die Feuerstellung der Mörserbatterie führt.

Es dauert eine Stunde, und dann kommen die Panzer.

Die Leitungen sind noch alle intakt.

Goltz ruft an und beordert Wisse sofort zum Abteilungsgefechtsstand. Peters befiehlt dem Hauptmann, bei den Mörsern zu bleiben.

Das Läuten reißt nicht mehr ab. Von Höhe 102 meldet ein Gefechtsstand – »Dreißig Panzer in Richtung Gorodischtsche vorstoßend! Wir richten Anfrage, ob es sich nicht um die neuen deutschen Tigerpanzer handelt, da überhaupt kein Gefechtslärm zu hören ist!«

»Russische Panzer aus der Talowoischlucht greifen an. Aber aus der Gegenrichtung stoßen deutsche Panzer vor. – Vorsicht, Feuer nur auf Kampfwagen eröffnen, die einwandfrei als feindliche festgestellt werden!«

Und dann ist es ein Oberst. Man merkt es seiner Stimme an, er weint vor Freude. »Sie kommen? – Sie kommen spät, aber sie kommen! Riesendinger, solche Apparate, die neuen deutschen Tiger! – Ich sehe es durch mein Scherenfernrohr, es kann nur das Balkenkreuz sein, Peters!«

»Hier ist Hauptmann Wisse, Herr Oberst!« – »Na, dann, Wisse, ist ja egal, sie kommen!« – »Vielleicht ist das Schnee, womit sie bestäubt sind, Herr Oberst?«

»Ne, Junge, es kann nur das Balkenkreuz sein!« – Er wird doch unsicher. »Sagen Sie bitte dem V.B. von Peters, dem Raschke, er soll feststellen, was das für Dinger sind!«

»Der V.B.-Posten existiert nicht mehr, Herr Oberst!«

»Was sagst du dazu, Kunowski?« – »Tut mir leid, der alte Herr, Herr Hauptmann! – Aber wir müssen uns noch mehr leid tun! – Erwachsene Männer und so kindisch sein! Und so was führt Regimenter, Divisionen und Armeen, und wir sind ihnen ausgeliefert. – Wenn die Deutschland denken, sind sie davon hypnotisiert und sehen nicht mehr, was in der Welt vorgeht. Die machen ihr Leben lang nichts als Fahnenparade!«

Goltz gibt durch: »Stellung zum drittenmal zurückgenommen. Abteilung ohne Munition!« – er schöpft tief Atem. »Unser verehrter Herr Regimentskommandeur, Oberst Hutte, hat sich erschossen!« –

Der Hauptmann schweigt einige Sekunden lang in die Sprechmuschel – Goltz auch. »Ende, Herr Major!« – »Ende, Herr Wisse!« Wisse teilt es Kunowski und Krämer mit. »Das war ein feiner Mann!« – »Das war er, Herr Hauptmann!« – sagt Krämer. Kunowski nickt. »Obwohl er nicht mehr an das Tigerwunder geglaubt hat!«

»Gefechtsstand auf Höhe 107 verteidigt sich!« – Goltz ist wieder am Apparat. »Panzer fahren über den Tatarenwall in Richtung Höhe 104. – Abteilung ist damit vom Regiment abgeschnitten. Regimentsgefechtsstand telefonisch noch erreichbar, nur mehr von Hauptmann von Rosen besetzt! – Auf Höhe 107, 104 und 102 liegt neuerlich schwerstes Artilleriefeuer. Rechts meines Gefechtsstandes sind russische Panzer, aus dem Tennisschläger kommend, durchgestoßen und haben sich mit Panzern aus dem Westen vereinigt. Die Verbindung zur Division ist abgerissen. Ich bin gleichfalls allein hier und ersuche Sie herzukommen, Herr Wisse!«

»Ich komme, Herr Major!«

Kunowski und Krämer bleiben in ihren Bunkern bei der Mörserbatterie.

»Ihr fangt inzwischen zu packen an!« – »Worauf Sie sich verlassen können, Herr Hauptmann!« – antwortet Krämer.

Wisse kommt zu ungelegener Zeit in den Stabsbunker. Der Major sitzt bei Tisch, und als Wisse eintritt, reicht er dem Burschen, der rechts neben ihm steht, etwas, das dieser nicht rasch genug verbergen kann.

Es ist ein Teller und darauf sind die Knochen eines ganzen Huhnes. Auf dem Tisch des Majors liegen noch Gabel und Messer. –

Der Putzer dreht Wisse den Rücken und nagt die Knochen ab. – Wie ein Hund zerknackt er sie zwischen den Zähnen und saugt sie leer.

Goltz spricht kein Wort. Er nimmt die Anwesenheit Wisses einfach nicht zur Kenntnis.

In Stalingrad, am 27. Januar 1943. Hunderttausendfacher Hungertod, und Herr Major Goltz genehmigt sich ein Huhn.

Der Major zeigt ein zerfahrenes Wesen. – Daß ich ihn beim Hühnchenessen erwischt habe, ist bestimmt zum geringsten der Grund dafür. – Goltz versucht hinter flackernden Augen einen schweren inneren Kampf zu verdecken.

Er läßt sich von seinem Burschen eine Dose Sardinen öffnen. – Wisse kann nur staunen. Das gibt es auch noch? – Ihm ist übel vor Hunger. – Er lehnt sich an die Bunkerwand. Goltz ißt die Sardinen langsam. Sorgfältig teilt er sie mit zwei Gabeln, entgrätet sie und legt die Gräten und Schuppen auf ein Häufchen an den Rand des Eßbrettchens. Der Major versenkt sich sichtlich in den Genuß dieses Nachtisches. – Er gibt auch die Gräten dem Burschen, der sie mit dem Brettchen auf den zweiten Tisch in der Ecke des Bunkers stellt und hinausläuft, um Schnee zum Teekochen zu holen.

Der Major wischt sich mit der Serviette den Mund ab und tut immer noch, als hätte er die Anwesenheit des Hauptmanns nicht bemerkt.

Wisse kann seinen Blick nicht von den Gräten losreißen. Hauptmann! Natürlich ist er Hauptmann. – Ich weiß nicht mehr, was ich vor Hunger tu! – Ich werde wahnsinnig! – Jetzt schaut der Major nicht her. Wenn ich rasch die Gräten mit einem Griff packe und in den Mund stecke? – Sie gehören dem Putzer.

Dabei ist dieser Schuft von Goltz, dieser Schweinehund, ab jetzt auf meine Kameradschaft angewiesen. Wenn er bei der Flucht mitmacht, werde ich ihm's zeigen, denkt Wisse erbittert.

Man sollte ihn überhaupt nicht mitnehmen. Was mache ich überhaupt hier?

Wisse sieht Goltz an. Der Major ist blaß und denkt ganz offensichtlich an etwas, das vor ihm liegt und ihm Entsetzen bereitet.

Es war seine Henkersmahlzeit, und er erschießt sich! – dämmert es Wisse.

Er ist auch ein Mensch. Wisse schluckt seine Wut, wendet sich spontan an Goltz und sagt ohne Einleitung:

»Ich werde mich nicht erschießen, Herr Major!« – Goltz schweigt. »Ich schlage mich durch, Herr Major! – Wenn Sie wollen, können Sie sich anschließen.« – Der Major starrt die Wand an. Er erhebt sich. Seine Bewegungen sind seltsam eckig und automatenhaft.

»Wir haben Befehl, uns in Stalingrad-Mitte zu sammeln!«

»Dort werden Sie nicht mehr hinkommen, Herr Major!« – Goltz spricht beschwörend und unsicher. »Bedenken Sie doch, Herr Wisse, wir sind Offiziere! – Die Parole lautet immer noch: Stalingrad bis zum letzten Mann! – Wenn wir uns durchschlagen, werden wir vor ein Kriegsgericht gestellt! – Stellen Sie sich diese Schande vor!« –

»Dann müssen Sie sich gefangengeben, Herr Major!« – »Wenn Deutschland den Krieg gewinnt, haben wir als Offiziere, die sich den Bolschewisten ergaben, keine Aussicht auf ehrenvolle Rückkehr. Nein, nein, das kann ich meiner Offiziersehre nicht antun!«

»Dann müssen Sie sich erschießen, Herr Major! – Eine Handlung mit unwiderruflichen Folgen! – Warten Sie deshalb ab, ob es die anderen auch tun. Lassen Sie Paulus und seine Generäle, wie es ihnen dienstgradmäßig zukommt, vorangehen!«

»Vielleicht sind die deutschen Panzer wirklich nur mehr wenige Kilometer weit – und der Führer befreit uns doch noch?«

»Was sind das für Spekulationen, Herr Major, anstatt einer vernünftigen und selbstsicheren Handlungsweise!«

Goltz zittert am ganzen Leibe. »Was erlauben Sie sich, mir vorzuwerfen?« – »Weil gerade ein Offizier wissen sollte, was er zu tun hat! – Anständig, mutig und auch wirklichkeitsnah zu handeln. – Diese Fähigkeiten sind euch abhanden gekommen. Euer Gehirn ist mit Phrasen so vollgestopft, daß kein Platz mehr zum Denken drin ist. – Ihr stellt euch auf ein Podest und findet euch auf dem Boden der Tatsachen nicht mehr zurecht, wenn ihr runter müßt!

Jetzt ist die Gelegenheit, zu sich zu kommen und zu erwachen!

Ich habe mein Bestes getan, als Soldat anständig und ehrlich zu kämpfen. Wir sind ringsum vom Gegner eingeschlossen und haben keine Chance, uns weiter zu halten. Ich versuche es nun, der Gefangennahme durch den Feind zu entgehen und mich zu den eigenen Linien durchzuschlagen. Ich würde es auch tun, wenn uns Amerikaner oder Engländer statt der Russen gefangennehmen wollten! – Ich hole Kunowski und Krämer, die mitmachen! – Überlegen Sie sich inzwischen, Herr Major, was eine Schande ist – einen unverrückbar soldatischen Standpunkt einzunehmen oder sich mißbrauchen zu lassen.«

In Gedanken versunken macht sich Wisse auf den Weg zu seinem Bunker. Plötzlich dröhnt und rasselt es über ihm. Raupenketten spritzen Sand, Dreck und Schnee. Vier T 34 rollen in schnellem Tempo den Balkarand entlang und feuern aus allen Rohren in die 20 Meter tiefe Schlucht.

Kanoniere stürzen aus den Bunkern in die Feuerstellung. Ihr Rennen ist genauso sinnlos wie ihr Bemühen, zu viert einen 21-cm-Mörser rasch gegen Panzer zum Einsatz zu bringen. Sie werden zusammengeschossen. Wisse treibt es, zu ihnen zu laufen, und er wäre, wie der vor ihm rennende Unteroffizier und ein Kanonier, mitten in die MG-Garbe hineingeraten.

Er schlägt wie ein Hase einen Haken, und anstatt wie andere, vor den Panzern herzulaufen, rennt er ihnen entgegen, ihr Feuer geht über ihn hinweg, und sie rollen in seinem Rücken davon.

»Kunowski, Krämer!« – ruft er zu ihrem Bunker hinüber. »Wenn die Panzer vorbei sind, kommt in den Stabsbunker rüber!« – »Verstanden!« – brüllt Kunowski zurück.

Krämer und der Bursche des Majors sitzen beim Ofen im Stabsbunker und schauen verstohlen auf den Major, der weiße Lippen hat, ohne Anteilnahme, kein Wort redet und immer noch unentschlossen scheint, was zu tun sei.

»Ich mache auf jeden Fall mit euch mit« – sagt der Bursche absichtlich laut. Goltz reagiert nicht darauf.

Er horcht zitternd, wie wieder Panzer diesmal direkt über die Bunkerdecke rollen, so daß die Tragebalken darunter wie Pfosten eines lockeren Brückenbelages donnern.

Die Decke schwankt, und es regnet Sand herab.

Der Hauptmann und Kunowski sind über die Karte auf dem Tisch gebeugt. Wisse legt den Fluchtweg fest. »Erstes Etappenziel ist Karpowka! – Von dort marschieren wir zur Donskaja Zariza und weiter zum Don. Dem Don folgend, versuchen wir Rostow und die Kaukasusarmee zu erreichen. – Marschiert wird nachts! Bei Tage verkriechen wir uns in Bunkern, Häusern oder Schluchten, wie es gerade günstig ist, und schlafen.«

Er wendet sich an den Major. »Und jetzt liquidieren wir die Dienststelle. – Wenn noch Leute von uns da sind, die sich durchschlagen wollen, bilden wir weitere Fluchtgruppen.«

Wisse läutet durch. Das Regiment ist nicht mehr erreichbar. Aus dem Gefechtsstand auf Höhe 104 meldet sich eine Stimme in gebrochenem Deutsch. »Chier Iwan, mache Fernsprecher, hab' Leitung noch mal geflickt. – Nur ich und Pawel noch da! – Rotarmisten sind schon auf B-Stelle. Deitsche Offiziere und Soldaten haben Attacke gemacht, alle tot!«

»Iwan!« ruft Wisse in den Apparat. »Auch hier sind Panzer! – Wenn du kannst und willst, komm zu uns! Wir wollen uns nach Rostow durchschlagen!«

Kaum eine halbe Stunde später klopft es, und Iwan ist da. Er ist genauso bescheiden und willig wie früher, als die Deutschen noch mächtige Herren waren.– Er heißt eigentlich Demeter. Die Deutschen rufen jeden Russen »Iwan«, so wie die Russen jeden Deutschen »Fritz«.

Iwan hat eine Rotarmistenuniform an, auf dem Kopf die Schapka, die Beine stecken in Walinkis, und auch das Leinensäckchen umgehängt, sieht er wieder so aus wie vor einem Jahr, als er gefangengenommen wurde. Nur, daß er noch einen Wehrmachtsmantel trägt und der rote Stern auf seiner Pelzmütze fehlt.

»Viel Panzer auf Weg cher, auch viel russische Soldaten! – Aber iich durch!«

»Ja, Iwan, du mußt jetzt schauen, wie du am besten zurechtkommst! – Wir schlagen uns zu den deutschen Linien nach Westen durch. Wenn du willst, kannst du mitkommen nach Rostow. Du warst doch dort Lehrer? Oder von dort weiter, zu deiner Math nach Poltawa. Du kannst aber auch zur Roten Armee zurück.«

»Liieber niicht! – Russen mich sofort erschießen!« – sagt er gelassen. »Ich geche mit Ihnen!«

»Gut, dann ziehst du aber statt des Mantels wieder einen russischen Halbpelz an. Im Hiwibunker daneben hängen welche. Und jetzt gib auch wieder deinen roten Stern auf die Pelzmütze. – Grins nicht, ich weiß, daß du schon wieder einen in der Tasche hast, für alle Fälle! – Warum auch nicht? – Eine russische MPi und zwei Magazine dazu haben wir auch für dich! So, und jetzt brauchen wir noch einen Propusk.

Herr Major, bitte einen Bogen Schreibpapier!« – Iwan befühlt das Papier. »Russen haben nicht so gutes Papier! – Das besser!« – Er hat auch dafür schon gesorgt und einen Bogen russisches Papier organisiert.

»Woher?« – fragt Wisse. »Von tote russische Major!« – Wahrscheinlich hatte Iwan auch daran gedacht, sich selbst einen Propusk zu schreiben; denn geschickt feuchtet er den Stempelabdruck seines Rotarmistenausweises an, drückt ihn gegen den leeren Bogen, reibt mit dem Daumennagel auf der Rückseite des Stempels und zieht ihn dadurch ab.

»Setz dich hin und schreib, daß du die Kriegsgefangenen Major Walter Goltz...!« – »Vatersname biite!« – unterbricht Iwan. »Ihres Vaters Namen, Herr Major, bitte!« – Goltz sieht Wisse verständnislos an. »Der ist so wie meiner natürlich!« – »Vater Vorname!« – erläutert Iwan. »Helmut.« Goltz sieht Iwan scheel an, der mit einem Male an seinem Schreibtisch amtiert. Iwan spricht sich vor, was er schreibt. »Also Major Goltz Walter, Gelmut, Kapitan Wisse Friedrich, Wilgelm, Oberwachtmeister Kunowski Emil, Ladislaw...!«

»Du schreibst, daß du diese Gefangenen in das Durchgangslager nach Karpowka zu bringen hast...!«

»Iich verstehen! – Guut Idee!« –

Iwan lacht vor Vergnügen.

»Und wenn uns der Bursche nun den nächstbesten Russen ausliefert, um sich freizukaufen?« – fragt Goltz.

Iwan sieht Goltz groß an und schüttelt entschieden den Kopf. »Das tut Iwan niicht!«

»Unterschrift noch, Iwan!« – Iwan unterschreibt schwungvoll. Polkownik Gardakow, Oberst Gardakow.

Wisse gibt Anweisungen. »Jeder zieht sich die beste Wäsche an. Das Notwendigste tut ihr in einen Brotbeutel oder Rucksack. Pistole steckt sich jeder in die Tasche. Sucht euch in den Bunkern das beste Schuhzeug aus. Mehr als zwei Decken nimmt keiner mit, sonst könnt ihr euer Zeug nicht schleppen! Sobald es dunkel wird, ist Abmarsch!«

»Und das Wichtigste, die Verpflegung, Herr Hauptmann?« – fragt Kunowski.

»Wie steht es damit, Herr Major? – wendet sich Wisse an Goltz. »Ich habe nichts mehr!«

»Dann werden wir bei der Mörserbatterie nachschauen! – Gehst du mit, Kunowski?« – »Klar, Herr Hauptmann!« – »Ich auch«, sagt Iwan.

Über die Schlucht beginnt sich der Abend niederzusenken. Es rührt sich nichts mehr. Die Bunker sind aufgerissen. Auf dem flachgetretenen Weg der Balka liegen tote deutsche Soldaten. Es sind die Mannschaften der Mörserbatterie. Sie kamen nicht mehr weg.

Einen der Toten, der auf dem Gesicht liegt, dreht der Hauptmann um. Ja, es ist Wachtmeister Raschke. Auch Hiwis liegen gefallen im Schnee.

»Wir müssen zum Hauptfeldwebelbunker, der Spieß hat ja versprochen, etwas für uns zu vergessen!« – erinnert sich Wisse.

Da tauchen russische Soldaten auf, die die Bunker durchstreifen. Der Hauptmann geht mit Kunowski und Iwan an der Balkawand in Deckung. Noch haben sie ihre MPis. »Nicht schießen!« – flüstert Iwan. »Dableiben, ich schaun!« – Iwan, als sei er gleichfalls auf Beutesuche, geht den Russen entgegen.

Er kommt sofort wieder zurück. »Sind nur Mongolen! – Suchen zu essen! –

Chaben große Chunger, wie wir!« – Tatsächlich kümmern sich die Mongolen gar nicht um die Deutschen und den Hiwi-Iwan. Sie halten sie in der Dunkelheit wohl auch für russische Soldaten, die auf Nahrungssuche sind.

Der Spieß der Mörserbatterie ist auch nicht mehr weggekommen. Sein Rucksack, aber schon durchwühlt und ausgeplündert, liegt noch auf der Pritsche. Im Loch unter dem Deckenbalken hat er, wie versprochen, zwei ganze Brote und zwei Kilodosen Schweinefleisch zurückgelassen.

Bis zum Tatarenwall kommen sie ohne Behinderung. Hinter dem Durchlaß brennen noch immer zwei russische Panzer. Auf der Straße und daneben liegen die Toten des Gemetzels vom Vormittag.

Sie tauchen im Talowoigraben unter, kehren aber bald wieder um, da sie bis zu den Hüften im Schnee einsinken.

Die Russen hocken in den Bunkern. Sie gehen deshalb frech auf der Straße nach Gumrak, die fast menschenleer ist.

Wisse marschiert voran, hinter ihm folgen Krämer, der Major, dessen Bursche, und das Ende macht Kunowski. Iwan geht, wie besprochen, daneben her und bewacht sie mit der russischen MPi.

Vereinzelt tauchen Rotarmisten auf, die sich aber schleunigst verkrümeln, da sie die Fluchtgruppe für eine russische Patrouille halten.

Einige Lkws kommen ihnen mit aufgeblendeten Scheinwerfern entgegengefahren. Auf den Tragflächen sind die Gestelle der Stalinorgeln montiert. – Die aufgesessenen Soldaten schweigen, denn es ist bitter kalt.

Plötzlich wächst eine Gruppe Rotarmisten vor ihnen aus dem Boden, die den Fahrdamm queren. Sie tragen alle Halbpelze und haben MPis umgehängt. – Wisse zieht seine Pistole aus der Hosentasche und richtet sie gegen die nächst sichtbare Gestalt. Krämer schließt dicht auf.

Iwan verliert nicht die Ruhe. »Kto pridiot?« (Wer da?) ruft er die Russen scharf an. Wie auf Kommando kommt aus rauhen Kehlen als Antwort die Parole. »Sa Stalina!« In schnellem Schritt ziehen die sieben Rotarmisten vorbei und tauchen in der Nacht wieder unter. Die Straße führt eine Höhe hinan. Es breitet sich rechts und links die Steppe aus, und soweit das Auge reicht, ist rings um Stalingrad ein Lichtermeer Tausender Feuer, die in der Steppe angezündet sind.

Der Hauptmann schaut durch das Glas. Es sieht aus wie Awarenringe. Um jedes Feuer ist ein kreisrunder Wall aus Schnee gebaut. Und darin hocken, gegen den Wind geschützt um ein flackerndes Feuerchen, das sie sich entzündet haben, die Zeltplanen über den Kopf gezogen, russische Soldaten und verbringen so die Nacht.

Feuer schließt sich an Feuer an, bis weit in die Steppe hinaus, und der Hauptmann schätzt, daß der russische Ring um Stalingrad bis zu 30 Kilometer tief ist. – Und wieder kommen sie über Gumrak, das wieder russisch ist. Sie zweigen links ab und nehmen die Straße nach Gontschara. – Gesprochen wird nichts. –

Der Hauptmann spürt es, jeder ist mit seinen eigenen Gedanken beschäftigt, und die wandern heimwärts, in die Dörfer und Städte, wo sie wohnen, und in die Bereiche ihrer Familien.

Sie marschieren rasch und verbissen, der grimmigen Kälte wegen und weil jeder Kilometer sie näher heimbringt.

»Heimat- und Erholungsurlaub werden wir wohl kriegen?« fragt Krämer. Es ist eine leise Beklemmung in Wisse. Die Bande lockern sich. Kameradschaft, und mag sie noch so eng sein, ist eine Notgemeinschaft.

Wenn Rotarmisten auftauchen, ruft ihnen Iwan die Parole zu und wechselt ein paar Worte mit ihnen. Einer holt sich für seine Papyrosa Feuer bei ihm, und sie kommen unbehelligt vorbei.

Im Morgengrauen steigt aus vielen erlöschenden Feuern der Rauch kerzengerade hoch. – Die Kälte wird unerträglich. Iwan durchstreift eine Balka, stellt fest, daß sie feindfrei ist, und sie verkriechen sich in einen Bunker, vor dem Tote liegen, so wie sie beim Herausstürzen von einer MG-Garbe erfaßt wurden.

Abwechselnd hält ein Mann Wache, während die anderen schlafen.

Auch die nächste Nacht, in der sie wieder marschieren, geht alles glatt, nur daß sie langsamer geworden sind, matter und stumpfer und die Verpflegung, von Wisse mit etwa 100 Gramm Brot und Fleisch je Mann festgelegt, nicht reicht.

Am meisten, in einem fort vor sich hinmurmelnd, jammert der Major, dem der Hunger und die Strapazen zuviel sind. Auch Iwan mit seinem weiten russischen Magen hält es nicht aus.

Wisse macht auf einem Feuerchen eine Suppe aus Puddingpulver und gibt etwas Schweinefleisch hinein. Es betäubt den Hunger für eine Stunde, und dann meldet er sich um so unbarmherziger.

Der Hauptmann treibt zum Weitermarsch, aber die Begierde nach Eßbarem wird so stark, daß sie auch unterwegs die Bunker und Unterstände, die Fahrzeuge und die Brotbeutel und Taschen der Toten nach Eßbarem durchsuchen, ohne einen Bissen zu finden.

Der Major beteiligt sich nicht. Er steht, vor Kälte wie ein hilfloses Kind zitternd, da, winselt halblaut vor sich hin und wartet auf das, was er kriegt.

Der Hunger ist ärger als die Angst vor Gefangenschaft und Tod. Sie werden so gleichgültig, daß sie sich auch vor auftauchenden Russen nicht verstecken, die gleichfalls alles absuchen und auf die Uhren, Ringe, Füllhalter und Fotoapparate, Stiefel, Wäsche und Ausrüstungen der Gefallenen scharf sind, die sie als Beute betrachten und einsammeln.

Sie finden es schließlich sogar absurd, vor den Russen Angst zu haben oder angehalten zu werden, und sind sich gar nicht mehr bewußt, mitten durch feindliches Hinterland zu marschieren. Für sie ist es immer noch ihr Kessel, in dem sie gekämpft haben und in dem ihnen jede Höhe und jeder Ort ein vertrauter Begriff sind. Nur sind halt jetzt die Russen auch da.

Vom 28. bis auf den 29. Januar marschieren sie bis in den Tag hinein.

Iwan erklettert einen Hügel und schaut sich um. »»Fünfchundert Meter von chier Straße, aber voll Autos!«

»Wenn sie uns erwischen, legen sie uns alle um!« – jammert der Major. »Dann brauchen Sie sich wenigstens nicht selbst zu erschießen!« – fährt ihn sein Bursche an.

»Ruhig!« – befiehlt der Hauptmann. »Wir sind jetzt nichts als Kameraden und müssen zusammenhalten.«

Er versucht es einige Male, ein Gespräch mit dem Major anzuknüpfen. Goltz aber bleibt spröde und verschlossen wie eh und je.

Sie marschieren, den Kopf gesenkt und die Decken über die Schultern geworfen, auf der Straße hinter Iwan her.

»Auf der belebten Rollbahn fällt es am wenigsten auf, wenn uns Iwan als Gefangene transportiert!« – ist Wisses Meinung.

Fahrzeug hinter Fahrzeug rauscht an ihnen vorbei. Sehr viele neue Studebaker Lkws und Jeeps. Manche Einheiten, die vorbeiziehen, sind fast zur Gänze mit amerikanischen Fahrzeugen und Kriegsmaterial ausgestattet.

»Wot Fritz! – Gitler kapuut!« – schreien die Rotarmisten den Deutschen zu.

Eine Kompanie MPi-Schützen marschiert vorüber.

Der Einheitsführer will von Iwan erfahren, wie dieser nachher erzählt, was das für Gefangene seien und wohin er sie bringe.

Neugierig betrachten sich die Russen die vermeintlichen deutschen Kriegsgefangenen. In ihren Mienen ist Mitleid. Mit besonderem Interesse beäugen sie Goltz wie ein sonderbares Tier. – Sie haben sich einen deutschen Major anders vorgestellt und sind sichtlich enttäuscht.

»Zwei, drei Stunden noch, und wir sind in Karpowka...!« – erklärt Wisse. »Und dann geht's endlich aus dem Kessel!«

Am Straßenrand steht eine russische Fahrzeugkolonne. Die Fahrer machen bei einem Lkw Reifenwechsel und arbeiten bei einem anderen unter der hochgeklappten Motorhaube.

Kunowski schnuppert. »Verflucht, hängen laß ich mich, wenn das nicht eine Verpflegungskolonne ist!« – Er stöhnt vor Hunger.

Ein großer, dicker, rotbackiger Russe, in blütenweißem Schafspelz und ebenso weißen Filzstiefeln, schreit Iwan etwas zu. »Was will er?« fragt Wisse. »Mach sie tot! – Werden deutsche Schweine nicht noch fittern!« – raunt er dem Hauptmann zu. Dann schreit Iwan laut, energisch zurück, nimmt, dem Tonfall nach, seine Gefangenen in Schutz und macht einen gegen den Russen zu unmißverständlichen Griff nach seiner MPi.

Für einen Deutschen ist es unverständlich, was sich Iwan als russischer Soldat erlaubt, denn der im Schafspelz ist zweifellos ein Offiziersdienstgrad. Wisse schätzt ihn als Intendanten oder höheren Zahlmeister ein.

Er kommt breitspurig, drohend, auf die Gruppe zu und beschimpft dem cholerischen Tonfall nach die Deutschen. Aus seinem Wortschwall ist mehrmals das Wort »Bestie« zu verstehen.

Iwan treibt seine Scheingefangenen mit »Dawai! – Dawai!« an. Der Russe teilt wütend Fußtritte aus. Kunowski kriegt noch einen hinten rein, daß er stolpert. Er rappelt sich, schon im Fallen, noch auf und flitzt ein paar Schritte nach vorn, so daß Wisse als letzter marschiert.

Der Russe faßt ihn an der Schulter und dreht ihn herum. »Du Offizier?« – Er holt links und rechts aus und schlägt ihn mit seinen breiten Tatzen ins Gesicht.

In Wisses Hand zuckt es, nach der Pistole zu greifen, aber er besinnt sich. Der Hauptmann ist tief erschüttert und senkt den Kopf.

Der Russe spürt, daß er über Verachtung hinaus, als erbärmliche Kreatur, nur mehr bemitleidet wird.

Er zieht aus dem Rachen den Speichel hoch und spuckt dem deutschen Hauptmann ins Gesicht, daß es Wisse über die Wangen hinunterläuft, dann dreht er sich um und stapft schimpfend davon.

Iwan reißt die MPi von der Schulter. »Laß gut sein, Iwan! – Bei euch ist es genau wie bei uns! – Die größten ›Helden‹ sind in der Etappe!«

Gegen Mittag biegen sie von der Straße ab und stapfen durch den Schnee, am Rand einer tiefen Balka entlang.

In der tiefen Schlucht ist Bunker neben Bunker, wie sie von den Deutschen verlassen wurden.

Einer der Bunker am Balkaeingang ist bis über den Eingang hinauf zugeweht und nur durch eine Ausstiegsluke in der Decke von oben her zugänglich.

»Den nehmen wir!« – schlägt Kunowski vor. Um ihre Fußspuren zu verdecken, gehen sie vorbei, steigen in die Balka hinunter, auf der anderen Seite wieder hinauf und kehren in ihren eigenen Fußspuren wieder zurück. Sie lassen sich durch das Loch in der Decke hinab.

Der Bunker ist sogar noch eingerichtet. Er scheint von den Russen noch nicht entdeckt worden zu sein. An der Wand sind übereinander zwei Pritschen, in der Ecke ist ein gemauerter Ofen, in der Mitte steht ein Tisch und an der Wand, auf einem Regal, ein Wehrmachtsbatterieempfänger. Als Krämer an den Knöpfen dreht, hat er Musik aus Radio Moskau im Lautsprecher.

»Was wollen wir mehr!« – Wisse bückt sich und hebt vom Boden den hölzernen Verschlußdeckel der Luke auf. Er stellt sich auf den Tisch, holt von draußen Schnee herein, packt ihn in der Höhe der Schneedecke auf den Deckel, umschließt wieder das Loch, und sie sind in völliger Dunkelheit und eingeschlossen.

Wisse und Kunowski stecken einige Male den Kopf durch das Loch und halten Ausschau. Den ganzen Tag über rührt sich nichts.

»Schaut aber trotzdem verdächtig aus!« meint Kunowski. »Die Fußspuren und der Deckel sind aus der Nähe auf jeden Fall zu bemerken. Am liebsten möchte ich hier schon wieder weg!«

»Ich habe auch kein besonders gutes Gefühl!« – gibt der Hauptmann zu. Iwan ist auf jeden Fall dafür, bei Anbruch der Dunkelheit weiterzumarschieren. »Bunker viel zu schön und gut in Einrichtung! Rußki sechen und schon chier bleiben!«

Als Wisse gegen Abend das Brett wieder aufhebt, fällt Schnee. Es rieselt in glitzernden Flocken vom Himmel, deckt die verräterischen Fußspuren zu und schneit den Deckel ein.

»Da könnten wir uns wenigstens einmal ordentlich ausschlafen!« – schlägt Goltz vor. »Wenn wir den Deckel nicht mehr aufheben, sind wir durch die

Pulverschneedecke bestens getarnt!« – Auch der Bursche des Majors erklärt, daß er sich ausruhen müsse, um wieder weiterzukönnen.

»Wer wird schon nachts bei dichtem Schneefall kommen?« – fragt er und möchte sogar Feuer machen und die zwei Hocker verheizen.

»Du bist wohl von allen guten Geistern verlassen?« – fährt ihn Kunowski an, »... damit sie uns an der Rauchfahne ja ausmachen?«

Iwan hat Magenkrämpfe vor Hunger. »Niicht guut chier! – Alles essen und weg chier, das guut! – Ich schon wieder was finden zu essen!« – Wisse teilt trotzdem nur die vorgesehene Ration aus. »Für einen Tag haben wir noch!«

Und plötzlich sind sie alle so still, daß sie sogar den Atem anhalten.

Die Musik im Lautsprecher setzt aus – die »Stimme aus Moskau« meldet sich in deutscher Sprache.

Es ist eine triumphierende Stimme.

»Am heutigen Tage haben die Sowjettruppen den Oberbefehlshaber der Stalingrader Heeresgruppe, die aus der 6. Armee und der 4. Panzerarmee bestand, Generalfeldmarschall Paulus samt seinem Stab und dem Stabschef Generalleutnant Schmidt, in ihrem Stabsquartier, der Kaufhausruine ›Univermog‹ in Stalingrad, gefangengenommen.

Den Rang eines Feldmarschalls hatte Paulus erst vor wenigen Tagen erhalten.

Bis auf einige Truppenteile, die nördlich der Stadt eingekesselt noch Widerstand leisten, aber gleichfalls ihrer Vernichtung entgegengehen, ist die Liquidierung der im Raum von Stalingrad eingekesselten faschistischen deutschen Truppen abgeschlossen.

Paulus, der die Kapitulation anbot, stellte nur zwei Forderungen und diese für seine Person.

Er ersuchte, in einem geschlossenen Personenkraftwagen aus seinem Quartier in die Gefangenschaft gefahren und als Privatperson behandelt zu werden...!«

»Das ist also das Ende, und so macht man's! – Ein feiner Herr, will nichts mehr von seinen Soldaten sehen und hören und nichts mehr mit Stalingrad zu tun haben!« – stellt Kunowski fest und schaltet das Radio ab. »Oder wollt ihr noch weiterhören?« fragt er.

Sie wollen es keiner, ihre Verbitterung ist maßlos.

»Abwechselnd bleibt immer einer munter!« – Wisse teilt Wachen und stündliche Ablösung ein. – Auf ihn selbst fällt die Wache von 22 bis 23 Uhr.

Vor Kälte und Hunger zu stumpf, um Gedanken nachzuhängen, hockt er am Tisch, starrt auf das Leuchtzifferblatt seiner Uhr und zählt jede Sekunde und Minute, die die Zeiger wandern. Die Zeit vergeht nicht. Er möchte raus hier – und weiter! – Eben überlegt er. – Soll ich die anderen nicht wecken und aufbrechen lassen? – Sie schlafen alle so gut. Auch Iwan und Kunowski, die beiden mit dem sicheren Instinkt, schnarchen. Er zuckt zusammen. – Räder drehen sich ächzend, knirschen im Schnee. Pferde schnauben. Russische Kommandorufe erschallen. Sogar das Schlurfen und Stapfen von Füßen, die im Schnee versinken, ist zu hören.

Wisse weckt die anderen. »Auf, los! – Wir müssen hier weg! – Die Russen sind da!« – Goltz ist dagegen. »Hier sind wir am sichersten!«

An Schlafen ist nicht mehr zu denken. Sie sitzen auf den Pritschen, Wisse und der Major beim Tisch, und horchen angespannt. Sie verhalten sich so still, daß ein jeder sein Herz schlagen hört. Auch vor ihren Bunker kommen Russen. Sie fluchen unterdrückt, da er zugeweht und nicht zugänglich ist, und beziehen den Nebenbunker. Sie hören, wie die angefrorene Tür nebenan aufgerissen wird und das Eis darum krachend absplittert.

Die Russen zerschlagen irgendeinen Tisch oder Hocker und machen Feuer. Nach etwa einer Stunde tritt Ruhe ein.

»Horchen Sie, Herr Hauptmann?« – flüstert Krämer. Schritte eines einzelnen Mannes schlurfen durch den Schnee. Das Geräusch kommt von oben. Der Russe geht den Balkarand entlang und hält an. »Der bleibt direkt über uns stehen!« – sagt Kunowski leise. »Was sollen wir machen?« fragt der Bursche des Majors. »Da hilft nur beten, daß er uns nicht entdeckt!« – flüstert Krämer. »Außerdem nachschauen, was los ist, wäre auch nicht schlecht? – Halt den Hocker fest, daß er nicht kracht oder gar umkippt!« – »Ja, Herr Hauptmann!« –

»Ich bin dagegen«, sagt Goltz. »Halt die Klappe!« zischt Kunowski. Wisse steigt auf den Hocker, und Millimeter um Millimeter hebt er vorsichtig den Deckel. – Er hört das laute Atmen jedes einzelnen im Bunker. – Durch den Neuschnee ist das Brett nicht angefroren. Wisse kann es ohne Geräusch einen Spalt weit an einer Seite hochkippen. Was er sieht, ist Schnee, ein Stück schwarzer Himmel, an dem Sterne funkeln. Es hat zu schneien aufgehört. – Und ein Meter vor dem Deckel, da sieht er ein Stiefelpaar im Schnee. –

Er zieht den Deckel wieder zu. »Ein Wachtposten, direkt über uns!« – »Es ist der Balkazugang, da stellen sie Wachen auf!« – flüstert Krämer. – »Da haben wir die Scheiße!« – flucht Kunowski unterdrückt. Wisse sieht auf seine Uhr. »Es ist 5 über 12. Der Posten muß gerade aufgezogen sein. In zwei Stunden ist Ablösung. Wie er weggeht, hauen wir ab!« – »Ich bin nicht dafür!« – erklärt Goltz.

Der Posten steht stur auf seinem Platz, ohne sich zu rühren. Vielleicht hat er sich auf sein Gewehr gestützt und dämmert im Halbschlaf vor sich hin. Ab 2 Uhr sind sie sprung- und startbereit.

Erst 3 Minuten vor 2 stapft der Posten los. Der Hauptmann stößt den Deckel hoch, sieht hinaus und schließt ihn rasch wieder.

»Der andere ist schon da! – Sie machen gerade bei uns hier Ablösung!«

Dieser Posten ist ein unruhiger Bursche. Er tanzt ununterbrochen hin und her, weil es ihn wahrscheinlich in den Zehen friert, schlägt klatschend die Arme über der Brust zusammen, die Füße gegeneinander und marschiert im Kreis. Über die Kälte unterdrückt fluchend, stampft er mit den Füßen im Schnee und gegen den Holzdeckel darunter, daß es dumpf und hohl tönt.

Er stutzt und stößt dreimal hintereinander mit dem Stiefelabsatz gegen die hohle Stelle unter sich.

»Wenn der durchfliegt, überwältigen und knebeln wir ihn, und dann nichts wie ab!« – befiehlt der Hauptmann.

»Das ist Wahnsinn!« – empört sich Goltz.

Der Posten beruhigt sich wieder. Auch die nächste und übernächste Ablösung nehmen sie wahr. Zum zehnten Male schon, und ein letztes Mal schlägt

Wisse vor. »Wir dürfen hier nicht drinnen bleiben! – Wir packen den Posten an den Füßen, ziehen ihn runter, knebeln ihn und machen uns auf die Socken!«

»Das auf keinen Fall!« erklärt Goltz. »Er schreit bestimmt, wenn er stürzt, und wir haben die Meute auf dem Hals. Die massakrieren uns!«

»Gut, dann kriechen Kunowski und ich raus, und wenn er gerade nicht aufpaßt, überwältigen wir ihn. Ich bin groß. Ich packe ihn von hinten, drück' ihm meinen Fäustling gegen den Mund, daß er nicht schreit, und Kunowski reißt ihm die Füße vom Boden weg, daß er hinfliegt. Wir drücken ihn in den Schnee...!«

»Und die Schußwaffe?« – fragt Goltz. »Die hat er umgehängt, damit kann er nichts wollen!« sagt Kunowski. »Die pack' ich schon!«

»Ich mach' nicht mit, auf keinen Fall! – Die schlafen bestimmt nur die Nacht über hier und ziehen bei Tag wieder ab!« – »Darauf verlaß ich mich nicht! – Seien Sie doch nicht wie Paulus, Herr Major!« gibt Wisse zu bedenken. »Der ist auch in seiner Mausefalle hockengeblieben, um ja nur kein Risiko einzugehen!«

Der Major sträubt sich so sehr dagegen, etwas zu unternehmen, und hat so viele Wenn und Aber und Vorbehalte bereit, daß Kunowski sich wütend wieder auf die Pritsche wirft. »Und so was schimpft sich Soldat?«

Iwan redet nichts mehr, und auch der Hauptmann legt sich hin.

»Wenn ihr euch zu nichts entschließen könnt, so laßt mich wenigstens schlafen!« – »Sie haben vielleicht die Ruhe weg!« erregt sich der Major. »Soll ich auf die blöden Posten achten und zum Zeitvertreib vor Angst zittern? Bleibt nur die Hoffnung, daß die Russen wieder abrücken, ohne uns zu entdecken.«

Wisse träumt, er würde gefangengenommen, und er schreit im Schlaf einige Male auf.

Krämer hält ihm den Mund zu und weckt ihn auf. »Ich schlage vor, Herr Hauptmann, daß wir ausrücken! Wer nicht mit will, soll dableiben!« –

»Es ist Wahnwitz!« – Der Major zittert am ganzen Leib. »Wenn ihr was unternehmt, und es schlägt fehl, werden wir mit erschossen!« – »Das ganze Soldatenspiel ist Wahnwitz!« – faucht Kunowski von seiner Pritsche her. »Das wird befohlen!« mokiert sich Wisse.

Und da kommen oben zwei und klopfen mit ihrem Absatz gegen den Holzdeckel.

Iwan zerreißt seinen Propusk und fordert die anderen auf:

»Alles aufessen – Rußki kommen, alles vorbei!« – Für Iwan bedeutet es den sicheren Tod, und Wisse wundert sich, mit welchem Fatalismus sich der Ukrainer in sein Schicksal ergibt. – Er will sich nur noch einmal anessen.

Der Hauptmann will noch nicht aufgeben. Die zwei gehen wieder weg. Der Posten steht jedoch noch draußen. Sie kommen in drei Minuten zurück. Metallenes Scharren einer Schaufel. Das Schaufelblatt rutscht quietschend von der gefrorenen Erde ab und kratzt hell klingend und vibrierend auf dem hölzernen Lukendeckel.

Der Hauptmann zieht die Pistole und richtet sie gegen den Lukendeckel. Auch die anderen, bis auf Iwan, der nichts mehr tut, nehmen die Pistolen in Anschlag.

Die Schaufel stochert gegen die Balkendeckel des Bunkers und rutscht tastend mit der Spitze darüber weg. Das Keuchen der Russen oben ist zu hören. Mit einem dumpfen Schlag fliegt der Holzdeckel weg. Es rieselt Sand, Erde herab, und ein paar Schneebrocken kollern nach. Schrecklich ist der plötzliche Einfall des Lichts. Es ist schon Tag. Der Major und der Hauptmann, die direkt unter dem offenen Loch stehen, schlagen beide schützend die Arme über den Kopf, werfen sich hin, und der Tisch fällt mit einem Krach um. Es ruft einer durch das Loch etwas wie »Kto tam?« – (Wer da?)

Sie rühren sich nicht, bleiben still auf dem Boden liegen und erwarten, mit einer geballten Ladung in die Luft gesprengt zu werden.

Oben rufen sie nochmals und warten auf Antwort. Aus! denkt Wisse und umklammert seine Pistole fester.

Plötzlich ertönt ganz ruhig die Stimme Iwans. Als ob er geschlafen hätte und durch den Krach wach geworden wäre, ruft er den Russen etwas zu.

»Sie werden leben!« sagt er zu Goltz und Wisse. »Pistole, bitte.« – Er nimmt sie und reicht sie hinauf, wo sich Hände danach ausstrecken. Die Pistolen der anderen reicht er nach. – Seine MPi wirft er unter die Pritsche. – Seinen zerrissenen Propusk knüllt er zusammen und stopft ihn mit dem Messer in eine Fuge zwischen den Deckenbalken. Er macht dies alles so ruhig, als ob er es überlegt und schon lange vorgehabt hätte.

»Iwan?« – Wisse würgt es im Hals. »Ja, du gut Freind gewesen, danke, leb wohl!« – Er schüttelt Wisse die Hand, streckt beide Arme durch die Luke und wird hochgezogen.

Von draußen klingt Durcheinanderrufen und das Lachen einer Mädchenstimme.

Und diese hellklingende Mädchenstimme, das spürt Wisse, ist Hoffnung und Leben!

Paul Carell

Sie kommen

Ullstein Buch 33008

Der deutsche Bericht über die Invasion und die 80tägige Schlacht um Frankreich

Über die größte Materialschlacht der Weltgeschichte gab es bisher nur amtliche Darstellungen und Berichte hoher Offiziere, in denen Zahlen und Daten die wichtigste Rolle spielten. Carells Darstellung der gewaltigen Schlacht ist deshalb so unerhört packend und eindringlich, weil er beide Fronten nicht nur aus der Sicht der Generäle schildert, sondern auch aus der Sicht des einfachen Soldaten, der vorn im Schützenloch das Inferno erlebte. Dieses Buch wird nicht nur diejenigen Leser packen, die damals dabei waren, sondern jeden an jüngster Geschichte Interessierten fesseln.

Zeitgeschichte

Paul Carell

Unternehmen Barbarossa

Ullstein Buch 33017

Der umfassende Dokumentarbericht über Hitlers Feldzug gegen Rußland wird hier als ungekürzte Taschenbuchausgabe mit 36 Kartenskizzen vorgelegt. Carells packende Chronik vom Marsch nach Rußland verzeichnet das Kriegsgeschehen im Osten vom Tag des deutschen Überfalls auf die UdSSR bis zur Aufgabe des letzten Widerstandes in Stalingrad.

»Wie es dazu kam, was in Rußland geschah, ist in seinem kaum zu fassenden Umfang und seiner erdrückenden Schwere den meisten Deutschen nie bewußt geworden. Diese Tatsache schon rechtfertigt die Bücher Carells.«

Die Zeit

Zeitgeschichte

Cajus Bekker

Verdammte See

Ein Kriegstagebuch
der deutschen Marine

Ullstein Buch 3057

Cajus Bekker schildert die Höhepunkte des Kampfes zur See im Zweiten Weltkrieg. Dabei stützt er sich auf die amtlichen Kriegstagebücher, von denen viele erst in jüngster Zeit an deutsche Stellen zurückgegeben wurden. Den Text ergänzen zahlreiche Operationsskizzen und ein umfassender Anhang mit Tabellen, ausgewählten Dokumenten und ein Register.

Zeitgeschichte

Erich Maria Remarque

Der schwarze Obelisk

Ullstein Buch 325

Inflation in Deutschland, man rechnet in Millionen und zahlt ohne Zahlungsfrist, und man lebt weiter. Erich Maria Remarque schildert diese Zeit mit dem grotesken Hintergrund ihrer finanziellen Manöver, dem ersten nationalistischen Donnergrollen, einem ersten politischen Mord, Gesinnungsfesten, die sich nicht korrumpieren lassen, und Gesinnungslumpen, die mit den alten und schon wieder neuen Uniformen reisen, damit die Dummheit kein Ende nimmt; eine deutsche Stadt in den Jahren nach dem ersten Weltkrieg, mit ihren Vereinen, den heimlichen Bordellen, ihren Kneipen und vielartigen Menschen. Remarque hat in diesem farbigen, szenenreichen Buch die volle Erfahrung des eigenen Lebens gegeben, die Gedanken seiner dunklen Stunden und das Lachen seiner hellsten Lebensfreude.

ein Ullstein Buch